Claudio Paglieri

Kein Schlaf für Commissario Luciani

Claudio Paglieri, geboren 1965 in Genua, arbeitet bei der Genueser Zeitung »Il Secolo XIX«. Bekannt wurde er durch die humoristischen Biographien der beiden italienischen Comic-Helden Tex und Dylan Dog. 2003 erschien von ihm im Aufbau Taschenbuch Verlag der Roman »Sommer Ende Zwanzig«, 2007 folgte sein preisgekröntes Krimi-Debüt »Kein Espresso für Commissario Luciani«.

Kaum eine Woche nachdem Commissario Luciani die Kündigung eingereicht und seinen Resturlaub angetreten hat, wird die Sekretärin eines stadtbekannten Brokers an ihrem Arbeitsplatz ermordet aufgefunden. Vizekommissar Giampieri, Schüler, Freund und Widersacher Lucianis, wittert seine Chance, sich zu profilieren und endlich in den Rang eines Kommissars aufzusteigen.

Doch die Dinge laufen nicht ganz nach Wunsch. Von Motiv, Täter und Tatwaffe fehlt jede Spur, und Giampieris einziger Verdächtiger, der Arbeitgeber der Toten, erweist sich als unantastbar: Die Beschlagnahmung seiner Computer ruft zwei sonnenbebrillte Gestalten vom Geheimdienst auf den Plan, die dem Vizekommissar diskret, aber unmissverständlich eine andere Lösung des Falles empfehlen.

Luciani spielt unterdessen toter Mann und ignoriert hartnäckig alle Aufforderungen, seinem jungen Kollegen beizuspringen. Bis zwei weitere ominöse Todesfälle ihn zum Handeln zwingen.

Claudio Paglieri

# Kein Schlaf für Commissario Luciani

Roman

*Aus dem Italienischen von Christian Försch*

aufbau taschenbuch
AUFBAU VERLAGSGRUPPE

Die Originalausgabe unter dem Titel
»Il vicolo delle cause perse«
erschien 2007 bei Edizioni Piemme,
Casale Monferrato.

ISBN 978-3-7466-2441-9

Aufbau Taschenbuch ist eine Marke
der Aufbau Verlagsgruppe GmbH

1. Auflage 2008

Umschlaggestaltung gold, Kai Dieterich, Berlin
unter Verwendung eines Fotos von Neil Setchfield, getty images
Druck und Binden CPI Moravia Books, Pohořelice
Printed in Czech Republik

www.aufbau-taschenbuch.de

*Für Ricky.*
*Hätte ich auf dich gehört,*
*dann wäre ich heute Dan Brown.*

Dieser Roman ist Frucht der Phantasie. Figuren und Begebenheiten sind Erfindungen des Autors und sollen für ein realistisches Geschehen sorgen. Ähnlichkeiten mit Tatsachen, Ereignissen, Schauplätzen und Persönlichkeiten des wirklichen Lebens – egal ob tot oder lebendig – sind rein zufällig.

# Prolog

Barbara Ameri setzte sich an den Schreibtisch und schaltete Computer und Drucker ein. Es dauerte einige Minuten, ehe sie bereit waren. »Nur ruhig Blut«, dachte sie, »ich habe nichts Unrechtes getan, es gibt keinen Grund, sich Sorgen zu machen.«

Aber ihre Handflächen waren schweißnass, und ein Gefühl von Übelkeit kroch ihr die Kehle hoch. Dasselbe Gefühl wie an jenem Sonntagmorgen, als die Wirkung der Mojitos verflogen war und sie neben sich, in ihrem Bett, den Geruch jenes warmen muskulösen Körpers wahrgenommen hatte. Inzwischen waren drei Wochen vergangen, aber manchmal schien dieser Geruch noch an ihr zu haften. Sie schaute aus dem Fenster: ein wunderschöner Morgen. Zum Mittagessen würde sie nicht heimkehren, sondern ein Stück Pizza und eine Cola kaufen und sich auf eine Bank an der Uferpromenade setzen, vor dem Schloss. Sie brauchte jetzt ihre Ruhe, wollte an nichts denken, nur in der Sonne ihre Kreuzfahrt-Bräune auffrischen.

Sie erinnerte sich genau, wo die Datei war. Sie öffnete das Dokument, kontrollierte schnell den Inhalt und gab den Druckbefehl. Mit bestimmten Leuten legte man sich besser nicht an, dachte sie. Und für den Fall der Fälle brauchte man ein Ass in der Hinterhand.

Das schrille Läuten der Türklingel ließ sie hochfahren. »Schon da?«, sagte sie leise und schaute verängstigt auf die Uhr.

Für einen Moment spürte sie den übermächtigen Wunsch, nicht zu öffnen. Aber das hätte nichts gebracht. Sie atmete tief ein und sagte sich erneut: »Je früher wir die Sache hinter uns bringen, desto besser.« Sie drückte auf die Taste am Schreibtisch. Ganz langsam öffnete sich die Tür.

Die Tür wurde leise wieder geschlossen. Das Foyer des Mietshauses lag verlassen da, kein Laut war zu hören. Auch Barbaras Röcheln war verstummt. Die Person wagte nicht, sich umzudrehen und zu überprüfen, ob sie tot war. Sie konnte es nur hoffen, denn an Stelle der Arme spürte sie zwei absurde Fortsätze aus Schaumgummi – damit hätte man nicht einen Schlag mehr führen können.

Der Besucher kontrollierte noch einmal den Pullover: ein paar kleine Blutflecken, aber es war unwahrscheinlich, dass jemand sie bemerkte. Alles, was nun zu tun blieb, war, sich aufzumachen. Nach Hause gelangen, sich umziehen. Den Plan umsetzen und die Beweise verschwinden lassen. Die Schlampe war tot, jawohl. Sie musste tot sein. Bestimmte Verletzungen überlebte man nicht, außerdem würde noch reichlich Zeit vergehen, ehe jemand Alarm schlug. Ausreichend Zeit, um zu verbluten.

Die Gestalt gab sich einen Ruck.

# Erste Woche

# Montag

## Luciani & Giampieri

Seit vierzig Minuten hielt er ein ordentliches Tempo, er kam an den Kais des Alten Hafens vorbei. Begonnen hatte er beim Aquarium, dem von der Sonne geküssten und vor dem Wind geschützten Kleinod, wo die besten Bänke durchweg von Pennern und Betrunkenen belegt waren. Dann war er zum Kai des Tabakladens, zur Car-Sharing-Brücke, zum Busparkplatz der Parodi-Brücke und von dort auf die lange Gerade Richtung Hafenstation gelaufen. Dort war er umgekehrt, um erneut den ganzen Hafen zu durchqueren, bis zu Bigo, dem runden Tunnel und der Schwimmbad-Kurve. So kommentierte er seinen Kurs, als handelte es sich um das Formel-1-Rennen in Monte Carlo. Ein billiger Trick, um gegen die Trainingsmonotonie anzukämpfen und dabei ein bisschen das Tempo zu steigern. Er ließ noch einmal die CD von REM laufen und begann – die Stoppuhr im Blick – seine Runden an den Baumwolllagern. Eine Runde war etwa einen Kilometer lang, die optimale Distanz für Intervalltraining: eine Runde in zirka vier Minuten und zwanzig Sekunden, dann eine zum Regenerieren, möglichst unter vier Minuten fünfzig, usw., eine Einheit nach der anderen, so lange es ging. Es war schon zehn Uhr morgens, aber auf den Kais war wenig los, kaum jemand kreuzte den langen dünnen Schatten, den er warf.

»Okay«, sagte er, »probieren wir es mal mit dieser Massage.« Er atmete tief durch, entspannte die Schultern, schloss die Augen und konzentrierte alle seine Empfindungen auf sie. In der Luft hing der Duft ihres Haares und ihrer Gesichtscreme. Sie berührte ihn mit ihrer Brust, er erschauerte, und statt sich zurückzuziehen, legte Amalia ihm die Brust wie zufällig an die bequemste Stelle, zwischen den Schultern. Die Berührung ihrer Finger entlockte ihm ein Lächeln der Glückseligkeit. Sie waren wie flüssige Tentakel, die ihm ein Beruhigungsmittel ins Hirn injizierten.

»Du kannst das wirklich gut«, murmelte er.

Bevor er die Augen schloss, sah er noch, wie sie in den Spiegel lächelte und unter ihren langen braunen Locken errötete. Seit dem letzten Mal hatte sie noch ein, zwei Kilo abgenommen, vielleicht war sie jetzt ein bisschen zu mager, aber in Stöckelschuhen und mit einem Rock, der die Rundung ihres Gesäßes hervorhob, musste sie phantastisch aussehen.

Ihre Finger schienen ihm eine Botschaft durch die Kopfhaut zu senden, dass sie hier nicht nur einen Job erledigte, sondern es auch gerne draußen, an einem anderen Ort, unter anderen Umständen getan hätte.

Beim vierten Tempolauf – der Puls lag bei über hundertsiebzig, und sein Blick begann sich zu trüben – raste er an einer Bar vorbei, die gerade aufmachte; der Wirt wandte sich ihm zu, einen Arm ausgestreckt, dann kam ihm zur Linken ein anderer Jogger entgegen, der eine Geste andeutete und ihm etwas zuzurufen schien, aber die Musik dröhnte so laut, dass er nichts hörte. Reflexartig drehte er den Kopf, um dem anderen nachzusehen, und so nahm er den Mann nicht wahr, der gerade vor ihm aus der Stirnseite des Gebäudes trat; erst im letzten Moment sah er aus dem Augenwinkel, wie dieser voll auf Kollisionskurs ging. Beine, Schuhe und Kopfhörerkabel verhedderten sich, und sie schlugen hin. Er spürte einen stechenden Schmerz im rechten Knie, sein Kopf drehte sich, und ein paar Sekunden lang sah er die Sterne funkeln. Dann stützte er sich mit einer Hand ab, um wieder auf die Beine zu kommen, und sah am linken Unterarm eine mit Blut und Dreck besudelte Schürfwunde.

Instinktiv fühlte er sich schuldig, da er glaubte, einen harmlosen Passanten über den Haufen gerannt zu haben. Er holte Luft, um sich zu entschuldigen, aber als er den Blick hob, sah er, dass der andere schon direkt vor ihm stand, die Beine leicht gespreizt, eine Beretta 84F im Anschlag, mit beiden Händen direkt auf Luciani gerichtet.

Der Schmerz im Nacken hatte sich gelegt, die Spannung löste sich. Er spürte irgendwo tief in seinem Bauch, dass dies genau der richtige Moment war, um sie zu sich einzuladen. Er räusperte sich, damit seine Stimme fester klingen würde, unbeschwert, aber entschieden: »Du, Freitagabend ist ein Konzert der …« In diesem Augenblick vibrierte das Handy in seiner rechten Tasche, und gleich darauf hatten die Noten von »Kotetsu Jeeg« den Zauber gebrochen. Das war der Klingelton, den er für die Anrufe aus dem Büro eingestellt hatte – er musste rangehen. Er entschuldigte sich, sie zog die Hände zurück und gab seinen Rücken frei.

»Hallo.«

»Herr Ingenieur, hier ist Calabrò. Störe ich?«

»Nein, keine Angst. Ich bin hier bei … in der Bar, trinke gerade Kaffee.«

»Ein Notfall. Ein Mord.«

»Bin gleich da.«

»Halt! Keine Bewegung, oder ich mach dich kalt!«

»Was soll der Scheiß …«

Er zog das Kopfhörerkabel vom Hals. Der Discman war ein paar Meter weit geflogen, die Batterien lagen in der Gegend verstreut.

Da hörte er eine Stimme hinter sich: »Nein! Halt! Um Himmels willen! Halt!«

Oberinspektor Antonio Iannece kam unbeholfen in seiner Uniform angerannt, die rechte Hand am Pistolenholster. Er kniete sich keuchend neben Luciani und half ihm auf.

»Heilige Jungfrau, Commissario, alles in Ordnung? Haben Sie sich weh getan?«

Marco Luciani faltete seine hundertsiebenundneunzig Zentimeter auseinander wie einen Zollstock, stellte sich auf die Füße und rieb sich das schmerzende Knie. Regungslos stand der andere Mann vor ihm, immer noch die Waffe im Anschlag. Er sah aus wie eine Werbetafel vor einer Agentur für Body Guards.

»Iannece, sag diesem Idioten, er soll die Knarre runternehmen, sonst schiebe ich sie ihm sonst wo rein!«

Der Beamte ging vorsichtig zwei Schritte vorwärts, drückte die Pistole hinunter und legte dem Mann eine Hand auf die Schulter. »Ganz ruhig, was machen Sie denn? Geben Sie mir die Waffe. Das ist ... war ... ist Kommissar Luciani.«

»Wo ist es passiert, Calabrò?«

»In Rapallo. Eine junge Frau.«

»Gut. Ich komme sofort, setz Iannece ins Bild und sag ihm, er soll mir mit dem Wagen entgegenkommen, wir treffen uns vor dem Rinascente-Kaufhaus.«

Vizekommissar Nicola Giampieri klappte das Handy zu und steckte es in die Tasche. Dann warf er einen Blick in den Spiegel und betrachtete von unten her Amalias aufmerksames Gesicht. Die Einladung war noch nicht ausgesprochen, aber nun hatte sich sein Magen zusammengezogen, er spürte, dass der passende Augenblick vorbei war.

Ein Mord. Der erste richtige Mord, für ihn allein.

»Entschuldige, ich muss los. Sind wir fertig?« Er bereute sofort, dass die Frage so brüsk geklungen hatte, sie zuckte mit den Schultern. »Dein Pech, ich wollte ein neues Gel an dir ausprobieren.« Die Massage war im schönsten Moment unterbrochen worden, beide waren unbefriedigt. Der Ingenieur lächelte: »Okay. Aber wir müssen schnell machen.«

Der Mann erwachte aus der Erstarrung, ließ sich die Waffe abnehmen. »Entschuldigt ... Ich wusste nicht ... Ich bin ein Kollege. Wachschutz. Ich sah, wie Sie ihn verfolgten, Sie schrien, er solle stehenbleiben, und da dachte ich ...«

Marco Luciani baute sich bedrohlich vor ihm auf. »Was dachtest du? Sag's mir, du Dämlack, was dachtest du? Dass du mich besser abknallen solltest?«

Iannece schob sich zwischen die beiden, der Wachschutzmann hatte seine ganze Selbstsicherheit verloren.

»Was weiß denn ich? Ich habe ja gar nicht geschossen, ich habe Sie nur aufgehalten. Sie hätten ein Handtaschendieb oder Räuber sein können. Oder ein Mörder.«

»Klar, als Jogger verkleidet. Genial. Aber leider hast du Pech, ich bin Polizeikommissar.«

Der andere schlug einen Moment die Augen nieder, dann versuchte er zu reagieren.

»Was wollen Sie eigentlich? Ich habe nur meine Pflicht getan.«

»Ach ja? Und gehört es auch zu deinen Pflichten, außerhalb der Dienstzeit mit der Knarre herumzufuchteln? Iannece, nimm mal die Personalien von diesem Überflieger auf.«

Da läutete das Handy des Beamten. Iannece ging ran und wurde bleich: »Heilige Jungfrau, sag ihm, ich komme sofort. Ein Notfall, Commissario«, sagte er zu Luciani.

Der Wachschutzmann sah sofort seine Chance. »Tut mir leid, wenn ich Ihnen weh getan habe, Herr Kommissar, aber auch ich ... schauen Sie mal, ich habe mir die Hose zerrissen. Können wir es nicht dabei bewenden lassen?«

In Marco Lucianis Unterarm pochte ein stechender Schmerz. Sein schweißnasser Körper fing an auszukühlen.

Er überlegte einen Moment, dann gab er ihm zu verstehen, er solle verschwinden.

Er war versucht, ihr zu sagen, dass es bei dem Anruf um einen Mordfall ging, vielleicht hätte sie das erregt. Oder es hätte sie im Gegenteil nur verschreckt. Er hatte sich als Informatiker ausgegeben, nicht als Polizist, und sie jetzt aufzuklären, wäre zu kompliziert gewesen.

Amalia tupfte das Gel in sein Haar, dann nahm sie ihm den Schutzumhang ab und fragte, ob alles okay sei. Er setzte seine Nickelbrille auf die Nase und lächelte zufrieden, aber ja doch, im Grunde war er immer noch ein hübscher Junge. Klar, er war dabei, die schreckeinflößende Grenze der dreißig zu überschreiten, aber andererseits hatte er noch nicht ein graues Haar. Mit dem gegelten Kurzhaarschnitt, dem schmalen, stets gepflegten Kinnbart sah er zweifellos einige Jahre jünger aus, als er war.

Er küsste sie auf beide Wangen, sie betrachtete ihn und sagte, beinahe errötend:

»Entschuldige, ich will dir die ganze Zeit schon etwas sagen.«

Der Vizekommissar spürte, wie seine Knie weich wurden.

»Das mag vielleicht ein bisschen vorlaut wirken …«

»Nein, nein, sprich ruhig.«

»Nun, ich wollte dir raten … Ich finde, du solltest deinen Kinnbart abnehmen, das würde besser aussehen.«

Sie sah die Enttäuschung in seinen Augen und versuchte sofort, die Scharte auszuwetzen: »Ich wollte nicht sagen, dass du so nicht auch gut aussiehst. Es ist nur so, dass …«

»Dass?«

»Er dich ein bisschen alt macht. Ja, meiner Meinung nach wirkst du dadurch älter.«

Giampieri rang sich ein Lächeln ab, aber was er hinkriegte, war nicht mehr als ein schmerzverzerrtes Grinsen.

Für wie alt hielt sie ihn denn? Dreiunddreißig? Fünfunddreißig etwa?

»Bitte, ich wusste es: Ich hätte es dir nicht sagen sollen«, sagte Amalia, gespielt zerknirscht.

»Nein, ach wo. Im Gegenteil.« Er klammerte sich an ihr aufgesetztes Schuldbewusstsein wie an eine Regenrinne, während sie ihn aus dem zwanzigsten Stockwerk segeln ließ. Er massierte seinen Kinnbart, der ihm jetzt wie das Fell einer räudigen Ratte erschien.

»Weißt du was? Wenn ich heute Abend nach Hause komme, schneide ich ihn ab.«

Marco Luciani stillte die Blutung provisorisch mit seinem T-Shirt, und nun spürte er auch, dass ihm ein schmerzhaftes Horn am Schädel wuchs. Er hatte gar nicht gemerkt, dass er auch mit dem Kopf auf den Asphalt geknallt war.

»Hast du diesen Bilderbuch-Idioten gesehen? Es sind genau diese Typen, die irgendwann die eigene Familie auslöschen.«

Iannece ging nicht darauf ein: »Es ist ein Mord geschehen. Eben hat Calabrò angerufen. Kommen Sie mit, Herr Kommissar?«

»Ich bin kein Kommissar mehr, Iannece, jetzt hör auf, mich so zu titulieren.«

»Wenn Sie es nicht mehr sind, warum haben Sie sich dann vor diesem Typen als einer ausgegeben? Sie hätten Schwierigkeiten kriegen können, wegen Amtsanmaßung.«

Marco Luciani schnaubte: »Formell bin ich es noch. Ich zehre gerade meinen Resturlaub auf, bis ich weiß, was aus meinem Rücktrittsgesuch wird. Aber praktisch gesehen bin ich es nicht mehr. Außerdem warst du es doch, der mich Kommissar genannt hat!«

»Ich weiß, aber das kommt ganz spontan. Ich kann Sie ja schlecht Doktor Luciani nennen, als ob Sie Arzt wären.«

»Meinetwegen, Iannece, nenn mich, wie du magst, aber sag mir, was du eigentlich von mir wolltest.«

Sein Gegenüber senkte den Blick.

»Also?«

»Nun, also ... Sie sind gegangen, ohne mir Bescheid zu sagen. Ich hab mir Sorgen gemacht. Seit einer Woche suche ich Sie, Sie gehen nicht ans Telefon, zu Hause sind Sie auch nie ... also habe ich sehen wollen, ob Sie zufällig hier sind und trainieren. Da oben sind Sie an mir vorbeigerannt, ohne mich wahrzunehmen, also bin ich volle Pulle hinter Ihnen her, hab geschrien, aber Sie hörten mich nicht.«

»Ich hatte Kopfhörer auf. Tut mir leid.«

Er bückte sich, um den Discman und die Batterien aufzulesen. Bekümmert betrachtete er die zerstörte Lade.

»Ich kaufe Ihnen einen neuen, Herr Kommissar.«

»Vergiss es, Iannece. Und nenn mich nicht Kommissar. In drei Wochen bin ich es nicht mehr.«

Er hob den Blick und sah, dass sein Chauffeur und Mädchen für alles dabei war, rührselig zu werden. Um ihm die peinliche Situation zu ersparen, wandte er sich grußlos ab und begann, Richtung Bigo zu traben, während sein Knie bei jedem Schritt aufjaulte.

»Das heißt, Sie werden nicht zurückkommen, Herr Kommissar?«, schrie ihm Iannece hinterher. Aber Marco Luciani war schon außer Rufweite.

Der Ingenieur wollte zur Kasse gehen und bezahlen. Amalia rief ihn zurück.

»Entschuldige ...«

»Ja?«

»Was meintest du wegen Freitag?«

Er schaute sie einen Augenblick verständnislos an, dann erinnerte er sich plötzlich an das Konzert. Aber auch an den Mord. Würde er am Freitag Zeit haben? Er hatte vier Tage, sechsundneunzig Stunden, um einen Mörder zu fassen. Und weitere achtundvierzig Stunden, vielleicht weniger, um die anmutige zweiundzwanzigjährige Schönheitspflegerin, deren Brüste gen Himmel strebten und bei der sich an Stelle des Gehirns ein Windkanal befand, von hinten zu nehmen. Er hatte sie im Fitnessstudio kennengelernt, und nachdem er sie auf dem Dreadclimber gesehen hatte, wusste er, dass er keinen Frieden finden würde, ehe sie die Übung nicht gemeinsam wiederholt hätten.

»Ach ja, Freitagabend ... Da gibt's ein Konzert in Sestri Levante ... ›Baustelle‹.«

Sie lächelte, ohne zu antworten.

»Die Band ist stark. Ich habe zwei Karten«, log er.

Sie lächelte immer noch.

»Und am Freitag bin ich meinen Kinnbart los. Was hältst du davon?«

»Ehrlich gesagt, habe ich schon was vor, aber wenn du in den nächsten Tagen mal vorbeikommst, sage ich dir, ob ich mich freimachen kann.«

Sie drehte sich um, warf ihm über die Schulter einen verschmitzten Blick zu und genoss die Wirkung, die der Hollywood-Schwung, den ihr perfekter Hintern in die Luft zeichnete, auf ihn ausübte.

Jetzt ist es zu spät, um sich zu zieren, dachte Giampieri, während er an der Kasse Solarium, Maniküre und Kopfmassage bezahlte. Vierzig gut angelegte Euro, dachte er lächelnd. Um genau zu sein, waren es schon hundertzwanzig: Er hatte drei Sitzungen gebraucht, um sie anzufüttern, aber Amalias Blick, mit dem sie seine Einladung quittierte, hatte keinen Zweifel gelassen. Am Ende hatte sogar sie noch einmal nachgehakt, um ins Konzert eingeladen zu werden. Und das war gerade so, als hätte sie ihren zarten Hals auf den Hackklotz des Henkers gelegt.

# Montag
## Giampieri

Iannece wartete im Auto auf ihn, bei laufendem Motor. Dies waren seine heroischen Momente, wenn er als Rennpilot alle Register ziehen konnte und fluchend, mit Martinshorn und quietschenden Reifen, zwischen den Bussen Slalom fahren durfte. Noch bevor Giampieri den Sicherheitsgurt anlegen konnte, wurde er von einem Blitzstart in den Sitz gedrückt und in ein Videospiel katapultiert, bei dem die Straße zu beiden Seiten in irrsinniger Geschwindigkeit vorbeirauschte und sich die anderen Autos an den Bildschirmrand klammerten. Nur hatte man hier keine zwei oder drei Zusatzleben.

»Wer ist das Opfer, Iannece?«

»Eine junge Frau, eine gewisse Barbara Ameri, fünfundzwanzig Jahre, Sekretärin. Sie wurde in ihrem Büro überfallen.«

»Gut, ich wollte nur sagen, wenn schon alles vorbei ist, keine Schießerei im Gange, dann können wir vielleicht auch fünf Minuten später kommen, das ändert nichts.«

»Sie machen Witze! In fünf Minuten kann der Täter seine Spuren verwischen und die Straßensperren überwinden.«

»Ich verstehe, aber wenn … Achtung!«

Iannece riss das Steuer nach links. Wie durch ein Wunder konnte er einer Greisin ausweichen, die über die Straße ging.

»Sakra, willst du dich umbringen?!«, schrie Iannece ihr nach, einen Blick in den Rückspiegel werfend. »Hörst du denn die Sirene nicht?«

»Iannece, sieh zu, dass du den Fuß vom Gas nimmst, bevor wir noch einen Mordfall haben.«

»Gut, das wäre aber Totschlag gewesen. Außerdem sind Sie schuld, Sie lenken mich ab. Ich fahre um unser Leben, und Sie plaudern, ich muss mir mal eins von diesen Schildern besorgen: ›Nicht mit dem Fahrer sprechen‹.«

Giampieri verzichtete auf eine Replik, er beschränkte sich auf ein stummes Gebet und schwieg bis zur Mautstelle von Nervi.

»Wer ist am Tatort?«

»Die Jungs aus Rapallo. Kommissar Venuti.«

Giampieri schnitt eine Grimasse. Auch wenn er der Chef der Genueser Mordkommission war, so war dieser Venuti doch der Ranghöhere.

»Und haben Sie irgendetwas von Kommissar Luciani gehört?«

Iannece hüstelte. »Ich habe ihn nicht mehr gesehen, seit er seinen Rücktritt eingereicht hat«, log er. »Ich glaube jedenfalls nicht, dass er zurückkommt.«

Einige Minuten später rasten sie in die Ausfahrt. Wahrscheinlich mit neuem Streckenrekord.

»Wohin wollen Sie zuerst, Ingegnere? Ins Krankenhaus oder an den Tatort?«

»Wie, ins Krankenhaus?«

»Na ja, als man das Mädchen fand, war es noch am Leben. Vor einer Stunde hat man sie ins Krankenhaus gebracht, aber sie wird es wohl nicht mehr lange machen.«

Giampieri schaltete die Sirene ab. »Was?! Vor einer Stunde?! Wann zum Teufel ...«

»Sie wurde heute Vormittag gegen neun Uhr überfallen. Dann hat man Erste Hilfe geleistet und sie ins Krankenhaus geschafft, sie lag im Koma. Als man feststellte, dass es sich nicht um einen Unfall, sondern um versuchten Mord, das heißt inzwischen wohl um Mord handelte, riefen sie die Kollegen von Rapallo. Und die haben, in aller Gemütsruhe, uns informiert.«

Giampieri drehte die Augen gen Himmel und sagte nur: »Tatort.«

Der Hauseingang in der Via Bixio wurde von den Beamten der örtlichen Dienststelle belagert. Mit Absperrband war ein großräumiger Bereich abgeteilt worden, der die Schaulustigen fernhielt. Der Ingenieur bahnte sich einen Weg: »Giampieri, Mordkommission.«

Ein Beamter schob das Band beiseite und ließ ihn passieren. »Kommissar Venuti ist fort, er ist im Krankenhaus und spricht mit den Eltern des Mädchens.«

»Aha. Kann ich mich schon mal umsehen?«

»Bitte, Herr Kommissar, ich bringe Sie hin.«

Sie kamen in die Eingangshalle, wo mindestens zehn Personen standen, wahrscheinlich die Mieter des Hauses. Sie redeten untereinander und mit einem Inspektor, der in ein Notizbuch schrieb. Ein Beamter der örtlichen Kriminaltechnik erwartete ihn auf der Türschwelle und ließ ihn Überschuhe, einen Kittel und eine weiße Haube anziehen.

Er kam durch eine Tür, die eine Goldplakette mit dem Schriftzug »GIULIO MANTERO – BROKER« zierte, und fand sich in einem geräumigen Empfangszimmer wieder. Die Einrichtung war unauffällig: Garderobenhaken und Schirmständer, vier Sessel für die Kunden, der Schreibtisch der Sekretärin, gerahmte Drucke von Impressionisten an den Wänden. Ein Beamter sammelte Beweisstücke in Plastiktütchen.

»Wurde sie da drinnen umgebracht?«, fragte Giampieri und zeigte auf die dunkle Holztür, die vermutlich in das Arbeitszimmer des Anwalts führte.

»Nein, sie wurde hier gefunden, neben dem Schreibtisch.«

»Hier?!« Der Ingenieur schaute sich verwundert um. Alles wirkte aufgeräumt, auf dem Terrazzoboden lag kein

Fitzelchen Papier, kein umgestürzter Stuhl, überhaupt nichts. Er merkte, dass ein starker Geruch nach Reinigungsmittel im Raum hing.

»Das soll der Tatort sein?«

»Jawohl«, antwortete der Beamte, und da er sich denken konnte, warum der Kommissar so verwundert dreinblickte, fügte er hinzu: »Das sah schon so aus, als wir hier eintrafen. Die ersten, die kamen, waren die Rettungssanitäter. Als man sie rief, ging man noch von einem Unfall aus. Dann sah man im Krankenhaus die Verletzungen und verständigte uns. Aber bis wir hier waren, hatte die Mutter des Brokers schon alles saubergemacht.«

»Wie, alles saubergemacht?«

»Na ja, sie kam hier an, mit Putzlappen und Eimer und voilà: weg waren alle Blutspuren.«

Giampieri schaute den Beamten ungläubig an: »Wo ist sie jetzt?«

»Sie müssen unten im Hauseingang sein. Sie und ihr Sohn wohnen im obersten Stock.«

Der Ingenieur schaute sich noch aufmerksamer um und versuchte, seine Wut zu zügeln. Ein Tatort, der gründlich verändert worden war, stellte einen schlechten Anfang dar. Nun ging es nicht mehr, wie sonst, darum, alles zu begutachten, was nicht am rechten Platz war, sondern all das zu finden, was wieder zurechtgerückt worden war. Von der Mutter des Brokers oder, vorher noch, vom Mörder.

»Mir wurde gesagt, man habe ihr den Schädel eingeschlagen, ist das richtig?«, fragte er und konzentrierte sich dabei auf einen klobigen Briefbeschwerer aus Quarz, der auf dem Schreibtisch stand.

»Ja. Aber mir scheint, daran sind keine Blutspuren.«

»Gibt es hier auch eine Toilette?«

»Hinter der Tür da. Aber es sind keine erkennbaren Spuren mehr da – die Frau hat auch dort gewerkelt.«

Man wird die Siphons und alles andere checken müssen, dachte Giampieri. »Gleich trifft auch die Spurensicherung ein. Vielleicht unternehmt ihr erst mal nichts weiter.« Er übersah die Grimasse des Beamten und versuchte, sich auf den Raum zu konzentrieren. Der Schreibtisch des Mädchens war aufgeräumt, Papiere und Mappen waren zu zwei, drei Stapeln aufgeschichtet, ein Telefon, ein Terminkalender, Kugelschreiber, Bleistifte, Tesafilm, Heftklammern, Tischkalender und alles, was normalerweise in einem Büro gebraucht wurde. Zur Linken der Sekretärin befand sich eine Verlängerung des Tisches, die bis an die Wand reichte. Darauf standen Computerbildschirm, Tastatur und Maus.

Der Ingenieur wickelte seinen Finger in ein Taschentuch und schlug beiläufig ein paar Tasten an. Auf dem Monitor erschien der Schriftzug: »Letztes Booting: 8.27 Uhr.«

Vor der Tür wartete der ranghöchste Beamte. »Bring mich zum Broker«, sagte Giampieri zu ihm.

Giulio Mantero war ein blasses Männchen mit verschrecktem Gesichtsausdruck. Seine Haare waren zu einem Seitenscheitel gekämmt, rasiert hatte er sich noch nicht. Was dagegen an der Mutter auffiel, war weniger das aschblond gefärbte Haar, als vielmehr ihre aufgereckte Haltung und die Augen, die sie ihrem Gegenüber direkt ins Gesicht bohrte.

»Guten Tag. Ich bin Vizekommissar Giampieri.«

»Rechtsanwalt Mantero. Giulio Mantero«, sagte dieser und reichte ihm eine schlaffe Hand.

»Wir haben Doktor Venuti bereits alles gesagt«, schaltete die Mutter sich mit fester Stimme ein.

»Guten Tag. Frau Mantero, nehme ich an?«

»Nein, Valenti. Rita Valenti. Mantero war der Nachname meines verschiedenen Mannes.«

»Natürlich. Können Sie mir erklären, Frau Valenti, wie Sie auf die glorreiche Idee gekommen sind, die Spuren eines Mordes zu beseitigen?«

»Mord?! Sie ist …«

»Noch nicht. Aber es besteht wenig Hoffnung, dass sie gerettet werden kann.«

Die Frau schien nicht besonders betroffen: »Dass es Mord war, also dass man sie überfallen hatte, das merkte ich erst, als die Beamten hier eintrafen. Ich dachte, die Ärmste wäre gefallen und hätte sich den Kopf angeschlagen.«

»Ein Hallelujah auf alle Gefallenen. Da hätte nicht einmal ein Kopfsprung vom Schreibtisch gereicht.«

Die Frau sagte nichts.

»Haben Sie sie gefunden?«

»Nein, mein Sohn.«

Giampieri schaute sich den Mann noch einmal genauer an. Sein Alter war undefinierbar, er konnte ein ältlicher Mittdreißiger sein oder ein junggebliebener Mittvierziger. Die kaum angedeuteten Geheimratsecken und die Agilität der Mutter ließen jedoch auf Ersteres schließen.

»Rechtsanwalt, sagten Sie? Ich dachte …«

»Ja, jetzt arbeite ich als Broker, aber ich habe einige Jahre praktiziert. Der Titel ist mir geblieben.« Er lächelte.

Der Ingenieur merkte sich dieses Lächeln, ebenso wie die feuchten Haare: Er musste soeben aus der Dusche gekommen sein.

»Wo war das Mädchen?«

Die Finger des Anwalts zitterten leicht, als er auf den Boden vor sich zeigte. »Sie lag da unten, zwischen Schreibtisch und Fotokopiergerät, die Augen waren geöffnet, und sie gab … eine Art Röcheln von sich, als ob sie mir etwas sagen wollte, es aber nicht schaffte.«

»Und Sie, was taten Sie?«

»Ich sah, dass sie voller Blut war, der Kopf, das Gesicht. Ich sagte ihr, sie solle ruhig bleiben. Ich würde Hilfe holen. So nahm ich das Telefon, das auf dem Schreibtisch steht, und wählte den Notruf.«

»Der Anruf ging genau um neun Uhr dreizehn ein, Herr Kommissar«, intervenierte ein Beamter. Giampieri warf ihm einen vernichtenden Blick zu. Verrate einem möglichen Verdächtigen nie Details!

»Ja, etwa zu dieser Zeit ging ich nach unten, um die Zeitung zu holen und zu sehen, ob Barbara schon da war. Montags kam sie immer relativ früh. Ich wollte sie bitten, schon einmal eine bestimmte Arbeit in Angriff zu nehmen, während ich frühstückte und mich fertig machte. Normalerweise bin ich um neun im Büro, aber heute war ich ein bisschen später dran. Es ist eben sehr praktisch, wenn man das Büro im selben Haus hat«, sagte er mit einem müden Lächeln.

»Der Zeitungshändler kann also bestätigen, dass er Sie gesehen hat?«, sagte Giampieri, sein Gegenüber fixierend.

»Eigentlich ... war ich noch gar nicht am Kiosk gewesen.«

»Sie haben doch eben gesagt, Sie seien die Zeitung holen gegangen.«

»Nein ... ich sagte, ich wollte gehen ... aber ...«

Die Mutter intervenierte sofort. »Verschwenden Sie Ihre Zeit nicht mit meinem Sohn. Er könnte keiner Fliege etwas zu Leide tun. Und der armen Barbara, die ihn vergötterte, schon gar nicht. Er hat ihr alles beigebracht, wissen Sie? Die kommen von der Schule und halten sich für wer weiß wen, dabei können sie gar nichts. Überlegen Sie mal, ich musste ihr erklären ...«

»Mama, bitte.«

»... nein, aber ich sage doch nichts Böses. Ich war jahrelang die Sekretärin deines bedauernswerten Herrn Papa ...«

»Herr Ingenieur, hier sind wir.«

Die Männer der Kriminaltechnik aus Genua warfen einen vorwurfsvollen Blick auf die Menschenansammlung vor dem Tatort. Giorgio Solari, der Chef, gab Giampieri die Hand, während zwei Assistenten hinter ihm bereits Überschuhe, weiße Overalls und Hauben anlegten.

»Wir haben nichts angefasst, du kannst beruhigt sein«, empfing Giampieri ihn, »die Kollegen verstehen ihr Handwerk. Leider hatte die Dame des Hauses sich schon um die Spuren gekümmert.«

Die Frau schaute ihn böse an. »Ich sagte Ihnen bereits, dass ich nicht wissen konnte ...«

Solari kratzte sich zwischen den graumelierten Haaren und setzte eine verständnislose Miene auf.

»Sie hat alle Blutspuren weggeputzt«, sagte der Ingenieur.

Der andere hob die Augen gen Himmel, dann senkte er sie wieder, um der Frau einen vernichtenden Blick zuzuwerfen. Sie revanchierte sich, indem sie das Kinn reckte und die Hände in die Seiten stemmte.

Giampieri folgte der Spurensicherung ins Vorzimmer, er wartete, bis sie Türrahmen und Klinken kontrolliert hatten, um sich dann der kleinen Toilette zuzuwenden, die klinisch sauber war. Eisenhart die beiden, dachte er, Mutter wie Sohn, sie brauchen ja nicht gleich in Tränen auszubrechen, aber ein wenig Betroffenheit könnten sie schon heucheln. Und warum hatte keiner der beiden die Ärmste ins Krankenhaus begleitet?

Das Büro, in dem Mantero arbeitete, war luxuriöser, als Giampieri erwartet hatte. Offenbar legte der Broker Wert darauf, seine Kunden zu beeindrucken. Der Schreibtisch auf dem wunderschönen, spiegelblank polierten Terrazzoboden in Gelb-, Braun- und Orangetönen war eine Antiquität, ebenso der wuchtige schokoladenbraune Ledersessel. Zwei moderne Stühle fügten sich gut in die Einrichtung; riesige

Bücherregale bedeckten drei Wände, an der vierten hing, zwischen hohen, hellen, von schneeweißen Vorhängen verhüllten Fenstern, ein großes Landschaftsgemälde, das die Riviera zeigte. Giampieri näherte sich einem gerahmten Porträt hinter dem Schreibtisch, um es genauer zu betrachten. Der Mann trug das Gewand eines Klerikers, eines Bischofs vielleicht, und Giampieri kam er, mitsamt seiner kleinen, schwarzgefassten Brille und dem vertrauenerweckenden Blick, bekannt vor. Er näherte sich dem Platz des Anwalts und versuchte etwas über ihn zu erfahren, indem er die Gegenstände betrachtete, die er dort angesammelt hatte, aber viele Anhaltspunkte gab es nicht. Ein Bild aus Kindertagen: er mit seinem Vater, damals bereits in den mittleren Jahren, mit schütterem Haar und todernster Miene, und mit der Mutter, die schon genauso säuerlich dreinblickte wie heute. Noch ein Foto von Mantero: in den Bergen, auf einem Felsen sitzend, mit Bergstiefeln, Rucksack und Pickel, im Hintergrund nichts als blauer Himmel. Ein kleiner Rahmen mit zwei Porträts: Papst Wojtyla und Pater Pio. Ansonsten nur Bücher, Papiere, Dossiers, ein in Leder gebundener Terminkalender.

Als Giampieri wieder auf den Treppenabsatz kam, trat der Anwalt schüchtern an ihn heran: »Entschuldigen Sie, können Sie mir sagen, wie lange das dauern wird? Ich müsste einige Sachen aus meinem Büro holen.«

Giampieri schüttelte den Kopf: »Sie machen Witze. Ihr Büro ist versiegelt. Auf unbestimmte Zeit.«

Sein Gegenüber legte den Kopf zur Seite, die Stimme klang ein wenig schrill. »Ich erlaube mir, Sie darauf hinzuweisen, dass ich Anwalt bin. Ich kenne meine Rechte, und ich bitte Sie nur darum, dass ich meinen Terminkalender und ein paar Unterlagen holen darf. Wenn Sie wollen, können Sie sie vorher kontrollieren, ich habe nichts zu verbergen, aber vor Freitag muss ich drei Kommissionen erledigen.«

»Ihre Sekretärin wurde umgebracht, und Sie sorgen sich um Ihre Kommissionen? Sie hätte ich nicht als Chef haben wollen.«

Dem Broker blieb der Mund offen stehen, die Mutter wollte sich gerade einschalten, als ein Handy klingelte und für allgemeines Schweigen sorgte. Man hörte die Melodie eines Bocelli-Liedes. Der Anwalt bat um Verzeihung und zog einen nagelneuen Palm für über fünfhundert Euro aus der Tasche. Er fertigte einen Kunden lapidar ab und sagte, er werde zurückrufen, dann schaltete er das Gerät aus.

»Ist das ein Treo 750?«, fragte Giampieri mit offenkundiger Bewunderung.

»Nein, ein MyNav 168«, antwortete der Anwalt voller Stolz, »eben erst auf den Markt gekommen.«

»Darf ich?«

»Bitte.«

Giampieri wog es in der Hand und war angetan: leicht, aber nicht zu leicht. Er tat so, als würde er sich für alle Finessen interessieren und prüfte es auf Kratzer und andere Spuren.

»Sehr schön, alle Achtung«, sagte er, und gab dem Anwalt das Gerät zurück. Er ließ sich die Nummer geben, und während er sie in seinem Handy speicherte, sah er ein Polizeiauto kommen. Ein Mannsbild von fünfundfünfzig, sechzig Jahren stieg aus, eine erloschene Zigarre im Mund, Bierbauch. Er hinkte und schaute bärbeißig drein, unter den Achseln und am Rücken zierten große Schweißflecken sein Hemd. Man konnte sich nicht beklagen, Kommissar Roberto Venuti sah aus wie der Prototyp des Bullen aus einem Film Noir.

Eine Beamtin stellte die beiden einander vor, und sie musterten sich für einige Sekunden. Venuti schenkte Giampieri einen Blick, der so viel hieß wie: Was zum Teufel hast du hier zu suchen?, und der Ingenieur antwortete mit: Warum habt ihr uns nicht früher verständigt? Aber keiner sagte ein Wort. Dann fasste Venuti den jüngeren Kollegen am Arm und bugsierte ihn in eine Ecke: »Hör zu. Wir wollen keine Zeit mit Hahnenkämpfen verschwenden. Die Stunden des Mädchens sind gezählt, sie wird gerade nach Genua gebracht. Soll dort operiert werden, aber sie hat keine Chance mehr. Mein Vorschlag ist: Wir greifen uns Mantero, nehmen ihn mit aufs Revier und quetschen ihn aus, bis er gesteht. Etwas dagegen?« Der Ingenieur war von seinem Atem und den ätzenden Ausdünstungen seines Kunstfaserhemds wie benebelt.

»Aber, um ehrlich zu sein, er scheint mir nicht der Typ für ...«

»Lass dich nicht verarschen. Er sieht aus wie ein braves Jüngelchen, nicht wahr? Aber ich kenne ihn. Er ist ein ausgemachter Hurensohn, in Rapallo hat er seine Finger überall drin. Entweder war er es, oder er weiß zumindest etwas. Aber wir müssen ihn sofort in die Mangel nehmen.«

»Nichts dagegen. Und die Eltern des Mädchens?«

»Mit denen habe ich schon geredet. Aber sie stehen unter Schock. Reine Zeitverschwendung.«

In dem Moment hielt ein blauer Dienstwagen vor der Tür.

»Die Staatsanwältin. Gibt sich endlich auch die Ehre. Ich stelle sie dir jetzt vor, aber überlass sie dann mir«, sagte Venuti schnell.

»Jetzt kommt die? Ich dachte, sie war mit dir im Krankenhaus.«

»Von wegen. Als man ihr Bescheid gab, wird sie erst einmal nach Hause gerannt sein, um sich umzuziehen und zu frisieren. Siehst du nicht all die Fernsehkameras?«

Giampieri merkte sich auch diese Spitze: Wenn es Unstimmigkeiten zwischen dem Kommissar und der Staatsanwältin gab, dann konnte er versuchen, sie zu seinem Vorteil auszunutzen.

Kaum war Staatsanwältin Monica Serra aus dem Wagen gestiegen, dachte der Ingenieur erst einmal, dass sie es wohl ein bisschen übertrieben hätte. Das hellgraue Kostüm lag ein wenig zu eng an, das Dekolleté der Bluse führte den Blick ein wenig zu weit hinunter auf die von der Sonne wachgekitzelten Sommersprossen, und die Absätze der schwarzen, perfekt auf die Handtasche abgestimmten Schuhe waren ein bisschen zu hoch. Vor allem waren die frisch gefönten Haare, die sie offen trug, zu rot und zu stark gelockt. Dazwischen sah man ein allzu früh verhärmtes Gesicht. Die ist mindestens vierzig, sagte sich Giampieri, und sieht auch nicht einen Deut jünger aus. Aber wenigstens hält sie sich fit, dachte er, während er die Waden und die fast ein wenig zu schmale Taille musterte.

Die Staatsanwältin stürmte an der Gruppe von Journalisten vorbei, die ihr etwas zuriefen und um Informationen baten. Der Ingenieur stellte sich vor und gab ihr die Hand, die sie schnell und kräftig drückte. Auch mit dem fruchtigen Parfum hatte sie nicht gespart. Giampieri dachte, dass Venutis Stichelei nicht unbegründet war, dann erinnerte er sich, dass Amalia ihn gerade noch mit Cremes und Essenzen eingerieben hatte – der Kommissar konnte dasselbe also auch von ihm denken.

Monica Serra sprach mit einer kehligen Stimme, vielleicht auf Grund der Anspannung, vielleicht wollte sie aber auch einen Ton anschlagen, der männlicher und autoritärer wirken sollte, in Wahrheit aber nur unnatürlich klang. Oder vielleicht wollte sie sich auch nur gegen den strengen Geruch schützen, den all die Männer, die seit Stunden in der Maisonne arbeiteten, ausdünsteten. Sie ließ sich einen Überblick über die Lage geben und betrat dann den Raum, in dem gerade die Spezialisten der Spurensicherung arbeiteten. Giampieri stellte ihr Solari vor, den sie rasch begrüßte. »Ich möchte bis heute Abend einen ersten Bericht, spätestens um achtzehn Uhr.« Der Vizekommissar betrachtete sie mit einem ironischen Lächeln, und sie schnellte vor wie eine Kobra: »Und Sie will ich auch zum Rapport in meinem Büro, heute Abend um neunzehn Uhr.«

»Um Punkt?«

»Was?«

»Um Punkt neunzehn Uhr, oder kann es auch neunzehn Uhr und zwei Minuten werden, oder gar drei Minuten? Wissen Sie, der heutige Tag wird ein bisschen ... kompliziert.«

Die Staatsanwältin hob die rechte Fußspitze und stemmte die Hände in die Hüften. »Ich habe bereits verschiedene Mordfälle aufgeklärt, Inspektor, und weiß, wie es läuft. Teamarbeit ist wichtig und die Befehlshierarchie von grundlegender Bedeutung. Bemühen Sie sich, meinen Anweisungen Folge zu leisten.«

Giampieri biss sich auf die Zunge, um seine Replik zurückzuhalten. Das Schlimmste war nicht die Tatsache, dass sie ihn als Inspektor bezeichnet hatte, und zwar in einer Situation, wo er in jeder Hinsicht die Rolle eines Kommissars erfüllte. Es war der Ton. Wer sich auf so eine Art präsentierte, war entweder ein Genie oder ein Vollidiot. Aber wenn sie ein Genie wäre, würde sie nicht mit satten vierzig immer noch als Stellvertretende Staatsanwältin in Rapallo herumturnen, dachte er, während sie sich der Gruppe der Journalisten zuwandte.

Venuti ging sofort wieder zum Angriff über: »Also, was Mantero angeht, sind wir uns einig?«

»Von mir aus. Aber die da?«

»Die Serra tut, was ich sage. Man muss sie nur in dem Glauben lassen, sie hätte entschieden. Wirst schon sehen.«

Kaum kam die Staatsanwältin zurück, trat Venuti mit unterwürfiger Haltung auf sie zu und schüttelte den Kopf. Er habe versucht, die Eltern des Mädchens im Krankenhaus zu vernehmen, sie hätten aber nichts sagen wollen. »Ich fürchte, ich war ein wenig zu direkt ...«

»Verstehe. Null Einfühlungsvermögen, wie immer. Wenn ihr nur ab und zu uns Frauen ranlassen würdet ... Darum kümmere ich mich jetzt. Ihr haltet hier alles unter Kontrolle und tut nichts ohne mein Einverständnis.«

»Sicher, Dottoressa. Die einzige Sache ...«

»Sprechen Sie, Venuti.«

»Können wir den Anwalt Ihrer Meinung nach hierlassen, oder sollten wir ihn lieber mitnehmen ... wegen der Journalisten, meine ich. Ich würde nicht wollen, dass ...«

»Ja, natürlich ... Keinen Kontakt mit den Journalisten, absolut keinen. Kümmert euch darum.«

Während die Staatsanwältin ins Auto stieg, um nach Genua zu fahren, warf Venuti Giampieri ein Grinsen zu, das so viel hieß wie: Siehste?

»Kluger Schachzug. Jetzt haben wir eine Weile Ruhe.«

»Jawohl. Ich frage mich nur ... Wir sollten sie vielleicht nicht allein lassen. Man weiß nie, welchen Schaden sie anrichtet.«

Der Ingenieur lächelte: »Keine Chance, mein Teurer.« Er hatte nicht die geringste Lust, mit ins Kommissariat zu kommen, die nächsten zehn Stunden mit diesem stinkenden Ochsen zu verbringen, die Komödie vom guten und vom bösen Bullen aufzuführen und zwanzigmal dieselben Fragen zu wiederholen. Noch weniger Lust hatte er allerdings, Venuti die Ermittlungen zu überlassen und *die* Chance seiner Laufbahn zu verpassen.

Sie setzten Giulio Mantero in das heißeste fensterlose Zimmer, und Venuti begann das Verhör mit Routinefragen, während Giampieri hinter der verspiegelten Wand zuhörte und zusah. Dann ging der Kommissar raus, und der Ingenieur nahm seinen Platz ein, wobei er mehr oder weniger dieselben Fragen stellte, allerdings in höflicherem Ton. Sie trieben dieses Spiel eine ganze Weile, weil sie hofften, der Anwalt würde die Nerven verlieren, doch dieser wusste, wie derlei Methoden funktionierten und verlor weder die Ruhe noch seinen Aplomb. Er hätte seine Version der Fakten auch tausendmal wiederholt. Bevor er ins Kommissariat mitkam, hatte er darauf bestanden, sich zu rasieren und korrekt zu kleiden, und seitdem hatte er nicht einmal den Knoten der Krawatte gelockert, er hatte weder um ein Glas Wasser gebeten, noch wollte er auf die Toilette. Hinter der Fassade des vertrottelten Muttersöhnchens musste sich ein stahlharter Wille verbergen. Als sie es mit einem Bluff versuchten und behaupteten, der Zustand des Mädchens hätte sich stabilisiert, es werde den Täter bald identifizieren können, antwortete Mantero nur: »Um so besser, dann werdet ihr mich nicht länger verdächtigen.«

Gegen drei Uhr nachmittags hatte Giampieri bereits genug: »Er hat sich nicht ein Mal selbst widersprochen. Nicht mal bei Details.«

»Ein Zeichen dafür, dass er kein reines Gewissen hat.«

»Was machen wir jetzt?«

Venuti blies den Rauch seiner Zigarre aus. »Das Übliche. Jetzt gehe ich wieder rein, stelle ihm eine Frage und gehe raus, um die Antwort zu überprüfen. Dann gehe ich wieder rein, stelle ihm wieder eine Frage, überprüfe wieder die Antwort. Und so weiter.«

»Das kann lange dauern.«

»Klar. Aber ich habe es nicht eilig. Ich gehe von der Annahme aus, dass er es war, und so lange er mir nicht das Gegenteil beweist, lasse ich nicht locker.«

Giampieri strich sich über den Kinnbart und dachte daran, dass er diesen vor Freitag noch abnehmen musste. Und dass er die Zeit finden musste, bei Amalia vorbeizuschauen.

Der simple Evergreen des Nokia Tune unterbrach seine Gedanken. Kommissar Venuti kramte das wahrscheinlich letzte noch in Umlauf befindliche Nokia Base hervor, horchte eine Weile in das Handy und sagte dann nur: »Verstanden. Danke.«

»Probleme?«

»Das Mädchen ist tot. Der Vater hatte einen Schwächeanfall, und der Onkel ist gegenüber den Journalisten ausgeflippt.«

Giampieri sehnte sich weg. »Vielleicht ist es besser, wenn auch ich nach Genua fahre.«

»Okay. Wenn es Neuigkeiten gibt, informiere ich dich.«

Im Foyer des San-Martino-Krankenhauses wimmelte es nur so von Journalisten. Giampieri erkannte einige von ihnen. Sie schwirrten in den Fluren herum und mischten sich unter die Angehörigen von Patienten, um sich in den OP-Trakt einzuschmuggeln.

»Wo sind die Eltern?«, fragte er einen der Beamten, die Wache schoben.

»Das ist kein günstiger Augenblick, Herr Ingenieur. Der Vater ist kollabiert und liegt jetzt mit einer Infusion im Bett. Die Mutter ist am Boden zerstört, sie kann weder weinen noch sprechen. Sie haben eine Psychologin geholt, aber die konnte auch nicht viel ausrichten. Die Ärmsten.«

»Gibt es jemanden, mit dem man reden kann? Freunde, Verwandte?«

»Der Onkel ist da. Aber der spinnt am meisten rum. Vorhin hat er ein Aufnahmeteam der RAI angegriffen, hat eine Kamera auf den Boden geschmissen, und wenn man ihn nicht zurückgehalten hätte, dann würde jetzt das ganze Team hier im Krankenhaus liegen. Das ist ein Urvieh von einem Kerl, wir haben drei Leute gebraucht, um ihn zu bändigen. Man hat ihm ein Beruhigungsmittel gegeben.«

Der Ingenieur schaute vorsichtig in das Zimmer der Eltern. Paolo Ameri lag im Bett, die Augen geschlossen, das Gesicht kreidebleich. Seine Frau Maria Rosa saß stocksteif auf einem Stuhl, die Knie aneinandergepresst, die Handtasche im Schoß. Sie starrte geradeaus.

Giampieri holte tief Luft, trat ein und stellte sich vor. Die Frau hörte ihm mit einigermaßen verstörter Miene zu, sie schien nicht zu verstehen.

»Ich meine damit, dass ich mich um die Ermittlungen kümmere, Frau Ameri.«

»Ach so. Man hat Sie geschickt. Wie jung Sie sind.«

»Ja. Können wir uns fünf Minuten unterhalten?«

»Sie sind aber wirklich sehr jung. Könnte ich nicht vielleicht mit dem Chefarzt sprechen?«

»Ich bin kein Arzt, Frau Ameri. Ich bin Polizeikommissar.«

»Nun, auf jeden Fall sind Sie zu jung für so etwas. Wer weiß, wie sehr Ihre Mutter sich sorgt.«

Giampieri ließ die Reserve an Luft und Courage, die er aufgestaut hatte, entweichen. »Ich komme später noch einmal vorbei. Kümmern Sie sich um Ihren Mann.«

»Natürlich. Aber meine Tochter müsste auch jeden Moment eintreffen.« Während sie das sagte, schaute sie ihm in die Augen, und er merkte, dass sie es selbst nicht glaubte, sie war nicht verrückt geworden, sie hoffte nur, das alles wäre ein böser Traum.

Der Ingenieur nickte stumm und verließ das Zimmer.

Barbaras Onkel saß im nächsten Wartezimmer, den Kopf zwischen den Händen. Er war ein wuchtiger Kerl um die sechzig, einen Meter achtzig groß, breit und stabil wie ein Lieferwagen, er hatte die Pranken eines Bauern, unter den

Fingernägeln Erde. Als der Ingenieur sich vorstellte, schaute der andere ihn an wie einen lästigen Köter, der es auf einen Fußtritt anlegt: »Sie hat man geschickt? Bei allem Respekt, Sie scheinen mir zu jung zu sein.«

Macht nur so weiter, dachte Giampieri. »Das ist kein guter Einstieg, Herr …«

»Garaventa, Pietro.«

»Herr Garaventa, wenn *Sie mir* nicht vertrauen, wie sollte *ich* dann *Ihnen* trauen?«

»Was soll das heißen: mir trauen? Das war meine Nichte, die man umgebracht hat.«

»Eben. Die Eltern des Mädchens sind nicht ansprechbar, ich brauche jemanden aus dem Familienkreis, einen engen Verwandten, der mir hilft zu verstehen, was vorgefallen ist … Haben Sie sie oft gesehen? Wissen Sie, mit welchen Leuten sie verkehrte? Wissen Sie, ob sie einen Freund hatte, einen Verlobten, irgendjemanden?«

Der Onkel erhob sich und baute sich vor Giampieri auf. Er trug ein kariertes Hemd und abgewetzte, schlammverkrustete Jeans, er stank verräuchert, nach Zigaretten und Holzfeuer. »Was soll das heißen: Mit wem sie verkehrte?! Sie war ein anständiges Mädchen. Was denken Sie sich eigentlich?! Schon diese verschissenen Journalisten sind hier wie die Hyänen reingeplatzt. Wenn die irgendeinen Mist schreiben, breche ich ihnen die Knochen.«

Ein kühler Kopf, dachte Giampieri und zählte bis zehn.

»Ihr müsst ihn euch schnappen, diesen Dreckskerl, der sie umgebracht hat. Und dann müsst ihr ihn mir geben. Ihr müsst ihn mir überlassen«, sagte der Onkel, wobei er die offenen Handflächen zeigte und dann die Finger krümmte.

Der Ingenieur ließ sich nicht beeindrucken. »Hören Sie zu, Herr Garaventa. Zorn bringt uns im Moment nicht weiter. Wir müssen glasklar denken, wenn wir den Mörder fangen wollen. Sind Sie bereit, uns zu helfen, oder nicht?«

»Sicher. Was für eine Frage. Sagen Sie dem Kommissar, dass ich voll zu seiner Verfügung stehe.«

»Der Kommissar bin ich.«

Sein Gegenüber schüttelte den Kopf und legte dem Ingenieur eine Hand auf die Schulter. »Sie müssen schon entschuldigen, ich bin nicht sehr gebildet, aber Sie werden höchstens fünfunddreißig sein ...«

Ich bin neunundzwanzig, du Hurensohn, dachte Giampieri.

»... wie viele Morde haben Sie bisher aufgeklärt? Nee, nee, hier ist meine Nichte umgebracht worden, ich will einen Bullen, der Eier hat! Zuerst diese Vollidiotin von einer Staatsanwältin und jetzt das hier ... Kann man denn nicht mal mit irgendjemand Vernünftigem reden, gütiger Himmel?!«

Giampieri setzte ein fieses Lächeln auf und starrte ihm, aus zehn Zentimeter Entfernung, direkt in die Augen.

»Wo waren Sie heute morgen um neun Uhr, Herr Garaventa?«

Sein Gegenüber schien verstört.

»Was soll das?«

»Wo waren Sie heute morgen um neun Uhr?«

»Ich rück dir die Visage gerade, du Hurensohn!«

Er hob die rechte Faust. Giampieri bewegte sich nicht, schloss nur ein wenig die Lider und biss die Zähne zusammen. Da hörten sie den Schrei von Barbaras Mutter. Sie war aus dem Schlaf erwacht, aber der Alptraum war noch nicht zu Ende.

# Montag
## Luciani

Er ging beim Bäcker vorbei, aber durchgeschwitzt und blutverschmiert wie er war, wartete er vor der Tür, dass die Verkäuferin ihm die üblichen sechzig Gramm Focaccia herausreichte. Das Gebäck war noch warm, und er musste sich beherrschen, um nicht gleich hineinzubeißen, er wollte lieber zuerst hoch in die Wohnung und sich duschen. Die Harnausscheidungen, eine kleine Aufmerksamkeit der Wochenendsäufer, verliehen der Gasse den besonderen Duft; er versuchte die Luft anzuhalten und flüchtete sich in seinen Hauseingang, wo es wenigstens nur nach Feuchtigkeit und Schimmel aus dem Keller roch. Die Treppenstufen waren von einer Putzschicht bestäubt, in den Ecken häuften sich Zigarettenstummel. Der auf dem Rücken liegende Kakerlak, den er schon vor zwei Tagen bemerkt hatte, war noch nicht entfernt worden. Jeder Mieter hätte sich eigentlich um seinen Treppenabschnitt kümmern sollen, aber niemand verschwendete einen Gedanken daran. Weder der Neapolitaner aus dem ersten noch die Sri-Lanker aus dem zweiten oder die alte Frau aus dem vierten Stock. Auch Luciani hatte inzwischen die Nase voll und schaute zu, wie der Kalk von den Wänden rieselte, und wenn sich der Staub zu großen grauen Knäueln verdichtete, dann schob er diese schlichtweg einen Stock tiefer.

Er wollte gerade die zweite Treppe hoch, als sich hinter ihm die Tür des Neapolitaners öffnete.

»Buongiorno, Commissario.«

Marco Luciani unterdrückte eine Unmutsbekundung. Musste der den ganzen Tag auf der Lauer liegen und jedes

Mal auftauchen, wenn Luciani eine Tür oder ein Fenster öffnete?

»Commissario, für dich ist ein Einschreiben gekommen. Ich habe mir erlaubt, das entgegenzunehmen, damit du nicht zur Post musst.«

»Ach, danke.«

Der Mann zeigte ihm das Kuvert. »Ehrlich gesagt, ist es schon am Freitag gekommen, ich habe ein paarmal bei dir geklingelt, aber du warst nicht da. Willst du wissen, was drin steht?«

»Hast du es aufgemacht?«

»Natürlich nicht. Aber ich hab meines aufgemacht. Wir alle hier im Haus haben eins bekommen. Und es sind keine guten Neuigkeiten.«

Marco Luciani riss schnell eine Seite des Umschlags auf. Er wollte den Inhalt lesen, ehe der andere ihm zuvorkommen konnte, aber er war nicht schnell genug.

»Die haben uns verscherbelt, Commissario! Die haben uns alle an einen Mailänder Immobilienfritzen verscherbelt. Lies nur.«

Der Kommissar überflog schnell den Brief: »Sehr geehrter Herr ... möchten wir Ihnen mitteilen ... zum 20. Mai d. J. ... mit notarieller Beglaubigung in der Kanzlei usw. ... die Verkaufsurkunde ... neuen Eigentümer Ihres Appartements ... Vollsanierung des Gebäudes ... ausgenommen die vom Gesetz vorgesehenen Ausnahmeklauseln ... mit Ablauf Ihres Mietvertrages zum 31. Dezember.«

»Die setzen uns auf die Straße«, entfuhr es Marco Luciani. Es stimmte zwar, dass er es nicht erwarten konnte, aus diesem stinkenden Loch herauszukommen, aus dem verkommensten Eck der Altstadt, aber aus eigenem Antrieb zu gehen war eine Sache, hinausgeworfen zu werden eine andere, auch wenn es mit fristgerechter Vorankündigung geschah.

»Siehst du? Dann stimmten die Gerüchte, die ich aufgeschnappt hatte. Die Eigentümer haben alle verkauft, einer nach dem anderen. Besser gesagt: alle gemeinsam.«

Marco Luciani las sich alles noch einmal langsam durch. Es gab keinen Zweifel, die vier Apartments des Hauses waren alle an eine Mailänder GmbH verkauft worden. Nun wurden die Mieter über den bevorstehenden Beginn der Sanierungsarbeiten in Kenntnis gesetzt, die in Rekordzeit durch eine von der Hausverwaltung anberaumte außerordentliche Eigentümerversammlung beschlossen worden waren.

»Ich war sicher, dass der Enkel von der Alten verkaufen würde«, fuhr der Neapolitaner fort. »Sie hatte ihm das Apartment schon überschrieben, ohne sich das Wohnrecht zu sichern, und jetzt landet sie im Armenhaus, das sage ich dir. Und es geschieht ihr ganz recht, dieser alten Schreckschraube.«

»Und dein Wohnungseigner? Sagte der nicht immer, er wolle nicht verkaufen, er würde es eines Tages seinem Sohn vermachen?«

»Aber sicher, das hat er mir hoch und heilig versprochen! Ich habe trotzdem damit gerechnet, dass es so endet, und weißt du was? Ich verstehe ihn sogar. Hier müssen das Dach, das Treppenhaus und die Fassade erneuert werden, das weißt du besser als ich. Solange alle hier nur kleine Fische waren, die keinen Cent ausgeben wollten, wurden die Arbeiten immer aufgeschoben – Pech für die Mieter. Wenn aber erst ein großer Fisch kommt, der die Mehrheiten hält, siehst du, was der macht? Er beruft eine Versammlung ein, beschließt, dass er alle Arbeiten ausführt, wie ihm gerade der Sinn steht, und die anderen müssen zahlen. Und wenn sie nicht zahlen können ...«

»... sind sie schnell ihr Apartment los«, sagte der Kommissar und schüttelte den Kopf. Die Geschichte kenne ich irgendwoher. »Und wie werdet ihr jetzt zurechtkommen, du und deine Frau?«

»Ich? Ich bin hier so sicher wie in Abrahams Schoß. Ich habe einen Mietvertrag für Erstwohnsitz, schon lange ... und der läuft erst in zwei Jahren aus.«

»Besser als bei mir. Meiner läuft im Januar aus. Zwei Jahre sind aber auch schnell rum.«

»Ach, wir werden uns schon einig werden, keine Angst. Ich bin Invalide, meine Frau ist krank, wenn ich mich vor dem Rathaus ankette, dann bringen die mich hier nie raus.«

»Das heißt, du willst also bleiben?«

»Ich? In diesem Chaos? Wo einem die Bauarbeiter auf der Nase herumtanzen? Kommt nicht in die Tüte. Ich werde ausziehen, aber der wird mir eine schöne Abfindung zahlen müssen, darauf kannst du dich verlassen. Bei all dem Geld, das er mit seinem Apartment einnimmt, ist es nur recht und billig, dass auch der etwas abbekommt, der es ihm all die Jahre gehegt und gepflegt hat. Ich habe einige Verbesserungen vorgenommen, für Instandhaltung und den Wertzuwachs der Immobilie gesorgt.«

Marco Luciani nickte. Er war einige Male in der Wohnung seines Nachbarn gewesen, und dort sah es noch viel schlimmer aus als bei ihm: Der Putz war abgebröckelt, die Fußböden schadhaft, von der Decke hingen nackte Glühbirnen herab. Und es war das einzige Apartment, das noch das Klo im Treppenhaus hatte.

»Und wenn er mir die Abfindung nicht geben will«, schloss der Neapolitaner, »dann werden die neuen Eigentümer sie mir zahlen. Geldprobleme haben die nicht, will ich meinen.«

Marco Luciani verabschiedete sich mit einem Kopfnicken und ging hinauf in seine Wohnung, wo er Teewasser aufsetzte. Nachdem er sich geduscht hatte, stellte er die Hifi-Anlage an, legte eine CD von Filippo Gatti ein, setzte sich, ohne Klamotten, mit der Teetasse und der Focaccia aufs Sofa und versuchte, die Lage zu durchdenken. Noch ein paar Monate, und er würde aus der Wohnung fliegen. So viel war sicher. Sie hatten die Kündigungsfrist genau eingehalten, und er war nicht der Typ, der sich sträubte, einen Streit heraufbeschwor oder gar um Mitleid buhlte. Er hatte einen Ein-Jahres-Vertrag, und es war das volle Recht des Eigentümers, diesen nicht zu verlängern. Luciani hatte immer pünktlich die Miete bezahlt, aber die neuen Eigentümer waren sicher nicht auf seine dreihundertfünfzig Euro monatlich aus, die hatten mindestens eine Million Euro investiert, würden noch einmal eine hübsche Summe für die Sanierung ausgeben und dann das Ganze mit einem satten Profit weiterverkaufen. Die Welt war voller Verrückter, die bereit waren, dreitausend Euro pro Quadratmeter zu bezahlen, um zwischen den Ratten zu leben.

Was ihn betraf: Er würde sich eine neue Wohnung suchen müssen. Aber jetzt, wo er praktisch ohne Arbeit dastand, und angesichts der aktuellen Mietpreise, würde das nicht einfach werden. Für dreihundertfünfzig Euro gab es inzwischen nicht einmal mehr ein Wohnklo in der Altstadt, wenn er es nicht mit irgendeinem Marokkaner teilen wollte. Er musste in ein anderes Viertel, was ihm alles in allem nicht einmal leid tat, aber gab es in der Stadt ein Viertel mit so billigen Mieten? Vielleicht am westlichen Stadtrand, der inzwischen von Ecuadorianern kolonialisiert war, eine nicht gerade attraktive Perspektive. Die komfortable Lage im Zentrum gegen die Riviera zu tauschen war eine Sache, aber an den Stadtrand zu ziehen, das war der Anfang vom Ende. Ich werde ins Hinterland gehen, dachte er, in irgendein verlassenes Dorf. Aber vielleicht sind dic inzwischen auch schon zu »trendy«, hängen am Kabelnetz und sind von Holländern und Dänen erobert, wer weiß, ob ich mir das noch leisten kann.

Er verbummelte einen Tag, indem er auf dem Sofa lag und ein bisschen las, Musik hörte, die Decke anstarrte und dem Rumoren der Alten lauschte, die in der Wohnung über ihm mit ihrem Krückstock auf und ab marschierte und die Schubladen auf- und zuzog. Der letzte Fall hatte jegliche Energie aus ihm gesogen, er hatte zu absolut nichts Lust, aber vor allem konnte er an nichts denken. Das Bild des erhängten Schiedsrichters, der auf dem Tisch der Umkleidekabine lag, verfolgte ihn immer noch, obwohl er den Fall gelöst hatte, und das war ihm noch nie passiert. Vielleicht weil ihm diese Untersuchung, mehr als alle vorangegangenen, klargemacht hatte, dass es *die* Wahrheit nicht gab. Und dass am Ende immer die Wahrheit des Stärkeren siegte.

Zur Abendessenszeit legte er sich eine Zuckerrübe und einen halben Mozzarella auf den Teller, aber er ließ sie fast unberührt. Die Vergangenheit lag ihm noch im Magen, die Gegenwart war ein Seil über einem Abgrund, kurz davor, zu reißen, und auf der gegenüberliegenden Seite des Canyons erwartete ihn ein unbekanntes, feindseliges Land. Sein zweites Leben, das des Polizisten, stand vor dem Ende, und er hatte keine Ahnung, wie sein drittes aussehen würde.

Er legte sich vor elf Uhr ins Bett und hoffte, damit den Spannungskopfschmerz zu vertreiben, der in seinem Nacken pochte. Die Hitze war inzwischen drückend, und zum ersten Mal in diesem Jahr ließ er das Fenster einen Spaltbreit offen, um ein wenig frische Luft abzubekommen. Er versuchte, alle Gedanken zu verscheuchen, und nach fünf, sechs Minuten spürte er, dass die einzelnen Stiche in seinem Kopf zwar länger wurden, aber weniger heftig, dass sie an Kraft verloren und sich in einem Meer der Stille auflösten. Wenn ich acht Stunden am Stück schlafen kann, bin ich sie los, dachte er. Oder sieben. Wenn es ein richtiger Tiefschlaf ist, reichen auch sechs.

Als er gerade am Einschlafen war, hörte er ein Motorrad vom Ende der Straße kommen. Noch war es mindestens zweihundert Meter entfernt, aber der Lärm war schon ohrenbetäubend, er ließ die Pflastersteine vibrieren und verfing sich im Schalltrichter der engen Gasse. Der Fahrer, wahrscheinlich ein Dealer, der gerade seine Straßenverkäufer belieferte, riss genau unter Lucianis Fenster das Gas auf und raste die Steigung hinauf. Auf der Startbahn eines Flughafens hätte man sich wohler gefühlt.

Das Ganze hatte höchstens zehn Sekunden gedauert, aber jetzt war Marco Luciani wieder vollkommen wach, und sein Kopfschmerz pickte in der Augenhöhle wie der Schnabel eines Geiers, der sich einen Weg ins Hirn bahnen will: Tack, tack, tack.

Ihr Hurensöhne, dachte er. Irgendwann werdet ihr dafür büßen.

Er stand auf, ging ins Wohnzimmer, und da er wieder wach war, warf er aus reiner Gewohnheit einen Blick auf den Videotext. Als er die Nachricht von dem ermordeten Mädchen aus Rapallo las, spürte er einen Moment lang einen instinktiven Kitzel, er hob den Kopf wie ein hungriger Wolf, der die Witterung eines Hirschs aufgenommen hat. Dann presste er die Kiefer aufeinander und ließ sich wieder aufs Sofa sinken. Er wusste nicht, ob er Giampieri beneiden oder bedauern sollte.

# Dienstag
## Giampieri

Nicola Giampieri kam deutlich vor acht ins Kommissariat. Er war gegen drei Uhr nachts, als das Adrenalin endlich zu pumpen aufgehört hatte, plötzlich in Tiefschlaf gefallen, aber um sieben war er schon wieder wach und voller Energie. Auf seinem Schreibtisch fand er einen Stapel Zeitungen vor. Viele hatten dem Fall Ameri die größte Schlagzeile gewidmet, und alle zeigten dasselbe Foto von Barbara, auf dem sie fröhlich lächelte. Er nahm den Stoß und warf ihn direkt in den Papierkorb.

Wenn wir den Fall nicht sofort lösen, wird er der Dauerbrenner fürs Sommerloch, dachte er.

Er versuchte, Inspektor Vitone anzurufen, einen jungen Burschen, der vor wenigen Monaten aus Rom gekommen war: Klein und schmächtig, aber sehr selbstsicher, hatte er sich als unübertrefflicher Jäger in Papier- und EDV-Archiven erwiesen. Er war schon bei der Arbeit, und nach zwei Minuten stand er in Giampieris Büro.

»Hier sind die Informationen, nach denen du gestern gefragt hattest, Ingegnere«, sagte er und legte einen Lebenslauf auf den Tisch.e

Giampieri fing an, ihn zu überfliegen. »Monica Serra, geboren in Frosinone am 13. November 1966. Wohlhabende Familie … Schulbildung in verschiedenen Städten … Privatschulen … Studienabschluss an der Uni ›La Sapienza‹ in Rom. Staatsexamen in Catanzaro, na bravo. Erste Anstellung in Matera, dann Lecco, Rovigo, Ancona. Anschließend Vercelli und jetzt Rapallo. Das ist nicht viel. Wichtige Fälle?«

»Fehlanzeige. In ihrer gesamten Laufbahn sind ihr gerade mal drei Mordfälle untergekommen: einer in Vercelli, wo ein Psychopath seine Ex-Frau auf der Straße, vor allen Leuten, kaltgemacht hat. Ein anderer in Ancona, ein Mord mit anschließendem Selbstmord, ein krankes Greisenpaar. Der dritte in Rovigo: ein Albaner, der seine Freundin, die er auf den Strich schickte, gemeuchelt hat. Den haben sie praktisch sofort geschnappt.«

»Immerhin hat sie eine hundertprozentige Erfolgsquote. Vielleicht ist sie wirklich ein Genie. Familie?«

»Vom Ehemann getrennt. Keine Kinder. Lebt nur für die Karriere. Ich habe einen Kollegen aus Rapallo angerufen und mir erzählen lassen, was für ein Typ sie ist. Willst du es wissen?«

»Ich nehme an, es sind die üblichen Gemeinheiten über Karriere-Frauen.«

»Stimmt. Aber diese hier scheint nun wirklich ... Jedenfalls sagt man, dass sie sich vor der echten Arbeit drückt, wo sie nur kann, im Büro ist sie nie, dafür lässt sie keinen gesellschaftlichen Termin aus, Vernissagen, Ausstellungen. Und sie nimmt sich wahnsinnig wichtig. Rennt ständig ins Fitnessstudio, wegen der Figur und wegen der Männer. Sie mag gern junge, die nimmt sie mit nach Hause und ... na ja, sie geht wohl richtig ab. Der Kollege meint, die Nachbarn hätten eines Nachts die Polizei gerufen, weil sie so schrie.«

Giampieri schnaubte. »Ach komm, verschon mich mit diesen Gerüchten. Ich muss mit ihr zusammenarbeiten, und wenn du mir derlei Zeug erzählst, kriege ich das nicht hin.« Aber eine Rothaarige bleibt nun mal eine Rothaarige, dachte er und stellte sie sich in der Robe vor – und nur in der Robe. Vielleicht sollte er doch einen Gedanken darauf verschwenden, sobald der Fall abgeschlossen war.

Das Telefon rief ihn zur Ordnung. Giampieri nahm den Hörer ab. Die Sekretärin des Polizeichefs bat ihn, am

Apparat zu bleiben. Vitone zog sich diskret aus dem Büro zurück.

»Doktor Iaquinta, guten Morgen. Alles in Ordnung?«

»Bei mir schon. Ich bin heute Nacht aus Sardinien zurückgekommen. Was ist da in Rapallo passiert? Eine komplizierte Sache?«

Giampieri seufzte. »Ein bisschen. Vor allem, weil der Tatort extrem kontaminiert ist.«

»Und wie sieht deine Theorie aus?«

»Ich weiß nicht. Dafür ist es noch ein bisschen früh. Wir müssten erst einmal die Tatwaffe und ein mögliches Motiv finden. Die Überfall-Hypothese überzeugt mich nicht, der Broker sagt, dass nichts fehlt; die Brieftasche des Mädchens wurde von den Sanitätern auf dem Boden gefunden, das ist zwar merkwürdig, aber es waren dreißig Euro drin, und ein Dieb hätte die wohl mitgenommen. Vielleicht ist es jemand, der das Mädchen kannte, oder einer, der sauer auf den Broker war. Er hatte es auf ihn abgesehen, fand aber sie vor.«

Giampieris Herz schlug wie wild, er legte den Hörer vom linken an das rechte Ohr, weil er fürchtete, der Polizeichef könnte seinen Puls hören.

»Wie viele seid ihr in eurer Einheit?«

»Äh, ehrlich gesagt, nicht viele. Einer ist am Samstag zu seinem Urlaub ins Ausland aufgebrochen, den kann ich nicht zurückpfeifen. Seit einem Jahr sind wir unterbesetzt, und jetzt fehlt auch noch Luciani …«

Er merkte, dass der Mann am anderen Ende zögerte.

»Hör mal, Nicola …«

»Ich höre.«

»Wenn du vielleicht Unterstützung … ich weiß nicht … ist nur ein Vorschlag, aber ich habe mich gefragt, ob es nicht angezeigt wäre, Kommissar Luciani zurückzuholen.«

Giampieri spürte, wie alle Kraft aus ihm wich. Warum zum Teufel hatte er ihn nur erwähnt?

»Formell ist der Kommissar, wie du weißt, im Urlaub, und das Entlassungsgesuch liegt noch in meiner Schublade … Damit will ich absolut nicht sagen, dass ich dir das nicht zutraue, im Gegenteil. Aber da ihr immer sehr gut zusammengearbeitet habt, auch beim letzten Fall …«

Der Ingenieur ließ sich ein paar Sekunden Zeit für die Antwort.

»Ich dachte, die Entscheidung des Kommissars sei unwiderruflich. Ich meine, Urlaub oder nicht Urlaub, ich hatte das so verstanden, dass er auf keinen Fall wieder einsteigen will. Hat er denn bei Ihnen angerufen?«

»Nein, nicht die Spur. Ich weiß nicht einmal, ob er meinen Vorschlag akzeptieren würde. Du weißt, unser Verhältnis ist nicht gerade … Aber wenn vielleicht du ihn fragen würdest …«

Das war jetzt wirklich zu viel, dachte Giampieri. Er merkte, dass dies der Moment war, in dem er sich selbstsicher geben musste, auch auf die Gefahr hin, dass es anmaßend wirkte. »Ich glaube, dass ich allein zurechtkomme, Dottore. Das sage ich in vollem Ernst. Ohne Kommissar Lucianis Bedeutung schmälern zu wollen, meine ich, in letzter Zeit bewiesen zu haben, dass ich mich auch alleine recht geschickt anstelle. Oder irre ich mich?«

Iaquinta beschloss, die Sache fallenzulassen: »Sicher, sicher. Du hast dich immer tadellos verhalten, und wie ich jüngst sagte, bleibt für dich die Aussicht auf Beförderung bestehen.« Verlegen schwieg er einige Sekunden. »Ich lasse dich jetzt arbeiten. Aber denk dran: halt mich auf dem Laufenden.«

Der Ingenieur legte auf, kniff Augen und Zähne zusammen, versuchte bis zehn zu zählen, aber bei sechs hatte er bereits die halbleere Cola-Dose auf seinem Schreibtisch ins Visier genommen. Bei sieben hielt er sie in der Hand, und bei acht hörte er, wie sie gegen die Wand krachte, während er ein »Hurensohn!« brüllte.

Der braune Fleck wirkte sofort beruhigend. »Hurensohn«, sagte er noch einmal halblaut. »Als Luciani noch da war, rief er nie an, kümmerte sich nur um seinen eigenen Dreck, und jetzt wirft er sich mir gleich an den Hals, dieser Arsch. Und dann will er ihn auch noch zurückholen!«

Er hörte jemanden an die Tür klopfen.

»Alles in Ordnung, Ingegnere?« Es war Ianneces Stimme.

»Alles in Ordnung, alles in Ordnung. Mir ist nur eine Dose … heruntergefallen.«

Iannece steckte den Kopf ins Zimmer. »Brauchen Sie irgendetwas? Einen Kaffee? Womöglich koffeinfrei? Einen Kamillentee?«

Giampieri wischte den Boden mit Papiertaschentüchern auf, dann knüllte er sie zusammen und warf sie in den Mülleimer.

»Nein, alles okay.«

»Soll ich Sie nach Rapallo fahren, Ingegnere?«

»Warum?«

»Der Termin beim Staatsanwalt, um zehn.«

»Der Staatsanwalt ist mir wurscht. Zuerst müssen wir eine interne Lagebesprechung machen.«

Zwanzig Minuten später betrat Giampieri den Obduktionssaal im Gerichtsmedizinischen Institut. Doktor Vassallo, der Pathologe ihres Vertrauens, hatte Barbara Ameri eben wieder zugenäht. Die Leiche lag auf dem Tisch, vollkommen nackt, mit einer großen, ypsilonförmigen Naht, die von den Schultern zur Scham verlief.

»Können Sie mir schon einen kleinen Vorgeschmack geben, Dottore?«

»Worauf?«

»Auf alles, was möglicherweise von Interesse sein könnte. Angefangen bei der Tatwaffe.«

»Und das Tatmotiv wollen Sie nicht hören?«, flachste Vassallo, während er die Maske abnahm und die spärlichen Haare auf seinem Kopf richtete. Wie immer hatte er einen befriedigten Gesichtsausdruck, er arbeitete mit Hingabe und war intelligent genug, um sich nicht in anderer Leute Kompetenzen zu mischen.

Giampieri zeigte ein schwaches Lächeln: »Schön wär's.«

Vassallo zog auch die sterilen Handschuhe aus und ließ sich auf einen Stuhl fallen.

»Der erste Schlag war äußerst stark und muss das Gesicht getroffen haben. Wahrscheinlich mit der Faust. Das Mädchen stand hinter dem Schreibtisch, ihr Angreifer davor, und er überraschte sie mit einem Schlag, bei dem sie zwei Zähne verlor. Es war entweder ein sehr kräftiger Mann, oder er hatte etwas in der Hand. Sie flog mit dem Kopf gegen die Wand, stürzte nach vorn, war benommen, und da fing der Täter an, auf ihren Schädel einzuschlagen. Insgesamt elf Schläge, mit einem schweren Gegenstand, eher rund als eckig.«

»Was für eine Art Gegenstand?«

»Das ist schwer zu sagen. In der Notaufnahme hat man ihr die Haare abgeschnitten, dann wurde sie notdürftig genäht, wobei wichtige Spuren verlorengingen. Es könnte sich um einen Briefbeschwerer handeln, aber nicht um den aus Quarz, der auf dem Schreibtisch stand, dessen Oberfläche ist zu uneben, außerdem wurde mir gesagt, dass sich daran keine Blutspuren befanden.«

»Ein Bergsteigerpickel?«, fragte Giampieri in Erinnerung an das Foto des Anwalts auf einem Berggipfel.

»Vielleicht, allerdings ein kleiner.«

»Was haben Sie noch gefunden, Dottore?«

»Ah ja. Der Schlag in den Unterleib. Normalerweise

verrät das die Handschrift eines sexuell motivierten Täters. Eine Art letzter Schliff, eine symbolische Vergewaltigung, nachdem er sie getötet hatte.«

»Impotent?«

»Nun, das ist nicht gesagt. Das ist eher eine Frage für einen Psychiater, nicht für mich. Aber Triebtäter oder zurückgewiesene Verehrer verwenden in der Regel ein Messer.«

Vassallo drückte die Zigarette aus. Giampieri betrachtete Barbaras von den Nähten entstelltes Gesicht. Es würde schwierig werden, sie für die Bestattung herzurichten. Am meisten war die linke Gesichtshälfte in Mitleidenschaft gezogen worden: wahrscheinlich hatte der Mörder die Schläge mit der rechten Hand geführt.

»Soll ich sie zudecken?«, fragte der Mediziner, als er Giampieris Miene sah.

»Nein, das macht mir nichts aus. Ich dachte nur an die armen Eltern. Wie soll man je über so etwas hinwegkommen?«

»Gar nicht. Ach, entschuldige, das – in gewisser Hinsicht – Wichtigste habe ich dir gar nicht gesagt: Das Mädchen war Jungfrau.«

Der Ingenieur konnte seine Überraschung nicht verbergen.

»Tatsächlich. Absolut unberührt. Um Himmels willen, da ist nichts Merkwürdiges dran, aber es schließt zumindest eine Reihe von Hypothesen aus ... oder nicht?«

»Nun, ich würde sagen, ja ... auf jeden Fall.« Das Opfer war ein in jedem Sinne schüchternes und vorsichtiges Mädchen. Es wäre keinem Unbekannten in die Falle gegangen, es hätte nicht so einfach die Tür geöffnet. Es gab kein unvermutetes Netz von Prostitution, keinen verheirateten Liebhaber oder Ähnliches. Das Ermittlungsfeld ließ sich zumindest ein bisschen eingrenzen.

Vassallo nahm ein Laken, der Vizekommissar half ihm, den Leichnam zu bedecken.

»Jetzt esse ich einen Happen, danach setze ich mich hin und schreibe den Bericht. Bis heute Abend müsste er rausgehen. Damit hast du ein paar Stunden Vorsprung vor denen aus Rapallo.«

Giampieri lächelte. »Du, ich habe gar nichts gegen die aus Rapallo. Wir sind ein Herz und eine Seele. Venuti ist mein Idol.«

Vassallo schaltete die Lampe über dem Seziertisch aus. Barbara durfte weiterschlafen.

Um zehn war das Versammlungszimmer der Dienststelle in Rapallo gefüllt. Alle erreichbaren Kräfte standen rund um die Uhr zur Verfügung, um die Lücken der Kollegen, die im Urlaub waren, auszufüllen. Giampieri war aus Genua mit zwei Inspektoren gekommen, mit Calabrò und Vitone, außerdem mit den Beamten Franchi und Basso. Venuti standen weitere vier Beamte zur Verfügung. Während der Kommissar sich an den Rahmen des geöffneten Fensters lehnte, stellte Giampieri sich vor die Truppe und gab einen Überblick über den Fall, indem er die wichtigsten bis dato ermittelten Fakten aufzählte.

»Wir haben mehrere Spuren zu verfolgen, und wir teilen diese auf die Mannschaft aus Rapallo und die aus Genua auf. Wir werden uns vermischen und paarweise arbeiten, jeweils ein Ortsansässiger, der sich hier auskennt, der die Leute kennt und womöglich ihr Vertrauen genießt, mit einem von außerhalb, dem eher ein Detail auffällt, das einem, der hier alle Tage lebt, leicht entgeht.« Er war auf diese Idee gekommen, und er war stolz darauf: So ließen sich mögliche Konkurrenzsituationen und Rivalitäten aushebeln.

»Wir müssen weiterhin vor allem auf zwei Spuren setzen«, fuhr er fort. »Die erste ist das Haus. Wir müssen en detail Alibi und Tagesablauf aller Mieter überprüfen, genau eingrenzen, wie viel Zeit dem Täter zu Ausführung der Tat und Flucht zur Verfügung stand. Vor allem müssen wir herauskriegen, ob er ungesehen auf die Straße gelangen konnte oder ob er im Haus blieb. Natürlich müssen wir uns auf Mantero konzentrieren: Der Anwalt hatte Zeit und Gelegenheit, sie zu töten, und im Grunde konnte er auch die Waffe verschwinden lassen. Fehlt nur das Motiv. Suchen wir es! Die andere Spur führt zur Familie Ameri. Konzentrieren wir uns auf die engsten Angehörigen und Freunde der Familie, zumindest auf jene, die Barbara häufig sah.«

Calabrò knackte die ganze Zeit mit den Fingern und zupfte an seinen Augenbrauen. Er war nicht besonders groß, aber von athletischer, kräftiger Statur, ein Mann der Tat. Diese Besprechungen machten ihn nervös, regten ihn auf. Nach einer Weile hob er eine Hand und schaltete sich ein: »Warum bist du sicher, dass es kein Unbekannter war?«

»Ich glaube nicht, dass sie ihm die Tür geöffnet hätte.«

»Warum nicht? Das gehörte zu ihrer Arbeit, die Tür zu öffnen. Jemand klingelt, sie ist im Büro und drückt auf den Türöffner.«

»Außerhalb der Bürozeiten?«

»Warum nicht?«

»Weil für diese Uhrzeit keine Termine vorgesehen waren. Nur zwei Telefongespräche gegen zehn.«

Calabrò zuckte mit den Schultern und blies ein bisschen die Backen auf, was seine deutlich andere Sicht der Dinge verriet.

»Meiner Meinung nach hätte der Broker sie niemals in seinem Büro gekillt. Und ein Angehöriger – warum sollte der sich ausgerechnet dorthin bemühen? Viel zu riskant.« Einige Kollegen nickten, und Calabrò wurde selbstsicherer: »Wir müssten erst einmal sie selbst abklopfen, was für ein Typ sie war, ob sie in letzter Zeit etwas Merkwürdiges getan hat …

Kommissar Luciani hat uns beigebracht, dass das Tatmotiv fast immer im Verhalten des Mordopfers zu finden ist.«

Die Stille, die auf Calabròs letzten Satz folgte, ähnelte dem Schweigen im Walde, wenn alles mucksmäuschenstill ist, weil ein Raubtier naht.

Giampieri zwang sich, einen ruhigen Ton anzuschlagen, aber als er den Mund öffnete, zitterte seine Unterlippe leicht, ebenso wie die Stimme: »Klar kreist alles um das Mädchen. Aber ich fürchte, dass sie uns nichts mehr erzählen kann. Daher können wir das, was sie getan hat, nur durch Befragung ihres Umfeldes rekonstruieren: ihrer Verwandten und vor allem der Freundinnen.«

Die Beamten nickten.

»Was Kommissar Luciani betrifft, er wird nicht zurückkommen, jedenfalls können wir bei diesem Fall nicht auf ihn zählen. Ob es mir gefällt oder nicht, ich werde mich allein darum kümmern müssen. Und ob es euch gefällt oder nicht«, fügte er hinzu, wobei er zuerst Calabrò und dann alle anderen fixierte, »ihr habt euch an mich zu halten. Und natürlich an Kommissar Venuti. Hört jetzt genau zu, was eure Aufgaben sind: Albanese und Franchi, ihr befragt noch einmal nacheinander alle Mieter des Hauses und die Ladenbesitzer an der Straße, flächendeckend; ich will, dass ihre Ortswechsel von Montagmorgen sekundengenau rekonstruiert werden. Wann sie aus dem Haus gegangen und wieder zurückgekommen sind, wen sie getroffen haben, usw. Villa und Basso: alle Örtlichkeiten, an denen Barbara verkehrte – Fitnessstudio, Schwimmhalle, Kirche usw. Sucht ihre Freundinnen und lasst euch alles über sie erzählen. Calabrò und Guccione, von euch will ich den Stammbaum der Familie Ameri bis zu den Cousins vierten Grades; vernehmt sie der Reihe nach und lasst euch jeweils ein Alibi geben. Olivieri und Vitone: Vermögenslage von Rechtsanwalt und Opfer, Familien eingeschlossen. Der

Kommissar und ich, wir bleiben an Mantero dran, nach wie vor die wichtigste Spur. Allen ein gutes Gelingen.«

Er ging hinaus auf den Flur und ließ die Tür hinter sich offen. Kaum war er außer Sichtweite, beschleunigte er den Schritt, und er kam gerade noch rechtzeitig aufs Klo, um seine Anspannung und das Frühstück auszukotzen.

Eine Sekunde nachdem er sein Handy wieder angestellt hatte, klingelte es. Monica Serra schrie so laut, dass er das Telefon auf einen halben Meter Abstand halten musste.

»Wo stecken Sie denn? Seit einer Stunde warte ich auf Sie!«

»Wir tun unsere Arbeit. Wir ermitteln.«

»Nun, auch ich arbeite. Wir alle arbeiten am selben Fall. Sie kommen auf der Stelle her, Sie und Venuti, ich muss Ihnen Instruktionen geben.«

Venuti kam näher. Für Giampieris Geschmack allzu nah. Das Hemd war dasselbe wie am Vortag. »War das die Serra?«, fragte er.

»Exakt.«

»Komm, wir schauen bei ihr vorbei, dann geht sie uns wenigstens nicht mehr auf den Sack.«

»Was sollen wir bei ihr?«

»Nichts. Aber wenn der Fall hier abgeschlossen ist, kehrst du nach Genua zurück, und ich muss noch zwei Jahre mit ihr arbeiten, bevor ich in Pension kann.«

»Du Ärmster.«

»Nicht doch, im Grunde ist sie ein nettes Mädchen. Hat von nichts eine Ahnung, ist aber ernst und gewissenhaft. Und sie arbeitet gern, wenn der Fall ihr zu öffentlicher Aufmerksamkeit verhilft.«

Sie stiegen ins Auto, Giampieri öffnete das Fenster. Er musste den Kommissar irgendwie dazu bringen, sich zu duschen.

Sie blieben über eine Stunde im Büro der Staatsanwältin, um den Stand der Ermittlungen zu besprechen. »Welchen Schritt sollten wir Ihrer Meinung nach als Nächstes tun?«, fragte die Serra am Ende in einem Ton, als wollte sie sehen, ob sie die Antwort schon erraten hatten.

»Mantero wieder aufs Kommissariat holen und weiter ausquetschen. Ihn und seine Mutter. Die Wohnung bis in den letzten Winkel durchsuchen«, sagte Venuti.

»Seinen Computer sicherstellen«, fügte Giampieri hinzu, »seine Fingerabdrücke und die DNA nehmen. Seine Telefone und das Handy abhören. Wohnräume abhören.«

Monica Serra hätte fast laut aufgelacht. »Ihr habt also den Schuldigen schon gefunden.«

»Absolut nicht«, entgegnete der Ingenieur. »Im Gegenteil, wenn ich auf mein Gefühl hören sollte, würde ich nicht eine Minute an ihn verschwenden. Aber ich folge dem Gesetz der Wahrscheinlichkeit: Der Verdacht gegen Mantero liegt nahe, und da müssen wir beginnen.«

»Auch wenn er es nicht ist, so weiß er zumindest sicher etwas«, pflichtete der Kommissar bei.

Die Serra spielte mit einem silbernen Füller herum, schraubte immer wieder die Kappe auf und zu. »Um zu tun, was ihr verlangt, müsste ich ein Ermittlungsverfahren gegen ihn einleiten. Wenn er es dann nicht ist, reißen die Journalisten uns in Stücke. Das heißt, wenn man sieht, um wen es hier geht, werden wir sowieso in Stücke gerissen.«

»Wieso? Hat er Einfluss?«

»Hier in Rapallo ganz bestimmt. Und wenn ich mir so die Anrufe anschaue, die vor allem aus Rom eingehen, dann hat er noch mehr als gedacht.« Es sollte schnippisch klingen, doch man sah, dass ihr mulmig war.

»Es ist ein Ermittlungsverfahren, keine Verhaftung.«

»Och bitte, Sie wissen genau, dass ein Ermittlungsverfahren so viel bedeutet wie eine Schuldzuweisung. Versuchen wir erst einmal, die DNA und alles andere im Guten von ihm zu bekommen. Wenn er nichts zu verbergen hat, wird ihm das auch lieber sein.«

Giampieri schüttelte den Kopf: »Er ist Anwalt. Das wird nicht einfach werden.«

»Ich habe nicht gesagt, dass es einfach wird. Das bedeutet, dass ich mit ihm sprechen werde.«

Dann listete Monica Serra reihenweise Überprüfungen und Vernehmungen auf, die noch gemacht werden sollten. Alles Dinge, die Giampieri und Venuti schon vorgesehen hatten. Sie hörten geduldig zu und verabschiedeten sich schließlich mit einem Gefühl der Erleichterung.

Als sie bereits auf den Flur hinaustreten wollten, rief die Staatsanwältin sie zurück: »Denken Sie dran: Ich will, dass jeder Schritt abgestimmt wird. Und wenn Sie jemanden auf die Dienststelle bringen, rufen Sie mich an. Ich will bei den Verhören dabei sein.«

Die beiden Polizisten sahen sich an und verzogen das Gesicht.

»Sie haben mich verstanden. Gehen Sie jetzt. Nächster Rapport um neunzehn Uhr. Und diesmal pünktlich.«

Der Tag verging wie im Flug, allerdings ziemlich fruchtlos, auf Vorstöße folgten Kurskorrekturen, es gab Umschweife und Fehlalarme. Giampieri und Venuti erinnerten an zwei Tauben auf der Piazza San Marco, das Überangebot an Brosamen verleitete sie dazu, kreuz und quer herumzupicken, in der Hoffnung, den besten zu finden.

Sie vernahmen noch einmal ausführlich Giulio Mantero, der offensichtlich den Schlaf des Gerechten geschlafen hatte und mit seiner üblichen Eiseskälte alle Fallstricke mied. Um drei Uhr nachmittags lud Venuti ihn ins Auto und fuhr mit ihm zum Landhaus der Manteros, rund dreißig Kilometer hinter Genua, wo er eine flächendeckende

Durchsuchung vornehmen ließ. Was er zu finden hoffte, wusste er selbst nicht, weder der Anwalt noch die Mutter konnten am Vortag eine solche Strecke zurückgelegt haben, um etwas zu verstecken. Es war eine Aktion, die eher den Anwalt einschüchtern und der ständig auf der Lauer liegenden Presse signalisierten sollte: Seht her, wir machen gehörig Dampf! In einem Schrank fanden die Beamten eine Bergsteigerausrüstung, mit Seilen und Gurtzeug sowie Bergstiefeln. Als Venuti den Anwalt fragte, wo der Pickel sei, antwortete Mantero, er könne sich nicht erinnern, er habe ihn wahrscheinlich irgendeinem Kameraden vom Verein »Quattromila« in Rapallo geliehen, mit dem er seine Bergtouren unternahm.

In der Zwischenzeit übernahm Giampieri die unangenehme Aufgabe, noch einmal die Eltern des Mädchens aufzusuchen, die immer noch in der Klinik waren. Er wollte sich Terminkalender, Tagebücher, Notizen aushändigen lassen, alles, was irgendetwas über Barbara Ameris Privatleben verriet. Die Mutter versprach, sie würde, sobald sie nach Hause käme, im Zimmer des Mädchens nach Notizen suchen. Der Onkel war wie verwandelt, er entschuldigte sich sogar dafür, dass er die Beherrschung verloren hatte, und händigte Giampieri Barbaras Handtasche aus, die die Sanitäter mit ins Krankenhaus gebracht hatten.

Der Kommissar kippte den Inhalt auf einen Tisch. Von potentiellem Interesse waren allein eine Brieftasche und ein kleiner Terminkalender. Letzteren öffnete er sofort, aber für den Tag des Mordes war keine Verabredung eingetragen, auch für die Tage unmittelbar davor und danach nicht. Es war nicht der Kalender für die beruflichen Termine (diesen bewahrte das Mädchen logischerweise im Büro auf, jedoch hatte er keine nützlichen Hinweise ergeben), sondern ihr privater. Eine ganze Woche passte auf zwei nebeneinanderliegende Seiten, in die Barbara im Durchschnitt vier oder fünf Eintragungen machte. Giampieri fing an, diese akribisch zu durchleuchten, weil er auf den großen Treffer hoffte. Er merkte bald, dass der einzige regelmäßige Termin das Fitnessstudio war: dienstags und freitags in der Mittagspause. Hin und wieder fanden sich auch Namen, zum Aperitif oder, seltener, zum Mittagessen. »Tiziana« tauchte am häufigsten auf, dann »Michela«, diese beiden Freundinnen hatten sie schon kontaktiert; manchmal stand da auch »Jacky«, um dreizehn oder achtzehn Uhr. Die abendlichen Verabredungen waren selten, immer mit irgendeiner Freundin, oft mit dem Hinweis »Kino« versehen. Je mehr man sich der Gegenwart näherte, desto häufiger wurde der Name »Jacky«, sie hatten sich in zwei Wochen fünf- oder sechsmal gesehen, sowohl tagsüber als auch abends. Der Ingenieur stellte die Lauscher auf. Er kam zum fünfzehnten und sah, dass Barbara »Kreuzfahrt!« geschrieben hatte, mit Ausrufezeichen, die ganze Woche war durchgestrichen. Am Montag, dem dreiundzwanzigsten, war sie wieder zur Arbeit gegangen, hatte wieder die üblichen Termine im Fitnessstudio wahrgenommen und am Mittwoch um achtzehn Uhr Tiziana getroffen. Von Jacky fand sich dagegen keine Spur mehr, auch für die folgenden Wochen waren keine Termine mehr vorgesehen.

Er fragte den Onkel, ob er jemals diesen Namen gehört habe, und dieser verneinte. Er wusste nicht einmal, ob er zu einem Mann oder einer Frau gehörte. Der Ingenieur wandte sich wieder an Barbaras Mutter, die seinen Verdacht sofort zerstreute: »Giacomo? Das ist ein ganz lieber Junge, höflich und freundlich. Sie haben zusammen die Kreuzfahrt gemacht, aber sie waren nur Freunde.«

Er fuhr wieder zur Dienststelle in Rapallo, trug Calabrò auf, alle in dem Terminkalender verzeichneten Telefonnummern anzurufen – Giacomo eingeschlossen –, und dann rückte er wieder Venuti und der Serra auf den Pelz, die gerade die von den Beamten gesammelten Aussagen prüften. »Es gibt keine großen Neuigkeiten. Leider war es Montag Morgen, viele Geschäfte waren geschlossen, wahrscheinlich hat der Täter, falls er von außerhalb kam, sogar bewusst diesen Tag gewählt. Es war nur eine Bar geöffnet, ungefähr zwanzig Meter vom Hauseingang entfernt, aber niemand hat etwas bemerkt. Im Haus ist von den Nachbarn kein Fremder gesehen worden. Die beste Zeugin ist eine alte Frau, die ihre Blumen goss. Gegen acht Uhr ging sie für zehn, fünfzehn Minuten zwischen Balkon und Küche hin und her. Weder hat sie Barbara ins Haus gehen noch verdächtige Gestalten herauskommen sehen, sie versucht sich zu erinnern, wer auf der Straße war, und bis jetzt hat sie einen Jogger aufgelistet und eine Blondine auf dem Fahrrad, die eine Tasche mit Tennisschläger über der Schulter trug, aber sie hat beide von hinten gesehen und würde sie nicht wiedererkennen. Dann jemanden, der eine Bar belieferte, und einen, der Werbung in die Briefkästen steckte. Der Prospektverteiler ist sogar im Hauseingang verschwunden, kam aber sofort wieder heraus. Die Frau behielt ihn im Auge, weil sie ihm nicht traute.«

Giampieri lächelte: »Gutes Gedächtnis. Wenn nur alle Nachbarn so wären.«

»Dann wäre das Leben die Hölle, nur für uns wäre es ein Segen.«

Die Serra schaltete sich mit ihrer besten Quetschstimme ein: »Wir müssen all diese Leute aufspüren. Vielleicht haben die irgendetwas oder irgendjemanden beobachtet.«

Giampieri räusperte sich: »Soweit ich sehen konnte, hat Barbara den Computer um 8.27 Uhr angeschaltet.«

Die Serra ging hoch wie eine Rakete: »Warum haben Sie uns das nicht gesagt?«

»Das habe ich doch soeben getan.«

Venuti entschärfte sofort die Situation: »Da musste die Nachbarin den Balkon schon wieder verlassen haben. Und diese Zeitangabe entspricht der Aussage von Marco Turone. Das ist ein anderer Nachbar«, sagte er, an Giampieri gewandt, »ein Bursche von zwanzig Jahren, mit schweren psychischen Störungen. Er sagt, er habe Barbara um halb neun unten am Hauseingang gesehen. Sie war da offensichtlich gerade auf dem Weg ins Büro.«

»Ist er sich der Uhrzeit sicher?«

»Ja, er hat Barbara danach gefragt, und sie hat die entsprechende Antwort gegeben. Anscheinend fragt er immerzu alle Leute nach der Uhrzeit. Ich habe mit ihm geredet, er ist ziemlich eigen.«

Die Serra suchte nach einer besseren Sitzposition.

»… und kann er es nicht gewesen sein?«

»Er hat einen Zeugen«, sagte Venuti, »ein Bekannter hat ihn um neun Uhr auf der Piazza del Municipio gesehen. Er wirkte normal, das heißt er war wie immer neben der Kappe, aber er war nicht mit Blut befleckt oder Ähnliches. Die behandelnden Ärzte meinen, er sei nicht gefährlich. Das sagen die immer, bis einer ein Blutbad anrichtet. Wenn es nach mir ginge, gäbe es wieder Klapsmühlen, keine Frage.«

Giampieri enthielt sich jeden Kommentars, der Kommissar fuhr fort:

»Der Vater des Jungen heißt Giorgio, ruhiger Typ, hält sich mit Gelegenheitsjobs über Wasser. Ein Automechaniker, mit dem er befreundet ist, sagt, dass er gestern früh um neun bei ihm gewesen sei. Dort hat ihn auch ein Kunde gesehen. Davor hat er allerdings kein echtes Alibi.«

»So eine kleine Durchsuchung könnten wir morgen bei Turones in jedem Fall machen«, meinte die Serra. Es war offensichtlich, dass sie so schnell wie möglich gegen jemanden ermitteln wollte, der nicht der Broker war.

»Und Mantero?«

Die Staatsanwältin wurde unruhig, schlug immer wieder die Beine übereinander. »Mantero lassen wir in Frieden. Zumindest vorerst.«

Es war nach eins, doch der Ingenieur fand keinen Schlaf. Er schob es auf die Überdosis Kaffee, aber in Wirklichkeit plagten ihn Zweifel und böse Vorahnungen: Dieser Fall schien unter einem schlechten Stern zu stehen. Venuti war eher ein Mann der Tat denn des Verstandes, er bewegte sich mit der Umsicht eines Elefanten im Vollrausch. Die Serra gefiel ihm auch immer weniger, sie zauderte, wenn gegen den Geldsack von Anwalt und seine Freunde ermittelt werden sollte, wenn es allerdings darum ging, eine problembeladene Familie plattzumachen, stand sie gleich mit der Dampfwalze bereit. Wenn ich in Rapallo bleibe, verschwende ich nur meine Zeit, dachte er. Da die Serra nun einmal den Ton angeben wollte und Venuti dort in seinem Revier war, erschien es nur folgerichtig, dass er ein wenig auf Abstand ging und versuchte, auf einem eigenen Weg, den die anderen nicht einschlagen konnten, hinter die Wahrheit zu kommen. Es war sinnlos, sich auf diese langen Verhöre zu versteifen, bei denen sie selbst nicht wussten, was sie suchen, was sie fragen sollten, sondern nur auf eine zufällige Enthüllung hofften. Bevor er sich vor einen Zeugen oder einen Verdächtigen setzte, wollte er konkrete Fakten in der Hand haben: Zeitangaben, Telefonkontakte, Analysen, objektive Spuren, die er benutzen konnte, um etwaige Lügen zu entlarven. Das Problem war: wo sollte man diese suchen? Es war kaum zu glauben, aber Barbara hatte nicht einmal ein Handy. Und ohne ein solches war es schwierig, ihre Ortswechsel zu rekonstruieren. Das Handy ist unsere Black Box, dachte er, absurd, dass man seine Verwendung noch nicht zwingend vorgeschrieben hat.

Er starrte lange die Decke an, während eine schleichende

Unruhe durch seine Venen kroch und immer deutlicher zu spüren war. Er dachte an den Anruf des Polizeichefs zurück, an seine eigenen Antworten, die nicht klar genug gewesen waren. Nachdem er sich über eine Stunde lang im Bett gewälzt hatte, wollte er schon zu einem Mittel greifen, aber er musste in Bereitschaft bleiben und das Telefon hören, falls man ihn mitten in der Nacht anrief. Jetzt ist gerade mal Dienstag, dachte er, wenn ich nicht von selbst wieder auf den Teppich komme, stehe ich die Woche nicht durch.

Er fragte sich, ob er für diesen Posten bereit war, ob er nicht wirklich Luciani rufen sollte. Seit Giampieri nach Genua gekommen war, hatte man ihm im Grunde ständig nur vorgebetet, wie herausragend der Kommissar sei: scharfsinnig, intuitiv, unbestechlich; und manchmal hatte er einfach ein unverschämtes Glück. Doch dann erinnerte Giampieri sich auch wieder des letzten Falles, wie er, dank seines technologischen Geschicks, die Lösung gefunden hatte, ohne Hilfe von anderen. »Schluss mit den Zweifeln«, sagte er halblaut, »Schluss mit dem ganzen Rumgeeiere.« Um Kommissar zu werden, musste er gegen eine Menge Leute ankämpfen, da durfte er sich nicht auch noch selbst im Weg stehen.

Er blieb noch eine Weile wach, und als klar war, dass der Schlaf nicht kommen würde, öffnete er die Nachttischschublade, nahm eine Zigarette, öffnete sie und schüttete den Inhalt auf ein Papier. Er baute einen Filter aus Pappe, nahm ein bisschen Dope und eine White-Widow-Blüte, baute eine Tüte und rauchte sie, gemütlich auf dem Bett sitzend, während die beruhigende Kraft des Marihuanas seine Lungen füllte. Er rauchte auf, dachte an nichts, drückte den Joint aus und glitt unter das Laken, glitt hinüber in den Schlaf, ohne es richtig zu merken.

# Dienstag

## Luciani

Er ging an seine Leistungsgrenze und schloss die letzte Runde um die Baumwolllager in vier Minuten fünfzehn ab. Nach einer Dreiviertelstunde Laufen und mit den Verletzungen des Vortages, die ein wenig schmerzten, kein schlechtes Ergebnis. Damit war für ihn das Training nachgeholt, das er wegen Iannece und dieses Wachschutzfutzis versäumt hatte. Er konnte nach Hause gehen und den Trainingsplan aktualisieren, der ihn innerhalb weniger Monate fit für seinen ersten Marathon machen sollte. Vielleicht ist es ein Fehler, jetzt, in der Hitze des Sommers, mit dem Training zu beginnen, dachte Luciani. Andererseits: wenn ich meine Trainingsziele bei fünfundzwanzig, dreißig Grad einhalten kann, dann muss ich, wenn es auf achtzehn Grad abkühlt, abgehen wie die Feuerwehr.

Als er nach Hause kam, standen zwei Männer vor der Tür. Einer war groß und trug Klamotten, als wäre er auf dem Weg in den Golfclub, außerdem einen braunen Lederkoffer und übertrieben teure Schuhe. Luciani erkannte ihn sofort. Wenn ich kein einfacher Mieter, sondern der Hauseigentümer wäre, dachte er, würde ich mir einen anderen Verwalter suchen. Der andere war ein kleiner, dicklicher Mann, er wirkte geradeheraus und sympathisch.

»Guten Tag, Herr Kommissar. Ich hatte gehofft, dass Sie kommen.«

»Guten Tag. Was ist passiert?«

Der Verwalter stellte ihm Herrn Bellini vor, den Generalunternehmer. Für welche Unternehmungen? dachte Luciani und grüßte die beiden nur mit einem Kopfnicken, denn er war völlig durchgeschwitzt und wollte niemanden anfassen.

»Ich finde den Schlüssel zum Speicher nicht mehr. Sie müssten auch noch einen haben …«

»Kann sein. Gibt es ein Problem?«

»Nein, kein Problem. Wir machen eine erste Ortsbegehung, um uns einen Eindruck zu verschaffen. Wissen Sie, die neuen Eigentümer wollen so schnell wie möglich mit der Sanierung beginnen …«

»Sapperlot. Die verschwenden keine Zeit.«

»Zeit ist Geld«, sagte der Verwalter grinsend.

»Vor allem muss man den Sommer nutzen«, schaltete sich Bellini ein, »das schöne Wetter. Das Treppenhaus ist ja kein Problem, aber wenn Dach und Fassade gemacht werden sollen …«

Marco Luciani riss die Augen auf. Wenn Fassade und Dach eingerüstet wurden und überall die Bauarbeiter herumsprangen, dann konnte der Sommer ja heiter werden.

Er ging die Treppe hoch, verfolgt von den beiden, dann öffnete er seine Wohnungstür einen Spaltbreit, schlüpfte hinein, ohne dass die Männer mitkamen, und kramte im Zählerkasten herum, bis er ein Schlüsselbund fand.

»Hier müsste alles dran sein: Haustür, Keller, Speicher. Abgesehen natürlich von Aufzug, Sauna und Maschinenraum für den Pool.«

Der Verwalter lächelte: »Sie machen sich lustig, aber Sie werden sehen, was wir hieraus machen.«

»Nein, ich glaube nicht, dass ich das sehen werde.«

Das Schweigen dauerte länger als eine Sekunde.

»Möchten Sie mit hoch kommen?«, fragte Bellini.

Marco Luciani dachte an die Leiter, die hinauf zum Dach führte, und allein bei dem Gedanken, sich in fünfzehn Meter Höhe zu befinden, nahm ihm der Schwindel die Luft.

»Bitte, gehen Sie ruhig. Ich muss mich duschen.«

Der Verwalter schaute ihn an, als wollte er sagen: Allerdings!, dann ging er die Treppe hoch. Kaum hörte die Alte aus dem vierten Stock die beiden kommen, öffnete sie die Tür, um lautstark zu protestieren: »Wer sind Sie? Was ist hier los?«

»Nichts, gnädige Frau, ich bin der Hausverwalter. Erinnern Sie sich an mich? Wir werfen einen Blick aufs Dach, wegen einiger Baumaßnahmen.«

»Baumaßnahmen? Mein Neffe hat mir nichts gesagt.«

»Nein, das hat auch noch Zeit, machen Sie sich keine Sorgen.«

Die Frau grummelte eine Weile, und der Kommissar schloss leise seine Tür. Die Alten, dachte er, während ihm Schuldgefühle die Kehle zuschnürten.

Patrizia Luciani öffnete die Glastür der Küche, warf einen Blick auf das Tor, kniff die Augen zusammen und hob das Kinn leicht. Als sie die hochaufgeschossene Gestalt ihres Sohnes erblickte, entglitt ihr das Geschirrtuch, es landete auf dem Boden wie ein Taschentuch auf einem Grabstein. Sie spürte, wie ihr die Tränen in die Augen schossen, zog heftig die Nase hoch, um sie aufzuhalten. Instinktiv richtete sie sich das Haar, nahm die Schürze ab und warf sie achtlos Richtung Tisch. Sie wollte hinaus, ihm entgegengehen, aber ihre Knie wurden weich. Sie merkte, dass sie noch ein paar Sekunden brauchte, sie musste ihn näher kommen sehen, während sie selbst sich an den Türrahmen klammerte.

Sie drückte auf den Summer für das Tor und betrachtete ihren Sohn, ihren bildhübschen unbeugsamen Sohn, der das Tor in einem Schwung öffnete und schnell näher kam, ohne sich umzusehen, ohne sich von den Erinnerungen bremsen zu lassen, die ihn aus allen Winkeln des Gartens belauerten.

Sie blieben ein paar Sekunden voreinander stehen, lächelten sich nur mit den Augen zu, weil die Lippen aufeinandergepresst waren, um den Überschwang der Gefühle im Zaum zu halten. Patrizia öffnete die Arme und umfasste ihn, die Wange an seine Brust gelegt. Ihr fielen seine Bartstoppeln auf, das Gesicht eines Mannes, der sich um sein Aussehen wenig scherte, er war noch dünner als beim letzten Mal, ausgezehrt und kantig, an allen Gelenken standen die Knochen hervor. Sie dachte, sie hätte ihn mühelos hochheben und mit ausgestreckten Armen über ihr Gesicht halten können, wie damals, als er klein war und sie so tat, als wollte sie ihn in den Bauch beißen, bis er vor Lachen nicht mehr konnte.

Marco Luciani ging vorsichtig auf ihre Umarmung ein, er wusste, dass er das Verhältnis besser auf kameradschaftliche Herzlichkeit beschränken sollte, denn jede übertriebene Geste, jeden Überschwang würde er sonst irgendwann mit Reue und Schuldgefühlen büßen müssen.

»Ich dachte, du kommst nie wieder.«

Dank oder Vorwurf, das war Ansichtssache. Marco Luciani löste sich aus der Umarmung und murmelte: »Es war eine schwierige Phase, ich hatte sehr viel zu tun.« Er sagte ihr nicht, dass er eine Woche vorher in den Boschetto hochgefahren, bis an das Tor gekommen war und sogar geklingelt hatte. Dann jedoch hatte ihn panische Angst gepackt, und er hatte sich hinter einem Baum versteckt.

Die Mutter streichelte sein Gesicht und sagte in gütigem Ton: »Ich weiß. Ich habe alles im Fernsehen verfolgt. Als ich dich gesehen habe, hätte ich dich fast nicht erkannt, du warst beängstigend dünn.«

»Im Fernsehen sieht man schlanker aus, Mama«, log er.

»In echt siehst du nicht viel besser aus, eher wie ein Lichtmast.«

Er lächelte, der Vergleich schien ihm absolut zutreffend. Er fühlte sich groß, unverrückbar und einsam.

Er trat in die Küche und sah sich um. Alles war wie immer, der rustikale Tisch mit der Marmorplatte, die Korbstühle, Anrichte und Konsolen. Er suchte unter dem Dunstabzug nach der Fliese, die auf dem Kopf stand – sie war noch da. Die Blütenblätter der gelben Blumen passten nicht aufeinander, und dieser Fehler zerstörte die vermeintliche Perfektion der Vorzeige-Villa, gab ihm aber ein Gefühl der Erleichterung, wie einst jeden Morgen beim Frühstück, viele Jahre lang.

Die Mutter beobachtete ihn immer noch. »Du wirkst müde. Willst du etwas essen?«

»Nein, danke. Essen ist schlecht für den Organismus«, sagte er lächelnd.

»Dummkopf. Wenigstens einen Tee?«

»Den schon, gern. Ist Papa nicht da?«

Der Satz war ihm zu brüsk geraten. Er war es nicht mehr gewohnt, ihn auszusprechen, und er schien sich fast in den Rücken der Mutter zu bohren. Patrizia verkrampfte sich ein wenig, sie drehte sich mit einem verwunderten, besorgten Gesichtsausdruck um. »Ich dachte, du hättest ihn weggehen sehen.«

Marco Luciani schüttelte den Kopf. »Offen gestanden nicht. Diesmal wäre ich auch bereit gewesen, ihn zu treffen.« Er war spontan zum Haus seiner Eltern hochgefahren, von einem plötzlichen Bedürfnis nach Normalität getrieben, oder nach Buße, oder weil er seiner selbst überdrüssig war. Und im Gegensatz zu sonst hatte er nicht am Ende der Straße gelauert, gewartet, bis sein Vater zum üblichen Abendspaziergang vor dem Essen aufbrach. Er hatte an der Villa Patrizia geklingelt, und wenn der Vater geantwortet hätte, hätte er ihn möglichst ungezwungen begrüßt, so weit das einem Sohn gelingen kann, der mit seinem Vater zehn Jahre lang kein Wort gewechselt hat.

»Tut mir leid. Aber vielleicht ist es diesmal besser, dass

er nicht da ist.« Die Mutter machte Feuer unter dem Wasserkessel, stellte zwei Tassen auf den Tisch, setzte sich und bedeutete ihm, es ihr gleichzutun. »Im letzten Brief habe ich dir geschrieben, es gehe ihm nicht sehr gut, aber die Wirklichkeit sieht ein bisschen anders aus. Die Ärzte meinen ... dass ihm nur noch ... wenig Zeit bleibt.« Sie seufzte und konnte nicht weitersprechen, sie stützte die Ellbogen auf den Tisch und verbarg das Gesicht in den Händen. Die Aufregung, ihren Sohn wiederzusehen, und der Gedanke an ihren Mann, der bald an Krebs sterben würde, waren zu viel für sie.

Marco Luciani wartete, bis sie sich wieder beruhigt hatte, wobei er ihr die Hand auf die Schultern und dann auf das Haar legte. Er wusste nicht, was er sagen sollte, ein einfaches »Tut mir leid« wäre zu wenig und auch nicht ehrlich gewesen, diesen Moment hatte er in einer bestimmten Phase seines Lebens herbeigesehnt, und jetzt, da er da war, hatte er keine besondere Wirkung mehr auf ihn. Da war keine Genugtuung mehr, aber auch noch kein Schmerz, er hatte aufgehört, ihn zu hassen, aber er hatte auch noch keinen Zugang zu einer möglichen Versöhnung gefunden. Im Moment war sein Vater für ihn nur ein Fremder, für den die Mutter aus unerfindlichen Gründen bittere Tränen vergoss.

Sie schwiegen, während er in der Leere seiner Seele nach irgendeinem Gefühl suchte und das Schluchzen, das die Mutter durchzuckte, sich allmählich legte. Schließlich rief der pfeifende Wasserkessel sie beide wieder in die Realität zurück.

»Entschuldige. Bisher habe ich keine Schwäche gezeigt. In seiner Gegenwart habe ich nie geweint, nur manchmal, wenn er draußen war. Aber heute Abend, da kommst du plötzlich hier hereinspaziert ...«

»Sind sie sicher?«

Die Mutter schaute ihn an, als ob sie nicht verstanden hätte.

»Die Ärzte, sind sie sicher, dass man nichts mehr tun kann?«

Sinn für das Praktische, Effizienz, das konnte er ihr bieten, Hilfestellung bei allen bürokratischen Fragen. Behandlung, Bestattung, Papiere, Überschreibungen.

Der Gedanke an die Erbschaft traf ihn wie ein Blitz, den er sofort voller Wut verscheuchte. Niemals. Nichts. Nein. Weder von ihm noch von ihr, wenn es einmal so weit wäre. Er wollte dieses Geld nicht, das man den Leuten mit Betrügereien aus der Tasche gezogen hatte, mit juristischen Spitzfindigkeiten, die Verbechern die gerechte Strafe erspart hatten. Geld, das uns allen geraubt und auf Auslandskonten verschoben worden war, Bestechungsgelder, mit denen man diese Villa, die Hausangestellten und sogar sein eigenes Studium und die ersten Autos finanziert hatte. Dieses Geld hatte ihn in gewisser Weise geprägt und geformt, ohne es wäre er anders geworden, früher weniger arrogant und heute weniger verbittert – insgesamt also besser.

»Erklär mit alles genau. Wer behandelt ihn? Immer noch Martelli?«

»Ja. Die Operation war gut verlaufen, der Arzt meinte, die Lunge sei sauber, aber die Krankheit griff auf den Kehlkopf über und breitete sich dermaßen schnell aus … Er hat schon mehrere Chemotherapie-Zyklen hinter sich, der letzte endete vergangene Woche, aber seitdem ist er so schwach. Gestern Abend hat er zum ersten Mal die Kraft gefunden hinauszugehen, aber er war nicht einmal eine Stunde weg. Er ist müde, sehr müde. Ich weiß nicht, wo er die Energie hernimmt, sich auf den Beinen zu halten.«

»Und was hat die Chemotherapie gebracht?«

Die Mutter schüttelte den Kopf, zwei Tränen rannen ihr über die Wangen, aber sie bewahrte die Fassung.

»Wie viel Zeit bleibt ihm?«

»Wenige Wochen. Vielleicht ein Monat. Aber bis dahin …«

»Ich weiß. Es ist nur eine Verlängerung der Qual.«

Patrizia hob die Schultern und schaute ihrem Sohn in die Augen. In den letzten Jahren, als sie sich mehr oder weniger hinter dem Rücken des Vaters getroffen hatten, hatte sie die hilflose Miene einer alten Frau gehabt, die von ihrem Sohn Fingerzeige für das eigene Verhalten erhoffte; aber jetzt sah sie aus wie früher, als sie ihm noch die Anleitung fürs Leben gab und ihm sagte, was richtig und was falsch war.

»Macht dich das gar nicht betroffen? Tut es dir kein bisschen leid?«

Er senkte den Blick.

»Hör zu. Die Zeit, die ihm bleibt, könnte mehr sein als nur sinnloses Leid. Es könnte eine Gelegenheit sein. Vielleicht gewährt der Herrgott euch beiden eine allerletzte Chance.«

Marco Luciani stellte die Teetasse ab und sprang auf die Füße. Er wollte sofort gehen.

»Marco, setz dich. Sei nicht kindisch.«

Er war nach Camogli gekommen, bereit, ihn zu treffen. Sie hätten wahrscheinlich gestritten, oder vielleicht hätten sie nicht einmal miteinander gesprochen, wie beim letzten Mal, als er in Anwesenheit des Vaters die Mutter besucht hatte. Der Vater hatte ihn betrachtet wie ein abstraktes Gemälde, war hinauf ins Obergeschoss gegangen und nicht wieder heruntergekommen.

Ja, er war darauf vorbereitet gewesen, ihn zu treffen, aber jetzt war seine ganze Selbstsicherheit dahin, jetzt löste die Vorstellung, ihn zu sehen, Panik in ihm aus, und er wollte nur weg, bevor der Vater zurückkam.

»Entschuldige, Mutter. Ich schaffe das nicht, nicht heute.«

Sie stand ebenfalls auf. »Nicht heute?! Wann dann!? Wenn er tot ist? Wirst du dann an sein Grab gehen, um dich mit ihm auszusprechen? Ihn um Vergebung bitten?«

»Ich habe niemanden um Vergebung zu bitten.«

»Ich schon. Dein Vater auch. Und auch du. Jeder von uns hat etwas, wofür er um Vergebung bitten müsste. Setz dich.«

Er gehorchte.

Donna Patrizia, wie ihr Gatte sie nannte, setzte sich wieder hin und schwieg eine Weile.

»Als meine Mutter starb«, sagte sie mit ruhiger Stimme, »rang sie noch länger mit dem Tod, aber ich war jung, hatte anderes zu tun, du warst noch ganz klein, ich nutzte dich als Vorwand, um sie nicht besuchen zu müssen, um auf Abstand zu bleiben. Jedes Mal, wenn sie mit mir über die Zukunft sprechen wollte, wenn sie einmal nicht mehr da sein würde, schnitt ich ein anderes Thema an, ich wollte es nicht wahrhaben. Ich weiß nicht, ob es ein Zeichen meiner Liebe war, einerseits schon, aber andererseits wollte ich auch nicht, dass sie mir Instruktionen gab, dass sie mir auch noch als Tote Vorschriften machte.«

Sie schwieg einen Moment und redete dann weiter.

»So ist das Leben, Marco. Es gibt Momente, in denen man da sein muss. Weil es richtig ist und damit basta. Alles andere ist dann zweitrangig. Glaub mir, jetzt, da ich alt bin und weiß, dass bald auch meine Zeit gekommen ist, sehne ich mich jeden Tag zurück in die Vergangenheit, ich wäre so gern noch einmal bei meiner Mutter. Nicht so sehr, weil ich ihr damit einen Gefallen täte, sondern um meinetwillen. Verstehst du, was ich meine?«

Marco Luciani nickte.

»Jetzt hör auf, die Tür anzustarren. Wenn du ihn heute Abend nicht sehen willst, dann geh. Aber denk an das, was ich dir gesagt habe, und versäum keine Zeit mehr.«

Der Sohn öffnete die Glastür, drehte sich um und verabschiedete sich mit einem Kuss auf ihre Wange.

Er stieg ins Auto, wendete vor dem Tor und fuhr auf der zweispurigen Straße davon. Nach etwa dreißig Metern sah er am gegenüberliegenden Fahrbahnrand einen großen alten Mann, der langsam einen Fuß vor den anderen setzte, fast schlurfend. Sein Hut hatte in dieser Jahreszeit absolut nichts verloren, und auch die Jacke war viel zu warm. Er fragte sich, warum die alten Leute sich auch im Sommer so einpackten, offensichtlich spürten sie schon die Kälte des Todes, und in diesem Moment erkannte er seinen Vater, oder besser gesagt: was von ihm übrig war. Ein Häuflein aus Knochen und Stolz, das sich die Straße hinunterschleppte. Er merkte, dass er zu langsam geworden war, und als der Alte den Kopf hob, drückte er aufs Gas und rauschte davon.

Der Dealer hatte schon die 23- und die 24-Uhr-Runde gedreht, hatte zweimal seinen unruhigen Schlaf gestört. Um zehn vor eins ratterte das Metallrollo des Restaurants wie eine MG-Salve über seinen Körper, *rat tat tat tat tat*, jeder Schuss ein inneres Organ: Er brauchte dreißig Sekunden, um sich von dem Schock zu erholen, und da donnerte das zweite Gitter herunter, kurz und knackig, *bang*, der Gnadenschuss. Der feiste Koch und die beiden Bedienungen, ein junger Bursche und ein Mädchen, blieben vor dem Lokal stehen, um eine letzte Zigarette zu rauchen und noch ein paar Minuten lang lautstark zu palavern, dann stiegen sie auf ihre Mofas, warfen nach einigen Fehlversuchen den Motor an, neckten sich noch eine Weile mit einem Hin und Her aus »Ciao«, »Bis morgen«, »Ciao«, »Klar«, dann preschten sie mit Vollgas in die Steigung, und das Gedröhn ihrer Auspuffrohre schien noch eine Ewigkeit in der Luft zu hängen.

Marco Luciani starrte die Decke an und dachte an seinen Vater.

»Der Sack hat immer gemacht, was er wollte. Hat immer zuerst an sich gedacht. Vielleicht ist das auch die einzig sinnvolle Art zu leben. Aber jetzt kann er nicht erwarten, dass ich ihm beim Sterben helfe.«

# Mittwoch
## Giampieri

Barbaras Vater sah aus wie jemand, der soeben seine letzte Träne vergossen hat. In seinen Augen stand unbeschreibliches Leid und der grauenhafte Anblick des Todes, der ihm diesmal die Tochter geraubt hatte, beim nächsten Mal, in nicht allzu ferner Zukunft, aber wahrscheinlich ihn selbst holen würde. In sich zusammengesunken, fast zusammengerollt hing er auf dem Sofa, während die Frau auf einem Stuhl Platz genommen und Giampieri den Sessel überlassen hatte. Sie schien stabiler zu sein, oder vielleicht war ihr noch nicht vollkommen bewusst, was eigentlich passiert war. Im übrigen hatte sie in den vergangenen Tagen, während der herzkranke Mann im Krankenhaus ruhiggestellt war, alle bürokratischen Formalitäten übernehmen müssen, die Unterschriften, die Dokumente, die Warterei auf den Ämtern, die ersten Treffen mit Staatsanwalt und Polizei. Frau Ameri hatte die Verantwortung für die praktischen Dinge übernommen, und dies bedeutete, den Schmerz zu verdrängen, so weit wie möglich zu unterdrücken.

Giampieri nahm das Angebot eines Kaffees an, denn zum einen war er noch nicht völlig wach, zum anderen wollte er die Frau beschäftigen und so die Anspannung ein wenig lockern.

»Frau Ameri, ich weiß, wir haben Ihnen diese Frage bereits gestellt und Sie haben verneint, aber ich muss noch einmal fragen. Vielleicht ist Ihnen etwas Neues eingefallen …«

»Bitte.«

»Sind Sie sicher, dass Ihre Tochter keine Feinde hatte?«

»Aber was soll sie denn für Feinde gehabt haben? Babi …

ich meine, Barbara war ein braves Mädchen, ein fünfundzwanzigjähriges Mädchen, das nur an seine Arbeit dachte. Alle hatten sie gern.«

»Gab es vielleicht jemanden, der ihr nachstellte? Das kommt oft vor, sie war hübsch, und leider gibt es eine Menge Spitzbuben …«

Die Frau schüttelte den Kopf. »Sie hat nie etwas in der Richtung erwähnt.«

Sie betrachtete ihren Mann, der ebenfalls den Kopf schüttelte, aber er schien auch nicht vollständig zu begreifen, worum es eigentlich ging. »Doch das will nichts heißen, vielleicht hätte sie mir nichts gesagt, damit ich mir keine Sorgen mache. Sie denken an einen … Verrückten? Einen Triebtäter?«

»Nein, gnädige Frau, wir denken an gar nichts, solange wir nicht alle Einzelheiten kennen. Ich glaube nicht, dass Ihre Tochter einem Unbekannten die Tür geöffnet hätte, da die offiziellen Bürozeiten noch nicht begonnen hatten.«

»Sicher nicht. Babi ist vorsichtig, sie weiß, was sie zu tun hat … zu tun hatte.«

Sie hatte in der Gegenwartsform von ihr geredet, hatte sich, mit einer überraschten Miene, sofort korrigiert, die Augen geschlossen und die Faust um ihr Taschentuch gekrampft. Das waren die Momente, die Giampieri am meisten hasste, wenn dieser dünne Vorhang, der aus den Fäden von Erziehung und Pflichtbewusstsein, wenn nicht gar Zynismus, gewoben war, zerriss und man gezwungen war, den Blick in einen finsteren Abgrund zu werfen, in den nie ein warmer Lichtstrahl dringen würde.

Er blieb noch etwa zehn Minuten in der Wohnung, versuchte, die Gewohnheiten des Mädchens und die letzten Tage ihres Lebens zu rekonstruieren.

»Sie führte ein sehr geregeltes Leben, von der Wohnung

ging sie ins Büro, vom Büro in die Wohnung. Manchmal ins Fitnessstudio. Und der Freitagabend war immer der Unterstützung von Pater Mariano gewidmet, sie nahm ihre ehrenamtliche Tätigkeit sehr ernst. Am Wochenende fuhren wir normalerweise alle zusammen in unser Haus nach Santo Stefano, wo mein Bruder wohnt. Aber letztes Wochenende wollte sie lieber alleine hierbleiben, sie meinte, sie hätte noch Unterlagen aus dem Büro abzuarbeiten.«

Giampieri nickte: »Und in der letzten Zeit ... schien Barbara Ihnen da irgendwie besorgt zu sein? Oder niedergeschlagen?«

»Nein, ganz und gar nicht. Im Gegenteil, sie war gerade erst von der Kreuzfahrt mit ihrem Bekannten zurückgekehrt, wissen Sie, am Anfang waren wir ja nicht so begeistert, man hätte denken können ... Aber er ist jedenfalls ein ganz lieber Junge, sie hat ihn uns vorgestellt: Wohlerzogen, fast schon zu schüchtern, und sie ist ein ganz solides Mädchen, war sie immer, fleißig, grundanständig ... und dann war sie fünfundzwanzig und, na ja ... es war ja auch richtig, dass sie allmählich ein eigenes Leben führte ... Wir haben uns gesagt, dass dieser Giacomo ja auch der Richtige sein könnte, sie sagte, sie seien nur gute Freunde, aber ich weiß nicht, ich weiß nicht ... das spielt inzwischen keine Rolle mehr. Inzwischen spielt nichts mehr eine Rolle.«

Der Ingenieur wartete, bis die Schluchzer sich gelegt hatten, stellte die Espressotasse auf den Tisch und erhob sich, um sich zu verabschieden. Er wollte schon sagen: Wer auch immer es getan hat, wir kriegen ihn, aber das schien ihm ein Spruch aus einem schlechten Fernsehkrimi. Er verkniff sich auch das: »Wenn Ihnen noch etwas einfallen sollte, und sei es auch ein noch so unbedeutendes Detail ...«, und beschränkte sich auf: »Danke. Wir halten Sie auf dem Laufenden.«

Als er gegen elf ins Genueser Kommissariat zurückkam, hatte Calabrò gerade mit Giacomo Carrisi, genannt Jacky, geredet. Dieser arbeitete in Voghera in einer Dienstleistungsgesellschaft und hatte am Montagabend aus dem Fernsehen von dem Mord erfahren. Er war immer noch völlig verstört. Auf die Frage, warum er sich nicht bei den Ermittlern gemeldet habe, hatte er geantwortet, er sei mit der Arbeit schwer im Verzug, sei gerade mal vor drei Monaten eingestellt worden und habe sich bereits eine Woche Urlaub geben lassen, um auf Kreuzfahrt zu gehen. So hatte er, obwohl er am Boden zerstört war, nicht gewagt, sich schon wieder freizunehmen. Und dann fügte er arglos hinzu: »Ich wusste nicht, dass ihr mich sucht.« Calabrò meinte: »Da habe ich ihm gesagt, er solle sich so bald wie möglich im Kommissariat einfinden. Er meinte, er kommt morgen früh.«

»Zum Geier, Calabrò, wir warten doch nicht, bis es dem gnädigen Herrn gerade in den Kram passt. Holt ihn her. Oder wollen wir warten, bis er abhaut?«

Sein Gegenüber zuckte mit den Achseln: »Wenn er es gewesen wäre, wäre er längst abgehauen. Montagmorgen war er außerdem bei der Arbeit, das hat mir sein Chef bestätigt.«

»Hat er die Stechuhr bedient?«

»Ja, um Viertel nach zehn. Er sagt, er sei zum Tatzeitpunkt im Zug gewesen, der fährt um acht Uhr fünfunddreißig aus Rapallo ab, in Genua ist er dann umgestiegen.«

»Wenn er mit dem Auto gefahren wäre, hätte er es zeitlich schaffen können.«

»Wir werden überprüfen, ob ihn jemand im Zug gesehen hat.«

Giampieri zog sich in sein Büro zurück und kontaktierte Venuti und die Serra. Er berichtete von Jacky, erfuhr im Gegenzug aber keine wichtigen Neuigkeiten. In Rapallo sollten sie ruhig mit den Verhören und Überprüfungen fortfahren, dachte er. In der Zwischenzeit gab er in seinen Computer alle bisher gesammelten Informationen ein.

Gegen drei kam er auf eine etwas unsaubere Idee, die er aber oft bei den Ermittlungen zum Einsatz brachte, und bisweilen mit gutem Ergebnis. Er wählte sich ins Internet ein, rief »Hotmail« auf und gab die E-Mail-Adresse ein, die Mantero angegeben hatte. Er probierte auf gut Glück ein paar Passwörter aus, unter anderem »Barbara« und »Babi«, aber das wäre wie ein Sechser im Lotto gewesen. Er klickte »Passwort vergessen?« an und las die Sicherheitsfrage. Viele Leute schrieben so blödes Zeug wie: »Wie heißt dein Sohn?« oder »Welches ist dein Lieblingsverein?«, ohne daran zu denken, dass etwaigen Hackern dadurch Tür und Tor geöffnet wurden, aber für die meisten User war es völlig undenkbar, dass sich irgendwer für ihre E-Mails interessieren könnte. Giulio Mantero gehörte nicht zu ihnen, die Frage, die er gewählt hatte, war ziemlich verzwickt, wenn auch nicht unlösbar: »Wie hieß Großmutter Erminias kleine Hündin?« Er versuchte es mit Laika, sowohl mit k wie mit c, dann mit Bianca, Bella, Kira, Lilli, Lassie, aber das war, als zielte man mit einer Kalaschnikow auf einen Stealth-Bomber, und bald war das Magazin leer: Beim neunten Fehlversuch blockierte das Sicherheitssystem den Zugang.

Er wollte gewissenhaft sein und noch ein wenig zu Giulio Mantero recherchieren, fand sogar eine Homepage des Brokers, allerdings nichts Persönliches, nur Berufliches. Das Anfangsbild war ein vollbeladenes Containerschiff, daneben nur wenige Informationen zu den angebotenen Dienstleistungen, dann kam eine Zugangskontrolle für die Kunden, schwer zu knacken, das Passwort bestand aus Buchstaben und Zahlen. Im Innern der Site konnten die

Kunden wahrscheinlich den Kurs ihrer Papiere und den Stand etwaiger Transaktionen kontrollieren. Er wagte sich mit einigen Kombinationen vor, bis das Sicherheitsprogramm ihm mitteilte, dass er, falls er das Passwort vergessen habe, eine Mail schicken könne. Man werde dann Kontakt zu ihm aufnehmen. Schwer vorstellbar, dass Mantero alleine eine solche Website managt, dachte er. Auch schwer vorstellbar, dass Barbara es tat. Wahrscheinlich kümmerte sich eine Agentur darum, aber auf der Site gab es keinen entsprechenden Hinweis.

Um Punkt vier rief erneut der Polizeichef an.

Er hatte noch nie so viel Präsenz und Anteilnahme gezeigt. Wahrscheinlich stand seine Karriere mit diesem Fall am Scheideweg, und genauso wahrscheinlich war, dass er Giampieri die Sache nicht ganz zutraute. Seine Philosophie war, niemandem auf die Zehen zu treten, zumindest niemand Wichtigem, seine Verdienste herauszustreichen und seine Fehler zu vertuschen oder – falls dies nicht möglich war – die Verantwortung dafür auf andere abzuwälzen. Er achtete darauf, dass er in den richtigen Salons verkehrte, Freundschaften schloss und allen als ein Mensch von Anstand und Besonnenheit erschien.

»Ingenieur, ich bin glücklich, dir mitteilen zu können, dass du dank einer gemeinsamen Kraftanstrengung, für die ich Botschafter und Fürsprecher war, schon ab heute Nachmittag Verstärkung bekommen wirst.«

Eines der Telefonate, die in die Rubrik »eigene Verdienste herausstreichen« fielen, dachte Giampieri.

»Ich danke Ihnen, Dottore. Wen schicken Sie mir?«

»Zwei fähige junge Frauen, aufgeweckt und engagiert, Leute, die nicht murren, wenn Überstunden gemacht werden müssen.«

»Entschuldigen Sie. Haben Sie ›junge Frauen‹ gesagt?«

»Ja, zwei ausgezeichnete Kräfte. Eine hat letztes Jahr die Auswahlprüfung bestanden und verfügt über beste Referenzen. Die andere ist schon erfahrener, aus Apulien, vierunddreißig Jahre alt. Sie hatte ihre Versetzung beantragt, sollte nach Pisa, aber wir konnten sie denen wegschnappen.«

»Und warum wollte sie versetzt werden?«

»Was hat das schon für eine Bedeutung, Ingegnere? Wichtig ist, dass sie kommt und dich unterstützt, meinst du nicht?«

Die Antwort bestätigte den Verdacht, der sofort in Giampieri gekeimt war. Die Verstärkung bestand aus einem Grünschnabel, der noch nicht einmal einen Strafzettel geschrieben hatte, und einem Feuerteufel, den man aus disziplinarischen Gründen in die Wüste geschickt hatte.

»Ich werde Ihnen die Wahrheit sagen. Ich hatte auf ein paar Leute gehofft, die ein wenig … verlässlicher sind. Der Fall ist wirklich kompliziert, und ich weiß nicht, ob ein blutjunges Ding …«

»Diese Mädchen haben mehr auf dem Kasten, als du glaubst. Außerdem bist du selber noch jung, du musst deinen Altersgenossen mehr zutrauen. Die können Englisch, kennen sich im Internet aus, wissen alles über Mobiltelefone und Technologie … Die Zeiten haben sich geändert, das sagt dir jemand, der schon zum alten Eisen gehört: Das sind die Leute, die wir heute brauchen. Sie werden ihre Feuertaufe haben, wie wir sie im Übrigen alle hatten, und du wirst sehen, dass sie sie bestehen. Ich muss mich jetzt verabschieden, tut mir leid, aber ich habe in zehn Minuten einen wichtigen Termin.«

Ja, bei dieser weißrussischen Masseuse aus der Via XX Settembre, die du montags, mittwochs und freitags bumst, dachte Giampieri, zu hundertfünfzig Euro die Nummer, Polizeirabatt schon eingerechnet. Das macht zweitausend

Euro im Monat, und eines Tages wirst du jemandem erklären müssen, wo du die hernimmst.

»Ach, Ingegnere, ich erinnere dich noch einmal daran: Ich warte auf Ergebnisse. Enttäusch mich nicht.«

»Wir werden unser Bestes tun, Dottore. Auf Wiederhören.«

»Und lassen Sie sich ins Knie ficken«, fügte er hinzu, nachdem er aufgelegt hatte.

»Er schickt zwei Frauen. Das ist der Hammer. Einen Grünschnabel und eine Zimtzicke. Was soll ich mit denen anfangen?«

»Du versetzt sie«, sagte Calabrò in aller Gemütsruhe.

»Wie, ich versetze sie? Sie sind ja noch nicht einmal da.«

»Eben. Du schickst sie irgendwo anders hin und lässt dir dafür jemand Vernünftigen geben. Nur auf Leihbasis, für zwei Wochen.«

Giampieri rieb seine Brillengläser mit einem Hemdzipfel blank, dann strich er über seinen Kinnbart. Wenn ich ihn abrasiere, wer weiß, ob ich dann überhaupt noch denken kann! Apropos, er musste unbedingt noch bei Amalia vorbei.

»Keine schlechte Idee. Kümmerst du dich darum?«

Keine zwei Stunden später hatte Calabrò, nach langen Telefonaten und schwierigen Verhandlungen, eine perfekte Besetzungsliste für alle Dienstgruppen gebastelt. Die Kleine aus der Sonntagsschule kam ins Archiv, ersetzte Isaia, der dafür zur Mordkommission wechselte. Die Zimtzicke – inzwischen hatte sie diesen Namen weg – ging statt Barzagli auf Streife, der die Stelle von Coco bei der Drogenbekämpfung einnahm, der seinerseits für zwei Wochen zur Gerichtswache wechselte, die wiederum Citro an die Sitte abtrat; und von der Sitte schließlich würde für Giampieri Molteni abgestellt. »Wenn alle einverstanden sind, wird sich der Polizeichef nicht querstellen«, sagte Giampieri mit zufriedenem Lächeln. »In zwei Wochen müssten wir den Fall sowieso gelöst haben.« Calabrò nickte, er war zufrieden, dass das Verhältnis zu seinem Chef fürs Erste wieder im Lot war. Zur Feier des Tages gingen sie in die nächste Bar, um einen echten Espresso zu trinken, mit einem Schoko-Müsliriegel als Sahnehäubchen.

Barbaras Onkel rief an diesem Tag zweimal an, wollte wissen, ob es Neuigkeiten gebe und ob er sich nützlich machen könne. Er erzählte, er habe einmal, vor etwa drei Wochen, einen jungen Burschen mit seiner Nichte gesehen, er wusste weder Namen noch sonst etwas, nur dass sie in einer Bar in Rapallo saßen, Händchen hielten, und dass er ein bisschen ... komisch aussah, mit einer Tätowierung auf dem linken Arm. »Was für eine Tätowierung?«, fragte Giampieri. »Keine Ahnung«, antwortete der Onkel, »so ein modernes Ding, das um den ganzen Arm herumgeht.« Der Ingenieur machte sich eine Notiz und dachte, wenn sie alle Tätowierten von Rapallo überprüfen müssten, dann würden Jahre vergehen, ehe sie den Richtigen fänden. Er ließ sich den Namen der Bar geben und schickte einen Beamten zur Kontrolle hin. Auch wenn es, solange nicht das Gegenteil bewiesen wurde, noch kein Verbrechen war, mit einem Mädchen Kaffee zu trinken.

Am Abend, als alle gegangen waren und er seine Ruhe hatte, schaltete er den Computer ein, schob seine CD hinein und startete die Software, an der er schon seit Jahren arbeitete und die er vor wenigen Monaten fertiggestellt hatte: eine Art Datenbank mit allen wichtigen Einzelheiten sämtlicher italienischer Mordfälle der letzten zwanzig Jahre. Sobald er ein bisschen Zeit hatte, aktualisierte er das Programm, sein nächstes Ziel war, die letzten fünfzig

Jahre zu katalogisieren, dann das ganze zwanzigste Jahrhundert. Die Recherche war äußerst aufwendig, nicht nur wegen der gewaltigen Datenmenge, sondern weil diese Daten auch schwer zu beschaffen waren, denn es mussten die Informationen der Presse mit denen aus Polizei-, Carabinieri- und Justizarchiven abgeglichen werden. Je mehr Mordfälle man archivierte, desto besser funktionierte das Gesetz der großen Zahlen, so dass die besonderen Fälle schlichtweg zu Ausnahmen wurden, die die statistische Genauigkeit der Software nicht allzu sehr tangierten.

Der Ingenieur gab zu jedem Mordfall Name, Geschlecht, Alter, Beruf des Opfers, Tag, Ort und Uhrzeit der Tat ein, Tatwaffe, Motiv und natürlich Geschlecht, Alter und Beruf des Schuldigen, sofern die Identität geklärt war. Außerdem notierte er viele zweitrangige Details, die nicht in die automatische Suchmaschine eingespeist wurden, im Bedarfsfall aber abgerufen werden konnten. Sein Traum wäre gewesen, in einem einzigen EDV-Archiv alle jemals weltweit begangenen Morde zu speichern, ausgehend vom ersten (Opfer: Abel, Alter: ca. achtzehn Jahre, Beruf: Schafhirte. Täter: Kain, Alter: ca. zwanzig Jahre, Beruf: Landwirt. Tatwaffe: Stein. Motiv: Neid. Verwandtschaftsgrad: Brüder) bis zum letzten, dem der bedauernswerten Barbara, um so den nächsten verhindern zu können, denn je genauer die Verbrechensgraphik in allen Einzelheiten war, um so eher ließ sich ein zukünftiger Mord voraussehen. Beispiel: Wenn du die zweiunddreißigjährige, getrennt lebende Frau eines vierzigjährigen Wachschutzmannes bist, der Antidepressiva nimmt und schon zweimal wegen Übergriffen in der Familie angezeigt wurde, wenn dir sowohl Wohnung wie Sorgerecht für die beiden Kinder (neunjähriger Junge und fünfjähriges Mädchen) zugesprochen wurden, wenn du einen neuen Partner hast und der Wachschutzmann dich anruft und um ein Treffen bittet, weil er sich ein letztes Mal mit dir aussprechen will, nun, Mädchen, dann solltest du lieber die Beine in die Hand nehmen.

Er hatte Idee und Software patentieren lassen, und er träumte davon, sie eines Tages an alle Polizeieinheiten der Welt zu verkaufen, die durch die Anwendung gleichzeitig das gigantische Zentralarchiv aktualisieren würden, welches wiederum allen Nutzern zur Verfügung stand.

Fürs Erste wollte Giampieri sich jedoch auf die in Italien verübten Morde konzentrieren, denn: andere Länder, andere Sitten, auch unter Mördern; hätte man zum Beispiel einige Tausend Frauenmorde aus dem Mittleren Osten, die als Motiv die Ehrenrettung hatten, ins Programm eingespeist, dann wäre die Suche nach dem Mörder Barbara Ameris völlig aus dem Ruder gelaufen.

In der Vorwoche war der Ingenieur damit fertig geworden, sämtliche Morde des Vorjahres einzugeben: Siebenhundertzehn Fälle, wobei sich die Tötungsdelikte in der Familie (hundertsiebenundachtzig) zahlenmäßig immer mehr denen des Organisierten Verbrechens näherten (zweihundert). In siebzig Prozent der Fälle war das Opfer weiblich, der Täter in achtzig Prozent männlich. Streitereien und Eifersucht oder zurückgewiesene Liebe standen bei den Motiven ganz oben (jeweils dreiundzwanzig Prozent), während man bei jedem dritten Fall als Motiv einen psychischen Defekt von Opfer oder Täter bzw. einen Anfall von Wahnsinn vorliegen hatte.

Zu heiraten und den Ehemann zu betrügen war, statistisch gesehen, gefährlicher, als für die Mafia den Drogenkurier zu spielen.

Giampieri lächelte bei diesem Gedanken, dann wurde er wieder ernst und konzentriert, denn er wusste auch, dass 44,8% der Mordfälle ungesühnt blieben. Er gab die für ihn interessanten Daten in die Suchmaschine ein: Geschlecht des Opfers: weiblich. Alter: fünfundzwanzig Jahre. Beruf: Sekretärin. Tatwaffe: schwerer Gegenstand. Motiv: unbekannt. Dann klickte er auf »Suche Täter«. Der Computer begann blitzschnell Zehntausende von Daten zu überprüfen, die zu Abertausenden Verbrechen gehörten, und glich sie ab, um Analogien und Unterschiede herauszufiltern. Der Ingenieur wusste, dass es sich nur um Statistik handelte und dass die Antwort vor allem davon abhing, wie er die Frage stellte. Er hätte zum Beispiel die Region eingeben können, in der die Tat geschehen war (Nord-, Mittel- und Süditalien mit Inseln), oder den Wochentag (Freitag war der Lieblingstag der Mörder, gefolgt vom Sonntag), und so weiter, und das hätte das Ergebnis nicht unwesentlich verändert. Die Fähigkeit des Ermittlers zeigte sich gerade darin, zwischen wesentlichen und unwesentlichen Details zu unterscheiden, während die Gaben des Computers zwei waren: Geschwindigkeit und totaler Mangel an Affekten.

Er wartete noch einige Sekunden, und am Ende gab der Computer seine Lösung preis: Die Wahrscheinlichkeit, dass der Täter männlich war, lag bei fünfundneunzig Prozent. Giampieri ging noch weiter ins Detail: Zu fünfzig Prozent war der Täter der Ex-Mann oder ein Ex-Partner, zu fünfzehn Prozent ein anderer Verwandter, zu fünfundzwanzig Prozent ein Freund oder geheimer Liebhaber, zu zehn Prozent ein Unbekannter. Da es im Fall Barbara weder Ehemänner noch Ex-Partner gab, ließ Giampieri diese Tatvariante vom Computer aussondern; nun stieg, nach neuerlicher Kalkulation, die Wahrscheinlichkeit, dass der Täter aus der Verwandtschaft kam, auf achtzig Prozent. Er fragte weitere Einzelheiten ab: Zu siebzig Prozent war dieser Verwandte ein Onkel. Giampieri ging noch weiter: Wenn es sich um einen Onkel handelte, dann zu achtundfünfzig Prozent um einen Onkel mütterlicherseits. Der

Ingenieur lächelte. Das war für ihn ein göttliches Vergnügen. Wenn in dieses Programm wirklich alle Morde der Geschichte eingespeist wären, dachte er, dann würde uns die Statistik in neunundneunzig Prozent der Fälle schnurstracks ins Haus des Täters führen. Und bei den restlichen Fällen? Nun, da würde man um Verzeihung bitten und mit der Ermittlung neu anfangen. Aber neunundneunzig Prozent der Fälle zu lösen, oder auch nur neunzig oder achtzig, wäre ein Traum.

Er ging wieder zurück und überprüfte die Wahrscheinlichkeitswerte der anderen Verwandten. Die wahrscheinlichsten Mörder waren die Geschwister, dann Cousins, Stiefvater und Vater. Aber im Fall Barbara gab es keine Geschwister, ebenso wenig einen Stiefvater, und der Vater kam nicht in Frage. Wenn man diese drei Kategorien ausschloss, dann stieg der statistische Wert für den Onkel immer weiter, aber auch für die Cousins. Das war die Richtung, in die er sich bewegen musste. Er holte aus seiner Brieftasche den Zettel mit Pietro Garaventas Nummer hervor. Er konnte sich noch gut an dessen wutrotes Gesicht erinnern, und an die Schläge, mit denen er drohte; wie er sich dann den Ermittlern zur Verfügung stellte, wie er von seinem Konfrontationskurs abwich, um sich zum Wortführer der Familie aufzuschwingen. Ziemlich typische Verhaltensweisen, wie aus dem Lehrbuch der Kriminologie.

»Es war Oberst Mustard, im Arbeitszimmer, mit dem Schürhaken«, sagte er laut, in Erinnerung der Weihnachtsabende, die sie mit »Cluedo« zugebracht hatten.

Zu einfach, murmelte er und wandte sich wieder der Anfangsgraphik zu, um die Suchparameter zu ändern. Er ließ den Computer Ehegatten, Ex-Gatten und Ex-Partner ausschließen und fügte den bereits gespeicherten Daten noch den Tatort hinzu: Arbeitsplatz. Es dauerte eine Weile, bis das Programm sein neues Suchergebnis ausspuckte: In dreiundsiebzig Prozent der Fälle war der Täter der Arbeitgeber oder ein Kollege, während die Verwandten auf zwanzig Prozent abrutschten, die Onkel gar auf vier.

Gegen halb ein Uhr nachts schloss er auch die zweite Arbeit dieses Tages ab: Er ordnete alle Faxe mit den Aussagen von Nachbarn und Zeugen, die er sich aus Rapallo hatte schicken lassen, und dann tauschte er die jüngsten (nutzlosen) Neuigkeiten mit Venuti aus (»Die Serra hat am Ende beschlossen, dass sie gegen den jungen Turone ermittelt, morgen machen wir in aller Frühe eine Hausdurchsuchung, willst du mitkommen?«)

Fällt mir gar nicht ein, du und die Serra, ihr verliert nur Zeit, dachte er, sagte aber nur: »Nein, danke. Ich bin völlig fertig und muss ein paar Stunden schlafen. Ich komme am Vormittag zu euch.«

Er nahm die Brille ab, massierte seinen Nasenrücken und zündete die letzte Zigarette des Tages an, obwohl er wusste, dass es nicht die letzte sein würde. Er öffnete das Fenster und atmete ganz tief den Duft des jetzt schon viel zu heißen Vorsommers ein. Er blies den Rauch Richtung Corso Italia, bemerkte auf dem Wasser die Lichter eines Kreuzfahrtschiffes, das so hoch wie ein Wolkenkratzer war. Tausende von Angestellten, Verkäuferinnen und Rentnern waren darauf zusammengepfercht, wandelten von einem Buffet zum nächsten und warteten darauf, dass etwas Aufregendes passierte. Er empfand es als Glück, dass er in seinem Beruf immer auf der Hut sein musste.

# Mittwoch
## Luciani

»Commissario! Commissario!«

Die Stimme, die von der Straße kam, war unverwechselbar. Marco Luciani erhob sich vom Sofa, auf dem er nach einer schlaflosen Nacht endlich eingedöst war, und trat ans Fenster. »Iannece. Was gibt es? Kannst du nicht klingeln wie jeder normale Mensch?«

»Ich habe einen Brief für Sie!«

»Schön. Steck ihn in den Briefkasten.«

»Commissario!«

»Mmhh.«

»Ehrlich gesagt soll ich Ihnen etwas geben. Aber das kann ich nicht in aller Öffentlichkeit. Es ist eine Pistole.«

Zwei oder drei Passanten drehten sich nach Iannece um, Marco Luciani hielt es für besser, ihn reinzulassen. Er versuchte, den Türöffner zu betätigen, aber der funktionierte nicht, wahrscheinlich hatten die Bauarbeiter den Strom abgestellt. Er schlüpfte in eine Hose und ging hinunter, um aufzuschließen.

»Hat man Ihnen die Leitung durchtrennt, Commissario? Ist noch eine Rechnung offen, die Sie nicht auf der Rechnung hatten?«

»Was ist denn los, Iannece?«

»Ich habe Ihnen Ihre Pistole gebracht. Und den Dienstausweis.«

»Was soll das heißen? Was ist denn aus meinem Rücktrittsgesuch geworden?«

»Das liegt noch beim Polizeichef in der Schublade.«

Der Kommissar war perplex. Er wusste, dass der Polizeichef nie etwas von ungefähr tat, er hatte zwar viele Fehler, aber dumm war er bestimmt nicht, und in Sachen Kalkül und Intrigen war er unschlagbar.

»Und warum?!«

»Er hofft, dass Sie es sich anders überlegen«, sagte Iannece, »oder dass er Sie aus dem Urlaub zurückholen kann.«

»Ach was … Er konnte es gar nicht erwarten, mich los zu sein.«

»Vielleicht vor diesem Mordfall. Ich meine das Mädchen in Rapallo. Der Fall ist durchaus heikel. Der Chef riskiert seinen Sessel, wenn er ihn nicht löst, Herr Kommissar, und der Ingenieur wird's alleine nicht hinkriegen.«

»Nicola wird seine Sache sehr gut machen. Ich sage dir, er wird den Mörder schnappen und befördert werden.«

»Neeeiinn, selbst wenn er das schafft, ist er trotzdem zu jung, um Kommissar zu werden. Er hofft natürlich darauf. Aber wie die Traube zum Fuchs sagte: Du bist zu sauer, um mich zu holen.«

Marco Luciani wiederholte den Satz ein paar Mal im Stillen, um hinter seinen Sinn zu kommen. Iannece verhunzte, mehr oder weniger bewusst, die Sprichwörter, er kreierte neue Redensarten, die absurd wirkten, aber eine innere Logik, wenn nicht sogar ein Körnchen Weisheit enthielten.

»Also, wann kommen Sie wieder zur Arbeit, Commissario?«

»Ich habe dir bereits gesagt, dass ich nicht zurückkomme, Iannece. Mir geht es gut hier.«

Der Beamte schaute sich um und nickte demonstrativ, wobei er seinen Blick über die Unordnung in der Wohnung schweifen ließ, die Wäsche am Boden, das schmutzige Geschirr im Spülbecken, die Staubmäuse an den Scheuerleisten.

»Vielleicht ist es besser, wenn ich Ihnen die Pistole nicht überlasse.«

»Zieh Leine, Iannece. Ich habe viel zu tun.«

Der Beamte stieß ein halblautes »Oh!« aus und ließ Dienstausweis und Waffe liegen. Dann zog er ein Stück Zeitungspapier aus der Tasche, in das er die Patronen gewickelt hatte.

»Hier bitte, alle sechs. Damit können Sie Russisches Roulotte* spielen.«

»Russisches Roulette. Aber das spielt man mit nur einer Patrone.«

»Ich weiß, Commissario. Aber meine Variante ist anders, die spielt man mit allen sechs Patronen.«

»Was soll das für einen Sinn haben?«

»Probieren Sie mal einen Urlaub im Wohnwagen aus, mit Frau und drei Kindern. Dann wissen Sie Bescheid.«

Sich wieder hinzulegen und auf Schlaf zu hoffen, war aussichtslos. Marco Luciani schob Pistole und Patronen in das übliche Versteck, dann las er ein bisschen, merkte aber bald, dass er sich nicht konzentrieren konnte. Er schaltete kurz den Fernseher ein, dann hörte er zur Hälfte eine CD von Filippo Gatti und warf die Waschmaschine an.

Er hasste diese vertrödelten Tage, an denen er nichts zu Ende führte. Das einzig Richtige wäre im Grunde gewesen, zu seinem Vater zu gehen, aber er konnte sich nicht dazu durchringen. Er gammelte noch eine Weile in der Wohnung herum und überlegte, ob er am Nachmittag laufen sollte, aber das wäre über den Trainingsplan hinausgegangen, und zu viel Training konnte genau so schädlich sein wie zu wenig.

Gegen sechs raffte er sich zu einem kleinen Spaziergang auf, er kaufte ein Kilo Kartoffeln, vier Bananen und zwei Tomaten. »Alles vollbiologisch«, sagte die Gemüsehänd-

* (it.) Wohnwagen (Anm. d. Übers.)

lerin lächelnd, während sie sechs Euro einstrich. Auf dem Heimweg sah er im Fenster einer Rosticceria* eine Crostata mit Aprikosen, der Anblick traf ihn völlig unvorbereitet. Was mache ich bloß? dachte er, wobei er die Augen nicht von den goldenen, perfekt geflochtenen Mürbeteigstreifen lassen konnte, von dieser absolut idealen Dosierung der Marmelade: nicht zu viel und nicht zu wenig.

Angesichts eines russischen Salates oder eines Putenfrikassees wäre er nie schwach geworden. Ravioli ließen ihn kalt, und Kaninchen mit Pinienkernen und Oliven schlugen ihm auf den Magen. Aber die Crostata war ein Sesam-öffne-dich: Idealgericht für den Sportler, vor körperlicher Anstrengung absolut angezeigt, denn sie lieferte Energie, ohne den Magen zu belasten. Er trat bedächtig ein, ließ sich die Hälfte eines normalen Stückes geben, und da er sich ein bisschen schämte, nahm er auch noch hundert Gramm gekochten Schinken und ein wenig Stracchino-Käse.

Lautstarke Verwünschungen ausstoßend, ging er nach Hause. »Sieben Euro. Die haben sie doch nicht alle. Vierzehntausend Lire. Obst und Gemüse mitgerechnet: sechsundzwanzigtausend.« In Lire übersetzt, kam ihm die Summe noch astronomischer vor. »Warum bin ich auch so blöd, hier einzukaufen?«

Der Neapolitaner beobachtete ihn vom Fenster aus.

»Was ist los mit dir, Commissario? Führst Selbstgespräche?«

»Man hat mich eben ausgeraubt.«

Der Nachbar riss die Augen auf, schaute sich um:

»Wer? Wer war es?«

»Gemüsehändler und Konditor.«

Der andere machte ein zerknirschtes Gesicht. »Och, du

* Traditionelle italienische Grillstube (Anm. d. Übers.)

hast aber auch den Verstand verloren. Hier in der Gegend«, sagte er im Flüsterton, »kaufe ich gar nichts mehr, nur Milch und Brot. Alles andere hole ich mir aus dem Discount-Markt. Dem in Carignano. Im Vergleich zum Supermarkt spare ich mindestens dreißig Prozent. Zum Supermarkt!«, wiederholte er. »Die kleinen Läden, die kommen mir überhaupt nicht in die Tüte.«

»Und ist die Ware dort ordentlich?«

»Hervorragend. Wenn du willst, lasse ich dich mal eine Flasche Öl probieren, oder Wein. Du wirst staunen.«

»Nein, ist schon okay. Vielleicht fahre ich morgen selber hin.«

Er kam in die Wohnung, wollte sich an den Tisch setzen und sah, dass auf dem Stuhl ein dicker Stapel mit Fotokopien lag. Den musste Iannece vergessen haben. Aus Neugier warf er einen Blick hinein und merkte schnell, dass es sich um die Akten zum Fall Ameri handelte. Kriminaltechnische Untersuchungen, Autopsiebericht und Vernehmungsprotokolle.

»Was für ein Schweinehund«, sagte er laut. »Du bist ein Schweinehund, Iannece. Aber ich werde das sowieso nicht lesen.«

Er machte sich einen Tee mit Zitrone, stark gezuckert, setzte sich an den Tisch und fing an, sein Budget durchzurechnen. Er wollte sehen, ob er seine Ausgaben beschneiden konnte. Es gab nicht viel zu kürzen, er führte ein Leben wie ein tibetanischer Mönch, und kostspielige Laster hatte er nie gehabt. Aber jetzt, da er kein Einkommen mehr hatte, musste er versuchen, mit seinen Ersparnissen und der Abfindung möglichst lange auszukommen, bis er entschieden hätte, was er mit sich anfangen sollte.

Er nahm einen Stift und fing an, die wichtigsten Posten aufzulisten. Abgesehen von der Miete, verursachten die größten Kosten die Rechnungen, das Auto und, zu einem geringen Teil, Kleidung und Nahrung. Miete dreihundertfünfzig Euro, Gas, Strom, Wasser, Telefon rund einhundertfünfzig Euro im Monat; aber die größte Abzocke war das Auto, das er sowieso fast nie benutzte: Jedes Jahr waren ungefähr siebenhundert Euro an Versicherung und zweihundert an KFZ-Steuer fällig, dabei waren noch nicht einmal das inzwischen sündhaft teure Benzin oder etwaige Reparaturen eingerechnet. Im günstigsten Fall kostete ihn nur der Fakt, dass er ein Auto besaß, weitere hundert Euro im Monat. Keine Frage: das war der erste trockene Ast, den er kappen würde. Er brauchte – ohne Sonderausgaben – mindestens neunhundert Euro im Monat zum Leben, wenn man hundert davon einsparte, war das schon ein Fortschritt.

Der Reihe nach schaute er die alten Rechnungen durch, die er aufbewahrt hatte. Gas und Strom waren unverzichtbar, aber der Festnetzanschluss des Telefons war noch so ein absurder Kostenfaktor. Alle zwei Monate zahlte er eine Grundgebühr, die praktisch achtzig bis neunzig Prozent der Gesamtrechnung ausmachte, da er nie jemanden anrief. Er hatte das Telefon immer für den Notfall behalten, aber jetzt, dachte er, kann ich mir gleich ein Handy besorgen. Die wenigen, die mich noch anrufen, werden mich mobil erreichen. Er hatte sich immer stur geweigert, ein Handy zu kaufen, aber am Ende hatte die Gesellschaft auch in diesem Fall dafür gesorgt, dass es unökonomisch war, keines zu besitzen. Und schließlich hatten sich alle zu fügen. Wie immer.

Zumindest werde ich eine Abfindung bekommen, dachte er. Und vielleicht auch das Schmerzensgeld für den Überfall durch die Hooligans, bei den Ermittlungen zum letzten Fall. Aber er hatte bereits beschlossen, dass er dieses Geld spenden würde, er hätte niemals Geld von einem Club angenommen, der Schiedsrichter bestach.

Wie groß war wohl der Schatz, den sein Vater angehäuft und im Ausland versteckt hatte? Zehn Prozent davon würden mir reichen, um ein fürstliches Leben zu führen, dachte er. Dann verscheuchte er jeden Gedanken an die Versuchung und an einen möglichen Kompromiss: Man kann nicht zu neunzig Prozent aufrichtig sein. Dieses Erbe würde er niemals anrühren.

Um Viertel vor zwei in der Nacht drängte sich ein merkwürdiges Geräusch in Marco Lucianis Träume. Er war eben erst wieder eingeschlafen und lag am Rand eines Schwimmbeckens. Es war heiß, aber er wusste, dass er gleich ins kalte Wasser springen würde, er steigerte die Vorfreude, indem er den Augenblick so lange wie möglich hinauszögerte und dabei, hinter der Sonnenbrille verborgen, den Gang der bildhübschen Mädchen genoss, die an ihm vorbeiflanierten, ihn aus dem Augenwinkel betrachteten und ihm ein aufreizendes Lächeln zuwarfen. Irgendetwas musste jedoch kaputt gegangen sein, vielleicht im Wasserfilter des Pools. Man hörte, in gleichmäßigen Abständen, eine Art *frasch, frasch*, er kapierte nicht recht, was es war, aber das Geräusch wurde mit der Zeit immer stärker und deutlicher, bis ein metallischer Klang dazukam: *tereteng, tereteng, tereteng*. Offensichtlich war die Pumpe im Eimer, und auch die Mädchen sahen besorgt aus, sie schauten ihn an, fürchteten, er könnte gehen, sie alleine lassen, bevor er sie alle befriedigt hätte, würde erwachen.

Er öffnete ein Auge und brauchte eine Weile, um zu merken, dass er in seinem Schlafzimmer lag. Das Geräusch war jetzt höllisch laut, schien aus der Küche zu kommen, nein, von der Straße, und kaum war er vollständig wach, erkannte er mühelos den Besenwagen, der den Rand der Gasse kehrte und dabei Papier und Müllreste vor sich her schob. Das akademische Genie – mittlerweile waren alle

Straßenkehrer Akademiker – hatte eine leere Blechdose erwischt und trieb diese in Halb-Meter-Sprüngen vor sich her, mit geduldiger Entschlossenheit, von einem Ende der Gasse zum anderen, wobei er sein Konzert für Besenborsten und Aluminium in alle Häuser trug.

# Donnerstag
## Giampieri

Nicola Giampieri hatte eine riesige Papierrolle unter den Arm geklemmt, als er in die Dienststelle von Rapallo kam. Mit triumphierender Miene betrat er Venutis Büro und breitete auf dem Schreibtisch die große graphische Darstellung des Mietshauses in der Via Bixio aus, die er per Computer erstellt, farbig ausgedruckt und vergrößert hatte. Alle Wohnungsnummern waren eingetragen, außerdem die Positionen der Mieter in den Minuten vor und nach der Tat, entsprechend den Ergebnissen der Vernehmungen und Gegenkontrollen. In Blau hatte der Ingenieur alle Fakten notiert, die über jeden Zweifel erhaben waren, zum Beispiel den Anruf um 9.13 Uhr in der Notrufzentrale, in Rot die zweifelhaften, nicht belegten oder belegbaren Aussagen, zum Beispiel, dass jemand geschlafen und nichts gehört habe. In Grün die Bewohner ohne Alibi, die aber praktisch frei von Verdacht waren, wie Invalide und Greise.

Das Gebäude bestand aus fünf Stockwerken, mit zwei Eingängen und zwei Treppenhäusern. Zwölf Apartments mit Balkon auf der einen, zwölf auf der anderen Seite. Alle Mietparteien hatten eine Garage und einen Verschlag im Keller, und unter der Treppe B gab es ein Kabuff der einstigen Concièrge, mit fließend Wasser und Toilette. Die Zugehfrau bewahrte dort Besen und Putzmittel auf. Die Beamten hatten durch die Aussagen der Bewohner, die sie miteinander verglichen und vervollständigt hatten, nach und nach ein genaues Bild davon gewonnen, wo sich jeder einzelne Mieter in den Schlüsselminuten befand, während der Täter zuschlug und verschwand.

Im ersten Stock, Apartment 1, die Kanzlei des Anwalts, Tatort. Barbara tritt wahrscheinlich gegen 8.25 Uhr ein, früher als an den anderen Wochentagen, aber zur typischen Montagszeit. Giampieri hatte ein bisschen Platz frei gelassen, dort wollte er die Daten eintragen, die er durch eine Auswertung des Computers erst noch zu gewinnen hoffte, allerdings war die Uhrzeit des Bootings bekannt: 8.27 Uhr. Dann (Apartment 2) der Alpinistenverein, das Büro ist an jenem Morgen geschlossen, weil es nur an drei Nachmittagen in der Woche öffnet. In Apartment 3 wohnen eine über neunzigjährige Invalide und ihre Tochter, sie waren zu Hause und hatten nichts gehört. Haben kein Alibi. Die Nummer 4 ist ein Miniapartment, dort wohnt eine Studentin, die schlief und vom Rettungswagen geweckt wurde. Hat kein Alibi, scheint aber sauber zu sein. Zweiter Stock: In der 5 eine getrennt lebende Mutter mit Kleinkind, das sie um 7.50 Uhr in den Kindergarten brachte, dabei sah sie auf dem Treppenabsatz die Reinigungskraft, die gerade putzte, niemanden sonst. Um 8.20 Uhr kam sie nach Hause, ohne jemandem zu begegnen. Die Putzfrau war gegangen und hatte die Haustür offen gelassen, damit die Stufen schneller trockneten, dann hatte sie sich in das andere Treppenhaus begeben, wo verschiedene Zeugen sie zwischen 8.15 Uhr und 8.45 sahen. Alles gecheckt, alles in Blau. Bei Apartment 6 war der Name der Familie Turone in Rot eingetragen. Vater, der sich mit Gelegenheitsjobs durchschlägt, Mutter Hausfrau und ein Sohn, der in psychiatrischer Behandlung ist. Laut Nachbarn und Ärzten nicht gewalttätig. Behauptet, Barbara um halb neun im Foyer gesehen zu haben, wurde aber seinerseits um neun Uhr im Zentrum gesehen, wirkte ruhig, ohne Blutspuren an der Kleidung. Der Vater war um neun bei einem befreundeten Karosseriebauer, dem er half. An dieser Stelle fügte Venuti hinzu, dass die morgendliche Hausdurchsuchung zur Sicherstellung einer

Hose und eines kleinen Handtuchs mit verdächtigen Flecken geführt hatte, die noch überprüft werden mussten. Aber an seinem enttäuschten Tonfall merkte man schon, dass dabei nichts herauskommen würde. »In der 7«, fuhr Giampieri fort, »wohnt eine Stewardess, die an jenem Morgen auf einem Flug nach London war. Apartment 8 wird gerade renoviert, aber an betreffendem Morgen arbeitete dort niemand. In der 9 noch ein altes Ehepaar. Der Mann verließ die Wohnung kurz vor neun, ging, da der Aufzug besetzt war, die Treppe hinunter und sah dabei weder jemanden kommen noch gehen. Die Frau blieb in der Wohnung, sie ist es, die ihre Blumen goss und uns einige Hinweise gab. In der 10 ein Ladenbesitzer. Er brachte den Hund hinaus und kam sehr früh zurück, noch vor dem Eintreffen der Putzfrau, dann ging er um 8.40 Uhr noch einmal hinunter, um eine Zeitung zu kaufen. Er plauderte kurz mit jemandem vor der Haustür, kam dann herein, und wahrscheinlich war er derjenige, der den Aufzug besetzt hatte.« 11 und 12 schließlich waren die beiden verbundenen Apartments, die das große Loft der Manteros bildeten; und dort tauchte – bezüglich der Aufenthaltsorte von Mutter und Sohn – wieder der Rotstift auf.

Der andere Treppenaufgang war weniger interessant: Um dort hinzugelangen, musste man das Haus verlassen und über den anderen Eingang wieder eintreten, aber auf dem Weg dorthin hatte man nicht die kleinste Blutspur gefunden, die auf den Mörder hingewiesen hätte. Und sicher hatte dort niemand mit dem Scheuerlappen gewischt. Trotzdem hatten sie alle Hausbewohner überprüft, und wenn man die alten Leute, Nebenwohnsitze, die unvermieteten Apartments und die alleinerziehenden Mütter abzog, dann blieben in Rot ein junger Carabiniere mit Frau und kleiner Tochter, der jedoch absolut integer schien, und ein kinderloses Ehepaar um die Vierzig, das sich gegenseitig ein Alibi gab: Aufstehen, Frühstück, Aufbruch zur Arbeit gegen neun.

Nachdem er diese lange Übersicht gegeben hatte, schüttelte Giampieri den Kopf und schnaubte, dann polierte er umständlich seine Brille. Venuti nickte voller Bewunderung: »Eine beachtliche Leistung, Nicola. Wirklich. Daraus ergeben sich keine Neuigkeiten gegenüber dem, was wir schon wussten, aber all die Dinge noch einmal in einer Zusammenschau schwarz auf weiß zu sehen, das heißt rot auf blau, verschafft einem mehr Klarheit.« Giampieri wusste nicht, ob der Kollege ihn auf die Schippe nehmen wollte.

»Ich meine es ernst«, sagte Venuti überzeugt. »Jetzt müssen wir dafür sorgen, dass alles blau wird, oder höchstens ein Name rot bleibt.«

Giampieri zündete sich eine Zigarette an und setzte sich. »Das Zeitfenster, das dem Mörder blieb, reicht von 8.25 Uhr, dem Zeitpunkt, zu dem Barbara ins Büro kommt, sich setzt und den Computer anschaltet, bis 8.40 Uhr. Danach wird es schwierig, da ist zu viel Betrieb.«

»In einer Viertelstunde kann man sich schwerlich Einlass verschaffen, jemanden töten, sich in der Toilette waschen und verschwinden«, insistierte Venuti. »Entweder hatte der Mörder mehr Glück als Verstand, oder wir müssen davon ausgehen, dass er im Haus blieb. Turone hätte mit ihr ins Büro gelangen können, und der Anwalt hätte sogar schon dort sein können, um auf sie zu warten.«

»Die Zeit reicht allemal, um hereinzukommen, zu töten und wieder abzuhauen«, bemerkte Giampieri. »Ich glaube, wenn es einer von ihnen gewesen wäre, dann wäre er beim Verhör schon eingeknickt, vor allem der Junge.«

»Von der Gasse aus kann man fast ungesehen durch die Haustür gelangen«, bestätigte Vitone. »Was ich nicht begreife, ist, wie der Täter, nachdem er wieder draußen war, die Waffe verschwinden ließ.«

Venuti zündete sich seine Zigarre wieder an, obwohl das Zimmer schon voller Rauch hing: »Ein Hausbewohner hätte zumindest gewusst, wie er vorzugehen hat.«

»Aber es wäre ziemlich dumm von dem Anwalt gewesen, sie ausgerechnet in seinem Büro umzubringen. Vor allem, wenn das Motiv persönliche Gefühle waren.«

»Und wenn sie nicht persönlich waren?«

»Inwiefern?«

»Nehmen wir mal an, dass er sie bei irgendetwas überrascht hat, etwas, das sie auf keinen Fall hätte tun dürfen, oder besser gesagt, das ihm sehr gefährlich werden konnte. Er hätte sie nicht einfach entlassen können, er hätte sie zum Schweigen bringen müssen.«

»Auf jeden Fall müssen wir an ihm dranbleiben. Die Serra muss sich endlich dazu durchringen, ein Ermittlungsverfahren gegen ihn einzuleiten.«

Giacomo Carrisi, genannt Jacky, wartete seit zwei Stunden auf dem unbequemen Stuhl, der auch Mantero gefoltert hatte. Giampieri und Venuti mussten nur eintreten und ihm in die Augen sehen, und schon wussten sie, dass er nicht einen Hauch der Kälte und Selbstbeherrschung des Anwalts hatte. Seitdem er eingetroffen war, hatte er mindestens dreimal darum gebeten, dass man seiner Mutter nichts sagte, sie lebe mit ihm zusammen und sei herzkrank. Er war fünfundzwanzig Jahre alt, sehr gepflegt, sein gefälliger Körper wohl im Fitnessstudio trainiert, und sein linker Oberarm wurde von einer Tätowierung umschlossen: eine Reihe ineinander verhakter Geckos, womöglich eine Hommage an seinen Spitznamen. Der Ingenieur dachte, dass er erst mal nicht so wirkte, als ob ein so bescheidenes und hausbackenes Mädchen wie Barbara ihm gefallen könnte. Um es rundheraus zu sagen: Er wirkte nicht so, als ob Mädchen ihm überhaupt gefielen.

Venuti sah, dass der Bursche eingeschüchtert war, und so ging er ihn gleich frontal an, mit voller Wucht. »Also, warst du es? Hast du sie umgebracht? Warum? Hat sie dich nicht rangelassen? Seit wann wart ihr zusammen?« Sein Gegenüber hielt dem nicht einmal eine Minute lang stand, dann fing er an zu stottern: »Nein, ja, nein, wir waren nicht zusammen, wir waren nur Freunde, nur Freunde, ich hatte sie gern.«

»Du bist abgehauen, untergetaucht.«

»Ich war in Voghera, bei der Arbeit, überprüfen Sie das, ich habe die Stechuhr bedient.«

»Auf deine Stechuhr scheiß ich, die kann jeder Kollege für dich bedient haben, hältst du uns für bescheuert?«

»Nein.«

»Sag uns, wer es war.«

»Ich weiß es nicht.«

»Hat sie auf der Kreuzfahrt jemanden kennengelernt? Wart ihr zusammen auf der Kreuzfahrt? Du hast sie eingeladen, weil du hofftest, du könntest sie dann bumsen, aber sie ließ sich nicht rumkriegen?«

»Nein, ja, wir haben sie nicht bezahlt, wir hatten sie gewonnen.«

»Gewonnen?«

»Ja, das könnt ihr ruhig überprüfen, ich habe ihr nichts spendiert, das hätte ich gar nicht gekonnt, und sie ebenso wenig.«

»Aber du hast es bei ihr versucht.«

»Nein, wie soll ich euch das denn erklären? Wir waren Freunde, das war alles.«

»Zwischen Mann und Frau gibt es keine Freundschaft.«

Am Ende brach Jacky in Tränen aus und schrie: »Es reicht, sie interessierte mich nicht, ich mag Männer, habt ihr Scheißkerle das kapiert? Ich bin schwul, okay? Ich bin schwul, ihr miesen Schweinepriester, und wenn ihr mich nicht sofort gehen lasst, dann zeige ich euch wegen Freiheitsberaubung an.«

Venuti ging und warf die Tür zu. Giampieri legte dem Jungen eine Hand auf die Schulter, bot ihm ein Glas Wasser an und begann die Nummer des guten Bullen.

»Ich glaube nicht, dass du es warst, Giacomo. Das meine ich ernst. Aber du musst uns helfen. Kennst du Mantero gut?«

Der Bursche zog die Nase hoch. »Nicht sehr gut. Ich habe ihn ein paarmal bei Bergtouren gesehen, wir sind Vereinskollegen im Club Rapallo Quattromila. Aber der ist ziemlich zugeknöpft.«

Der Ingenieur ließ ihn reden, bis er sich beruhigt hatte. Dann kam er auf den Punkt zu sprechen, der ihn am meisten interessierte.

»Und dieses Dorf, in das Barbara am Wochenende fuhr, Santo Stefano d'Aveto? Wo ihr Onkel wohnt. Gab es dort nicht einen jungen Mann, der ihr gefiel? Oder jemand, dem sie gefiel?«

Staatsanwältin Monica Serra saß auf ihrem Stuhl aus Plastik und rotem Stoff, vom Schreibtisch leicht abgerückt. Als er näher trat, konnte der Ingenieur die übereinandergeschlagenen Beine sehen, den Rock, der die Knie und ein Stück Oberschenkel freiließ. Schenkel passte hier nicht so richtig, dachte er, bei diesen Beinen bekam man keine Lust, hineinzubeißen, sie waren zweifellos wohlgeformt, aber für seinen Geschmack zu mager. Früher wurden die Vierzigjährigen fülliger, philosophierte der Vizekommissar, sie wurden gemütlicher und behaglicher, und, wie ihm vor langer Zeit einmal ein Onkel erklärt hatte: sie entpuppten sich als die besten Geliebten. Sie waren von den Schlüsselpositionen im Arbeitsleben ausgeschlossen, hatten heranwachsende Kinder, die unausstehlich waren, und

Männer, die den Zwanzigjährigen nachschauten, daher waren sie frustriert, hatten eine Menge Zeit übrig und wollten diese Zeit voll auskosten, bevor es zu spät war. »Hinzu kommt«, sagte er, »dass sie wahnsinnig versaut sind, aber sie wollen nur selten deinetwegen ihre Familie verlassen, was dir eine Menge Risiken und Komplikationen erspart.« Heute dagegen wird die Frau um die Vierzig schmaler, dachte Giampieri, ausgezehrt vor lauter Fitnessstudio und Arbeit. Ist sie Single, dann beschäftigt sie sich nur mit sich selbst, wenn sie verheiratet ist, hat sie Kinder, die noch klein sind und sie nicht einen Moment in Frieden lassen. Wer zum Henker will denn so eine, eine Frau aus Haut und Knochen, an der die Rotznasen zerren?

Die Serra richtete mit ein paar kundigen Handbewegungen ihr Haar, dann bot sie Giampieri einen Stuhl an. Ihr schmales Gesicht mit den prononcierten Wangenknochen war braungebrannt und voller Sommersprossen, die Augen leuchteten hell, und den einzigen Punktabzug gab es bei den Lippen, die ziemlich schmal und kaum zu einem Lächeln aufgelegt waren. So eine Naturrote, dachte Giampieri, während er sich setzte, mit fünf bis zehn Kilo mehr auf den Rippen, die sie einem gern zur Erkundung darbot, das wäre eine Granate. Aber aus ihren Augen sprachen nur Ehrgeiz und Versessenheit auf eine Karriere.

»Haben Sie eine Vorstellung, was passiert, Herr Kommissar, wenn wir uns auf den Falschen einschießen?«

»Das ist nur ein Ermittlungsverfahren, wir verhaften ihn ja nicht.«

»Für die Leute kommt es auf dasselbe heraus, das wissen Sie genau. ›Ermittlungsverfahren‹ ist heutzutage gleichbedeutend mit ›Verurteilung‹.«

»Ich bin auf diese Abhörmaßnahmen angewiesen, und zwar so schnell wie möglich. Außerdem brauche ich Blut- und DNA-Analyse.«

Die Staatsanwältin zündete sich eine Zigarette an.

»Schauen Sie mich nicht so an. Wenigstens in meinem Büro will ich das Recht haben zu rauchen.«

»Das war keine Kritik. Im Gegenteil, ich fragte mich …«, erwiderte Giampieri und zog seine Zigarettenpackung halb aus der Tasche.

»Bitte.«

Die Staatsanwältin gab ihm Feuer, und einen Moment lang kreuzten sich ihre Blicke. Tief in diesen haselnussbraunen Augen erkannte der Ingenieur einen Hauch von Verletzlichkeit, und vielleicht auch Verruchtheit. Ja, wenn man sie so betrachtet, ist sie wahrlich eine schöne Frau, dachte er, aber zu steif, zu kontrolliert. Wer weiß, vielleicht muss sie so sein, wenn sie in einer Männerdomäne überleben will, ist im Bett aber bereit, sich zu unterwerfen, ja, vielleicht wird sie im Bett zu einer anderen Frau, weich und melancholisch.

Sie schien zu erraten, was er dachte, wandte den Blick ab und tat, als suchte sie etwas in einer Schublade.

»Ich will ein bisschen Bedenkzeit«, sagte sie schließlich. »Ich riskiere, dass der Antrag vom Richter abgeschmettert wird, und ich will keinen Fehltritt begehen, der Fall zieht zu viel Aufmerksamkeit auf sich. Ich kann Ihnen jedenfalls jetzt schon sagen, dass die Abhörmaßnahmen nicht durchgehen werden. Sie wissen ja, dass der Richter Schwierigkeiten hatte.«

Giampieri nickte. Es ging um eine Geschichte von vor zwei Jahren, die noch nicht geklärt war. Parlamentarier waren versehentlich in Abhörmaßnahmen involviert worden, und die Abhörprotokolle waren – alles andere als versehentlich – in die Presse geraten.

»Verstehe. Aber wenigstens den DNA-Test, den Mantero nicht hat machen wollen, und seinen Computer …«

»Wie ich schon sagte, ich werde darüber nachdenken.«

»Aber denken Sie nicht zu lange nach«, erwiderte er spontan. Dann erinnerte er sich, dass er devot hatte auftreten wollen, und korrigierte sich:

»Natürlich nur, wenn ich mir die Bemerkung erlauben darf.«

Er war ziemlich enttäuscht, als er ging. Er hatte gehofft, dass es nicht so schwierig würde, dieses Verfahren einzuleiten. Es stimmte, die Situation war heikel, aber er war fast sicher, dass die Serra zu den angriffslustigen Staatsanwälten gehörte, die keinerlei Rücksichten nahmen und mit Hilfe aufsehenerregender Untersuchungen Karriere machen wollten.

Er stieg ins Auto, stellte die Hifi-Anlage an und sagte sich immer wieder, dass die Serra nicht vorsichtig war, das war auch der Blick nicht gewesen, den sie getauscht hatten, und den eine andere, wirklich kontrollierte Frau, sich nicht hätte entlocken lassen. Die Serra liebte aufregende Momente, und sie wollte im Mittelpunkt stehen.

Während Giampieri noch unterwegs ins Büro war, hatte die Staatsanwältin bereits die Einleitung eines Ermittlungsverfahrens gegen Giulio Mantero unterzeichnet. Wenige Stunden später erfuhr die Presse davon, und als sie zu dem Broker eilten, um ihn in Kenntnis zu setzen, wusste dieser überraschenderweise schon Bescheid.

Er grübelte erneut über den Tagesablauf aller Hausbewohner nach, als Calabrò kam, um die beiden Neuen anzukündigen. »Bring sie her«, sagte er, »die schaffen wir uns sofort vom Hals.«

Wenn die beiden Frauen alles darangesetzt hätten, möglichst gegensätzlich zu wirken, hätten sie es nicht besser treffen können. Zuerst stellte sich, indem sie leicht die Rechte hob und die Linke in der Tasche ließ, »Giolitti, Nadia« vor, braunes kurzes Haar, harter Blick. Sie trug Zivil, schwarze Springerstiefel, Tarnhose, schwarzes Tank-Top und Jeansjacke.

Gott, ist die lesbisch, dachte Giampieri. Seine Lippen öffneten sich dagegen zu einem unfreiwilligen Lächeln, während er der zaghaften Stimme von »Boemi, Stefania« lauschte, einem blonden Engel in Dienstuniform, der vorbildlich salutierte, die Handkante an der Stirn und das Käppi am Herzen, oder besser gesagt an einer runden, vollen Brust, die auch die gestärkte Bluse nicht bändigen konnte. Das erste Adjektiv, das ihm in den Sinn kam, war »weich«, weich waren ihre Kurven und ihr Blick, in dem sich Scheu und Bewunderung für ihn mischten. Sie hatte blaue Augen, verdammt noch mal, auch wenn diese Vorliebe etwas trivial war, in blauen Augen verlor der Ingenieur sich nun mal am leichtesten.

Jetzt schau dir mal dieses Häschen an, dachte er, während er im Geiste die Versetzungsliste löschte, die Calabrò so mühselig entworfen hatte. Wenn ich die ins Archiv schicke, wird sie ganz käsig, abgesehen davon, dass diese widerlichen Aasgeier sie nach zehn Minuten schon zerfleischt hätten. Da würde ich höchstens die Lesbe hinverfrachten. Klar, aber dann würde die Blonde im Streifenwagen landen, noch schlimmer. Den ganzen Tag allein in einem Auto mit zwei notgeilen Beamten.

Er probierte blitzschnell eine Reihe alternativer Versetzungspläne durch, aber Calabròs Organigramm beruhte auf einem wundersamen Balanceakt, an den man nicht rühren konnte, ohne alles zum Einsturz zu bringen.

»Sehr gut, Mädchen«, fing er an. »Willkommen in der Mordkommission. Ich sage euch gleich, dass man mir aus verschiedenen Richtungen geraten hat, noch bevor ihr überhaupt einen Fuß hier hereingesetzt habt, euch in irgendein verstaubtes Archiv zu versetzen oder euch Pässe stempeln zu lassen, damit ich im Gegenzug erfahrenere Leute, vorzugsweise männlichen Geschlechts, bekomme. Aber ich denke darüber anders. Die Tatsache, dass ihr Frauen seid, und jung, die sehe ich als Vorzug an, und sicher nicht als Handicap.«

Er wich Calabròs Blick aus, der ihn eher fassungslos als verärgert betrachtete, und fuhr fort: »Aber ihr müsst wissen, dass es hier für euch doppelt schwer sein wird. Ihr seid neu, und ihr seid Frauen. Ihr müsst euch auf dumme Sprüche und Vorbehalte gefasst machen, aber wenn es passiert, dann kommt nicht zu mir, um euch auszuweinen. Ich werde euch nicht aufmunternd auf die Schulter klopfen, sondern ich gebe euch jetzt das Wichtigste überhaupt: mein uneingeschränktes Vertrauen. Wie ihr wisst, herrscht hier gerade Notstand. Wir sind alle mit dem Fall Ameri befasst und sind auf jede erdenkliche Hilfe angewiesen. Ich gebe euch den restlichen Nachmittag und morgen Vormittag, um eure Kollegen, das Gebäude und die Stadt kennenzulernen, kurz: um euch einzugewöhnen. Ab morgen Nachmittag betrachte ich euch als einsatzbereit. Habt ihr schon eine Bleibe?«

»Ich wohne bei einer Cousine in Sori«, sagte die Giolitti.

»Mir wird nächste Woche eines unserer Apartments übergeben. Im Moment übernachte ich im Hotel«, erklärte die Boemi.

»Du kannst zu mir kommen, wenn du Lust hast«, warf die andere ein.

»Nun … danke, mal sehen …«

Giampieri spürte einen Stich der Eifersucht.

»Okay, macht das untereinander aus. Wenn ihr etwas braucht, dann fragt nach dem Beamten Iannece. Morgen werdet ihr euch Inspektor Calabrò zur Verfügung stellen, der euch sagen wird, was zu tun ist. Noch Fragen?«, schloss er mit einem Blick auf die Blondine.

Sie errötete leicht, schüttelte den Kopf und piepste: »Alles klar. Danke.«

Giampieri vermied es, sie anzulächeln. Solange man in einer Machtposition war, sollte man es tunlichst vermeiden, auch nur einen Millimeter Boden abzutreten. Vor allem gegenüber verwöhnten und attraktiven Mädchen. Aber als sie sich zum Ausgang wandten und er Stefanias prallen runden Hintern sah, wusste der Vizekommissar, dass seine Tage von nun an anders aussehen würden.

# Donnerstag

## Luciani

Der Vater saß in dem braunen Ledersessel, der in Marco Lucianis Erinnerung der Sessel des Großvaters war. Wenn er sie besuchte, in den Weihnachtsferien oder zu sonst einer besonderen Gelegenheit, verbrachte Großvater Mario die meiste Zeit des Tages in diesem Sessel, schaute fern oder las die Zeitung, als er dazu noch in der Lage war, und am Ende döste er fast nur noch. Er war dreiundneunzig Jahre alt geworden, und bis ins achtundachtzigste Jahr hatte er alleine gelebt, in dem alten Mailänder Arbeiterbezirk, dem er nie den Rücken kehren wollte, nicht einmal als der Sohn sich, vom Tangentopoli-Skandal überrollt, aus dem Berufsleben zurückzog und ihm vorschlug, zu ihnen nach Camogli in die Villa zu ziehen, wo man ihm ein eigenes Mini-Apartment eingerichtet hätte. Nicht einmal als der Sohn ihm anbot, in der Nähe ein Häuschen und ein Stück Land zu kaufen. Großvater Mario hatte nie an diesen unverhofften Reichtum geglaubt, an all dieses Geld, dessen Herkunft er nicht recht durchschaute, das ihm aber in jedem Fall zu viel und zu leicht verdient erschien. Jedes Mal wenn der Sohn ihm etwas Teures schenkte, sei es einen Fernseher, ein High-Tech-Telefon oder auch nur einen Pullover mit einem etwas zu eleganten Touch, dann zog er eine Grimasse und sagte Sachen wie: »Mein altes Telefon funktionierte bestens, wieso bringst du mir das hier, mit dem ich nicht zurechtkomme?«, oder: »Wer weiß, wie viel da die Ersatzteile kosten.« Und wenn der Sohn entnervt erwiderte: »Papa, Ersatzteile gibt es nicht, wenn etwas kaputtgeht, dann schmeißen wir es weg und kaufen etwas Neues, das nennt man Konsumgesellschaft, und es ist wunderbar«, dann schüttelte Opa Mario den Kopf, als hätte jemand Gott gelästert, und ließ Bemerkungen fallen wie: »Wir werden alle auf die Nase fallen«, oder: »Schmeiß dein Geld nicht zum Fenster raus, leg es auf die hohe Kante, bring es in die Schweiz, früher oder später geht Italien sowieso bankrott.«

»Warum lachst du? Bin ich so lächerlich?«

Marco Luciani kam wieder zu sich und betrachtete seinen Vater. Der korpulente arrogante Hüne, dem man den Spitznamen »Großer Cäsar« verpasst hatte, war zum gespenstischen Klappergreis geworden, in dessen Gesicht die Krankheit schwarze Augenringe und tiefe Furchen gegraben hatte. Luciani fiel erstmals auf, wie ähnlich sie sich sahen. »Ich dachte an Großvater. Du sitzt in seinem Sessel. Ich dachte daran, wie er immer sagte, wir würden pleitegehen.«

Der Vater zog eine Grimasse. »Natürlich. Er hatte Recht. Er hatte fast in allem Recht, wir müssten mehr auf unsere Alten hören.« Seine Stimme klang tief und warm wie immer, nur ein bisschen rauer, und sie passte schlecht zu dem, was von seinem Leib übrig war.

»Das sagst du, weil jetzt du in diesem Sessel sitzt.«

»Vielleicht. Aber von hier aus hat man einen besseren Blick auf die Welt, glaub mir, als wenn man da draußen ist und herumrennt, wenn man mit all den anderen in der Tretmühle steckt. Das ist ein ganz elementares philosophischwissenschaftliches Prinzip: Der objektive Beobachter muss außerhalb des Systems stehen, wenn er im System steckt, nimmt er nichts wahr, nicht einmal die Bewegung.«

Sie hatten das Eis schnell gebrochen, als ob ihr letztes Gespräch erst einige Tage und nicht über zehn Jahre zurückgelegen hätte. Dennoch machte der Sohn keine Anstalten, ihm einen Kuss zu geben oder ihn auch nur zu berühren, und der Vater schien nicht darauf zu warten. Marco Luciani schob ein wenig das Laken zur Seite, das die Couch bedeckte, und setzte sich seinem Vater gegenüber, während die Mutter, die die Anspannung nicht länger ertrug, etwas von einem Kaffee murmelte und in der Küche verschwand.

»Jedenfalls hat Großvater sich geirrt. Italien ist nicht bankrottgegangen.«

»Und ob. Wir Bürger sind bankrott, wir waren die Gläubiger des Staates mit all unseren Bundesschatzbriefen und Kommunalobligationen zu achtzehn Prozent Zinsen, wir saßen alle um den Roulettetisch, und eines Tages haben die das Licht abgedreht, *rien ne va plus*. Als das Licht wieder anging, lag nicht ein Chip mehr auf dem Spieltisch. Ein paar Sündenböcke sind in den Knast gewandert, es wurden millionenschwere Wiedergutmachungen verlangt, und dann begann die Abwertung der Lira, dreißig Prozent, das ist kein Pappenstiel, Diebstahl direkt von unserem Girokonto, dann die Europasteuer und eine Flut von Steuern und Abgaben, an die kein Land der Welt heranreicht. In den vielgeschmähten achtziger Jahren war der Staat verschuldet, aber die Bürger waren reich, jetzt behauptet der Staat, seine Bilanzen seien mehr oder weniger in Ordnung, aber die Bürger gehen am Bettelstab.«

»Du bestimmt nicht«, sagte der Kommissar in ironischem Ton.

»Nein, weil ich tat, was dein Großvater sagte, auch wenn ich da schon von alleine drauf gekommen war. Ich brachte mein Geld in Sicherheit, und auch wenn sie mir die Immobilien, die Autos und die Yacht beschlagnahmten, von dem Geld haben sie nicht alles gefunden. Ich hab's diesen kommunistischen Richtern und ihren Genossen da unten in Rom besorgt. Damals hatten wir noch den Anstrich einer Nation, inzwischen haben die uns zu den Lakaien Europas gemacht.«

Der Vergangenheit nachzutrauern und sich über Politik und Wirtschaft zu beklagen, das sind Zeichen dafür, dass man alt wird, dachte Marco Luciani. Das sind unvermeidliche Begleiterscheinungen, so wie Rheuma und das Nachlassen von Sehkraft und Gehör.

Sie schwiegen eine Weile, auf den vielversprechenden Beginn war eine beiderseitige Verlegenheit gefolgt. Aber es war vor allem der Vater, der das Bedürfnis hatte, zu reden. Er wischte sich einen Mundwinkel mit dem Taschentuch sauber. Dieser Speichelfaden, den er nicht zurückhalten konnte, war das erste Anzeichen dafür, dass bald alle Dämme brechen würden.

»Ich freue mich, dass du gekommen bist, Marco.«

Der Sohn begnügte sich mit einem Nicken.

»Wie deine Mutter dir gesagt haben wird, geht es mit mir zu Ende.«

»Es geht auch mit mir zu Ende, Papa. Auch mit Mutter, mit uns allen geht es zu Ende.« Das hatte er sich vorher zurechtgelegt, und nun musste er es unbedingt anbringen.

»So kann man es auch sehen«, seufzte der Vater. »Sagen wir, ich bin schon dichter dran am Ende, ganz dicht. Aber ich will kein Mitleid von dir, keine Sorge. Ich will auch nicht über die Vergangenheit reden. Nur über die Zukunft. Natürlich nicht über meine, sondern über die Zukunft deiner Mutter, und, wenn du willst, auch über deine.«

Marco Luciani hatte sich vorgenommen, eine zynisch-distanzierte Haltung zu wahren. Seinen Vater zu behandeln wie immer. Nur weil er starb, brauchte Luciani sein Urteil über ihn nicht zu revidieren. Das wäre inkonsequent gewesen, wie jemand, der sein Leben lang Atheist ist und dann auf dem Sterbebett nach einem Priester verlangt.

»Danke, um meine Zukunft werde ich mich alleine kümmern, wie ich es immer getan habe. Und ich werde versuchen, mich auch um Mutters Zukunft zu kümmern.«

»Hör mich an. Ich weiß, wie viel Überwindung es dich gekostet hat, hierherzukommen, aber spar dir deinen Groll für etwas Wichtigeres auf. Bei mir ist er inzwischen vergeudet, das lohnt nicht mehr. Ich bin über all das hinaus, aber du weißt, dass ich die Dinge nicht gerne in der Schwebe lasse. Ich habe nicht den geringsten Zweifel daran, dass du zurechtkommen wirst, du bist gut, vielleicht sogar zu gut. Wenn du weniger fähig gewesen wärst, dann wärst du gescheitert, hättest umkehren müssen und hättest besser gelebt … nein, ›besser‹ ist nicht der richtige Ausdruck, sagen wir, du hättest ein bequemeres und einfacheres Leben gehabt.«

Marco Luciani fragte sich, ob der Vater ihm tatsächlich ein Kompliment machen wollte.

»Donna Patrizia ist eine großartige Frau, aber sie hat nicht deine Kraft. Sie hat immer einen bestimmten Lebensstil gepflegt, und in ihrem Alter kann sie sich nicht mehr umstellen. Wir haben nicht die Reichtümer beiseitegeschafft, die sich die Richter ausmalten, doch es ist trotzdem genug übrig, dass sie sich für den Rest ihrer Tage keine finanziellen Sorgen machen muss. Aber du kennst sie, sie hat keinen Geschäftssinn, und ich möchte nicht, dass sie sich auf Fehlinvestitionen einlässt oder dass jemand sie ausnutzt.«

»Aber das Geld wird doch wohl auf der Bank sein.«

»Eben deshalb. Die schlimmsten Aasgeier sitzen in den Banken, schau dir doch an, wie viele Leute die in den Ruin getrieben haben. Da gilt es auf der Hut zu sein, Marco. Der Direktor ist unser Freund, aber er wird bald in Pension gehen, und jedenfalls wäre ich beruhigt, wenn du das Vermögen, ich will nicht sagen verwalten, aber jedenfalls …«

»Papa, ich weiß, worauf du hinauswillst. Ich will dieses Geld nicht anrühren, ich will es nicht sehen, ich will damit nichts zu schaffen haben.«

Der Vater hob die Hände ein wenig, als wollte er sich geschlagen geben.

»Ist ja gut, ist ja gut. Ich habe es um deiner Mutter willen gesagt, nicht deinetwegen. Wenn sie auf der Straße landet, wer versorgt sie dann? Du? Soviel ich gehört habe, hast du nicht einmal mehr eine Arbeit.«

Marco Luciani erhob sich. »Du hattest auch keine Arbeit. Zu stehlen hat nie als Arbeit gegolten.«

Der Vater wollte etwas erwidern, hielt sich dann aber zurück.

Der Sohn war versucht, ihn um Verzeihung zu bitten, hielt sich aber ebenfalls zurück.

Sie schauten einander einen Moment in die Augen, der Kommissar wandte zuerst den Blick ab und ging zur Tür.

»Grüß mir Mama. Sag ihr, dass ich bald wieder komme.«

Er öffnete die Tür, konnte sich einen Augenblick lang nicht entscheiden und sprach dann Richtung Zimmerdecke:

»Papa.«

»Ja.«

»Wenn du mich brauchst, dann melde dich. Ich meine, wenn es dir nicht gutgeht.«

»In Ordnung, melde du dich auch, wenn du Geld brauchst.«

Luciani drehte sich um, fast wäre er geplatzt vor Wut. Der Vater lächelte wie ein Kind, dem ein Streich gelungen ist.

Als er an sein Mietshaus kam, erkannte er schon aus der Ferne eine vertraute Gestalt, die er oft in dieser vermeintlich zufälligen Pose gesehen hatte, als ob sie auf irgendjemanden warten würde, der sich verspätet hatte. Wenn der Verdächtige uns nicht kennt, hatte er seinen Leuten immer gesagt, ist es sinnlos, sich hinter einem Häusereck oder einer Zeitung mit Gucklöchern zu verschanzen. Wir fallen weniger auf, wenn wir uns mitten auf die Straße stellen und permanent auf die Uhr schauen.

»Calabrò.«

»Ach, Commissario. Ich habe auf Sie gewartet.«

»Wie geht es? Frau und Kinder? Alle wohlauf?«

»Ja, ja, alles in Ordnung, Commissario. Das heißt, meine Frau lässt Sie grüßen, ich soll Ihnen sagen, dass es ihr leidtut, dass Sie gegangen sind.«

»Das ist zu viel der Freundlichkeit. Grüß sie auch von mir, aber ich nehme an, dass du dienstlich hier bist. Probleme?«

»Ach, man kommt nicht einmal zum Durchatmen, erst diese Geschichte mit dem Schiedsrichter, und dann haben wir gleich den nächsten Mord ...«

»Klar.«

»Hören Sie, Commissario ... können wir kurz miteinander sprechen?«

»Sicher. Gehen wir um die Ecke, etwas trinken.«

Sie kamen durch einige hässliche Gassen, verfolgt von den Blicken der Transvestiten, passierten ein paar überfüllte Telefon-Center und chinesische Schmuckläden, in denen man seit Menschengedenken keinen Kunden gesehen hatte. Schließlich fanden sie eine schaurige Bar, die irgendwo in den Siebzigern steckengeblieben war. Sie setzten sich an einen abgelegenen Tisch und bemerkten, kaum überrascht, dass sie die einzigen mit europäischen Gesichtszügen waren. Vielleicht lag es daran oder an ihrer Bullenphysiognomie, dass die anderen Gäste sie angewidert oder herausfordernd anschauten.

»Hübsches Ambiente«, sagte Calabrò.

»Hier in der Gegend sieht es inzwischen überall so aus. Aber für Schlägereien ist es noch zu früh, keine Angst. Die müssen erst einmal volltanken.«

Calabrò bestellte eine Flasche Bier, der Kommissar musste, da es kein Lemonsoda gab, mit Tonic Water vorliebnehmen.

Ein paar Minuten lang redeten sie über Belanglosigkeiten, dann kam Calabrò zum Punkt: Er beklagte sich über Giampieris Ermittlungsmethoden.

»Er ist sofort mit dem Hauptverdächtigen aneinandergeraten. Statt ihn ein bisschen schmoren zu lassen, ist er ihn sofort angegangen, und jetzt hat der sich in sein Schneckenhaus zurückgezogen und sagt kein Wort mehr. Bestimmte Dinge reißt er vollständig an sich, er will über alles die Kontrolle behalten, traut keinem über den Weg. Anderes wieder überlässt er ganz denen aus Rapallo, und wir laufen Gefahr, den Anschluss zu verlieren. Ich habe den Eindruck, wir vertun jede Menge Zeit. Unter Ihnen ...«

»Halt, warte. Wenn du gekommen bist, um über Giampieri zu lästern, bist du an der falschen Adresse. Ich bin nicht mehr für die Ermittlungen zuständig, vielleicht schicken sie irgendwann jemand anders als Ersatz, aber im Augenblick ist er euer Chef, und ihr müsst ihm folgen.«

»Aber das lässt er gar nicht zu. Er nimmt keinen Rat an, hört auf niemanden.«

»Sieh mal, Calabrò, jeder hat seine eigene Methode. Ihr müsst euch auf ihn einstellen. Giampieri hat etwas auf dem Kasten, er kennt den Job, wir haben oft genug gemeinsam ermittelt, er kann doch jetzt nicht plötzlich ausgetickt sein.«

»Aber vorher waren Sie da und hielten ihm den Rücken frei, jetzt, wo die ganze Verantwortung auf ihm lastet, ist alles anders. Er ist ein anderer Mensch. Früher war er immer gut drauf, vermittelte, wenn es Spannungen gab, jetzt provoziert er sie.«

Marco Luciani seufzte. »Hör zu. Mag sein, dass er unter Druck steht, dass er Angst hat, Fehler zu machen. Das ist nur natürlich. Deshalb müsst ihr umso geduldiger sein und versuchen, ihm zu helfen.«

»Ich habe es versucht, wirklich. Aber er verschanzt sich

mit seinen Computern im Büro: Er hat eine gigantische Software entwickelt, in der alle Mordfälle der Geschichte katalogisiert sind, und er meint, dass ...«

Der Kommissar hob eine Hand, um ihn zu stoppen.

»Wenn du weitermachst, stehe ich auf und gehe. Das ist mein Ernst.«

Sie schwiegen eine Weile. Der Inspektor merkte, dass er einen Fehler begangen hatte. Trotz ihres Vertrauensverhältnisses würde er in Luciani keinen Verbündeten gegen Giampieri finden.

»Hören Sie, Commissario...«, sagte er zögerlich, »kann ich zumindest fragen, was Sie für eine Theorie zu diesem Mordfall haben?«

»Ich?!«

»Ja. Womöglich haben Sie schon alles durchschaut. Würde mich nicht wundern.«

Marco Luciani riss die Augen auf. »Und wie, bitte schön? Durch Kaffeesatzlesen? Alle Fakten, die ich kenne, stammen aus den Medien, aber ich weiß noch nicht einmal, was davon wahr und was Humbug ist.«

»Aber die Akten sind Ihnen doch zugegangen.«

Der Kommissar fixierte ihn. Also machte er mit Iannece gemeinsame Sache.

Calabrò deutete ein Lächeln an. »Jetzt sagen Sie nicht, Sie haben sie nicht gelesen.«

Luciani erwiderte mit genau demselben Lächeln: »Nein, ich habe sie nicht gelesen.«

»Gut. Dann lesen Sie die hier auch nicht«, sagte Calabrò, während er eine Mappe mit den jüngsten Ergebnissen auf den Tisch legte.

Offensichtlich herrschte Flaute in dieser Nacht, denn er hörte den Dealer nicht seine Mitternachtsrunde drehen, vielleicht hatte er auch den wohlverdienten Familienurlaub angetreten, und nach dem Eisenrollo um eins schlief er recht gut bis um Viertel nach zwei, als ihn das Klirren platzender Flaschen hochschrecken ließ. Wenn der Glaspalast der UNO eingestürzt wäre, dann hätte er dies mit mehr Diskretion erledigt als die beiden Angestellten der Stadtreinigung, die klugerweise beschlossen hatten, den Altglascontainer um diese Uhrzeit zu leeren. Scheiß Ökos, dachte er, wenn alle es so machen würden wie ich, nämlich den Müll ungetrennt in eine Tüte packen, dann würde vielleicht die Welt früher untergehen, aber nachts käme nur ein LKW unter meinem Fenster vorbei, nicht vier.

Er schlief wieder ein und träumte von seiner Gemüsehändlerin: Nach ein wenig Geplauder über das Wetter und die Qualität der Trauben wurde der Traum immer obskurer, die Birnen und Melonen bekamen eine ambivalente Note. Er hatte es geschafft, die Frau ins Hinterzimmer zu lotsen und das Thema Gurken anzuschneiden, als ihn ein langer Schrei aus dem Bett fahren ließ. Das heißt, eigentlich war es kein richtiger Schrei, sondern eine unverständliche Serie gebrüllter Worte, eher ein Bellen als Sprechen. Er brauchte eine Weile, ehe er verstand, dass ein neuer illegaler Einwanderer eingetroffen war, und dass er dies in der Heimat verkünden wollte, wozu er natürlich die öffentliche Telefonzelle benutzte, die vor dem Mietshaus stand. Er schrie, als ob man ihn bis in den Kongo hören sollte, und zwar ohne Fernsprechleitung.

Der Typ machte eine ganze Weile weiter, er schrie und schrie, wahrscheinlich war auf der anderen Seite ein Cousin, dem sie bei einem ihrer formidablen Stammeskriege die Ohren gestutzt hatten. Die Zunge hätten sie euch abschneiden sollen, dachte Luciani.

Dann ging das Fenster der Alten auf, und ein Eimer Wasser prasselte auf den Afrikaner nieder, der zu fluchen anfing und Todesdrohungen gegen das ganze Viertel ausstieß. Der Kommissar wusste aus Erfahrung, dass der verbale Schlagabtausch noch mindestens eine halbe Stunde dauern würde, er setzte sich resigniert aufs Sofa, schaltete den Fernseher an und stieß auf einen alten Maigret-Film mit Gino Cervi. Er hatte ihn nicht so lahm in Erinnerung gehabt, und nach einer Weile glitt er, ohne es zu merken, in einen unruhigen Schlaf, wo ihn, statt der Gemüsehändlerin, deren Mann bediente.

# Freitag
## Giampieri

Der Wecker katapultierte ihn brutal in den Tag. Er hatte nur mit Mühe in den Schlaf gefunden, und gegen vier hatte er einen erotischen Traum gehabt, mit Stefania Boemi in der weiblichen Hauptrolle. Kurz vor dem Höhepunkt war er erwacht, wodurch er sich das Finale versaut hatte, und war dann noch zwei Stunden im Bett geblieben, unbefriedigt und ruhelos, böse Vorahnungen in Sachen Ermittlungsverfahren gegen Mantero ausbrütend. Er duschte sich, trimmte seinen Kinnbart und verwarf die Idee, ihn abzurasieren. Auf dem Weg ins Büro musste er unbedingt bei Amalia vorbeischauen und das Treffen auf einen anderen Abend verschieben. Er trank einen dreifachen Kaffee und würgte ein paar Schokoladensnacks hinunter. Kaum war der Zucker in seinen Stoffwechsel gelangt, fühlte er sich besser, er fragte sich sogar, ob dieser erotische Traum nicht auch einmal eine Weissagung darstellen konnte.

Kaum hatte er die Schlagzeilen der Zeitungen gesehen, wusste er den Grund für seine böse Vorahnung. Er hatte mit einer Jubelorgie angesichts des Ermittlungsverfahrens gerechnet, mit Vorverurteilungen, wie sie in solchen Fällen immer schnell kursierten. Nach vier Tagen, wo die Gefahr bestand, dass das Medieninteresse an dem Fall erlahmte und die Aufmacher sich wieder anderen Meldungen widmeten, hätte die Eröffnung des Ermittlungsverfahrens den Mediendruck erneut auf Mantero lenken sollen. Stattdessen übten die Zeitungen sich, von ein paar Ausnahmen abgesehen, in vorsichtiger Zurückhaltung. Sie räumten gar den Aussagen des Anwalts mehr Platz ein als denen der Staatsanwältin. Über das Lokalblatt von Rapallo verkündeten der Bürgermeister und der Gemeindepfarrer Don Guido, noch am selben Abend werde, im Beisein des Bischofs, eine Solidaritätskundgebung mit Fackelzug stattfinden.

Wirklich merkwürdig, dachte Giampieri. Dieses kleine Arschloch muss über bedeutende Beziehungen verfügen. Wenn sogar die Kirche aufmarschiert, die sonst so vorsichtig ist … Ob es ein Fehler gewesen war, die Serra unter Druck zu setzen? Als der Polizeichef in heller Aufregung anrief, wusste Giampieri, dass ihr Vorstoß in den oberen Etagen nicht auf Sympathie stieß. Irgendwie schaffte er es, Iaquinta zu beruhigen, indem er versicherte, sie würden schnell und umsichtig vorgehen, aber er wusste, dass sie ziemlich in der Patsche saßen. Sie mussten eine Abkürzung finden, um schnell Beweise gegen Mantero herbeizuschaffen. Andernfalls müssten sie die Ermittlungen gegen ihn einstellen.

Er versuchte sich abzulenken, indem er am Kaffeeautomaten eine Zigarette rauchte. Und dabei war ich gerade dabei, es mir abzugewöhnen, dachte er. Er hatte sie bis auf fünf am Tag heruntergefahren, aber seit er seinen ersten eigenen Fall beackerte, war er wieder bei einem Päckchen angelangt. Er wusste, dass es keinen Sinn hatte, gegen diese Tagesdosis anzukämpfen, solange er den Mörder nicht gefunden hatte.

Er nahm einen Kaffee ohne Zucker, was er sofort bereute, als er das Gemisch aus Bitterstoffen und Angebranntem auf der Zunge schmeckte. Um Abhilfe zu schaffen, zog er auch noch einen stark gezuckerten Kaffee mit Milch und goss ein wenig davon in seinen Kaffee, doch dieser improvisierte Caffè macchiato war ebenfalls ungenießbar. Er schüttete alles wieder in den Becher mit Milch, um das Ganze in einen

Latte macchiato zu verwandeln, aber die beiden Retorten-Getränke ließen sich einfach nicht mischen. Er fuchtelte mit dem Plastikstäbchen wie mit einem Zauberstab, weil er so viel Schaum schlagen wollte, dass aus der grauen Brühe ein Cappuccino wurde. Er kostete, zog des Gesicht eines Mannes, der soeben eine Bulldogge geküsst hat, und hörte just in diesem Moment Stefania Boemis kindliche Stimme.

»Fehlt da vielleicht noch ein Schuss Kakao?«

Er drehte sich um, sie lächelte, als würde sie sich schon eine ganze Weile an dem Spektakel erfreuen.

»Schrecklich«, lächelte er zurück, wobei er den vollen Becher in den Mülleimer warf. »Ich habe alles probiert, aber heute ist er noch schlimmer als sonst. Kann ich dir etwas anbieten?«

»Hmm ... sehr aufmerksam, aber lieber nicht.«

»Nicht einmal ein Wasser?«

»Das schon, gern. Ohne Kohlensäure.«

Giampieri zog zwei Flaschen, eine für sie und eine für sich selbst, trank sofort einen Schluck, weil er hoffte, diesen ekelhaften Geschmack aus Mund und Atem zu waschen. An seine schäbigen Klamotten, in denen der Zigarettenrauch hing, wollte er gar nicht erst denken.

Er sah, dass sie sein Kinn fixierte, ihr stummer Blick verriet, dass ein Tropfen Milch oder sonst etwas in seinem Bart hängen musste. Er wischte sich mit einem Papiertaschentuch sauber.

»Entschuldige, morgen nehme ich ihn ab, ich habe ihn satt.«

»Nein, den wollen Sie wirklich abrasieren?«, sagte sie mit betrübter Miene.

»Warum, wäre das ein Fehler?«

»Nun ... ich finde, dass er Ihnen steht. Er verleiht Ihnen eine gewisse ... Autorität. Etwas Machohaftes.«

Giampieri atmete tief ein. So, nur damit du Bescheid

weißt, Amalia, dachte er. Aber er bewahrte ruhig Blut und hatte sich sofort wieder unter Kontrolle. Er durfte nicht zulassen, dass sie die Initiative übernahm.

»Wieso bist du schon da? Ich habe dich erst heute Nachmittag erwartet.«

»Ich kam mir nutzlos vor. Heute Morgen habe ich von der Hausverwaltung erfahren, dass ich die Schlüssel erst nächste Woche bekomme. Also dachte ich, ich könnte mich vielleicht bei euch nützlich machen.«

Giampieri schaute sie aufmerksam an. Sie trug Jeans mit niedrigem Bund, den Bauchnabel frei, außerdem eine stark taillierte Bluse, die sie ausgesprochen schlank machte.

»Ich bitte um Entschuldigung, dass ich keine Uniform trage«, sagte sie, als sie seinen Blick auffing, »aber ich dachte nicht, dass ich so schnell fertig werde … »

»Kein Problem. Da du schon einmal hier bist, werde ich dir eine Aufgabe besorgen. Deine Kollegin?«

»Ich habe sie angerufen. Sie meinte, sie räume gerade ihre Sachen ein. Sie war so nett, hat noch einmal darauf gedrängt, dass ich bei ihr schlafen soll.«

Die Art, wie sie das betonte, erregte Giampieri sofort, und er musste sich zusammenreißen, um nicht zu fragen, was sie geantwortet hatte.

Er ging ihr Richtung Büro voraus und überlegte, was er sich ausdenken konnte, um sie in seiner Nähe zu halten. Eigentlich waren alle Aufgaben vergeben. Dann sah er auf dem Schreibtisch die Farbkopien einiger Fotos von Barbara, die der Onkel ihnen besorgt hatte. Es waren die Bilder, die sie in ihrem Zimmer hatte, an denen sie am meisten hing.

»Schau, Stefania, hier. Dies sind Aufnahmen des Opfers. Hier ist sie mit Freundinnen in einem Lokal, hier mit einem Hund, hier am Meer, auch mit einer Freundin …«

»Habt ihr die schon ausfindig gemacht?«

»Sicher. Barbaras Eltern haben uns gesagt, um wen es sich handelt, und die Beamten haben die Mädchen bereits vernommen. Diese beiden hier, die Blondinen, leben in Mailand. Warte mal, ich drucke dir Namen und Telefonnummern aus …, hier: Alessia Quaglia und Michela Picco, Michela ist die hier in der Mitte, sie hat gerade geheiratet und ist weggezogen; die dritte, die braunhaarige, lebt in Rapallo, sie heißt Tizia Longato, war ihre Busenfreundin. Keine von ihnen weiß etwas Interessantes, keine hat eine Vorstellung, wer es gewesen sein könnte, aber gegenüber einem jungen Mädchen … einer Altersgenossin … dir würden sie vielleicht etwas mehr sagen.«

»Und die vierte Freundin?«

»Welche vierte Freundin?«

»Die die Fotos gemacht hat.«

Der Ingenieur betrachtete sie verblüfft. Stefania Boemi lächelte.

»Lassen Sie mich nur machen.«

Während er sie weggehen sah, klingelte das Telefon.

Monica Serras Stimme klang noch angestrengter als sonst, sie erklärte ihm, dass sie in ihrem Büro unmöglich arbeiten könne, es sei von Journalisten belagert und ständig klingle das Telefon.

»Ich habe furchtbare Kopfschmerzen und bin auf dem Weg nach Hause. Treffen wir uns dort. Wir müssen jetzt die Gangart verschärfen.«

Der Ingenieur saß neben der Staatsanwältin auf dem Sofa und hörte sich gut zehn Minuten lang an, wie sie sich ihren Kummer von der Seele redete. Gegen Mantero zu ermitteln sei ein Fehler gewesen, Presse und öffentliche Meinung seien ganz auf seiner Seite, und der Richter habe ihr bereits gesagt, dass er die Telefonüberwachung nicht genehmigen werde, ja nicht einmal die Beschlagnahmung seiner Computer. Um sieben Uhr morgens habe sie einen Anruf aus dem Umfeld des Vatikans bekommen, man sei sehr höflich gewesen, gar keine Frage, aber auch sehr »in Sorge«. Und schon in den vorangegangen Tagen hatten sie Leute angerufen, die es gewohnt waren, im Hintergrund zu agieren, mit Rückendeckung aus höchsten Kreisen der Politik, Leute, die nie von ungefähr handelten.

Giampieri versuchte, sie zu beruhigen, ihr zu erklären, dass sie ihre Pflicht getan hatten, und wenn er in Mantero auch nie den potentiellen Mörder gesehen habe, so ließen ihn diese Solidaritätsbekundungen jetzt umso verdächtiger erscheinen.

»Wir haben gut daran getan, gegen ihn zu ermitteln«, sagte er. »Wenn er etwas zu verbergen hat, ist es jetzt eher möglich, dass er einen Fehler macht. Und dann werden wir zur Stelle sein.«

Sie schüttelte den Kopf und senkte ihn. Der Ingenieur merkte, dass sie weinte. Die Anspannung war zu groß für eine kleine Provinz-Staatsanwältin. Er näherte sich und sagte, sie solle sich beruhigen, alles werde gut werden, dann merkte er, dass es mit Worten nicht getan war, dass sie in den Arm genommen werden wollte und eine Schulter brauchte, an der sie sich ausweinen konnte. Er bot sie ihr dar, und sie lehnte ihren Kopf daran, dann hob sie den Blick und betrachtete ihn, wie sie es am Vortag, durch die Flamme des Feuerzeugs, getan hatte. Ohne dieses arrogante Getue wirkte sie viel hübscher, zerbrechlich, aber nicht wehrlos. Giampieri wusste, dass es ein Fehler war, aber seine Hand war schon auf ihrem Schenkel, und als er den Gummi der halterlosen Strümpfe berührte, wusste er, dass es kein Zurück mehr gab. Er fand ihren Mund, der nach Pfefferminzbonbon und Zigaretten schmeckte, ihre salzigen Tränen, ihre Brüste, denen der Push-up-BH zusätzliches Volumen gab. Er fragte sich, ob es angezeigt war, einer Vierzigjährigen den BH auszuziehen. Er war nie mit einer zusammen gewesen, die so viel älter war als er, und auch wenn ihre Haut straff war, spürten seine Finger, dass sie anders war als die, die er für gewöhnlich streichelte. Dieser Gedanke hemmte ihn einen Moment, aber sie schien es zu merken, denn in diesem Moment biss sie ihm ins Ohrläppchen und sagte: »Ich bitte dich, ich brauche jetzt Sex.«

Den brauche ich auch, dachte Giampieri, und obwohl er irgendwo in seinem Hirn dachte, dass er gerne die üppigere Stefania oder die jüngere Amalia umfasst hätte, schob er sich hinunter und küsste die Sommersprossen auf ihrer Brust; fast hätte er ihr die Bluse zerrissen, er rutschte hinunter bis zum Nabel, und als sie sich auf dem Sofa ausstreckte, sich Rock und Slip ausziehen ließ, war er wie hypnotisiert von der roten Scham, die wie ein Kaminfeuer leuchtete. Sie war feucht, und er drang mühelos in sie ein. Für ein langes Vorspiel war keine Zeit, der Brand, der sie beide erfasst hatte, musste so schnell wie möglich gelöscht werden. Sie grub ihre Fingernägel in seine Schultern und presste ihre Fersen auf seinen Hintern, um ihn so tief wie möglich in sich zu schieben. Er kam mechanisch, ein bisschen zu früh, während sie einen Orgasmus spielte, den sie noch nicht haben konnte. Sie blieben noch ein paar Sekunden auf dem Sofa, ohne dass sie eine bequeme Stellung in ihrer Umarmung gefunden hätten, dann ging sie ins Bad, um sich zu duschen. Als sie zurückkam, war der Ingenieur bereits gegangen.

Aus Pietro Garaventas Garten stieg Rauch auf. Giampieri stellte den Wagen direkt vor dem Tor ab und trat entschlossen auf das Grundstück, wo ihm ein kleiner Hund bellend entgegenlief.

»Still, Bessie.« Barbaras Onkel warf eine Handvoll Unkraut auf ein Reisigfeuer, zog seine Arbeitshandschuhe aus und kam auf den Ingenieur zu, um ihn zu empfangen.

»Entschuldigen Sie, dass ich einfach so hereinschneie.«

»Bitte, kommen Sie. Ich habe nur ein bisschen Unkraut verbrannt. Wollen Sie einen Kaffee?«

»Bleiben Sie lieber bei Ihrem Feuer.«

»Keine Angst, das ist unter Kontrolle. Heute geht auch kaum Wind.«

Er wohnte in einem Bauernhaus mit dicken Mauern, dessen Rückseite in der Hügelflanke steckte. Im Winter musste es sehr feucht und kalt sein, aber im Augenblick war es angenehm. Der Kommissar schaute sich um. Garaventa war ein Mann, der, auch wenn er allein lebte, Ordnung zu halten verstand. Von dem impulsiven Sanguiniker, als der er sich präsentiert hatte, hätte man das Gegenteil erwartet.

Als der Mann näher trat, um den Kaffee aus der Espressokanne einzuschenken, nahm Giampieri den Brandgeruch auf seinem Hemd wahr. Ein Déjà-vu-Erlebnis. Er schloss die Augen und sah ihn wieder vor sich, am Morgen der Tat, im Krankenhaus, denselben Geruch verbreitend.

»Das ist ein Kreuz mit dem Unkraut. Muss das oft verbannt werden?«

»Ziemlich oft.«

»Aber ich wette, es lohnt sich. Ihr Gemüsegarten sieht ganz schön üppig aus.«

Der Mann gab keine Antwort, und Giampieri konzentrierte sich auf die Fotos, die in der Küche hingen. Die kleine Barbara am Meer, im Arm ihres Onkels. Sechs oder sieben Jahre alt. Auf einem Bild in Silberrahmen war sie im Kommunionkleid zu sehen, wie sie zerknirscht ein Büchlein betrachtete. Es gab Fotos von Barbara in jedem Alter, sie befanden sich an einer weiteren Wand, außerdem auf dem Fernsehtisch und auf den Regalen.

Pietro Garaventa bemerkte Giampieris Blick.

»Sie hätten sie als Kind sehen müssen. Sie war außergewöhnlich, und auch später, sie war einfach ein besonderes

Mädchen. Meine einzige Nichte«, sagte er, während seine Haut sich rötete und ihm die Tränen in die Augen stiegen.

In Rapallo ging der Tag nur zäh voran. Die Neuigkeiten, mit denen Venuti aufwartete, waren wenig erfreulich: Die kleinen Spritzer auf dem bei den Turones beschlagnahmten Handtuch und der Hose waren Rost beziehungsweise Blut des Hausherrn, wahrscheinlich von einer kleinen Rasierwunde. Giorgio Turones Alibi hatte sich ebenso bestätigt wie die Harmlosigkeit des Sohnes. Giampieri hätte die Familie auf dem Übersichtsplan, der hinter seinem Schreibtisch hing, fast schon von Rot auf Grün umgefärbt. Doch dann wollte er lieber noch etwas damit warten. Von den zusätzlichen Zeugen, die er noch finden wollte, gab es bisher ebenfalls keine Spur.

Vor Dienstschluss brachte dagegen Vitone eine interessante Neuigkeit. Die Bank hatte endlich Barbara Ameris Kontoauszüge geschickt, und da gab es eine Auffälligkeit: zwei Abhebungen am Geldautomaten von je zweihundert Euro, einmal am Samstagnachmittag, und einmal am Sonntag. Ein absolut ungewöhnlicher Vorgang, denn wenn man die restlichen Kontobewegungen aus dem Kalenderjahr betrachtete, dann hob Barbara, nachdem ihr bescheidenes Gehalt von siebenhundertfünfzig Euro eingegangen war, in der Regel fünfhundert Euro ab, und damit versuchte sie dann, bis zum Monatsende auszukommen. Hin und wieder hob sie kurz vor Zahltag noch einmal hundert oder hundertfünfzig Euro ab, aber vierhundert auf einen Schlag, das war ausgesprochen merkwürdig. Da in ihrer Geldbörse nur ein wenig Kleingeld war, stellte sich die Frage, wie und wo sie an einem einzigen Wochenende das ganze Geld hatte ausgeben können.

Diesmal putzte Giampieri seine Brille besonders sorgfältig, und er strich sich länger als gewöhnlich über den Bart.

»Wir fragen die Eltern und die Freundinnen, ob sie wissen, wo das Geld geblieben ist. Falls Barbara die Summe nicht aufgebraucht hat, hätte sie am Montagmorgen noch in ihrem Portemonnaie sein müssen, und das heißt, dass der Mörder sie genommen hat, auch wenn das für mich ein ziemlich ungewöhnlicher Raubmord wäre. Oder das Geld ist im Krankenhaus entwendet worden, was wiederum gar nicht ungewöhnlich wäre.«

»Und wenn es irgendwie mit der Kreuzfahrt zusammenhängt?«, fragte Vitone.

»Aber die hatten sie doch gewonnen.«

»Vielleicht musste sie noch irgendwelche Extras bezahlen. Damit kriegen sie dich normalerweise dran. Ich frage mal ihren Freund.«

»Okay.«

Vitone ging los, um die verschiedenen Hypothesen zu überprüfen, und Giampieri versuchte noch eine Weile, in die digitalen Geheimkammern des Giulio Mantero vorzudringen. Er hatte eine Liste mit acht weiblichen Hundenamen vorbereitet, und als Hotmail ihm wieder die Gretchenfrage, »Wie hieß die Hündin von Großmutter Erminia?«, stellte, probierte er Lella, Kika, Giugi und Pisola aus. Nichts zu machen. Dann zündete eine am Morgen geschaffene Synapse, und er tippte: »Bessie«. Wieder nichts. Wer weiß, ob die teure Alte noch unter uns weilt, diese Kröte, die ihre Hunde Quatzalcoatl oder Koyaanisqatsi tauft. Vielleicht ist sie hundertfünf, lebt in irgendeiner Seniorenpension, kann sich aber immer noch an den Namen ihrer geliebten Hündin erinnern. Ich schicke die Boemi los, als Krankenschwester verkleidet, und dann lege ich sie aufs Kreuz. Und selbst wenn es danebenging, dachte er lächelnd, allein der Anblick der Boemi im Schwesternkittel würde den Versuch lohnen. Er ließ Iannece die Personalien überprüfen, aber es gab keine behördlich registrierte Erminia Mantero, auch keine Erminia Valenti.

»Wie ist das möglich, Iannece?«

»Was, Herr Ingenieur?«

Er erklärte dem Beamten die Situation und las ihm die Frage vor.

»Oh, mich dürfen Sie das nicht fragen. Ich habe nicht einmal eine Meile. Und die Parole könnte ich mir auch nicht merken.«

»Dazu ist ja die Sicherheitsfrage da.«

»Die würde ich auch vergessen. Wissen Sie, was ich schreiben würde? Ich würde schreiben: ›Welche Farbe hatte Garibaldis Schimmel?‹«

Giampieri betrachtete ihn. Klar musste man erst jahrelang büffeln und sich durch Examina kämpfen, damit man Mechanismen verkomplizieren konnte, die ein Neandertaler wie Iannece im Nu durchschaute!

Es war sein letzter Versuch. Er gab »Erminia« ein, und der E-Mail-Account öffnete sich wie Ali Babas Höhle. Aber das Lächeln des Vizekommissars erstarb sofort, als er die Benutzeroberfläche sah. Posteingang: 0. Gesendete Mails: 0. Junk-Mail: 2, eine Werbung für Viagra und das Angebot eines afrikanischen Prinzen, sein Vermögen von vierzig Millionen Dollar zu verwalten.

»Der Schweinepriester hat alles gelöscht. Entweder ist er sehr ordentlich, oder er hat etwas zu verbergen.«

Er versuchte noch einmal, in die Webseite des Brokers einzudringen. Doch er schaffte es einfach nicht, die äußerst wirkungsvollen Schutzbarrieren zu überwinden, und gab schließlich auf, weil er fürchtete, zurückverfolgt und enttarnt zu werden. Okay, da zirkulierte eine Menge Geld, aber er fand, dass die Geheimhaltungsstufe ein bisschen hoch war für die Informationen, die diese Seiten enthalten konnten. Auch das warf ein verdächtiges Licht auf Mantero.

Er kam mit ein paar Alubehältern aus dem China-Imbiss nach Hause, schaltete den Fernseher ein und wählte einen Lokalsender, dann warf er den DVD-Rekorder an. Die Live-Übertragung von der Solidaritätskundgebung für Mantero wollte er sich nicht entgehen lassen, auch weil die Handbücher der Kriminologie lehren, dass der Mörder in solchen Situationen oft versucht ist, teilzunehmen, um in gewisser Weise die Ermittler herauszufordern. Die Demonstration begann mit einem Hochamt in der Kathedrale, zelebriert vom Bischof höchstpersönlich, dann bildeten die Gläubigen ein Spalier für den Prälaten, der sich mit einem Rattenschwanz an Priestern und mit Fackeln bewaffneten Ministranten an die Spitze des Zugs setzte. Er schwenkte ein silbernes Kruzifix, von dem das Weihwasser spritzte.

Als eine auf einem Balkon platzierte Kamera den Zug von oben aufnahm, entfuhr Giampieri ein »Ach du heilige Scheiße!«. Er war ebenso überrascht wie besorgt. Sein Auge war auf Demos trainiert, und er sah, dass sich der ganze Ort in Marsch gesetzt hatte, aller Voraussicht nach würde niemand in Rapallo mehr den Mund aufmachen.

Ein Fernsehreporter war bei Mantero zu Hause. Der Anwalt hatte es vorgezogen, nicht auf die Straße zu gehen, er wollte nicht als Aufwiegler gelten, präsentierte sich aber auf dem Balkon, um den Zug zu begrüßen. Er erntete langanhaltenden Applaus und Sprechchöre wie im Fußballstadion. »Ich bin nicht böse auf die Ermittler, sie tun nur ihre Arbeit«, sagte er in die laufenden Kameras, »aber ich mache mir Sorgen, weil ich um meine Unschuld weiß und sehe, dass der wirkliche Schuldige, der Mörder der armen Barbara, zusätzlich Zeit gewinnt.«

»Gibt es keine anderen Spuren?«, fragte ihn der Journalist.

»Soweit ich weiß, nicht, auch wenn ich das Gegenteil hoffe.«

»Haben Sie eine Theorie, wer es gewesen sein könnte?«

»Ich habe lange darüber nachgedacht, jeden Tag denke ich darüber nach. Barbara war ein ganz liebes Mädchen, und sie hatte keine Feinde. Nur ein Verrückter, ein Triebtäter kann sie so zugerichtet haben.«

Die Mutter saß neben ihm auf dem Sofa, sie nickte heftig, und als der Journalist sich ihr zuwandte, verlor sie ein paar Worte über ihren Jungen, »der sich immer mustergültig verhalten hatte«, dann fing sie zu weinen an und schob das Mikrophon weg.

Es zogen viele Gesichter vorbei, die Giampieri nichts sagten. Dann erkannte er eine Nachbarin des Anwalts, die Alte vom Balkon, die erklärte, dass er ein ganz feiner Mensch und ein ausgesuchter Gentleman sei: »Er kann nicht getan haben, was man ihm jetzt vorwirft.«

Was werfen wir ihm denn vor? Keiner wirft ihm etwas vor, ich habe nur diesen vermaledeiten Bluttest beantragt! Der Ingenieur wollte schon umschalten, da tauchten Wanst und gerötetes Gesicht von Barbaras Onkel vor der Kamera auf, er packte das Mikro und sagte, ja, der Umzug sei schon eine schöne Sache, aber niemand dürfe versuchen, die Arbeit der Richter aufzuhalten: »Ich verstehe die Gefühle des Anwalts, aber wenn er unschuldig ist, hat er nichts zu befürchten. Was zählt, ist, dass wir den Mörder finden, und dazu müssen wir die Polizei ihre Arbeit tun lassen.«

Wenigstens eine Stimme der Vernunft, dachte der Ingenieur und dankte Garaventa im Stillen. Er schaltete weiter, damit ihm nicht noch mehr der Kamm schwoll, aber es war wie ein Alptraum: auch auf dem ersten Programm Bilder des Fackelzugs.

Wir sind erledigt, dachte er, während man zurück ins Studio gab, wo der Moderator vor einem Schreibtisch stand, im Hintergrund ein großer Monitor mit Barbaras Konterfei und dem Schriftzug: »Wer hat sie getötet?«

Im Studio saß der Anwalt, der Mantero vertrat, ein gewisser Vilfredo Rossi, der vor den Kameras noch gewandter auftrat als im Gerichtssaal. Daneben ein hoher Würdenträger, ein Kriminologe und eine junge Schauspielerin, die in einer TV-Produktion eine Staatsanwältin spielte. Giampieri wusste, dass diese Sendung von jetzt an den Nährboden aller Stammtischgespräche, Zeitungsmeldungen und Rekonstruktionen des Tathergangs bilden würde. Als der Ingenieur sich gerade fragte, warum niemand von der Staatsanwaltschaft anwesend war, erklärte der Journalist, dass die Stellvertretende Oberstaatsanwältin Monica Serra eingeladen worden sei, eine Teilnahme allerdings abgelehnt habe. Sie habe nur eine kurze Erklärung zur Sachlage abgegeben, wonach ein Ermittlungsverfahren nicht der Eröffnung eines Strafprozesses gleichkomme, und dass Prozesse im Gericht, nicht im Fernsehen abgehalten werden sollten.

»Nichts liegt uns ferner, als im Fernsehen zu Gericht zu sitzen«, sagte der Moderator mit einem gütigen Lächeln, »Gott behüte.« Alle Gäste erwiderten das Lächeln. »Doch Italien«, sagte er, mit ernstem Blick die Kamera fixierend, »steht hilf- und ratlos vor diesem furchtbaren Verbrechen. Das Land fragt sich, ob sich ein normaler Mensch, ein von allen geachteter Geschäftsmann, von einem Moment auf den nächsten in eine Bestie verwandeln kann. Ob es sein kann, dass ein braves Mädchen, das nur Heim und Familie im Kopf hat, eines Tages zur Arbeit geht und nie wieder nach Hause kommt. Wir stehen hier nur, weil wir nach Klarheit suchen, um die Aussagen der Beschuldigten und der Verwandten zu hören, und wir sind bereit, der Staatsanwältin das Wort zu geben, wann auch immer sie uns kontaktieren möchte.«

Dann begann das Gemetzel. Vilfredo Rossi stand alle Zeit der Welt zur Verfügung, um ein Indiz nach dem anderen, das die Staatsanwaltschaft angeblich in Händen habe, zu demontieren, oder zumindest die Indizien, seien sie nun richtig oder falsch, die zur Presse durchgesickert waren. Hin und wieder schaltete sich der Kriminologe ein, um ein Detail zu verdeutlichen oder nachzufragen, aber da auch er für Manteros Unschuld plädierte und von einem weiblichen Täter ausging (»Um die Tatwaffe zu verstecken, brauchte man eine Handtasche oder einen Staubmantel.«), stellte er keinen Gegenpart dar. Der Journalist erteilte, in Ermangelung der Serra, hin und wieder der Schauspielerin das Wort und fragte, was sie getan hätte, oder was sie besser gesagt in ihrer Filmrolle an Stelle der Staatsanwältin getan hätte. Der Prälat erklärte, er habe Manteros Vater Oddone sehr gut gekannt, einen Mann von tiefem Glauben, einen Wohltäter, der sich für die Schwachen eingesetzt habe, im Übrigen Neffe eines Missionars, dessen Seligsprechungsprozess von Karol Wojtyla persönlich initiiert worden sei und nun bei der Kongregation für die Heiligsprechungen liege. Auch Sohn Giulio, sagte er, sei ein prima Junge, er widme sich mit christlicher Nächstenliebe verschiedenen ehrenamtlichen Tätigkeiten, ohne jemals die öffentliche Aufmerksamkeit zu suchen, denn die wahre Nächstenliebe zeige sich im Verborgenen. Seine einzigen Schwächen seien, wie der Würdenträger hinzufügte, Schüchternheit und Sanftmut, weshalb ihn selbst diese kleine Zuneigungs- und Solidaritätskundgebung schon in Verlegenheit bringe. Doch bisweilen müsse sich die Stimme der Schwachen erheben, um die Ungerechtigkeit zu bekämpfen, und dies hier sei so ein Fall.

Barbaras Eltern wurden telefonisch zugeschaltet. Sie hatten es ebenfalls nicht über sich gebracht, ins Studio zu kommen, und in den knapp zwei Minuten, die ihnen zur Verfügung standen, konnten sie gerade einmal leise Zweifel am Sinn der Sendung anmelden. Sie forderten alle auf, die Staatsanwaltschaft in Ruhe arbeiten zu lassen, ehe der

Moderator sie unterbrach und mit zerknirschter Miene und honigsüßer Stimme sagte: »Ich verstehe und respektiere Ihren Schmerz, den ich mir nur im Namen journalistischer Pflichterfüllung zu stören erlaubt habe. Ich will Sie nicht länger belästigen und hoffe, dass wer immer Ihre arme Barbara so grausam gemeuchelt hat, bald der Justiz übergeben wird.«

In einer anschließenden Live-Schaltung hatte der Bürgermeister von Rapallo gut drei Minuten, um wutschnaubend in die Kamera zu starren und zu erklären, dass der Mörder keiner seiner Mitbürger sein könne. »Das ist bestimmt ein Triebtäter, ein Irrer, der von sonst wo gekommen und wer weiß wohin geflüchtet ist. Zeitungen und Fernsehen schüren eine Massenparanoia, die Angst vor dem Ungeheuer, gerade jetzt, mitten in der Badesaison. Manche Leute haben schon ihre Buchungen storniert. Diese Dinge schaden nicht nur Rapallo, sondern dem ganzen Land. Es muss klar und deutlich gesagt werden, dass keinerlei Gefahr besteht, ein Irrer kann überall zuschlagen, aber zum jetzigen Zeitpunkt ist er sicher meilenweit entfernt.«

»Jetzt schau dir dieses Arschgesicht an«, murmelte Giampieri.

Er wartete den Beginn der Nachrichten ab und sah zum dritten oder vierten Mal das braungebrannte Gesicht der Serra, die, von zwei Beamten in Zivil eskortiert, in der Staatsanwaltschaft eintraf. Diese Sequenz war am Morgen gedreht worden und würde in den nächsten Tagen Dutzende, wenn nicht Hunderte Male wiederholt werden. Sie hatte mit einem Belagerungszustand gerechnet und präsentierte sich in Bestform, in beigem Armani-Kostüm und mit zehn Zentimeter hohen Absätzen, die ihrem Gang Verve und Sex-Appeal verliehen. Die Spitzen ihrer roten Haare waren frisch geschnitten, die Pupillen ihrer großen

Augen durch das Xanax leicht geweitet, doch im Kreuzfeuer der Fragen war die aufgesetzte Gelassenheit in ihrem Gesicht schnell einer Miene des Unbehagens gewichen. Er spürte einen Stich in der Leistengegend, eine Mischung aus Schuldbewusstsein und Begierde, und hätte sie gerne angerufen, sagte sich aber immer wieder, dass es das Klügste war, die Sache auf sich beruhen zu lassen.

Er schaltete den Fernseher ab und packte sich ins Bett, überzeugt, dass er zum Einschlafen viel zu überreizt war. Fünf Minuten später schnarchte er.

## Freitag
### Luciani

Die Möwen weckten ihn vor fünf. Der erste Schrei klang wie eine chiffrierte Botschaft, ein langer Klagelaut und dann sieben, acht kurze Seufzer, auf die drei, vier, zehn Vögel mit einem je eigenen Erkennungsruf antworteten: das Geplärr eines Säuglings, Hundebellen und eine fiese Lache. Dies ging fast eine halbe Stunde so, mit der Arroganz der selbsternannten Herren der Dächer. Sie hatten die Tauben zu ihrer neuen Leibspeise erkoren und zu Hackfleisch gemacht und unterjochten auch die Ratten, die sich inzwischen mit den Brosamen begnügten. Marco Luciani döste noch einmal ein, ehe um Viertel vor sechs ein neuer Weckruf kam: der LKW mit den Zeitungen, gefolgt vom Milchwagen. Von halb sieben bis sieben war Ruhe, dann begann die Warenauslieferung, und um zwanzig vor acht hörte er die ersten Hammerschläge der Bauarbeiter.

Nach drei Minuten ließ ihn das Telefon hochschrecken, er sah das Bild seines Vaters vor sich, der tot im Bett lag, daneben die Mutter, den Hörer in der Hand.

»Herr Kommissar. Ich hoffe, ich habe Sie nicht geweckt, ich weiß ja, dass Sie zu den Frühaufstehern gehören.«

Der hatte gerade noch gefehlt: der schnuckelige Iaquinta, dachte Marco Luciani. Es gab nichts Schlimmeres am frühen Morgen als die Stimme des Polizeichefs.

Da Luciani noch schlaftrunken war, entging ihm der Großteil der Floskeln, aber der Satz: »Es wäre mir ein Vergnügen, Sie zum Essen einzuladen«, weckte ihn endgültig.

Marco Luciani suchte schnell nach einer Ausrede. »Tut mir leid, aber heute Morgen bin ich sehr beschäftigt.«

»Nein, ich meinte ja auch zum Mittagessen. Gegen eins. Es gibt da ein Lokal, das wirklich ganz ausgezeichnete Fisch-Ravioli kredenzt.«

Der Kommissar kämpfte mit dem Brechreiz. »Können Sie mir nicht am Telefon sagen, wo das Problem liegt?«

Der andere ließ sich nicht abwimmeln, redete von einer »heiklen Angelegenheit«, appellierte an sein »staatsbürgerliches Gewissen«, deutete eine vage »Gefahr« an, in der Giampieri schwebe. Da gab es für den Kommissar keine Ausflüchte mehr, aber die Ravioli würde er nicht schlucken.

»Wenn Sie wollen, können wir einen Kaffee trinken, ehe ich mich auf den Weg mache ... Passt Ihnen zehn Uhr?«

»Einverstanden.«

Er nannte eine Bar in der Via San Lorenzo, und der Chef erwiderte eilfertig: »Sehr gut, sehen wir uns dort, Herr Kommissar. Und danke.«

In all den Jahren der Zusammenarbeit hatte er sich nicht ein Mal bei Luciani bedankt. Und er hatte nie diesen salbungsvollen Ton angeschlagen. Es gab keinen Zweifel: da war Unheil im Anzug.

Er kam absichtlich eine Viertelstunde zu spät. Das Vergnügen, den Polizeichef warten zu lassen, wollte er sich nicht entgehen lassen, nachdem er in der Vergangenheit so oft in dessen Vorzimmer geschmort oder tagelang vergeblich auf eine Antwort gewartet hatte. Er ließ sein Auge über die Gäste schweifen, die an den Tischen im Freien saßen, aber Iaquintas kleines Mopsgesicht war nirgends zu sehen. Als er gerade eintreten wollte, hörte er seinen Namen rufen: »Herr Kommissar, was für ein Timing!«

Der Polizeichef streckte Luciani lächelnd die Hand hin, zufrieden, dass er sich nicht für seine Verspätung entschuldigen musste und doch erst nach dem Kommissar eingetroffen war.

Marco Luciani drückte ihm ziemlich heftig die Hand, aber der andere schien es nicht zu bemerken. Er war klein, kleiner als eins siebzig, und untersetzt. Er wog mindestens dreißig Kilo mehr als Luciani, und diesen Kilos hatte er seinen Spitznamen zu verdanken.

»Wie geht es, Herr Kommissar?«

»Sehr gut, danke.«

»Der Urlaub läuft gut? Sie langweilen sich nicht?«

»Absolut. Absolut nicht.«

Luciani bestellte ein Lemonsoda, der Polizeichef einen Espresso.

»Mein lieber Herr Kommissar, ich habe mir gestattet, Sie mitten in Ihrem Urlaub … wollen wir ihn so nennen? … zu stören, weil ich wissen will, ob Sie ein bisschen nachgedacht haben über Ihre leicht impulsive Entscheidung, wenn wir sie so definieren wollen, die für mich eine schmerzliche Überraschung darstellte … eine Entscheidung, die sicher durch … eine gewisse Demoralisierung … diktiert wurde.«

Marco Luciani runzelte die Augenbrauen.

»Sie werden sich erinnern, dass ich mir, im Sinne meiner persönlichen Erfahrungen und der Wertschätzung und Zuneigung, die ich Ihnen entgegenbringe, angesichts Ihres Entlassungsgesuches gestattete, nicht persönlich, weil ich Sie gut genug kenne und weiß, dass Sie in jenem Augenblick auf mich nicht gehört hätten, sondern über Kollegen und gute Freunde … ich will sagen, dass ich Ihnen zu einer Phase des … In-sich-Gehens, würde ich es nennen … der Reflexion riet. Kurz, einen Weg, die Batterien aufzuladen und wieder, das wünschte ich mir und wünsche es noch, wie soll ich sagen: vollkommen regeneriert an Ihren Arbeitsplatz zurückzukehren. Beseelt von der Begeisterung und den Fähigkeiten, die Ihnen die Achtung der Vorgesetzten wie Untergebenen eingetragen haben.«

Er machte eine ganze Weile weiter und geriet in immer

bizarrere Verrenkungen, weil Marco Luciani ihm nicht zu Hilfe kam. Gerade als er endlich eine Verschnaufpause einlegte, stellte der Kellner einen Espresso und ein Tonic Water mit Zitronengeschmack auf den Tisch.

»Entschuldigen Sie, ich hatte ein Lemonsoda bestellt.«

»Haben wir nicht«, sagte der Kellner und wollte schon weggehen.

»Entschuldigung.«

»Bitte?«

»Das können Sie wieder mitnehmen. Ich trinke nur Lemonsoda.«

Der Kellner zog ein Gesicht und nahm Fläschchen und Glas an sich. »Was soll ich Ihnen dann bringen?«

Marco Luciani betrachtete ihn und zog die Augenbrauen hoch, als wollte er sagen: Wenn ich nur Lemonsoda trinke und du es nicht hast, was willst du mir denn dann bringen? Aber da der andere sich nicht vom Fleck rührte und auf eine Bestellung wartete, sagte er: »Ein Glas stilles Wasser.«

»Mit Eis und Zitrone, *mein Herr*?«

»Nein, bitte pur. Und in Zimmertemperatur.«

Während sich der Kellner von dannen machte, betrachtete der Kommissar aus dem Augenwinkel den Polizeichef. Ausnahmsweise einmal hatte er diese Szene nicht um des Prinzips willen aufgeführt, sondern weil er den Chef in Verlegenheit bringen wollte. Und um ihm zu zeigen, dass dieser sich, was auch immer er von ihm wollte, gehörig ins Zeug legen musste.

Iaquinta lächelte nervös, auf seiner Stirn perlten feine Schweißtropfen. »Wie ich sehe, haben Sie immer noch ganz klare Vorstellungen.«

»Nicht immer. In diesem Moment zum Beispiel ist mir überhaupt nichts klar. Sie sprachen gerade von der Wertschätzung durch meine Vorgesetzten?«

Der Polizeichef schluckte und konservierte sein Lächeln. Er hatte schon gemerkt, dass es nicht einfach sein würde, die Dinge ungeschehen zu machen.

»Genau. Sie werden sich erinnern, dass ich Sie bat, die Kündigung aufzuschieben, nichts zu überstürzen. Erst einmal in Ruhe nachzudenken …«

»Woran ich mich erinnern kann, ist eisiges Schweigen, außerdem ein dreizeiliges Schreiben, in dem man mich aufforderte, die noch ausstehenden Urlaubstage abzufeiern.«

»Das sind zwei Sichtweisen auf dieselbe Sache. Sie waren dermaßen entschlossen und erbost, als Sie kündigten, dass ich es für ratsam hielt, Sie nicht mit Gewalt umstimmen zu wollen, stattdessen agierte ich im Verborgenen, um Ihren … Abschied zu verzögern. Ihr Kündigungsschreiben liegt immer noch in meinem Schreibtisch. Ich weiß, dass das nicht korrekt ist, aber ich bin überzeugt, dass es das Klügste war, denn jetzt, da wir Gelegenheit zum Nachdenken hatten, glaube ich, es ist an der Zeit, dass wir uns wieder zusammentun, um fruchtbare und für alle Seiten zufriedenstellende Arbeit zu leisten.«

Die Süßholzraspelei ging weiter, während Iaquinta an seinem Espresso nippte und Luciani das lauwarme Wasser, in das vermutlich der Kellner gespuckt hatte, auf ex trank.

Marco Luciani lachte ungläubig. »Ich denke gar nicht daran, zurückzukommen. Im Gegenteil, ich bitte Sie, dieses Gesuch aus Ihrem Schreibtisch zu holen und nach Rom weiterzuleiten.«

Sein Gegenüber kam allmählich aus der Deckung. »Los, Kommissar. Jetzt lassen Sie sich nicht länger bitten. Ich habe mich hier persönlich eingefunden, mit der Friedenspfeife in der Hand, um Ihnen zu sagen, dass wir Sie wieder bei uns haben wollen. Dass wir Sie brauchen. Reicht Ihnen das nicht als Revanche?«

»Herr Polizeichef, ich habe nicht gekündigt, weil ich eine Revanche suchte. Das war eine Lebensentscheidung, und damit basta.«

Sie maßen einander eine Weile mit den Augen. Der Erste, der sprach, ohne den Blick abzuwenden, war wieder der Kommissar.

»Warum sagen Sie mir nicht klipp und klar, wo das Problem liegt? Es muss gravierend sein, wenn Sie sich zu einem solchen Schritt gezwungen sehen.«

Der Chef senkte den Blick und schnaubte.

»Der Fall Ameri. Ich nehme an, dass Sie ihn verfolgen. Sagen Sie jetzt nicht Nein, das glaube ich Ihnen sowieso nicht.«

Marco Luciani nickte: »Ich habe im Fernsehen davon gehört.«

»Ihr Stellvertreter Giampieri ist dabei, einen Riesenschlamassel anzurichten. Er hat gegen einen Broker ermittelt, einen braven Katholiken, und hat damit den ganzen Ort gegen uns aufgebracht, die halbe Staatsanwaltschaft, eine unabsehbare Zahl an Parlamentariern und die komplette Amtskirche.«

»Ich hätte genauso gehandelt.«

»Aber es kommt auf den Ton an. Und dann weiß er seine Mitarbeiter nicht zu führen. Er stellt sich ungeschickt an, er ist einfach noch nicht so weit, eine solche Verantwortung zu übernehmen. Ich weiß, dass Sie es für mich nicht tun würden, aber tun Sie es für ihn, damit er sich nicht die Zukunft verbaut.«

Marco Luciani schüttelte den Kopf und lächelte, er wusste nicht, sollte er geschmeichelt sein oder angewidert von einer derart schamlosen Heuchelei.

»Sie werden es nicht glauben, Herr Polizeichef, aber ich würde ihm so etwas nie antun. Er ist ein Freund, und als Polizisten schätze ich ihn ungemein. Der Fall gehört bereits ihm, und ich bin sicher, dass er ihn lösen wird, vorausgesetzt ihr lasst ihn in Ruhe arbeiten. Wenn Sie jetzt erlauben, kehre ich in den Urlaub zurück, und ich möchte Ihnen raten, mich dabei nicht mehr zu stören.«

Er stand auf und verließ die Bar, ohne dem anderen Zeit für eine Erwiderung zu lassen.

Er stieg in den Wagen und boxte mit Genugtuung in den Matchsack, der auf dem Beifahrersitz wartete. Der Freitag war der wöchentlichen Tennispartie mit seinem Freund Andrea gewidmet, von zwölf bis zwei in Bogliasco. Ohne den Druck, dass er schnell wieder zur Arbeit musste, würde der Kommissar ihm, das spürte er, eine denkwürdige Lektion erteilen.

Er duschte, schloss seine Sporttasche, zog sich an und stieg ins Auto. Die Versuchung, direkt nach Genua zu fahren, war groß, aber da es fast auf dem Weg lag, hätte er sich wie ein Schuft gefühlt, wenn er nicht in Camogli vorbeigefahren wäre, um einmal nach seiner Mutter zu sehen. Das war keine Frage von Gefühl, sondern von Pflichtbewusstsein, sagte er sich. Mit Ersterem konnte er umgehen, es sogar ignorieren, aber gegen Letzteres war er machtlos.

Der Vater saß in demselben Ledersessel, in dem er ihn zurückgelassen hatte. Er schlief. Die Mutter rief ihn vorsichtig und wollte ihn wecken, aber Luciani bedeutete ihr, sie solle ihn ruhen lassen, setzte sich aufs Sofa, das man von dem Laken befreit hatte, und während Donna Patrizia in die Küche ging, betrachtete er still seinen Vater. Wenn man ihn so beim Schlafen beobachtete, die über die Knochen gespannte Gesichtshaut, den dürren Hals, der aus dem Tuch ragte, die riesigen Augenhöhlen, dann konnte man leichter Mitleid empfinden.

Nach etwa zehn Minuten erwachte der Große Cäsar, der Anblick des Sohnes schien ihn nicht zu überraschen, und er bat um ein Glas Wasser, von dem er, unter sichtbaren Qualen, nur ein paar Schlucke trank. Sein Zustand hatte sich in nur zwei Tagen erheblich verschlechtert.

»Wie geht es dir, Papa?«

»Nicht sehr gut heute. Ich fürchte, sie werden die Dosis erhöhen müssen, die Schmerzen sind wieder sehr stark.«

»Ich glaube, der Arzt kommt später, am Nachmittag.«

»Ja. Und die Medikamente, die er mir diesmal gibt, werden mich fast in Dauerschlaf versetzen, und wenn ich aufwache, werde ich nicht bei klarem Verstand sein, so wie jetzt. Das ist eine schwierige Wahl, zwischen Betäubung und Schmerz.«

Marco Luciani sagte nichts. Ich würde die Betäubung wählen, dachte er, ich würde mich sofort für Euthanasie entscheiden.

»Hör zu, Marco, ich möchte gerne noch einmal auf das Thema vom letzten Mal zurückkommen. Vergessen wir einmal, nur für ein paar Minuten, dein Urteil über mich und meines über dich, und reden wir wie erwachsene Menschen miteinander.«

Die Krankheit hatte aus seinem Körper ebenso wie aus seinem Verhalten alles Überflüssige getilgt. An ihm war kein Gramm Fett mehr, und auch seine Art zu sprechen hatte sich auf das Wesentliche reduziert, trocken und direkt, typisch für jemanden, der keinen Atem mehr zu verschwenden hat. Wenn man ihn so betrachtete, erkannte man kaum noch, was für ein Mensch er gewesen war, ob arm oder reich, alleinstehend oder verheiratet, ehrlich oder unehrlich. Vielleicht sah Marco ihn zum ersten Mal nicht mehr als seinen Vater oder als Ehemann seiner Mutter, oder als den Anwalt der Minister und Geschäftemacher, sondern einfach als ein menschliches Wesen, das vor dem Dahinscheiden noch einmal nach der Essenz seines Daseins sucht.

Luciani setzte sich auf die Sofakante: »Was soll das heißen: dein Urteil über mich?«

»Wieso? Glaubst du, nur dir steht ein Urteil über mich als Vater zu? Kann nicht auch ich dich als Sohn beurteilen?«

»Nun, die Väter entscheiden sich dafür, Väter zu werden. Die Kinder werden nicht gefragt, ob sie Kinder sein wollen.«

»Aber sie sind es. Du bist seit fast vierzig Jahren mein Sohn, und lass mich das einmal sagen: Du bist sicher kein guter Sohn gewesen, zumindest nicht in den letzten fünfzehn Jahren. Aber auch vorher nicht. Du warst ein verwöhnter, oberflächlicher Junge, und du bist ein mitleidloser, verhärmter Mann geworden.«

Marco Luciani hörte ihm ungläubig zu. Wenn das seine Art war, sich zu versöhnen …

»Damit das klar ist, du bist ein besserer Mensch als ich. Konsequenter und couragierter. Und aufrichtig, nicht in dem Sinn, wie du es verstehst, sondern weil du von dir selbst mehr verlangst als von anderen, und deshalb beneide ich dich nicht, weil du am Ende mit dir allein sein wirst, und was auch immer die anderen sagen oder denken werden, du wirst die Rechnung mit dir selbst machen müssen.«

»Und du machst sie auch?«

»Ja.«

»Und geht sie auf?«

Der Vater zögerte einen Moment, während er eine bequemere Sitzposition suchte. Dann gab er auf und ließ sich wieder in den Sessel sinken. Marco Luciani rührte sich nicht, um ihm zu helfen. »Ziemlich. Wenn man bedenkt, wo ich herkomme, habe ich es weit gebracht. Mein Vater besaß nichts, weder Geld noch Bildung, aber er hat sein Leben lang gearbeitet, damit ich studieren konnte, und so hat er den Grundstein gelegt, die Basis. Ich bin derjenige, der den Wolkenkratzer gebaut hat, du wirst derjenige sein, der ihn einreißt, ohne sich an ihm erfreut zu haben. Alles in allem hast du dir auf dem Karussell der Generationen die undankbarste Runde ausgesucht.«

Er hustete ein paarmal mit schmerzverzerrtem Gesicht. Der Sohn wartete, bis er sich das Kinn mit einem Taschentuch abgewischt hatte, ehe er antwortete.

»Wenn wir alle im Parterre beginnen würden, gäbe es dieses Problem nicht. Ich habe einfach beschlossen, meine Existenz selbst aufzubauen, wie man es früher tat.«

Der Vater lächelte sarkastisch. »Wann früher? Als es noch die Zünfte gab? Als es die Stände gab, und der Beruf vom Vater auf den Sohn übertragen wurde? Das, was heute immer noch passiert, die Anwaltssöhne werden Anwälte, die Arztsöhne Ärzte, und ebenso verhält es sich mit den Journalisten.«

»Und das findest du richtig?«

»Ich fand es nicht richtig, als ich Arbeitersohn war, und deswegen habe ich mir den Arsch aufgerissen, um aufzusteigen. Aber seit ich es bis dahin geschafft habe, wo ich hin wollte, kommt es mir richtig vor – übrigens bis heute –, dass man den Kindern mitgeben kann, was man erreicht hat. Wenn du weißt, dass mit dir alles zu Ende geht, warum solltest du dich dann dermaßen anstrengen? Du legst dich in die Sonne, unter eine Palme, und wartest, bis dir die reifen Früchte in den Schoß fallen.«

»Viele Völker leben so.«

»Ja. Mit einer Lebenserwartung von fünfunddreißig Jahren, drei von acht Kindern sterben ihnen weg, und wenn der erste Taifun vorbeikommt, stehen sie vor dem Nichts. Halt mir jetzt keine kommunistischen Vorträge über die Rettung der Dritten Welt, Marco, da glaubst du nämlich selbst nicht dran.«

»Vielleicht sind sie wirklich glücklicher als wir.«

»Wer denn? Diejenigen, die Hungers sterben, wenn die Ernte mager ausfällt? Oder sehnst du dich vielleicht nach dem Realsozialismus zurück, nach den Moskauer Plattenbauten, zwei Familien auf fünfzig Quadratmetern, ohne jede Zukunftsperspektive, ohne dass die Besten, die Talentiertesten es zu etwas bringen können?«

»Auch die weniger Talentierten haben dieselben Rechte, Papa.«

»Die weniger Talentierten zählen einen Dreck. Sie sind nur der Ballast der Gesellschaft. Es sind die Begabten, die Genies, die ihrer Zeit überlegenen Individuen, die der Gesellschaft auf die Sprünge helfen, ihr den Fortschritt bescheren.«

»Der wirkliche Ballast sind die, die nur von Zinsen leben.«

Der Große Cäsar ließ sich ein bisschen Wasser geben. Er hatte schon seit Tagen nicht mehr so viel geredet.

»Ohne die Leute, die von Zinsen zehrten, mein Freund, und Zeit zum Denken hatten, um das Schöne zu ergründen, würde es keine Literatur, keine Philosophie, keine Malerei und keine Kunst geben. Es würde keine Musik geben.«

»Du bist im vergangenen Jahrhundert hängengeblieben, Papa. Die zeitgenössische Kunst wird von normalen Menschen geschaffen, die von ihrer eigenen Hände Arbeit leben.«

»Es gibt keine zeitgenössische Kunst.«

Die Mutter kam und unterbrach sie mit drei Tassen Tee und Gebäck für den Sohn. »Hört auf, euch über solchen Unsinn zu streiten, ihr werdet euch sowieso niemals einigen.«

»Mit ihm kann man sich nicht einigen. Zuerst lobt er den Fortschritt, und dann trauert er dem 17. Jahrhundert nach.«

»Ich muss nicht um jeden Preis konsequent sein«, sagte der Vater lächelnd, »ich bin todkrank.«

»Nein, du bist ein Besserwisser«, sagte die Mutter, »du brauchst nur das Gegenteil von dem zu behaupten, was die anderen sagen, und schon bist du glücklich. Und darin, Marco, bist du genau wie dein Vater.«

Sie tranken schweigend ihren Tee. Seit langer, unglaublich langer Zeit hatten sie nicht mehr zu dritt im Wohnzimmer gesessen, um zu reden, vielleicht auch zu diskutieren, ohne zu streiten. Es hatte eine kurze Phase in Marco Lucianis Leben gegeben, mit vierzehn, fünfzehn Jahren, wo er stundenlang so mit seinem Vater diskutierte, es machte ihm Spaß, dessen Prinzipien Stück für Stück mit seinen paradoxen Theorien zu demontieren. Aber das hatte nicht lange gedauert, bald war er ein unduldsamer spätpubertärer Jüngling geworden, und auch der Große Cäsar hatte sich immer weiter von der Familie entfernt, um seinen Abenteuern nachzujagen. Als Luciani dann die Universität besuchte und ihr Verhältnis sich wieder eingerenkt zu haben schien, kam es zum Bestechungsskandal und zur Verhaftung. Da sah Marco Luciani das wahre Gesichts seines Vaters.

»Hör zu, Marco. Wie ich dir bereits sagte, bist du besser als ich. Alles, was ich dir voraus habe, sind dreißig Jahre und ein Sohn, aber das sind bedeutsame Dinge, sie lassen dich alles aus einem anderen Blickwinkel betrachten. Ich weiß, dass du mein Geld nicht willst, und ich vererbe es deiner Mutter. Aber ich hoffe, wenn für sie einmal die Zeit reif sein wird, in hundert Jahren, dass du es dann annimmst, denn andernfalls wird es irgendeinem Cousin x-ten Grades zufallen, den du gar nicht kennst, oder der Kirche.«

»Mutter, du würdest es doch nicht der Kirche vermachen …«

»Warum nicht? Die brauchen immer Geld.«

»Ja, um die Kinder zu entschädigen, die von den Pfarrern begrapscht wurden.«

»Cesare! Sprich nicht so!«

»Wie auch immer, was ich dir sagen wollte, Marco: Wenn du meine Erbschaft nicht willst, dann solltest du wenigstens die von Großvater annehmen, er hat sein Leben lang gearbeitet, ohne zu stehlen, und am Ende hat er sich seine kleine Wohnung gekauft, erinnerst du dich?«

»Welche Wohnung?«

»Die in Mailand«, schaltete sich die Mutter ein, »wo er immer gelebt hat. Nichts Besonderes, das werden sechzig Quadratmeter sein, aber früher war das Stadtrand, jetzt liegt sie fast im Zentrum, die U-Bahn hält dort, sie hat inzwischen einen gewissen Marktwert.«

»Ich brauche keine Wohnung in Mailand.«

Der Vater machte eine müde Geste. »Vermiete sie, verkauf sie. Mach damit, was du willst. Wenn du sie möchtest, gehört sie dir, und sie kommt nicht von mir, sondern von Großvater. Du würdest ihn glücklich machen.«

Eine Wohnung in Mailand, dachte Luciani. Eine eigene Wohnung. Ich könnte sie verkaufen und dafür eine in Genua kaufen, im Viertel Castelletto. Oder vielleicht sogar an der Riviera. Wohnungen in Mailand kosten ein Vermögen, sicher mehr als hier. Die Wohnung von Großvater Mario. Er war nur selten dort gewesen, und sie war ihm immer so trist vorgekommen, die halb geschlossenen Rollläden, die das Licht draußenhalten sollten, der tropfende Spülkasten im Bad … Auf der Kommode standen Fotos von der Großmutter und dem anderen Sohn, Onkel Albino, der mit zehn Jahren gestorben war.

Luciani erhob sich, bevor er rührselig wurde. Zum ersten Mal spürte er so deutlich das Gewicht der Familie, die Verantwortung, der letzte Spross einer Sippe zu sein, die jahrhundertelang gelebt, gekämpft und sich fortgepflanzt hatte, in der Hoffnung auf eine bessere Zukunft. Seine Mutter hatte keine Geschwister, sein Vater nur diesen früh verstorbenen Bruder und eine Schwester, die in Rom lebte. Eine kinderlose Witwe. Der Nachname seines Großvaters und Vaters starb aus, er hatte ihn nach dem Skandal bewusst abgelegt und den seiner Mutter angenommen, doch auch dieser würde mit ihm sterben.

»Ich muss jetzt gehen«, sagte er, »aber ich verspreche dir, ich denke darüber nach.«

Der Vater machte eine Geste der Zustimmung. »Immerhin etwas.«

Die Mutter begleitete ihn ans Tor.

»Ruf mich heute Abend an und sag mir, wie es mit dem Arzt gelaufen ist.«

»Einverstanden.« Sie streichelte ihn, wie sie es in seinen Kindertagen getan hatte. »Du hast das gut gemacht. Hast ihn abgelenkt und ihm eine Freude bereitet.«

Als sie wieder ins Haus kam, hatte ihr Mann die Augen geschlossen, schlief aber nicht.

»Meinst du, er nimmt sie an?«

»Ich denke schon. Deinen Vater hat er immer gemocht.«

»Hoffen wir es. Wenn er diese Wohnung nimmt, wird er auch alles andere nehmen.«

Er ging in eine Drogerie, um grünen Tee zu kaufen, dann holte er sich beim Bäcker sechzig Gramm Focaccia. Vor dem Haus stand der Neapolitaner und sprach mit den Bauarbeitern.

»O Scheiße, du siehst aber blass aus, Commissario. Was ist denn passiert?«

Marco Luciani erwähnte das Treffen mit dem Polizeichef ebenso wenig wie die 6:2-6:1-Niederlage, die er gegen Andrea kassiert hatte, wobei er mindestens zwanzig simple Flugbälle vergeigt hatte. Er sagte auch nicht, dass er in seiner Sporttasche, als er beim Tennisclub ankam, die Akten zum Fall Ameri gefunden hatte. Er hatte sie während der gesamten Partie vor sich gesehen. Die weichen Knie, die überreizten Nerven und der Schlafmangel hatten ihm dann den Rest gegeben. »Ich kann einfach nicht schlafen, Pasquale. Es ist eine Katastrophe mit dieser Hitzewelle, bei geschlossenen Fenstern gehe ich ein, und wenn die Fenster offen sind, dann ist es dermaßen laut …«

»Ich weiß, ich weiß, ich habe einen festen Schlaf, aber manchmal wecken die auch mich auf, wie der Afrikaner letzte Nacht. Hast du es mal mit Ohropax versucht?«

»Ja, aber das bringt wenig. Die Stimmen werden ein bisschen gedämpft, aber die Motorräder wecken mich trotzdem auf.«

»Na, um die müsstet ihr Polizisten euch doch kümmern. Warum macht ihr nicht mal eine Straßenkontrolle in der Nacht, ihr haltet ein paar an, beschlagnahmt die Fahrzeuge, wer weiß, vielleicht findet ihr ja sonst noch was an Bord.«

»Bringt nichts. Am nächsten Abend geht es von vorne los, mit einem anderen Dealer und einem anderen Scooter.«

Sie machten Platz für den Lastwagen, der neue Holzbalken anlieferte. Der Neapolitaner senkte die Stimme ein wenig:

»Weißt du Commissario, manchmal reicht es, ein Exempel zu statuieren. Das spricht sich herum, ich behaupte ja nicht, dass der nächtliche Verkehr dann eingestellt wird, aber vielleicht verlagern sie ihr Operationsfeld, und wir können schlafen. Ich habe unten in Neapel einen Cousin, der nachts einmal von einer Gruppe von Halbstarken genervt wurde, weißt du, solche mit Scootern, die sich vor seinem Haus trafen und bis tief in die Nacht herumbrüllten, die Motoren jaulen ließen und Flaschen zerdepperten, das Übliche halt. Die Leute hielten es nicht mehr aus. Zuerst hat man es ihnen höflich gesagt, dann latent gedroht, aber das war denen wurst, im Gegenteil, die wurden immer arroganter. Willst du wissen, wie mein Cousin das Problem gelöst hat?«

»Klar.«

»Eines Nachts, als sie es wieder einmal zu bunt trieben, ist er ausgetickt. Er ist mit dem Gewehr runter und hat einen umgelegt.«

»Na, bravo.«

»Aber ja doch. Was sein muss, muss sein. Der hat keinem mehr auf der Nase herumgetanzt, und die anderen haben sich nie wieder blicken lassen.«

»Das glaube ich gern. Und dein Cousin?«

»Der hat zwölf Jahre bekommen. Alle Mieter haben zusammengelegt, um ihm den besten Anwalt zu bezahlen, alle waren sich einig, dass er recht getan hatte – der Bursche hatte es darauf angelegt. Der Anwalt schaffte es, dass er als nur bedingt zurechnungsfähig erklärt wurde, denn wenn du ein paar Nächte hintereinander nicht geschlafen hast, bist du nicht mehr du selbst, dann galt als Milderungsgrund, dass er provoziert wurde, jedenfalls haben sie ihn nach nicht einmal sechs Jahren in den halboffenen Vollzug verlegt, jetzt muss er nur noch am Abend in den Knast, aber er ist zufrieden, er sagt, man schläft bestens im Knast, besser als zu Hause.«

Marco Luciani schloss die Haustür auf. »Sechs Jahre Haft ist kein Pappenstiel. Hätte er nicht besser auf die Beine gezielt?«

»Commissario, was redest du? Wenn es um die Ehre geht, gibt es keine halben Sachen. Weißt du, was passiert wäre, wenn er ihm in die Beine geschossen hätte? Der hätte Rache geschworen, die Freunde genauso, und dann hätte keiner mehr in Frieden leben können. So dagegen war das Thema erledigt. Er hat einen erwischt, um hundert zu erziehen. Ich bin sicher, dass die anderen aus der Halbstarken-Clique jetzt brav wie die Lämmer sind. Wenn einer vor deinen Augen ausgeknipst wird, das vergisst du nicht so schnell.«

»Schön, Pasquale, ich bin aber nicht bereit, jemanden umzubringen.«

Der Neapolitaner war bei seiner Tür angekommen. »Es ist gar nicht nötig, dass du das machst, Commissario. Bist du ein Mann des Glaubens?«

»Nein, überhaupt nicht.«

»Schade. Weißt du, manchmal reicht ein Stoßgebet, um Wunder zu wirken.«

Zum Abendessen nahm er eine halbe Pellkartoffel, eine Zucchini und einen Löffel Stracchino zu sich, wobei er über das Spiel mit Andrea nachgrübelte. Er hatte schon lange nicht mehr so viele Flugbälle verschlagen, und er wusste, dass es keine Frage der Arm- oder Handhaltung war, höchstens der Beinarbeit und der Stellung zum Ball. Flug- und Schmetterbälle gingen als erste daneben, wenn seine Fitness nachließ, aber diesmal war etwas anderes passiert, auf mentaler Ebene. Er war ans Netz vorgegangen, als müsste er Passierbälle parieren, sich verteidigen, er hatte auf die Bälle gewartet, statt hineinzugehen, selbst zu attackieren. Er fragte sich, ob dieser Verlust an Aggressivität und Selbstsicherheit mit seiner neuen Lebenssituation zusammenhing: als Fast-Arbeitsloser. »Es zählt nicht, was du tust, sondern wer du bist«, war eines seiner Lieblingsmottos, wenn er sich nicht mit dem Klischee des Polizeikommissars identifizieren wollte. Er spürte, dass er noch etwas anderes war, er spürte, dass er, wenn er eine gewisse Distanz zu seiner Rolle wahrte, sich immer einen

Fluchtweg offenhielt. Aber es gab noch ein anderes Motto: »Wir sind das, was wir zu sein vorgeben, deshalb muss man genau darauf achten, was man zu sein vorgibt.« Und dies schien ihm momentan deutlich zutreffender. Was war er schon anderes als ein Polizeikommissar? Was konnte oder wollte er schon tun im Leben, außer sich für besser als den Rest der Welt halten, niemanden um einen Gefallen bitten und niemandem danken müssen? Wenn er nicht schnell eine Antwort auf diese Frage fand, dann würde er sich am Ende des Urlaubs im Niemandsland befinden, auf halbem Weg zwischen Grundlinie und Netz, während das Leben ihm die Bälle um die Ohren drosch.

Er stand auf, spülte Teller und Besteck, setzte sich aufs Sofa und schaltete den Fernseher an. Es kam keine seiner Lieblingsserien, und die Saison der Reality-Shows war auch vorbei, also zappte er zwischen den Lokalsendern herum und ließ sich von einer wunderschönen Kameraeinstellung betören: ein Menschenstrom, der mit Fackeln in der Hand durch die Straßen von … tja, wo war das eigentlich? Die Kamera schwenkte auf den Reporter, der von der Demonstration berichtete. Wird irgendein Friedensmarsch sein, dachte der Kommissar. Dann hielt der Journalist einem jungen Mann von zwanzig, fünfundzwanzig Jahren das Mikro vor den Mund, der Bursche sah sehr gepflegt aus, mit einer Tätowierung am linken Arm: »Sie war immer fröhlich, altruistisch, hatte eine positive Lebenseinstellung«, flüsterte er, wobei er ein paar echte Tränen vergoss. Dann sagte der Reporter: »Hier ist der Bürgermeister«, und ein Mann in grauem Anzug, mit Trikolore-Schärpe, erinnerte an Barbara Ameris noble Person und die ebenso noble ihres Arbeitgebers, und dann würdigte er Großzügigkeit und Solidarität, durch die sich der ganze Ort auszeichne.

Marco Luciani wollte umschalten, doch dann siegte die Neugier. Wer weiß, wie Nicola zurechtkommt, dachte er. Er war versucht gewesen, ihn anzurufen, er wollte fragen, ob er Hilfe brauche, aber dann hatte er sich zurückgehalten, denn es hätte wie ein Zeichen von mangelndem Zutrauen gewirkt. Vor allem nachdem Iannece, Calabrò und der Polizeichef versucht hatten, ihn zurückzuholen.

Ein brünettes hübsches Mädchen, perfekt geschminkt und frisiert, redete über Barbara, als würde sie sie gut kennen. Der Journalist erklärte, es handle sich um Tiziana, ihre beste Freundin. Vielleicht hatte sie schon alle Tränen vergossen, denn es gelang ihr, kühl und gefasst zu bleiben: »Ich will dem Mörder sagen, dass wir nicht eher Ruhe geben, als bis wir ihn gefunden haben. Ich persönlich bin nicht hier, um meine Solidarität mit Mantero zu bekunden, sondern um die Erinnerung an Barbara wachzuhalten, ihr zu sagen, dass wir sie nie vergessen und für Gerechtigkeit kämpfen werden.« Die Demonstranten kamen in Gruppen an, einige hatten selbstgemalte Schilder oder sogar die Standarten von Clubs und Verbänden; Luciani sah eine Pfadfinder-Flagge und hörte den Sprecher einer Hilfsorganisation, die sich für Zentralafrika engagierte, dann einen gewissen Pater Mariano, der erzählte, wie sich Barbara beim Engagement für die Hilfsbedürftigen hervorgetan hatte, für Obdachlose und Prostituierte, und er fand auch die Zeit, die Tragödie der Comboni-Mönche zu schildern, die zwischen verschiedene Guerilla-Fronten geraten seien; hinter dem Transparent von Rapallo Quattromila schaltete sich ein anderes Mädchen mit Männerfrisur und wunderschönen blauen Augen ein. Für einen Moment war sie der Star des Abends: »Ich bin Emanuela. Ehrlich gesagt kannte ich Barbara nur vom Sehen, aber Giulio Mantero kenne ich schon viele Jahre. Er ist ein gütiger und großzügiger Mann, und er kann nicht getan haben, was man ihm vorwirft.« Mehrere junge Leute neben ihr nickten, dann wurde sie unsanft von einer Greisin weggeschoben, die von Oddone Mantero zu reden anfing, einem Wohltäter der Stadt, der würdige Vorfahr eines solchen Sohnes: »Wenn er noch am Leben wäre, hätte niemand gewagt, den Namen seiner Familie in den Schmutz zu ziehen.«

Der Kommissar wunderte sich, dass ein einfaches Ermittlungsverfahren eine derart massive Reaktion auslöste. Geschäftsleute, Rentner, Anwaltskollegen und Priester defilierten vor dem Mikro vorbei. Allesamt bereit, sich solidarisch zu erklären und Manteros absolute Integrität und Herzensgüte zu bezeugen. Es reicht nicht, ein guter Mensch zu sein, um so viel Zuneigung zu wecken, dachte Marco Luciani. Wenn du nur ehrlich und anständig bist, legt keiner für dich die Hand ins Feuer, sobald du im Schlamassel steckst. Das muss jemand sein, der vielen Leuten einen Gefallen getan hat, sagte er sich. Leuten, die eine panische Angst davor haben, dass er im Knast landen und jemand die Nase in seine Geschäfte stecken könnte«

## Samstag
### Giampieri

Der Ton von Presse und Fernsehen war inzwischen völlig umgeschlagen. Hatte man sich am Freitag, nach Eröffnung des Ermittlungsverfahrens, noch überraschend zurückhaltend gezeigt, so hatten die Talkshow und der Fackelzug am Vorabend dafür gesorgt, dass sich eine geschlossene Front zur Verteidigung Manteros gebildet hatte. Wer Barbara getötet hatte, wussten sie nicht, sie wussten aber, wer »sie ein zweites Mal tötete«: Staatsanwaltschaft und Polizei, die fast eine Woche nach der Tat nichts Besseres zu tun wussten, als den leichtesten und naheliegendsten Weg einzuschlagen: sich auf Anwalt Mantero einzuschießen. Mindestens fünf Zeitungen brachten ein langes Interview mit ihm, und drei oder vier Magazine kündigten »exklusive Enthüllungen« über sein Leben an, von der Klinik, die er in Bosnien gebaut hatte, über das Waisenhaus, das er den somalischen Behörden geschenkt hatte, bis zur, inzwischen als sicher geltenden, Seligsprechung seines Onkels, des Missionars.

Giampieris Büro war vollgestopft mit Zeitungen, die er vor Wut zerknüllt, zerfetzt oder einfach vom Schreibtisch gefegt hatte.

Iannece versuchte ihn zu trösten: »Hören Sie nicht auf das, was die schreiben. Die hängen ihr Fähnchen nach dem Wind. Jetzt sagen sie, dass Sie ein Trottel sind, aber sobald Sie den Mörder fassen, werden Sie sagen, Sie seien ein Genie.«

Giampieri zog es vor, über den tieferen Sinn dieses Satzes nicht nachzudenken.

»Wie dem auch sei, Ingegnere, für mich ist die Geschichte sonnenklar, die hat der Anwalt umgebracht, fertig aus. Der ist am Morgen aufgestanden, war scharf, hat sich an sie rangemacht, sie hat ihm Bescheid gestoßen, er ist durchgedreht und hat sie abgemurkst. Dann ist er zu Mutti gerannt, und die hat alles saubergemacht, hat alle Spuren verschwinden lassen.«

»Ich hoffe wirklich, dass du Recht hast, Iannece. Wir werden es sowieso bald erfahren, wenn Mantero es war.«

»Ach ja? Und wie?«

Giampieri setzte ein wissendes Lächeln auf: »Er wird es uns selber sagen.«

Eine sengende Sonne hing über Rapallo, obwohl es noch nicht einmal zehn Uhr war. Am Eingang zur Bar Aonda saß die Kassiererin, die Augen zum Schutz gegen das grelle Licht halb geschlossen, einen Werbeprospekt als Fächer wedelnd. Sie dachte an den Strand, am liebsten wäre sie sofort ins kalte Nass gesprungen. »Mamma mia, wenn das so weitergeht, überstehe ich den Sommer nicht.« – »Wohl wahr,« erwiderte die Barfrau, »ich habe die ganze Nacht kein Auge zugetan.« An seinem Tischchen in der Ecke faltete Diego Failla die »Gazzetta dello Sport« zusammen, fixierte zuerst das eine, dann das andere Mädchen; mit denen hätte er gerne eine schlaflose Nacht verbracht, wenn er nur ein paar Jahre weniger auf dem Buckel gehabt hätte. Aber obwohl er seit knapp einem Monat vierundfünfzig Jahre zählte, war er immer noch ein Meister seines Faches, den jungen Dingern konnte er noch einiges beibringen, auch wenn sie, genau betrachtet, nicht so wirkten, als ob man ihnen noch viel beibringen müsste.

Er setzte sein galantestes Lächeln unter dem perfekt gestutzten Schnurrbart auf und fing den Blick der Barfrau ab, die zurücklächelte. »Entschuldigen Sie, könnte ich noch eine Brioche ohne Füllung haben? Und ein Glas Wasser?«

»Mit oder ohne Kohlensäure?«

»Ohne.«

Failla saß seit mindestens einer Dreiviertelstunde in der Bar vor Manteros Haus. Er wartete, dass der Anwalt herauskam und zum Golfspielen ging. Sie wussten, er war ein Gewohnheitsmensch, er frühstückte immer zu Hause, außer am Samstag, da ging seine Mutter zeitig auf den Markt. Er zog es vor, etwas länger zu schlafen, machte sich dann in aller Ruhe fertig und trank seinen Kaffee in der Bar.

Giampieri hatte am Vortag, in einer ruhigen Minute, Failla in sein Büro gerufen. Er sagte, er habe ihn ausgesucht, weil Anwalt Mantero ihn als Einzigen noch nicht gesehen habe und daher keinen Verdacht schöpfen würde. Aber Failla wusste, dass der Grund ein anderer war, und sosehr ihn das einerseits störte, sosehr erfüllte es ihn auf der anderen mit Stolz.

Er lockerte seine Finger wie ein Pianist, dachte an die ruhmreiche und schreckliche Zeit zurück, die er in Autobussen, bei Konzerten und im Stadion verbracht hatte, in all den Menschenansammlungen, wo seine Hände sich im Gedränge wie die eines Dirigenten auf der Bühne bewegten, wo sich die Jacketts vor ihm öffneten wie die Fluten des Roten Meeres und die Brieftaschen ihren Reichtum in seine Taschen ergossen. Ein paarmal, als er sich in Bestform fühlte, als er mit dieser traumwandlerischen Sicherheit agierte, wo man weiß, dass niemand einen jemals erwischen wird, hatte er es sogar fertiggebracht, eine Brieftasche zu stehlen, sie um Bargeld, Scheck- und EC-Karten zu erleichtern und dann wieder in die Tasche des Besitzers zu stecken. Ein Virtuose.

Dann hatte er übertrieben, hatte, vielleicht aus Bequemlichkeit, vielleicht aus Überheblichkeit, ein bisschen zu oft an immergleicher Stelle, auf derselben Buslinie, zugeschlagen. Völlig unverhofft hatte eine Hand, als er gerade eine Brieftasche einsteckte, die seine gepackt, und es war ein Wunder, dass er sich nicht bepisst hatte vor Schreck.

Failla trank gerade sein Glas Wasser aus und tat, als läse er die Zeitung. Da kam der Anwalt aus dem Haus. Wie erwartet, ging Mantero direkt an den Tresen und bestellte einen Kaffee, dann schien er nach irgendeiner Bemerkung zu suchen, mit der er ein Gespräch mit der Kassiererin anknüpfen konnte, eine ziemlich auffällige Brünette, die im Leben nicht mit einem wie ihm … die sich aber erbarmte und ihm beisprang.

»Salve, Anwalt, wie geht's?«

Er lächelte bemüht. Seine Schüchternheit war offensichtlich. »Ganz gut. Wir versuchen, wieder in die Normalität zurückzukehren.«

Die Anspielung auf die arme Barbara verfinsterte sofort die Miene des Mädchens. »Klar«, sagte sie und gab ihm das Restgeld.

Failla stand von seinem Tisch auf und schob sich neben den Anwalt.

»Verzeihung«, sagte er, nachdem er ihn leicht angerempelt hatte.

»Bitte schön.«

»Ich nehme nur eine Packung Bonbons«, sagte er lächelnd. Er ging zur Kasse und zwinkerte der Kassiererin zu. »Nun, schöne Frau, was bin ich Ihnen schuldig? Ich saß da hinten: Cappuccino, zwei Brioches, ein Glas Wasser und die hier«, sagte er, indem er die Bonbons vorzeigte.

»Fünf Euro zehn. Wenn Sie zehn Cent hätten, würden Sie mir einen Gefallen tun.«

»Für Sie würde ich noch ganz andere Dinge tun. Es gibt kein besseres Omen für einen guten Tag als Ihr Lächeln. Hier bitte.«

Er verließ gemächlich die Bar, so leicht wie das Handy des Anwalts, das in der Tasche seines Leinenjacketts ruhte. Er ging bis zum Ende der Straße, bog um die Ecke und stieg in einen Lieferwagen, der in der Ladezone stand. Darin saßen Giampieri, Iannece und ein junger Kriminaltechniker. Sie beglückwünschten ihn, und Failla dachte, dass er seit fast drei Jahren ein regulärer Polizist war. Wann würde er endlich mal den Job eines richtigen Polizisten erledigen dürfen, und nicht immer nur den des geläuterten Taschendiebs? Vielleicht nie, vor allem nicht, wenn er sich weiterhin so geschickt anstellte. Er stieg aus, um eine Zigarette zu rauchen, und wartete, bis der Techniker seine Arbeit beendet hatte. Dieser musste die SIM-Card duplizieren und das ganze Telefonverzeichnis sowie den Speicher in ein identisches Handy überspielen, das allerdings mit einer Sonderfunktion ausgestattet war. Nach wenigen Minuten gab der Techniker Failla das neue Handy. Dieser ging an die Straßenecke und gab den Apparat Vitone, der den Eingang der Bar observierte, während Calabrò Mantero verfolgte.

»Ist er schon zurück?«

»Nein, ich habe ihn nicht gesehen.«

»Er wird jeden Moment kommen. Beeil dich.«

»Bin schon unterwegs.«

Der Inspektor betrat die Bar, am Tresen war eine Menge los. Er bahnte sich einen Weg und bestellte einen Caffè lungo, streckte seine Hand nach einer Brioche mit Honigfüllung aus, während er die andere, geschlossene Hand ganz beiläufig zwischen den Serviettenspender und den Snack-Ständer legte. Er hatte gerade seinen Kaffee zu sich genommen und wollte zur Kasse gehen, als er einen atemlosen Mantero ankommen sah.

»Entschuldigung. Ich habe nicht zufällig mein Handy hier liegenlassen?«

Die Barfrau schaute ihn mit ratloser Miene an. Die Kassiererin blickte instinktiv auf ihren Schoß, als ob es dort hätte sein können.

»Ist es das hier?«, fragte ein Kunde und zeigte auf ein kleines glänzendes Etwas, das in einem verborgenen Winkel des Tresens lag.

»Oh, Gott sei Dank«, sagte Mantero, steckte es erleichtert ein und fragte sich einen Moment lang, wie zum Teufel es dort gelandet war. Vielleicht war es ihm heruntergefallen und irgendwer hatte es aufgehoben. Oder vielleicht hatte er es selbst dort hingelegt und vergessen. Aber er war schon spät dran, er dankte dem Himmel für dieses Glück und dachte nicht weiter darüber nach.

Iannece schwamm gemütlich im Verkehr der Autobahn mit, blieb lange auf der rechten Spur und ließ sich überholen.

Giampieri rüttelte ihn wach. »Wollen wir nicht einen Zahn zulegen, Iannece?«

»Ich will keine bösen Überraschungen erleben. Hier wimmelt es von Radarkontrollen.«

»Seit wann sorgst du dich denn um Radarkontrollen? Wenn das Strafmandat kommt, lassen wir es aufheben.«

»Ein Strafzettel ist eine Spur. Und da *ihr* gerade etwas Illegales getan habt …«

Giampieri schnaubte. Iannece hatte vollkommen recht.

»Ich hätte nicht gedacht, dass du so … technologisch denkst.«

»Das habe ich neulich bei CSI gesehen, da hatte einer alles richtig gemacht, einen Mord nach allen Regeln der Kunst, und dann haben sie ihn dank einer Radarfalle geschnappt. Eile mit Weile, wer fährt wie ein Berserker, landet im Kerker.«

»Wann aktivieren wir das Handy?«, fragte der Kriminaltechniker.

»Nun … ich denke, es bringt nichts, solange Mantero sich im Gericht oder im Büro aufhält. Besser wir warten, bis er zu Hause ist, mit der Mutter zusammen. Wenn sie etwas zu verbergen haben, werden sie sich verraten.«

»Vielleicht rechnen sie damit, dass wir die Wohnung verwanzt haben. Sie werden vorsichtig sein.«

»Möglich. Wir müssen jedenfalls den richtigen Moment abpassen. Wenn wir es aktivieren, ist die Leitung besetzt, und wir können sie nicht allzu lange blockieren. Der ideale Moment wäre, wenn sie gemeinsam aus dem Haus gehen. Ich würde nachher mal einen Test machen, damit wir sicher sind, dass es funktioniert. Dann würde ich es morgen früh probieren, wenn sie zur Messe gehen.«

Gegen Mittag holte Giampieri, wie jeden Samstag, Davide Risi, seinen Kollegen vom Drogendezernat, ab. Risi war einige Jahr älter als der Ingenieur, aber sie waren im selben Viertel aufgewachsen, als Jugendliche hatten sie sich angefreundet und Davide hatte Nicola einmal Prügel erspart, als er eine Bande von Halbwüchsigen in die Flucht schlug, die sich als die Bosse des Viertels aufspielten. Bei dem Handgemenge hatte Giampieri einiges eingesteckt, aber er hatte auch ausgeteilt und sich den Respekt des Älteren erworben. Sie lebten in zwei verschiedenen Welten, die sich aber, wie es vorkommen kann, ein und dasselbe Viertel teilten. Giampieri war das verwöhnte Einzelkind aus einer bürgerlichen Familie, die einigermaßen wohlhabend war, aber nicht wohlhabend genug, um in ein besseres Viertel zu ziehen. Risi war der vernachlässigte Sprössling geschiedener Eltern, die kaum Geld hatten. Er hatte nie eine Lira in der Tasche, und ihm schien das Schicksal bevorzustehen, das fünfundsiebzig Prozent der Jugendlichen aus dem Viertel ereilte: Er musste sich mit irgendeinem unterbezahlten Handlangerjob zufriedengeben oder versuchen, mit mehr oder weniger halbseidenen Geschäften zu ein wenig Geld zu kommen. Während des Studiums hatte Giampieri ihn völlig aus den Augen verloren, und er war nicht allzu erstaunt gewesen, als er ihn auf der Dienststelle wiedersah. Der Dienst bei Polizei, Carabinieri oder Armee stellte die restlichen fünfundzwanzig Prozent an Zukunftsperspektive dar.

Sie gingen wie immer in eine Rosticceria in der Nähe, wo man ihnen einen Tisch reserviert hatte, aßen Farinata, Minestrone und Kastanienkuchen und gönnten sich einen halben Liter Rotwein. Und wie jeden Samstag händigte Risi Giampieri eine Videokassette aus, die er persönlich hergestellt hatte.

»Ich habe dir den jüngsten Batman mitgebracht.«

Giampieri warf schnell einen Blick auf die Hülle, eine perfekt gescannte Kopie. Sah aus wie das Original.

»Wie ist er?«

»Super. Wirst sehen.«

Die Kellnerin kam mit dem Kaffee. Ein Mädchen von vielleicht zwanzig Jahren mit gepierctem Bauchnabel, drei Ringen in der Nase und kurz geschorenen schwarzen Haaren, durch die sich feuerrote Streifen zogen. Sie beugte sich nach vorne, um die Tassen abzustellen – von einem Büstenhalter hatte sie natürlich nie gehört. Sie schenkte Giampieri ein ganz besonderes Lächeln, das er erwiderte, indem er mit Müh und Not einen Mundwinkel bewegte. Zu jung und zu punkig, dachte er, während er, wie immer, die Rechnung bezahlte und, wie immer, zwei Euro Trinkgeld daließ. Er verabschiedete sich am Bahnhof von Risi, sein Kollege hatte schon Feierabend, während ihn noch viele Arbeitsstunden von seinem Batman trennten.

»Gibt es Neuigkeiten?«

Stefania Boemi setzte ein müdes Lächeln auf, als wollte

sie zeigen, dass sie selbst enttäuscht war. »Ein paar Kleinigkeiten. Haben Sie fünf Minuten?«

Giampieri setzte sich und bot ihr ebenfalls einen Stuhl an. Er bedauerte, dass das Mädchen keinen Rock, sondern Jeans trug, aber dafür würde er sich zumindest besser auf ihren Bericht konzentrieren können. Auch wenn das schulterfreie Top, das ihren fülligen Busen betonte, eine ziemliche Ablenkung darstellte.

»Ich habe mich mal eingehend mit Tiziana, Barbaras Freundin, unterhalten. An dem Abend, an dem das Foto gemacht wurde, feierten sie Michela Piccos Junggesellenabschied, wenn man das bei einer Frau sagen kann. Natürlich nichts wirklich Unanständiges. Keine Show der California Dream Men, kein Diskobesuch bis in die Morgenstunden, kein Wiedersehen mit den verflossenen Liebschaften vom Schulhof. Sie sind ins Saffophone gegangen, ein Schwulen- und Lesbenlokal in Santa Margherita, das war für sie schon der Gipfel an Schlüpfrigkeit, sie meinten, wer weiß was anzustellen. Michela hatte lachend protestiert: ›Ihr wollt ganz sicher gehen, dass ich heute Abend nichts mehr anstelle‹, und Barbara antwortete: ›Warum nicht? Das ist doch die Gelegenheit, mal was anderes auszuprobieren, das wirst du später mit deinem Mann nie wieder erleben.‹ Solche Sachen halt. Sie lachten, es war ein lustiger Abend, einige Mädchen kamen auch an ihren Tisch, merkten aber sofort, dass die Clique nicht deshalb gekommen war. Tiziana sagt, dass auch sie das Foto aufgehoben hat, sie ließen für jede einen Abzug machen. Dann wurde sie traurig und sagte: ›Es war ein schöner Abend, und ich spürte, dass etwas zu Ende ging, ich hatte so eine Vorahnung, dachte aber, ist ja klar, Michela heiratet und zieht nach Mailand … Stattdessen ist Barbara für immer von uns gegangen.‹ Sie kann es immer noch nicht glauben, kann es sich einfach nicht erklären, keine von ihnen. Sie meint, sie habe unheimlich lange mit

Michela und Alessia geredet, und wenn sie auch nur den geringsten Verdacht gegen den Anwalt oder sonst jemanden hätten, würden sie es uns sofort sagen.«

»Und was hat sie dir über Barbara erzählt? Wirkte sie besorgt? Sonderbar? Hatte sie über Probleme am Arbeitsplatz geredet? Oder von einer neuen Männerbekanntschaft?«

»Nein, jedenfalls scheint ihr das nicht so. Sie sagt, Barbara sei ein wenig traurig gewesen, weil Michela wegzog. In Sachen Männer hat sie das wiederholt, was wir schon wussten: Sie hatte ganz wenige Beziehungen und eine schwere Enttäuschung hinter sich, deshalb ließ sie sich praktisch mit keinem mehr ein, nur mit diesem Jacky, vielleicht weil sie spürte, dass er keine Gefahr darstellte.«

Giampieri massierte seinen Kinnbart. »Und die mysteriöse Freundin? Die das Foto geschossen hat?«

Stefania Boemi hob die Arme, band sich mit einem Haargummi einen Pferdeschwanz und zeigte ihre perfekt depilierten Achselhöhlen. Nach einem Handbuch, das Giampieri gerade las, war dies ein untrügliches Zeichen für Verführung: das Weibchen, das dem Männchen seine Locksignale schickt, Pheromone, die seine Libido anstacheln sollen. Der Ingenieur musste zugeben, dass das immer noch funktionierte, heute wie vor einigen Tausend Jahren.

»Ähm ... in Wirklichkeit gibt es keine mysteriöse Freundin. Das Foto hat der Besitzer des Lokals gemacht.«

»Ach. Und sie sind nicht wieder hingegangen?«

»Tiziana nicht, bei den anderen weiß sie es nicht, aber sie sagt, das sei sehr unwahrscheinlich, das war kein Lokal für sie.«

»Ich würde sagen, wir sind wieder bei Null.«

Boemi machte einen Schmollmund. Zu diesem Thema äußerte sich das Handbuch nicht, aber wenn eine Frau ihre Lippen so auf einen Mann richtete, dann musste das wohl etwas bedeuten.

»Du hast jedenfalls gute Arbeit geleistet«, sagte Giampieri, um sie aufzumuntern. »Mir scheint, du hast diese Tiziana dazu gebracht, sich zu öffnen. Warum machst du nicht weiter und befragst auch die beiden anderen? Vielleicht erinnern sie sich an etwas.«

Sie lächelte und sprang auf: »Zu Befehl, Chef.«

Er fragte sich lange, ob und wie er Venuti über die Neuigkeiten informieren sollte. Wenn er ihm nicht sagte, dass er Mantero abhören würde, war das unfair, wenn er aber sagte, wie er das bewerkstelligt hatte, riskierte er den Job. Und nicht nur er, sondern auch Iannece, Vitone und Calabrò. Er musste anerkennen, dass gerade Calabrò sich, trotz ihrer Meinungsverschiedenheiten, loyal verhielt. Der Inspektor war jemand, auf den man sich immer verlassen konnte, der die Arbeit über persönliche Sympathie oder Antipathie stellte. Er nahm sich erneut vor, für ein besseres Verhältnis zu ihm zu sorgen. Was Venuti anging, so würde er sich das bis zum nächsten Tag überlegen, in der Hoffnung, dass das Handy ein Geheimnis enthüllte.

Den Rest des Tages brachte er mit Aktenstudium und Arbeit an der Software zu, er verfeinerte die Suche nach dem Täter mit immer neuen Parametern und trug die jüngsten Erkenntnisse in seinen Übersichtsplan des Mietshauses ein. Die Turones färbte er von Rot auf Grün um. Mantero war der Einzige im ganzen Gebäude, der noch rot war. Giampieri fragte sich zig Mal, ob er die Serra anrufen sollte, aber er wollte das Verhältnis zur Staatsanwältin nicht noch weiter komplizieren, außerdem hatte er an diesem Abend einen Termin, auf den er für keine Frau der Welt verzichten würde. Da fiel ihm Amalia ein.

Es war sieben Uhr fünfunddreißig, als er vor dem Schönheitssalon eintraf. Sie hatten noch nicht geschlossen, aber der Rollladen war zu einem Drittel herabgelassen. Die Schönheitspflegerin plauderte mit ihrer Chefin, und als sie ihn vor der Tür sah, hellte sich ihr Blick einen Moment lang auf, ehe sie eine düstere, beleidigte Miene aufsetzte. Giampieri holte hinter seinem Rücken einen Strauß Wiesenblumen hervor und schaute schuldbewusst drein.

Er erzählte ihr alles an einem Bistro-Tisch, während sie an einem alkoholfreien Fruchtcocktail nippte und er zwei Negroni und sämtliches Knabbergebäck in Reichweite verputzte. »Siehst du? Heute bin ich wieder nicht zum Essen gekommen. Und solange ich den Mörder nicht erwische, werde ich kein annähernd normales Leben führen können. Ich hätte es dir eigentlich schon früher sagen wollen, aber die Mädchen erschrecken dann oft, wollen mit uns nichts zu tun haben, und dann …«

»Ein Polizist«, seufzte sie. »Das hätte ich nie gedacht.«

»Ist das ein Kompliment?«

»Nun ja … weiß nicht. Ich hab nichts gegen Polizisten, na ja, ein bisschen vielleicht schon, sie schüchtern mich ein wenig ein, und ich habe mal ein richtiges Arschloch kennengelernt. Weißt du, einer von diesen Überdrehten, die sich für weiß der Himmel wen halten, weil sie Dienstmarke und Pistole haben.«

»Ich trage sie fast nie bei mir. Ich bin Ingenieur, mir fehlt praktisch nur noch die Diplomarbeit. Ich arbeite mit Köpfchen, am Computer, und ich habe nie jemanden umgebracht. Ich habe noch nicht einmal jemanden geschlagen.«

Amalia lächelte. »Genau das meine ich. Du wirkst anständig, als ob man dir vertrauen könnte. Auch wenn du mir nicht die Wahrheit gesagt hast. Wenn du sonst noch etwas vor mir verheimlichst, dann sag es lieber gleich«, scherzte sie.

Er war in das Mienenfeld vorgedrungen, das die Panzerkammer schützte, aber inzwischen hatte er die Lageskizze in der Tasche, um auch das zu überwinden. Zuverlässig, aber für Überraschungen gut. Macho, aber im Bedarfsfall mit Blumenstrauß. Er spürte, dass ihr diese Mischung zu Kopf stieg wie ihm die beiden Negroni.

»Tut mir leid wegen des Konzerts. Ich nehme an, inzwischen hast du für heute Abend …«

Sie zögerte. »Ja, ich habe schon was vor. Ein andermal. Wirklich.«

Er atmete auf. An die Einladung hatte er nur erinnert, damit sie ablehnen konnte. Er hatte nämlich nicht die geringste Absicht, auf seinen Samstagabend zu verzichten, sondern wollte nur ein wenig verlorenen Boden gutmachen, und diese Mission konnte als erfüllt betrachtet werden.

Er bat sie um ihre Handynummer, und sie gab sie ihm ohne Umschweife. »Ich rufe dich an, sobald ich Zeit habe. Vielleicht weiß ich das erst im letzten Moment.«

»Kein Problem.« Das war die bedingungslose Kapitulation. »Versuch es einfach, und ich sehe zu, dass ich mich freimachen kann.«

Als er nach Hause kam, war er todmüde, aber glücklich. Monicas Sommersprossen, Stefanias Busen, Amalias strammer Hintern. Das Leben ist schön, wenn es sich erhaschen lässt, aber klar, du musst die Arme ausstrecken, musst es an dich reißen und festhalten. Auch der Mörder war da, irgendwo, auch ihn galt es zu greifen, und mit ihm würde die Beförderung zum Kommissar kommen. Nur eines quälte Giampieri noch, ein heftiger Spannungskopfschmerz, der sich im Nacken konzentrierte, Übelkeit und Schmerzen hervorrief, die den ganzen Rücken durchpulsten. Aber er wusste, dass die Schmerzen bald verschwinden würden. Er zog sich aus, behielt nur Boxer-Shorts und T-Shirt an, schaltete Telefon und Handy ab, machte die Stereoanlage an und legte eine CD von Pink Floyd auf. Dann setzte er sich aufs Bett und holte die Batman-Kassette aus der Hülle. Mit einem Schraubenzieher hebelte er eine der beiden Plastikwände auf. Es war alles da, wie immer. Er steckte die Kassette wieder in die Hülle, schob sie neben die anderen ins Regal und zählte noch einmal seine sündige Sammlung durch – das war Nummer sechsundvierzig –, um die Vorfreude zu verlängern.

Vor fast einem Jahr hatte er angefangen. Marco Luciani war mitten in einem schwierigen Fall erkrankt und hatte den ganzen Druck der Ermittlungen auf ihn abgeladen. Giampieri hatte versucht, die Belastung mit einem Medikament in den Griff zu kriegen, aber das hatte nicht geklappt: Bei normaler Dosierung war es zu schwach, aber wenn er die Dosis erhöhte, schlief er einen unnatürlichen Schlaf und war den ganzen nächsten Tag wie belämmert. Er hatte an Marihuana gedacht, was er hin und wieder rauchte, aber um sich wirklich zu beruhigen, hätte er am Tag vier oder fünf Tüten rauchen müssen, und das war einfach nicht möglich.

Er holte eine halbe Zitrone und einen Esslöffel aus der Küche, kehrte ins Schlafzimmer zurück, schob sein Kissen zurecht, öffnete das Tütchen, gab destilliertes Wasser und das weiße Pulver auf den Löffel, spritzte ein bisschen Zitronensaft darüber und erhitzte das Ganze mit dem Feuerzeug. Dann hielt er den Löffel mit der Linken, nahm mit der Rechten die Insulinspritze und sog die Flüssigkeit auf.

Ein Schuss pro Woche, das ist wie bei einem Engländer, der freitagabends in den Pub geht, um sich zu betrinken, oder wie bei den wohlanständigen Leuten, die am Samstag zu einer Nutte gehen oder sonntags zum Pferderennen. Ein Mann hat das Recht, sich einmal die Woche einem Laster hinzugeben, wenn er damit niemandem auf die Zehen tritt. Und dann stimmt es nicht, dass die Droge so gefährlich ist, wenn du es bist, der sie benutzt, und nicht umgekehrt. Klar, die Welt wird immer voll von Hirnies sein, die sich jeden Tag die Spritze setzen wollen, die sich jeden Abend betrinken oder ihr Gehalt mit Pferdewetten und albanischen Nutten durchbringen. Sein Fall lag anders, und das würde so bleiben.

Morgen werde ich vielleicht Bescheid wissen. Morgen werde ich sehen, ob Mantero tatsächlich etwas verheimlicht. Aber das war nicht der Augenblick, um an den Broker zu denken. Er atmete tief ein, blies die Außenwelt weg und konzentrierte sich wieder ganz auf sich selbst. Er hatte keine Mühe, seine Venen zu finden, sie waren hervorragend in Schuss, er wählte, klassisch, den linken Arm und injizierte sich das Heroin bis zum letzten Tropfen. Er lächelte, ließ sich auf das Bett sinken, grub den Kopf ins Kissen und genoss seinen Samstagabend-Trip.

# Samstag
## Luciani

Er hatte dreieinhalb Stunden durchgeschlafen, von zwei Uhr, der letzten Leerung der Mülltonnen an, bis zum Eintreffen des Zeitungs-LKWs. Von da ab war er langsam wieder an die Oberfläche gestiegen, in einem Dämmerzustand, aus dem er alle fünf Minuten geweckt wurde: von Stechmücken, Möwen, Autos, Motorrädern. Obwohl Samstag war, begannen gegen halb acht die Bauarbeiter zu klopfen, und sie wüteten bis Viertel nach acht, bis Marco Luciani sich geschlagen gab und, zerstört vor Müdigkeit, aufstand. Nach zwei Tassen Tee war er endlich einigermaßen bei Bewusstsein und stellte fest, dass die Schläge gerade jetzt verstummt waren. Er schaute aus dem Fenster und merkte erleichtert, dass sich der Himmel bewölkt hatte, so musste er zumindest nicht in der Sonne laufen.

Er zog T-Shirt und Shorts an und warf einen Blick auf die Akten, die noch genau da lagen, wo Iannece sie deponiert hatte: auf dem Küchenstuhl. Luciani hatte sie nicht angefasst, er hatte nur das Dossier mit den Aktualisierungen, das Calabrò ihm gegeben hatte, und das Bündel, das der Polizeichef in seine Tennistasche gesteckt hatte, daraufgelegt. Fickt euch doch alle ins Knie, dachte er, während er sich zu einer Langstreckeneinheit bei geringem Tempo aufmachte, der Einheit, für die in sämtlichen Trainingsplänen der Samstag oder Sonntag vorgesehen waren, als Abschluss einer Woche aus Tempoläufen, Tempowechselläufen und Bergsprints. Man ging davon aus, dass Hobbyläufer am Wochenende mehr Zeit hatten und eine volle Stunde, wenn nicht zwei, für die Langstrecke investieren konnten. Für den

Fast-Ex-Kommissar war der Samstag dagegen ein Tag wie jeder andere, eigentlich schlimmer als alle anderen, denn man musste länger in den Geschäften anstehen, es waren mehr Leute unterwegs, mehr Trunkenbolde, mehr Junkies, es gab mehr Prügeleien und mehr Lärm in der Nacht. Deshalb war er immer gerne samstags und sonntags auf die Dienststelle gegangen: um seine Ruhe zu haben.

Trotz der Wolken brütete die Hitze über der Stadt, und das Laufen an den Kais war kein Vergnügen. Ich müsste hoch in den Corso Italia, dachte er, und von da war es nur noch ein kleiner Schritt zu dem Gedanken, dort wirklich immer zu leben, im Corso Italia oder direkt am Meer, in Levante, und kleine Schritte machte er auch mit seinen Saucony-Schuhen. Sie hatten ein Vermögen gekostet, aber er lief seit über zwei Jahren darin, sie hatten sich seinem Fuß perfekt angepasst, wie ein Auto, das schon hundertfünfzigtausend Kilometer auf dem Tacho hat.

Außerhalb der Stadt leben, dachte er, ohne zu arbeiten. Den ganzen Tag Zeit haben zum Laufen, Tennisspielen, am Strand oder im Schwimmbad liegen, lesen und Sport schauen. Für viele ein Traum, für ihn eine realistische Option. Aber wenn er diese Erbschaft annehmen würde, dann würde er die Selbstachtung verlieren – für jemanden, der den Rest seines Lebens mit sich allein verbringen will, kein gutes Geschäft.

Er betrat den Discount-Markt gegen eins, weil er meinte, um diese Uhrzeit müsste er nicht Schlange stehen, und tatsächlich waren nicht viele Leute da, abgesehen von einer Gruppe Ecuadorianer, die sich auf die Bierstapel am Eingang gestürzt hatten und die Paletten in ihre Einkaufswagen umschichteten, als ob sie sie vor dem Bau eines neuen Nilstaudamms retten und an einen sicheren Ort verfrachten müssten, zum Beispiel vor die Commenda di Pré, wo sie bis früh um fünf ihre ganz eigene Movida abziehen würden. Ansonsten waren fast nur Rentner da, die genau die Preise studierten, aber Luciani entdeckte auch einige Herrschaften der guten Genueser Gesellschaft, die so taten, als wären sie aus Versehen hier gelandet und würden nur deshalb etwas kaufen, weil sie halt schon mal da waren. Sie wählten vor allem Fruchtsäfte, Kartoffelchips und Pausensnacks für die Kinder aus, nach dem Motto: Kinder wollen sowieso nur Mist essen, da kann man auch das Billigste nehmen. Der Supermarkt machte insgesamt einen etwas schäbigen Eindruck, und in den Regalen fehlten die wohlvertrauten Marken. Die Waren hatte man ein bisschen aufs Geratewohl eingeräumt, ohne Rücksicht auf psychologische und soziologische Erkenntnisse, die für die Waren eine Anordnung in ganz bestimmter Reihenfolge und Höhe vorschrieben. Das meiste steckte sogar noch im Karton. Er ging direkt zum Wein für einen halben Euro und fragte sich, was zum Teufel die Flaschen wohl enthielten, und kaum war er vor dem Pastaregal stehen geblieben, als jemand nach ihm rief.

»Commissario!«

Zum dritten Mal innerhalb weniger Tage. Das war kein Zufall mehr.

»Was machst du denn hier, Iannece? So oft habe ich dich ja nicht mal im Dienst gesehen.«

Der Beamte zeigte stolz seinen bereits zur Hälfte gefüllten Wagen.

»Hier komme ich immer her, Commissario. Jeden Samstag. Das ist äußerst komfortabel. Ich parke vor der Tür, kaufe ein und fahre nach Hause.«

»Ach. Das heißt, du hast mich nicht verfolgt?«

»Ich? Wozu das denn? Aber ich freue mich, Sie zu sehen. Ist es das erste Mal, dass Sie hierherkommen? Darf ich Ihnen ein paar Empfehlungen geben, ich kenne inzwischen alle Produkte.«

»Ich dachte, Einkaufen wäre Weiberkram, wie du das nennst.«

»Nein. Jeden Tag waschen, putzen und kochen, das sind Weibespflichten. Abgesehen vom Werfen natürlich.«

Der Kommissar schaute ihn mit fragender Miene an.

»Kinder gebären. Mamma mia, ihr mit eurer Sprache ... Dagegen sind das Einkaufen und Kochen zu besonderen Anlässen Männersache.«

»Und warum?«

»Wer einkauft, hat die Hand am Geldbeutel, Commissario. Verwaltet das Budget.«

»Richtig. Aber das Kochen?«

»Die Frauen kochen, seit wir Männer das Feuer entdeckt haben, aber alle großen Köche der Welt sind Männer. Und wissen Sie warum?«

»Nein.«

»In der Küche und in den Kissen muss der Mann sich zu bremsen wissen. Wer die Frau und den Bauch befriedigen will, darf nicht hudeln.«

»Hmm.«

»Aber ja doch, so für alle Tage, da tun es auch Fischstäbchen oder ein Stück Pizza. Die schmecken, lassen dich aber immer so ein bisschen unbefriedigt, wie eine schnelle Nummer. Wenn man dagegen etwas Zufriedenstellendes bereiten will, ein Weihnachtsmenü, dann braucht es Geduld: Da braucht man alle geeigneten Zutaten, und jede davon hat ihre spezielle Zubereitungszeit. Und die Frau, vor allem die Frau von heute, kennt keine Geduld. Sie bereitet nur noch Fertiggerichte zu, und kaum hat sie den Herd angemacht, wendet sie sich schon wieder einer anderen Aufgabe zu. Sie glaubt, es gäbe Wichtigeres zu tun. Der Mann dagegen stellt sich auch den ganzen Nachmittag hin und rührt die Soße für den Schmorbraten, streichelt sie wie ein Kind. Und dasselbe gilt für den Aal. In aller Bescheidenheit: der Aal, den ich zu Silvester machte, da reichte nicht einmal der Aal meines Großvaters heran ... Und wenn sie den Aal kostet, Commissario, dann ist auch meine Frau zufrieden«, sagte er mit einem Augenzwinkern.

Marco Luciani spürte eine gewisse Übelkeit und kam schnell auf ein anderes Thema.

»Aber ist das hier auch gute Qualität?«

»Und ob. Das sind dieselben Produkte, die Sie im normalen Supermarkt finden, aber viel billiger, weil die keine Werbung machen. Verstehen Sie, Commissario, ein Olivenölhersteller produziert vielleicht, ich sage mal, zweitausend Liter Extra vergine, dann nennt er tausend Liter ›Öl Iks‹, er dreht einen Fernsehspot mit jemandem, der beschwingt über einen Zaun hüpft und verlangt für das Öl sechs Euro, die anderen tausend Liter nennt er ›Öl Üpsilon‹, wirbt nicht dafür und verkauft sie für drei Euro. Aber das heißt nicht, dass das eine Speiseöl, das andere Altöl ist. Es ist jeweils genau dasselbe Olivenöl.«

Marco Luciani schien nicht überzeugt.

»Das ist wie bei den Jeans, Commissario. Als ich ein Junge war, gab es absolut identische Jeans, derselbe Stoff, derselbe Schnitt, sie kamen aus derselben Fabrik, aber am Ende wurden zwei verschiedene Etiketten draufgenäht. Das eine Paar kostete zehntausend Lire, das andere zwanzigtausend.«

»Und warum?«

»Warum darum. So sprachen sie Käufer an, die sparen wollten, und Käufer, die ein Markenprodukt wollten. Das heißt, sie verdoppelten ihre Kundschaft.«

Der Kommissar lächelte: »Ich kaufte Markenjeans, eigentlich war es meine Mutter, die sie unbedingt kaufen wollte, denn sie meinte, wenn sie mehr kosten, halten sie auch länger, und am Ende gilt: Wer mehr bezahlt, zahlt weniger.«

»Ach ja? Und ich dachte, wer weniger bezahlt, spart etwas. Jetzt schauen Sie mal, was ich für ein Trottel bin. Deshalb bin ich also arm geblieben, weil ich immer wenig ausgegeben habe.«

Marco Luciani nahm eine Packung Pasta, musterte sie skeptisch und wollte sie in den Wagen legen.

»Nein, die nicht, Commissario. Da heißt es: Aufgepasst! Diese Pasta kostet wenig, aber sehen Sie, was da an der Seite steht? Pasta aus Weichweizen. Die ist okay für Amerikaner oder Deutsche, aber nicht für uns. Die hier dagegen, nehmen Sie, ist Pasta aus Hartweizen. Kostet ein bisschen mehr, aber nur halb so viel wie die von Barilla, und sie ist genauso gut.«

»Womöglich stellt sie sogar Barilla selbst her.«

»Na logo. Hier, diese Kekse zum Beispiel schmecken hervorragend. Und da sind die Putzmittel, und die Tabs für die Spülmaschine.«

»Ich habe keine Spülmaschine.«

»Sie haben keine? Und wer spült Ihnen das Geschirr?«

»Das spüle ich selber.«

»Das ist Weiberkram«, sagte Iannece mit einem Kopfschütteln, während er den Wagen an die Kasse schob.

Marco Luciani nahm eine Flasche Olivenöl, eine Dose mit Sardinenfilets in Öl, die wirklich ausgezeichnet aussahen, Cracker, eine Packung Pasta, Geschirrspülmittel, Waschpulver und Weichspüler. Er suchte vergeblich nach einer Großflasche Lemonsoda, aber die gab es nicht, also nahm er »Zytrosoda«, dessen Name ihn ein wenig beunruhigte, wahrscheinlich eine Mischung aus Zyklon B und Ätznatron. Noch nicht ganz überzeugt, steuerte er die Kasse an, aber als er sah, dass er insgesamt gerade mal vierzehn Euro zu berappen hatte, bereute er, nicht auf Vorrat eingekauft zu haben.

Kaum war er zu Hause angekommen, kochte er einen Tee, ließ Aimee Mann im Hintergrund laufen, nahm alle Akten zum Fall Ameri und begann sie zu lesen.

Auch wenn er es gegenüber dem Polizeichef nicht zugegeben hatte, so hatte er die ganze Geschichte doch aufmerksam in Presse und Fernsehen verfolgt, aber ohne Akteneinsicht hatte er auf die verschiedenen Theorien wenig gegeben. Er wusste aus Erfahrung, dass die Polizei die Journalisten möglichst benutzte, um die Ermittlungen voranzutreiben. Dass sie, je nach Situation, richtige oder erfundene Indizien durchsickern ließ, um den Täter zu einem Fehler zu verleiten. Aus der Ferne war es gar nicht so leicht, Wahrheit und Fiktion auseinanderzuhalten, nicht einmal für einen Fachmann wie ihn.

Er las aufmerksam den Teil, der den Fund des Opfers betraf. Auf dem Weg ins Krankenhaus hatte die junge Frau noch gelebt, war aber wenige Stunden später auf dem OP-Tisch verschieden. Auf dem Fußboden des Büros hatte man keine aussagekräftigen Spuren gefunden. Ehe die Kriminaltechnik zu Werke gehen konnte, waren viele Leute ein und aus gegangen, und außerdem hatte die Mutter des Anwalts mit ihren Putzmitteln dafür gesorgt, dass alle Spuren verschwunden waren. Im Siphon des Toilettenwaschbeckens hatten sie Haare von Barbara gefunden, ein klares Indiz dafür, dass der Mörder sich gewaschen hatte, oder vielleicht hatte er die Tatwaffe gereinigt, bevor er floh. Aber er hatte nichts hinterlassen, was eine Identifizierung erlaubt hätte.

Die Tatwaffe war nicht gefunden worden. Die Polizei hatte einen großen Quarzstein sichergestellt, der als Briefbeschwerer auf Barbaras Schreibtisch fungierte, aber das hatten sie eher aus Pflichtbewusstsein getan: Es waren keine Blutspuren daran, und Rita Valenti Mantero hatte gesagt, sie habe ihn nicht angefasst. Die Untersuchungen hatten auch nachgewiesen, dass der Schädel des Mädchens nicht damit zertrümmert worden war. Laut Anwalt fehlte nichts im Büro, vor allem kein Gegenstand, der als Waffe hätte dienen können. Wenn er die Wahrheit sagte, hieß das, der Täter hatte nicht nach dem erstbesten Gegenstand gegriffen.

Er hatte die Waffe von zu Hause mitgebracht. Der Mord war geplant gewesen. Der Mörder hatte sich nicht durch einen Wutanfall zu der Tat hinreißen lassen, weder durch sexuelle Leidenschaft noch in der Eskalation eines Streites. Nein, der Mörder wusste aller Wahrscheinlichkeit nach, dass Barbara sich zu dieser ungewöhnlichen Stunde im Büro aufhielt, vielleicht hatte er sich sogar mit ihr dort verabredet, weil er mit ihr, ohne unliebsame Zeugen, eine wichtige Angelegenheit besprechen wollte. Er hatte die Waffe mitgebracht, hatte zugeschlagen, war ungesehen aus dem Büro und ebenfalls ungesehen auf die Straße gelangt, zwischen halb neun und neun, wenn weder Hochbetrieb noch totale Flaute herrscht. Nun stellte sich die Frage, warum niemand einen Menschen bemerkt hatte, der vermutlich aufgeregt war, eine Waffe in der Hand trug und dessen Kleidung zumindest kleine Blutflecken aufwies. Es sei denn, der Täter war im Haus geblieben. Wie auch immer, er war ein ziemliches Risiko eingegangen, denn um die Zeit waren in jedem Fall Leute unterwegs, und auch der Anwalt konnte jeden Moment eintreffen, was ja geschehen war, wenn auch ein paar Minuten zu spät.

Marco Luciani öffnete sein Notizbuch und schrieb in Druckbuchstaben: »Vorsatz«. Er unterstrich es zweimal, aber dann kam ihm diese Entschiedenheit schon wieder übertrieben vor: Wenn der Täter so entschlossen gewesen war, warum hatte er dann ein röchelndes, halbtotes Opfer zurückgelassen, statt das Werk zu beenden? Wenn früher Hilfe gekommen wäre, dann wäre Barbara vielleicht gerettet worden, jedenfalls hätte sie den Namen des Täters nennen können. Der Angreifer musste auf jeden Fall erschrocken sein und die Flucht ergriffen haben, ohne zu kontrollieren, ob sein Opfer tatsächlich tot war. Luciani riss das Blatt ab, knüllte es zusammen, schrieb erneut »Vorsatz« und setzte diesmal ein Fragezeichen dahinter. Dann schrieb er: »Kein geübter Täter«, und unterstrich es einmal.

Er trank einige Schlucke Tee und betrachtete den Dampf, der aus der Tasse aufstieg, als suchte er darin einen Fingerzeig.

Sicher oder zumindest sehr wahrscheinlich war überdies, dass Barbara den Mörder gekannt hatte. Theoretisch hätte sie jedermann die Tür öffnen können, aber da sie allein im Büro war, außerhalb der Sprechzeiten, musste ihr der Besuch eines Unbekannten verdächtig vorkommen. Und gegenüber einem unbekannten Menschen, der erregt war und sie bedrohte, hätte sie wohl irgendwie versucht, Hilfe zu rufen, sich zu verteidigen. Stattdessen war Barbara höchstwahrscheinlich nicht einmal vom Schreibtisch aufgestanden, sie erwartete jemanden, und als dieser Jemand klingelte, öffnete sie ihm mit dem Summer die Tür. Sie mussten gestritten haben, vielleicht hatte der Täter ihr eine letzte Chance gegeben, ohne dass sie es ahnte, aber Barbara hatte den Fehler gemacht, seine Gefährlichkeit zu unterschätzen. Der erste Schlag hatte sie kalt erwischt, und als sie erst einmal am Boden lag, gab es kein Entrinnen mehr.

Marco Luciani spann diesen Faden weiter. Wenn der Mörder ein Bekannter von ihr war, dann schränkte das den Täterkreis natürlich ein. Die Motive konnten vielfältig sein: das Ende einer Liebesbeziehung, eine Beziehung, die nie begonnen hatte, aber es konnten auch finanzielle Gründe sein.

Bei dieser Art von Mord gab es jedenfalls immer ein logisches Motiv. Wenn es keinen Verdächtigenkreis gab und man nicht jedem daraus ein Motiv zuordnen konnte, dann war die einzige Möglichkeit, dass man das Motiv des Motivs suchte, das heißt das, was das Opfer getan hatte, um das Motiv auszulösen. Dieses Thema konnte man bei den Verwandten nicht anschneiden, weil diese meinten, das sei eine Art Vorwurf an das Opfer, man wolle damit den Spieß umdrehen. Was auch immer Barbara getan hatte – vorausgesetzt sie hatte überhaupt etwas getan –, es konnte auf keinen Fall ihr grausames Ende rechtfertigen. Und in solchen Fällen hatte Marco Luciani Mühe zu vermitteln, dass man niemanden beschuldigen wollte, dass man nur einen simplen Kausalzusammenhang suchte, nichts anderes. Und dass manchmal im kranken Hirn eines Mörders ein bestimmter Blick reichte, um den tödlichen Mechanismus auszulösen, und dieser Blick bedeutete sicher keine Schuld, konnte aber der Schlüssel sein, um das Geschehene zu erklären.

Er kam zu den Seiten mit dem Autopsiebericht und las, dass der erste Schlag mitten ins Gesicht geführt worden war, mit unerhörter Wucht. Folglich hatte Barbara dem Mörder nicht den Rücken zugekehrt, ein Zeichen, dass sie ihm zwar traute, aber nur bis zu einem gewissen Grad. Viel änderte sich dadurch allerdings nicht. Ein knallharter Faustschlag, vielleicht mit Hilfe eines Gegenstands geführt, hatte sie wie ein Lamm auf die Opferbank hingestreckt. Dann kam das Gemetzel.

Er las rasch Doktor Vassallos Bemerkungen zum Mageninhalt des Opfers, und als er zur Verletzung der Schamgegend kam, fand er bestätigt, was zur Presse durchgesickert war, nämlich dass das Mädchen Jungfrau war. Damit fiel die Prostituierten-Szene weg, in die manchmal auch »normale« Mädchen schlitterten, Mädchen mit Familie und einem regulären Arbeitsverhältnis im Rücken.

»Fünfundzwanzig Jahre und noch Jungfrau«, murmelte er. Nicht, dass man sich dafür hätte schämen müssen, und vielleicht war das nicht einmal so ungewöhnlich, aber die Vorstellung, die er sich von der sexuellen Freizügigkeit der jungen Generation gemacht hatte, war sicher eine andere. Er wollte keine Parallelen zu seinen verschiedenen Lebensphasen oder seinem aktuellen Dasein ziehen, sondern sich auf die Fakten konzentrieren: Gab der Umstand, dass Barbara Jungfrau war, den Ermittlungen eine bestimmte Richtung? Ohne Zweifel fiel damit die Hypothese vom verschmähten Liebhaber weg, oder vom verheirateten Mann, der einer kompromittierenden Beziehung ein Ende setzen wollte. Aber Leidenschaft war deswegen trotzdem als Motiv nicht völlig auszuschließen.

Er erinnerte sich, in einem Artikel von einem »Freund« gelesen zu haben, der am Ende alles dementiert und die Beziehung zu Barbara als rein platonisch bezeichnet hatte. Wer weiß, ob es auch in seinem Sinne war, dass sie platonisch geblieben war, oder ob ihm mehr nicht gestattet wurde. Reine Freundschaft zwischen Mann und Frau, vor allem in diesem Alter, daran hatte Luciani nie recht geglaubt.

Er versuchte, seine Phantasie im Zaum zu halten und wandte sich der Lektüre der Vernehmungsprotokolle zu. Normalerweise war das für ihn der langweiligste Teil, aber in diesem Fall, wo er die Hauptfiguren weder gesehen noch gehört hatte, war es interessanter als gewöhnlich. Um genau zu sein, hatte er einige der Hauptfiguren in der Zeitung oder im Fernsehen, bei dem Fackelzug, gesehen, und er konnte eine jeweils mehr oder weniger klare Verbindung herstellen zwischen dem blassen, undurchdringlichen Gesicht des Anwalts Mantero und dessen Worten, zwischen den Worten seiner Mutter und den theatralischen Tränen oder einer skeptischen Miene, als ob sie schon Schlimmeres erlebt hätte, zwischen den Worten der Familie Turone und den Beklemmungen und Nöten von jemandem, der sein Leben der Krankheit eines Kindes gewidmet hat.

Er nahm wieder Papier und Stift zur Hand, um sich die Alibis der möglichen Verdächtigen zu notieren: Kein objektives Alibi für Anwalt Mantero und Mutter, es war unmöglich, ihre Zeitangaben zu verifizieren, und entlastet wurden sie jeweils nur durch den anderen; zwei akzeptable Alibis, aber nicht bombensicher. Turones: Der Vater um neun in der Autowerkstatt, der Sohn, ebenfalls um neun, auf der Piazza. Ein einigermaßen sicheres Alibi für Giacomo Carrisi, der um 10.15 Uhr in Voghera im Büro gewesen war. Giampieri hatte sich auch über den Onkel mütterlicherseits informiert: Um zehn war er definitiv zu Hause gewesen, denn da rief ihn die Schwester an, vorher wollte er im Garten gearbeitet haben.

Anschließend las er die Aussagen der Zeugen und der Bekannten, die Barbara einhellig als ruhiges, schüchternes Mädchen beschrieben: »Sie kam schon lange her, aber sie hatte mit niemandem engeren Kontakt«, hatte der Besitzer des Fitnessstudios zu Protokoll gegeben. »Guten Tag und guten Abend, höchstens mal die Trainerin bat sie um Hilfe. Sie nahm an keinem der Gruppenkurse teil, sie trainierte alleine auf dem Laufband und stemmte allein Gewichte, aber leichte.«

Er unterstrich einige Sätze Pater Marianos, des Priesters, mit dem Barbara jeden Freitagabend den Prostituierten »ein bisschen heißen Tee und Trost« brachte. »Sie war immer optimistisch und heiter und gab uns allen viel Kraft. Viele beginnen mit dem Engagement am Nächsten, geben es dann aber wieder auf. Barbara hat in diesen zwei Jahren nicht ein Mal gefehlt.« – »Nein, es scheint mir nicht, dass sie mit einem dieser Mädchen im Besonderen Freundschaft geschlossen hätte. Das ist nicht leicht. Sie leben in einer fremden Welt, und sie haben zu viel Angst. Es sind nur wenige, die wir retten können.« – »Ich war nicht ihr Beichtvater, aber wir sprachen natürlich über alles Mögliche. Ich sage es noch einmal, sie war ein optimistisches, couragiertes Mädchen, auch wenn ich manchmal spürte, dass über ihrer Seele ein Schatten lag, ich will nicht sagen, ein Geheimnis, aber vielleicht eine Sorge.« – »Ich kann es nicht besser erklären, etwas nicht Aufgearbeitetes, das nur sie oder ihre Familie betraf.«

Luciani las weiter bis zum Abend und merkte nicht einmal, dass es dunkel wurde. Gegen halb elf legte er eine Pause ein und aß eine kleine Pellkartoffel mit ein bisschen Stracchino, dann wechselte er auf das Sofa und stellte die Stereoanlage an, um den Lärm von der Straße zu übertönen. Die Movida begann, das Wunder der Multi-Kulti-Gesellschaft wurde wahr, die Jugendlichen aus der feinen Genueser Gesellschaft gingen auf die Gasse, um Seit an Seit mit betrunkenen Latinos und maghrebinischen Dealern an die Wände zu pissen. Die Familienväter führten ihren Kampf gegen die Prostitution und versuchten die Albanerinnen dazu zu bringen, dass sie sich gratis bumsen ließen, geschiedene Frauen um die fünfzig sorgten dafür, dass die senegalesischen Straßenhändler auch fern der Heimat ein bisschen Zärtlichkeit und Nestwärme fanden. Die Altstadt Genuas, das Weltkulturerbe des Abschaums, dachte er und wünschte die Unesco im Stillen zum Teufel.

Einen Gedanken widmete er auch Giampieri, der sich nach einer harten Arbeitswoche sicher einen schönen Abend mit seiner neuesten Eroberung gönnte, schön für ihn. Dann vergrub er sich wieder in die Lektüre, schlug immer wieder Details nach, Zeitangaben, Aussagen. Langsam verblasste die Außenwelt, gemeinsam mit ihrer Geräuschkulisse. Der Kommissar blieb allein mit einem getöteten Mädchen und einem Mörder auf der Flucht. An die

Sofakissen gelehnt, schloss er die Augen, ein Lächeln auf den Lippen und auf dem Bauch eine Akte, und genoss drei Stunden eines Schlafes, wie er unbeschwerter in der letzten Zeit nie gewesen war. Als um Viertel vor sechs der LKW mit den Zeitungen kam, fand er ihn noch in genau derselben Stellung auf dem Sofa.

# Sonntag

## Giampieri & Luciani

Er war gerade aus der Dusche gekommen und frühstückte den Rest der Focaccia zu einer Tasse Tee, als das Telefon klingelte.

»Ciao Nicola.«

»Woher wusstest du, dass ich es bin?«

»Wer sonst könnte mich um diese Uhrzeit anrufen?« Oder zu sonst einer Uhrzeit, dachte er. Außerdem fehlte, nach Iannece, Calabrò und dem Polizeichef, nur noch er.

»Alles okay?«

»Alles okay. Du kannst dir aber die Höflichkeitsfloskeln sparen.«

»Ich wollte nur wissen, wie es dir geht. Ich habe nichts mehr von dir gehört und es auch nicht geschafft, dich anzurufen.«

»Alles bestens. Und bei dir? Amüsierst du dich?«

»Klar doch. Hör mal, du hast heute Morgen nicht zufällig ein bisschen Zeit, oder? Ich wollte dich ein paar Dinge fragen.«

»Was ist los?«

»Das kann ich am Telefon nicht sagen. Wenn du zu Hause bist, komme ich vorbei und erkläre dir alles.«

Marco Luciani schaute sich um. In der Zeit ihrer Zusammenarbeit war Nicola nie bei ihm gewesen, und dies war sicher nicht der geeignete Moment, ihm die Wohnung zu präsentieren. Wenn sein Stellvertreter seinen Fuß in dieses kleine triste Loch setzte, wo die Wände den Geruch der Einsamkeit ausschwitzten und ein Stück Klebeband einen tropfenden Wasserhahn abdichtete, dann wäre der letzte Rest des guten Rufes, den der Kommissar in Polizeikreisen noch genoss, für immer dahin.

»Ehrlich gesagt wollte ich gerade los. Treffen wir uns im Zentrum. Vor San Lorenzo, ist das in Ordnung?«

»Sehr gut. Ich lade dich zum Frühstück ein, ich weiß, dass dort eine neue Bar eröffnet hat.«

»Danke, ich habe mein Standardfrühstück schon intus. Cappuccino, Brioche, Brot, Butter und Marmelade, Schinken mit Speck, Wurst und Orangensaft.«

Giampieri kicherte. »Das denke ich mir. Passt dir in einer halben Stunde?«

Der Ingenieur kam ein bisschen zu früh, seine Ängste hielten ihn auf Trab, und so hetzte er immerzu, weil er sich vielleicht instinktiv der Illusion hingab, damit schneller zur Lösung des Problems zu kommen. Aber an jenem Morgen, nachdem er es endlich auf acht Stunden Tiefschlaf gebracht hatte, war die Angst praktisch verschwunden, war einem vorsichtigen Optimismus gewichen, der mit dem Sonderagenten zusammenhing, der in Manteros Tasche arbeitete und der früher oder später Hilfe bringen würde. Auch die Schuldgefühle, Marco nach dessen Rücktritt nicht mehr angerufen zu haben, hatten sich gelegt: Wenn stimmte, was ihm zu Ohren gekommen war, dann musste sich eher der Kommissar schuldig fühlen. Auf jeden Fall mussten die Dinge geklärt werden. Die Ermittlungen waren schon kompliziert genug, ohne dass er sich auch noch darum sorgen musste, was Luciani trieb. Wenn dieser zurückkommen wollte, bitte, nur hereinspaziert. Er wollte mal sehen, wie er sich aus der Affäre zog, er, der sich immer seiner Erfahrung brüstete und ihm ständig sagte, dass ein Polizist unter fünfunddreißig Jahren nichts taugte, als könnten die paar Jahre Altersunterschied den Ausschlag geben. Es stimmte, Luciani verfügte über viel Intuition und einen gewissen Spürsinn, aber das waren Begabungen, die mit Erfahrung nichts zu tun hatten. Und wenn Computer oder neue Ermittlungsmethoden ins Spiel kamen, dann war er schnell mit seinem Latein am Ende.

Giampieri blieb stehen und betrachtete den Dom von San Lorenzo. Er ging oft daran vorbei, ohne mehr als einen zerstreuten Blick darauf zu werfen. Die ersten Touristengruppen waren bereits zur klassischen Besichtigungstour in den Kirchenraum getreten: die Gemälde, der Schatz und das, was die Einbildungskraft am allermeisten erregte: die Bombe, die 1941 von einem Schiff abgefeuert wurde, das Kirchendach durchschlug und, dank des Eingreifens der Heiligen Jungfrau, nicht explodierte. Er beobachtete zwei Kinder, die sich auf dem Rücken eines Marmorlöwen fotografieren ließen, hob den Blick zum Kirchturm und spürte erneut das Stechen in der Halswirbelsäule, das ihm seit einiger Zeit zusetzte.

»Guck nicht so viel, sonst brichst du dir den Hals.«

Marco Luciani hatte sich lautlos von hinten genähert. Giampieri drehte sich um und konnte seine Überraschung nicht verbergen: Luciani hatte einen Sieben-Tage-Bart, tiefe Augenringe und Wangen, die noch hohler waren als gewöhnlich.

»Ciao Marco,« sagte er und umarmte ihn, vor allem um den Blick abzuwenden und sich wieder zu fangen. »Lässt du dir einen Bart stehen?«

»Jo. Findest du, er macht mich dicker?«

Giampieri fixierte ihn wieder. »Und wie!«

»Ist nur ein Experiment. Solange ich niemanden finde, dem er gefällt, lasse ich ihn stehen.«

Der Ingenieur massierte sich den Nacken.

»Das Genick tut weh, oder? Du darfst nicht die Domfassade anschauen, die hat ein Chiropraktiker auf Kundenfang entworfen.«

Der Ingenieur lächelte.

»Glaubst du das nicht? Schau mal: Es gibt keinen Spielraum, um sie anzuschauen. Das ist die einzige Kirche Italiens ohne einen echten Vorplatz. Du kannst sie nicht einmal in der Totalen fotografieren, was allerdings ein großer Vorteil ist.«

»Komm, jetzt sag nicht, sie gefällt dir nicht.«

»Klar doch. Ich liebe den geschmacklosen Patchworkstil. Romanischer Ansatz mit schwarzweißen Streifen, gotische Portale, einen niedrigen Turm, dem man eine Loggia aus dem fünfzehnten Jahrhundert angekleistert hat …«

»Du lässt an nichts ein gutes Haar. Wie immer.«

»Außer an der Bombe. An der schon. Wenn sie explodiert wäre, gäbe es mich jetzt nicht.«

»Wieso? Was hat die mit dir zu tun? Die ist doch im Krieg gefallen, oder?«

»Ja. Aber nicht auf die Kirche, wie die Propagandaabteilung der Kirchenwunder berichtet. Sie landete genau in der Wohnung meiner Großeltern. Und meiner Mutter, die damals noch ein Kind war.«

»Komm, das kaufe ich dir nicht ab, du bist doch aus Mailand.«

»Ich schon, die Familie meines Vaters ist aus der Lombardei. Aber die Großeltern mütterlicherseits waren Genueser, sie wohnten damals an der Piazza Matteotti, in einer Wohnung der Kurie.«

»Das heißt?«

»Die Bombe ist in ihr Schlafzimmer gekracht, sie hatten sich nicht in die Keller geflüchtet, saßen aber zum Glück in der Küche, die Bombe ist nicht explodiert, war nur ein wenig ramponiert. Die Kurie hat eine andere, unversehrte, besorgt, hat sie der Öffentlichkeit vorgeführt und die Mär vom Wunder daraus gestrickt.«

Giampieri schaute ihn ungläubig an. Manchmal, wenn

Luciani gut gelaunt war, erfand er solche abstrusen Geschichten, als wollte er einen Lebensstil kompensieren, der ganz im Zeichen von Gesetz und Wahrheitsliebe stand.

»Komm, vergiss es«, grinste der andere, »um deine Lücken in Geschichte und Kunstgeschichte auszugleichen, bräuchte man Jahre. Besser wir trinken jetzt unseren Espresso.«

»Ich esse ein paar von diesen hübschen Cannoli«, sagte Nicola mit Blick auf das Schaufenster. »Isst du nichts?«

»Du weißt, wie ich darüber denke: Ein Drittel von dem, was wir essen, sichert unser Überleben, die anderen zwei Drittel das Überleben der Ärzte.«

Sie setzten sich ins Freie und plauderten eine Weile ganz entspannt, dann fragte Luciani nach den Kollegen, nach Iannece und Calabrò. Giampieri tat, als wüsste er nicht, dass sie alle zu Luciani gepilgert waren.

»Sie lassen dich alle grüßen. Sie reden dauernd von dir. Es vergeht kein Tag, an dem sie mir nicht zu verstehen geben, wie gut es ihnen unter dir ging. Und wie schlecht unter mir.«

»Ja, das kann ich mir vorstellen.«

»Ich meine es ernst. Du hattest diesen Ruf des Griesgrams, aber mittlerweile wussten wir dich zu nehmen. Ich dagegen … Ich weiß nicht, ich bin dauernd gereizt, ich trete ihnen auf die Zehen, kann ihnen aber keine Energie vermitteln.«

»Nun, gewisse Spannungen sind normal. Wenn ich an die Szenen denke, die ich manchmal machte …«

Der Ingenieur schaute ihn verstohlen an. Er versuchte, auf den springenden Punkt zu kommen, und dass der Kommissar in der Vergangenheitsform sprach, schien ihm ein gutes Omen.

»Hör mal, Marco … fühlst du dich denn schon als Außenstehender? Ich meine, formell bist du im Urlaub, wenn ich nicht irre.«

In diesem Moment wusste Marco Luciani, warum Giampieri ihn angerufen hatte. Er sorgte sich nicht um ihn, sondern um sich selbst.

»Du willst wissen, ob ich zurückkomme?«

»Nein … das heißt, ja. Ich weiß nicht. Ich möchte nur wissen, was du vorhast. Wenn du zurückkommst, freut sich keiner mehr als ich, du würdest mir eine Last von den Schultern nehmen. Das sage ich im Ernst. Wenn du nicht zurückkommst, tut mir das leid, aber dann weiß ich, dass ich die Sache alleine stemmen muss.«

»Warum meinst du, ich könnte zurückkommen? Ich habe nicht die leiseste Absicht, das zu tun.«

Der andere fixierte ihn, um zu erkennen, ob er die Wahrheit sagte.

»Wirklich, Nicola. Ich habe noch nicht mal einen Gedanken daran verschwendet. Wenn du Angst hast, ich könnte plötzlich auftauchen und dich ausbremsen oder mich mit deinen Lorbeeren schmücken, das kannst du vergessen. Der Fall gehört dir, die Ehre ist dein, und die Stelle des Kommissars wird ebenfalls dir gehören. Oder zumindest wünsche ich dir das, da du nun mal so viel Wert darauf legst.«

»Komm, jetzt red nicht so. Das ist nicht meine Hauptsorge, aber versetz dich mal in meine Lage. Es geht das Gerücht, dass du zurückkommst, die Dienstgruppe kann es gar nicht erwarten, und einige sehen dich immer noch als Beamten. Verstehst du? Ich fühle mich wie in der Vertretungsstunde, es ist nicht leicht, sich Respekt zu verschaffen, wenn alle wissen, dass der Klassenlehrer bald zurückkommt und alles verwirft, was du bisher getan hast.«

»Nicola, ich sage es dir ein für allemal, und sag du es auch den anderen: Der Lehrer ist schwer krank und wird bis Ende des Schuljahres nicht zurückkommen, danach geht er direkt in Pension. Nein, wenn du deine Ruhe haben willst, dann sag ihnen, der Lehrer ist gestorben.«

Giampieri schüttelte den Kopf: »Ich wusste, dass du beleidigt sein würdest. Ich wollte dich aber nicht …«

»Ich bin nicht beleidigt.«

»Klar bist du beleidigt.«

»Nein.«

»Doch.«

Der Nokia-Klingelton unterbrach das Streitgespräch. Hätte Marco Luciani einen lebendigen Truthahn aus der Tasche gezogen statt eines uralten Handys, dann hätte Giampieri weniger verdutzt dreingeblickt. Der Kommissar erkannte den Hausanschluss in Camogli, und sein Herz setzte einen Moment aus.

»Hallo.«

Es war die Stimme seiner Mutter, noch heiserer und müder als beim letzten Mal.

»Mama, bist du das? Was ist passiert?«

»Nichts, alles in Ordnung. Aber ich muss dich um einen Gefallen bitten. Es geht um einen Menschen, den ich kenne, das ist aber eine etwas heikle Angelegenheit …«

»Worum geht es denn?«

»Um dieses Mädchen, das in Rapallo getötet wurde. Frag nicht weiter. Kannst du vorbeikommen?«

Marco Luciani schaute Giampieri in die Augen. Zum Glück hatte dieser nichts verstehen können. Luciani lächelte. Was hatte seine Mutter mit Barbara Ameri zu schaffen?

»Bist du heute Nachmittag zu Hause?«

»Wo sollte ich denn hingehen? Wir werden höchstens im Garten sein.«

Kaum hatte er aufgelegt, schaute Giampieri ihn fragend an.

»Ein Handy?! Seit wann denn das?«

»Das hat mir meine Mutter gegeben. Eigentlich wegen meines Vaters. Es geht ihm nicht gut, und sie möchte mich im Notfall erreichen können.«

»Tut mir leid. Etwas Ernstes?«

Marco Luciani nickte. »Wir warten auf das Ende.«

Giampieri blies den Rauch aus und suchte nach einer passenden Bemerkung. »Dann hast du den Kontakt wieder aufgenommen? Zu deinem Vater, meine ich.«

»Ja. Ich wollte eigentlich nicht, aber wie man sieht, schaffe ich es nicht mehr, so konsequent zu sein wie früher. Ich werde ein Weichei.«

»Unsinn! Du hast das einzig Richtige getan. Er ist dein Vater, das allein zählt. Wenn er nicht mehr da ist, wird er dir fehlen.«

Dieses Mal war es die Titelmelodie von »Kotetsu Jeeg«, die sie unterbrach. Giampieri entschuldigte sich und holte das verchromte Schmuckstück aus der Tasche, mit dem man reden, fotografieren, filmen, im Internet surfen, Musik hören und Fernsehen konnte.

»Hallo.«

»Ingegnere, Iannece hier. Es ist so weit.«

Er wollte fragen: »Hört ihr mit?«, beherrschte sich aber gerade noch. Sein ehemaliger Vorgesetzter sollte besser nicht von seinen etwas unorthodoxen Methoden erfahren. Andererseits konnte es nur darum gehen. »Okay«, sagte er, »ich bin sofort da.«

Marco Luciani hatte in seinen Augen das Jagdfieber aufblitzen sehen.

»Die Dienststelle?«

»Genau.«

»Geh ruhig. Ich muss auch los, ich muss meine Windel wechseln und die Tauben füttern.«

»Tauben hast du doch immer gehasst.«

Sie lächelten einander zu wie in alten Zeiten, und Giampieri war sehr erleichtert. Jetzt konnte er in Ruhe ermitteln, ohne diesen langen und dünnen, gleichzeitig aber verflucht imposanten Schatten im Rücken.

Zwanzig Minuten später stand der Ingenieur im Abhörraum. Mit der einen Hand bearbeitete er nervös ein Feuerzeug, mit der anderen drückte er sich einen Knopf ins Ohr.

»Sie sind eine Stunde früher als gewöhnlich in die Messe gegangen«, erklärte Vitone gerade, »um zehn statt um elf. Zum Glück hat Failla uns informiert, aber hier war sowieso alles bereit«, sagte er mit Fingerzeig auf den Techniker, der mit Aufnahmegerät, Kopfhörer, Stift und Notizbuch an seinem Tisch saß.

»Keine Notizen«, sagte Giampieri, »nur der Mitschnitt. Den werde ich behalten. Ihr wisst von nichts.«

Sie warteten eine Weile, bis schließlich Vitones Handy klingelte.

»Das ist Failla«, sagte er. Sie redeten kurz, dann berichtete er: »Sie sind vor wenigen Minuten aus der Kirche gekommen, Failla sagt, sie seien in einer Bar, Mantero hat das Handy angeschaltet und wieder eingesteckt. Sobald Sie möchten, funken wir es an.«

Giampieri nickte, der Techniker wählte den Code der Wanze in dem getürkten Handy, und diese schaltete sich lautlos ein. Es war für den Besitzer unmöglich, das hochempfindliche Kugelmikrofon in der Tasche zu bemerken.

»Erledigt.«

»Gut. Absolute Stille jetzt.«

Es verging ein Augenblick, ehe man, unerwartet klar und deutlich, Giulio Manteros Stimme vernahm.

»Was nimmst du?«

»Einen Tee mit Milch.«

»Für mich auch, danke.«

Der Anwalt und seine Mutter hatten sich nach dem Kirchgang in die Pasticceria an der Ecke gesetzt. Wie sie es seit sechs Jahren immer taten.

»Hast du Tassaras Tochter gesehen? Wenn du mich fragst, ist die schwanger. Die versucht das immer noch mit diesen weiten Blusen zu kaschieren, aber für mich ist es inzwischen offensichtlich …«

»Vielleicht hat sie zugenommen.«

»Hör doch auf! Ich kann eine Übergewichtige von einer Schwangeren unterscheiden.«

»Und selbst wenn sie es wäre?«

»Dann würde ich gerne wissen, wer der Vater ist.«

»Wird der Dings da sein, der Sohn vom Maroni.«

»Quatsch, mit dem ist es doch seit Monaten aus. Vielleicht ist sogar schon ein Jahr vergangen. Und soweit ich weiß, hat sie keinen anderen.«

»Sie wird eine künstliche Befruchtung gemacht haben.«

»Hä? Was redest du denn? Meinst du, dass eine in ihrer Lage, ohne Arbeit, alleine ein Kind in die Welt setzen will? Sie ist auch wieder zu ihren Eltern gezogen.«

»Na und? Ist da etwas Schlechtes dran, wenn man bei den Eltern lebt?« Die Ironie in der Stimme war bis ins Abhörzimmer zu spüren.

»Jedenfalls hat die einen ganz schönen Bock geschossen, das sage ich dir. Die endet als alleinerziehende Mutter und liegt ihren armen Eltern auf der Tasche.«

Eine Zeitlang hörte man nur das Klappern der Löffel und die Hintergrundgeräusche der Bar. Dann begann Rita Valenti Mantero, über andere Bekannte, die sie in der Kirche gesehen hatten, herzuziehen. Giampieri schnaubte und warf Calabrò verzweifelte Blicke zu.

»Was für eine Schreckschraube. Wie hält er das nur aus mit ihr?«

»Echt. Wenn er schon jemandem den Schädel einschlagen musste …«

»Ich glaube, wir verschwenden hier unsere Zeit.«

Sie hörten noch eine Minute lang zu, dann fragte der Techniker: »Schalten wir ab? Wir sollten die Leitung nicht allzu lange blockieren.«

Giampieri zögerte einen Moment, dann hatte er eine Idee: »Ja, schalten wir ab. Und dann rufen wir ihn einmal an.«

Er meldete sich unter einem Vorwand, fragte den Anwalt, wie es ihm gehe, sagte, sie kämen gut voran und würden am nächsten Tag vorbeischauen, um noch einmal ihn und die Mutter zu befragen. Dann legte er auf.

»Okay. Jetzt müsste er auf den Fall zu sprechen kommen.«

Sie warteten zwei Minuten, dann stellten sie die Wanze wieder an.

»Sicher«, sagte die Mutter.

»Aber ich will, dass du ehrlich bist.«

»Sag schon.«

»Schwör es.«

»Mein Gott, du machst mir ja richtig Angst. Jetzt frag schon.«

»Hör mal … als du runter bist, um das Büro zu säubern …«

»Hmm.«

»Das hast du gemacht … ja, ich meine, du hast das getan, weil du dachtest, ich wäre es gewesen?«

Die Pause dauerte ein bisschen zu lange. Giampieri hätte sein Gehalt dafür gegeben, das Gesicht der Mutter zu sehen.

»Aber was redest du, mein Kind, wie soll ich denn denken … Wie kommst du denn auf solche Ideen?«

Stille.

»Glaubst du immer noch, dass ich es war?«

»Giulio, hör auf. Bist du verrückt? Ich denke es nicht und habe es nie gedacht.«

»Und wenn ich es doch gewesen wäre? Was würdest du dann machen?«

Die Antwort kam nicht. Er setzte neu an: »Du weißt doch, dass wir manchmal absurde Dinge tun. In bestimmten Situationen können wir alle an den Punkt kommen, wo wir Sachen machen … vielleicht sogar töten.«

Giampieri und die anderen in dem Abhörraum hielten den Atem an. Die grünen Dioden, die den Stimmpegel anzeigten, waren erloschen, nur die Hintergrundgeräusche aus der Bar verrieten, dass das Leben, irgendwo anders, weiterging.

»Warum willst du mir jetzt weh tun?«

»Ich will dir nicht weh tun.«

»Du denkst immer noch an diese alte Geschichte. Aber dein Vater war gerade erst gestorben, das weißt du, ich war erschöpft … ich hatte diese Medikamente genommen … ich hätte dir niemals etwas getan.«

Giampieri und Calabrò schauten einander fragend an.

»Nein, Mama, das ist es nicht.«

»Was dann?«

Die Stille schien sich zu materialisieren, schien den Raum mit einer zähen Flüssigkeit zu füllen.

»Was ist es? Sag's mir.«

»Nichts, Mutter, nichts.«

»Schau mir in die Augen, Giulio. Schau mich an. Du bist doch nicht etwa derjenige, der … O Gott, das ist es, ich glaube es nicht, du denkst, dass ich … Du fragst mich, ob ich dich im Verdacht hatte, aber in Wirklichkeit … Aber Giulio, ich bin deine Mutter, gütiger Gott, wie kannst du annehmen, dass … O mein Gott, mein Gott, o mein Gott, hol bitte die Pillen, ich brauche meine Pillen!«

»Mama, bleib ruhig, Mama! Hör auf. Was hast du denn verstanden?«

»Nicht da, in der anderen Tasche.«

»Hier sind sie. Warte, trink ein bisschen Wasser. Bedienung! Bedienung, bitte! Ein Glas Wasser!«

Die Frau weinte und lamentierte, aber man konnte unmöglich sagen, ob sie Theater spielte oder aufrichtig war.

Der Sohn musste sie trösten, erklären, dass sie sich geirrt hatte, dass er nie und nimmer sie im Verdacht gehabt habe, ihm sei nur merkwürdig vorgekommen, dass sie so schnell saubergemacht habe, und deshalb habe er gemeint, sie hätte es getan, um ihn zu retten. Aber wenn sie es nicht deswegen getan hatte, dann …

Es vergingen einige Minuten. Die Kellnerin kam und sah nach, wie es der Mutter ging. Diese beruhigte sie, beklagte sich aber dann wieder bei ihrem Sohn, während sie die Bar verließen und Richtung Wohnung gingen. Sie versuchte mehrmals, die Sprache wieder auf den Mord zu bringen, doch er wiederholte nur: »Vergessen wir das, Mama. Das Thema ist beendet.«

Sie wollten gerade die Wanze abschalten, als die Mutter wieder loslegte.

»Außerdem war ich in der Wohnung. Giulio. Das weißt du.«

»Ich weiß es nicht. Ich schlief. Du hast mich geweckt, später als gewöhnlich, um Viertel vor neun. Ich weiß nicht, um wie viel Uhr Barbara gestorben ist. Ich weiß nur, dass die Tür nicht aufgebrochen wurde, und dass die Schlüssel, außer Barbara, nur du und ich haben.«

»Und die Putzfrau.«

»Okay, aber die wurde gesehen, wie sie wegging … Außerdem, wieso hätte sie Barbara umbringen sollen?«

»Ach, und ich dagegen? Erklär mir das mal: Warum bin ich deiner Meinung nach runtergegangen, habe die arme Barbara getötet, bin wieder hoch, habe dich geweckt, habe gewartet, dass du runtergehst und den Mord entdeckst, um dann wieder runterzugehen und die Spuren zu beseitigen?«

»Das denke ich nicht, Mama. Ich schwöre dir, dass ich das nicht denke. Aber als Anwalt muss ich dir ganz ehrlich sagen, dass es außer mir und, mit Einschränkungen, dir, keine weiteren Verdächtigen gibt. Die Turones sind sauber, wie es aussieht. Morgen kommt wieder dieses Arschloch von Kommissar und wird versuchen, uns etwas anzuhängen, einen gegen den anderen auszuspielen. Wenn wir uns verteidigen wollen, müssen wir ehrlich sein, zumindest vor einander.«

»Ach, guten Tag Frau Mantero. Giulio …«

»Guten Tag.«

Irgendeine Nervensäge hatte sie auf der Straße angehalten. Giampieri verfluchte die Frau bis ins zwanzigste Glied. »Wenn die sie jetzt auf andere Gedanken bringt …«, sagte er leise. Calabrò und der Techniker waren zu Salzsäulen erstarrt, Iannece schwitzte und schnaubte.

Es vergingen einige endlose Minuten. Man konnte jetzt die Verbindung nicht trennen, auch auf die Gefahr hin, dass der Anwalt anschließend eine Reihe nicht angenommener Anrufe vorfinden und Verdacht schöpfen würde. Mutter und Sohn kamen vor dem Haus an, und der Anwalt nahm den Faden wieder auf.

»Jetzt muss du mir eins sagen, Mama, aber zu Hause sprechen wir nicht mehr davon«, meinte er, wobei er die Worte *zu Hause* betonte.

Du hast Angst vor Wanzen, du Scheißkerl, dachte Giampieri, aber du weißt nicht, dass ich dich trotzdem bei den Eiern habe.

»Hast du saubergemacht, weil du mich im Verdacht hattest? Und mich schützen wolltest?«

Die Frau zögerte. Man hörte ein Geräusch.

»Was hast du gesagt?«

»Ja. Ich habe ja gesagt, Gott möge mir verzeihen. Als ich dich da sah, und Barbara am Boden … Du warst völlig verstört, all das Blut auf dem Fußboden … für einen Moment habe ich gedacht …«

»Und hast du mich immer noch im Verdacht?«

»Nein. Das schwöre ich dir. Es war nur für einen Augenblick. Ich war selbst völlig verstört.«

»Sehr gut. Ich habe dich auch nicht im Verdacht, Mama. Ich bin nie auf diesen Gedanken gekommen. Ich habe es nur gesagt, damit du mir die Wahrheit verrätst.«

»Aber wenn mich die Polizei fragt, was soll ich dann antworten?«

»Was du immer geantwortet hast: Dass du dachtest, es wäre ein Unfall gewesen.«

»Aber wenn du doch eben …«

»Eben habe ich gesagt, dass wir einander nichts verheimlichen dürfen, Mama. Wenn du aber der Polizei sagst, dass du mich im Verdacht hattest, dann verurteilst du mich zu lebenslänglich, verstehst du? Wenn *meine Mutter* mich für fähig hält, so etwas zu tun, was sollen dann erst die anderen denken?«

Die Frau fing wieder zu weinen an, Anspannung und Schuldgefühle hatten sie aus der Fassung gebracht.

»Komm, Mama, gehen wir hoch. Du solltest ein Beruhigungsmittel nehmen.«

Giampieri bedeutete dem Techniker, die Wanze abzuschalten. Gleich darauf atmeten alle auf und entspannten sich.

»Da haben wir wirklich einen Wahnsinnsdusel gehabt, Ingegnere«, sagte der Techniker. »Bei der ersten Schaltung, zack: reden sie gleich Tacheles.«

»Dusel gibt es nicht, Jungs. Nur die Klugheit des Ermittlers.« Giampieri deutete ein Lächeln an, er war stolz auf seinen Einfall mit dem Lockruf. »Was gibt es, Calabrò? Du wirkst irritiert.«

»Ja, ich weiß nicht, stellenweise kam mir das zu … wie soll ich sagen, zu dick aufgetragen vor. Als ob sie damit rechneten, abgehört zu werden.«

»Nein, wie sollten sie?«

»Aber er ist auf der Hut, schlau. Du hast gehört, dass er denkt, die Wohnung könnte verwanzt sein … Sie könnten uns auch eine Komödie vorgespielt haben. Einiges war merkwürdig, zum Beispiel, dass er noch einmal darauf hinwies, dass sie ihn genau um Viertel vor neun geweckt hat.«

»Ich hatte nicht den Eindruck, dass sie schauspielern«, mischte sich der Techniker ein. »Entschuldigen Sie, Ingegnere, aber ich höre so etwas den ganzen Tag, und jedenfalls waren diese Pausen, die abgehackten Sätze und die Tränen … Wenn das gespielt war, dann haben sie beide den Oscar verdient.«

Giampieri nickte, und Calabrò senkte die Augen. »Ja, wahrscheinlich habt ihr recht. Aber dann können wir sie von der Liste der Verdächtigen streichen.«

»Warum?«, fragte Giampieri. »Weil sie sich gegenseitig ihre Unschuld beteuert haben? Das heißt, genau genommen haben sie das nicht einmal getan. Und die Mutter hat sogar erklärt, wie sie die Tat hätte ausführen können. Genug Zeit hatte sie.«

»Aber die ist siebzig, Herr Ingenieur, können Sie sich das vorstellen, wie die ein fünfundzwanzigjähriges Mädchen massakriert? Das ist absurd.«

Iannece schaltete sich ein, um die Gemüter zu beruhigen: »Die ist ein echtes Schlachtross, das sage ich euch. Die könnte mit bloßen Händen einen Stier erlegen. Und das Unglaubliche ist: sie ist nicht einmal Schwiegermutter.« Er schwieg einen Moment, dann schloss er: »Vielleicht bringt sie die zukünftigen Schwiegertöchter rechtzeitig um.«

Marco Luciani wartete bis um fünf, dem idealen Zeitpunkt, um Staus zu vermeiden. Dann war der Nachmittagsverkehr Richtung Meer abgeflaut, und noch hatten sich die Restaurantbesucher nicht auf den Weg gemacht.

Er fuhr entspannt über die Küstenstraße in die Via Aurelia. Es war ein glühend heißer Tag, nur vom Meer her wehte eine leichte Brise, die das Wasser kräuselte und etwas Abkühlung brachte. Selbst aus der Ferne erkannte man, dass die See nicht sauber war, aber das schien die Badenden nicht zu stören. Man gewöhnt sich an alles, dachte er, selbst wenn das Meer sich in eine einzige Kloake verwandeln würde, würden die Leute zwar ein paar Tage auf Abstand gehen, dann aber würde es die Ersten wieder reizen, irgendjemand würde behaupten, es sei gut für die Haut, und voilà: am Ende würden alle glücklich und zufrieden durch die Scheiße kraulen.

Er saß im Garten auf einer alten Liege mit zerrissenem Polster, die Knie am Kinn, mit schmerzendem Hintern, und betrachtete die dunklen Augenhöhlen seines Vaters, der auf einer Rattan-Chaiselongue in einen Berg von Kissen gebettet war. Er wirkte noch viel müder als beim letzten Mal, dafür schien er weniger zu leiden. Das war wohl den Medikamenten zu verdanken. Luciani konzentrierte sich wieder auf die Worte der Mutter.

»Laut Maria Rosa hat ihr Chef gar nichts damit zu tun. Sie sagt, er ist schüchtern und findet keinen Zugang zu Frauen, würde sich aber niemals zu einer solchen Tat hinreißen lassen.«

Marco Luciani griff nach der Teetasse. »Entschuldige, aber woher kennst du überhaupt diese Ameri?«

»Ich kenne sie nicht besonders gut, vor vielen Jahren haben wir gemeinsam an einigen Aktivitäten von Don Guidos Gemeinde in Rapallo teilgenommen.«

Der Vater schaltete sich ein: »Der Bruder hat lange Jahre als Gärtner bei Griggi gearbeitet. Erinnerst du dich an ihn?«

»Der Politiker?«

»Genau. Der zwei Monate nach mir im Gefängnis landete. Siebenundsiebzig Tage Haft, sieben Jahre Prozess und am Ende in allen Anklagepunkten freigesprochen, ohne ein Wort der Entschuldigung.«

Marco Luciani behielt seine Replik für sich. Griggi, Freispruch hin oder her, war ein notorischer Langfinger.

Donna Patrizia fuhr fort: »Maria Rosa erinnerte sich noch an mich, und an dich als meinen Sohn. Sie muss dich in der Zeitung wiedererkannt haben, als es um den Fall mit dem Schiedsrichter ging. So hat sie mich angerufen und um Rat gefragt, aber ich habe gleich gemerkt, dass sie in Wahrheit einen Kontakt zu dir herstellen wollte. Sie bräuchte weniger einen Anwalt als vielmehr einen Detektiv.«

Marco Luciani schüttelte den Kopf: »Ich? Privatdetektiv? Das kommt gar nicht in Frage.«

Er stellte die Teetasse ab und erhob sich. Warum zum Henker mussten ihn alle mit dieser Geschichte belämmern? Zuerst Iannece, dann Calabrò, der Polizeichef, Giampieri und jetzt sogar seine Mutter.

»Aber warum denn nicht? Es ist die Arbeit, die du immer getan hast. Und wenn du jetzt aus der Polizei ausscheidest, dann solltest du überlegen, den Job auf eigene Rechnung weiterzumachen. Vielleicht würdest du sogar mehr verdienen.«

»Es geht nicht nur ums Geld. Einer, der die Mordkommission geleitet hat, fängt nicht an, untreue Ehemänner zu beschatten. Das ist eine Frage der Berufsehre. Und den Kollegen gegenüber wäre es auch nicht fair. Mein Vize würde denken, ich will ihn hintergehen, um Himmels willen.«

Der Vater wurde von einem langen Hustenanfall geschüttelt, er rollte dramatisch die Augen und schien furchtbare Schmerzen zu leiden. Es dauerte einige Minuten, ehe er sich wieder gefangen hatte. Mit einem Taschentuch säuberte er sich Mund und Hals und sagte dann mit dünner Stimme: »Schwachsinn.«

»Wie?«

»Das ist alles Schwachsinn. Berufsehre, Kollegen, Geld. Hier zählt nur eines: den Mörder zu fassen. Um den Mord an diesem armen Mädchen zu sühnen und zu verhindern, dass er noch jemanden umbringt.«

Marco Luciani spürte sofort Widerwillen in sich aufsteigen. Das ist ein Vortrag, den ich hätte halten müssen, dachte er, ich bin der Wächter der Gerechtigkeit und brauche mir von einem korrupten Schurken nichts sagen zu lassen. Und doch hatte sein Vater recht, wenn er auch nur die geringste Chance hatte, den Mörder früher als die anderen aufzuspüren, dann musste er sich in den Dienst der Ameris und der Allgemeinheit stellen.

Die Mutter wartete auf eine Replik, dann merkte sie, dass sie diese Runde gewonnen hatte. Sie streckte ihm einen Zettel mit Paolo Ameris Telefonnummer und Adresse hin.

»Ich werde sehen, was ich tun kann. Aber versprechen kann ich dir nichts.«

Der Große Cäsar streckte eine Hand aus und packte Luciani am Unterarm: »Warte, Marco.« Es war ihr erster Körperkontakt seit ewigen Zeiten, und der Kommissar spürte, wie alle Kraft aus seinem Arm wich. »Versprich mir eines.«

»Das wäre?«

»Dass du vorsichtig bist. Vielleicht war es nur der Aussetzer eines Irren, es kann aber auch etwas ganz anderes dahinterstecken.«

Die Euphorie über die Abhörattacke war nur von kurzer Dauer, dann hatten sie gemerkt, dass sie eine ganze Woche Arbeit in die Tonne kloppen konnten. Nicola Giampieri hatte sich in sein Büro eingeschlossen, er rauchte, kaute Fingernägel und betrachtete betrübt den Übersichtsplan des Mietshauses. Er konnte Calabrò erzählen, was er wollte, aber je länger er über das mitgehörte Gespräch nachdachte, desto mehr war auch er überzeugt, dass Giulio Mantero und seine Mutter nicht die Mörder waren, auch wenn wohl mindestens einer von ihnen etwas verheimlichte. Aber wenn der Anwalt unschuldig war, ebenso wie die Turones, dann konnte er seine schöne Computergrafik vom Haus in der Via Bixio durch den Reißwolf jagen; der Mörder war womöglich wirklich ein unberechenbarer Irrer, der weiß der Geier woher gekommen war. Und nun hatte er auch noch eine Woche Vorsprung.

Er zermarterte sich mit verschiedenen Theorien das Hirn, aber nicht eine war frei von Widersprüchen. Es war bereits Abend, als Stefania Boemi an die Tür klopfte. Der Schutzengel kam wie gerufen.

»Sag mir, dass du gute Nachrichten hast.«

Sie erwiderte sein Lächeln, das ganze Büro strahlte.

»Das hoffe ich.«

Sie war in Mailand gewesen, hatte mit Barbaras Freundinnen geredet. Alessia Quaglia hatte ihr nichts Interessantes erzählt, sie sah Barbara am wenigsten, nur im Sommer und manchmal am Wochenende, und sie tauschten keine großen Intimitäten aus. Dann war Stefania bei Michela Picco gewesen, von der sie sich mehr erhoffte. Bei der Lektüre der Vernehmungsprotokolle war ihr nämlich der Verdacht gekommen, dass sie den Kollegen, die bei ihr vorstellig geworden waren, so vage Auskünfte gegeben hatte, weil ihr Ehemann ihr nicht von der Seite wich. Es hatte genügt, die Liste der Pay-TV-Kunden zu kontrollieren, um ihn unter den Abonnenten des Fanpakets von Inter Mailand zu orten, und so war Stefania pünktlich zur Fußballübertragung gekommen und hatte Michela zu einem Spaziergang mitgenommen. Bei einer Tasse Espresso hatte sie dann das Foto aus dem Saffophone, dem Lokal in Santa Margherita, auf den Tisch gelegt. Michela weinte zehn Minuten ununterbrochen, schließlich fing sie zu reden an, denn sie musste ihrem Herzen und ihrem Gewissen Luft machen.

»Babi und ich, wir waren schon seit der Mittelschule Freundinnen. Wie Schwestern. Aber im Gymnasium haben wir, für kurze Zeit, gemeint, dass unsere Gefühle füreinander … noch tiefer gingen.«

Stefania hatte nichts gesagt. Sie kannte diese Gefühle aus eigener Erfahrung. In einem gewissen Alter erschien einem die Umwelt schwarz oder weiß, man meinte, alles begriffen zu haben, aber wenn man in sich selbst hineinblickte, sah man nur einen grauen Nebel, wie bei einem gestörten Fernsehbild.

»Für mich war es nur eine kurze Phase, bei ihr hat es etwas länger gedauert. Wir haben das auf ganz ungezwungene Art beendet, ohne großes Drama, auch wenn ich eine Zeitlang, für ein paar Jahre, den Eindruck hatte, sie wäre noch nicht ganz darüber hinweg. Die anderen haben davon nie erfahren, weder Tiziana noch Alessia, Tiziana hat möglicherweise etwas geahnt, manchmal schien sie mir ein wenig eifersüchtig, aber das ist vielleicht nur Einbildung. Die Schuldgefühle spielen einem manchmal einen Streich.«

Stefania Boemi hatte höchst konzentriert zugehört, sich nicht ein Wort entgehen lassen. Sie hatte weder Aufnahmegerät noch Notizblock zücken wollen. Es war nur ein Plausch unter Frauen, hatte sie versprochen, um sich ein genaueres Bild zu machen. Niemand würde je davon erfahren.

»Ich war überzeugt, dass die Zeit alle Wunden heilen würde. Wir hatten wieder eine schöne Beziehung zueinander aufgebaut, Babi und ich, eine andere als im Gymnasium, aber tiefer. Wenn sie zum Beispiel Probleme in der Familie hatte, dann vertraute sie sich mir an.«

»Gab es denn solche Probleme? In der Familie?«

»Nichts besonders Gravierendes. Die eines fünfundzwanzigjährigen Mädchens, das bei den Eltern lebt und gerne unabhängiger wäre. Probleme hatte sie mit sich selbst, mit ihrer Identität. Ich habe es spät gemerkt, aber sie hatte unsere … Beziehung nicht überwunden. Ich hatte seitdem verschiedene Freunde, sie schien nie eifersüchtig zu sein, aber als ich meine Hochzeit ankündigte, muss die Wunde wieder aufgebrochen sein.«

Stefania Boemi war sich ganz sicher, dass sie dicht vor einer wichtigen Enthüllung stand. Aber sie verstand noch nicht, inwiefern diese Geschichte mit Barbaras Tod zusammenhing.

»An dem Abend, an dem wir meinen Junggesellenabschied feierten, war Babi komisch. Sie trank einige Cocktails, was sie nie tat, und der Alkohol muss ihr zu Kopf gestiegen sein. Nicht extrem, den anderen mag sie nur ein bisschen angeheitert vorgekommen sein, aber für mich lief sie aus der Spur, sie warf mir vielsagende Blicke zu. Irgendwann schlug Tiziana vor, ein Gruppenfoto zu machen, und Babi war es, die diesen Burschen rief, ich glaube, es war der Geschäftsführer oder der Besitzer, und so etwas tat sie normalerweise nicht, einfach so einen Mann ansprechen. Gewöhnlich war sie extrem schüchtern, auch wenn jemand ihr gefiel, tat sie nie den ersten Schritt. An jenem Abend hingegen rief sie ihn, bat ihn, uns zu fotografieren, und dann sagte sie etwas – für ihre Verhältnisse – vollkommen Verrücktes, sie schaute ihn an und sagte: ›Schade, dass die attraktiven Jungs inzwischen alle schwul sind‹, und er protestierte: ›Nee, du, ich bin ganz normal.‹ Das war so daneben von beiden, er, der Betreiber eines Schwulenlokales, der sich als ›normal‹ definierte, und sie, die einen Kerl anmachte, der nie und nimmer ihr Typ war, ein Hirnamputierter voller Tätowierungen … Und ab und zu schaute sie mich herausfordernd an, als wollte sie sagen: ›Du heiratest, aber ich kann auch einen Mann haben, wann ich will.‹ Ich weiß nicht, die Situation kam mir sofort ein bisschen brenzlig vor, weißt du, wenn du so ein mulmiges Gefühl hast.«

»Ich verstehe schon.«

»Deshalb versuchte ich, das Thema abzubiegen, ich dankte ihm und hoffte, er würde verschwinden, aber er blieb am Tisch und sagte so Sachen wie: ›Irgendwie kommst du mir bekannt vor. Haben wir uns nicht irgendwo schon einmal gesehen?‹ Da kicherte sie ein bisschen, als wollte sie sagen: ›Die Masche kenne ich‹, er insistierte noch eine Weile, wollte sich erinnern, wo er sie schon einmal gesehen hatte, der hatte einen Blick drauf … Schließlich wurde er an einen anderen Tisch gerufen, und das war's dann.«

»Weißt du, ob sie sich noch einmal gesehen haben? Ob sie noch mal in das Lokal ging?«

»Keine Ahnung, ehrlich gesagt. Wir sahen uns zwei Tage später wieder, bei der Trauung, dann brach ich zur Hochzeitsreise auf, und als ich zurückkam, versuchte ich sie anzurufen, aber da war sie auf dieser Kreuzfahrt. Auf meiner Hochzeit habe ich sie eigentlich zum letzten Mal gesehen.«

Giampieri hatte während des Berichts seinen Kinnbart massiert und versucht, nicht auf Stefanias Busen zu starren. Er hatte wer weiß was erwartet, und stattdessen …

»Das heißt, nach Meinung Michelas wollte dieser Typ etwas von Barbara, sie wies ihn zurück, und er brachte sie um. Meinst du nicht, dass der Schritt von einer Anmache in der Bar zum Mord ein bisschen groß ist?«

Sie senkte den Blick. »Sicher. Aber mir scheint interessant, dass Barbara sich in einer außergewöhnlichen Stimmung befand, sie hatte ihre gewohnte Vorsicht abgestreift und könnte mit jemandem, nicht unbedingt dem Typen aus der Bar, herumgetändelt haben, um sich an Michela zu rächen, ohne sich klarzumachen, dass solche Spielchen gefährlich werden können. Morgen werde ich auch Tiziana befragen, und in der Zwischenzeit könnte ich einmal das Lokal überprüfen.«

Wehe dem, der die Begeisterung der Jugend bremst, dachte der Vizekommissar. »Okay«, sagte er, »halt mich auf dem Laufenden.«

# Zweite Woche

# Montag
## Luciani

Um halb sieben riss ihn der knatternde Zweitaktmotor einer Ape, die sich die Steigung hinaufquälte, aus dem Schlaf. Die Dealer schienen auf ein Transportmittel umgestiegen zu sein, das mehr Sicherheit oder mehr Ladefläche bot. Die Ape hielt direkt vor Lucianis Haustür, und fremdländische Stimmen tauschten Lockrufe aus. Dann meinte man, es wäre ein Krieg ausgebrochen: berstendes Geschirr, krachende Möbelstücke, Befehlsrufe und die Schmerzensschreie der Verwundeten. Marco Luciani riss das Fenster auf und brüllte: »Was zum Teufel ist hier los?«

Der Sri-Lanker aus dem zweiten Stock lächelte schuldbewusst und verbeugte sich. »Entschuldige die Störung, Entschuldigung. Wir machen Umzug.«

»Um sechs Uhr früh?«

»Meine Freunde mir helfen«, sagte er, auf seine Landsleute deutend, die Kisten und Kartons auf den Dreirad-Transporter luden, »aber müssen oft fahren, ganze Tag hin- und herfahren.«

Marco Luciani sah die verschlafenen Kinder, die sich hinter der Mutter versteckten, und er brachte es nicht übers Herz, weiter Terz zu machen.

Er schloss das Fenster, wusch sich das Gesicht, trank einen Espresso und zog sich Shorts und T-Shirt über. Da er schon einmal wach war, konnte er auch die frische Morgenluft für einen schönen Trainingslauf nutzen.

Er ging hinunter auf die Straße, grüßte die Nachbarn und erklärte ihnen, dass sie, auch wenn man sie zur Wohnungsräumung aufforderte, nicht sofort ausziehen mussten.

Wenn sie sofort auszogen, verzichteten die neuen Eigentümer auf eine Monatsmiete, war die Antwort, außerdem würden sie sogar eine kleine Abfindung bekommen.

Der Kommissar fluchte im Stillen: Wenn jetzt zu den Sanierungsarbeiten an Dach und Fassade auch noch die Wohnung im zweiten Stock kam, würde es in dem Gebäude nicht mehr auszuhalten sein. Der einzige Vorteil war, dass der furchtbare Currygestank aus dem Treppenhaus verschwand. Er lief Richtung Kais, rannte aber widerwillig und kurzatmig, etwa zwanzig Minuten lang. Trotz seines geringen Lauftempos raste sein Herz. Er setzte sich keuchend auf eine Bank, ließ sich zur Seite sinken und schlief eine glatte halbe Stunde, wie im Vollrausch.

Als Luciani in die Augen von Paolo Ameri und seiner Frau blickte, wusste er, dass er sich in eine Einbahnstraße manövriert hatte und es kein Zurück mehr gab. Sie baten ihn ins Wohnzimmer, die Frau musste den ganzen Vormittag geputzt und aufgeräumt haben, aber die beklemmende Atmosphäre, die alle Räume beherrschte, war nicht wegzuwischen. Die Fensterläden waren nur halb geöffnet, und die zugezogenen Vorhänge sperrten den letzten Rest Tageslicht aus. Nach Barbaras Tod hatte sich Stille über diese Wohnung gebreitet, war bis in den letzten Winkel gedrungen. Wie ein unsichtbares Gas dämpfte und vernichtete sie die heiteren Laute des Sommers.

Ameri und Frau nahmen Platz, sie auf dem Sofa, er auf einem Stuhl. Luciani hätte lieber gesehen, dass sie sich nebeneinander setzten, mit Knien oder Schultern einander berührten, stattdessen blieben, wie er schon mehrfach beobachtet hatte, zwei Menschen, die von demselben Kummer gebeugt wurden, körperlich und seelisch isoliert, jeder war zu sehr in den eigenen Schmerz vertieft, um dem anderen helfen zu können, vielleicht hasste er diesen sogar insgeheim, warf ihm vor, Auslöser oder Komplize der Tat zu sein. Sie werden sich weiter gegenseitig beschuldigen, dachte Marco Luciani. Vielleicht würde es ihnen helfen, wenn der Täter gefunden würde, vielleicht aber auch nicht, schwer zu sagen. Wenn er jedoch die Mutter hörte, wie sie Kindheitsgeschichten von »Babi« erzählte, oder den Vater, der daran erinnerte, wie lieb und aufopferungsvoll sie gewesen war, wie sie ihn kürzlich gehegt hatte, als er im Krankenhaus lag, dann spürte er, dass er es zumindest versuchen musste.

Er stellte ein paar allgemeine Fragen zu ihr, ohne weiter auf den Morgen der Tat einzugehen. Er wollte sich noch eine Hintertür offenhalten und nicht den Eindruck vermitteln, er hätte den Fall bereits übernommen. Sie erzählten von einer vernünftigen, anständigen Tochter, die keine Flausen im Kopf hatte. Die hart arbeitete und ihr Geld nicht für Designerklamotten oder sonst was zum Fenster hinauswarf, sondern etwas zur Haushaltskasse beisteuerte. Die Ferien und Wochenenden verbrachte man, ganz unspektakulär, bei Onkel Pietro in Santo Stefano d'Aveto, wo auch die Mutter geboren war und wo man seit jeher hinfuhr. Als der Kommissar fragte, weshalb Barbara immer noch bei den Eltern lebte, sagten diese, das sei ihre freie Entscheidung, kein Zwang gewesen. Sie hätten sich manchmal sogar selbst ein wenig Sorgen gemacht, hätten sich gewünscht, dass sie ein bisschen mehr an sich selbst, an ihre Zukunft dachte. Aber so war Babi eben, seufzte der Vater, auch in ihrer Freizeit fand sie Mittel und Wege, den Benachteiligten zu helfen, sie arbeitete ehrenamtlich für die Gemeinde, verteilte am Freitagabend Essen unter den Obdachlosen und heißen Tee unter den Prostituierten. Der Herr wollte sie bei sich haben, sagte die Mutter, weil sie ein Engel war. Sein schönster Engel. Der jetzt auf dem kleinen Friedhof von Santo Stefano ruhte, wo sie ihn – ohne Vorankündigung – am Vortag bestattet hatten. So hatten sie einen Auflauf von Schaulustigen und Presse verhindert.

Marco Luciani ließ sie weinen. Es gab keine passenden Worte, außer dem Trost, den die Kirche seit Jahrhunderten für all jene bereithielt, die daran glaubten. Für ihn waren die einzig tröstlichen Worte: »Auge um Auge, Zahn um Zahn«, das älteste, gerechteste und allgemeinverständlichste Gesetz, das der Mensch je geschaffen hatte.

Er bat darum, Barbaras Zimmer sehen zu dürfen, und kaum hatte er es betreten, bereute er es schon wieder. Hier war die Zeit stehengeblieben, als rechnete man jeden Augenblick mit ihrer Rückkehr. Ein Buch mit Lesezeichen lag auf dem Nachttisch, daneben eine halbvolle Wasserflasche. Nicht einmal der Papierkorb war geleert worden. Das Bett war gemacht, vermutlich von Barbara selbst, ehe sie an jenem Morgen ins Büro gegangen war, Laken und Kissen waren nicht abgezogen worden. Auf dem Schreibtisch lag offen die leere Hülle einer Robbie-Williams-CD, die CD war wohl noch in der Stereoanlage.

Er hatte als Kommissar die Zimmer vieler Toter gesehen, manchmal war die Leiche noch darin gewesen, manchmal nur diese Spuren von Grauen und Leid, die ein gewaltsamer Tod hinterlässt, und die viele als Gespenster bezeichnen. Barbara war anderswo getötet worden, ihre Seele spukte nicht in diesem Zimmer herum, und doch hatte Marco Luciani in seiner ganzen Laufbahn nie eine solche Beklemmung gespürt.

»Führte Ihre Tochter Tagebuch? Irgendetwas, was uns weiterhelfen könnte?«

Die Mutter schüttelte den Kopf. »Ich habe nichts gefunden. Vielleicht hatte sie eines, das heißt in der Mittelschule und im Gymnasium sicher, aber inzwischen war sie erwachsen, solche Sachen macht man als junges Mädchen.«

Das ist nicht gesagt, dachte Marco Luciani. »Und diese alten Tagebücher? Mir ist klar, dass sie sehr persönlich sind, aber ...«

»Die hat sie weggeworfen. Vor Jahren schon. Tut mir leid. Die hätten Ihnen jedoch nicht weitergeholfen, sie war immer ein ganz normales Mädchen.«

Das habe ich noch nie gehört, dass jemand seine alten Tagebücher wegwirft, dachte der Kommissar, während er vermeintlich beiläufig das Bücherregal betrachtete. Es gab da verschiedene Fotos von Barbara, eine schöne Aufnahme im Bilderrahmen schien das aktuellste zu sein, Barbara mit drei Freundinnen an einem Tisch in einem Lokal, sie lachten und schienen ziemlich aufgedreht. Er nahm das Bild und bemerkte, dass an der Rückseite des Rahmens ein Zettel steckte. Die Visitenkarte eines ihm unbekannten Lokals: »Saffophone«, jemand hatte mit Kugelschreiber eine Telefonnummer darauf notiert. Als ein Auto in den Hof fuhr, drehten alle drei sich gleichzeitig um, der Kommissar trat ans Fenster und lugte verstohlen hinaus. Er erkannte den Dienstwagen mit Iannece am Steuer, dann gingen die hinteren Türen auf, und zwei Beamte stiegen aus: Giampieri und ein großer, grauhaariger Polizist in Zivil.

Der Kommissar beglückwünschte sich im Stillen dazu, dass er den Clio nicht im Hof abgestellt hatte. Vielleicht konnte er sich sogar noch verdünnisieren und einer faustdicken Blamage entgehen. Er erklärte seinen Gastgebern, dass es besser war, wenn der Leiter der Ermittlungen ihn nicht sah. »Schließen Sie diese Tür und gehen Sie der Polizei öffnen. Sobald Sie alle im Wohnzimmer sind, steige ich durchs Fenster.«

»Passen Sie auf, dass Sie sich nicht weh tun.«

»Wir sind hier im ersten Stock, das ist ungefährlich.«

Paolo Ameri starrte ihn aus leeren Augen an: »Und, Herr Kommissar? Werden Sie uns helfen?«

Marco Luciani versprach, dass er sich auf der Dienststelle ganz diskret mit Informationen eindecken und in einigen Tagen wiederkommen werde, um die Ameris über den Stand der Ermittlungen zu informieren.

»Ich danke Ihnen, das wäre schon etwas. Uns sagt man ja nichts, und wenn ich persönlich hingehe und nachfrage, heißt es immer, alles läuft gut, sie stehen kurz vor der Lösung des Falles, sie werden ihn bald fassen, aber von Mal zu Mal klingen sie weniger überzeugt. Sicher, wenn Sie sich selbst darum kümmern könnten …« Die Türklingel ließ ihn zusammenzucken.

Der Kommissar legte ihm eine Hand auf die Schulter und drückte sie einen Moment. »Bleiben Sie ruhig. Und stehen Sie Ihrer Frau bei. Gehen Sie jetzt, vielleicht gibt es Neuigkeiten. Versuchen Sie, sie eine Weile von den Fenstern fernzuhalten. Und kein Wort über meinen Besuch.«

Er hielt sich am Fensterrahmen und landete, ohne Probleme, auf der Erde. In solchen Fällen war er heilfroh, dass er fast zwei Meter groß war. Er kam an sein Auto, das er ein Stück hinter dem Tor geparkt hatte, startete den Motor und fuhr, bis er außer Sichtweite war. Dann hielt er an und schaltete den Motor aus.

Er leerte seine Taschen und warf den ganzen Papierkram auf den Sitz, wobei er sich schämte, als hätte er sich in der Kirche aus dem Klingelbeutel bedient. Oder noch Schlimmeres getan. Er fühlte sich wie ein Paparazzi, der im Müll der Diven wühlt, um hinter irgendeine schlüpfrige Geschichte zu kommen: Kaum waren die Eltern gegangen, hatte er den Inhalt des Papierkorbs in seine Taschen gesteckt. Schade nur, dass er nicht genügend Zeit gehabt hatte, um in Ruhe das Bücherregal zu durchsuchen.

Er breitete die zusammengeknüllten und zerknitterten Zettel aus und strich sie vorsichtig mit der Handfläche glatt. Wenn wir in einem Mickey-Maus-Comic wären, dann wäre das hier der Durchbruch, dachte er. Ich würde ein Passwort für den Computer finden oder den Namen eines Schiffes, das demnächst in See sticht, oder ein leeres Blatt von einem Notizblock, auf dem allerdings, wenn man es mit einem Bleistift schraffiert, ein Name sichtbar wird, den ein Stift auf das Blatt darüber geschrieben hat, und zwar der Namen des Mörders. Aber dies war keine Mickey-Maus-Geschichte, und Barbara Ameri hatte keine Leichen im Papierkorb. Nur Kassenbons und den Beipackzettel eines Medikaments, eine missratene Zeichnung, einige Papiertaschentücher, eine Einkaufsliste ... Er knüllte alles wieder zusammen und steckte es in den Stauraum der Autotür. Vielleicht war es ein Fehler gewesen, den Papierkorb zu plündern; aber selbst wenn Barbaras Mutter es merken würde, würde sie diesem Arschloch von Giampieri die Schuld geben. Er seufzte, wusste nicht, ob er enttäuscht oder erleichtert sein sollte, dann holte er den Zettel hervor, den er auf der Rückseite des Fotos gefunden hatte. Man erkannte die Silhouette einer Frau, die Saxophon spielte und einer anderen, die mit einem Glas Wein an einem Tisch saß und zuhörte.

Er kam nach Hause, zerteilte einen Salat und wässerte ihn dann in einer Plastikschüssel. Er bemerkte die Dreckkrusten an den Küchenhandtüchern und steckte sie in die Waschmaschine, und weil er schon dabei war, sammelte er auch die Wäscheknäuel und Hemden auf, die sich seit mindestens einer Woche im Schlafzimmer auf Stuhl und Boden türmten. Er war versucht, die Laken zu wechseln, brachte es aber nicht übers Herz, weil sie, wenn schon nicht den Duft, so zumindest die Erinnerung an den letzten Sex mit Sofia Lanni bewahrten.

Als er einen Fensterladen öffnen wollte, um ein bisschen

Licht und Luft hereinzulassen, hätte er fast einen Bauarbeiter erwischt, der ein Gerüst montierte.

»Hey, passen Sie auf!«

»Verzeihung. Ist es schon so weit?«

»Heute kommen wir bis zum Dach. Sie werden eingebaut sein. Wie wollen Sie Ihre Läden denn haben? Offen oder geschlossen?«

Der Mann stand auf einer Holzbohle, die auf zwei Eisenstangen lag, trug weder Sicherungsgurt noch Helm und zog weitere Holzbohlen an einem Seil hoch. Marco Luciani spürte, wie das Blut aus seinem Herzen wich, die Schultern sich Richtung Abgrund neigten, als würden sie magnetisch angezogen, und so sprang er schnell ein Stück zurück.

»Geschlossen. Ich will sie geschlossen haben«, sagte er, während ihm ein Schweißtropfen an der rechten Schläfe herabrann.

Der andere schaute ihn komisch an, schloss die Läden, und im Zimmer war es plötzlich wieder stockfinster.

»Auch heute siehst du blass aus, Commissario.«

»Nenn mich nicht mehr so, Pasquale. Ich habe es dir gesagt, ich scheide aus, das heißt, praktisch bin ich schon ausgeschieden.«

»Ach, was redest du. Einmal Kommissar, immer Kommissar. Wie die Abgeordneten und die Präsidenten. Das sind Ämter auf Lebenszeit.«

»Jedenfalls habe ich auch heute Nacht nicht geschlafen. Müllabfuhr, Motorräder, LKW, und jetzt auch noch dieses verfluchte Restaurant.«

»Ich schlafe wie ein Engel, Commissario. Und wenn es unbedingt sein muss, nehme ich eine halbe Pille, manchmal auch eine ganze – sag's bloß nicht meiner Frau –, und dann wecken mich nicht einmal Mörsergranaten.«

»Die müsste ich auch nehmen. Aber ich traue Medikamenten nicht so recht.«

Der Neapolitaner lächelte wissend.

»Mein Vater und auch mein Opa tranken sich mit zwei Litern Wein in einen bleiernen Schlaf. Was ist dagegen schon eine Pille?«

»Es würde reichen, wenn die Leute sich ein bisschen zivilisierter benehmen würden, Pasquale. Die sind wie die Tiere, die anderen sind ihnen scheißegal, früher oder später ...«

»Nimm's nicht persönlich, Commissario. Geh ein bisschen an den Strand, das Wetter ist schön, niemand unterwegs, da kannst du dich mal richtig ausschlafen.«

»Schön wär's. Aber ich habe zu viel zu tun.«

Der andere stellte die Ohren auf. »Echt? Bist du wieder im Dienst?«

»Nein, nein ...«

»Dann arbeitest du als Privatdetektiv? Wie im Film?«

Marco Luciani bereute, dass er sich verplappert hatte.

»Aber nein, Pasquale, ich wollte sagen, dass ... nichts, ich helfe nur einem Freund. Das ist alles.«

»Oho, halt mich bloß auf dem Laufenden. Und was auch immer du brauchst ...«

»Ja, Schlaf brauche ich, Pasquale.«

»Wenn es nur das ist, Commissario, darum kümmere ich mich. Ein kleines Gebet zu meinem persönlichen Schutzheiligen ...«

Marco Luciani lächelte skeptisch. An die Wunder von San Gennaro hatte er nie geglaubt.

Die Sängerin war klein, aber sinnlich, eine kurvenreiche Brünette, die sich an das Mikro klammerte wie ein Schiffbrüchiger an ein Tau. Die Augen halb geschlossen, den Mund fast zu einer schmerzlichen Grimasse verzogen, schien sie jemandem zu gedenken, der in den Fluten versunken war. Gegen Ende des Songs dann, als sie sicher war, dass sie keinen Patzer mehr machen würde, und sich die Anspannung löste, öffnete sie die Augen und warf einen vagen Blick ins Publikum, schließlich schenkte sie dem Pianisten und ihren engsten Freunden, die am nächsten Tisch saßen, ein Lächeln. Montags, mittwochs und freitags gab es Live-Musik im Saffophone, wie das Schild am Eingang verkündete. Die Atmosphäre war entspannt, das Lokal ganz hübsch, wenn auch nicht besonders originell eingerichtet: Drucke von Tamara de Lempicka an den Wänden, gerahmte Fotos von Greta Garbo und den berühmtesten Ikonen der Schwulen und Lesben, von Cher bis Madonna, von Mina bis Raffaella Carrà.

Zum Glück ist heute Abend nicht Ringelpietz mit Anfassen, dachte Marco Luciani. Das Fehlen von Lemonsoda hatte mindestens genauso auf seine Stimmung geschlagen wie die antipathische Bedienung, die an seinen Tisch gekommen war, eine Brünette mit Katzenaugen, die ihn sofort mit der angewiderten Miene einer Frau taxiert hatte, die Männer hasst, und vor allem männliche Heteros, die in ein Lesbenlokal kommen, um zu spannen.

Er bestellte ein Wasser mit Minze, und als das Mädchen mit dem Getränk kam, zeigte er seinen Ausweis und verlangte den Chef zu sprechen.

»Ich bin der Chef. Merli, Emanuela«, sagte sie und streckte ihm die Hand hin. Sie hatte ein klein wenig den Schwanz eingezogen.

Der Kommissar deutete auf einen Stuhl, sie schaute sich um, als wollte sie signalisieren, dass sie viel zu tun habe, aber am Ende setzte sie sich auf die Stuhlkante, das Tablett im Schoß. Marco Luciani holte das Foto von Barbara Ameri und ihren Freundinnen hervor.

»Können Sie sich an diese Mädchen erinnern?«

Die Frau dachte einige Sekunden nach: »Ja … an die kann ich mich erinnern, ja, das Foto habe ich gemacht.«

»Wissen Sie, wer das Mädchen in der Mitte ist? Die Brünette?«

»Klar weiß ich das. Ich lese ja Zeitung.«

»Kam sie oft in Ihr Lokal?«

»Nein, es war das erste Mal, dass ich sie sah. Sie war mit ihren Freundinnen da. Bei allem Respekt, das waren solche Hühner, die den Abschied aus dem Single-Dasein in einem Lokal wie diesem hier feiern und meinen, dass sie wer weiß was Verbotenes tun.«

»Und Sie haben die Mädchen nicht wiedergesehen?«

»Nein, nur sie, ein Mal. Ungefähr eine Woche später. Sie war mit einem jungen Kerl hier.«

»Wissen Sie, wie er heißt?«

Emanuela Merli konzentrierte sich: »Ich hatte ihn schon gesehen, ich meine, dass er ein paarmal bei Bergtouren dabei war. Aber das ist schon viele Jahre her, der Name allerdings …«

»Können Sie ihn beschreiben?«

»Nun, jung, so um die fünfundzwanzig, attraktiv, braunes Haar, eine Tätowierung am Arm.«

»Wissen Sie noch, wo er wohnt?«

»Nein. Ehrlich gesagt nicht. Der ist aber bestimmt hier aus Rapallo.«

»Sie haben ihm sicher einen Ausweis ausgestellt. Hier braucht man einen Mitgliedsausweis vom ARCI*, oder?«

»Ja, wer noch keinen hat, muss sich beim ersten Besuch einen ausstellen lassen, das ist obligatorisch. Das mache ich bei jedem, in der Beziehung könnt ihr mir nichts nachsagen.«

»Dann können wir also die Register überprüfen.«

* Italienischer Verband von Kulturinitiativen und Lokalen (Anm. d. Übers.)

»Offen gestanden habe ich einiges zu tun. Morgen wäre besser …«

»Morgen könnte es zu spät sein«, sagte Luciani, ohne zu erklären, wofür.

Die Frau schnaubte genervt und gab dem Barkeeper ein Zeichen, woraufhin er ein wenig auf Abstand ging. »Kommen Sie. Ich habe alle Daten da hinten.«

Sie fanden mühelos die Eintragung von Barbara und ihren Freundinnen, vom 29. April. Seitdem waren mindestens ein Dutzend männlicher Namen verzeichnet, die zu dem Freund gehören konnten, mit dem sie noch einmal aufgekreuzt war. Die Merli sonderte ungefähr die Hälfte aus, die ihr bekannt waren, dann prüfte sie die Einträge in der Handschrift ihres Bruders und gab dem Kommissar schließlich drei Namen. Marco Luciani notierte sie alle drei, wusste aber schon, welches der richtige war: Giacomo Carrisi, geboren 1982 in Rapallo, Ausstellungsdatum für den Ausweis: 7. Mai. Luciani erinnerte sich, dass er seinen Namen und auch seine Aussagen in den Akten gelesen hatte.

»Waren sie an dem Abend nur zu zweit? Sie und dieser Bursche?«, fragte der Kommissar.

»Ja, ich meine schon.«

»Und er, war er Ihrer Meinung nach schwul?«

Emanuela Merli lachte laut auf. »Woher soll ich das wissen?«

»Kommen Sie, jetzt sagen Sie nicht … Ich meine, Sie haben doch inzwischen einen Röntgenblick.«

Die Miene der Frau wurde hart. »Das ist nicht so einfach, Herr Kommissar. Inzwischen achten auch die Männer … zwar nicht alle«, fügte sie hinzu, während sie seinen Bart und sein verbeultes Jackett musterte, »aber die meisten achten auf ein gepflegtes Äußeres. Deshalb sind sie aber noch nicht schwul. Und dann gibt es viele, Frauen wie Männer, die spüren, dass sie es sind, es sich aber selbst nicht eingestehen. Abgesehen von denen, die sich nicht genau und nicht für immer festlegen, die sich immer wieder in jemanden verlieben, ohne dabei auf das Geschlecht zu achten. Wie sollen wir die einordnen?«

Marco Luciani schaute in ihre schönen arroganten Augen.

»War er jetzt schwul oder nicht?«

»Ich habe Ihnen gesagt, wie ich darüber denke. Und jetzt muss ich zu meinen Gästen zurück.«

Der Kommissar folgte ihr, verwundert. Er setzte sich an seinen Tisch und hörte sich ein paar Songs an, trank sein Minzwasser und konnte seinen Blick nicht von der sagenhaften Blondine wenden, die am Nebentisch saß. Sie war mit einer Brünetten zusammen, die auf ihre Art ebenfalls interessant war und in diesem Lokal in ihrem Element zu sein schien. Sie redeten mit dem Kellner, einem langhaarigen Burschen mit den unvermeidlichen Tätowierungen, und Luciani hoffte nur, dass sie als Polizistinnen überzeugender waren, denn als Lesbenpärchen.

## Montag
### Giampieri

Punkt neun läutete er an der Wohnung des Brokers. Giulio Mantero und seine Mutter waren überzeugt, dass der Kommissar, nach dem Fackelumzug vom Freitag und den Breitseiten durch die Presse, fuchsteufelswild sein würde, sahen sich aber eines Besseren belehrt. Giampieri präsentierte sich als Strahlemann, mit einer Tüte Blätterteigpastetchen, wahlweise gefüllt mit Marmelade, Schokolade und Vanillecreme – eine Spezialität seiner Hauskonditorei.

»Ideal zum Kaffee«, fing er an.

Sie tranken den Espresso, den Signora Rita sofort zubereitet hatte, und während sie die Pasteten knabberten, erklärte Giampieri ganz bescheiden und unbeschwert, sie seien nach einer Woche Ermittlungsarbeit praktisch sicher, dass Mantero mit dem Mord nichts zu tun habe. »Und Sie natürlich auch nicht, Signora.«

Mutter und Sohn schauten einander an, sichtlich erleichtert. Die Frau bekreuzigte sich: »Dem Herrn sei Dank!«

»Sie müssen entschuldigen«, fuhr Giampieri fort, »ich weiß, wie schlimm diese Zeit für Sie war, aber Sie werden verstehen, dass wir in Fällen wie diesem in alle Richtungen ermitteln müssen, angefangen beim direkten Opfer-Umfeld.«

»Natürlich, natürlich«, nickte der Anwalt. Er wollte fragen, ob die Ermittlungen gegen ihn offiziell eingestellt waren, doch der Ingenieur kam ihm zuvor.

»Ich muss Sie allerdings noch um einige Tage Geduld bitten. Aus zwei Gründen. Der erste ist rein formeller Natur: Um Ihre Akte zu schließen, muss der Staatsanwalt noch die offiziellen Ergebnisse einiger Analysen abwarten. Der zweite ist, dass sich eine interessante Spur gefunden hat, aber ich würde die verdächtige Person gerne unter Beobachtung stellen, ohne sie vorzuwarnen. Ich möchte, dass sie weiterhin annimmt, wir würden nur Sie verdächtigen, Herr Anwalt, damit sie sich in Sicherheit wiegt – und einen falschen Schritt tut.«

Mantero seufzte. »Sie verlangen viel von mir. Dass ich auf unbestimmte Zeit weiter in diesem Alptraum lebe.«

»Nein, wie gesagt, nur wenige Tage. Außerdem, wenn Sie gestatten: Ich hätte Ihnen das gar nicht mitteilen müssen und hätte Sie weiter zappeln lassen können. So dagegen können Sie aufatmen, ich bitte Sie nur, dass Sie mit niemandem darüber sprechen. Tun Sie es nicht für mich, sondern für Barbara.«

Mantero betrachtete seine Mutter, sie tauschten einen Blick, und sie bat ihn stumm, auf den Vorschlag einzugehen, er dagegen bat, sie solle keinem davon erzählen, woran er aber nicht einen Augenblick glaubte. Giampieri merkte, dass er im Beisein der Mutter nicht hätte reden dürfen, aber nun war es zu spät. Er drückte die Hand, die der Anwalt ihm hinstreckte, und der Pakt war geschlossen. Und nachdem die Anspannung gewichen war, begann der Ingenieur mit einem Verhör, das als solches nicht zu erkennen war. Keine Fragen, nur ein informeller Plausch, um ein paar Details zu klären, die bei der Verfolgung der neuen Spur helfen konnten. Mantero versuchte seinerseits, etwas über den neuen Verdächtigen zu erfahren, aber der Ingenieur passte natürlich auf, dass ihm nicht das Geringste entschlüpfte.

»Herr Anwalt, direkt nach der Tat sagten Sie, Sie hätten im Verhalten Ihrer Sekretärin in letzter Zeit nichts Ungewöhnliches bemerkt.«

Mantero nickte.

»Nun, ich dachte, vielleicht würden Sie mit einer Woche Abstand … bisweilen fallen einem neue Details ein. Versuchen Sie noch einmal, in aller Ruhe nachzudenken. Wirkte Sie bedrückt, traurig? Niedergeschlagen? Oder vielleicht fröhlicher als sonst, zerstreut, verträumt?«

Der Anwalt tat, als würde er eine Weile überlegen. »Nein, wirklich nicht. Sie war ganz normal.«

»Überlegen Sie, ob sie vielleicht anders als sonst gekleidet war. Mehr Schminke trug oder weniger.«

»Sie denken, Sie hätte jemanden kennengelernt«, hakte Mantero ein, »einen jungen Mann.«

»Zum Beispiel.«

»Nun, mir scheint, sie war völlig normal. Sie war kein Mädchen, das die Blicke auf sich ziehen wollte, sie kleidete sich schlicht, schminkte sich kaum. Sie war seriös.«

»Deshalb hatten wir sie auch ausgewählt«, schaltete sich die Mutter ein.

»Kam sie immer pünktlich? Hatte sie in letzter Zeit manchmal Verspätung, ging sie früher? Hatte sie sich freigenommen, oder wollte sie andere Arbeitszeiten? Wurde sie von jemandem abgeholt?«

Bei jeder Frage schüttelte der Anwalt den Kopf, den Blick auf einen Punkt hinter dem Kommissar gerichtet. Giampieri entging aber nicht, dass das Gesicht der Mutter kurz aufleuchtete, auch wenn sie sich sofort wieder um eine ausdruckslose Miene bemühte.

»Signora? Ihnen ist etwas eingefallen.« Es war keine Frage, sondern eine Feststellung. Sie zögerte ein bisschen zu lange, ehe sie »Nein, nein«, sagte. Der Vizekommissar nagelte sie mit seinem Blick fest, und als die Frau schnell anfügte: »Nichts Wichtiges«, wusste er, dass er sie geknackt hatte.

»Alles ist wichtig, alles.«

»Nein, etwas Albernes. Aber merkwürdig ist das schon.«

»Was denn, Mutter?«

»Barbara war am Samstag im Büro.«

»Samstag? Ach was, Mutter, du irrst dich.«

»Was soll das heißen? Ich habe es dir sogar gesagt, weißt du nicht mehr?«

»Mir? Ich meine nicht. Das wird Freitag gewesen sein, Mama.«

Während der Sohn ungeduldig wurde und den Kommissar verlegen anlächelte, als wollte er sagen: »Hören Sie nicht auf sie, sie ist alt und ein bisschen durcheinander, sie verwechselt da etwas«, fuhr die Mutter unbeirrt fort: Samstagmorgen sei sie gegen halb zehn zum Einkaufen gegangen, und als sie an der Bürotür vorbeikam, habe sie den Computer brummen hören. Sie dachte, man habe vergessen, ihn am Abend auszuschalten, ging mit ihrem Schlüssel ins Büro und fand Barbara am Schreibtisch sitzend. Sie fragte, warum sie im Büro sei, und Barbara wirkte verlegen, antwortete, sie habe einen Terminkalender holen wollen, den sie vergessen hätte, und da hätte sie auch gleich die E-Mails kontrolliert. Dann sagte sie: »Ich bin aber sowieso schon fertig«, schaltete mit einer gewissen Hast den Computer aus und nahm eine Diskette heraus, die sie, ganz beiläufig, in ihre Tasche gleiten ließ. Aber Frau Mantero habe es bemerkt. Sie hätten noch ein paar Worte gewechselt, dann sei Barbara gegangen. Wenn sie es sich so überlege, sei das ihr letztes Zusammentreffen gewesen, denn am Montag darauf …

Giampieri hatte all diese Informationen aufgenommen, ohne mit der Wimper zu zucken. Er widerstand dem übermächtigen Wunsch, aus dem Sessel zu springen und diesen beiden Kretins ins Gesicht zu brüllen, dass sie das viel früher hätten sagen müssen, etwas so Wichtiges.

»Jetzt schauen Sie mich nicht so böse an, Herr Kommissar, ich hätte nicht gedacht, dass das von Bedeutung ist, ich hatte es sogar vergessen, bis Sie uns nach ungewöhnlichen Uhrzeiten gefragt haben, da ist es mir wieder eingefallen.«

»Und Sie, Herr Anwalt, Sie hatten das ebenfalls vergessen?«

»Ich wusste nicht einmal davon, Herr Kommissar. Bist du sicher, dass es Samstag war, Mama? Nicht Freitag?«

»Und ob ich sicher bin, Giulio. Was für eine Frage. Wenn es Freitag gewesen wäre, wäre Barbara nicht gegangen. Und dann wärst du ebenfalls im Büro gewesen.«

»Da beißt die Maus keinen Faden ab«, sagte Giampieri.

»Außerdem habe ich es dir gesagt, beim Mittagessen. Erinnerst du dich nicht?«

»Nein. Ich weiß nicht ... Vielleicht hast du es mir gesagt, und ich habe es nicht gehört, was hat das schon für eine Bedeutung, wenn Barbara am Samstag im Büro vorbeigeschaut hat?«

»Tat sie das oft?«, fragte der Vizekommissar.

»Was?«

Du hast mich genau verstanden, du Arsch, dachte er. »Tat sie das oft, samstagvormittags mal im Büro vorbeischauen?«

Der Broker schien verlegen. »In heißen Phasen kann es passieren, dass man auch samstags arbeitet, ich finde da nichts Merkwürdiges dabei.«

»Und war das so eine heiße Phase?«

»Nun ... eigentlich nicht. Aber sie wird wohl schon öfter vorbeigeschaut haben, sie hatte die Schlüssel, es kann also häufiger vorgekommen sein. Samstagvormittags bin ich nie da, ich gehe für gewöhnlich zum Golfspielen in den Club.«

»Ich habe sie am Samstagvormittag nie angetroffen«, schaltete sich die Mutter ein. »Und wenn sie den Computer angemacht hätte, hätte ich das gemerkt, denke ich, so wie ich es letzten Samstag gemerkt habe.«

Sie nickte befriedigt, ohne zu merken, dass sie munter das Grab für ihren Sohn schaufelte. Dieser rang nach Luft, kämpfte ums Überleben, während der Ingenieur ihn mit eisernem Blick fixierte, einem Blick, in dem deutlich geschrieben stand, was auf ihn zukommen würde: Beschlagnahmung der Computerfestplatten, aller Kundenunterlagen, Auswertung sämtlicher Telefonverbindungen der Büroanschlüsse. Solange man von einem Mord aus Leidenschaft oder einem Racheakt gegen Barbara ausging, war der Anwalt nur am Rande involviert, aber der Verdacht, dass seine Sekretärin in diesem Büro und mit diesen Computern Dinge anstellte, die nicht koscher waren, die für ihren Tod verantwortlich sein konnten, musste ihn wie ein D-Zug überrollen. Er war in ein Wechselbad der Gefühl geraten: Eben noch erleichtert, dass der Verdacht gegen ihn fallen gelassen wurde, war er jetzt schier verzweifelt bei der Vorstellung, was die Ermittler in seinem Büro anstellen würden.

»Haben Sie eine Ahnung, Herr Anwalt, was auf dieser Diskette drauf sein mochte?«

»Ich? Woher soll ich das wissen?«

»War das Mädchen nicht gekommen, um eine Arbeit für Sie zu erledigen?«

»Nein, absolut nicht. Sie wird irgendetwas aus dem Netz heruntergeladen haben. Vielleicht war es eine CD mit Musik, manchmal lud sie die herunter, bevor sie ging, sie hatte mich um Erlaubnis gebeten, weil sie zu Hause keinen Computer hatte, und ich hatte zugestimmt, solange sie es nach ihrer Arbeit tat und ohne das Gesetz zu übertreten. Sie versicherte mir, dass sie nichts stahl, sie surfte auf legalen Sites und zahlte mit einer Prepaid-Karte. Das war alles. Vielleicht wollte sie am Samstag auf eine Feier und vorher noch ein paar Lieder herunterladen.«

Giampieri hörte ihn reden und dachte: In den Fernsehkrimis ist für gewöhnlich derjenige der Mörder, der sich bemüht, das Verhalten der anderen Personen zu erklären. Giulio Mantero war vielleicht nicht der Mörder, aber sicher hatte er etwas zu verbergen. Andererseits, wer würde nicht nervös werden, wenn die Polizei ihre Nase in seine Archive stecken wollte?

Der Ingenieur warf ihm einen letzten, halb drohenden, halb ironischen Blick zu, und als er sich erhob, kam er sich zehn Zentimeter größer vor. Ihm lief das Wasser im Mund zusammen, wenn er an die Computer dachte, die er sich bald zur Brust nehmen und bis auf den letzten Bit durchleuchten würde.

»Signora, ich danke Ihnen, Sie haben uns sehr geholfen. Wenn Ihnen noch etwas einfallen sollte, dann zögern Sie nicht, uns anzurufen. Das sage ich mit Nachdruck.«

»Da sind wir, Ingegnere. Das ist das Haus der Ameris.«

»Warte einen Moment, Iannece. Fahr noch ein Stück weiter.«

»Weiter wohin?«

»Noch ein Stück geradeaus. Okay. Weiter, weiter. Gut. Jetzt kannst du zurückfahren.«

»Vorwärts, zurück«, brummte Iannece.

Während sie im Hof parkten, bemerkte Nicola Giampieri, wie ein Vorhang hastig geöffnet und wieder geschlossen wurde. Was für ein Scheißkerl, dachte er. Ich wette, er hat nicht einmal den Mumm, sich zu zeigen.

Er lächelte Frau Ameri höflich an und versuchte, seinen Groll hinunterzuschlucken. Der Mann erschien, außer Atem, man musste ihn nur durchdringend anschauen, und schon wurde er krebsrot.

Giampieri setzte sich aufs Sofa, Venuti zog es vor zu stehen. Sie blieben eine Stunde, stellten den Eltern dieselben Fragen wie immer und erhielten dieselben Antworten wie immer.

»Wie verbrachte Ihre Tochter gewöhnlich das Wochenende?«

»Das habe ich Ihnen bereits gesagt«, seufzte Maria Rosa Ameri. »Sie kam mit uns in unser Haus nach Santo Stefano.«

»Wo auch Ihr Bruder wohnt?«

»Ja. Er hat das Nachbarhaus.«

»Aber in letzter Zeit hatte Ihre Tochter Ihre Gewohnheiten geändert.« Das war keine Frage, sondern eine Feststellung.

Maria Rosa und Paolo tauschten einen verwunderten Blick. »Nun, sie war tatsächlich seit längerem nicht mehr dabei gewesen, aber das hatte keinen besonderen Grund ...«, sagte die Mutter. »Ich kann mich erinnern, dass sie am ersten Mai zu Michelas Hochzeit gegangen war, am folgenden Wochenende hatte sie, meine ich, noch Arbeit zu erledigen, und dann, ja, dann ging sie auf Kreuzfahrt, und am Samstag sagte sie, es sei noch Arbeit liegen geblieben, und sie sei müde. Also sind wir alleine gefahren.«

»Folglich war sie seit einem Monat nicht mehr da gewesen.«

»Nun ... ja. Aber ich glaube nicht, dass ...«

Hatte die Mutter den Eindruck, dass Barbara ihrem Onkel aus dem Weg gehen wollte?, dachte Giampieri. Aber er fragte: »Hatten Sie den Eindruck, dass sie nicht mehr ins Dorf wollte?«

Die Eltern schauten einander perplex an: »Nein, ganz und gar nicht. Sie liebte diesen Ort, sie kam immer gerne mit.«

Der Ingenieur schwieg eine Weile. Jede Abweichung von der Routine bekam, wenn sie kurz vor einem Verbrechen geschah, eine verdächtige Note. »Haben Sie etwas dagegen, wenn ich mich einmal im Zimmer des Mädchens umsehe?«, fragte er schließlich.

Paolo Ameri sah ihn voller Widerwillen an. Sie hieß Barbara, dachte er, unsere Tochter hatte einen Namen.

»Bitte. Ich bringe Sie hin.«

Der Ingenieur schaute sich um und hoffte, irgendwo ein Tagebuch, einen Schreibblock, eine Notiz, einen losen Zettel oder sonst etwas zu entdecken. Aber alles war in perfekter Ordnung, auch der Papierkorb war leer. Er wagte nicht, etwas mitzunehmen, weil er das Verhältnis zur Familie nicht endgültig kompromittieren wollte. Sie verabschiedeten sich ziemlich unterkühlt, enttäuscht, dass sie auf der Stelle traten. Die Beamten stiegen wieder in den Wagen, fuhren durch das Tor, Giampieri warf einen Blick nach rechts und sah, dass Marco Lucianis Clio verschwunden war.

Sie schauten in der Dienststelle in Rapallo vorbei, um zu sehen, welche Fische man mit der von Venuti organisierten Razzia an Land gezogen hatte. Morgens um acht hatte er die verfügbaren Beamten an beiden Enden der Via Bixio postiert und jeden Passanten anhalten lassen. Man wollte feststellen, wer üblicherweise montagmorgens dort vorbeikam, wann der Betreffende sich wo aufhielt, ob er etwas Besonderes bemerkt hatte, usw.

»Wir haben drei Jogger angehalten«, berichtete der Beamte Franchi, »aber nur einer von ihnen war auch am vergangenen Montag da, so gegen Viertel nach acht, halb neun. Wahrscheinlich ist er es, den die Nachbarin vom Balkon aus gesehen hat, er will jedoch nichts Ungewöhnliches bemerkt haben, nicht einmal die Frau auf dem Fahrrad, die wir jedoch sofort danach erwischt haben.«

»Sag bloß.«

»Ja, wirklich. In gewisser Weise eine Enttäuschung, wir alle versprachen uns nämlich etwas von dieser Tennisschlägertasche. Leider war tatsächlich ein Tennisschläger drin, die Frau hat jeden Montag um Viertel vor neun eine Trainerstunde.«

»Und warum habt ihr sie nicht früher ausfindig gemacht?«, knurrte Venuti.

»Sie spielt nicht in einem Club, sondern auf dem Privatplatz einer Wohnanlage. Wir haben jedenfalls alle befragt, Nachbarn, Ladenbesitzer, Lieferanten, Passanten, Müllmänner und Flugblattverteiler.«

Venuti wandte sich an Giampieri: »Wenn du willst, lasse ich dir noch einmal alle Aussagen abtippen, dann könnten wir einen Übersichtsplan des Viertels mit allen Ortswechseln, Minute für Minute, erstellen.« Der Ingenieur fragte sich erneut, ob Venuti ihn verarschen wollte.

»Keine schlechte Idee«, sagte er. Aber erst einmal mussten sie sich auf das konzentrieren, was er eben bei den Manteros erfahren hatte.

Er schrieb den Bericht für die Staatsanwältin, erzählte von Barbaras Bürobesuch und erklärte, warum es notwendig war, die von ihr durchgeführten Operationen zu rekonstruieren. Diesmal würde die Serra ihm die Beschlagnahmung der Computer nicht verwehren können.

Während er die Staatsanwaltschaft betrat, schimpfte er sich einen Idioten, weil er Monica Serra nicht mehr angerufen hatte. Sie hatte ihn in einem schwachen Moment erwischt, den er schon wieder bereute, und er hoffte, dass sie es genauso empfand: Diese Geschichte konnte keinem von beiden zum Vorteil gereichen. Aber nachdem er eine Dreiviertelstunde im Vorzimmer gewartet hatte, war ihm klar, dass die Staatsanwältin die Flucht aus ihrem Bett nicht als faire Geste gewertet hatte.

»Hoppla, wen trifft man denn hier? Vizekommissar Giampieri!«

»Guten Tag, Dottoressa.«

Sie gab sich ironisch und distanziert, aber man sah auf einen Kilometer Entfernung, dass sie vor Wut kochte.

»Welchem Umstand habe ich diese Ehre zu verdanken? Drei Tage war der Herr verschwunden.«

»Ich hatte einiges zu tun. Aber es gibt vielversprechende Neuigkeiten.«

Er erzählte ihr nichts von den Enthüllungen Michela Piccos, das war noch zu vage, und auch nicht, wie er die Manteros abgehört hatte. Stattdessen berichtete er, was Letztere gesagt hatten und wie wichtig es sei, so schnell wie möglich die Computer zu beschlagnahmen.

»Sehr gut. Lassen Sie mir den Bericht da. Ich werde ihn in Ruhe prüfen.«

Du kannst ruhig knallhart tun und die beleidigte Leberwurst spielen, dachte Giampieri. Das ist mir so was von schnuppe.

Er wollte gerade hinausgehen, als sie ihn zurückrief.

»Was den … Rest angeht, ich will nicht, dass der Vorfall die Ermittlungen beeinträchtigt. Wenn Sie mich meiden wollen, verstehe ich das, das heißt eigentlich verstehe ich es nicht, aber das ist Ihre Sache. Sie können jedoch keine drei Tage verstreichen lassen, ohne mich über den neuesten Stand der Ermittlungen zu unterrichten.«

»Ich war im Büro. Ich habe das ganze Wochenende gearbeitet. Und war immer erreichbar.«

»Nun, Sie hätten sich vielleicht denken können, dass nicht ich diejenige sein wollte, die anruft. Da gehört nicht allzu viel Einfühlungsvermögen dazu.«

Jung oder alt, solo oder verheiratet, Haus- oder Karrierefrau, am Ende sind sie alle gleich, dachte Giampieri. Er trat an den Schreibtisch und schaute ihr in die Augen.

»Hör zu. Bei der Arbeit bin ich meinen Vorgesetzten Rechenschaft schuldig, aber in meinem Privatleben nicht. Ich bin erwachsen. Wenn ich Lust habe, etwas zu tun, dann tue ich es, wenn nicht, dann nicht. Ich habe weder Zeit noch Lust auf Spielchen, und ich erwarte auch nicht, dass du dich bedankst oder mich zum Teufel wünschst. Es ist passiert, wir hatten Lust darauf, es war schön. Ende der Durchsage.«

Sie blähte die Nüstern und schlug einen Flüsterton an:

»Von wegen erwachsen. Du redest wie ein egoistischer Schuljunge. Ich habe dich um nichts gebeten, habe nur ein wenig Respekt erwartet. Ich bin nicht irgendein Häschen, das du in der Disco abgeschleppt hast.«

»Respekt bedeutet für mich, ehrlich zu sein. Allen gegenüber. Ich bin frei und will es bleiben. Wenn das für dich okay ist, gut. Wenn nicht, sind wir Freunde, besser gesagt, Kollegen wie vorher.«

Er erreichte die Tür und drehte sich um. »Und ich hoffe, dass unsere etwaigen persönlichen … Differenzen Ihre beruflichen Entscheidungen nicht beeinflussen, Dottoressa.«

Er kehrte in sein Büro in Genua zurück und dachte, wie dumm es gewesen war, sie zu bumsen, er hätte sich anders aus der Affäre ziehen müssen, aber in bestimmten Situationen wusste er sich einfach nicht zu beherrschen. Er vergeudetet fast eine Stunde mit dem Versuch, einem Techniker am Telefon zu erklären, was dieser in Barbara Ameris Computer finden sollte, der ihm umgehend zugehen würde, aber der Mann schien den Sinn der Ansage nicht recht zu begreifen. Sein Chef war leider auf einem Fortbildungskurs in den Vereinigten Staaten und würde nicht so schnell zurückkehren, der Ingenieur musste sich mit dem begnügen, der da war. Wirst sehen, dass ich diese Arbeit am Ende selber machen muss, dachte er, während der andere ihm zu erklären versuchte, was man auf einer Festplatte rekonstruieren konnte und was nicht.

»Ich habe verstanden«, unterbrach er ihn, »wenn du erlaubst, auch ich verfüge über gewisse Erfahrungen auf dem Gebiet. Was ich will, ist …«

Da klopfte es an der halb geöffneten Tür. Er sah einen blonden Schopf auftauchen, während Stefania Boemis warme Stimme fragte: »Ist es gestattet?«

Er bedeutete ihr, einzutreten, sagte dem Techniker, er werde ihn zurückrufen, und legte auf. Stefania sah wunderschön aus, und er konnte nicht anders, er malte sich aus, wie sie nackt auf dem Bett lag, ihm übers Haar streichelte, während er … Er bemühte sich, das Bild zu verscheuchen. »Bitte.«

»Heute morgen habe ich mit Tiziana Longato geredet.«

»Und wie ist es gelaufen?«

»Na ja. Ich habe versucht, etwas über die Beziehung zwischen Barbara und Michela herauszukriegen, natürlich ohne ihr etwas zu verraten, aber sie war völlig ahnungslos. Für sie war Barbara ganz klar hetero, wenn auch sehr gehemmt. Dafür hat sie eine ähnliche Theorie unter umgekehrten Vorzeichen: Sie hat es nicht explizit gesagt, aber sie verdächtigt Giacomo.«

»Warum?«

»Ihrer Meinung nach war Giacomo in Barbara verliebt. Sie wissen genau, dass seine sexuelle Neigung eine andere ist, aber sie ist ebenfalls unterdrückt, und Giacomo hat noch keine Grundsatzentscheidung getroffen. Wenn Barbara von ihm mehr als nur Freundschaft gewollt hätte, dann wäre er überglücklich gewesen.«

Iannece, der im Zimmer stand, konnte sich nicht zurückhalten: »Hier versteht man ja gar nichts mehr. Keiner kann sich hier zwischen Brust oder Keule entscheiden.«

»Wie bitte?«

»Vergesst es, das ist ein alter Film, aus der Zeit, als ihr noch nicht geboren wart.«

Giampieri putzte sich die Brille und versuchte, in den runden Gläsern wie in einer Kristallkugel zu lesen. »Das ist eine interessante Spur, rein theoretisch. Aber praktisch gesehen hat Giacomo am Morgen der Tat um Viertel nach zehn die Stechuhr in Voghera bedient, und ich denke, damit ist die Sache gestorben.«

»In einer Stunde fahre ich locker von Rapallo nach Voghera, Herr Ingenieur.«

»Nicht mit dem Auto von diesem Giacomo, Iannece. Abgesehen davon haben ihn Zeugen in den 8.35-Uhr-Zug steigen sehen. Und er musste auch noch die Tatwaffe loswerden und sich umziehen.«

Stefania Boemi schaltete sich ein: »Wenn Sie erlauben, ich würde heute Abend gerne einmal in dem Lokal in Santa Margherita vorbeischauen. Nur um zu sehen, was da für eine Atmosphäre herrscht und was für ein Typ der Betreiber ist, der das Foto gemacht hat.«

»In Ordnung. Aber tu nichts Unvorsichtiges und nimm die Giolitti mit. So könnt ihr auch für eine realistische Tarnung sorgen.«

»Für eine extrem realistische«, grinste sie.

Brust oder Keule, wiederholte Giampieri für sich, während etwas in seinen Leisten zog, vielleicht die Eifersucht, vielleicht die Erregung. Das Mädchen war eine Wucht, aber er durfte sich nicht zu weit aus dem Fenster lehnen. Es war an der Zeit, dass er sich bei Amalia meldete.

Ein dunkler Schatten legte sich über die Cocktailkarte und verharrte für ein paar Sekunden.

Der Ingenieur hatte die Drinks geprüft, hob den Blick und sah zwei große athletische Männer in dunklem Anzug, weißem Hemd und Sonnenbrille. Sie sahen aus wie die Alien-Jäger aus einem Film, oder vielleicht sogar eher wie Menschenjäger.

»Vizekommissar Giampieri?«

Der Ton, mit dem der Satz ausgesprochen worden war, ließ ihn die Pobacken zusammenkneifen. Er überlegte, ob die beiden, wenn er Ja sagte, die Pistolen zücken und ihn abknallen würden, aber um diese Zeit durfte er sich wohl, inmitten all der Leute, einigermaßen sicher fühlen. Giampieri räusperte sich, damit seine Stimme nicht zitterte, schaute ihnen in die Augen und antwortete: »Der bin ich.«

»Wir würden uns gerne einmal mit Ihnen unterhalten.«

»Worüber?«

»Wir sollten uns besser ein ruhiges Plätzchen suchen.«

Giampieri zögerte einen Moment. Wenn er sich weigerte, würde er Angst zeigen und in eine Position der Schwäche geraten. Aber einfach mit diesen beiden Typen mitzugehen konnte noch viel schlimmer enden.

»Meine Mama hat mir eingeschärft, dass ich nicht mit Fremden mitgehen soll.« Richtig. Prima Antwort. Sie hatten sich nicht vorgestellt und waren daher im Unrecht.

Der Ältere von beiden, stämmig, Mitte fünfzig, kurzes graumeliertes Haar und einen halb ironischen, halb brutalen Zug um den Mund, setzte sich neben den Kommissar und zog einen Ausweis aus dem Jackett. »Sisde«*, flüsterte er.

Der kurze Blick, der Giampieri gestattet wurde, ließ keinen Schluss über die Authentizität des Dokuments zu.

Der andere Kerl schaute sich wie beiläufig um, während zwei junge Mütter am Nebentisch ihn mit den Augen verschlangen. Er war jung, höchstens dreißig, mit einem Angeberblick und fleischigen Lippen – die moderne Version eines hochgehantelten, höhensonnengebräunten Jean Paul Belmondo.

»Also?«, insistierte der Man in Black.

Auch wenn er nicht allzu viel Ähnlichkeit mit diesem

* Militärischer Geheimdienst Italiens (Anm. d. Übers.)

hatte, taufte Giampieri ihn für sich »Gabin«. »Dies hier ist ein ruhiges Plätzchen«, sagte er, während er seinen Blick über das Grün, die klare Luft und das Meer im Hintergrund schweifen ließ, »und Sie sitzen schon.«

Gabins Lächeln verhieß nichts Gutes.

»Sie brauchen keine Angst zu haben, Herr Vizekommissar. Wir sind nur gekommen, um Ihnen zu helfen.«

»Sollte ich Angst haben? Aber warum denn?«

»Wir wissen, dass Sie im Fall dieses jungen Mädchens ermitteln, dieser Barbara Ameri«, fuhr der Mann mit leiser Stimme fort, »und wir wollen ganz einfach verhindern, dass Sie Ihre Zeit mit einer Spur vergeuden, die ins Abseits führt.«

»Und woher wissen Sie, dass die Spur ins Abseits führt?«

»Das kann ich Ihnen nicht sagen. Das sind Geheiminformationen, die die nationale Sicherheit betreffen. Aber ich kann Ihnen bei meiner Ehre versichern, dass dieses Mädchen in keiner Weise verstrickt war in … Nun, wenn Sie den Mörder finden wollen, dann sollten Sie in einem engeren Umfeld suchen.« Er sah Giampieris skeptische Miene und fuhr fort: »Stellen Sie in Rechnung, dass wir Informationen erhalten haben, auf denen allerdings eine Art Beichtgeheimnis liegt. Aber dank dieser Informationen können wir Ihnen Fehler ersparen.«

»Sie wissen, wer der Mörder ist?«

»Ganz und gar nicht, Herr Vizekommissar. Sonst würden wir es Ihnen sagen. Wir meinen aber, dass es ein kleiner Fisch ist. Um ihn zu fassen, braucht man keine Schiffe zu verfolgen, die durchs Mittelmeer kreuzen.«

Deutlicher konnten sie nicht mehr werden. Sie mussten ihn dabei ertappt haben, wie er versuchte, in die Site des Brokers vorzudringen. Oder vielleicht waren sie durch seinen Besuch bei den Manteros alarmiert worden. Giampieri beschloss, sich dumm zu stellen.

»Ich habe verstanden. Das heißt, wenn es sich um eine falsche Spur handelt, werde ich ein wenig Zeit verlieren, was gibt es da schon für ein Problem?«

»Es gibt ein Problem. Erstens laufen Sie Gefahr, dass Ihnen der richtige Mörder durch die Lappen geht. Zweitens weiß man nie, wenn man sein Netz einfach so auf gut Glück auswirft, was darin hängen bleibt. Sie könnten Personen gefährden, die tagtäglich ihr Leben für die nationale Sicherheit aufs Spiel setzen.«

Da war sie schon wieder: die nationale Sicherheit. Es genügte, dass ein einfacher Polizist in der Gegend herumlief und Fragen stellte, und schon rauschte eine höhere Macht wie ein Blitz vom Himmel und kassierte ihn im Namen der Staatsräson.

»Wir sind bereit, Ihnen zu helfen, Herr Vizekommissar, wir haben Männer und Mittel, die wir Ihnen an die Hand geben können. Der Fall ist vielleicht weniger kompliziert, als er scheint, man kann ihn mit einer ordentlichen Angelrute lösen. Und dem richtigen Köder, versteht sich.«

Die Bedienung kam, um Giampieris Bestellung aufzunehmen, dann wandte sie sich den beiden neuen Gästen zu. Belmondo, der seinen Mund noch nicht aufgekriegt hatte, sagte: »Einen Espresso«, der andere machte eine Geste mit der Hand, um klarzustellen, dass das überflüssig sei.

»Wir gehen gerade, danke.«

Er erhob sich und gab dem Ingenieur, statt der Hand, einen letzten Rat: »Wie Sie sich denken können, haben wir einander nie gesehen …«

Wer ist »wir«? Wer zum Teufel bist du?, dachte Giampieri.

»… aber denken Sie trotzdem an das, was ich Ihnen gesagt habe.«

»Ich werde daran denken. Wenn ich entschieden habe, wem darf ich das dann mitteilen?«

Gabin setzte ein wenig vertrauenerweckendes Lächeln auf. »Wir werden schon erfahren, wie Sie sich entschieden haben.«

Er sah ihnen nach, während sie sich entfernten, kraftvoll federnden Schrittes wie zwei Raubkatzen. Eine kompakte Masse aus Muskeln und Angriffslust. Er bat die Bedienung um ein Glas Wasser, weil sein Mund ausgetrocknet war, und dann dachte er instinktiv an Marco Luciani, an seine Fähigkeit, in solchen Momenten kühlen Kopf zu bewahren. Er hatte versucht, Selbstsicherheit zur Schau zu stellen, aber es war ihm nicht besonders gut gelungen.

»Sie haben es geschafft, mich einzuschüchtern«, dachte er wütend, während er versuchte, seine Ratio davon zu überzeugen, dass es dafür keinen Grund gab. Sicher, wenn sie sich so weit vorgewagt hatten, dann hieß das, dass eine Menge auf dem Spiel stand, es waren wahrscheinlich millionenschwere Geschäfte oder mächtige Persönlichkeiten involviert. Oder noch wahrscheinlicher: beides.

# Dienstag

## Luciani

Wer weiß, wer diese scheiß Trainingspläne erstellt, dachte Marco Luciani, während er sich im Schneckentempo die Steigung hinaufkämpfte. Ein Sadist, oder ein Rollstuhlverkäufer. Sein Programm, das er in einer Fachzeitschrift gefunden hatte, versprach einen »Marathon in acht Wochen«, aber es richtete sich auf keinen Fall an blutige Anfänger und nicht einmal an einen Amateur wie ihn, der schon ein gewisses Trainingsniveau hatte. Fünf Trainingseinheiten pro Woche, zur Regenerierung war praktisch keine Zeit: Es konnte passieren, dass man an einem Tag eine Stunde Ausdauertraining und am Folgetag vierzig Minuten Bergläufe absolvieren musste. Andererseits hat es heute jeder eilig, dachte er, und wenn du sagst: »Marathon in sechs Monaten«, wer bringt dann schon das Durchhaltevermögen für einen solchen Zeitraum auf? Sicher niemand, der Arbeit, Familie und Kinder hatte. Einer wie ich schon, ich habe zwar viele Fehler, aber wenn ich mich für eine Sache entscheide, dann bringe ich sie auch zu Ende. Sein Puls lag bei hundertachtzig, und er spürte, dass er nicht einen Schritt mehr schaffen würde auf diesem Kreuzweg, der hinauf nach Castelletto führte, und doch tat er den nächsten Schritt und dann noch einen und noch einen. Es fehlten noch zweihundert Meter bis zum Ende der Creuza*, als ihn die Übelkeit übermannte, er fiel auf die Knie und erbrach sich am Wegesrand. Gut fünf Minuten währte der Würgekrampf, obwohl er nichts gegessen hatte. Niemand kam

* Mit Steinen gepflasterter, von Trockenmauern eingeschlossener steiler Weg (Anm. d. Übers.)

vorbei, nur ein Rentnerpaar, das ihn für einen Junkie hielt und zusah, dass es Land gewann.

Wenn ich mich für eine Sache entschieden habe, dann bringe ich sie auch zu Ende, wiederholte er sich im Stillen, vor allem, wenn die Sache hirnverbrannt ist. Er stand auf und ging langsam zum Ende der Steigung.

Er hatte geduscht und sich ins Bett gelegt. Doch konnte er weder schlafen noch sich auf irgendetwas konzentrieren. Er dachte an Barbara Ameri und versuchte, sich so weit wie möglich mit ihr zu identifizieren, sich an Ängste und Träume zu erinnern aus der Zeit, als er selbst fünfundzwanzig war und der Ruin seines Vaters ihn dazu getrieben hatte, sein Leben neu zu definieren. Vielleicht hätte ich das auch ohne den Skandal getan, dachte er. Vielleicht war ich nicht zum Anwalt geboren und habe mich bei der erstbesten Gelegenheit abgesetzt, so wie ich mich einige Jahre davor aus der Welt des Fußballs verabschiedet hatte und so wie ich mich jetzt aus dem Polizeidienst davonstehle. Vielleicht stimmt es nicht, dass ich die Dinge zu Ende bringe. Bei so einer idiotischen Angelegenheit wie dem Joggen schon, aber bei allen entscheidenden Dingen scheue ich zwar weder Opfer noch Mühen, um bis kurz vor das Ziel zu gelangen, aber wenige Meter vor dem Gipfel, wenn ich anhalten und die Aussicht genießen könnte, behaupte ich dann unter irgendeinem Vorwand, das Panorama sei ätzend. Ich kehre um und renne weg, ohne mich noch einmal umzusehen.

Ich habe immer gedacht, es wäre besonders mutig von mir gewesen, auf Erfolg, Karriere und Geld zu verzichten. Ich hätte mir das Leben schwergemacht und immer wieder neu angefangen, jedes Mal unter schlechteren Bedingungen. Aber ist das wirklich wahr? Oder habe ich nicht einfach nur Angst, verzichte ich nicht vor allem deshalb auf das Erbe, weil ich mich vor der Verantwortung drücke?

Barbara Ameri war die Sekretärin eines Brokers, mit geringer Bezahlung und wohl auch geringem Ansehen. Ein schüchternes Mädchen, sexuell unsicher, das zusah, wie seine Freundinnen flügge wurden. Sie setzte sich ein für andere, für die Armen, die Prostituierten, sie ging in die Kirche, verbrachte die Wochenenden mit den Eltern. Ihr Leben war eine Ansammlung von Verpflichtungen. Aber wer weiß, vielleicht spürte sie tief im Innern, mit fünfundzwanzig, den übermächtigen Wunsch, alles hinzuschmeißen und abzuhauen, bevor es zu spät war. Sie träumte von einem tollen Job, einem eigenen Zuhause, einem Freund. Oder vielleicht auch nicht, vielleicht wollte sie nur ein wenig das Leben genießen, ihre Jungfräulichkeit und damit ihre Ängste loswerden.

Und Giulio Mantero? Auch er lebte bei seiner Mutter, ging zur Kirche, auch er war Gefangener seiner Pflichten. Vielleicht hegte er dieselben Sehnsüchte, träumte von derselben Flucht. Sie waren einander ähnlich, aber vielleicht zu ähnlich, um eine derartige Tragödie auszulösen.

Vielleicht hatte Barbara Ameri eine Entscheidung getroffen und zu Ende geführt, dachte der Kommissar, selbst als sie merkte, dass sie falsch gewesen war.

Zu viele Hypothesen, dachte er. Andererseits sind es Hypothesen, mit denen man einen Fall löst, und nicht mit DNA-Analysen.

Er zog sich an, nahm die Akten und ging wieder hinaus, er wollte die Unterlagen in der Sonne lesen, auf einer Bank im Porto Antico.

Er kam gerade mit seinem Einkauf aus dem Gemüseladen zurück, als ihn der Neapolitaner am Fenster anhielt.

»Mamma mia, Commissario. Du siehst nicht aus, als hättest du viel geschlafen. Die Frauen werden dich noch ins Grab bringen.«

Marco Luciani war nicht zum Scherzen aufgelegt. Er war um drei Uhr aus Santa Margherita zurückgekommen, und um fünf hatten die Möwen ihm einen guten Morgen gewünscht. Um sieben war er joggen gegangen und hätte fast einen Herzanfall bekommen. Eine bitterböse Vorahnung sagte ihm jetzt, dass die Probleme für heute noch nicht ausgestanden waren.

»Der Dealer ist heute Nacht zur Bestform aufgelaufen, Pasquale. Deine Gebete scheinen nicht viel zu helfen«, sagte er, um das Gespräch abzukürzen.

»Gut Ding will Weile haben, Commissario. So ein Heiliger kann schließlich auch nicht zaubern.«

Das war eines Iannece würdig, dachte Luciani. »Sag mal, du hast nicht zufällig einen Bruder bei der Polizei?«

»Gott behüte, Commissario. O Mist, entschuldige ... damit wollte ich nicht ... ich wollte niemanden beleidigen, aber du weißt, wie es ist. Sagen wir, es liegt nicht ... in der Tradition der Familie.«

»Und ... wer soll dieser Heilige sein? San Gennaro?«

Der andere sah sich um, ein wenig unschlüssig. Vielleicht überwog dann das Schuldbewusstsein angesichts seines Fauxpas, und er bat Luciani hoch in die Wohnung. Der Kommissar hatte nicht die geringste Lust, gab aber nach.

»Bitte, komm rein, nimm Platz. Wir trinken ein Glas Wein, und ich erzähle dir die Geschichte. Das ist eine ziemlich vertrauliche Angelegenheit, nur ganz wenige kennen sie. Mein alter Taufpate lehrte sie mich, ein Genueser, den mein Vater auf der Michelangelo kennengelernt hatte, das Schiff, erinnerst du dich?«

»Klar erinnere ich mich«, sagte der Kommissar, der sich an den Küchentisch setzte, während der Neapolitaner zwei Gläser und eine Strohflasche mit Chianti aufdeckte.

»Ich trinke nicht, Pasquale. Gib mir ein Glas Wasser, Leitungswasser ist okay.«

»Wie du willst.«

Er brachte das Wasser und setzte sich. »Dieser Typ war Oberkellner, glaube ich, mein Vater Capo im Maschinenraum, und sie hatten sich angefreundet, jedenfalls zog ich auch deswegen 1963 nach Genua. Als ich ankam, wohnte ich eine Weile bei meinem Cousin, in der Gegend von San Bernardo. Ich wollte mich erst einmal nach einer Bleibe umsehen. Nach ein paar Jahren – ich hatte inzwischen eine Tochter und wollte seine Gastfreundschaft nicht ausnutzen – hörte ich mich ein bisschen im Haus um, ob jemand eine Wohnung zu vermieten hätte. Ein Stockwerk tiefer war ein kleines Apartment, der Mieter ein sizilianischer Matrose, der immer in der Weltgeschichte herumgondelte. Die Vermieterin war unzufrieden, weil er die Wohnung verlottern ließ, ist klar, außerdem zahlte er nie pünktlich die Miete. Die Eigentümerin sagte mir, ich bekäme die Wohnung, wenn ich den Sizilianer zum Ausziehen bewegen würde.«

Er trank sein erstes Glas aus und schenkte das zweite ein, während der Kommissar sein Kalkwasser goutierte.

»Also warte ich, bis der Sizilianer von einer seiner Reisen zurückkommt und versuche, mit ihm zu reden, um eine Lösung zu finden, aber der stellt sich taub, besser gesagt, er wird sauer und droht mir sogar, meint, er hätte Freunde in jedem Winkel der Welt, und ich würde noch nicht einmal jemanden in Genua kennen. Da ich keine Lust habe, meinen Cousin in die Sache reinzuziehen, gehe ich zu meinem Paten und frage um Rat. Ich muss ihm schwören, dass ich keinem etwas sage, und er erklärt mir das Geheimnis vom heiligen Judas.«

»Der heilige Judas?«

»Genau. Das erzähle ich dir jetzt, aber auch du musst schwören, dass du es keinem verrätst.«

»Keiner Menschenseele. Der heilige Judas ist der, der Jesus verraten hat?«

Der andere schaute Luciani an, als wäre er bescheuert.

»Klar doch, meinst du, dass sie den zum Heiligen erklärt haben? Der andere Judas, es gab doch zwei davon unter den Aposteln. Judas Iskariot war der Schuft, und der andere ... weißt du noch, wie er hieß?«

»Judas ... Taddäus?«

»Genau der. Das arme Schwein ist ein vollgültiger Heiliger, aber vielleicht liegt es an dem anderen, dass keiner zu ihm betet. Die Leute trauen ihm offensichtlich nicht. Wenn einer um einen Gnadenbeweis bittet, dann betet er, statt zum heiligen Judas, zur heiligen Katharina von Siena oder dem heiligen Anton von Padua, oder, in meinem Fall, San Gennaro natürlich«, er küsste reflexartig das Goldmedaillon, das er um den Hals trug, »deshalb hat der heilige Judas nichts zu tun, er hat keine Anhänger, man nennt ihn den Heiligen der aussichtslosen Fälle, weil sich die Leute erst dann an ihn wenden, wenn alles zu spät ist. So sitzt er also den ganzen Tag da oben im Himmel auf seiner Wolke und dreht Däumchen, ist ja logisch.«

»Das heißt?«

»Das heißt er wollte auch einmal das befriedigende Gefühl haben, etwas geleistet zu haben, und so verlegte er sich mit der Zeit auf Wünsche, mit denen die Leute sich, wie soll ich sagen, zu den anderen Heiligen gar nicht trauen würden. Wünsche halt, die ... nicht so christlich sind.«

»Erklär das genauer.«

»Ganz einfach, Commissario: Wenn ich von einer bösen Krankheit genesen will, dann zünde ich der heiligen Rita eine Kerze an. Wenn ich aber will, dass jemand von einer bösen Krankheit nicht geheilt wird, oder dass er sie bekommt, dann stifte ich die Kerze dem heiligen Judas. Capito?«

Marco Luciani leerte das Glas und grinste.

»Ein Heiliger, der die Leute umlegt? Du machst Witze!«

Die Miene des Neapolitaners war todernst.

»Nein, Commissario, und mach bloß du damit keine Witze.«

»Aber hast du das denn schon einmal ausprobiert?«

Der andere wandte den Blick ab.

»Mit dem Sizilianer?«

Der andere schwieg.

»Und ...?«

Pasquale seufzte, dann redete er hastig: »Ich zündete zwanzig Kerzen vor der Statue des heiligen Judas an, und einen Monat später war ich in der neuen Wohnung. Dem Ärmsten war ein Unglück widerfahren. Auf See.«

Der Kommissar schüttelte den Kopf. »Ein Zufall.«

Der andere schüttelte noch heftiger den Kopf und erblasste ein wenig.

»Jetzt sag nicht, du ... hast noch öfter zu ihm gebetet.«

Pasquale erhob sich. »Es ist spät geworden, Commissario. Ich muss noch Milch kaufen.«

Er war kaum in der Wohnung, als das Telefon klingelte und der Anrufbeantworter beim zweiten Läuten ansprang, ein Zeichen, dass schon andere Anrufe gespeichert waren. Wer auch immer es war, er legte auf, ohne eine Nachricht zu hinterlassen, aber Marco Luciani stand inzwischen vor dem Telefon und betrachtete wie hypnotisiert das rote Blinklicht. Er war eine ganze Weile unterwegs gewesen, und ihm kam jedes Aufleuchten wie ein stummer Schrei vor, der ihn seit Stunden verfolgte, immer schwächer und immer verzweifelter werdend.

Er drückte auf die Taste »Abhören« und vernahm, von dem Gerät verzerrt, die angsterfüllte Stimme seiner Mutter: »Marco, ich bin's. Bist du zu Hause? Übers Handy kann ich dich nicht erreichen (Scheiße, hab vergessen, es einzuschalten, dachte der Kommissar). Hör zu, erschrick nicht, aber du musst sofort kommen. Papa hatte eine Krise, man hat ihn ins San-Martino-Spital gebracht. Wir sind dort, komm so schnell wie möglich nach.« Sie machte eine Pause, in der man das Rauschen des Anrufbeantworters hörte. »Bitte!«

Marco Luciani blieb eine Weile stehen und betrachtete das Band, das sich jetzt wieder aufspulte, nachdem es so lange unter Spannung gestanden hatte. Ja, wie lange wohl? Er wusste nicht, wann seine Mutter angerufen hatte, in der Zwischenzeit konnte alles Mögliche passiert sein, es konnte zu spät sein für einen letzten Gruß an seinen Vater, sicher war es zu spät für seine Mutter; sie würde das Gefühl haben, man habe sie in der schwersten Stunde ihres Lebens alleingelassen.

Für eine Tausendstelsekunde dachte er, dass nicht er daran schuld war, und eine Sekunde danach, dass er die Nachricht auch viel später hätte abhören können. Er spürte die übermächtige Versuchung, sie zu ignorieren, einfach so zu tun, als hätte er sie nicht bekommen, womöglich bis zum nächsten Tag.

Aber während er das dachte, war er schon auf der Treppe, und drei Minuten später saß er im Taxi Richtung Krankenhaus.

»Jetzt ist es also soweit. Es ist vorbei«, dachte Marco Luciani, der auf einer Art Foltersitz im Korridor saß, in der Hand einen Espresso aus dem Automaten, der unversehens kalt geworden war. Seine Mutter trat aus dem Zimmer, in dem sein Vater, von Schmerzmitteln betäubt, im Tiefschlaf lag. Er war zu Hause ohnmächtig geworden, nach einem Anfall heftiger Kopfschmerzen. Zum Glück war rasch der Krankenwagen eingetroffen, die Sanitäter waren mit seinem Fall vertraut, hatten Sauerstoff dabei und konnten ihn umgehend wiederbeleben. Im San-Martino-Krankenhaus wurde er von seinem Arzt untersucht und, soweit möglich, beruhigt, dann sorgte man dafür, dass er ein paar Stunden schlief.

Marco Luciani wollte seiner Mutter den Sitzplatz überlassen, doch sie lächelte, lehnte ab und sagte: »Gehen wir ein Stück, gehen wir bis ans Ende des Korridors.« Er reichte ihr den Arm, und sie lehnte sich ganz leicht dagegen. Sie hatte sich beruhigt, ihre Augen waren trocken, ihr Rücken gerade.

»Ich will dir die Wahrheit sagen, ich wusste, dass es früher oder später passieren würde. Ich fürchtete nur, dass ich in dem Moment nicht da sein würde, um ihm zu helfen, oder dass wir es nicht rechtzeitig ins Krankenhaus schaffen würden. Soweit das noch …« Sie schwieg einen Moment und fuhr dann fort: »Jedenfalls ist er jetzt in guten Händen, das Wichtigste ist, dass er keine Schmerzen mehr spürt, ihn leiden zu sehen ist das Schlimmste, ihn leiden zu sehen und nichts dagegen unternehmen zu können. Es gab schlimme Momente, in denen er vor Wut raste, in denen ich ihn nicht wiedererkannte. Der Schmerz kann einen Menschen vollständig verändern.«

Der Kommissar wollte nichts weiter davon wissen. »Was sagen denn die Ärzte?«

»Sie haben mir geraten, ihn ins Hospiz zu bringen. Ihn hier zu behalten hat keinen Sinn, dort könnte man ihn besser versorgen, es ist ein schöneres Ambiente als im Krankenhaus, Küche und Pflegepersonal sind auf so etwas spezialisiert. Es ist eine Einrichtung, die ganz auf das Ende ausgerichtet ist, die Angehörigen können dabei sein, haben ihr eigenes Zimmer.«

»Er würde vielleicht lieber nach Hause zurück.«

Die Mutter seufzte. »Vielleicht. Aber das ist nicht so einfach. Wir bräuchten rund um die Uhr einen Pflegedienst, mindestens zwei Krankenschwestern, die mir helfen. Und abgesehen von den Kosten weißt du nie, wen du dir da ins Haus holst.«

Marco Luciani wollte einwenden, dass Geld für sie kein Problem darstellte. Die Vorstellung, dass sein Vater in einer Einrichtung für Patienten im Endstadium sterben sollte, dass er so ein Haus betreten würde in der Gewissheit, es nie wieder lebend zu verlassen ... die Vorstellung, dass er seine letzten Tage unter Leuten verbrächte, die dort nur auf ihren Tod warteten, dass er diese immer vor Augen hätte, und auch sie ihn sehen würden ... Zu wissen, dass man sterben musste, war grausam genug, aber auch schon die Umstände und den Ort zu kennen, wenn auch vielleicht nicht den genauen Zeitpunkt, war ein absolut unerträglicher Gedanke.

Er wollte seiner Mutter all diese Einwände vortragen, aber als er sie mit verschränkten Armen am Fenster stehen sah, wie sie mit leerem Blick nach draußen starrte, wusste er, dass es genauso grausam wäre, ihn zum Sterben nach Hause, in sein Schlafzimmer, zu bringen; denn in diesem Haus und in diesem Bett würde sie weiterleben müssen. Dazu sind Krankenhäuser da, dachte er, um die Leute zu kurieren, aber manchmal eben auch, um sie sterben zu lassen, im Grunde sind es immer noch Lazarette, in die man die Moribunden bringt, damit sie mit ihrem Tod weder die Angehörigen noch ihre eigenen vier Wände infizieren.

Und im Grunde ist mein Vater schon gestorben, dachte er, er ist in dem Moment gestorben, als man ihm sagte, dass es geschehen würde. Der Rest ist nur eine grausame Warterei, unerträglich für ihn und die anderen, nützlich vielleicht nur, um sich auf das Ereignis vorzubereiten, vorausgesetzt, dass man sich auf den Tod überhaupt vorbereiten kann.

»Meinst du, ich werde noch einmal mit ihm sprechen können?«

Seine Mutter verzog das Gesicht. »Ich denke schon, aber es wird immer schwieriger. Von jetzt an werden sie die Schmerzmittel noch höher dosieren, und er wird nach und nach das Bewusstsein verlieren. Man hat mir versichert, er werde nicht leiden, aber nur weil er fast betäubt sein wird.«

Sie warteten weiter, wobei sie sich am Bett des Großen Cäsars abwechselten, im Korridor auf und ab gingen oder jeweils für fünf Minuten frische Luft schnappten. Gegen zehn Uhr abends setzte Marco Luciani seine Mutter – gegen deren Willen – in ein Taxi und platzierte seine knapp zwei Meter auf einem jener unsäglichen Stühle aus Stahlrohr und Resopal, die nur noch in Krankenhäusern existieren. Er verharrte so bis zum Morgengrauen, den regelmäßigen Atemzügen seines Vaters lauschend. In jedem Augenblick hoffte er, der Vater möge nun sterben, vor seinen Augen, damit seiner Mutter dieser Moment erspart blieb.

# Dienstag
## Giampieri

Er verbrachte den Vormittag damit, die Beschlagnahmung der Computer aus Manteros Büro zu überwachen. Dies war ein langwieriger und komplexer Vorgang, und er wollte sichergehen, dass er nach allen Regeln der Kunst ablief, damit nicht irgendeine Diskette vergessen würde oder der Broker später eine Handhabe für eine Rechtsbeschwerde fände.

Um die Auswertung der Dateien würde er sich, mit Unterstützung eines Technikers, persönlich kümmern. Die anderen setzten unterdessen die Verhöre fort.

Er war kaum ins Büro zurückgekehrt, als die Boemi klopfte, mit einem Aufschlag ihrer langen Wimper die Tür einen Spaltbreit öffnete und fragte:

»Störe ich?«

»Was gibt's?«

»Ich wollte zu gestern Abend Bericht erstatten.«

Giampieri brauchte einen Moment, ehe er sich erinnerte, wovon sie sprach, sie bemerkte es und schien enttäuscht.

»Gestern Abend sind wir nach Santa Margherita gefahren, wissen Sie noch? Nadia und ich.«

»Klar, klar. Ihr seid in das Lokal gegangen, wie abgesprochen.«

»Genau.«

»Und ... wie war es?«

Stefania strich sich eine Haarsträhne hinters Ohr. Laut Lehrbuch ein explizites Locksignal. »Ach, super. Man hat mir eine Menge Avancen gemacht«, lachte sie.

»Daran zweifle ich nicht.«

»Sieht so aus, als wäre ich der Typ, auf den Lesben stehen. Großer Busen«, damit fühlte Giampieri sich absolut autorisiert, eben diesen Busen zu betrachten und heftig zu nicken »und halt ein paar Kurven ... Wenn ich nicht mit Nadia da gewesen wäre, wären die wohl über mich hergefallen.«

Der Ingenieur hatte alle Mühe, sich die Szene nicht auszumalen. »Und Nadia ... also Frau Giolitti ... wo ist die?«

»Als ich gegangen bin, schlief sie noch. Unsere Nacht war ziemlich ... anstrengend.« Sie lächelte zweideutig, ein echtes Aas.

Der Kommissar kämpfte gegen die Frage an, die in seinen Weichteilen rumorte: »Warum? Seid ihr erst spät zum Schlafen gekommen?«

»Und ob, es war bestimmt schon drei, halb vier. Nein, vielleicht sogar ein bisschen später. Ich habe bei ihr in Sori übernachtet, ich wäre sonst am Lenkrad eingeschlafen«, sagte sie und kostete dabei Giampieris besorgte Miene aus.

»Gut. Und ... hast du etwas herausgefunden?«

»In dem Lokal oder in Nadias Wohnung?«, platzte sie lachend heraus. Sie genoss es, ihn auf die Folter zu spannen.

Der Vizekommissar hob den Blick zum Himmel. »Im Lokal.«

»Machen Sie es sich gemütlich. Das wird eine lange Geschichte. Darf ich mich setzen?«

»Sicher.«

»Gut. Wir tranken etwas, schauten uns ein bisschen um und schlossen Freundschaft. Den Typen, von dem Michela sprach, den vom Foto, haben wir sofort entdeckt: Marke attraktiver Schurke, langes Haar, ein bisschen ... wie soll ich sagen, Urvieh. Auf den ersten Blick meilenweit von Barbaras Stil entfernt. Er ist nicht wirklich der Betreiber, sondern der Bruder der Eigentümerin, die ist übrigens ätzend. Sie behandelt ihn wie einen Laufburschen, und er schluckt das. Er war an unseren Tisch gekommen, um den Hanswurst zu spielen, und sie hat ihn sofort hinter den Tresen beordert.«

»Aber schien dir der Kerl gefährlich?«

»In gewisser Weise schon. Kennen Sie die Sorte von Typen, die den harten Hund spielen, obwohl sie es nicht unbedingt sind, die sich in Schlägereien stürzen, um zu zeigen, wie mutig sie sind, am Ende aber die Hucke voll kriegen? So einer.«

»Kerle, die früher oder später Riesenmist bauen. Ich geh mal ins Netz und schaue, ob er Vorstrafen hat. Der Name?«

Stefania Boemi zog eine hellblaue Mappe mit Fotokopien aus der Tasche. Sie schlug die Beine übereinander, balancierte das Dossier auf dem rechten Oberschenkel und öffnete es: »Ich habe mir erlaubt, die Akte auszudrucken. Soll ich sie vorlesen?«

Giampieri wusste nicht, ob er sie bewundern oder hassen sollte.

»Maurizio Merli, geboren in Sesto San Giovanni am 13. Juli 1976. Wohnhaft in Rapallo, Via Larga 5, Apartment 2. Schulbildung: Mittlere Reife.«

»Boemi.«

»Bitte?«

»Komm zum Punkt.«

Die Polizistin errötete bis über beide Ohren, vielleicht war sie beleidigt, vielleicht wütend, weil sie sich blamiert hatte.

»Okay. Dann schauen wir mal … Der Typ hat eine hübsche Vorstrafenliste, wegen Schlägerei, Drogenhandel, Widerstands gegen die Staatsgewalt, unerlaubten Mitführens eines Messers und Hehlerei. Er beginnt, noch minderjährig, als Kleindealer, zuerst Marihuana, dann Kokain. Einige Anzeigen seiner häufig wechselnden Partnerinnen wegen Misshandlung und Körperverletzung, allerdings später wieder zurückgezogen. Bis zum einundzwanzigsten Lebensjahr kommt er um den Knast herum, aber dann geht es rein und raus, bis er fünfundzwanzig ist, allerdings kommt er immer mit kurzen Haftstrafen davon. Kein familiärer Rückhalt, der Vater früh abgehauen, die Mutter seit geraumer Zeit verstorben. Jedes Mal wenn er entlassen wird oder in den halboffenen Vollzug kommt, geht er zu seiner großen Schwester, Emanuela. Zuerst in Sesto, dann in Rapallo. Sie hat das Lokal dort … Moment, im Jahr 2000 eröffnet und ist auch dort hingezogen. 2001 dann der Qualitätssprung: Ein Kronzeuge sagt aus, Merli sei an einem Überfall auf einen Geldtransporter in Cinisello Balsamo beteiligt gewesen, bei dem ein Wachmann starb. Eine merkwürdige Geschichte, die noch nicht geklärt ist. Die Beute ist nie gefunden worden, und es besteht der Verdacht, dass es einen Maulwurf gab. Merli hat kein Alibi, es kommt zum Prozess, sein Anwalt macht aber glaubhaft, dass ein solcher Coup nicht zu Merlis bisheriger krimineller Karriere passte: ein bisschen Dope zu verticken ist eine Sache, einen Geldtransporter zu überfallen eine andere. Merli wird, ebenso wie der einzige Mitangeklagte, freigesprochen. Man observiert ihn, um zu sehen, ob er mit jemandem Kontakt aufnimmt, ob er teure Sachen kauft, aber nichts passiert. In den letzten Jahren scheint er ein bisschen zur Vernunft gekommen zu sein, er jobbt, zuerst als Tankwart, dann bei einer gemeinnützigen Organisation und schließlich im Lokal seiner Schwester. Er wird noch ein Mal wegen Drogenbesitzes, und einige Male wegen öffentlicher Trunkenheit und schwerer Schlägerei festgenommen …«

»Hmm … scheint mir eine Niete zu sein«, murmelte Giampieri.

»Ein Loser, selbst als Krimineller«, erwiderte die Boemi, »aber jetzt kommt die Überraschung.«

»Die wäre?«

»Letzten Sommer wird er in Rom von einer englischen

Touristin wegen Vergewaltigung angezeigt. Er und noch zwei andere.«

»Warum sagst du mir das denn erst jetzt?«

Das Mädchen lächelte. »Warten Sie. Die Geschichte hat eine Pointe. Die beiden anderen werden verknackt, er wird freigesprochen. Bei der Gegenüberstellung identifiziert ihn das Mädchen, sie sagt, er sei dabei gewesen, habe nichts unternommen, um die anderen zu stoppen, habe sich aber selbst nicht beteiligt.«

»Warum?«

»Seine Rechtfertigung lautet, er habe versucht, das Mädchen zu schützen, die anderen hätten ihn aber bedroht, und er hätte Angst gehabt. Er legt ein ärztliches Attest zu *impotentia coeundi* vor. Er wird vom Vorwurf der Vergewaltigung freigesprochen, aber wegen Beihilfe verurteilt, Kleinkram. Er kommt sofort frei und kehrt nach Rapallo zurück.«

»Das ist alles?«

»Fast. Sie könnten noch weitere Fragen stellen. Sie könnten mich zum Beispiel fragen, von wem er 2001 verteidigt wurde. Oder für welche Hilfsorganisation, die Medikamente und Lebensmittel in die Dritte Welt bringt, er als LKW-Fahrer gearbeitet hat.«

Giampieri schaute sie an, sie nickte, ohne etwas zu sagen.

»Er kannte Mantero, und vielleicht kannte er tatsächlich auch Barbara, er könnte sie in Manteros Büro gesehen haben. Und er wohnt nur zehn Gehminuten vom Tatort entfernt.«

Der Ingenieur setzte die Brille ab, putzte sie mit einem Taschentuch, dann massierte er zwei unendlich lange Minuten seinen Kinnbart. Am Ende hob er den Blick und sah der Polizistin in die Augen. »Hervorragende Arbeit. Wirklich. Jetzt schreibst du einen schönen Bericht für die Staatsanwältin und einen für den Psychologen. Wollen doch mal sehen, ob das Profil zu dem des Täters passt. Bis dahin sollten wir ihn besser überwachen lassen.«

Als Stefania an der Tür war, sagte Giampieri, ohne aufzublicken:

»Boemi.«

»Ja?«

»Und in der Wohnung der Giolitti, hast du da auch etwas entdeckt?«

Er stellte sich ihre triumphierende Miene vor und geriet sofort wieder in Wallung.

»Ja. Dass sie ein großes Ehebett hat … und ein sehr bequemes Sofa.«

Also war nichts passiert. Sie hatte auf dem Sofa geschlafen. Giampieri war erleichtert, aber sofort danach merkte er, dass seine Erektion verpufft war.

»Ach, Herr Kommissar.«

»Bitte?«

»Da war gestern ein merkwürdiger Typ in dem Lokal. Er hat uns die ganze Zeit angestarrt, und bevor er wegging, kam er zu mir und sagte, ich solle Sie grüßen.«

»Wer soll das sein?«

»Er hat mir seinen Namen nicht gesagt, aber er war baumlang, spindeldürr und trug einen Bart. Stahlblaue Augen. Auf seine Art faszinierend.«

»Dieser Hurensohn«, murmelte Giampieri.

Sein Ex-Chef hatte wirklich einen sechsten Sinn, oder wahrscheinlich hatten ihm Barbaras Eltern Dinge anvertraut, die sie der Polizei verheimlicht hatten. Doch das war inzwischen unwichtig. »Wirklich Spitzenarbeit, meine liebe Stefania«, murmelte er, während er Amalias Handynummer wählte.

Er rief Venuti und die Serra an und setzte sie über die Neuigkeiten in Kenntnis. Die Staatsanwältin stellte einen Durchsuchungsbefehl für Merlis Wohnung aus, der Termin wurde für den Folgetag, im Morgengrauen, festgesetzt; in der Zwischenzeit würden die Kräfte aus Rapallo Wohnung und Lokal überwachen. Nachdem man tagelang auf unwegsamen, dornenreichen Pfaden herumgeirrt war, spürten jetzt alle drei, dass es pfeilgerade Richtung Ziel ging.

Als Nächstes nahm er sich Barbaras Computer vor, auch wenn nun die Spur Maurizio Merli weitaus interessanter schien. Auf gut Glück durchforstete er die Dateien der Sekretärin, suchte nach etwas Auffälligem, fand aber nur Geschäftsbriefe ohne verdächtige Inhalte. Nach einigen Stunden klopfte es erneut an der Tür, er gab ein zerstreutes »Herein« von sich und sah sich Nadia Giolitti gegenüber. Ihr Haar war etwas verstrubbelt, sie hatte dunkle Augenringe und trug, wie gewöhnlich, Jeans und ein Top im Military-Look.

»Entschuldigen Sie die Verspätung, Herr Kommissar. Das war eine lange und … anstrengende Nacht für uns«, sagte sie mit einem augenzwinkernden Grinsen.

»Nun, ich denke, du hast den Schlaf nachgeholt«, sagte Giampieri mit einem demonstrativen Blick auf die Uhr.

»Ja, zum Teil.«

»Es gibt nichts Schöneres als so ein bequemes Riesenbett ganz für sich allein«, sagte der Ingenieur lächelnd.

Das selbstgefällige Grinsen wich aus ihrem Gesicht .

»Boemi hat bereits Rapport erstattet.«

»Ach.«

»Aber jetzt sag du mir mal, wie es gelaufen ist.«

»Für einen ersten Annäherungsversuch sehr gut, würde ich sagen. Man kann ja nicht immer gleich am ersten Abend ins Schwarze treffen.«

Giampieri öffnete das Fenster und steckte sich eine Zigarette an. Redeten sie über den Fall oder über Stefania?

»Aber die Konstellation erscheint mir vielversprechend«, fuhr sie fort, »verständlich, dass erst mal eine gewisse Scheu da ist. Sobald die überwunden ist, lässt die Sache sich gewiss vertiefen.«

»Du willst es also noch einmal versuchen.«

»Klar. Von mir aus schon heute.«

Er wurde des Spielchens langsam überdrüssig. »Heute nicht. Heute Abend ruhst du dich aus. Bis dahin gehst du zu Calabrò, der braucht Unterstützung.«

Die Polizistin schlug die Hacken zusammen und salutierte ironisch.

»Ach, Giolitti.«

»Bitte?«

»Was hältst du von dem Mädchen? Gefällt sie dir?«

»Inwiefern?«, antwortete sie mit harter Miene.

»Beruflich, natürlich. Geht sie die Sache richtig an? Ist sie mit Leidenschaft dabei? Talentiert?«

Die junge Frau entspannte sich ein wenig. »Sie ist schlau. Äußerst schlau. Als Sie sie sahen, dachten Sie womöglich, da kommt das naive Mädel, das gerade erst unter Mamas Röcken hervorgekrochen ist und vom wirklichen Leben keine Ahnung hat. Nun, sie hat auch mich getäuscht, aber nur für fünf Minuten. Die weiß genau, auf welcher Seite ihr Toast gebuttert ist. Sie weiß, was sie will, und wie sie es bekommt«, sagte sie, wobei sie ihn fixierte.

Giampieri fühlte sich fast beleidigt. Auch er war nicht auf den Kopf gefallen, und sicher brauchte er keine eifersüchtige Lesbe, die sein Bild von Stefania korrigierte: Ein Mädchen, das einfach etwas zu attraktiv war und versuchte, sich mit einem gewissen Esprit durch all die Avancen und zweideutigen Sprüche zu lavieren und alle, so gut sie konnte, auf Distanz zu halten.

»Und wie läuft es mit den Kollegen? Fühlt ihr euch wohl?«

»Sie kommt gut zurecht. Sie ist zu allen freundlich, lässt aber keinen an sich heran, zumindest keinen von den unteren Dienstgraden.«

Noch ein Seitenhieb. Eifersüchtig und bissig. Und neidisch.

»Und du?« Das Interesse des Kommissars war geheuchelt. Er hoffte, dass die Kollegen sie in den Tod trieben.

»Gut. Unterschätzen Sie mich nicht, ich bin alt genug, um alleine zurechtzukommen.«

Das Leben ist wunderbar, dachte Giampieri, während er an einem Tisch vor einem kleinen Restaurant in Boccadasse saß. Es gibt Phasen, in denen alles gut läuft, und andere, wo alles schiefgeht, aber im Moment kann ich mich wirklich nicht beschweren. Mit Merli haben wir eine exzellente Spur, morgen werden wir ihn in den Clinch nehmen. Wenn er gesteht und wir den Fall in nicht einmal zehn Tagen gelöst haben, dann möchte ich mal sehen, wer mir die Beförderung abschlagen will. Auch in puncto Frauen lief alles bestens, er war so selbstsicher, er hätte darauf gewettet, dass er jede x-beliebige Frau innerhalb von zwei Stunden rumkriegen würde. Dass er mit der Serra ins Bett gestiegen war, bereute er immer weniger, er erinnerte sich eher mit einem diffusen Gefühl der Befriedigung daran, vor allem da auch sie sich wieder vollkommen auf den Fall zu konzentrieren schien. Was Stefania betraf – sie schien ihn ein bisschen an der Nase herumzuführen, aber die Lösung des Falles würde beiden Anlass geben, die Sache gebührend zu feiern.

Amalia kam aus der Creuza, die vom Corso Italia zum Strand führte, überquerte die Piazza, und als sie ihn schon am Tisch sitzen sah, lächelte sie und fing fast zu rennen an. Ihr weißer Minirock hatte ein paar Spitzen am Saum, und die braunen Stiefel gaben ihr einen Touch von Wild-West-

Nutte. Sie trug keinen BH unter der leichten Bluse, und man sah genau, warum sie darauf verzichten konnte. Alle Männer im Umkreis von zwanzig Metern drehten sich nach ihr um, und dem Ingenieur schwoll vor Stolz die Brust, als sie sich neben ihn setzte, ihn in ihre Parfümwolke hüllte und in eine andere Dimension entführte. Er musste all seine Energie aufbieten, um das Abendessen zu überstehen, ohne ihr an die Wäsche zu gehen, eine geistvolle Konversation zu führen, die er mit einigen Anekdoten aus dem Polizeiberuf anreicherte, und auch noch Interesse an den Feinheiten ihres Berufes zu heucheln.

Er war höchst konzentriert und gleichzeitig entspannt, hatte schnell die Sorgen aus seinem Berufsalltag vergessen und merkte nicht, dass zwei dunkel gekleidete Männer – ein junger und ein älterer mit grauem Haar – auf einem Mäuerchen vor den Felsen saßen und jede seiner Bewegungen registrierten.

»Ich will alles über diesen Schweinehund wissen«, sagte Gabin. »Schullaufbahn, Wehrdienst, Krankenakte, Bankkonten, Laster, Frauengeschichten, uneheliche Kinder, familiäre Situation. Und dasselbe gilt für diese kleine Schlampe.«

Belmondo lächelte, strich mit einem Finger über seine Lippen und sagte: »Die werde ich mir zur Brust nehmen.«

Gegen Mitternacht brachte Giampieri Amalia mit dem Wagen nach Hause, und sie zierte sich ein bisschen, ehe sie ihn hereinbat. Sie wussten aber beide, dass das nur ein kleines Wortgefecht war, als ob man mit einem arabischen Händler ein wenig um den Preis feilschte, um ihn nicht zu beleidigen. Das Mädchen legte eine CD mit langsamen Songs aus den Achtzigern ein, reichte ihm ein Glas hausgemachten Mojito, setzte sich auf das Sofa und schlug die Beine übereinander. Ihre Schenkel waren lang, braun und makellos. Der Ingenieur nahm einen Schluck, dann lehnte er sich zu ihr hinüber und legte ihr eine Hand aufs Knie. Sie schob sie weg und lächelte ironisch.

»Na! Ich sagte doch, dass ich am ersten Abend …«

»Nur einen Kuss. Einen Kuss darf man auch am ersten Abend schon geben.«

»Hmm … also gut. Aber Flossen weg.«

Er küsste sie langsam, dann immer ungestümer, wobei er mit seiner Zunge durch ihren Mund fuhr, der nach Minze und Rum schmeckte. Er berührte mit den Fingerspitzen ihren Schenkel und ließ die andere Hand von den Haaren zum Hals und vom Hals zu ihrem Busen gleiten, wo er auf eine Brustwarze stieß, die hart wie ein Fingerhut war.

Sie stoppte ihn erneut: »Nun?«

»Was, nun?«

»Wir hatten gesagt, nur einen Kuss.«

»Ich halte es nicht mehr aus, Amalia.«

Sie hätte fast losgelacht vor Stolz: »Ach, wirklich?«

»Wirklich«, seufzte Giampieri, wobei er ihre Hand auf seine Hose legte. Kaum hatte sie ihn mit den Fingern umfasst, drehte sich alles um ihn.

»Irre ich mich, oder hattest du mir versprochen, du würdest deinen Bart abnehmen?«

»Ich bin nicht dazu gekommen, verzeih mir.«

»Oder vielleicht hast du ja noch eine, die nicht möchte, dass du ihn abrasierst«, sagte sie, wobei sie den Druck mit den Fingern erhöhte.

»Nein, nein, es gibt keine andere.«

»Sicher?«, fragte sie und langte noch fester zu.

»Sicher«, sagte Giampieri und schluckte.

Amalia ließ ihn los und erhob sich von der Couch. Sie stand im Zimmer und wiegte leicht die Hüften im Rhythmus von Spandau Ballet.

»Ihr Männer seid alle gleich. Alle Egoisten. Ihr bringt nicht das kleinste Opfer für uns. Was ist schon dabei, sich ein bisschen Bart abzunehmen? Schau mal, was ich für dich getan habe.«

Sie hob den Minirock leicht an, und Giampieri fand sich auf du und du mit einer purpurnen Orchideenblüte, taufeucht und perfekt rasiert. Sie musste beim Mixen der Drinks ihren Slip ausgezogen haben.

»Ihr müsstest mehr an uns denken. Die Frauen mögen es, wenn sie zuerst kommen«, sagte Amalia, während sie seinen Nacken streichelte und ihn an sich heranzog.

# Mittwoch

## Luciani

Der Große Cäsar starb nicht, vielmehr schlug er um sechs Uhr morgens die Augen auf, als ob er einfach gut und lange geschlafen hätte. Er lächelte ein wenig, als er seinen Sohn sah, der neben seinem Bett eingeschlafen war. Er weckte ihn und bat um ein Glas Wasser. Dann wollte er wissen, was passiert war, und als der Arzt kam, sagte er, dass er sich gut fühle und nach Hause wolle. Marco Luciani versuchte, Widerstand zu leisten, ihm das auszureden, er suchte Unterstützung bei dem Arzt, doch dieser ließ sich nicht erweichen, sagte, die Krise sei vorbei und auch für das Hospiz sei es noch zu früh. Der Patient könne noch einige Tage zu Hause verbringen, womöglich eine ganze Woche.

Gegen Mittag brachten sie ihn mit dem Krankenwagen nach Camogli zurück. Er war an ein Sauerstoffgerät angeschlossen und trug um den Hals eine Art steifen Sack, in dem sich Dutzende Pillen befanden. Hochwirksame Medikamente, die durch ein spezielles Infusionsgerät peu à peu in seinen Körper geleitet wurden.

Als Donna Patrizia die Männer vor sich sah, konnte sie die Tränen nicht zurückhalten. Ihr Martyrium war noch nicht zu Ende, eigentlich begann es jetzt erst richtig. Ihr Gatte wollte, dass sie ihn in das Bett in Marcos Zimmer legte, damit er sie in der Nacht nicht störte. Sie antwortete, dass sie dann viele Male würde aufstehen müssen, um nach ihm zu sehen, und er erwiderte, es sei absolut nicht nötig, dass man nach ihm sah. »Wenn du am Morgen aufwachst, kommst du nachschauen, ob ich noch am Leben bin, das reicht.« Dieser Satz ließ sie erneut in Tränen ausbrechen, er bat sie um Verzeihung, und Marco Luciani merkte, dass sie es alleine nicht schaffen würde.

Nachdem die Mutter ihren Mann ins einstige Kinderzimmer gebracht hatte, ließ Marco sich von ihr einen Tee zubereiten und versuchte, sie zu trösten. »Hör mal zu, Mama, Papa wird nicht viel brauchen, er wird vor allem schlafen, und essen tut er auch fast nichts mehr. Er muss trinken, das schon, und hin und wieder auf die Toilette. Alle drei Tage wird der Arzt vorbeischauen, um seinen Zustand zu kontrollieren und den Sack mit den Medikamenten nachzufüllen. Morgen Nachmittag wird ein sozialer Dienst kommen, Psychologen, die sich hier ein paar Stunden aufhalten werden. Nutz die Zeit, um ein bisschen rauszugehen, du kannst einkaufen oder eine Freundin treffen.«

Die Mutter weinte lautlos und hielt sich mit beiden Händen an der Teetasse fest. »Wie soll ich das schaffen, Marco, wie?«

»Es wird nicht lange dauern, Mama. Eine Woche höchstens, und dann bringen sie ihn ins Hospiz. Ab morgen werde ich dir jedenfalls eine Nachtschwester schicken, dann musst du nicht aus dem Bett.«

Die Mutter warf ihm einen harten Blick zu. »Das ist nicht das Problem. Ich werde ihn pflegen, so gut ich kann, aber ich weiß nicht, wie es danach gehen soll, verstehst du? Ohne ihn … Was kann ich denn schon alleine anfangen? Er hat sich immer um alles gekümmert, um alles Wichtige, meine ich: Den Besitz, den Papierkram, die Vermögensverwaltung, all die praktischen Dinge.«

»Aber an alles andere hast du gedacht, zum Beispiel an mich. Bin ich weniger wichtig als der Besitz?«

Die Mutter lächelte und streichelte seine Wange. »Was für ein Unsinn.«

»Du wirst bestens zurechtkommen, Mama.«

»Sag mir, dass du mir helfen wirst.«

»Natürlich. Wenn du mich rufst, werde ich immer kommen. Ich werde auf der Stelle da sein.«

Die Mutter schlug die Augen zu ihm auf. »Hör mal ... du könntest nicht vielleicht heute Nacht hierbleiben? Falls du etwas zu erledigen hast, dann geh jetzt ruhig, aber wenn du zum Schlafen zurückkommen würdest ... Wenn wir morgen eine Pflegerin finden, dann brauche ich dich nicht mehr.«

Marco Luciani wusste nicht, ob sie Angst vor ihrem Mann oder vor dessen Geist hatte, aber es war klar, dass sie nicht allein bleiben wollte. Er sollte diesem Haus, in das der Tod Einzug hielt, noch ein wenig Leben einhauchen. Aber ja doch, dachte er, der Fall Ameri wird noch ein paar Tage warten können.

»Die Geschichte mit dem Mädchen, kümmerst du dich jetzt eigentlich darum?« Der Vater war im Bett, drei Kissen in seinem Rücken hielten ihn halb aufgerichtet. Er schien bei klarem Bewusstsein, die Schmerzen überraschend schwach, die Medikamente, die in seinen Stoffwechsel geträufelt wurden, schlugen gut an.

Marco Luciani nickte. »Im Moment kümmere ich mich um dich. Aber ich habe angefangen, ein wenig über die Sache nachzudenken.«

»Um mich musst du dich nicht sorgen, pass lieber auf, worauf du dich da einlässt.«

»Inwiefern?«

Der Große Cäsar hustete einige Sekunden, spuckte ein wenig gelben Speichel aus und winkte Luciani dann zu sich heran.

»Donna Patrizia hat ein großes Herz, sie ließ sich durch den Hilferuf einer anderen Mutter rühren. Meiner Meinung nach solltest du die Sache besser vergessen, sie ist nicht so einfach, wie es aussieht.«

»Was heißt das? Weißt du etwas darüber?«

»Über den Mord nicht. Aber ich weiß genau, wer Oddone Mantero war. Und wer sein Sohn ist.«

»Dann sag es mir, wer ist er …«

»Du kennst doch all diese Sammelaktionen … nennen wir sie mal wohltätig … die sich inzwischen überall in den Medien tummeln, in Zeitungen und Fernsehen. Schickt per Handy eine SMS! Spendet einen Euro für ein Kind in Afrika! … Diesen ganzen Firlefanz.«

Es kündigte sich ein zynischer und rassistischer Vortrag an. Der Kommissar machte es sich bequem.

»Nun, wir sehen, wie die Sache anfängt: Wir hören die Appelle, die Sänger, die Politiker, die uns sagen, sie haben soundso viele Milliarden gesammelt, und die schicken sie jetzt da und da hin, wo Krieg herrscht oder Trockenheit oder eine Überschwemmung. Manchmal sehen wir auch, wie die Operation endet: LKW, die Medikamente, Kleidung und Lebensmittel in den Flüchtlingscamps abladen, die Hungernden, die sich auf die Lieferungen stürzen. Und vielleicht hören wir auch, dass ein Teil bei der örtlichen Mafia gelandet ist, gestohlen wurde …«

»… oder dass die UN-Soldaten bei vierzehnjährigen Mädchen das Dosenfleisch gegen Sex eintauschen.«

»Genau. Aber das sind nur die letzten Brosamen, der Kuchen ist schon viel früher verschwunden.«

»Wo?«

»Unterwegs. Ich gebe dir mal ein Beispiel. Du kennst doch ›Der alte Mann und das Meer‹. Er zieht, nach langem Kampf, den Marlin aus dem Wasser, bindet ihn an sein Boot und kehrt voller Stolz nach Hause zurück. Er meint, er habe sein Teil geleistet, er weiß nicht, dass das Schwierigste noch auf ihn zukommt: die Haie. Die Haie, die anfangen, seinen Marlin abzunagen, Stück für Stück. Und was bringt der Alte schließlich seinen hungrigen Enkeln mit?«

Marco Luciani antwortete nicht.

»Das Geschäft beginnt, wenn du das Material gesammelt hast. Deinen schönen Marlin zu fünfzig Millionen Euro. Wie bringst du den in den Kosovo, nach Afrika, nach Asien oder wo zum Geier gerade Not am Mann ist? Und wer bringt ihn da hin? Da entstehen Kosten: Benzin, Material, Personal; Gefahren lauern: Jäger, Guerilla-Kämpfer, Minen. Also bittest du die Haie um Hilfe, sie kümmern sich um alles, sie bringen dich hin und eskortieren dich im Tausch gegen ein Stück von dem Marlin.«

»Und Oddone Mantero war so ein Hai?«

»Groß, fett und fies. Er hatte die richtigen Kontakte bei der UNO, bei den NGOs und vor allem im Vatikan. Er wusste, wo er Schiffe und Container herbekam und fungierte als Mittler zwischen italienischen Politikern, den kirchlichen Wohltätigkeitsorganisationen und den ausländischen Regierungen, die humanitäre Hilfe brauchten. Seine Spezialität waren Kriegsgebiete und Flüchtlingscamps, er hatte überall Zutritt und war viel auf Reisen.«

»Hast du ihn kennengelernt?«

»Sicher. In den Jahren, als du nur ›hier!‹ schreien musstest, und schon winkte irgendwo ein Schmiergeld. Wundervolle Jahre, als es Reichtum für jedermann gab.«

Marco Luciani wollte auf die Provokation nicht eingehen. Er setzte nur eine kleine Spitze: »Und der gute Mantero war mit einem Sohn gesegnet, der in seine Fußstapfen trat.«

Der Große Cäsar lächelte. »Der Sohn ist weniger geschickt. Du kennst das, herausragende Männer haben selten Söhne vom selben Format. Aber er kennt das System, er schafft es mehr oder weniger, die Kanäle aufrechtzuerhalten; nach Afrika und in den Mittleren Osten, da ist das Geschäft inzwischen fast ein Selbstläufer.«

Er hatte lange geredet. Er hustete so lange und heftig, dass Luciani erschrak. Als der Anfall dann vorbei war, schaffte er es, ein bisschen Wasser zu trinken und sich zu beruhigen.

»Okay, Papa. Ich habe das Konzept begriffen. Du brauchst dich nicht weiter anzustrengen. Es gibt immer Schlaumeier, die sich am Unglück armer Schweine bereichern, das ist moralisch verwerflich, aber sicher alles vollkommen legal.«

Der Vater lächelte bitter, dann redete er weiter, wenn auch langsamer und leiser.

»Vielleicht, vielleicht auch nicht. Weißt du, in diesen Containern ist … Ein schöner Stempel vom Vatikan erspart einem so manche Kontrolle.«

»Was sagst du? Sie lassen auch Drogen oder Ähnliches passieren?«

»Warum nicht? Würde dich das überraschen? Drogen sind besser als Bargeld, du kannst sie leicht gegen jede Ware eintauschen. Waffen inbegriffen. Mach nicht so ein Gesicht, wir denken immer an die Leute, die Waffen an Guerillakämpfer oder Terroristen liefern, aber den Katholiken, wer gibt denen Waffen? Wie werden die Waffen verschoben, die gegen Moslems oder Kommunisten eingesetzt werden sollen? Und wie erkauft man die Unversehrtheit der Missionare in Afrika?«

»Das glaube ich dir nicht.«

»Ich behaupte nicht, dass alle Bescheid wissen. Ich bin sicher, dass viele in gutem Glauben handeln. Aber wenn jemand diese Kanäle für seine Geschäfte nutzen will … Kontrolliert einmal Manteros Konten, wenn sie das zulassen.«

»Sich an Hilfslieferungen zu bereichern ist eine Sache, Drogen und Waffen zu verschieben eine ganze andere.«

»Warum? Moralisch betrachtet gibt es keinen Unterschied zwischen Waren: Lebensmittel, Waffen, Drogen, illegale Einwanderer. Das ist immer nur eine wirtschaftliche Frage.«

»Illegale Einwanderer sind keine Ware, es sind menschliche Wesen.«

»Sicher. Mit der größten Gewinnspanne.«

Marco Luciani stand gereizt auf. »Gab es für Mantero keine Regeln? Keine Grenzen?«

»Gottes Barmherzigkeit kennt keine Grenzen, mein Sohn. Zumindest nicht die des katholischen Gottes. Folglich gibt es keine Grenzen für die Sünden, die man in seinem Namen begehen darf, mit der Gewissheit, dass man Vergebung finden wird.«

»Und was ist mit der Hölle?«

»Ich habe schon eine ganze Weile nichts mehr von ihr gehört. Und ich versichere dir, dass ich zurzeit sehr interessiert bin an dem Thema, schließlich habe ich reichlich gesündigt und nie etwas bereut.«

»Das bedeutet?«

»Das bedeutet, dass Mantero mächtige Mentoren in der katholischen Kirche hat. Und nicht nur dort. Auch in Militär-Container sollte man besser nicht die Nase stecken. Leg dich bloß nicht mit denen an. Dann geh schon lieber nach Sizilien, zur Antimafia, da erntest du wenigstens noch Ruhm, wenn du stirbst. Hier wärst du nur einer von den vielen Polizisten und Staatsanwälten, die in irgendeine obskure sardische Provinz versetzt werden oder unter unschönen Begleitumständen ›Selbstmord‹ begehen.«

»Ich bin kein Polizist mehr.«

»Und ob du einer bist. Und du bist der beste.«

Nachdem der Vater wieder eingeschlafen war, dachte der Kommissar lange über dessen Worte nach. Was genau wusste der Große Cäsar? Und hatte er selbst irgendwann mit Mantero Geschäfte gemacht? Was wusste Giampieri von diesen Schiffen, die mit ihrer wertvollen Ladung durch die

Weltgeschichte schipperten? Wie weit wollte und konnte er sich vorwagen, ausgehend vom Tod einer kleinen Sekretärin im Büro einer Provinzstadt. Luciani irrte stundenlang zwischen Garten und Haus hin und her, wurde immer unruhiger, fühlte sich immer weniger geeignet, eine solch verzwickte Geschichte zu entwirren. Vielleicht sollte ich Giampieri anrufen, dachte er.

# Mittwoch

## Giampieri

Sie kamen im Morgengrauen, mit einem Durchsuchungsbefehl, der die Unterschrift der Staatsanwältin Monica Serra trug. Emanuela Merli öffnete die Tür, ein Auge noch halb, das andere ganz geschlossen. Sie trug nur einen Slip und ein weißes Unterhemd, und als sie die Polizisten sah, bedeckte sie instinktiv ihren Körper. Giampieri versuchte wegzuschauen, während sie schnell in ihre Jeans schlüpfte, aber er konnte nicht verhindern, dass er ihre top Figur wahrnahm: ein wenig maskulin, aber straff. Da kam eine atemberaubende Blondine aus dem Schlafzimmer, in Slip und bauchfreiem Top, sie wollte wissen, was los sei. Die Hausherrin sagte, sie solle sich anziehen, und warf dem Vizekommissar, der die Augen aufgerissen hatte, einen vernichtenden Blick zu. Die Beamten hatten sich schon auf die verschiedenen Räume verteilt und ignorierten die Proteste der Merli, während Venuti sie abzulenken versuchte, indem er immer wieder fragte: »Wo ist dein Bruder? Wo hast du ihn versteckt? Weißt du, was Mord bedeutet? Weißt du, was es heißt, bei einem Mord Beihilfe zu leisten?«

Sie stellten alles auf den Kopf, während die Frau ihnen hinterherrannte und die Sachen wieder in die Schubladen stopfte. Sie drohte, sie werde sie anzeigen, versuchte Anwalt Mantero über dessen Handy zu erreichen, doch das war abgestellt. Sie schrie, tobte, blaffte Giampieri Beleidigungen ins Gesicht. Aber schließlich ließ sich die Merli – während sich ihre Freundin unter den lüsternen Blicken der Polizisten mit hängendem Kopf trollte – in einen Sessel fallen und schlug den trotzigsten Ton an, dessen sie fähig war: »Zieht hier ruhig eure Scheißnummer ab, wir haben eh nichts zu verbergen. Mein Bruder ist schlichtweg für ein paar Tage verreist.«

»Wann ist er losgefahren?«

»Gestern früh.«

»Weißt du, wo er hin ist? Und wann er zurückkommt?«

Sie wollte schon antworten, dann überlegte sie es sich anders: »Den müsst ihr schon selber suchen.«

»Herr Ingenieur, schauen Sie mal, was wir hier gefunden haben.« In der Abstellkammer war eine komplette Bergsteigerausrüstung, Pickel inbegriffen.

»Gehört das Ihrem Bruder?«

»Nein, das ist alles meins«, sagte sie. »Und versucht bloß nicht, das Zeug zu beschlagnahmen, das brauche ich.«

Dort habe ich dich also gesehen, erinnerte sich Giampieri. Sie war die dumme Schnalle aus dem Bergsteigerverein, die Mantero bei dem Fackelzug verteidigt hatte. Zwei Stunden später händigte der Vizekommissar die ganze Ausrüstung dem kriminaltechnischen Labor aus, außerdem zwei Küchenmesser, zwei Schraubenzieher und einen Fleischklopfer, die er mitgenommen hatte, um ein bisschen Wind zu machen. Bei der Durchsuchung hatten sie auch Maurizio Merlis Handy gefunden. Er hatte es zu Hause gelassen, weil es, laut seiner Schwester, nicht zum Auslandsroaming taugte. Oder vielleicht weil er wusste, dass er es besser nicht bei sich tragen sollte.

Anfangs wollte man die Sache so lange wie möglich vor der Presse geheim halten, um dem Flüchtling keinen Vorteil zu verschaffen. Aber dann waren Giampieri und die Serra sich in einem einig geworden: Wenn die Schwester nicht kollaborierte und Merli kein elektronisches Gerät bei sich trug, das man orten konnte, wenn er außerdem weder Kredit- noch EC-Karte benutzte, dann würde es verflixt schwer werden, ihn aufzustöbern. Er hatte nur einen Tag Vorsprung, aber im Sattel seiner Maschine konnte er schon weit gekommen sein. Also beraumte die Staatsanwältin eine Pressekonferenz an, um genau die entgegengesetzte Strategie zu fahren. Sie wollte das größtmögliche Medienecho für die Operation, um doch nur ein Ziel zu erreichen: den Flüchtigen zu stellen.

»Was können Sie uns zu dem Verdächtigen sagen? Stimmt es, dass er vorbestraft ist?«

Monica Serra gab den Reportern genügend Zeit, sie mit Mikrophonen und Fernsehkameras zu umstellen. »Ja, er ist bereits aktenkundig«, sagte sie fast widerwillig. Sie hatte das enganliegende weiße Kleid angezogen, das ihren wohlgeformten Körper und ihre Bräune besonders zur Geltung brachte, außerdem die hochhackigen Sandalen, die sie noch schlanker wirken ließen.

»Können Sie das etwas genauer sagen? Welche Vorstrafen sind das? Stimmt es, dass er wegen Vergewaltigung verurteilt wurde?«

»Kein Kommentar.«

»Ist er verheiratet? Hat er Kinder? Mit wem lebt er zusammen?«

»Er lebt bei der großen Schwester. Die Eltern sind früh gestorben, und sie hat ein wenig die Mutterrolle übernommen.« So ist es gut, dachte sie, sie soll nicht beschuldigt werden.

»Was können Sie uns über seine Beziehung zu Barbara Ameri sagen? Kannte er sie?«

»Merli kannte Barbara Ameri, da er die Kanzlei des Anwalts Mantero frequentierte. Er war sein Mandant. In den bereits erwähnten Fällen war Mantero sein Verteidiger. Über ihre Beziehung werden noch Ermittlungen angestellt. Im Augenblick verfügen wir nur über diese Informationen.

Ich wiederhole: Wir wollen auf keinen Fall behaupten, er sei der Täter, wir suchen ihn lediglich, um ihm einige Fragen zu stellen. Deshalb brauchen wir Ihre Unterstützung. Wir wollen ihm nur helfen.«

»Seit wann ist er verschwunden?«

»Merli hat gestern früh seine Wohnung verlassen, er gab an, er wolle einen Kurzurlaub antreten. Das Motorrad ist verschwunden, und seine Schwester weiß angeblich nicht, wo er sich aufhält.«

»Was haben Sie in der Wohnung sichergestellt?«

»Kein Kommentar.«

»Stimmt es, dass Sie eine mögliche Tatwaffe sichergestellt haben?«

»Kein Kommentar.«

Geschickt, umsichtig, überzeugend, dachte Nicola Giampieri, während er die Aufzeichnung der Pressekonferenz auf einem Lokalsender anschaute. Dann wurde wieder zu dem Reporter in Rapallo umgeschaltet. Dieser hatte aus dem »Umfeld der Ermittler« (sprich von Vitone) Informationen erhalten, die ein weniger vorsichtiges Bild des Verdächtigen zeichneten. »Maurizio Merli ist ein gewalttätiges Subjekt, das mit der Drogenabhängigkeit – Kokain – zu kämpfen hat, er ist vorbestraft wegen Misshandlung von Frauen und sexueller Belästigung. Er stand wegen Vergewaltigung vor Gericht, wurde allerdings freigesprochen. Auch der Prozess wegen eines Überfalls auf einen Geldtransporter, bei dem ein Wachmann starb, endete mit Freispruch.« Das verschwitzte Gesicht des Reporters verschwand, dafür erschien auf dem Bildschirm ein Foto des Flüchtigen. Es war durch die Vergrößerung etwas unscharf geworden, aber noch gut erkennbar. Dann schickte der Nachrichtensprecher die nächste Meldung durch den Äther.

Der Ingenieur schaltete den Fernseher aus, er war sichtlich zufrieden: Nach einem solchen Rummel in allen nationalen und regionalen Nachrichtensendungen blieben Merli nicht mehr als vierundzwanzig Stunden Freiheit, falls er in Italien war. Einige Stunden mehr, falls er sich schon ins Ausland abgesetzt hatte.

Um die Presseleute zufriedenzustellen, hatte der Inspektor, nachdem die Mikros abgeschaltet waren, noch einige Einzelheiten verraten: Das Aufeinandertreffen von Merli und Barbara im Lokal der Schwester, vor rund einem Monat, die Avancen des Verdächtigen, die das Mädchen zurückgewiesen hatte. Es wurden sogar Abzüge von dem Foto verteilt, das er von ihr und ihren Freundinnen aufgenommen hatte. Die Korrespondenten der wichtigsten regionalen und überregionalen Zeitungen wurden außerdem über die Beschlagnahmung des Pickels informiert.

Venuti hielt seine Achseln zu dicht an Emanuela Merlis Gesicht.

»Entschuldige, kannst du ein bisschen auf Abstand bleiben? Du stinkst wie ein Wildschwein.«

Er schaute sie böse an: »Was meinst du, wie du stinken wirst, wenn du erst einmal ein paar Tage in Isolationshaft warst?«

»Wofür denn?«

»Vorschubleistung und Beihilfe zum Mord. Wir finden, so viel wir wollen. Ich kann dich für eine ganze Zeit aus dem Verkehr ziehen und auch deinen Laden dichtmachen. Ich wette, wenn ich da mal die Gesundheitspolizei hinschicke, dann finden die auch etwas. Oder ist dir eine schöne Steuerprüfung lieber?«

Sie schwieg eine Weile und schaute demonstrativ auf die Scheibe, hinter der Giampieri sie beobachtete, ohne gesehen zu werden.

»Es bringt nichts, wenn du die eiserne Lady spielst. Du weißt genau, dass wir deinen Bruder früher oder später finden. Eine Frage der Zeit. Und je länger wir brauchen, desto stinkiger sind wir, wenn wir ihn haben. Und desto verzweifelter ist er. Und diese Kombination aus stinksaurem Bullen und verzweifeltem Banditen … die kannst du dir ausmalen. Denk mal drüber nach.«

Giampieri löste ihn ab, er versuchte es auf die sanfte Tour, aber sie lachte ihn aus: »Wenn du jetzt der Gute bist, dann ist ja alles bestens.«

»Ich bin nicht gut, ich lasse mich nur nicht vom Zorn hinreißen. Ich analysiere alle Daten und werte sie aus. Für Ihren Bruder wäre es besser, er würde sich stellen.«

»Aber er hat nichts getan. An besagtem Morgen schlief er. Das habe ich euch gesagt.«

»Wenn er unschuldig ist, warum ist er dann abgehauen, kaum dass er uns in seinem Lokal gesehen hat? Und warum hat er das Handy nicht mitgenommen?«

»Das macht er immer. Er kann nicht am Roaming teilnehmen, überprüft das. Außerdem wusste er gar nichts davon, von den Polizisten. Dieser lange Lulatsch hat mir Fragen zu Barbara Ameri gestellt, aber ich habe Maurizio nichts davon erzählt.«

»Wer's glaubt, wird selig. Bei seinem Vorstrafenregister erkennt der uns sofort.« Und der lange Lulatsch sollte sich lieber um seinen eigenen Scheiß kümmern, dachte Giampieri.

Dann war wieder Venuti dran.

»Kannte dein Bruder Mantero gut?«

»Das wisst ihr doch. Mantero war sein Anwalt, vor einigen Jahren. Und als Maurizio aus der Haft entlassen wurde, half er ihm, Arbeit zu finden.«

»Bei der Wohltätigkeitsorganisation. Er fuhr die LKW mit den Hilfsgütern.«

»Genau.«

»Und wurde rausgeworfen, weil er klaute.«

Die Merli stand auf: »Wer behauptet das?«

»Setz dich«, zischte Venuti, »das hat mir ein Vögelchen gezwitschert. Es gab keine Anzeige. Vielleicht hatten sie Mitleid, vielleicht wollten sie nicht, dass irgendwer seine Nase in diese Container steckt, aber er wurde in flagranti erwischt.«

Die Schwester antwortete nicht.

»Und du, kennst du Mantero?«

»Klar. Wegen der Geschichte mit meinem Bruder. Und von einigen Exkursionen ins Gebirge.«

»Und Barbara, kanntet ihr die auch?«

»Ich sah sie zum ersten Mal letzten Monat, sie kam mit ihren Freundinnen in mein Lokal. Ich weiß nicht, ob mein Bruder sie schon bei Mantero gesehen hatte, möglich ist es.«

»Weißt du, ich frage mich nur, ob dein Bruder gezielt dort hingegangen ist, um Barbara umzubringen, oder ob er bei dem Anwalt etwas klauen wollte, und Barbara früher als erwartet kam. Zu welchem Schluss bist du gekommen?«

Emanuela Merli schüttelte den Kopf: »Dass ich seit sechs Stunden hier hocke. Dass du immer schlimmer stinkst. Dass gegen mich keine Anschuldigungen erhoben werden und dass ich, wenn ihr mich nicht auf der Stelle gehen lasst, Anzeige erstatten werde.«

Venuti verließ wortlos das Zimmer. Er wusste, dass er nichts aus ihr herausbringen würde, aber dieses Geduldspiel diente auch dazu, das Fahndungsnetz zu spinnen. Die Telefonanschlüsse in Wohnung und Lokal wurden angezapft, auch die von Mantero, der dieser Maßnahme sofort zugestimmt hatte; ebenso EC- und Kreditkarte, Interpol war eingeschaltet. Wenn Maurizio Merli das Bargeld ausging oder wenn er die Schwester oder den Anwalt zu kontaktieren versuchte, dann schnappte die Falle zu.

Sie machten den ganzen Tag weiter, stellten immer wieder dieselben Fragen und hofften, dass bei ihr die Sicherungen durchbrennen würden. Um acht Uhr abends schickte die Serra die beiden Polizisten weg und versuchte, Emanuela Merli in einer Schlussoffensive zu knacken.

»Fräulein Merli, wo war Ihr Bruder Montag, den dreißigsten Mai, um acht Uhr dreißig?«

»Was weiß ich? Fragen Sie ihn das selbst.«

»Das scheint mir nicht die Haltung einer Schwester zu sein, die ihn gegen Anschuldigungen verteidigen will. Abgehauen ist er schon, wenn Sie sich jetzt auch noch weigern, zu kollaborieren, was sollen wir dann denken?«

Emanuela Merli schnaubte. Diese Frau hatte recht. Für sie war ihr Bruder der ideale Täter, perfekt. Es war an ihr, ihnen das auszureden.

»Okay, wollen wir mal sehen, ob ich mich erinnere ... Montagmorgens bin ich normalerweise todmüde, denn sonntags schließen wir, nach dem Saubermachen und allem, erst um drei, und dann schlafe ich wie ein Stein. Mein Bruder steht in jedem Fall früh auf, oft geht er joggen.«

Hinter der Scheibe hörte Giampieri, irgendwo in seinem Kopf, eine Glocke läuten.

»Versuchen Sie, sich zu erinnern: dreißigster Mai. Haben Sie keinen Terminkalender oder so etwas? Ein Mord in Ihrer Stadt ... Wie ist es möglich, dass Sie sich nicht erinnern, was Sie an jenem Morgen taten?«

Die Merli schüttelte den Kopf. Kein Terminkalender. Sie fixierte den kleinen Tischkalender auf der Schreibplatte, nahm ihn in die Hand, murmelte die Liste der Dinge, an die sie sich erinnerte, bis ihr schließlich die Erleuchtung zu kommen schien.

»Dreißigster Mai! Da hatte ich einen Termin beim Steuerberater. Daran erinnere ich mich, ja. Und ich sprach mit meinem Bruder, ehe ich aus der Wohnung ging.«

»Wie spät war es da?«

»Ich war um halb zehn in Genua verabredet, das heißt, ich nahm den Zug um acht Uhr fünfunddreißig. Ich werde wenige Minuten vorher losgegangen sein, wir wohnen direkt am Bahnhof, und mein Bruder war noch da.«

»War er joggen gegangen?«

»Ich meine, dass er gerade los wollte. Er trug seine Laufklamotten.«

Sicher, dass er nicht schon vorher laufen gewesen war?, dachte Giampieri hinter seiner Scheibe.

»Sind Sie sicher, dass er nicht schon vorher laufen gewesen war?«, fragte die Serra.

Emanuela Merli lächelte: »Wenn er vom Laufen kommt, dann riecht man das. Er stinkt fast schlimmer als dieser dicke Kommissar. Und er stank nicht.«

Venuti kratzte sich unter einer Achsel. Dann führte er zwei Finger an die Nase und setzte eine besorgte Miene auf.

»Wenn ich nervös werde, schwitze ich«, sagte er Giampieri, »und weißt du, wann ich nervös werde? Wenn mir jemand Märchen erzählt.«

Mir kommt sie aufrichtig vor, dachte Giampieri.

Emanuela Merli fixierte die Serra: »Ich habe die Wahrheit gesagt. Mein Bruder hat damit nichts zu tun. Ihr seid auf dem Holzweg, wollt ihr das nicht einsehen?«

»Warum ist er dann abgehauen?«

»Er ist nicht abgehauen. Er ist nur auf einem seiner Kurztrips. Er wird drei oder höchstens vier Tage unterwegs sein.«

»Sie haben nichts dagegen, wenn wir noch einmal in Ihrer Wohnung vorbeischauen und ein paar von den Joggingklamotten mitnehmen?«

Sie zuckte mit den Achseln. »Macht ruhig. Aber ich fürchte, die sind in der Waschmaschine.«

Monica Serra lächelte: »Kein Problem. Sie wissen, dass Waschmittel nicht waschen, oder? Sie überdecken nur.«

Der Ingenieur kehrte todmüde nach Hause zurück, setzte sich mit seinem Happy Meal, das er bei McDonald's mitgenommen hatte, vor den Fernseher, spielte ein bisschen mit der Bugs-Bunny-Puppe, die er dazubekommen hatte, herum, dann schob er die DVD von dem Fackelumzug in den Player und stellte auf Schnelldurchlauf, bis das Transparent des Clubs Rapallo Quattromila und Emanuela Merlis finstere Miene auftauchten. Als die Kameraeinstellung sich ein wenig weitete, drückte er auf Standbild. Die Aufnahme war gestochen scharf. Damals hatte er ihn nicht bemerkt, er konnte ihn gar nicht bemerken, aber jetzt erkannte er ihn genau, den Schopf von Maurizio Merli. Er stand rechts, knapp hinter der Schwester, und hörte aufmerksam zu, wie sie den Anwalt verteidigte. Und zwar nicht durch eine vage Solidaritätsbekundung, sondern mit der Selbstsicherheit eines Menschen, der *wusste*, dass er unschuldig war. Denn der wahre Täter stand daneben und nickte mit seiner Visage eines Vorstadtrowdys.

# Donnerstag

## Luciani

Eine sanfte Berührung weckte ihn: die Hand seiner Mutter. »Warum hast du denn hier geschlafen? Du hättest dich aufs Sofa legen können.«

Marco Luciani hob den Kopf von seinen Armen, die auf dem Schreibtisch lagen. Er saß in seinem Zimmer, neben dem Bett des Vaters. Mit Mühe streckte er die Beine aus, die unter dem Stuhl klemmten. Die Gelenke gaben ein furchterregendes Knacken von sich.

»Ich hatte Angst, ich würde ihn nicht hören.«

»Dann leg dich jetzt ein bisschen hin.«

»Nein, danke. Jetzt bin ich wach. Wie spät ist es?«

»Fast acht.«

»Ich trinke einen Kaffee, dusche mich und schaue in meiner Wohnung vorbei. Gestern Abend habe ich noch mit der Pflegerin geredet, sie kommt heute Abend um acht und bleibt bis morgen früh.«

»Einverstanden. Und du schläfst dich einmal bei dir zu Hause aus, in aller Ruhe.«

Der Kommissar lächelte bitter. Zu Hause schlafen. Schön wär's. »Wenn Not am Mann ist, ruf mich an.«

»Gut. Geh ruhig ins Bad, ich setze den Kaffee auf. Ich habe dir ein sauberes Handtuch auf die Badewanne gelegt. Ach, es gibt wichtige Neuigkeiten im Fall Ameri, habe ich heute Morgen im Videotext gelesen. Wie es scheint, haben sie den Kerl erwischt.«

Der Kommissar stellte den Fernseher an und reimte sich zusammen, was am Vortag, im Anschluss an die Hausdurchsuchung bei Merlis, passiert war. Er war sauer, dass ihn weder Giampieri noch jemand anderes angerufen hatte. Andererseits, warum hätten sie es tun sollen? Er wartete die Morgennachrichten ab und blieb wie angewurzelt vor den Bildern der Staatsanwältin Monica Serra sitzen, die im Hintergrund liefen, während der Sprecher erklärte, der Fall sei praktisch aufgeklärt und die Zuschauer seien aufgerufen, bei der Suche nach dem mutmaßlichen Täter mitzuhelfen. Der Mann sei mit einem schweren Motorrad auf der Flucht, gefährlich und vermutlich bewaffnet. Auf dem Fahndungsfoto erkannte Luciani den Kellner aus dem Saffophone wieder.

»Nicola hat's drauf«, seufzte er. Er war ihm zuvorgekommen, wenn auch nur knapp. Aber wenn man bedachte, mit welchem Rückstand der Kommissar agiert hatte, konnte er dennoch zufrieden sein. Inzwischen völlig belanglos – der Fall schien gelöst. Und das Motiv hatte offensichtlich nichts mit Gefühlskisten zu tun, was eine Menge suggestiver, aber unwahrscheinlicher Theorien über den Haufen warf.

Er schaltete den Fernseher aus, ging ins Bad, gönnte sich eine ausgiebige Dusche und eine lange Umarmung mit einem großen Badetuch. Der Duft des Weichspülers katapultierte ihn in die glücklichen Jahre seiner Kindheit zurück. Dieser Geruch hatte sich als Einziger nicht verändert, während Luciani selbst inzwischen Einsamkeit und Unsicherheit ausschwitzte, seine Mutter nach Alkohol und verblassten Gewürzaromen roch, sein Vater nach Enttäuschung und Tod. Und stärker als alle anderen war der Geruch des Hauses, den man nach all den Jahren voller Rauch und salzigem Wind nur mit einer langen heißen Dusche hätte abwaschen können, oder durch ein tage-, wochen- oder monatelanges Lüften, in dem sich schließlich auch die Gemütszustände seiner einstigen Bewohner verflüchtigen würden.

Die Stimme der Mutter rief ihn zurück in die Wirklichkeit. »Marco, es gibt Kaffee. Soll ich ihn bringen?«

»Nein, ich komme.«

»Und, haben sie den Fall gelöst?«

»Sieht so aus ... Aber man weiß nie, wie viel an den Pressemeldungen dran ist. Da ich schon einmal in Genua bin, werde ich auf der Dienststelle vorbeischauen. Dort erfahre ich vielleicht ein bisschen mehr, und dann kann ich mal die Ameris anrufen.« Er gab seiner Mutter einen Kuss und drückte sie fest an sich, um ihr ein wenig Mut zu machen.

Da hörte er seinen Vater, der leise aus dem Zimmer rief. »Marco«, dann ein bisschen lauter, »Marco«, »Marco.«

Er blieb auf der Schwelle seines Zimmers stehen. Cesare saß im Bett, im Dunkeln, mit hängendem Kopf, dem Medikamentensack an seinem Hals. Er schien verwirrt, wie ein Junkie mitten im Trip, und im Grunde war er das, ein Junkie, der an Morphium und anderen Drogen hing, die Schmerz und Willenskraft auslöschten.

»Hier bin ich, Papa.«

»Ach, Marco«, nuschelte er. Er schien sich erst jetzt an ihn zu erinnern. »Wo ist die Mama?«

»In der Küche. Sag mir, was du brauchst.«

Der Vater wackelte weiter mit dem Kopf, ohne zu antworten. Hin und wieder fuhr er sich mit einer Hand über das Gesicht. Es waren erst wenige Stunden vergangen, seit er mit ihm gesprochen hatte, bei absolut klarem Bewusstsein. Aber jetzt schien er ein anderer Mensch zu sein. Nach einer Weile, die dem Sohn endlos vorkam, sagte er: »Ich muss auf die Toilette.«

Er streckte ein wenig die Arme aus, und Marco Luciani fasste ihn unter den Achseln, wobei er die Beine auf den Boden stemmte und sich auf das Gewicht des Vaters einstellte. Aber auf den Armen hielt er nur eine Hülle aus dünner Haut und Knochen, die schon aus den Fugen schienen, der Vater wog nicht mehr als ein elfjähriger Knabe.

Luciani trug ihn fast ins Bad, zog ihm die Pyjamahose

herunter und setzte ihn auf die Klobrille, damit er sein Glied nicht in die Hand nehmen musste. Der Vater erleichterte sich mit Befriedigung und schien sofort wieder einzuschlafen. Marco wollte ihn hochheben, aber der Vater öffnete mühsam die Augen und sagte: »Warte, lass mich einen Moment hier.« Nach einer Minute sagte er: »Wenn ich ins Bett zurückgehe, schlafe ich wieder ein.«

Beiden war bewusst, dass sein Verstand bei jedem Erwachen weniger klar sein, dass es immer seltener Gelegenheit zu einem Gespräch geben würde. Der Kommissar starrte des Vaters weiße, spindeldürre Füße an, die von hellblauen Venen überzogen waren. Sie glichen genau seinen eigenen.

Es verging noch eine Weile, bis der Vater schließlich wieder ein bisschen bei sich war und einen Satz über die Lippen brachte, den er sich wohl im pharmakologischen Dämmerzustand wieder und wieder vorgesagt hatte, damit er ihn nach dem Erwachen sofort anbringen konnte.

»Lass die Mama nicht allein in diesem Haus.«

Marco Luciani sagte nichts.

»Wirklich, Marco. Lass sie nicht allein. Das Haus ist zu groß.«

Er machte eine lange Pause und sprach dann weiter: »Wenn du das Haus wirklich nicht willst, dann hilf ihr, es zu verkaufen und ein kleineres, komfortableres zu finden. Aber ein schöner Garten muss dabei sein, denk daran.«

»In Ordnung, Papa. Mach dir keine Sorgen, ich werde ihr helfen.«

»Sag das nicht bloß, um mich zufriedenzustellen.«

»Nein. Das ist ein Versprechen, und du weißt, dass ich meine Versprechen halte.«

Der Vater schloss die Augen und nickte, dann hob er ein wenig die Arme. Das Zeichen, dass er wieder ins Bett wollte.

Er legte sich auf die Seite und wartete, bis der Sohn ihm die Beine in Embryonalstellung gebracht hatte.

»Eine Sache noch. Ich möchte gerne hierbleiben. Wenn es so weit ist, dann äschert ihr mich ein. Und bringt mich in den Garten, unter einen Baum.«

Marco Luciani wusste nicht genau, ob das Gesetz das erlaubte. Aber dann dachte er, dass der Wille eines Sterbenden, wenn er niemandem schadete, wichtiger war als jegliches Gesetz.

»Es ist noch Zeit, Papa. Mach dir keine Sorgen.«

»Nein, es ist fast vorbei. Zum Glück ist es fast vorbei.« Er zog die Decke hoch, lächelte schwach und schlief wieder ein.

Kaum war er in seiner Wohnung, sah er das rote Blinken des Anrufbeantworters, er schaltete ihn ein und erkannte in dem beißenden Stakkato nur mit Mühe Giampieris Stimme, die sonst immer so strahlend geklungen hatte.

»Der Kerl, den wir heute morgen verhaften wollten, ist abgehauen. Vielleicht wurde er durch den Anblick eines Kommissars, oder Ex-Kommissars, der in seinem Lokal herumlungerte und Fragen stellte, aufgeschreckt. Und bei den Ameris hast du noch nicht einmal so viel Rückgrat bewiesen, dich zu zeigen. Du weißt, dass ich dich respektiere, aber verarsch mich nicht, indem du sagst, du ermittelst nicht. Und wenn du ermittelst, dann versuch wenigstens, meine Arbeit nicht zu behindern. Danke.«

Sarkastisch und unverschämt, dachte Marco Luciani. Sie hatten ihn also doch angerufen, am Vortag, aber nicht wie er sich das vorgestellt hatte. Im Grunde wusste der Kommissar, dass er im Unrecht war, aber er wusste auch, dass der Besuch der beiden Polizistinnen ebenso gut wie sein eigener für Maurizo Merlis Flucht gesorgt haben konnte. Und unterm Strich hatte Merli Nicola die Arbeit damit sogar erleichtert. Dieser hatte jetzt seinen Schuldigen, und es war nur eine Frage der Zeit, bis er ihn fasste.

Luciani wollte ihn anrufen, aber das hätte wie eine Geste der Entschuldigung gewirkt, und er glaubte nicht, dass er sich für irgendetwas rechtfertigen musste. Außerdem hatte der Ingenieur im Moment sicher Wichtigeres zu tun.

Im Gegensatz zu mir, dachte der Kommissar. Jetzt, da der Fall gelöst war, blieb ihm nicht einmal mehr dieser Vorwand, um sich vor dem Anblick seines sterbenden Vaters zu drücken.

Er dachte wieder an die Akten und versuchte sich zu erinnern, ob es Hinweise auf Merli gegeben hatte, Verdachtsmomente, Fragen nach einem Alibi, aber sein Hirn war benebelt und er konnte sich nicht entsinnen. Er rief Calabrò an, der ihm bestätigte, dass sie gut vorangekommen waren. Es galt noch das genaue Motiv festzustellen, denn als reiner Lustmord konnte die Sache nicht gelten. Da war zum Beispiel das Geld, das am Geldautomaten abgehoben worden war, und die Tatwaffe musste gefunden werden, aber die Einzelheiten würden sie bald von Merli selbst erfahren: Er hatte keine Zeit gehabt, die Flucht zu planen, war mit einer geringen Barschaft unterwegs, und sie waren alle ziemlich sicher, dass sie ihn bald finden würden.

Marco Luciani verabschiedete sich und beglückwünschte den Inspektor, aber er war nicht wirklich beruhigt. Er hoffte zwar, dass dieser Hurensohn seine Tage im Knast beschließen würde, wusste aber, dass es nicht so kommen würde. Es kam nie so. Auch dieser Täter würde, wie die meisten, einen skrupellosen Anwalt finden, einen nachgiebigen Richter, einen gut bezahlten Psychiater, und er würde mit wenigen Jahren Knast davonkommen und bei der ersten Amnestie entlassen werden. Am Ende wird er höchstens acht Jahre absitzen, murmelte er, während der armen Barbara Ameri sechzig genommen wurden.

Gegen vier machte er sich daran, einen etwas verrückten Einfall in die Tat umzusetzen. Er ging die Treppe hinunter, und der Neapolitaner öffnete ihm, noch bevor der Kommissar überhaupt klingeln konnte.

»Hör mal, Pasquale. Weißt du noch, wie wir uns über diesen Heiligen unterhalten haben?«

»Den heiligen Judas!«

»Ja. Du könntest mir nicht zufällig sagen, es ist reine Neugier, wo sich diese Statue befindet?«

»Wen willst du denn um die Ecke bringen?«

»Wie meinst du?«

»Na, ich dachte ... vielleicht hast du irgendeinen Verbrecher gefunden und ausnahmsweise willst du ihn, statt vor einen Richter, der ihn sowieso gleich wieder laufen lässt, vor den Allmächtigen bringen.«

Der Kommissar verzog das Gesicht. »Besser du weißt nicht mehr als nötig. Das sage ich in deinem Interesse.«

»Das ist korrekt, ich danke dir. Die Statue steht in der Sankt-Matthäus-Kirche. Wenn du reinkommst, links, du kannst sie gar nicht verfehlen.«

»Vielen Dank.« Marco Luciani wollte schon gehen, doch dann drehte er sich noch einmal um. »Was meinst du, sollte ich ihm etwas spenden? Oder fühlt er sich dann womöglich beleidigt?«

»Bete mit dem Herzen, Commissario, denn er muss spüren, dass dein Wunsch aufrichtig ist. Aber dir muss bewusst sein, dass du auch ein Opfer bringen musst. Geld ist immer eine gute Methode, sein Engagement zu zeigen. Spende ihm einen ordentlichen Betrag, der für dich ein Opfer bedeutet. Ein Killer würde dich im Grunde viel mehr kosten.«

Als er auf die Straße trat, merkte er, dass es zu regnen begonnen hatte, und zwar ziemlich heftig. Ein schönes Frühlingsgewitter, das hoffentlich die Luft ein wenig abkühlen würde. Marco Luciani hatte keine Lust, noch einmal in die

Wohnung zu gehen, um den Schirm zu holen, also schlug er den Jackettkragen hoch, überquerte die Gasse und ging zügig an den Hausmauern entlang, wobei er den Sturzbächen auswich, die aus den löchrigen Dachrinnen und von Mauersimsen prasselten. Er ging durch die Via del Campo, eine der wenigen Gegenden, die noch in afrikanischer Hand waren, dann durch die Via San Luca. Dort gehörte inzwischen beinahe jedes zweite Geschäft den Chinesen. Er kam an die Piazza Bianchi, auf der sich seit fast zwanzig Jahren eine Baustelle befand, und erreichte schließlich, völlig durchnässt, Sankt Matthäus. Die Kirche war offen, vor dem Portal stand eine Gruppe ausländischer Touristen, die wohl mit einem Schiff gelandet waren und nun den Ausführungen einer Führerin lauschten.

Der Kommissar hielt sich nicht mit dem ästhetischen Rang der Piazza auf, trat schnurstracks in die Kirche, ohne sich zu bekreuzigen, merkte aber nach wenigen Schritten, dass er, wenn er von einem seiner Bewohner einen Gefallen erhoffte, dem Hausherrn die Gunstbezeugung nicht versagen durfte. Er ging zurück, tauchte Zeige- und Mittelfinger ins Weihwasserbecken, beugte ein Knie leicht und flüsterte wie eine Beschwörungsformel »Imnamendesvatersdessohnesunddesheiligengeistes«.

Es dauerte nicht lange, bis er ihn gefunden hatte. Um ehrlich zu sein, hatte er mit einer, wenn auch bescheidenen, Holzstatue gerechnet, die auf einer mit Opferkerzen gefüllten Kiste stand. Der heilige Judas war jedoch eine weiße Marmorbüste, die hoch oben auf einem Sims thronte, ein Mann, der Autorität ausstrahlte mit seinem weißen Bart und dem vergoldeten Heiligenschein aus Eisen. Er sah weder wie ein Killer noch wie ein Heiliger aus, eher wie ein Philosoph oder ein alter Seemann, der kaum noch mit dem Boot rausfährt, sondern in der Sonne sitzt und die Netze flickt.

Marco Luciani spürte einen Schauder, seine nassen Kleider klebten ihm am Leib, und die Feuchtigkeit im Kirchenschiff verhieß nichts Gutes.

»Also gut, heiliger Judas«, sagte er leise, »es heißt, dass man dich auch um ... etwas ausgefallene Sachen bitten kann. Ich weiß nicht, ob das stimmt. Aber wenn doch, wenn du der Mann bist, den ich suche, dann muss ich dich wirklich um einen Gefallen bitten.«

Er wollte weitersprechen, bemerkte aber rechts vom heiligen Judas einen weiteren Philosophen mit Bart und Heiligenschein, den heiligen Jakob, der in ihre Richtung blickte und anscheinend bestürzt zuhörte, während ein Stückche weiter der heilige Simon die Augen vor Empörung geschlossen hatte. Er drehte sich zur anderen Seite und sah einen heiligen Paulus, der ihn drohend musterte, genauso wie die anderen vier Apostel, Heiligen oder Propheten, die mit ernster Miene aus dem gegenüberliegenden Seitenschiff herübersahen.

Er betrachtete den heiligen Judas, der spöttisch zu lächeln schien, und erläuterte stumm die Situation, versuchte ihn zu überzeugen, dass es um ein gutes Werk ging, auch wenn die Kollegen mit weißem Bart und Heiligenschein nicht derselben Ansicht wären. Und vor allem nicht der andere Herr, der am Kreuz über dem Altar hing, für den jedes Leben heilig war.

Luciani verharrte eine Weile in Versenkung, dann hörte er, dass die Touristengruppe die Kirche betreten hatte, und nutzte die Gelegenheit, um sich zu verabschieden. Da es keinen speziellen Opferstock für seinen Heiligen gab, ging er an den nächstbesten, zog die Geldbörse aus der Tasche und schob einen Hundert-Euro-Schein in den Schlitz.

»Du weißt, dass das für mich viel ist«, sagte er. »Und das ist erst die Hälfte. Den Rest nach Erledigung des Auftrags.«

Er aß eine Tomate mit zwei Blättern Salat, dann legte er sich aufs Sofa, legte eine CD mit Barockmusik ein, stellte sie ganz leise und nahm wieder die Akten zum Fall Ameri zur Hand. Er wollte nach Hinweisen auf Maurizio Merli suchen, fand sie aber nicht, er war sicherlich nicht unter den Verdächtigen gewesen, ja nicht einmal vernommen worden. Eine neue Spur. Ein Rätsel, wie Giampieri auf ihn gekommen war, wahrscheinlich hatten sie in der Tasche Barbaras ARCI-Ausweis gefunden, oder vielleicht hatte sich jemand daran erinnert, sie in dem Lokal gesehen zu haben. Er las wieder einige Seiten, bis sich plötzlich die Müdigkeit wie eine Zentnerlast auf ihn legte. Er tat gar nicht erst so, als wolle er Widerstand leisten, er wusste, dass er eine weitere schlaflose Nacht nicht überstehen würde. Also schloss er die Fenster und hoffte, dass sie Dealer, Müllmänner, Trunkenbolde und Stechmücken fernhalten würden.

Das Restaurant hatte schon seit einiger Zeit das letzte Eisengitter heruntergelassen, und der Kommissar war wieder eingeschlafen, als er aus der Ferne das unverwechselbare Knattern des Motorrades hörte. Der Fahrer kam aus der Kurve, riss das Gas voll auf und raste durch die Gasse wie ein Schlagbohrer, der immer lauter wird, aber einen Moment vor dem Höhepunkt brach das Geräusch plötzlich ab, man hörte, wie ein Körper dumpf auf dem Asphalt aufschlug, dann das Scheppern des Motorrades, das gegen den Müllcontainer krachte.

Er stieg aus dem Bett, schaute hinaus auf die Gasse. In zwei, drei Fenstern ging das Licht an. Er hörte die Stimmen der Nachbarn, die auf den Schauplatz des Geschehens hinwiesen. Der junge Mann war aus dem Sattel geschleudert worden, er lag zusammengekrümmt auf der Seite und rührte sich nicht. Einen Helm hatte er nicht getragen.

Luciani war einer der Ersten, die auf die Straße liefen,

ein junger Mann rief mit dem Handy einen Rettungswagen. Der Motorradfahrer atmete schwach und blutete am Kopf. Niemand wagte, ihn anzufassen, vielleicht aus Angst, die Sache noch schlimmer zu machen oder sich mit AIDS zu infizieren. Der Verletzte hatte die Physiognomie eines Marokkaners, und einen Moment lang tat er Luciani leid; wie traurig musste es sein, so fern von der Heimat zu sterben, fern von der Mutter und den Geschwistern.

Er schaute sich um und bemerkte als einziger die durchsichtige Schnur, die sich am Boden schlängelte. Eine dünne, aber starke Nylonschnur. Das eine Ende war abgerissen, es hing noch an einem Haken in der Mauer, neben dem Eingang zum Restaurant. Luciani warf einen Blick auf die Anordnung von Motorrad, Unfallopfer und Seil. Das geübte Auge eines Straßenpolizisten würde sofort erkennen, dass jemand das Seil auf etwa ein Meter dreißig Höhe über die Gasse gespannt hatte, und dass der Motorradfahrer, der mit Vollgas angerauscht kam, von diesem Seil aus dem Sattel katapultiert worden war, ehe es unter der Spannung gerissen war. Und im Handumdrehen würde der Polizist auch den Rest der Schnur mitsamt dem Knoten finden, und zwar auf der anderen Straßenseite, am Baugerüst vor Lucianis Hausfassade.

Die Sirene des Rettungswagens lenkte Luciani von seinen Überlegungen ab. Der Lärm weckte alle Bewohner des Viertels, viele liefen auf die Straße, ein paar Afrikaner kamen herbei und schauten nach, ob der Verletzte zu ihren Bekannten gehörte. Während die Leute die Erste-Hilfe-Maßnahmen beobachteten und dem Kommissar den Rücken zukehrten, schob dieser ganz nonchalant die Schnur an die Mauer, und als der Rettungswagen den mit Schläuchen gespickten Burschen abtransportierte und sich auch der letzte Schaulustige aus der Gasse verzogen hatte, löste er den Knoten neben dem Restaurant und wickelte die Schnur auf. Niemand hatte bemerkt, was geschehen war, das Gesicht des Marokkaners wies keine Spuren auf, wahrscheinlich hatte er sich mit der Brust in der Schnur verfangen. Auf jeden Fall würden alle denken, dass er die Kontrolle über die Maschine verloren hatte, weil er high oder besoffen gewesen war. Marco Luciani schaute sich um und warf die Schnur mit einer beiläufigen Geste in den Altglascontainer. Bevor er wieder ins Haus ging, suchte er das Gerüst ab, fand aber das andere Ende des Seils nicht. Dann hob er die Augen und sah den Neapolitaner am Fenster. Ihre Blicke kreuzten sich. Worte waren überflüssig.

## Donnerstag
### Giampieri

Er zog die Hose des blauen Anzugs an – der beste, den er hatte –, dann das weiße Hemd, das die Zugehfrau am Vortag sorgfältig gebügelt hatte, schließlich schnallte er das Pistolenhalfter um. Er war kein guter Schütze, aber nach dem Besuch der Men in Black hatte er ein paar Vorsichtsmaßnahmen getroffen. Er wählte eine Krawatte, nicht weil sie ihm gefiel, sondern weil er kürzlich in seinem Handbuch gelesen hatte, wie nützlich eine Krawatte sein konnte. Er achtete darauf, dass der Knoten nicht perfekt, sondern ein wenig schief geriet, dann pflückte er ein paar beige Fussel von einem verfilzten Pullover und legte sie auf die linke Schulter des Jacketts. Das Buch sagte: Wenn du eine schiefe Krawatte trägst, dann kann die Frau, der du gefällst, nicht der Versuchung widerstehen, sie geradezurücken. Und ebenso wird sie, falls sie diese bemerkt, Fussel oder lose Fäden von deiner Kleidung entfernen. Wer weiß, ob das auch für Schuppen gilt, dachte er, dann schnürte er die Halbschuhe, setzte seine Nickelbrille auf und betrachtete sich lange im Spiegel. »Alles in allem sehe ich saugut aus. Da soll noch einer sagen, Ingenieure und Bullen hätten keinen Geschmack.«

Auf dem Weg durch die Dienststelle kassierte er ein paar Komplimente, und genauso oft wurde er gefragt, ob er von einer Beerdigung komme. Er streifte eine Weile durch die Flure, um zu sehen, ob er Stefania über den Weg lief, dann verweilte er gut eine Viertelstunde vor dem Kaffeeautomaten, aber sie ließ sich nicht blicken. Alle zwei Minuten kontrollierte er, ob die Fussel noch auf seiner Schulter waren, und linste nach der unnatürlichen Windung der Krawatte, die sich in der Glastür des Automaten spiegelte.

Zehn Minuten vor der Besprechung – er hatte mindestens sieben Anrufe mehr oder weniger wichtiger Persönlichkeiten und ihre mehr oder weniger unterschwelligen Drohungen entgegengenommen – hörte er das unverwechselbare Klopfen Ianneces, der die Morgenpost brachte.

»Guten Morgen, Herr Ingenieur. Wie sind wir elegant heute. Eine Beerdigung?«

Giampieri streckte Zeige- und kleinen Finger ab, um das Unglück abzuwenden.

»Dann also Hochzeit. Ihre eigene gar. Zeit wär's ja.«

Giampieri wiederholte die Geste mit den Hörnern.

»Was ist daran so schlimm, wenn man heiratet? Eine Frau zu haben, die wäscht, bügelt, putzt und dir Essen kocht? Ein paar Kinder um sich herum. Wenn man abends nach Hause kommt, ist man wenigstens im Kreis der Familie. Sie dagegen kommen nach Hause, essen alleine und starren die Wand an.«

Ich starre lieber die Wand an als deine Frau, dachte Giampieri, dann bereute er diese Gemeinheit. »Iannece, die letzte Frau, die noch wäscht, bügelt und Essen kocht, die hast du abgegriffen. Die Frauen von heute sind anders.«

»Das stimmt doch nicht, Herr Ingenieur. Unten in meiner Gegend gibt es noch jede Menge braver Mädchen, die sich nichts anderes wünschen, als für ihren Mann zu sorgen. Nur wollt ihr eine Intellektuelle, eine Karrierefrau, und klar haben die keine Lust, zu putzen und zu kochen. Wissen Sie, wie das Sprichwort sagt: ›Vernasch mich, aber mach mich nicht nass.‹?«

Giampieri versuchte einen Moment lang, sich das bildlich vorzustellen, dann klopfte er Iannece auf die Schulter.

»Gehen wir, es ist Zeit für die Besprechung.«

»Einen Augenblick, Herr Ingenieur.«

Der Kommissar wollte seinem Assistenten entschlüpfen, aber Ianneces Pranken hatten bereits die Krawatte gepackt und mit vier, fünf beherzten Griffen den Knoten in Form gebracht. »Voilà, jetzt sehen Sie aus wie ein Model.«

Iannece strahlte ihn an und streckte wieder die Hand aus. Einen Moment lang fürchtete Giampieri, er wolle ihn streicheln. Stattdessen schnippte Iannece schnell die Fussel von Giampieris Schulter, dann drehte er sich um und ging voraus ins Besprechungszimmer.

Stefania Boemi saß in der dritten Reihe, in Uniform, aber mit offenem Haar. Sie fixierte ihn und spielte gedankenverloren mit einem Ring, den sie sich immer wieder vom Finger zog. Zur verborgenen Bedeutung dieser Bewegung hatte sein Handbuch eine klare Meinung. Giampieri versuchte sich auf seinen Vortrag zu konzentrieren, aber er konnte nicht verhindern, dass er jede noch so kleine Geste, jede Bewegung, jeden Blick und jede Haltung Stefanias registrierte, wobei er sich zu erinnern suchte, was sein Handbuch zu übereinandergeschlagenen Beinen, zu einem wippenden Fuß und zu Händen sagte, die ständig an den Haaren herumnestelten. Nadia Giolitti war stehen geblieben, sie lehnte an der Wand und hatte die Arme verschränkt. Sie schaute ihn entschlossen an, ohne eine Spur von Sympathie.

Er schaffte es unter enormer Anstrengung – mehrfach verhaspelte er sich und warf die Dinge durcheinander –, die Anweisungen für den Tag zu geben. Befehl Nummer eins lautete wie tags zuvor: einen Hinweis, irgendeine Spur zu finden, die zur Festnahme Maurizio Merlis führte, ehe ihnen jemand zuvorkam. Der Fall gehörte ihnen, keine Frage, aber ein flüchtiger Mörder, der im In- oder Ausland unterwegs war, würde Carabinieri, Finanzpolizei und Aasgeier aller Art auf den Plan rufen, die auf billige Publicity hofften. Deshalb mussten Freunde, Verwandte, Bekannte und Trinkkumpane ausgehoben werden, jeder, der einem flüchtigen Mörder (der wahrscheinlich bewaffnet und sicher gefährlich war) Unterschlupf oder Hilfe gewähren konnte. Giampieri beendete die Versammlung mit der Bemerkung: »Gut, wenn noch jemand einen Kaffee will, bevor er wieder an die Arbeit geht ...«

Er ging voraus und sah aus dem Augenwinkel, dass Stefania hinter ihm in den Korridor trat, belagert von vier, fünf Kollegen. Auf dem Weg zum Automaten zerrte er an seiner Krawatte, um sie wieder außer Form zu bringen, dann rubbelte er im Futter seiner Tasche herum, riss ein Stück Faden heraus und legte es sich auf die Schulter, während er so tat, als massierte er sich.

Er drehte sich lächelnd um und fragte: »Also, wer will einen Kaffee?«

Zwei oder drei Hände gingen in die Höhe. »Für mich ohne Zucker«, sagte Calabrò, der am nächsten stand. Die Boemi war ein wenig auf Abstand geblieben, weil sie mit der Giolitti und anderen sprach.

Sie verteilten den Kaffee, stellten die Becher auf die Stehtischchen, Calabrò fixierte den Kommissar und sagte: »Entschuldige«, dann richtete er ihm mit einer raschen Bewegung die Krawatte.

Giampieri verzog das Gesicht und warf den leeren Becher in den Mülleimer.

»Ich bin von lauter Waschweibern umgeben«, sagte er halblaut.

»Was?«

»Nichts, nichts. Wollen mal sehen, ob irgendwelche Meldungen eingegangen sind.«

Er warf Stefania Boemi einen Blick zu, der etwas länger war als nötig.

»Du hast gute Arbeit geleistet, wirst sehen, wir kriegen ihn.«

Stefania antworte mit einem strahlenden Lächeln: »Wenn er es ist, dann sind Sie mir zumindest ein Abendessen schuldig. Mit Languste und Champagner.«

Ich bin allergisch auf Languste, dachte der Vizekommissar, aber als sie sich umdrehte, dachte er, dass er im Tausch gegen diesen wundervollen runden Hintern die Languste auch roh gegessen hätte. Er ballte triumphierend die Fäuste und biss sich auf die Lippe, um nicht in lauten Jubel auszubrechen. Es war eine Frage von Stunden, bis sie den Täter schnappten, und um die liebreizende Stefania zu schnappen, brauchte er bloß die Hand auszustrecken.

»Ich fasse es nicht.«

Der Ingenieur saß im Technikraum vor Barbara Ameris Computer. »Ich fasse es nicht«, sagte er wieder.

Er hatte am Vormittag ein paar Stunden lang Barbaras Computer gefilzt, hatte in den gespeicherten Dateien herumgesucht und dann aus reinem Pflichtbewusstsein noch einmal die vom Rechner zuletzt ausgeführten Operationen überprüft. Das Ergebnis schien unglaublich, aber da war es, direkt vor seiner Nase. Das letzte Booting war um 8.27 Uhr vorgenommen worden, wie er selbst sofort am Morgen der Tat gesehen hatte, aber Giampieri hatte entdeckt, dass der Computer dieses Booting jeden Morgen automatisch durchführte. Das vorletzte Booting war am selben Morgen um 7.58 Uhr ausgeführt worden.

Er war ganz selbstverständlich davon ausgegangen, dass das Booting um 8.27 Uhr nicht nur das letzte, sondern an jenem Tag auch das erste gewesen war. Ein logischer Gedanke, nach Marco Turones Aussage, er habe Barbara um halb neun nach der Uhrzeit befragt. Aber dem war nicht so. Zeugen konnten sich irren oder lügen, aber für den Computer gab es keinen Grund, das zu tun. Barbara hatte ihn um 7.58 Uhr angeschaltet. Dann hatte sie ihn, warum auch immer, um 8.06 Uhr abgestellt. Und zwanzig Minuten später war er von alleine wieder hochgefahren.

Einen Moment. Und wenn ihn jemand anders hochgefahren hatte?

Der Ingenieur konnte fast hören, wie die Zahnräder in seinem Hirn verrückt spielten. Es war Mantero, der ihn hochgefahren hatte. Er ist der Mörder. Oder nein, jemand anders, ein Dieb schaltete ihn an, und sie überraschte ihn, weil sie früher zur Arbeit kam. Aber warum sollte ein Dieb einen Computer hochfahren? Was suchte er? Oder war der Mörder schon mit dem Vorsatz gekommen, sie zu töten? Und erwartete sie bereits im Büro. Auf jeden Fall musste er die Schlüssel haben. Und die Schlüssel haben nur Mantero, seine Mutter und die Putzfrau, die aber bereits aus dem Verdächtigenkreis ausgeschlossen wurden. Mantero könnte sie aber auch Merli gegeben haben, damit er Barbara eliminierte, vielleicht hatte sie Dinge entdeckt, die sie nicht wissen durfte. Samstag Vormittag hatte sie das Büro aufgesucht und war mit einer Diskette weggegangen. Was war auf dieser Diskette? Vor seinem inneren Auge baute sich wieder in all seiner Bedrohlichkeit das Bild der Men in Black auf, ihre Raubtiermuskeln, die in die Sakkos gezwängt waren.

Ruhig, sagte er sich, ganz ruhig.

Aber es war unmöglich, ruhig zu bleiben. Diese Entdeckung konnte alles auf den Kopf stellen, denn sämtliche Alibis waren für 8.27 Uhr überprüft worden. Und nun galt auch die Hypothese, dass man Barbara womöglich schon früher überfallen hatte: Sie lag am Boden, mit eingeschlagenem Schädel, bis der Broker eintraf, durch eine Autopsie war aber nicht festzustellen, ob nach dem Angriff fünfzehn Minuten oder eine Stunde vergangen waren. Mit derartigen Verletzungen konnte man auch sehr lange überleben.

Er dachte sofort an Maurizio Merli. Sein Alibi gründete

sich allein auf die Aussage der Schwester, die ihn, falls sie die Wahrheit sagte, um halb neun zum Joggen hatte gehen sehen. Aber vielleicht kam er schon zurück, und wenn er wirklich nicht verschwitzt war, dann deshalb, weil er nur wenige Minuten gelaufen war, von Barbara Ameris Büro bis nach Hause. Niemand anders hatte ihn bis in den späten Vormittag gesehen.

Wir haben es fast, dachte er, wollte aber keine mögliche Alternative auslassen. Er versuchte sich zu erinnern, was die anderen Zeugen und Verdächtigen ausgesagt hatten, vom Onkel über Giacomo bis zu Turone und Mantero.

Er wollte noch einmal nach den zuletzt aufgerufenen Dateien suchen, als Vitone hereinkam und sagte, Iaquinta warte in seinem Büro auf ihn.

Giampieri schaltete den Computer aus, damit niemand anders seine Nase hineinsteckte, ging hoch in sein Büro, rief Venuti an, sagte ihm, er würde in Genua auf etwaige Fahndungsergebnisse warten, und bat um Mitteilung, falls die Beamten, die Emanuela Merli überwachten, irgendwelche Neuigkeiten hätten. Er erwähnte nichts von der neuen Chronologie für den Morgen der Tat. Die Entdeckung konnte fundamental sein, aber es war noch zu früh, um sie mit Venuti oder der Serra zu teilen.

Auch gegenüber Iaquinta hielt er den Mund, er hörte sich einfach nur die Instruktionen des Polizeichefs an, es sei unabdingbar, dass die Ermittlungen rasch zum Abschluss gebracht würden. Sie sprachen über Luciani und die Möglichkeit, dass er nicht zurückkommen würde, und auch wenn er keine expliziten Versprechungen machte, ließ Iaquinta durchblicken, dass er an Giampieri als Nachfolger dachte. Es war klar, dass sich alles in den nächsten Stunden entscheiden würde und dass sein berufliches Schicksal mit dem von Maurizio Merli verquickt war.

Gegen zehn Uhr abends ging er völlig erschöpft zum nächsten McDonald's und aß sein übliches Happy Meal. Es gab keine Duffy-Puppen mehr, und das schlug ihm ein bisschen auf die Stimmung, er musste mit Tweety vorliebnehmen, der ihm immer auf die Ketten gegangen war. Er fragte sich, ob es nicht angezeigt war, seinen Ex-Chef anzurufen. Der Besuch der Men in Black und die Entdeckung des neuen Bootings passten nicht recht zu dem Puzzle, das sie bis dato gelegt hatten. Es muss wenigstens eine Person geben, die über meine Entdeckung Bescheid weiß, dachte er. Sicher ist sicher. Er wollte es weder Venuti noch der Serra sagen. Calabrò? Der würde es ausnutzen, um die ganze Ermittlungsarbeit mieszumachen und wieder Giampieris Entscheidungen zu kritisieren. Vielleicht Vitone, aber den kannte er noch nicht gut genug. Die Men in Black hatten sicher ihre Verbindungen zum Kommissariat, und er konnte nur den alten Hasen in der Dienstgruppe trauen. Oder vielleicht nicht einmal denen.

Er kehrte aufs Kommissariat zurück und blieb bis spät, las noch einmal die Akten mit den Aussagen von Anwohnern und Verdächtigen und glich diese mit den neuen Zeitangaben ab. Seine Entdeckung konnte eine Wahrheit ans Licht bringen, die er sich nicht hätte träumen lassen, aber er war nicht sicher, ob er diese Wahrheit wollte. Er hoffte die ganze Zeit, dass die Meldung von Merlis Festnahme eingehen würde oder zumindest ein glaubwürdiger Hinweis – nach all den Fehlalarmen des vergangenen Tages. Er musste ihn finden, und Merli musste den Mord an Barbara gestehen, wenn Giampieri dieses nervöse Flimmern loswerden wollte, das sich auf seinen Magen gelegt hatte.

Als er etwa dreißig Meter vor seinem Haus parkte, meinte er, an der Hausecke einen Schatten zu sehen. Er öffnete noch einmal die Wagentür, als ob er etwas vergessen hätte, und während er so tat, als wühlte er im Handschuhfach, nahm er die Pistole aus dem Schulterhalfter und steckte sie in den Hosenbund. Er knöpfte das Jackett zu, schloss die Autotür und ging, möglichst ungezwungen, Richtung Haustür. Seine Sinne waren hellwach, beim ersten Anzeichen von Gefahr würde er sich auf den Boden werfen. Warum sollten sie es auf mich abgesehen haben?, dachte er. Ich habe mir keinen Fehltritt geleistet, nach Sicherstellung des Computers. Vielmehr müsste die Hausdurchsuchung bei Merli sie beschwichtigt haben, er ist ein kleiner Fisch. Es sei denn, sie haben Angst, Merli könnte mich zu jemand anderem führen.

Um die Haustür zu öffnen, musste er der Straße den Rücken zuwenden. Er merkte, wie seine Hände zitterten, als er zwei, drei Mal vergeblich versuchte, den Schlüssel ins Schloss zu stecken. Schließlich schaffte er es. Sollte er besser den Aufzug oder die Treppe nehmen? Keine Frage: die Treppe. Die Idee, sich in einen in der Luft schwebenden Käfig zu sperren, schien ihm nicht gerade genial.

Er stieg vorsichtig hoch und lauschte, ob sich in den oberen Stockwerken etwas rührte oder ob unten die Haustür ging. Er kam am ersten, am zweiten, am dritten Stock vorbei. Das Licht im Treppenhaus ging früher aus als gedacht, er wollte sich auf das rote Signallämpchen des Schalters stürzen, blieb dann aber stehen, presste sich an die Wand und horchte in die Dunkelheit. Immer noch nichts, nur das heftige Pochen seines Herzens.

Angst. Er hatte nie gelernt, seine Angst zu beherrschen. Und doch musste es eine Möglichkeit geben. Vielleicht war die Methode, just an dieser Stelle zu bleiben und die Angst zu bezwingen, während sie ihm unter die Haut kroch, sich weiter auf klares Denken zu konzentrieren und die Atmung zu kontrollieren. Das war sein großes Handicap als Polizist: dass er seine Angst nicht beherrschte. Auch deshalb blieb er lieber im Büro, vor einem Computer, außerhalb jeder Gefahrenzone. Aber jetzt war die Gefahr zu ihm gekommen.

Er schaltete das Treppenlicht wieder ein. Sein Hemd war schweißnass und eisig. Er kam an die Wohnungstür. Sie schien in Ordnung, keine Stemm- oder Bruchspuren. Aber es war ein Leichtes, auf den Balkon und von dort in sein Apartment zu gelangen.

»Nur Mut«, seufzte er und drehte mit der Linken den Schlüssel um, während er in der Rechten die entsicherte Pistole hielt. »Wie heißt es im Film: Man stirbt nur einmal.«

Er drückte auf den Lichtschalter. Er war fast sicher, dass es nicht angehen würde, und dann war klar, dass er erledigt war. Doch das Licht ging an, erleuchtete die Diele, die still wie immer schien. Er ging weiter ins Wohnzimmer, die Waffe im Anschlag, und von dort in die Küche. Nichts. Die Badtür war geschlossen. Er ließ sie immer geschlossen. Er öffnete langsam. Nichts. Blieb das Schlafzimmer. Die Tür war zu. Er konnte sich nicht erinnern, sie geschlossen zu haben. In diesem Moment hielt er die Anspannung nicht mehr aus, er stürmte Richtung Schlafzimmer, trat die Tür auf und warf sich, die Waffe mit beiden Händen haltend, hinein: »Ihr Dreckschweine! Dreckschweine! Kommt raus, ihr Schweine!«

Das Zimmer war leer. Unter dem Bett war niemand. Im Schrank nur Kleider. Der Ingenieur setzte sich aufs Bett, sicherte die Waffe, lachte laut auf, dann bekam er plötzlich einen Heulkrampf, der ihm die Luft nahm und ihn sauer das Mahl von McDonald's aufstoßen ließ. Er schaffte es, sich nicht zu übergeben, und nach einigen tiefen Atemzügen spürte er, dass die Angst sich endlich löste. Sie kam, wann und wie sie wollte, eine vollkommen unkontrollierbare chemische Reaktion.

Er zog Schuhe und Socken aus, warf das Jackett und das schweißnasse Hemd in eine Ecke und baute in aller Ruhe eine Tüte mit Mazar El Sharif. Der erste Zug brachte ihn wieder unter die Lebenden, nie hatte das Dope ihm besser geschmeckt.

Er kam auf einen guten Trip, obwohl er alleine war. Er brach in herzhaft-albernes Gelächter aus, als er sich Luciani vorstellte, der ein Big Bacon aß. Morgen rufe ich ihn noch mal an, dachte er, und überrede ihn, es einmal zu probieren. Damit er endlich die Freuden des Daseins entdeckt.

Er rauchte, bis er sich die Finger verbrannte, dann drückte er den Stummel aus. *Man stirbt nur einmal.* Was für ein Scheiß, ich bin kein bisschen bereit zum Sterben. Nicht in einer Woche, wo ich es mit einer Rothaarigen und einer Brünetten getrieben habe und noch eine Blondine draufpacken könnte. Er lächelte. Was wäre das für ein Hattrick! Ja, nach so einer Serie könnte ich ruhig sterben. Zwischen den Armen Stefanias oder den Schenkeln Amalias. Ihm entfuhr noch ein hysterisches Lachen, dann fiel er auf sein Kissen, eher ohnmächtig als schlafend.

# Freitag
## Luciani

Am Fenster stand der Neapolitaner mit Unschuldsmiene, um seine Mundwinkel schien sogar ein Lächeln zu spielen.

Marco Luciani trat wutentbrannt auf ihn zu und flüsterte: »Weißt du, dass ich dich anzeigen müsste für das, was heute Nacht passiert ist?«

»Was hab denn ich damit zu tun, Commissario? Ich hatte es dir gesagt, der heilige Judas haut nie daneben.«

»Klar. Und er arbeitet natürlich mit dem Seil.«

»Du liegst schon wieder falsch. Der das Seil benutzt hat, das war Judas Iskariot. Der hier ist ...«

»Taddäus. Ich weiß. Jedenfalls war es nicht angebracht, ihn zu bemühen, meinst du nicht?«

»Du weißt, wie man sagt: Hilf dir selbst, dann hilft dir Gott. Aber bei den Heiligen ist es anders, die leisten zwar ihren Beitrag, aber du kannst nicht einfach herumsitzen und darauf warten, dass aus heiterem Himmel ein Wunder geschieht.«

»Ich habe Erkundigungen eingezogen, der Bursche ist nicht tot, er hat nur ein paar Knochenbrüche und ein Schädeltrauma. Wenn er keine Anzeige erstattet, könntest du ungeschoren davonkommen.«

»Wirst sehen, dass er jetzt langsamer fährt, Commissario. Oder wenigstens wird er nicht trinken, bevor er in den Sattel steigt. Und ich hoffe, dass du ein bisschen besser schläfst, dieser Tage bist du allzu nervös.«

Marco Luciani wollte etwas erwidern, doch dann ließ er es bleiben. Es war schon elf Uhr vorbei, und er wollte nicht zu spät zum Tennis kommen.

Er schickte seiner Mutter eine Nachricht, dass er noch einige Dinge zu erledigen habe und gegen drei kommen werde. Er schämte sich, ihr zu sagen, dass er Tennis spielen ging, während sein Vater im Sterben lag. Aber er sah keine Verbindung zwischen diesen Dingen, sein Vater würde so oder so sterben, und wenn Luciani beschlossen hätte, drei Stunden zu schlafen, hätte ihn niemand tadeln können, nach all den schlaflosen Nächten. Also war nichts Schlechtes daran, wenn er sein unbestreitbares Recht auf Schlaf gegen eine körperliche Betätigung eintauschte, ohne die er heute und die nächste Woche nervös und schlecht gelaunt wäre. Das war seine wöchentliche Droge: diese zwei Stunden Tennis. Und jeder Mann sollte sich einmal pro Woche in aller Ruhe besaufen oder bekiffen können, sollte sich dem Sex oder sonst einer Aktivität widmen, die ihm das Gefühl gab, noch am Leben zu sein.

Als er nach Bogliasco kam, erwartete Andrea ihn, indem er wie immer Dehnübungen in der Umkleide machte. Es wurde nie viel gesprochen zwischen ihnen, und seitdem Marco ihn vor drei Wochen geschlagen hatte, hatten sich ihre Wortwechsel auf das Allernotwendigste reduziert. Andrea würde ihn mindestens viermal hintereinander, und zwar mit niederschmetternden Punktzahlen schlagen müssen, um sich von dieser schmachvollen Niederlage reinzuwaschen. Lucianis Gegner betrat das Feld höchst konzentriert, fast wütend, und als der Kommissar seine giftigen Blicke auffing, verging ihm die Lust an dem Match. Die ganze Zeit sagte er sich, er sollte nicht auf dem Tennisplatz sein, sondern bei seinem Vater oder bei Giampieri oder dass er auf eigene Faust ermitteln sollte, um den Eltern von Barbara eine klare Antwort zu liefern. Wenigstens hier will ich mich frei fühlen, dachte er dann ärgerlich, während er auf der Grundlinie die Vorhand voll durchzog und bei jeder Gelegenheit plan- und gedankenlos ans Netz stürzte. Andrea erwartete ihn, gut postiert, einen Meter hinter der Grundlinie und schoss ihn mit seinen Passierbällen ab. Es endete 6:1, 6:1. Als Marco Luciani das Feld verließ, fing er den Blick des Geometers Casareto auf, eines alten Clubmitglieds, das ihm hin und wieder einen Tipp gab. Luciani schlug die Augen nieder. »Ich weiß, sagen Sie nichts. Das war nur eine Finte. Beim nächsten Mal werde ich ihn schlagen.« Der Mann zog die Augenbrauen hoch, als wollte er sagen: »Na klar!«, dann ging er kopfschüttelnd an die Bar.

Donna Patrizia ließ das Tor aufspringen, dann trat sie aus der Glastür der Küche und kam ihrem Sohn entgegen. Marco Luciani umarmte sie schnell und gab ihr einen Kuss auf die Wange.

»Wie geht es dir?«

»Gut. Ein bisschen müde. Papa schläft, er hatte eine schlimme Nacht.«

»War denn die Pflegerin nicht da?«

»Doch, aber er wollte mich. Er ist ganz übel mit ihr umgesprungen. Er wurde wütend, weil eine Fremde im Haus ist, und beruhigte sich erst, als ich zu ihm ging.«

»Hast du den Arzt angerufen?«

»Ja, er kommt morgen Vormittag. Kann sein, dass sie ihn ins Hospiz bringen wollen. Sein Zustand verschlimmert sich schneller als gedacht.«

In ihrem Ton schwang Schmerz, aber auch eine gewisse Erleichterung mit. Das Ende kam näher, und das war für alle besser. Warum konnte man nicht einfach Knall auf Fall sterben, anstatt herumzuliegen und zu warten, bis ein Tumor einen langsam auffraß?

Sie gingen Richtung Tür, und die Mutter drückte den Arm ihres Sohnes, sie fixierte ihn mit einem außergewöhnlich harten Blick: »Marco.«

»Ja.«

»Er hat oft nach dir gefragt. Und heute ist vielleicht das letzte Mal, dass du mit ihm sprichst. Sei nett zu ihm. Und wenn er dich um etwas bittet … egal was … sag ihm, dass du es tun wirst.«

Er schüttelte den Kopf.

»Was kostet es dich denn? Es wäre eine Lüge für einen guten Zweck. Damit er beruhigt sterben kann. Er wiederholt immer nur dasselbe: die Villa, das Erbe, der Garten, alles, was er aufgebaut hat … Er hat Angst, dass alles verlorengeht.«

»Hör mal, Papa weiß, wie ich darüber denke. Auch wenn ich jetzt das Gegenteil behaupten würde, er würde es mir nicht abnehmen. Ich würde mich selbst verraten und ihm den Respekt versagen, das wäre wie jemand, der das ganze Leben Atheist war und auf dem Sterbebett nach dem Priester verlangt. Wenn ich Gott wäre, würde ich stinksauer werden und ihn das bis in alle Ewigkeit büßen lassen.«

»Hör zu. Was auch immer dein Vater getan hat, er hat dafür über Gebühr bezahlt, und ihm auf dem Sterbebett ein bisschen Trost zu versagen, bedeutet nicht, dass man Rückgrat oder Respekt zeigt, sondern das ist einfach nur schäbig. Wenn er sterben würde in dem Bewusstsein, dass er recht hatte, dass er dich dazu bewegt hat, das Erbe anzunehmen, was wäre schlecht daran? Er wird glücklich sterben, soweit das menschenmöglich ist. Und um Gott brauchst du dich nicht zu sorgen, Marco, denn an den hast weder du noch er je geglaubt, vergöttert hat er immer nur dich, und was er will, ist Vergebung von dir.«

Er starrte sie an, und während er in den Augen seiner Mutter eine Entschlossenheit und Wildheit las, die er sich nie hätte vorstellen können, spürte er, wie seine feucht wurden. Er senkte schnell den Blick und flüchtete ins Zimmer.

Am Abend hörte er in den Acht-Uhr-Nachrichten das Neueste von der Menschenjagd: Es war vorbei, alles war vorbei. Er rief Nicola an, um ihm zu gratulieren, aber dessen Stimme klang überraschend verhalten. Bevor Luciani aber verstand, was genau passiert war, hörte er, dass der Große Cäsar erwacht war. Er brach schnell das Gespräch ab und tauchte wieder in die stickige Wärme ein, in den Geruch des Todes, der in dem Zimmer hing, das immer das bunteste und heiterste des ganzen Hauses gewesen war. Als Marco ausgezogen war, hatte der Vater alles wegwerfen wollen, Bett, Schrank, Bücher und die Fußball-Trophäen. Aber Donna Patrizia antwortete mit eiserner Miene, sie würde ihn, wenn er auch nur den Versuch unternahm, verlassen. »Du hast mir einen Sohn genommen, du wirst mir nicht auch noch die Erinnerung an ihn nehmen«, war der Satz gewesen, den sie in einem Brief an Marco wiedergegeben hatte. Das Bett war stehen geblieben, und jetzt lag sein Vater darin und starb. Der Stoff des Lebens ist voller Symbole, wenn man sie denn suchen will.

Er stand auf, um das Fenster einen Spaltbreit zu öffnen, das konnte seinem Vater nicht allzu viel ausmachen, konnte ihn höchstens schneller umbringen, was nur ein Segen gewesen wäre. Ein frischer Windhauch strich durchs Zimmer und ließ den Großen Cäsar ein Auge aufschlagen. Er ließ es kreisen, bis er den Blick des Sohnes auffing, und dann deutete er ein Lächeln an. Auch er freute sich darüber, dass die Welt weiteratmete.

Er flüsterte etwas Unverständliches, ein Kratzen in der Kehle, aus dem man nur mit Mühe die Vokale heraushören konnte. Marco Luciani musste sein Ohr dicht an die Lippen seines Vaters bringen, seinen Atmen einsaugen, der nach Leid und Verwesung roch, und ihn mehrmals bitten, das Gesagte zu wiederholen, bis er »Blumen … raus« oder etwas in der Art zu verstehen meinte.

»Willst du rausgehen? Willst du, dass ich dich rausbringe?«, sagte er laut, damit der Vater ihn verstand.

Cesare lächelte und bewegte leicht den Kopf.

»Aber um die Uhrzeit wird es kühl sein«, wandte er ohne jede Logik ein.

Der Vater lächelte wieder. Wo stand geschrieben, dass man nicht im Freien sterben durfte?

Marco Luciani deckte ihn so gut es ging mit dem Plaid zu, zog ihm ein paar dicke Baumwollsocken an und hob ihn ohne große Anstrengung hoch. Der Große Cäsar hatte die Miene eines Kindes, das sich in den Armen des Vaters in Schlaf fallen lässt.

Wer weiß, wie oft er das mit mir gemacht hat, dachte Marco Luciani, während er die Tür mit dem Ellbogen aufschob. Oder vielleicht auch nicht, zu seiner Zeit waren die Kinder bis zum dritten Lebensjahr noch Sache der Mutter gewesen, und oft auch danach noch; schlaflose Nächte, Milchfläschchen und Windeln waren damals noch Aufgabe der Gattin, oder der Amme gewesen; den Vätern oblag, noch mehr zu arbeiten, noch mehr zu verdienen, und mit der Zeit dann Zeugnisse zu begutachten, Prämien und Strafen zu verteilen. Früher, als die Rollen zwischen Vater und Sohn noch klar verteilt waren. Und vielleicht konnten sie deshalb jetzt, auf ganz natürliche Weise, diese Rollen tauschen.

Er ging hinaus in den Garten, legte den ausgemergelten Leib des Großen Cäsar auf die mit Kissen gepolsterte Chaiselongue und trug diese neben den Feigenbaum, vor das Panorama von Camogli.

Hätte ich früher daran gedacht, dann hätte ich ihm den Sonnenuntergang zeigen können, dachte Luciani, aber das wäre zu traurig und melodramatisch gewesen. Sie warteten stumm darauf, dass es dunkel wurde, dass in der Ferne an der Küste die Lichter angingen und draußen auf dem Meer die Beleuchtung der Schiffe. Dann stellte Marco Luciani den Gartenscheinwerfer aus, und über ihnen ging ein Stern nach dem anderen auf.

Cesare atmete immer tiefer. Der Kommissar nahm seine Hand und spürte, dass dieser, wenn auch mit Mühe, auf den Druck reagierte. Er hatte Gänsehaut, und eine Träne hing zwischen Nase und linker Wange.

Ihm ist kalt, dachte er und verscheuchte den Gedanken, dass es Angst sein könnte. Er nahm einen Liegestuhl, deckte sich mit einem Handtuch zu, legte sich neben seinen Vater, ergriff wieder dessen Hand und fing zu sprechen an:

»Weißt du, was meine früheste Erinnerung ist? Wie ich eine Christbaumkugel aß. Sie war grün, aus Glas. Ich muss zweieinhalb gewesen sein, vielleicht drei, ich muss sie für einen Apfel gehalten haben, offensichtlich war ich damals schon nicht besonders helle. Und so ist das früheste Bild, das ich aus meiner Kindheit habe, dein Gesicht, das mich anschaut und sagen will: ›Was hast du denn gemacht?!‹ Mein Mund war voller Blut, Mutter nahm mich auf den Arm und trug mich ins Bad, und vor dem Spiegel holte sie mir die Scherben aus dem Mund, während ich heulte. Damals lebten die Großeltern noch, Tante Rina war auch da, und danach fühlte ich mich wie ein Held. Das mit dem Fernseher ... nein, daran kann ich mich nicht erinnern, ihr habt mir tausendmal erzählt, wie ich den vom Tisch gezogen habe und er auf mir implodiert ist, ohne dass mir etwas passiert wäre, da war ich vielleicht zwei. Jedes Kind, das es bis ins Erwachsenenalter schafft, kommt einem Wunder gleich, glaub mir. Als du mich am Meer gerettet hast, das habe ich noch genau vor Augen, ich hatte einen Schwimmreif, ein Kind schubst mich, und ich drehe mich um die eigene Achse, Köpfchen in das Wasser, Schwänzchen in die Höh', du springst in die Wellen, um mich zu retten, und das erste, was ich dich frage, ist: ›Aber Papa, seit wann schwimmst du denn mit Hut?‹ Das sollte kein Scherz sein, aber der ganze Strand lachte sich tot. Und ich erinnere mich, wie du mir ›Italia in miniatura‹* zeigtest, oder an das erste Mal, dass ich Venedig sah, und diese Augenblicke totalen Glücks, wie zum Beispiel unsere Tipp-Kick-Spiele, sonntags morgens, im Winter. Das erste Mal, dass du mich mit ins Stadion nahmst: Inter Mailand gegen Florenz, da spielte Antognoni mit, und ich war sofort vernarrt in ihn und in sein violettes Trikot, aber du wolltest, dass ich Inter-Mailand-Fan werde …«

Er redete immer weiter und ließ noch einmal in aller Ruhe seine Kindheit Revue passieren, die Schule, den Fußball, die ersten Mädchengeschichten, er sagte ihm die Dinge, über die er noch nie gesprochen hatte, und von denen er dachte, er würde sie nie jemandem anvertrauen, er beichtete seine Ängste, seine Unbeholfenheit und die Fauxpas seiner Jugendtage, er erzählte, wie er sich beim ersten Sex gefühlt hatte und was für ein Gesicht er, der Große Cäsar, aufgesetzt hatte, als er ihm sagte, er würde in der dritten Liga spielen.

Er hielt einen Moment inne, wusste nicht, ob er weiterreden sollte, denn nun endete der Aufstieg des Fesselballons, auf den er seinen Vater und seine Erinnerungen geladen hatte. Die schlimmste Phase ihres Lebens ballte sich als schwarze Gewitterwolke vor ihnen, und diese wunderbar berührende Reise lief Gefahr, sich in die allzu bekannte Tragödie zu verwandeln.

In dem Augenblick durchlief ein Zittern den Großen Cäsar, er drückte seine Hand fester, und Marco spürte, dass der Moment gekommen war.

»Warte, Papa, ich schieb dir das Kissen zurecht.«

Dann streckte er sich wieder auf dem Liegestuhl aus

* Sehenswürdigkeit bei Rimini: Italien in Miniaturformat (Anm. d. Übers.)

und redete weiter, auch als die Tiere schon verstummt und in den Häusern die letzten Lichter erloschen waren. Er erzählte seinem Vater alles, was er getan hatte, nachdem er ausgezogen war, die Dinge, auf die er stolz war, und die, für die er sich schämte. Er erzählte von seinen Kollegen, von seinen Frauen, er erzählte von seinen nächtlichen Träumen und den Alpträumen, die er am Tag erlebte. Er redete, redete redete wie vielleicht noch nie zuvor, bis die Müdigkeit seine lange Beichte in einen inneren Monolog verwandelte.

Er wurde von der Morgendämmerung und einem kaum hörbaren Singsang geweckt. Donna Patrizia saß neben dem Cäsar und ließ, ohne zu weinen, den Rosenkranz durch ihre Finger gleiten.

# Freitag
## Giampieri

Ihn weckte ein stechender Schmerz auf der Innenseite des rechten Oberschenkels. Das Bein war wer weiß wie lange verrenkt gewesen, und nun zog die Sehne wie verrückt. Giampieri war überrascht, dass er noch halb bekleidet und leicht benebelt war. Er schaffte es – nicht ohne Schmerzen –, das Bein wieder in eine natürliche Stellung zu bringen, und irrte einige Minuten wie betäubt durch die Wohnung, aber nach einer Dusche und einer Kanne Espresso fühlte er sich bereit für die Schlacht. »Heute erwischen wir ihn. Das spüre ich«, sagte er leise, plötzlich wieder gut gelaunt.

Bevor er das Haus verließ, befestigte er noch einige Zeichen an der Balkontür und den Fenstern, außerdem auf der Fußmatte und an der Wohnungstür. Winzige Fäden, die signalisieren würden, ob jemand die Wohnung betreten hatte. Kaum war er im Büro, setzte er sich vor den Computer und aktualisierte die Übersicht über die Alibis, die er am Vortag begonnen hatte. Dann ging er hinunter in den Technikraum und suchte die letzten Operationen, die Barbara, oder der Mörder, zwischen 7.58 Uhr und 8.06 Uhr an jenem Morgen ausgeführt hatte. Er oder sie hatte eine Datei namens »Lächeln« geöffnet, aber diese Datei war nicht mehr vorhanden, sie musste gelöscht worden sein. Er verfolgte die Operationen zurück bis Samstagmorgen und fand auch dort wieder den Hinweis auf diese Datei. Es dürfte nicht schwierig sein, sie zu rekonstruieren, dachte er. Aber als er das Ziel fast erreicht hatte, stürmte Vitone ins Zimmer, bis über beide Ohren grinsend: »Ingegnere, wir haben ihn!«

»Wen?«
»Merli.«
»Wo?«
»In Frankreich. Cannes.«
»Und wer hat ihn erwischt? Und wie?«
»Interpol. Gestern Abend ließ er sich in einem Hotel registrieren, mit seinem richtigen Ausweis. Um ehrlich zu sein, haben sie ihn noch nicht gefasst, es ist aber eine Frage von Stunden.«
Giampieri runzelte die Augenbrauen. »Der spinnt. Seid ihr sicher, dass er es ist?«
»Sie meinen, ja. Sie haben die Sache bereits mit dem Hotelier überprüft, und dieser hat ihn erkannt.«
Der Vizekommissar schaltete den Computer aus und sprang auf die Füße. »Ich hätte ihn für schlauer gehalten.«
Vitone zuckte mit den Schultern. »Fahren wir hin?«
»Darauf kannst du Gift nehmen.«

*Er parkte seine 600er Yamaha in der zweiten Reihe, nahm den Helm ab und genoss die Luft, die durch seine langen Haare strich. Da es heiß war, band er diese mit einem Gummi zu einem Pferdeschwanz zusammen. »So ein Scheißurlaub«, murmelte er, an den Vorabend denkend. Nirgendwo hatte er einen Treffer gelandet, weder an den Slot-Machines noch beim Roulette oder am Black-Jack-Tisch, wo er sich gewöhnlich, wenn ein Abend mal schlecht lief, wieder sanierte. Ein gutes Blatt hätte gereicht, und die Moldawierin wäre mit Freuden statt mit diesem ekligen Fettsack mit ihm mitgekommen. Sie hatte ihm das auch mit den Augen zu verstehen gegeben, als sie sah, wie er seinen letzten Chipstapel auf dem 12-15-Feld verlor, auf seinem Glücksfeld. Keine Chance. Zum fünften Mal fiel innerhalb von gut einer Stunde die doppelte Null. Was für ein Scheißpech! Andererseits, welchen Vorwurf hätte er dem Mädchen schon machen können? Sie war zum Arbeiten da, und auch wenn es ihr mit ihm vielleicht Spaß gemacht hätte – das Geschäft ging vor. Sie hatten zusammen gelacht, das stimmte, aber das wollte nichts heißen, nur, dass sie einander ähnlich waren. Er hätte sich nämlich genauso verhalten, unter umgekehrten Vorzeichen. Er hätte sie auch sofort im Regen stehenlassen, wenn sich eine bessere Chance geboten hätte.*

*Er nahm ein Baguette mit Schinken und Käse und ließ sich ein großes Bier zapfen, dann setzte er sich zum Essen auf eine Bank im Schatten, nicht weit von seinem Motorrad. Er öffnete den Reißverschluss des Overalls, um Luft an seine Haut zu lassen. Eine Frau starrte ihn an, aber als er mit einem fragenden Blick antwortete, tat sie, als wäre nichts, und ging schnell weiter. Was glotzt du so blöd, alte Schlampe, jetzt kann man nicht einmal mehr in Ruhe ein Baguette essen.*

*Ihm blieben nicht viel mehr als hundert Euro, wenn er das Hotel bezahlt hatte. Eine Übernachtung, die er nicht einkalkuliert hatte, aber er hatte auch nicht einkalkuliert, dass Julies Ehemann einen Tag früher aus Paris zurückkehren würde. Zum Glück hatte er sich wenigstens telefonisch angekündigt. Ein Mann von Welt eben, der seiner Frau keine bösen Überraschungen bereitete. Trotzdem ein Riesenfick, Julie. Ein Wahnsinnsfick, der jeden gefahrenen Kilometer wert war. Das waren Frauen, wie sie im Buche stehen, sinnlich und leidenschaftlich, nicht wie diese Tiefkühlmöse von Ameri. Fünfundzwanzig Jahre und noch Jungfrau, meine Herren! Für wen wollte sie sich denn aufheben?*

*Mit nicht einmal hundert Euro konnte er gerade noch tanken und die Autobahngebühr bezahlen und in aller Ruhe nach Hause fahren. Vielleicht sprang sogar noch ein ordentliches Abendessen dabei heraus. Einen Moment wollte er ins Casino zurück, fünfzig Euro auf eine Zahl setzen, hopp oder topp, scheiß drauf, wenn die Zahl fällt, sind das tausendachthundert Euro, und dann hole ich mir die Moldawierin. Ich gebe ihr fünfhundert für die Nacht, so eine nimmt auch das Doppelte, aber ich bin sicher, dass sie bei mir damit mehr als zufrieden wäre ... Ich gehe auch bis siebenhundert, lege noch ein grandioses Abendessen drauf, und vom Rest kaufe ich mir ein Paar Stiefel; die hier sind hinüber.*

*Wieder starrte ihn eine Frau an, diesmal mit verängstigter Miene. Sie hielt eine gefaltete Zeitung in der Hand, und als er den Blick hob, riss sie an ihrer Hundeleine und trippelte hektisch davon.*

*»Was zum Geier läuft denn hier?« Eine Alarmglocke, die er schon seit langem nicht mehr gehört hatte, schrillte irgendwo in seinem Nacken. Ein Gefühl aus der Zeit, als er gehetzt wurde.*

*Er würgte den letzten Happen hinunter, trank das Bier aus und warf den Abfall in einen Mülleimer. In Italien hätte er ihn einfach liegen lassen, aber hier war alles so aufgeräumt und sauber, dass man Lust bekam, sich ebenfalls zivilisiert aufzuführen. Der Staat muss mit gutem Beispiel vorangehen, dachte er, muss dafür sorgen, dass wir in einer wohlgeordneten Umgebung aufwachsen.*

*Er kam an einem Kiosk vorbei, der »Corriere della Sera« steckte im Ständer, doppelt gefaltet. Auf dem Ausschnitt, den man sehen konnte, war ein Foto von ihm, ein paar Jahre alt. Er hatte kurzes Haar und eine finstere Miene. Er nahm die Zeitung, las die Schlagzeile und erbleichte. Er wurde wegen des Mordes an Barbara gesucht.*

Sie waren gerade auf die Autobahn gefahren, als Giampieris Handy klingelte.

»Er wurde in Nizza gesichtet. Von mindestens drei Personen. Alle Angaben stimmen überein. Auch die Beschreibung des Motorrades, eine blaue Yamaha.«

»Danke, Calabrò. Halt mich weiter auf dem Laufenden.«

»Soll ich das Martinshorn einschalten?«

»Schalt es ein, Iannece. Wir werden nicht mehr schaffen,

ihn zu fassen, aber ich will wenigstens möglichst früh ankommen.«

Was zum Kuckuck trieb Merli eigentlich? Er fuhr Richtung Grenze. Konnte es sein, dass er zurück nach Italien wollte?

*Ich muss ruhig bleiben, dachte er, während er seinen Pferdeschwanz löste und sich hinter der Sonnenbrille versteckte. Er drehte sich nach seinem Motorrad um, zuerst einmal den Helm aufsetzen, langsam aufsteigen und schön gemütlich losfahren, mit fünfzig Sachen. Wer weiß, was für eine Scheiße da gelaufen war und seit wann er gesucht wurde. Während er auf das Motorrad zuging, rief er sich noch einmal die Ereignisse der letzten Tage in Erinnerung, und schon bald fiel ihm der Hotelportier ein, dem er seinen Ausweis gegeben hatte. In wenigen Stunden habe ich sie am Hals, dachte er, das heißt vielleicht sind sie schon da, observieren mich. Er war versucht, einfach an der Yamaha vorbeizugehen, aber wenn sie schon hier waren, dann machte das keinen Unterschied mehr. Wenn nicht, hatte er vielleicht noch eine Chance. Allerdings musste er bald das Motorrad loswerden, denn das Kennzeichen hatten sie sicher bekanntgegeben.*

*Er nahm die Sonnenbrille ab und schob sie in die Brusttasche, kniff die Augen in der grellen Sonne zusammen und nahm den Helm in beide Hände. Als er ihn hochhob, um ihn über den Kopf zu stülpen, nahm er den Geruch des Jägers wahr und einen Pistolenlauf, der sich in seine Rippen bohrte.*

*Die Jungs sind auf Zack, dachte er, die Arme mit dem Helm noch immer in der Luft. Unsichtbar und fix. Auch der zweite Mann war aus dem Nichts aufgetaucht, obwohl sie mit ihren schwarzen Anzügen und den Blues-Brothers-Brillen eigentlich hätten auffallen müssen wie Schmeißfliegen auf einer Sahnetorte.*

*Der Mann, der sich als zweiter zeigte, war älter und schien der Chef zu sein. Er präsentierte flüchtig einen Ausweis. »Bist du bewaffnet?«*

*Maurizio Merli schüttelte den Kopf. »Kann ich den Helm runternehmen?«*

*»Ganz langsam. Und lächle, als hättest du zwei alte Kumpels wiedergetroffen.«*

*»Ich habe mit dieser Geschichte nichts zu tun.«*

*Der Mann, der ihn in Schach hielt, kam an seine Seite. Er sah diesem französischen Schauspieler ähnlich … Jean-Paul Belmondo.*

*»Kann sein«, sagte er, »aber du kennst ja das Spielchen: Du musst nur schön brav mitkommen und uns ein paar Fragen beantworten.«*

*Merli schaute ihn mit einem verächtlichen Lächeln an: »Wo sind denn die anderen alle? Irre ich mich, oder wollt ihr die Sache nicht an die große Glocke hängen?«*

*Der Ältere verzog das Gesicht. »Im Moment nicht. Wir würden gerne ohne viel Aufsehen nach Italien gelangen. Ohne mit den Franzosen herumzustreiten, über Auslieferungsanträge oder Ähnliches. Klar, wenn dir das lieber ist, kannst du auch einen Tanz aufführen. Dann werden wir sagen, du hast versucht abzuhauen«, sagte er, wobei er das Revers des Jacketts zurückschob und das Schulterhalfter sehen ließ. »Wenn du dagegen ein lieber Junge bist, dann sagen wir, dass wir dich in Italien festgenommen haben. Und wir werden berücksichtigen, dass du kollaboriert hast. Nein, du kannst sogar sagen, du warst auf dem Weg, dich zu stellen. Dein Anwalt ist schon in Rapallo und wartet auf dich. Wenn du willst, können wir ihn anrufen«, sagte er und zeigte sein Handy.*

*Merli dachte kurz nach und lachte dann fies: »Ich glaube nicht, dass ich mich weiter von Mantero vertreten lasse.«*

*Sie schwiegen einen Moment und sinnierten über den Sinn dieses Satzes nach. Dann sagte der Jüngere: »Was fangen wir mit dem Motorrad an?«*

*»Nimm du es. Wir fahren mit dem Auto voraus. Etwas dagegen?«, fragte er Merli.*

*»Kann er damit umgehen?«*

*»Im Vergleich zu meiner Honda ist das hier ein Moped, mein Freund.«*

*Merli warf ihm Helm und Schlüssel zu: »Jetzt halt mal die Luft an.«*

Über den rechten Fahrstreifen kroch eine endlose Schlange von Sattelschleppern, und die Sirene reichte nicht, um Staus zu entgehen. Außerdem gab es eine Menge Baustellen, und zweimal mussten sie die Spur wechseln und sich in die LKW einreihen. Giampieri fluchte.

»Warum haben Sie es so eilig, Herr Ingenieur?«, fragte Iannece. »Der geht uns jetzt nicht mehr durch die Lappen.«

»Ich weiß. Aber ich fürchte, er ist bewaffnet. Ich hätte ihn gerne lebend.«

»Wollen Sie meine Meinung hören? Wenn er sich nicht ergibt – um so besser. Kerle wie den braucht man gar nicht erst in den Knast zu stecken, in vier, fünf Jahren haben wir ihn eh wieder am Hals. Ich bin für Handabhacken, noch vor dem Prozess: Angenagter, erheben Sie sich!«

Giampieri gönnte ihm ein Lächeln: »Auf jeden Fall möchte ich vor Ort sein, wenn er verhaftet wird. Jetzt sieh zu, dass du dich verpisst!«, schrie er in Richtung eines LKWs, der vor ihnen fuhr.

Iannece merkte, dass Giampieri weniger an Merlis Schicksal als vielmehr an seinem eigenen interessiert war. Der Vizekommissar hatte ihn entwischen lassen, und dieser Fehler konnte ihn die Beförderung kosten.

Klar, wenn er selbst ihn wieder einfing, dann machte das einen ganz anderen Eindruck.

*»Tut mir leid, dass ich dich an den Türgriff fesseln muss. Aber ich bin allein, und das ist Vorschrift.«*

*Merli nickte. »Kein Problem.«*

*Keiner von beiden hatte Lust zu reden, der Man in Black schaltete das Radio ein und suchte einen Jazz-Sender. Dann stellte er die Klimaanlage an und fuhr ebenso gemächlich wie zielsicher ins Landesinnere.*

*»Welche Strecke fahren wir?«*

*»Mit dir da hinten in Handschellen kann ich nicht bei Ventimiglia über die Grenze. Vielleicht bemerken sie uns gar nicht, aber wenn doch, dann müsste ich eine Menge unangenehmer Fragen beantworten.«*

*»Das heißt?«*

*»Das heißt, wir müssen bis Olivetta hinauf. Da oben wird nicht kontrolliert.«*

*»Ach du Scheiße, das ist ja eine Weltreise.«*

*»Ich weiß. Mir schmeckt es auch nicht. Ich hatte für heute Abend etwas anderes vor. Aber dafür wird mein Kollege auf seine Kosten kommen.«*

*Als die Serpentinen begannen, schoss das Motorrad vorbei, legte sich im Stile eines Valentino Rossi in die Kurve, richtete sich wieder auf und jagte davon.*

Wieder klingelte Giampieris Handy. Der Ingenieur hörte eine Weile zu und sagte dann nur: »Gut. Danke.«

Er schaute aus dem Fenster, unschlüssig. Bis zur Grenze waren es nur noch wenige Kilometer. »Du kannst langsam fahren, Iannece. Sie haben ihn erwischt.«

*Er saß zehn Kilometer weiter oben am Straßenrand. Der Asphalt war nur noch ein schwarzer Strich im Wald, durch dessen dichtes Astwerk kaum Sonne drang. Sein Anzug war dreckverschmiert, und mit der schwarzen Krawatte hatte er sich die rechte Hand verbunden. In der anderen hielt er eine Zigarette, aber der Rauch, den er in die Luft blies, war nichts im Vergleich zu dem Rauch, der aus dem Motor der Yamaha aufstieg. Die Maschine war von der Straße geschlittert und lag im Wald.*

*Als sie aus der Kurve kamen und Merli sein Motorrad im Unterholz erblickte, rutschte er aufgeregt auf dem Sitz herum: »Was zum Henker …«*

*Der Man in Black fuhr rechts ran. »Was ist los?«*

*Belmondo antwortete mit einem verächtlichen Grinsen: »Ich wusste, dass das eine Schrottkarre ist. Die Bremsen funktionieren nicht. Ich konnte gerade noch abspringen.«*

*»Du verdammter Hurensohn! Was hast du für eine Scheiße gebaut? Jetzt nimm mir diese Dinger ab!«*

*»Hast du dir weh getan?«*

*»Nein, nur eine Schramme an der Hand. Scheißbock.«*

*»Der Scheißbock bist du, verdammt! Lass mich raus, lass mich raus!« Merli stieß Flüche und Drohungen aus, und erst nachdem er sich ein wenig abgeregt hatte, sprach der Fahrer beschwichtigend auf ihn ein.*

*»Willst du nachsehen, was passiert ist? Vielleicht kriegen wir sie wieder hin.«*

*Merli nickte.*

*»Soll ich dir die Handschellen abnehmen?«*

*»Ja, mach schon, zum Kuckuck!«*

*»Aber versuch nicht, uns zu linken. Wir sind hier alle ein bisschen nervös.«*

*Merli sprang aus dem Wagen und widerstand der Versuchung, sich auf den Polizisten zu stürzen. Polizist, oder was immer er war. Jetzt, da er darüber nachdachte – sie hatten sich nicht eindeutig legitimiert. Er watete durch den Laubteppich ins Unterholz, hielt sich an einem Baum fest und gelangte an sein Motorrad. Interpol wahrscheinlich. Oder jemand vom Geheimdienst, den Klamotten nach zu urteilen.*

*Das Motorrad rauchte nicht mehr. »Helft mit wenigstens, sie aufzustellen.«*

*Er beugte sich über die Yamaha, und da sah er die kleine Rauchbombe, die im Motorblock steckte. Er hob den Kopf, drehte sich um, und seine Schläfe stieß gegen den Lauf einer Pistole. Er hatte nicht einmal Zeit, sich nach dem Grund zu fragen. Das Echo des Schusses hallte noch lange durch die einsamen Wälder.*

Giampieri und Iannece kamen nach Nizza und fanden sich bei der Gendarmerie ein, wo ein ziemliches Chaos herrschte. Sie konnten in Erfahrung bringen, dass man eine Leiche mit den Papieren Maurizio Merlis gefunden hatte, in einem Wald, an der Straße zum Olivetta-Pass. Sie fragten, wie man da hin komme, aber ein unhöflicher Inspektor forderte sie auf, in Nizza auf das Eintreffen der Leiche zu warten. »Es werden gerade die Spuren gesichert, da ist es nicht angebracht, dass Sie die Arbeiten behindern.«

*»Perfekt!«*

*»Perfekt einen Scheißdreck! Die rechte Schläfe, hatte ich gesagt. Hundert Mal habe ich dir das gesagt!«*

*Belmondo biss sich auf die Lippe. »Ist das meine Schuld, wenn er sich in die andere Richtung dreht? Ich konnte ja schlecht auf den Baum klettern.«*

*»Natürlich ist es deine Schuld, weil du das Motorrad falsch platziert hast. Du hättest es auf die andere Seite legen müssen, so. Und dann hätte er sich so herum gedreht.« Er führte es vor.*

*Der andere schnaubte. »Mann, das nervt. An allem hast du etwas auszusetzen.«*

*»Ja, an so einem Bockmist habe ich etwas auszusetzen. Das war doch kein Linkshänder, kannst du mir mal erklären, warum er sich mit links hätte erschießen sollen?«*

*Belmondo kratzte sich am Kopf und spürte den Stoff der Krawatte an seiner Hand.*

*»Klar kann ich das erklären«, sagte er, während er die Krawatte abwickelte und mit den Schuhen im Laub herumfuhr. »Das erkläre ich dir sofort.« Er fand den Stein, wog ihn ab, um sicherzugehen, dass er schwer genug war, und ließ ihn dann wie einen Fäustel auf die Finger von Merlis rechter Hand krachen. Schließlich schleuderte er ihn weg.*

*»Er hat die Linke genommen«, schnaubte er, »weil er sich bei dem Unfall zwei … nein, vielleicht drei … Finger der Hand gebrochen hatte, mit der er sich so gerne einen Schuss setzte.«*

*Gabin wollte schon wieder losbrüllen. Man veränderte nicht einfach so leichtfertig einen Tatort. Man musste das Hirn benutzen.*

*Allerdings musste er zugeben, dass der Junge sich ganz gut aus der Affäre gezogen hatte. »Jedenfalls haben wir auch noch das Problem der Flugbahn«, sagte er.*

*»Hä?«*

*»Die Flugbahn des Projektils. Die verläuft in einem zu schrägen Winkel nach unten. Du hättest mit dem Schuss warten müssen, bis er sich ganz aufgerichtet hat.«*

*»Nein, du, ich habe mich runtergebeugt. Ich habe praktisch waagrecht geschossen.«*

*Der andere schüttelte den Kopf. »Wenn du waagrecht geschossen hättest, dann hätte die Kugel auf dieser Höhe in den Baum einschlagen müssen. Schau dir doch mal das Loch an! Das ist fast an der Wurzel. Außerdem braucht man sich nur Einschuss- und Austrittsverletzung anzusehen.«*

*»Hör mal, wollen wir hier jetzt zwei Stunden rumstehen und Haarspaltereien betreiben, oder wollen wir den Abflug machen, bevor jemand auftaucht?«*

*Gabin sah ein, dass er Recht hatte. Das war kein Bilderbuch-Selbstmord, aber für einen wie Merli würden sich die französischen Kriminaltechniker sicher kein Bein ausreißen. Und in Italien würden die Jungs, wenn etwas schieflaufen sollte, einen ihrer ganz speziellen Sachverständigen zwischenschalten.*

*»Okay. Jetzt lass mich das machen.« Er zog schnell die Handschuhe an, nahm die Pistole und presste den Griff zuerst gegen Merlis Daumen, dann gegen die anderen Finger, wobei er aufpasste, dass er sich nicht mit Blut beschmierte. Danach ließ er die Waffe neben die linke Hand der Leiche fallen.*

*Belmondo hatte sich eine Zigarette angezündet.*

*»Pass auf, dass du die hier nicht liegenlässt. Hast du die von vorhin eingesammelt?«*

*»Natürlich. Hältst du mich für einen Anfänger?«*

*»Nein. Aber ich mag nun einmal saubere Arbeit.«*

*»Ist doch alles glattgegangen. Niemand hat uns gesehen.«*

*Sie hörten in der Ferne einen Traktor und überlegten, wie weit er noch von ihrem Wagen entfernt war. Sie hatten noch genügend Zeit. Gabin ließ den Motor an, während der Jüngere die Erde von seinem Anzug klopfte.*

*»Mach mir die Sitze nicht dreckig.«*

*»Komm, Chef, jetzt hör schon auf zu meckern. Lass uns anstoßen, ich lade dich auf ein Bier ein.«*

Nachdem Inspektor Jacquot Giampieri stundenlang hatte warten lassen, musterte er ihn mit unverhohlener Abneigung. Er war einer der vielen Franzosen, die keine Italiener mögen, und schon gar keine italienischen Kollegen. Auch wenn er die Sprache sehr gut beherrschte. »Die Sache scheint mir klar zu sein. Er sah das Foto, wahrscheinlich in einer Zeitung, und erfuhr, dass sie hinter ihm her waren. Er versuchte zu fliehen, aber als er mit der Maschine von der Straße abkam, wusste er, dass es vorbei war. Da nahm er die Pistole und brachte sich um.«

»Ohne jeden Abschiedsgruß?«

»Er hatte kein Papier und keinen Stift dabei. Was hätte er außerdem sagen sollen?«

Giampieri war kein bisschen überzeugt. »Aber was sollte das für einen Sinn haben, von Cannes nach Nizza zu fahren und dann weiter ins Landesinneres? Wollte er wieder nach Italien zurück?«

»Oh, das dürfen Sie mich nicht fragen. Er wird den Kopf verloren haben, in Panik geraten sein.«

Der Ingenieur schüttelte weiter den Kopf. »Er hat sich im Hotel unter seinem richtigen Namen angemeldet. Wenn man auf der Flucht ist, tut man so etwas nicht.«

»Wie gesagt, er hatte den Kopf verloren. Vielleicht hoffte er insgeheim sogar, dass man ihn fasst, und legte Spuren.«

Küchenpsychologie, dachte Giampieri: »Wenn jemand geschnappt werden will, dann lässt er sich schnappen, und das war's.«

Der Kollege machte eine wegwerfende Handbewegung.

»Ach, die menschliche Seele ist nicht so leicht zu ergründen. Und die der Italiener erst …«

Giampieri spürte auf einen Meter Entfernung, wie es Iannece in den Fingern juckte, warf ihm aber einen schnellen Blick zu, der so viel hieß wie: Vergiss es!

»Ich habe gehört, dass die Leiche eingetroffen ist. Ich werde ihn identifizieren, wenn Sie nichts dagegen haben.«

*»Auf den Abschluss des Falls Ameri.«*

*»Prosit.«*

*Der Chef trank in einem Schluck das halbe Bier, wurde bleich und stellte den Krug auf den Tisch.*

*»Verdammte Scheiße. Die Rauchbombe.«*

*»Jetzt sag nicht, du hast sie stecken lassen!«*

*»Scheiße. Die solltest du doch mitnehmen.«*

*»Ich? Das war deine Idee, mit der Rauchbombe. Für mich wäre das Motorrad im Straßengraben mehr als genug gewesen. Aber du hast ja diese Manie, immer den Großmeister rauszukehren …«*

*»Scheiße, Scheiße, Scheiße! Jetzt zurückzufahren ist zu gefährlich.«*

*»Vielleicht finden sie sie gar nicht.«*

*»Ja, und vielleicht werde ich demnächst zum Staatspräsidenten gewählt.«*

*Belmondo grinste. »Vielleicht finden sie sie nicht,« sagte er, wobei er die Hand öffnete, »weil ich sie mitgenommen habe. Und Staatspräsident werde ich.«*

*Dann warf er die kleine rote Rauchbombe seinem Chef ins Bier.*

Er hatte ihn vorher nie gesehen, außer auf Fotos oder im Fernsehen, und ihm war nicht klar gewesen, wie sehr er seiner Schwester ähnelte. Er war ohne Vater aufgewachsen, und das, soviel wusste er dank seiner Studien, blieb statistisch gesehen nicht ohne Folgen. Ein Anwalt hätte das als Rechtfertigung angesehen, der Ingenieur dagegen sah es als das an, was es war: eine verstärkte Disposition zu kriminellem Verhalten. Maurizio Merli trug noch immer Motorradstiefel und -overall. Als sie ihn gefunden hatten – ein Bauer hatte das Motorrad am Straßenrand bemerkt und gemeldet –, war er bereits tot gewesen. Man brauchte ihn weder zu entkleiden noch zu waschen, um die Wunde freizulegen, wie es bei Barbara geschehen war. Und der Schauplatz des Selbstmords war kaum kontaminiert worden, nur der Bauer mochte, als er zu Hilfe eilte, die Leiche ein bisschen verschoben und Fußspuren hinterlassen haben. Giampieri würde sich von den Franzosen die Fotos vom Tatort und den Autopsiebericht schicken lassen. Wenn es etwas Auffälliges gab, würden sie es finden.

Er schaute noch einmal das Gesicht des Toten an. Du warst einer von denen, die sich für knallhart halten, dachte er, bis sie einen finden, der noch viel härter ist. Kein großer Verlust für die Menschheit. Er warf einen letzten Blick auf den Blutklumpen an der linken Schläfe, auf die zertrümmerten Finger der rechten Hand, dann signalisierte er dem Helfer, dass er ihn wieder zudecken konnte.

Merli lebendig zurück nach Italien zu bringen wäre ziemlich kompliziert gewesen, sein Leichnam machte weniger Scherereien. Es musste aber trotzdem abgewartet werden, bis die Franzosen die Autopsie und sämtliche Analysen durchgeführt hatten, und so würden mehrere Tage vergehen, ehe der Leichnam einträfe.

Der Ingenieur stieg ins Auto und bat Iannece, langsam zu fahren. Er wollte in aller Ruhe über die Geschehnisse der letzten Stunden nachdenken, ohne sich um seine körperliche Unversehrtheit zu sorgen.

»Es ist jedenfalls besser so, Herr Ingenieur. Wenn man ihn bei lebendigem Leib geschnappt hätte, wäre er in weniger als zehn Jahren wieder auf freiem Fuß gewesen. Es hat keinen Sinn, Leute wie den in den Knast zu stecken.«

»Sinn hätte Zwangsarbeit.«

»Schön wär's. Aber in unseren Gefängnissen ist die Arbeit eher Muße als Buße.«

Giampieri lächelte über dieses Wortspiel. »Ja. Vielleicht sollte man wieder die christlichen Bußanstalten einführen.«

Sie waren noch auf der Autobahn, als Giampieris Handy klingelte. Auf dem Display erschien »Savonarola«, einer der Spitznamen, die er Luciani verpasst hatte.

»Hallo Nicola. Ich habe eben die Nachricht im Fernsehen gehört. Ich wollte dir nur meinen Glückwunsch aussprechen.«

Giampieri spürte, dass er errötete. Wie albern, Luciani war nicht einmal mehr sein Vorgesetzter. »Danke. Und entschuldige wegen meines Anrufs neulich. Ich war ein bisschen im Stress.«

»Nicht der Rede wert. Du hattest recht. Wenn ich nicht dazwischengefunkt hätte, wäre Merli vielleicht nicht abgehauen, und dann würde er jetzt vielleicht noch leben.«

»Hypothesen, Hypothesen, Marco. Ermittlungsarbeit kann man nicht mit Hypothesen leisten. Inzwischen haben wir Fakten. Wie auch immer, womöglich war es eine unserer Beamtinnen, die ihn aufgescheucht hat.«

»Blondie?«

»Ja.«

»Ist die neu?«

»Ja.«

»Eine unserer, Verzeihung, eurer Spitzenkräfte, dem Augenschein nach zu urteilen.«

»Ja.«

Giampieri war allzu lakonisch. Der Kommissar merkte sofort, dass er, was das Mädchen anging, nicht zu Scherzen aufgelegt war.

»Wie auch immer: Ende gut, alles gut, oder? Der Fall ist gelöst, und du stehst kurz vor dem großen Karrieresprung.«

»Na ja ... ich würde nicht meinen Kopf darauf verwetten.«

»Worauf? Auf die Lösung des Falles oder die Beförderung?«

»Auf beides nicht. Ich weiß nicht, ist nur so ein Gefühl, aber irgendetwas passt da nicht zusammen ... Na ja, lass uns von etwas anderem reden. Entschuldige, ich habe dich nicht einmal gefragt, wie es deinem Vater geht.«

Marco Luciani seufzte: »Auch hier ist es fast vorbei, zum Glück. Ich sollte jetzt besser los, ich glaube, er ist aufgewacht.«

Gegen zehn sah der Ingenieur auf dem Display die soundsovielte Nachricht blinken. Aber diesmal war es die Nachricht, auf die er gewartet hatte.

*»Fall gelöst. Du schuldest mir Abendessen.«* Stefania wollte kein Zeit mehr verlieren.

Er tippte rasch in die Tastatur: *»Gern, aber wir sollten nicht zu siegessicher sein.«*

*»???«*

*»Erklär ich dir morgen.«*

*»Okay.«*

Er sagte sich, dass er die Sache jetzt durchziehen musste, denn am nächsten Tag würde er nicht einen ruhigen Moment mehr finden. *»Passt dir morgen Abend für das Essen?«*

*»Okay. Wo?«*

Der Ingenieur wollte sich mit der Beamtin lieber nicht in der Öffentlichkeit zeigen. Zumindest vorerst nicht. Außerdem, warum sollten sie Zeit in einem Restaurant vergeuden, wenn sie beide wussten, worauf die Sache hinauslief?«

*»Besser kein Restaurant. Ich bereite ausgezeichnetes Abendessen, falls du mir traust.«*

Er erfreute sich sehr an diesem Doppelsinn: ihm als Koch oder als Gentleman zu trauen. Was für ein Fehler. Als Koch war er eine Niete, er würde etwas in einer Rosticceria besorgen. Und als Gentleman verdiente er noch weniger Vertrauen.

Das Handy schwieg eine unendlich scheinende Weile, aus Giampieris Gesicht verschwand nach und nach das triumphierende Grinsen. Er begann sich zu fragen, ob er nicht alles als viel zu selbstverständlich aufgefasst hatte. Hatte der Riesendusel der letzten Woche dafür gesorgt, dass er die Bodenhaftung verlor? Vielleicht war er kein unwiderstehlicher Verführer, sondern ein prätentiöser Dämlack. Keine Antwort. Er hielt den Atem an, sein Herz blieb stehen. Aber Stefania Boemi hielt in beiden Händen den Defibrillator, der ihn wieder ins Leben zurückholen konnte. »Spannung 220 Volt! Los!« Es herrschte noch ein

Augenblick Stille, dann traf die SMS ein: »Biep, biep«, Giampieris Herz fing wieder zu schlagen an.

*»Warum habe ich das Gefühl, dass ich der Hauptgang bin?«*

Sie war nicht sauer, sie fühlte sich geschmeichelt.

*»Ab übermorgen lebe ich vegetarisch ☺«*

Das Telefon schwieg wieder, aber diesmal war der Ingenieur nicht beunruhigt. Die Antwort, auf die er wartete, kam kurz darauf.

*»Habe seit heute Wohnungsschlüssel. Bring Champagner mit, Rest besorge ich.«* Es folgten Adresse und Uhrzeit, wie bei einer offiziellen Einladung.

Stefania wollte auf heimischem Terrain spielen. Das war okay. Im Grunde war es ihr erstes Treffen.

Er tippte nur *»großartig«* ein und schickte es ab.

Als er nach Hause kam, kontrollierte der Vizekommissar die Markierungen, die er angebracht hatte. Alles schien in Ordnung. Andererseits hätte es für die Men in Black nicht besser laufen können. Der mutmaßliche Mörder, die Schlüsselfigur in der ganzen Geschichte, war tot; nun konnte ihn keiner mehr nach dem Wie und Warum fragen und in wessen Auftrag er Barbara womöglich getötet hatte.

Er öffnete eine Packung Thunfisch-Bohnen-Salat und verschlang ihn direkt aus der Dose. Diese ganze Geschichte schien ihre Logik zu haben, und im Grunde durfte er nicht allzu viel auf Merli geben. Ein kleiner Ganove. Gut möglich, dass er auf die Art ausgetickt war. Und doch fühlte Giampieri eine innere Unruhe, er dachte wieder an die Anfänge des Falles zurück und wie er sich weiter entwickelt hatte, er dachte an den Besuch der Geheimagenten und kam zu dem Schluss, dass tatsächlich irgendetwas faul war. Von Merli würde er nichts mehr erfahren, aber er hatte noch ein Ass im Ärmel: den Computer. Allerdings war das ein gefährliches Spiel.

Er schaute auf die Uhr. Es war fast zwei.

»Zu müde für gravierende Entscheidungen«, murmelte er und warf sich aufs Bett.

Sein vorletzter Gedanke, ehe er einschlief, galt Marco Luciani. Er hatte sich über dessen Anruf gefreut. Der letzte Gedanke war Stefania gewidmet, in der Hoffnung, dass der Schlaf ihn weiterspinnen würde.

# Samstag
## Luciani

Er ging mit feuchtem Haar hinaus und spazierte ein Stück durch den Garten. Die Sonne war noch nicht über das Hausdach gestiegen, Marco Luciani fröstelte ein wenig und er versuchte, diese Empfindung festzuhalten, denn in der Luft lag schon der Vorgeschmack auf den nächsten drückend heißen Tag. Er kam an den Rosensträuchern vorbei, an dem jungen Mandelbaum, der noch das fünf Jahre alte Schild mit der botanischen Bezeichnung und dem Datum der Pflanzung trug. Mit der Hand prüfte er die Standfestigkeit der beiden Bäume, an denen die Hängematte verknotet war. Er ging am Rand des verwilderten, von Unkraut überwucherten Gemüsegartens vorbei, sog den Duft der Obstbäume und des großen Feigenkaktus ein und erreichte den Tennisplatz. Den Kunststoffbelag hatte seit Jahren niemand mehr betreten. Das Netz hing auf den Boden, der Belag hatte sich gelöst, der Untergrund war vom Regen aufgeweicht und schmierig. Er hätte Andrea gerne einmal auf Kunststoff herausgefordert, auf einem schnellen Belag, wo er öfter Serve-and-volley spielen und ihm die stärkste Waffe nehmen konnte: seine konstanten Grundlinienschläge. Hier müsste man alles abtragen und neu anlegen, vielleicht mit Kunstrasen, dachte er, während er über die Tartanplatten ging. Wenn der erst einmal verlegt ist, braucht er kaum noch Pflege, aber wer weiß, was das kostet. Und wer weiß, wie viel es kosten würde, den Garten und die zerfallenden Trockenmauern wieder in Ordnung bringen zu lassen. Aber das größte Problem stellte die Außenmauer dar. Sie hatte einen tiefen, ziemlich bedrohlichen Riss. Auf den Tennisplatz konnte seine Mutter verzichten, aber die Sanierung der Mauer durfte nicht auf die lange Bank geschoben werden. Und auch die elektrischen Leitungen mussten erneuert werden. Diese Villa ist ein Fass ohne Boden, wiederholte er sich im Stillen. Man könnte sie nur retten, wenn man die Wohnung des Großvaters verkaufen würde. Vom Erlös könnte man dann Steuern und Renovierungsarbeiten bestreiten und die Villa in einem passablen Zustand halten, solange die Mutter lebte. In der Hoffnung, dass der Erlös überhaupt reichte.

Ich hatte schon angefangen, mich mit dieser Wohnung am Stadtrand anzufreunden, dachte er, wobei er sich auf die Lippe biss, aber besser, ich vergesse das wieder. Wenn ich eine Sache akzeptiere, dann nehme ich am Ende womöglich alles.

»Schläfst du heute Abend wieder hier?«

Donna Patrizia hatte den Blick gesenkt, denn sie schämte sich für diese im Grunde völlig natürliche Frage. Wenn man jahrzehntelang die Nächte gemeinsam mit einem anderen Menschen verbracht hat, löst die plötzliche Leere im Bett, und mehr noch: im Haus, bei den Hinterbliebenen Panik aus. Seine Mutter hatte wohl nicht allzu viele Nächte alleine verbracht, in dieser Villa, die ihren Namen trug, denn in der Zeit, in der sein Vater oft unterwegs gewesen war, war Marco da gewesen, und nachdem er ausgezogen war, hatte der Vater in Camogli sein Exil angetreten und sich kaum noch wegbewegt. Und dann wusste er auch als Polizist, dass es unvorsichtig war, eine alte Frau alleine in einer ziemlich abgelegenen Villa zu lassen. Leider gab es Leute, die in den Zeitungen die Todesanzeigen kontrollierten und die Häuser ausräumten, bevor es die Erben taten.

»Natürlich bleibe ich, Mama. Was für eine Frage«, tröstete er sie, wobei er ihr sanft übers Haar strich, um die Frisur nicht zu ruinieren. Aber er dachte, dass dieses Problem bestehen blieb, von nun an würde es sich jede Nacht stellen. Er konnte seine Mutter sicher nicht nach Genua holen. Zuerst einmal, weil er keine anständige Wohnung hatte, und dann wäre es eine sinnlose Gefühllosigkeit gewesen, sie gerade jetzt aus ihrer gewohnten Umgebung zu reißen. Er war es, der bei ihr schlafen musste, in der Hoffnung, dass es ihr bald bessergehen würde.

»Also machen wir es morgen?«

»Ja. Ich möchte, dass so viele Leute wie möglich da sind.«

»Eine Beerdigung am Sonntag. Wie hast du den Priester denn dazu überredet?«

»Das war nicht schwer. Für uns macht er gerne eine Ausnahme. Und für den Umschlag, den ich ihm in die Hand drücken werde.«

»Aber viele werden nicht einmal die Todesanzeige sehen.«

»Sie werden es in den Nachrichten hören. Dein Vater war kein Niemand, weißt du. Mit ihm verabschiedet sich ein Stück Geschichte dieses Landes. Und eines Tages wird jemand diese Geschichte neu schreiben.

Sie zogen dem Großen Cäsar seinen schönsten Anzug an, einen Maßanzug von Armani in feinster Sommerqualität, in den er jetzt allerdings zweimal hineingepasst hätte. Die Mutter fragte, ob sie ihn für diese Nacht in Marcos Zimmer lassen konnten, und der Kommissar nickte. Er hatte genügend Leichen gesehen, der Tod schreckte ihn nicht mehr. Er würde die Leute vom Bestattungsinstitut bitten, dass sie seinen Vater schon an diesem Nachmittag schminkten, um möglichst die Spuren der Krankheit zu überdecken.

Der Kommissar trank, statt des gewohnten Tees, einen Kaffee. Den brauchte er, um sich einen Tag lang mit der ganz gewöhnlichen italienischen Bürokratie herumzuschlagen. Es war vielleicht das erste Mal, dass ihm so richtig ein Bruder oder eine Schwester abgingen, mit denen er Trauer und Verantwortung hätte teilen können.

Wer weiß, warum seine Eltern ein Einzelkind gewollt hatten, wenn es denn ihre Entscheidung gewesen war. Er nahm sich vor, seine Mutter in den nächsten Tagen, mit dem nötigen Takt, danach zu fragen. Er meinte sich zu erinnern, dass seine Eltern glücklich miteinander waren, zumindest in seiner Kindheit, aber das war eine vage und vielleicht verfälschte Erinnerung. Was ihn selbst anging, erinnerte er lange Nachmittage, die er mit irgendeinem Freund im Garten verbrachte: Die Schulkameraden stritten sich darum, wer zu ihm zum Fußball- oder Tennisspielen kommen durfte. Er war nie eines der Einzelkinder gewesen, die sich im Zimmer einschließen, um zu büffeln oder mit einem imaginären Begleiter zu sprechen, und doch musste er zugeben, dass ihn, als er klein war, die kinderreichen Familien seiner Klassenkameraden faszinierten. Vielleicht hatte er deshalb, zuerst beim Fußball und später bei der Polizei, immer nach einem Team- und Korpsgeist gesucht, der ihm in der Familie abgegangen war.

»Woran denkst du?«, fragte die Mutter.

»Ach, nichts Besonderes. An meine Kindheit.«

Sie lächelte. »Auch ich dachte an damals. Das war die schönste Zeit unseres Lebens. Während man drinsteckt, ist man zu müde, um sie zu genießen, aber später merkt man genau, wie sie war … etwas Besonderes.«

Marco Luciani nickte. Die Mutter drückte seinen Unterarm.

»Auch du wirst Kinder haben, oder? Früher oder später?«

Er wandte den Blick ab, unangenehm berührt. Das war eine so banale Frage in diesem Augenblick. Die hätte seine Mutter sich sparen können.

Aber sofort schämte er sich wieder. Womit sonst sollte

eine Frau, die gerade Witwe geworden war, den Gedanken an den Tod verscheuchen? Sie wollte zusehen, wie neues Leben gedieh.

»Wer weiß, Mutter. Vielleicht habe ich schon welche und weiß es gar nicht.«

»Holzkopf. Mit solchen Dingen spaßt man nicht. Hast du denn eine feste Freundin?«

»Mutter …«

»Okay, okay. Ich verstehe. Ich werde nicht die aufdringliche Mutter spielen. Das war ich, glaube ich, nie. War nur eine Frage.«

Der Kommissar legte eine Hand aufs Herz und hob die andere in die Höhe. »Wenn ich ein Kind zeuge, wirst du die Zweite sein, die es erfährt.«

»Die Dritte. Deine Frau wird es zuerst ihrer Mutter sagen.«

Sie lächelte ein wenig. »Siehst du? Ich rede schon wie eine Schwiegermutter.« Sie setzte sich, schaute aus dem Fenster, und Marco Luciani ließ sie eine Weile weinen.

Er kannte den Chef des Bestattungsunternehmens gut, und als Polizeikommissar konnte er bei den Behördengängen einige Abkürzungen nehmen. Er suchte einen Sarg aus, der nicht übertrieben teuer war, da er ja gemeinsam mit dem Großen Cäsar eingeäschert werden sollte. Außerdem eine würdevolle Urne, ohne Schnickschnack, da sie unter der Erde verschwinden würde. Dagegen sparte er nicht an Blumen und Dekoration für die Kirche, er wusste, dass seine Mutter Wert darauf legte. Und auch er wollte, dass die Menschen, die sich voller Herzenswärme an seinen Vater erinnerten, ein letztes positives Bild von ihm mitnahmen. Der Tag zog sich hin mit Unterschriften, Papierkram, Genehmigungen und Traueranzeigen für Zeitungen und Hauswände. Es war schon nach sechs, als er in die Via San Lorenzo kam und in die Gassen einbog. Er dachte, dass sein Abenteuer in dieser Gegend bald vorbei war. Ein Lebensabschnitt ging zu Ende, und wie so oft kam alles gleichzeitig, die Kündigung in der Dienststelle, die Wohnungsräumung, der Tod des Vaters. Sein kleiner, persönlicher Schutzengel versuchte ihm irgendetwas zu sagen, ihn in eine bestimmte Richtung zu lenken. Aber wohin? Was konnte Luciani jetzt mit seinem neuen Leben anfangen, und was konnte er aus seinem alten Leben mitnehmen? Er dachte an die Wohnung des Großvaters, die alte Wohnung in Randlage, die seit Jahren leer stand. Sollte er sie nicht doch behalten? Statt sie zu opfern, um Villa Patrizia zu retten, konnte er auch das Haus seiner Eltern aufgeben und ein anderes in Camogli suchen, kleiner und zentraler gelegen, wo die Mutter von Nachbarn und einem sozialen Netzwerk umgeben war. Und er konnte nach Mailand gehen und die Wohnung peu à peu von eigener Hand renovieren. Er war handwerklich nie besonders geschickt gewesen, aber er konnte es lernen, Zeit hatte er genug und auch Lust. Nach den Jahren, die er mit Grübeleien und Hirnverrenkungen verbracht hatte, wäre das eine ideale Therapie, Fliesen zu zerdeppern und den Pinsel zu schwingen.

Er spielte eine Weile mit der Idee, in eine andere Stadt zu ziehen, andere Luft zu atmen. Aber die Luft in Mailand war grau, und außerdem musste er in der Nähe seiner Mutter bleiben, zumindest die erste Zeit. Auch wenn er keine Frau hatte, keine Familie, keine Wohnung, keine Arbeit, keine Freunde, so gab es immer noch irgendwelche Bindungen, die ihn zurückhielten, die ihn an sein früheres Leben ketteten. Und was ihn am meisten beeinflusste, würde vielleicht die Erinnerung an seinen Vater sein, an das, was dieser ihm in den letzten Tagen gesagt hatte. Die neue Perspektive, die dieser ihm auf seine Wahl des Polizeiberufs eröffnet hatte: nicht als Racheakt gegen den Vater, sondern als Entscheidung für den Beruf, zu dem er tatsächlich berufen war. Als Toter war der Vater in seinen Gedanken viel präsenter, als er es Jahre lang als Lebender gewesen war.

Die Sankt-Matthäus-Kirche stand vor ihm, strahlte im Sonnenlicht. Marco Luciani trat ein, nahm die dunkle Brille ab und bekreuzigte sich mit Weihwasser. Der Gesichtsausdruck des heiligen Judas wirkte anders als beim letzten Mal, das Lächeln war nicht mehr höhnisch, sondern heiter, befriedigt.

Er nahm einen Hundert-Euro-Schein aus der Tasche und faltete ihn, damit er durch den Schlitz des Opferstocks passte.

»Saubere Arbeit, heiliger Judas. Herzlichen Dank. Ich weiß nicht, ob dir das recht sein wird, aber diesmal hast du mir geholfen, ein gutes Werk zu tun.«

Er kehrte nach Camogli zurück und setzte sich mit der Mutter vor die Abendnachrichten. Der Tod des Vaters gehörte zu den Hauptmeldungen, kam aber nach den Neuigkeiten im Fall Ameri. Er sah das strahlende Gesicht der Staatsanwältin Monica Serra, die alle Einzelheiten zum Fahndungserfolg des Vortages erläuterte, und ihm fiel wieder der Satz ein, den Nicola ihm gesagt hatte. Er würde ihn morgen während der Beerdigung fragen, was ihn denn nicht überzeuge.

## Samstag
### Giampieri

»Ihr habt ihn umgebracht, ihr Schweine! Ihr habt ihn umgebracht! Ihr habt um jeden Preis einen Schuldigen gebraucht, aber er war es nicht!«

Emanuela hatte die Fäuste auf Giampieris Schreibtisch gestützt. Der Ingenieur schaute sie an: eine von Schmerz und Wut verzerrte Fratze mit roten Augen und zerzaustem Haar. Das Erste, was er dachte, war, dass er sie weniger hässlich in Erinnerung hatte. Das Zweite, dass sie ehrlich wirkte.

Venuti, der neben dem Fenster stand, antwortete kalt:

»Vorsicht mit deinen Anschuldigungen, Mädchen. Dein Bruder hat sich umgebracht.«

»Nein. Er hat sich nicht umgebracht. Das hätte er nie getan.«

»Warum?«

»Weil er unschuldig war. Er hatte nichts zu befürchten.«

»Das ist deine Meinung, und nicht mehr. Und jedenfalls kannst nicht einmal du sicher sein. Er hätte auch weggegangen sein können, während du schliefst.«

»Ich hätte ihn gehört. Und außerdem habt ihr nichts gefunden, weder in der Wohnung noch auf den Joggingklamotten.«

»Die Laborergebnisse sind noch nicht …«

»Jetzt red keinen Scheiß! Die bekommt ihr sofort, diese Ergebnisse. Wenn ihr nichts sagt, dann deshalb, weil es nichts zu sagen gibt!«

»Der Fall ist noch nicht abgeschlossen, Fräulein Merli«, sagte Giampieri, »wir werden alles gewissenhaft überprüfen, das versichere ich Ihnen. Und an der Leiche Ihres Bruders wird eine Autopsie vorgenommen werden. Aber machen Sie nicht uns für seinen Tod verantwortlich. Für uns wäre es viel günstiger gewesen, wir hätten ihn lebend gefangen, um die ganze Geschichte endgültig aufzuklären.«

Emanuela Merli verzog das Gesicht. »Sie wollten ihn vielleicht lebend, kann sein, aber jemand anders nicht. Eines ist so sicher wie das Amen in der Kirche: die Geschichte ist noch nicht zu Ende.«

Der Ingenieur blätterte schnell den Stapel Zeitungen durch und sah, dass der Fall für die so genannte öffentliche Meinung als abgeschlossen galt. Es gibt einen flüchtigen Tatverdächtigen, er macht einen Fehler, die Polizei treibt ihn in die Enge, und er begeht Selbstmord. Alles wirklich ziemlich klar. Wie aus dem Lehrbuch.

Monica Serra schien um fünf Zentimeter gewachsen zu sein, als sie sich zu einer neuen triumphalen Pressekonferenz aufmachten.

Vier Mordfälle, Aufklärungsquote: hundert Prozent. Allmählich gewann der Lebenslauf der Stellvertretenden Staatsanwältin wirklich ein interessantes Profil. Und was die Public Relations anging – da brauchte sie nichts mehr dazuzulernen.

Sie setzte sich in die Tischmitte, vor die mit Notizbüchern, Diktaphonen und Fernsehkameras aufgereihten Journalisten. Sie strich die »hervorragende Leistung« der italienischen Polizei heraus und dankte den Kollegen von Interpol und französischer Polizei. Sie erwies dem Polizeichef und dem Oberstaatsanwalt für deren Unterstützung ihre Reverenz, dann sprach sie all ihren Mitarbeitern ihren Dank aus, wobei sie Venuti und Giampieri namentlich erwähnte. Eine Laudatio wie bei der Oscarverleihung, die protokollarischen Danksagungen eingeschlossen; aber das alles hob nur hervor, dass sie es gewesen war, die die Ermittlungen gesteuert hatte, dass sie die Hauptdarstellerin war, die jetzt die Oscarstatuette in der Hand hielt.

Dann setzten die Fragen ein. Zum Fahndungsverlauf und zum Selbstmord des Flüchtigen.

»Maurizio Merli hatte gemerkt, dass ihm kein Fluchtweg mehr blieb, er saß in der Falle. Dabei war auch Ihre Unterstützung, durch die Verbreitung des Fotos, entscheidend«, sagte sie, um sich weiter bei der Presse einzuschmeicheln. »Natürlich hätte niemand von uns mit einem so tragischen Ausgang gerechnet.«

»Was, glauben Sie, ist passiert?«

»Ich denke, er hat den Kopf verloren. Er muss gemerkt haben, dass ihn jemand, vielleicht ein Passant, erkannt hatte, er stieg auf sein Motorrad und fuhr ins Landesinnere, auf abgelegene Nebenstraßen. Eine logische Entscheidung. Er kam von der Straße ab, erkannte, dass das Spiel aus war, und ...«

Der Overall hatte nicht eine Schramme, dachte Giampieri, drei Plätze weiter. Und es macht keinen Sinn, Richtung Italien zu fliehen. Wie es keinen Sinn macht, einem Hotelier den richtigen Ausweis zu zeigen. Er schaute die Journalisten durchdringend an, als wollte er ihnen die richtigen Fragen suggerieren.

»Was gibt es zur Pistole zu sagen?«

»Eine Smith & Wesson, Kaliber 38. Dank Registriernummer wurde sie bereits von uns identifiziert. Sie wurde vor sechs Jahren aus einem Waffenladen in Padua geraubt. Die Täter sind nie ermittelt worden.«

Vielleicht weil es keine gewöhnlichen Räuber waren, dachte Giampieri. Und am Tag des Überfalls saß Merli im Knast, das habe ich bereits im Archiv überprüft. Klar, er könnte die Waffe auch über Mittelsmänner bekommen haben.

»Da der mutmaßliche Täter tot ist, werden wir das Motiv nie erfahren. Und die Tatwaffe im Fall Ameri? Wurde die gefunden?«

Endlich eine gute Frage, dachte der Ingenieur. Kein Geständnis, kein Motiv, keine Tatwaffe.

»Alle Überprüfungen zu diesem Fall gehen natürlich weiter. Auch zu einigen in Merlis Wohnung sichergestellten Gegenständen, damit sind noch die Labors beschäftigt.«

»Bestätigen Sie die in den letzten Tagen durchgesickerte Information, wonach sich unter den sichergestellten Gegenständen auch ein Bergsteigerpickel befindet?«

Die Serra setzte eine verärgerte Miene auf. »Da diese Information durch Indiskretion jetzt schon … ich würde gerne wissen, wie … da kann ich es auch gleich bestätigen. Ja, wir haben auch einen Bergsteigerpickel gefunden. Das ist alles für heute. Danke.«

Im Flur schob Giampieri sich neben sie. »Dottoressa, Sie haben vergessen zu sagen, dass wir an dem Pickel keine Blutspuren gefunden haben.«

Sie zuckte mit den Schultern: »Das will nichts heißen. Seit CSI läuft, weiß jedes Kind, wie man die beseitigt.«

Er starrte das Handy an, unschlüssig, ob er Marco anrufen oder noch warten sollte. Er wusste, dass er es sofort tun sollte, aber er wusste nichts zu sagen, es war immer so schwierig, jemanden anzurufen, der gerade einen engen Angehörigen verloren hatte. Man redete sich ein, man wolle nicht stören, auch wenn man wusste, dass der andere sich vermutlich freuen würde, denn wer gerade einen solchen Verlust erlitten hat, möchte darüber sprechen, um die Sache einzuordnen und irgendwie erträglich zu machen. Im Grunde musste man gar nicht viel sagen, es reichte eine Bemerkung: »Ich habe eben erfahren …«, »Es tut mir leid«, und dann fing in der Regel der andere zu reden an, er nutzte die Gelegenheit, um sein Herz auszuschütten. Aber trotzdem war es schwer, und zudem war Marco Luciani selbst so einer, der nicht den Mut hatte, offen zu sein, der hinter Giampieris Rücken ermittelt hatte.

Außerdem bedeutete Marco Luciani der Vater nichts, das wussten sie beide ganz genau, er hatte ihn stets gehasst, und wer wusste, ob er jetzt tatsächlich trauerte oder nicht vielmehr erleichtert war. Er überlegte, ob er eine SMS schicken sollte, aber das war nicht sehr feinfühlig. Ein Telegramm hatte eine kühle, formale Würde, aber eine SMS war in so einem Fall nur brüskierend, sie bedeutete so viel wie: Ich mache mir in die Hosen bei dem Gedanken, dass ich dich anrufen muss, oder: Ich habe nicht die geringste Lust dazu und deshalb, bitte, eine SMS, die kostet mich keine Mühe.

Genug, ich werde ihn morgen bei der Beerdigung sehen, dachte er und steckte das Handy wieder in die Tasche. Besser eine Umarmung als ein paar Floskeln übers Handy, egal ob schriftlich oder mündlich. Die Idee mit der SMS geisterte aber trotzdem noch eine Weile in seinem Hirn herum. Am Ende entschied er, dass es auf jeden Fall besser war, erst einmal eine Nachricht zu schicken.

Er fand sich wie jeden Samstag zum Mittagessen mit Davide Risi in der Frittierstube in der Via San Vincenzo ein. Diesmal hatte ihm der Kollege von der Drogenfahndung den dritten Teil von »X Men« mitgebracht. »Wie ist er?«, fragte Giampieri, denn das fragte er immer. Und wie immer antwortete Risi: »Super, wirst sehen.«

»Ich habe ihn auch gesehen, der ist lustig«, sagte die Bedienung, mit einem Lächeln auf die Kassette zeigend. Sie glotzte den Ingenieur an, und dieser lächelte zurück, damit sie ein kleines Erfolgserlebnis hatte, dann machte er sich über Farinata, Torta pasqualina und Panissa her. Risi becherte fast alleine einen Liter Rotwein. Der Ingenieur wollte noch ein Stück Zwiebelkuchen bestellen, doch dann beherrschte er sich. Nachher würde er Stefania sehen, und alles sollte perfekt sein.

Sie tranken noch einen Espresso am Tresen, Risi bestellte einen weichen Grappa, bestand darauf, dass auch Giampieri einen nahm, und dann stieß er mit ihm »auf die Freundschaft und das hinterfotzige Leben« an. Der Ingenieur las in der Miene des Freundes, dass irgendetwas nicht stimmte. »Was ist los mit dir, Davide? Gibt es ein Problem?« Sein Gegenüber erbleichte und senkte den Blick. »Meine Frau. Fast schon Ex-Frau. Sie will mit den Mädchen nach Rom ziehen. Ich werde sie nicht mehr sehen können.«

»Wie alt sind sie denn jetzt?«

»Die große vier, die kleine zweieinhalb.«

»Lass dich doch ebenfalls versetzen.«

»Kann ich nicht. Marina ... meine Freundin ... die würde aus Genua nicht einmal weg, wenn ... Hier kann ich bei ihr wohnen. Wenn ich nach Rom ziehe, dann komme ich mit dem Gehalt nicht hin, mehr als die Hälfte überweise ich an meine Frau.«

»Seit wann bist du denn mit Marina zusammen?«

Risi hatte feuchte Augen, wohl nicht nur wegen des Grappas. »Seit acht Monaten. Ich weiß nicht, ob es eine ernste Sache ist, das heißt, sie ist ernst, ich weiß nur nicht, ob es ... für immer ist. Aber im Moment ist sie alles, was ich habe. Der einzige Mensch, mit ... mit dem ich halt etwas aufbauen kann. Es ist nicht schön, wenn man allein ist, Nicola. In meinem Alter ...«

In deinem Alter, dachte Giampieri. Mit dreiunddreißig? Mit dreiunddreißig allein zu sein, das ist ein Segen, vor allem wenn die Alternative eine kratzbürstige Ehefrau ist, zwei kleine Heulsusen und vielleicht noch Eltern mit Alzheimer ... Er dachte an Amalia und an all die Stefania Boemis, die er noch kennenlernen konnte. Für die ernsten Geschichten ist noch Zeit, mein Freund, wenn man neunundzwanzig ist, hat man noch Zeit, und auch mit dreiunddreißig, sogar noch mit neunundneunzig, glaub mir.

Er zog die Geldbörse aus der Tasche, aber der Lokalbesitzer hielt ihn ab.

»Ist schon bezahlt.«

Giampieri schaute überrascht seinen Freund an, der ebenso überrascht war.

»Das waren zwei Herren im Nebenraum.«

Der Ingenieur schaute hinein, und die Blues Brothers grinsten ihn an. Nicht einmal zum Essen hatten sie ihre Ray-Ban-Brillen abgelegt. Der Chef hob sein Bierglas. »Auf den glücklichen Abschluss des Falles. Und auf Ihre bevorstehende Beförderung, *Kommissar.*« Der Jüngere stieß mit ihm an und lächelte sein Zahnpastalächeln.

»Freunde von dir?«, fragte Risi, als sie wieder auf der Straße waren.

»Kann man nicht gerade sagen«, antwortete Giampieri. »Die Kerle sind vom Geheimdienst. Ich weiß nicht, wie sie heißen, ich nenne sie Gabin und Belmondo. Seit einiger Zeit sind sie meine Schutzengel.«

Risi schaute finster. »Solche Typen habe ich noch nie gemocht.«

»Ich auch nicht, ich auch nicht.«

Er hatte allen das Wochenende freigegeben, nach zweiwöchiger Schinderei. Es war richtig, den Abschluss der Ermittlungen zu feiern oder zumindest bei denjenigen, die ihn beobachteten, den Eindruck zu erwecken, dass er sich zufriedengab. Wenigstens für ein paar Tage.

Er ging ins Büro zurück, schloss sich in den Informatikraum ein und starrte den Monitor von Barbaras Computer an. »Du weißt, was passiert ist«, flüsterte er, »und jetzt musst du es mir erzählen.«

Er kam nach Hause zurück und kontrollierte die Markierungen – alles in Ordnung. Er rauchte einen Joint, der ihm bei Verdauung und Entspannung helfen sollte, und dabei spielte er mit der CD herum, auf die er die Dateien aus Barbaras Computer kopiert hatte.

Die Wahrheit würde nun schließlich doch ans Licht kommen. An dem Samstag vor dem Mord war die Sekretärin ins Büro gegangen und hatte aus dem Archiv des Brokers einen Ordner geholt, der »Lächeln« hieß. Er enthielt zahlreiche Dateien zu einer großen Solidaritätsaktion, mit der vor Jahren den Bürgerkriegsopfern im Kongo geholfen werden sollte. Geldbeträge, Umbuchungen, Containertransporte. Aber all das interessierte Barbara nicht. Sie hatte lediglich eine Datei namens »Merli« kopiert. Darin fanden sich alle Einzelheiten zu der später wieder zurückgezogenen Anzeige gegen den Ex-Knacki und LKW-Fahrer, den man auf sein Ehrenwort in Freiheit entlassen hatte und der, nachdem Mantero und die große Schwester sich für ihn verwendet hatten, von der Kirche wie ein verlorener Sohn aufgenommen worden war. Wahrscheinlich war Emanuela Merli zu dem Broker gegangen und hatte um Hilfe gebeten für diesen unglückseligen Bruder und ehemaligen Mandanten Manteros. So hatte Maurizio Merli noch einmal eine Chance bekommen, und er hatte auch diese Chance verspielt: Er hatte eine ganze LKW-Ladung Medikamente unterschlagen und versucht, sie auf dem Schwarzmarkt abzusetzen. Womöglich hatte er gedacht, es wäre keine Sünde, Diebe zu bestehlen, vielleicht wollte er auch nur sein Stück vom Kuchen abhaben, aber seine Auftraggeber sahen die Sache anders. Den Rest kann man sich leicht zusammenreimen: Auf eine Anzeige wurde verzichtet, dafür bewahrte Merli Stillschweigen über irgendein Geheimnis, das er spitzgekriegt hatte. So rettete er seinen Hals, denn eine Anzeige hätte ihn stehenden Fußes in den Knast zurückbefördert.

Was Barbara mit diesen Informationen angestellt hatte, das war Giampieri nicht klar. Dass sie Merli erpresste, war auszuschließen, dafür schien sie nicht der Typ zu sein; da war schon wahrscheinlicher, dass er sie dazu gebracht hatte, die Datei verschwinden zu lassen. Sicher hatte Merli sie nicht im Affekt ermordet, sondern mit Bedacht, um sich oder vielleicht auch jemand anderen zu decken. Und dann war er selbst an der Reihe gewesen.

Der Ingenieur betrachtete die Rauchschwaden seines Joints, er wusste nicht, wie er sich verhalten sollte.

Nach Merlis »Selbstmord« war der Fall zu allseitiger Zufriedenheit zu den Akten gelegt worden, die offizielle Erklärung war zurückgewiesene Leidenschaft oder etwas in der Art. Indem man jetzt ein neues Motiv aufs Tapet brachte, würde man unweigerlich einen Flächenbrand entfachen, denn dann gerieten erneut Mantero und Konsorten ins Schussfeld, und die Jungs vom Geheimdienst würden auch wieder aktiv werden. Für Barbaras Familie änderte sich dadurch nichts, und auch Merlis Schwester hatte nichts davon. Die Staatsanwältin würde Giampieri verfluchen, weil sie mit großen Tieren in den Ring steigen müsste. Auch Iaquinta würde vor Wut schäumen, und der Ingenieur würde, nachdem sich der Staub gelegt hatte, als Einziger dafür bezahlen müssen. Lohnte es sich, auf eine Beförderung zu verzichten und gar die Haut zu riskieren, nur um gegen Windmühlen zu kämpfen?

Sollte er einen Kollegen in seine Entdeckung einweihen? Er wollte die Sache vorerst für sich behalten.

Oder sollte er vielleicht Marco unterrichten? Aber der hatte nicht einmal auf die SMS reagiert. Außerdem hatte er jetzt andere Sorgen.

Giampieri nahm den letzten Zug, schaltete Telefon und Handy aus und gönnte sich eine volle Stunde Schlaf, damit er am Abend in Bestform wäre.

Es war Punkt neun, als er bei Stefania klingelte. Keine Reaktion. Dann fiel ihm ein, dass sie ihn gebeten hatte, sich mit einer SMS anzukündigen.

Er gab *»Tock, tock, tock«* ein und drückte auf »Senden«.

Die Antwort kam über das Handy: *»Wer ist da?«*

*»Der böse Wolf. Mach auf, sonst puste ich das ganze Haus weg.«*

Stefania Boemi öffnete die Tür und strahlte.

»Wenn du pusten willst, dann komm ruhig rein.«

Giampieri blieb der Mund offen stehen. Überall waren Dutzende, ja Hunderte Kerzen verteilt, sie erhellten den großen Raum mit Kochnische, der als Wohn- und Esszimmer diente. Die Kerzen waren an den Wänden und auf den schiefergrauen Regalbrettern aufgereiht, sie umrahmten Stefanias formvollendetes Gesicht, ließen es ebenso madonnenhaft wie sinnlich erstrahlen und warfen zarte Kupferreflexe auf ihr blondes Haar. Der Ingenieur wagte sich zwei Schritte vor. Das Apartment war vollkommen leer, es gab keine Möbel, keine einzige Sitzgelegenheit, und trotzdem wirkte es anheimelnd und wohnlich. Das Parkett nahm das Licht der Kerzen auf und warf es gedämpft auf die weißen Wände, die Decke und Stefanias helle Haut zurück, die zum Leben erwacht schien, als saugte sie die Hitze eines Strandtages auf.

»Es ist warm«, sagte sie, »du solltest besser das Jackett ausziehen.«

Sie war barfuß und trug eine bequeme weiße Hose, die mit einer Kordel in der Taille gehalten wurde, darüber ein violettes Top, das die unverschämte Pracht ihres Busens unterstrich. Sie hatte praktisch keine Schminke aufgelegt und duftete nach Sonnenmilch. Dem Ingenieur war sie nie schöner erschienen.

»Entschuldige wegen der Kerzen, aber der Strom ist noch nicht angeschlossen. Auch das Gas nicht. Ich habe nur Wasser. Hier herrscht ein bisschen Notstand. Aber ich habe es geschafft, Teller, Gläser, Besteck und eine Tischdecke zu kaufen.«

Wir hätten zu mir gehen können, wollte er sagen, doch dann hielt er sich zurück. In seiner Junggesellenwohnung hätte er nie eine solche Atmosphäre hinbekommen. Außerdem hatte er sich bei Stefania sofort heimisch gefühlt, als hüte sie einen Tempel, der ganz seinem Besuch geweiht war.

Ihre Blicke kreuzten sich, und er sah in Stefanias Pupillen sein Spiegelbild in einer lächerlichen Pose, mit offenem Mund, den Rücken leicht gebeugt, in der einen Hand ein Päckchen, in der anderen eine Flasche.

»Kann ich dir helfen?«

»Entschuldige. Hier ist eine Flasche Champagner. Die sollten wir kalt stellen. Und hier ... ich habe Eis mitgebracht.«

Sie verzog das Gesicht. »Kein Strom, kein Kühlschrank, ich fürchte, wir haben ein Problem.« Sie dachte einen Moment nach. »Warte mal, den Champagner können wir auch im Waschbecken kühlen. Und das Eis stelle ich auf den Balkon.« Sie kehrte ihm den Rücken zu, und er sah durch die weiße Hose den Bogen, den ihr winziger Slip knapp über den Pobacken beschrieb.

Stefania breitete eine blütenweiße Tischdecke in der Zimmermitte aus, trug Teller, Besteck, Wasser- und Weingläser auf, dann stellte sie Öl, Salz, eine Flasche Vermentino und Brot dazu, außerdem vier weiße Teelichte, die in Wasserschälchen schwammen, und sogar eine winzige Vase mit bunten Wiesenblumen. Schließlich brachte sie vier Platten.

»Tomaten und Mozzarella, Langustensalat, Klößchen aus Kartoffeln und Brechbohnen, außerdem rohes Gemüse. Kalte Küche, tut mir leid. Aber Languste gibt es jedenfalls.«

Er sagte ihr nicht, dass ihm von der letzten Languste schlecht geworden war: Dies war nicht der Augenblick, um sie zu enttäuschen. Er zog sein Jackett aus und machte es sich im Schneidersitz bequem.

»Alles phantastisch. Und leichte Kost, genau was ich brauche«, seufzte er, während er auf seinen Bauch klopfte.

Sie zog eine Augenbraue hoch und lächelte: »Ein bisschen Bauch ist sexy bei einem Mann. Das gibt Sicherheit.«

Sie aßen, ohne über das Essen oder die Arbeit zu sprechen, und dies schien Giampieri die erste Offenbarung in diesem weltlichen Tempel, den Stefanias Aura mit heiligem Glanz erfüllte. Alles Einbildung, dachte er in einem lichten Moment. Das sind nur die Kerzen.

Auch die seltenen Augenblicke, in denen sie schwiegen, waren weder unterkühlt noch peinlich, sondern schienen bedeutsam und voll tiefer Harmonie.

Sie legten gemeinsam die Gabeln nieder, griffen nach den Weingläsern und hoben den Blick, um miteinander anzustoßen. Sie schien zu zittern, was nicht allein am Kerzenlicht lag. Er beugte sich über das Tischtuch und sah, wie Stefania die Augen schloss und den Kopf leicht zur Seite neigte. Man brauchte kein Handbuch, um darin zwei Zeichen der Kapitulation zu erkennen: wenn jemand die Augen schloss und dem Raubtier seinen Hals darbot.

Er küsste sie vorsichtig auf die Lippen, und sie tat kurz, als zögerte sie, ehe sie den Kuss erwiderte. Sie schmeckte nach kühlem Wein, Mozzarella und Lavendelhonig. Sie küssten sich erneut, er legte ihr eine Hand in den Nacken, während sie mit beiden Händen sein Gesicht hielt. Schon am Kuss kannst du alles ablesen, dachte er, der Kuss verrät dir, wie der Rest abläuft. Er war erregter denn je, aber anders als sonst, wacher und euphorischer. Seine Zunge jagte nach ihr, und Stefanias umfing sie und folgte ihr wie in einem Tangoschritt. Er zog einen Träger des Tops herunter, streichelte ihre Brust. Sie stieß ihn nicht zurück, seufzte nur ein bisschen und lächelte.

Er flüsterte: »Willst du Champagner?«

»Lass ihn noch ein wenig im kalten Wasser.«

»Das Eis schmilzt.«

»Ich glaube, vorher schmelze ich.«

Noch nie hatte er so entspannten Sex gehabt. Ausgestreckt auf dem Futon im Schlafzimmer hatte Stefanias weicher Körper ihn aufgenommen und eingehüllt wie ein edler Maßanzug, und als er in sie eindrang, meinte er, er würde nie wieder herausschlüpfen, er würde sie auch später noch immer an sich tragen, auf der Straße, im Büro, und er würde sie noch Tage, Woche und Monate um sich spüren. Was für ein sentimentaler Quark, dachte er und versuchte, bei sich zu bleiben. In Wirklichkeit würde ihr Geruch sich schnell verflüchtigen, und eines Tages würden sie sich vielleicht nicht einmal mehr an des anderen Gesicht erinnern. Unmöglich, dachte er und gab sich wieder ihren hellblauen katzenhaften Augen hin. Das Gefühl, das ihn in diesem Moment überkam, das würde er nie mehr vergessen. Es war, wie wenn der alte Schamane Don Juan Matus seinen Schüler Castaneda allein auf der Veranda lässt und ihm sagt, er solle seinen Platz suchen und sich setzen, und dieser versteht nicht, bringt eine endlose furchtbare Nacht damit zu, diesen Platz zu suchen, bis er ihn schließlich doch findet und es ihm wie Schuppen von den Augen fällt. Ganz klar, nur das kann sein Platz sein, und der Schüler fragt sich, wieso er nicht sofort darauf gekommen ist. Nicola Giampieri hatte viele Orte erkundet, manche davon waren wirklich atemberaubend, weil sie Luxus oder ein spektakuläres Panorama boten. Aber er wusste, dass dies nur eine lange, vielleicht etwas alberne Suche gewesen war, denn es war klar, dass dies hier, der Ort, an dem er sich jetzt befand, sein Platz war.

Er machte Liebe mit Stefania, und es gab keine Beklemmung dabei, keine Angst, zu früh zu kommen oder ihr nicht zu gefallen. Sie bewegten sich gleichzeitig, in vollendeter Harmonie, wurden schneller oder langsamer im Takt einer Musik, die nur sie beide hörten, und die für beide gleich klang. Sie rollten im Unisono zur Seite und tauschten mit einer einfachen stillen Geste die Plätze. Sie lächelten, suchten einander mit Mund und Zunge, und manchmal gaben sie ein kurzes Stöhnen von sich. Sie kam mehr als einmal, auf ihm sitzend, das Gesicht in den Haaren verborgen oder indem sie ihre Seufzer an seiner Schulter erstickte. Nicola hätte sie in einem solchen Augenblick gerne betrachtet, aber ihm gefiel auch die leichte Scham, die sie angesichts dessen empfand, was ihr widerfuhr und sie zu verblüffen schien. Vielleicht hat sie bei keinem vorher so viel Lust empfunden, dachte er mit männlichem Stolz, und dasselbe wird für mich gelten, in einer Minute oder einer Stunde.

Er spürte, dass er ewig so hätte weitermachen können, und er nahm sie weiterhin, zärtlich oder hart, bis sie seine Bewegung unterbrach und die Decke anstarrte.

»Habe ich dir weh getan?«

Sie schüttelte den Kopf und schob ihre Lippen an sein Ohr.

»Nein, nein. Alles in Ordnung. Es ist wunderbar. Du bist wunderbar.«

Er lächelte.

»Aber ich möchte, dass jetzt auch du …«

»Was?«

»Ich möchte … dass auch du genießt.«

»Dann bitte mich darum.«

Sie verstand, was sie sagen sollte. Sie kam wieder mit ihrem Mund an sein Ohr und flüsterte: »Komm in mir, komm jetzt.« Giampieri spürte, wie die Lust von weither kam und ihn wie eine riesige Woge fortriss, während seine marmornen Schenkel zu zerbröseln schienen und sich ihre Münder ein letztes Mal verschlangen.

Er hielt sie lange im Arm, bis sie an seiner Schulter einschlief. Der Ingenieur blieb wach und betrachtete die letzten Flammen, die noch flackerten in diesem unbekannten Zimmer. Er dachte: Heute, um diese Zeit, müsste ich eigentlich in meinem Bett sein und einen ganz anderen Rausch erleben.

Sie öffneten den Champagner und das Eis, dann liebten sie sich noch einmal, und noch einmal. Stefania schlief befriedigt ein, was man an ihrem regelmäßigen Atem und dem Anflug eines Lächelns erkannte, das sich auf ihrem Gesicht hielt. Ich könnte hier bleiben, dachte Giampieri, und wahrscheinlich könnte ich sogar einschlafen. Das wäre endgültig der Beweis, dass ich mich verliebt habe.

Bei diesem Gedanken gefror für einen Moment die Zeit, Giampieri sah sich und Stefania wie zwei Hochseilartisten, die sich bei einer gefährlichen Nummer ohne Netz im Flug begegnet waren. Sie hatten ihre Trapeze verlassen und sich an die Hände des Partners gehängt, ohne daran zu denken, dass dies für beide den Absturz bedeuten würde. Wenigstens einer von ihnen musste bei Sinnen bleiben, musste so schnell wie möglich wieder auf sein Trapez gelangen, denn nur so konnten sie heil und sicher ihre Salti drehen.

Das ist nicht der rechte Augenblick, um mich zu verlieben, dachte er, während er aus dem Dämmerzustand erwachte, denn durch die Liebe weicht man von seinen Gewohnheiten ab, und die Konsequenzen können fatal sein.

Er löste sich von Stefania, er wollte sie nicht aufwecken aber es gelang ihm nicht.

Sie sah zu, wie er sich anzog, eher verblüfft als beleidigt.

»Wohin gehst du?«

»Nach Hause.«

Ich bin dein Zuhause, wollte sie sagen, aber das hätte bei zwei Menschen, die sich kaum kannten und sich zum ersten Mal geliebt hatten, übertrieben geklungen.

»Es ist schon spät. Wenn du willst, kannst du bleiben.«

»Ich muss gehen. Entschuldige. Ich muss nach Hause, morgen früh ist die Beerdigung von Marcos Vater. Marco Luciani, der Kommissar. Ich muss aus diesen Klamotten und einen anständigen Anzug anziehen.«

Stefania Boemis Gesichtsausdruck veränderte sich, sie sagte: »Tut mir leid. Das tut mir wirklich leid.« Sie ließ offen, ob es ihr für den Kommissar leid tat. Aber in ihrem Inneren brach sie den Flug ab, sie klammerte sich wieder an ihr Trapez, und als er ihr Kinn ein wenig hob und ihr einen Kuss auf die Lippen hauchte, schloss sie die Augen und hielt die Tränen zurück.

Der Ingenieur stieg ins Auto und fuhr nach Hause, in seinem Inneren rumorte es, die Unruhe wurde immer schlimmer. Er fragte sich, ob er nicht alles falsch gemacht hatte, ob diese nächtliche Flucht nicht ein Zeichen von Schwäche statt von Stärke war.

Er hatte immer noch das Gefühl, kopfunter im luftleeren Raum zu schweben. Er wusste nicht, sollte er auf seine Plattform zurückkehren oder wieder das Mädchen ergreifen, das ihm jetzt entschwand.

Ich muss sie sofort vergessen, dann wird alles sein wie vorher, dachte er. Das war ein dreifacher Salto mortale, etwas vollkommen Neues für mich, aber jetzt muss ich mich wieder auf die gewohnten Pfade begeben.

Er kam nach Hause, und erst nachdem er die Tür geöffnet hatte, fielen ihm seine Markierungen ein. Scheiß drauf, dachte er, während er mit dem Schraubenzieher die Videokassette aufstemmte und schnell alles Nötige vorbereitete. Er spürte, wie die Gier in ihm aufstieg, zusammen mit dem

Selbstekel und der Angst, alles falsch gemacht zu haben. Ich hätte bei ihr bleiben müssen, dachte er, aber reicht eine Liebesnacht, um alle Sicherheiten über den Haufen zu werfen? Ja, wenn es so eine Liebesnacht ist, so schön, dass es dir den Magen zerreißt und du an deinem ganzen Leben zweifelst. Ich muss sie sofort loswerden, bevor sie sich in mir festsetzt, ich muss sie ausradieren wie einen wunderbaren Traum, ehe er sich in einen Alpraum verwandeln kann.

Er bereitete seine Dosis vor, erhitzte sie im Löffel und sog sie mit der Spritze auf.

Er wollte gerade den Arm abbinden, als es an der Tür klingelte.

Reflexartig schaute er auf die Uhr. Es war fast zwei. Er verbarg die Spritze schnell wieder in der Kassette, schob Löffel und Gummiband unter das Bett, nahm die Pistole und ging an den Türspion.

»Hallo, Amalia, was machst du denn hier?«

Sie zog eine Augenbraue hoch und zeigte müde auf die Waffe. »Ist das eine Art, eine Freundin zu empfangen? Oder hast du jemand anderen erwartet?«

Sie trug erneut den Minirock und keinen BH, statt der Stiefel Sandalen. Ihr braunes Haar war nach hinten gebürstet und zu zwei sehr aufreizenden Zöpfen gebunden.

»Entschuldige, ich hätte nicht gedacht, dass du es bist.«

»Ich hatte Lust, dich zu sehen. Und ans Handy gehst du nicht.«

Das war immer noch ausgeschaltet, fiel ihm ein. Er war versucht, sie hereinzubitten, aber Stefanias Geruch hing noch an ihm, und unter dem Bett wartete ein noch größeres Vergnügen auf ihn.

»Und? Lässt du mich nicht mal in die Wohnung?«

»Ich bin müde. Es war ein … anstrengender Tag.«

»Jetzt sag nicht, du hast bis eben gearbeitet.« Sie klang skeptisch. »Ich habe gehört, dass der Fall gelöst ist.« Da er nicht antwortete, sah Amalia ihn durchdringend an. Ihre Augen schienen im dunklen Korridor zu funkeln. »Zehn Minuten. Nur auf einen Drink.«

Das schien an diesem Abend nicht ihr erster zu sein, wie ihre etwas schleppende Sprechweise und die Fahne trotz des Pfefferminzkaugummis verrieten.

Sie schob ihre Lippen an Nicolas Ohr und biss ihm zart ins Ohrläppchen. Eine seiner empfindlichsten Stellen, wie sie sehr schnell herausgefunden hatte. »Ich verspreche dir, dass ich dich nicht strapazieren werde, aber ich brauche dich.«

Er ließ sie herein, fragte: »Was willst du trinken?«, aber noch bevor er am Kühlschrank war, stoppte Amalia ihn.

»Wie ist sie?«

»Wer sie?«

Amalia lächelte und streifte die Sandalen ab. Sie schien nicht sauer zu sein.

»Ich rieche ihren Duft bis hierher. Sie muss blond sein, oder nicht? Sieht bestimmt gut aus. Aber wie ist sie im Bett? Besser als ich?«

Während sie sprach, war sie auf Nicola zugekommen, hatte ihm einen Finger auf die Brust gesetzt und ihn bis zum Bett geschoben.

»Amalia, wirklich, ich …«

»Pssst, keine Sorge, ich bin nicht eifersüchtig«, flüsterte sie ihm ins Ohr, ehe sie es mit der Zungenspitze liebkoste. »Sag mir, wie sie ist. Sag es mir.«

Sie nahm die Hand des Ingenieurs und schob sie sich unter den Rock. Sie trug keinen Slip und war wie immer frisch rasiert.

»Sag es mir.«

Dieses Spiel schien sie genauso zu erregen wie Giampieri.

»Blond«, sagte er, »ein hübsches Gesicht. Wahnsinnstitten. Groß und prall.«

Sie quiekte ein bisschen, nahm Nicolas Hand und legte sie auf ihre Brust, nachdem sie sich die Bluse aufgeknöpft hatte, und während sie sich küssten, begann sie, sich selbst zu streicheln.

Wenn ich sie beide gleichzeitig hätte, dachte Nicola, das wäre ein Traum. Die Blonde und die Brünette. Er stellte sich Amalias Zunge auf Stefanias Körper vor, und das Verlangen wurde übermächtig, schmerzhaft.

Das Mädchen stöhnte heftiger.

»Himmel, ich komme gleich. Fühl mal, wie feucht ich bin.« Sie schob ihm zwei Finger in den Mund, die scharf nach Fisch und Pfirsich schmeckten, dann streckte sie ihn auf dem Bett aus, zog ihren Rock bis zur Taille hoch, öffnete die Schenkel und stieg über sein Gesicht. Ihr Orgasmus dauerte so lange, dass Giampieri fast erstickt wäre.

Amalia lachte, seufzte, während sie sich von ihm löste. Er sah, wie sie unbeschwert und heiter wurde, als wäre eine Last von ihr abgefallen. Sie zog ihren Rock zurecht und knöpfte die Bluse wieder zu.

»Du lässt mich so liegen?«, fragte er. Während er sie küsste, war das Verlangen zurückgekehrt, und er wartete darauf, dass auch sie …

»Meintest du nicht, du wolltest dich ausruhen?«

»Ja, aber ich habe wieder Lust bekommen.«

»Dann hat die Blondine wohl doch nicht so viel auf dem Kasten.« Sie schlüpfte in ihre Sandalen, wartete, dass er ihr die Tür öffnete, und entwand sich seinem letzten Versuch, sie zu umarmen. »Man sieht sich.«

Er stand da und schaute ihr nach, während sie schnell davonging, mit diesem Hüftschwung, der ihm den Verstand raubte. Was für ein Abend, dachte er. Was für ein Abend. Wahrscheinlich der beste in seinem ganzen Leben.

Er spürte einen leichten Schwindel, sein Herz schlug wild. Zu viele Emotionen für einen einzigen Abend, dachte er. Er sehnte sich nach Frischluft und ging ein Fenster öffnen. Er sah die Zeichen herunterfallen und ihm fiel wieder ein, dass er die an der Tür nicht kontrolliert hatte. Egal, dachte er, während er drei-, viermal tief einatmete. Der Fall ist inzwischen abgeschlossen.

Er nahm die Videokassette und stellte sie ins Regal, aus Aberglauben zählte er, wie immer, die ganze Reihe mit den siebenundvierzig Kassetten durch. Er band sich den Arm ab, dann zupfte er ein bisschen an der Vene des linken Unterarms. Sie war perfekt.

Er dachte wieder an Stefania, wie sie in vollendeter Harmonie durch die Luft geschwebt waren. Es war wunderschön gewesen, aber zum Glück war Amalia gekommen und hatte ihn daran erinnert, dass man derartige Nummern nicht ohne Netz aufführt. Wehe dem, der sich völlig einem anderen Menschen anvertraut, wehe, wenn man die Kontrolle verliert. Er atmete noch einmal tief durch, betrachtete im Gegenlicht den ersten Tropfen an der Nadelspitze, schloss die Augen und wartete darauf, dass das Trapez heranrauschte, an das er sich hängen konnte, wartete auf den beruhigenden Kontakt von Nadel und Arm, den kleinen dumpfen Schmerz in der Vene, das Zittern des Körpers, durch den die Droge schoss, die wie Sperma auf Tod oder Leben zujagte.

Jetzt kommt es, dachte er, jetzt kommt es.

Er wurde in die Sterne katapultiert wie nie zuvor, sein Atem setzte aus. Nicola Giampieri schaffte es nicht zu schreien, er konnte nicht einmal Angst haben. Er flüsterte nur »Mama«, dann sah er, wie sein Körper zu Boden stürzte, und er wusste, dass er nicht mehr zurückkommen würde.

## Sonntag

### Luciani & Giampieri

Als er die riesige Menschenmenge sah, wusste er, warum sein Vater, auch wenn er nicht gläubig gewesen war, ein kirchliches Begräbnis gewollt hatte: Ein bisschen wegen der Mutter, aber vor allem, weil er nicht auf den großen Abgang verzichten wollte, den eine weltliche Bestattung in einem kleinen tristen Krematoriumssaal nicht erlaubt hätte. Die große Kirche mit Seeblick war gerammelt voll, die Leute standen auch an den Seitenwänden und hinten im Schiff. Selbst auf der Treppe und im Kirchhof drängte sich die Menge, viele Geschäftsleute hatten die Eisenrollos auf Halbmast gesetzt, trotz der sonntäglichen Touristenströme. Es war ein Tag mit Tramontana und kristallklarer Luft, und als Marco Luciani hinter dem Leichenwagen ins Dorf kam, konnte er sich ein »Was für ein großartiger Tag« nicht verkneifen. Dann schämte er sich. Was für ein absurder Satz, wenn man seinen Vater zu Grabe trug, noch dazu vor der Mutter. Deshalb fügte er schnell hinzu: »Ein Tag, wie er Papa gefallen hätte.« Donna Patrizia hatte sanft gelächelt und ihre Hand auf die seine gelegt, mit der er das Lenkrad hielt. »Ja. Er ging hinunter bis an die Promenade, kaufte seine Zeitungen, setzte sich in ein Café und kam braungebrannt und gutgelaunt zurück. Er sagte immer, er werde mit Solarenergie betrieben.«

Wer wusste, woran er im letzten Moment gedacht hatte, jenem, in dem einem hoffentlich nicht noch einmal das ganze Leben vor Augen trat, das wäre zu grausam, besser nur die schönsten Erinnerungen. Vielleicht hatte der Große Cäsar noch einmal seine größten Triumphe durchlebt, die besten Plädoyers oder eine denkwürdige Fernsehdiskussion, bei der er einen Gegner lächerlich gemacht hatte. Vielleicht waren ihm die schönsten Liebhaberinnen erschienen. Als er richtig reich und mächtig war, hatte er viele gehabt, Schauspielerinnen, Anwältinnen, TV-Sternchen und, Gerüchten zu Folge, eine zukünftige Pornodiva. Immer wenn diese Gerüchte durch die Boulevardblätter geisterten, hasste Marco seinen Vater für das Leid, das er der Mutter zufügte. Einmal war er ihn auch direkt angegangen, wollte eine Aussprache erzwingen, und der Vater hatte ihm mit dem Lächeln, das er für die unerbittlichsten Richter bereithielt, ins Gesicht gelogen, hatte beteuert, es sei nichts Wahres dran, wenn man in diesen Kreisen verkehre, würden zwangsläufig irgendwann die absurdesten Gerüchte verbreitet und oft seien es die Mädchen selbst, sie wollten Publicity, wollten mit ihrem Foto auf die Titelseiten kommen. Die geröteten Augen seiner Mutter, der Mittagsschlaf, der immer länger wurde, die Flaschen, die sich immer weiter leerten, verrieten, dass auch sie ihrem Mann nicht länger glaubte, bis ein paar Fotos, die heimlich auf einer Yacht aufgenommen worden waren, die letzten Zweifel ausräumten: Man sah den Großen Cäsar, der einem TV-Sternchen die Zehen lutschte. Als sein Vater daraufhin die kämpferische Miene seines sechzehnjährigen Sohnes, der sich verraten fühlte, sah, versuchte er nicht länger zu leugnen. Er sagte nur leise: »Eines Tages wirst du das verstehen, wenn du ein Mann bist.«

Luciani war zum Mann gereift, aber den Vater hatte er trotzdem nicht verstanden. Auch wenn einen angesichts einer schönen, willfährigen Frau die Begierde überkam, gab es Regeln, Versprechen, das Wort, das man seiner Frau und den Kindern gegeben hatte. Wenn schon nicht Liebe, hatte Luciani sich mehrfach gesagt, so hätte zumindest Respekt den Vater davon abhalten müssen, seine Familie so zu hintergehen.

Und doch meinte der Kommissar jetzt, als er aus dem Auto stieg und sah, wie die Sargträger den Leichnam aus dem Laderaum holten und Hunderte Personen sich gleichzeitig bekreuzigten, dass er begriffen habe. Sein Vater war inzwischen tot, und seine verfluchte Hurerei bekam nun einen Sinn. Das Leben konnte schrecklich lang sein, es gab unzählige Gelegenheiten, Dinge zu tun, die man bereute, aber dazu gehörten nicht die seltenen Augenblicke, in denen man wirklich gelebt hatte. Im Körper jener Frauen hatte der Große Cäsar sich lebendig gefühlt, hatte Langeweile, Traurigkeit und den Tod bezwungen, und das war das Höchste, was ein Mensch erhoffen konnte, während er darauf wartete, sich für immer dem Nichts zu überantworten.

Luciani wunderte sich über die erotischen Vorstellungen, die ihn an diesem dem Tod geweihten Tag immer wieder überkamen. Eine instinktive Reaktion, oder vielleicht lag etwas Merkwürdiges in der Luft, das ihn lockte, das er aber nicht zu fassen bekam. Er schüttelte den Kopf, wahrscheinlich projizierte er einfach seine eigenen unerfüllten Wünsche auf den Vater. Vielleicht hat Papa gar nicht an seine Geliebten gedacht, vielleicht haben die ihm nie etwas Wichtiges gegeben, und in den letzten Momenten hat er an Mama gedacht und an mich. Vielleicht hat er sie wieder im Brautkleid gesehen oder mich als Kind, als Zorro verkleidet, während ich auf ihn zurenne, so wie auf dem Foto, das jahrelang auf dem Kamin stand. Oder vielleicht hat er einfach sich selbst gesehen, auf einem Liegestuhl im Garten, an einem klaren Tag wie diesem, einen Espresso in der Hand, die Augen in der Sonne halb zusammengekniffen. Oder vielleicht hat er an seine eigene Mutter gedacht, denn ich habe ihn immer nur als Vater gesehen, aber vielleicht hat er sich selber wieder als Kind gefühlt.

Er betrachtete Donna Patrizia, sie war heiter. Der Mann, den sie auf seine letzte Reise begleitete, würde jetzt für immer ihr Gefährte sein. Er war oft weggegangen, ohne dass sie wusste, was er tat und wo sie ihn finden konnte. Ab heute hatte sie ihren Mann wieder ganz unter Kontrolle. Sie hatte ihn geliebt für das, was er war, mit seinen kleinen Stärken und großen Fehlern, und so wie sie mussten ihn auch diese Leute geliebt haben, die die Kirche füllten, und all diejenigen, die reihenweise Nekrologe im »Secolo XIX«* und dem »Corriere della Sera« geschrieben hatten, und die vielen, die Telegramme und Karten geschickt hatten. Im Fernsehen wurde der Meldung großes Gewicht gegeben, und viele Gesichter, die der Tangentopoli-Skandal hinweggefegt hatte, waren wieder mit kurzen Stellungnahmen oder Interviews auf der Bildfläche erschienen und hatten sich unter die gemischt, die längst ihr Comeback gefeiert hatten. Einige Politiker hatten gesagt, die Richter seien Schuld an seinem Tumor, was den Kommissar anwiderte. Nicht genug, dass sie ihn seiner Lebtag benutzt hatten, noch als Leiche wollten sie ihn zu Propagandazwecken ausschlachten! Und selbst wenn der Tumor psychologische Ursachen gehabt hatte – wovon Luciani übrigens selbst überzeugt war –, so war seit dem Skandal zu viel Zeit vergangen. Genauso gut konnte er, der Sohn, mit seinem unbarmherzigen Verhalten der Auslöser gewesen sein.

Während der Sarg in die Kirche getragen wurde, traten einige Leute auf ihn und die Mutter zu, flüsterten: »Nur Mut«, oder: »Mein Beileid«, oder drückten ihnen nur ein wenig den Arm. Fotografen und Kameraleute balgten sich um die besten Positionen, und einen Moment lang war Marco Luciani versucht, sie zu verscheuchen, aber er wollte, dass die Schlagzeilen des nächsten Tages seinem Vater gehörten, nicht dem Sohn, der eine Schlägerei angezettelt hatte.

* Genueser Tageszeitung (Anm. d. Übers.)

Viele Reporter hatten bei ihm wegen eines Interviews angefragt, sie hofften wohl auf eine provokante Erklärung, aber er hatte nicht einmal geantwortet. Wenn andere seinen Vater rehabilitieren wollten, nur zu … Er wollte nicht zu dem Schluss kommen, dass die hässlichen, bösen Dinge, die er getan hatte, in Wirklichkeit schön und aufrichtig gewesen waren, denn dem war nicht so. Er wollte ihm am Ende verzeihen können, das war alles, er wollte daran denken, dass alle Menschen Fehler machten, manche mehr, manche weniger.

Auf seine Weise war er ein liebevoller Vater und Ehemann, sagte er sich, natürlich nicht sehr präsent und nicht sehr treu … Schwachsinn. Er war ein Schwein, und das weiß ich ganz genau. Warum kann ich ihn denn nicht einfach lieben, so wie es meine Mutter immer noch tut, warum kann ich nicht hinnehmen, dass es manchmal die Schwächen sind, die einen Mann groß machen?

Ihm gefiel dieser Gedanke, es gab Männer, die große Vorzüge hatten und Männer mit großen Fehlern, und auch diese wurden im allgemeinen sehr geliebt. Die Leute hatten lieber einen großartigen Schurken als einen durchschnittlichen Gutmenschen, sie wollten jemandem gehorchen, jemanden nachahmen, sich vollkommen hingeben.

Tante Rina bat ihn, sie auf der Treppe zu stützen. Die Schwester des Vaters war am Vorabend aus Rom gekommen. Marco Luciani hatte sie sicher schon zwanzig Jahre nicht mehr gesehen, und er hätte sie kaum wiedererkannt, wenn das fortschreitende Alter nicht auch ihren Leib auf das Wesentliche reduziert und aus ihrem Gesicht die familientypischen Züge herausgearbeitet hätte: Mehr denn je sah sie ihrem Bruder ähnlich. Auch wenn er sie nie besonders gemocht hatte, freute sich der Kommissar, dass sie ein paar Tage in Camogli bleiben würde, um seiner Mutter Gesellschaft zu leisten. Marco Luciani nahm beide an den

Arm, ging Richtung Kirche, und als er den Blick hob, sah er einen kurvenreichen Schatten auf der Mauer. Er erkannte den dazugehörigen Körper und wollte den Blick abwenden, doch er entkam nicht dem grünen Licht dieser Augen, das nicht einmal eine Sonnenbrille abzuschirmen vermochte.

Sie war ganz in Schwarz gekleidet, ein Kostüm mit knielangem Rock, ein Hütchen auf dem hochgesteckten Haar. Trotz der Hitze hatte sie auf ihre Seidenstrümpfe nicht verzichtet. Sie wusste, dass er sie gesehen hatte, ihre Blicke hatten sich nur für eine Millisekunde gekreuzt, aber der Kontakt war da gewesen, hatte den Kommissar kalt erwischt, und wie ein angeschlagener Boxer hatte er auf der Stufe geschwankt. Ohne das Gegenwicht seiner Mutter wäre er womöglich gestürzt.

Als er an Sofia Lanni vorbeikam, fixierte er noch einmal ihre Fesseln. Er war überrascht, dass er sie sich in Sandalen wünschte, statt in diesen geschlossenen Schuhen, die seinem Blick die geschmeidigen Füße, die wehrlosen Zehen vorenthielten. Er konnte die Augen nicht mehr heben, wandte sich seiner Mutter zu, und erst als er die Kirche betrat, meinte er, wieder in Sicherheit zu sein, als käme er von einem Ausflug auf einen Balkon ohne Geländer zurück.

»Deine Hände sind eiskalt,« sagte Donna Patrizia, »fühlst du dich nicht gut?«

Nach dem Gottesdienst blieben sie fast eine Stunde an der Kirchentür stehen, so viele Leute wollten der Witwe die Hand drücken und ein paar tröstliche Worte sagen. Marco Luciani hatte wieder die dunkle Brille aufgesetzt, und zwar nicht, um seine Tränen zu verbergen oder sich vor der Sonne zu schützen – er wollte vor Sofia Lannis Blick sicher sein, damit er sich nicht wieder in eine willenlose Marionette verwandelte. Er hoffte, dass sie gegangen wäre, und gleichzeitig wünschte er, dass sie käme und ihn anspräche. Er wusste nicht, was er ihr sagen, wie er sie anschauen würde, er wusste nicht einmal ansatzweise, was er für sie empfand. Er grüßte geduldig, einen nach dem anderen, alle Freunde des Vaters, die wenigen Verwandten, die Nachbarn und die Geschäftsleute von Camogli. Viele von der Dienststelle waren gekommen, Iannece natürlich, Calabrò, und auch der neue Inspektor, Vitone, den er kaum kannte, hatte sich herbemüht. Da stand auch dieses blonde Mädchen, das er im Saffophone bemerkt hatte. Sie trat einigermaßen verlegen näher. Sie war eine Wucht und teuflisch jung. »Ich bin Stefania. Sie kennen mich nicht, aber Nicola ... Kommissar Giampieri hat mir viel von Ihnen erzählt ... Er redet immer von Ihnen und, na ja ... Ich wollte Ihnen nur sagen, dass es mir leid tut ...« Sie schaute sich um und fragte sich, wo zum Kuckuck der Ingenieur abgeblieben war. Nicht genug, dass er sich so schäbig aus ihrem Bett davongestohlen hatte, jetzt ließ er sich nicht einmal hier blicken, bei der Beerdigung des Vaters seines besten Freundes, die offensichtlich nur ein Vorwand gewesen war.

Marco Luciani küsste sie auf beide Wangen und sog ihren Duft ein. Er hielt ihre Hand fest und hoffte, dass Sofia Lanni sie so sah. Es war offensichtlich, dass Nicola und sie mehr als nur Kollegen waren.

»Apropos: Ist er da?«

Sie errötete ein wenig. Sollte sie sich für ihn rechtfertigen? »Nein, ich meine, ich habe ihn nicht gesehen. Merkwürdig.«

Der Kommissar lächelte. »Er wird noch mit dem Fall zu tun haben.«

Barbara Ameris Mutter kam als eine der Letzten, sie legte ihm die Hände auf die Arme und schaute ihm in die Augen, fast wie eine Mutter, die sich um das körperliche und seelische Wohl ihres Kindes sorgt und Sachen sagt wie: »Du bist zu dünn«, oder: »Du bist ein wenig blass«, oder: »Du siehst müde aus.« Aber sie sagte nichts dergleichen, sondern entschuldigte sich, dass sie ihn und seine Familie in so einer Situation belästigt hatte: »Ich hatte keine Ahnung … Es tut mir leid. Wenn ich gewusst hätte, dass es so schlimm um Ihren Vater stand …«

»Machen Sie sich keine Sorgen. Er hat Ihnen gerne geholfen. Und ich ebenfalls. Wie Sie sehen, hat Kommissar Giampieri den Fall glänzend gelöst. Ich hatte Ihnen gesagt, dass er fähig ist.«

Die Frau nickte, gerührt. Sie entschuldigte sich für die Abwesenheit des Gatten: »Er hat es nicht über sich gebracht, er hat es einfach nicht geschafft.« Dann räumte sie den Platz für andere, die nachdrängten, um zu grüßen, sich zu bedanken, irgendeinen Zwischenfall oder eine Gunstbezeugung des Verstorbenen in Erinnerung zu rufen. Marco Luciani grüßte ebenfalls, dankte, erinnerte sich, aber seine Gedanken waren schon wieder beim Fall Ameri und diesem merkwürdigen Satz, den Giampieri gesagt hatte.

Er stieg mit Mutter und Tante ins Auto und folgte dem Leichenwagen bis zum Friedhof von Staglieno, zur Einäscherung. Dieser Teil der Zeremonie war privat, und nur ganz wenige alte Freunde wollten dabei sein. Sie warteten geduldig, bis die Asche ausgekühlt war.

Gemeinsam mit dem Großen Cäsar kamen sie nach Hause zurück. Einst einer der mächtigsten Anwälte Italiens, hatte er sich für immer in eine Handvoll Asche in einer Urne und in ein paar Erinnerungen verwandelt. Bald, in nur dreißig oder vierzig Jahren, würde auch Marco Luciani eine Handvoll Asche sein, und er würde die letzten Erinnerungen, die letzten genetischen Spuren eines ganzen Geschlechts mit sich nehmen. Sie setzten sich in die Küche und tranken Tee, Patrizia fing an, eine Crostata mit selbstgemachter Pflaumenmarmelade zu backen, während Tante Rina den Kommissar mit Fragen löcherte, Fragen zu seinem Leben, zu seinen Plänen, Fragen, auf die Luciani keine Antwort geben wollte. Und sie gab ihm Dutzende Ratschläge, die er ebenfalls nicht befolgen wollte.

Punkt sieben hatte Luciani die Grube neben dem Olivenbaum mit der Hängematte ausgehoben. Die Sonne ging unter, und der Kommissar fragte sich, ob sich dieser Kloß im Hals, der ihm den ganzen Tag die Luft abschnürte, nach der Beerdigung des Vaters lösen würde.

Punkt sieben zertrümmerte ein Vorschlaghammer Nicola Giampieris Wohnungstür. Calabrò trat als erster ein, dann Iannece und ein weiterer Beamter. Calabrò spürte sofort, dass er da war. Er schaute zuerst ins Bad und in die Küche, dann sah er, dass Iannece wie angewurzelt auf der Schwelle zum Schlafzimmer stand. Er senkte den Kopf und hielt sich am Türrahmen fest.

Er stellte die Urne mit der Asche des Großen Cäsar in die Grube. Er hatte gemeint, ein besonders tiefes Loch gegraben zu haben, in Wirklichkeit reichte es gerade so. Sollte er noch ein bisschen nacharbeiten? Aber er hatte keine Lust, die Zeremonie noch weiter in die Länge zu ziehen, sie hatte sowieso schon etwas Gezwungenes an sich. Er schüttete alles wieder zu und ließ einen kleinen feuchten Hügel, der die Ruhestätte anzeigte. Donna Patrizia legte ihre schönste rote Rose auf die Erde.

Es war ein reiner Automatismus, dass er Giampieri die Finger an den Hals legte. Die weißliche Haut war durchsichtig und kalt, die Venen blassblau. Der Tod musste schon einige Stunden vorher eingetreten sein, womöglich sogar noch am Vorabend. Calabrò wollte sich die Spritze, die noch im Arm steckte, einmal genauer ansehen. Im ersten Moment hatte er sie ausgeblendet wie ein deplatziertes Detail oder eine Halluzination, als wäre plötzlich eine Figur aus einem Zeichentrickfilm oder ein Tier aus der Steinzeit im Zimmer erschienen.

»Nichts anfassen«, sagte er. »Ruft die Spurensicherung.« Iannece starrte ihn an, und Calabrò las seine Gedanken. »Und Kommissar Luciani.«

Er nahm seine Mutter an den Arm und ging mit ihr in die Küche.

»Aber wenn wir umziehen? Wenn wir das Haus verkaufen?«, fragte Donna Patrizia.

»Dann werde ich ihn wieder ausgraben, und du nimmst ihn mit. Wenn du willst«, sagte Marco Luciani. Er dachte an die letzten Worte des Vaters, an das Versprechen, dass er ihm gegeben hatte: sich um die Mutter zu kümmern.

»Ich mache dir etwas zu essen«, sagte sie, »du bist so dürr, dass einem angst und bange wird.«

Marco Luciani dachte, dass er gerne ein Stück Crostata und sonst nichts gegessen hätte.

»Heute Nacht schläfst du hier, oder?«

»Natürlich.«

Da läutete das Telefon.

# Dritte Woche

# Montag

## Luciani

Polizeichef Iaquinta ging in seinem Zimmer auf und ab, schnaubend und zähneknirschend wie ein Wildschwein auf der Jagd.

»Wusste das irgendeiner von euch?«, fragte Monica Serra.

Marco Luciani schaute Calabrò an, Calabrò schaute Iannece, Iannece schaute Venuti an. Venuti hob hilflos die Arme, er kannte ihn ja praktisch nicht einmal, den Vizekommissar Nicola Giampieri.

Die Staatsanwältin lehnte mit dem Gesäß am Schreibtisch, ihre Fußgelenke waren verschränkt und die Absätze bohrten sich in den Boden. Sie hatte kein Auge zugetan. Bei dem Gedanken, dass sie mit Giampieri im Bett gewesen war, fühlte sie sich dreckig und besudelt. Mit einem Junkie. Die ganze Nacht hatte sie in kaltem Schweiß gelegen, hatte geweint und diesen Augenblick des Irrsinns verflucht. Sie konnte es nicht erwarten, die Besprechung zu beenden, damit sie endlich einen Bluttest machen konnte.

»Ja wie«, platzte Iaquinta heraus, »euer Kollege, mit dem ihr täglich Seit an Seit zusammenarbeitet, ist ein Fixer, und ihr bekommt nichts davon mit? Ihr seid mir ja schöne Ermittler!«

Marco Luciani spürte, wie ihm der Kamm schwoll. Auch er hatte kein Auge zugetan. Von dem Moment an, als man ihn verständigt hatte, war er bei Nicolas Leiche geblieben, war ihm nicht von der Seite gewichen, hatte alle Operationen der Spurensicherung und die Überführung in die Leichenkammer überwacht. Er hatte die Eltern verständigt und deren Zusammenbruch miterlebt. Und er hatte über dem Leib des Freundes gebetet, hatte jeden erdenklichen Gott angerufen, Nicola in eine andere Welt zu bringen, wo er weiterleben konnte, denn es war nicht richtig, dass nun alles zu Ende war, mit neunundzwanzig Jahren.

»Er war auch einer *Ihrer* Kollegen, Herr Polizeichef«, sagte er. Aber natürlich arbeiteten Sie nicht Seit an Seit mit ihm, Sie waren zu sehr mit anderem beschäftigt.«

»Was erlauben Sie sich?! Worauf wollen Sie hinaus?!«

»Wir wissen alle, worauf ich hinaus will. Und Sie sollten sich nicht erlauben, weiterhin Nicola zu beleidigen.«

»Was habe ich denn gesagt? Dass er ein Fixer war. Das ist keine Beleidigung, das ist leider eine Tatsache.«

»Soweit wir wissen, konnte das auch das erste Mal gewesen sein.«

Iaquinta schüttelte den Kopf: »Laut Gerichtsmediziner gibt es deutliche Anzeichen, dass dem nicht so war. Und ihr habt nie etwas gemerkt.«

Marco Luciani starrte ihn an: »Jeder hat seine Laster, Herr Polizeichef. Und das von Nicola hat nie seine Arbeit beeinträchtigt.«

Calabrò konnte sich ein Grinsen nicht verkneifen. Savonarola lief zur Höchstform auf.

Iaquinta wusste, dass er kein reines Gewissen hatte, aber auch, dass das in seinem Umfeld für fast jeden galt. Und dass in diesem Fall das Recht auf seiner Seite war. Er hielt Lucianis Blick stand, aber er wollte die Gemüter nicht weiter erregen, schließlich hatte er Lucianis Rücktrittsgesuch im Schreibtisch, und damit hatte er ihn bei den Eiern: Wenn der sich zu sehr aufmantelte, dann brauchte er das Gesuch nur nach Rom weiterzuleiten, und er war den Kommissar los.

»Ich bin der Erste, der wissen möchte, was vorgefallen ist. Doktor Vassallo war in Spanien, er kommt extra zurück, um die Autopsie durchzuführen. Im Moment ist die offizielle Version, dass Vizekommissar Nicola Giampieri an einem Herz-Kreislauf-Kollaps gestorben ist. Ein plötzliches und unvorhersehbares Ereignis. Falls irgendetwas anderes zu den Journalisten durchsickert«, sagte er, einen nach dem anderen fixierend, »werde ich euch persönlich dafür verantwortlich machen. Der Vizekommissar hatte soeben einen schwierigen Fall brillant gelöst und wird eine feierliche Belobigung bekommen, wahrscheinlich auch eine Beförderung.«

»Wir brauchen keine toten Helden«, schaltete sich wieder Luciani ein, »sondern die Wahrheit.«

Monica Serra verzog das Gesicht. »Die Wahrheit würde ihm in diesem Fall ebenso schaden wie uns. Sie würde keinem nützen. Warum sollen wir sein Andenken beschmutzen?«

»Zum Beispiel um herauszufinden, ob sein Tod tatsächlich ein Unglück war.«

»Hören Sie, Kommissar. Auf der Spritze sind nur seine Fingerabdrücke, in der Wohnung waren keine Spuren von anderen Personen ... Die Sache liegt klar auf der Hand. Wir werden die Autopsie und die Analyseergebnisse abwarten, aber wenn herauskommt, dass es sich um eine klassische Überdosis handelt ...«

»Wenn es eine Überdosis war, dann möchte ich denjenigen finden, der ihm die Droge beschafft hat. Und jedenfalls weist auch der Fall Ameri Aspekte auf ...«

»Der Fall Ameri ist abgeschlossen!«, donnerte der Polizeichef. »Das ist doch nicht möglich, dass ihr hinter jedem Mordfall irgendwelche Verschwörungen wittert. Halten wir uns zumindest an die paar sicheren Fakten, über die wir verfügen. Die Lösung des Falles Ameri stellt alle zufrieden.«

»Bis auf Merli. Ist dessen Selbstmord auch abgeschlossen?«

Iaquinta durchbohrte ihn mit seinen Blicken: »Waren Sie nicht im Urlaub, Herr Kommissar? Nein, hatten Sie nicht sogar gekündigt?«

Marco Luciani lächelte, aber es war ein giftiges Lächeln.

»Sicher. Ich will nicht länger stören.«

Während der Kommissar das Zimmer verließ, hängte der Polizeichef sich bei Calabrò und Iannece ein.

»Ich verstehe, dass ihr am Boden zerstört seid. Ihr habt einen Freund verloren, mehr als nur einen Kollegen. Aber ihr alle wisst, wie sehr auch ich an ihm hing. Ich war es, der auf ihn gesetzt hat, der ihm blind vertraute. Ich war bereit, ihn zum Kommissar zu befördern, obwohl er noch so jung war.« Er seufzte, man sah, dass er wirklich betrübt war, aber wohl in erster Linie, weil er sich betrogen fühlte. »Es ist besser, wir halten alle einen Moment inne. Ich bitte euch alle, über eure Arbeit nachzudenken, und wenn es irgendetwas gibt, das nicht funktioniert: Meine Tür steht euch immer offen.«

Calabrò und Iannece schauten einander verblüfft an. Iaquinta schien es ehrlich zu meinen.

»Nehmt euch ein paar Tage frei«, schloss er, »nein, nehmt die ganze Woche. Ihr habt hart gearbeitet und Urlaub verdient. Es genügt, wenn ihr erreichbar seid und hier einer die Stellung hält. Wir werden so bald wie möglich ein großes Begräbnis organisieren, wir werden uns von Nicola Giampieri als von einem brillanten Ermittler verabschieden, nein, von einem Helden, der sein junges Leben dem Staat geweiht hat und dem das Schicksal einen bösen Streich gespielt hat.«

Marco Luciani hatte sie oben an der Treppe erwartet. Calabrò trat auf ihn zu, und der Kommissar legte ihm eine Hand auf die Schulter.

»Wenn er meint, dass ich jetzt alles hinschmeiße, hat er sich geschnitten.«

»Sei nicht zu hart mit ihm. Auch der Chef war völlig am Boden.«

»Am Boden? Er? Lass dich nicht einseifen. Für Iaquinta zählt nur die Fassade, dass es keinen Skandal gibt. Das ist alles.«

»Aber warum glauben Sie, dass noch etwas anderes dahintersteckt? Und was meinten Sie über den Fall Ameri?«

»Im Fall Ameri fehlt das Motiv. Merlis Selbstmord überzeugt mich nicht. Und auch bei Nicolas Tod gibt es merkwürdige Details.«

»Zum Beispiel?«

»Das offene Fenster. Und die Markierungen.«

Diese Zeichen hatten die Jungs von der Spurensicherung am Vorabend entdeckt. Es waren dünne, farbige Fäden, die nach einem durchdachten Plan auf verschiedenen Höhen angebracht waren. Gelb-rot-grün-blau, grün-blau-gelb-rot. Vier kleine Fäden, die in jedem Fenster klemmten, so dass es unmöglich war, diese zu öffnen, ohne dass die Fäden herunterfielen. Die Zeichen musste Giampieri angebracht haben, um zu kontrollieren, ob jemand in seiner Abwesenheit die Wohnung betreten hatte. Auch vor der Tür hatten sie entsprechende Fäden gefunden. Auf der Fußmatte. Sie mussten heruntergefallen sein, als der Ingenieur nach Hause kam.

Nicola war ein umsichtiger Mensch gewesen, manchmal fast ängstlich, dachte der Kommissar. Wenn er bestimmte Vorsichtsmaßnahmen getroffen hatte, dann deshalb, weil er sich in Gefahr wähnte. Und das machte die Überdosis noch suspekter.

Aber wenn sie geschafft hatten, ihn zu linken, trotz seiner Umsicht, und das auch noch auf saubere Art, ohne Spuren zu hinterlassen, dann war die einzig mögliche Erklärung, dass ihn eine Vertrauensperson hintergangen hatte. Es gab einen Judas, einen Judas Iskariot diesmal.

Sein Dealer des Vertrauens. Oder ein Kollege. Oder eine Frau. Das war sein Schwachpunkt, die Frauen. Vielleicht war es eine von ihnen gewesen, eine, der er traute, die ihm die Dosis besorgt hatte.

Er rief seine Mutter an, um ihr zu sagen, dass er nicht zurückkommen würde, er ließ sich die Tante geben und bat sie, ein paar Tage länger als geplant zu bleiben und der Mutter beizustehen. Die Lebenden sollten Vorrang vor den Toten haben, doch in diesem Fall war es anders. Sein Vater konnte in Frieden ruhen, aber dasselbe galt nicht für Nicola, Barbara und auch nicht für Maurizio Merli. Zu viele Tote in zu kurzer Zeit, zu viele Zufälle. Marco Luciani jagte nicht gerne irgendwelchen Verschwörungstheorien nach, wie der Polizeichef meinte, aber an Zufälle hatte er nie geglaubt.

Er verbrachte einen Großteil des Tages mit Calabrò und Vitone, um Nicolas letzte Stunden zu rekonstruieren und Handy sowie Palm auszuwerten, aber für Samstag waren weder Termine noch Rendezvous gespeichert. Sie fuhren seinen Bürocomputer hoch, um nach Notizen zu den Ermittlungen zu suchen, aber sie fanden nichts, was Calabrò nicht schon gewusst hätte.

»Commissario, war der Ingenieur Ihrer Meinung nach alleine in der Wohnung?«, fragte Iannece. »Oder war da noch jemand, der abgehauen ist und ihn da krepieren ließ?«

»Wenn da jemand war, wird er ermittelt werden.« Und wenn ich den in die Finger kriege … Auge um Auge, dachte er, Auge um Auge.

»Meiner Meinung nach war er allein, sonst hätten wir irgendwelche Spuren gefunden«, sagte Vitone.

Calabrò ließ die Finger bedrohlich laut knacken: »Auch wenn er allein war, irgendjemand muss ihm diesen verflixten

Schuss besorgt haben. Und den werde ich finden, Commissario. Darauf können Sie sich verlassen.«

Doktor Vassallo entfernte sich von dem Tisch, auf dem Giampieris Leichnam lag, setzte sich auf einen Stuhl, nahm den Mundschutz ab, zog den rechten Handschuh aus und zündete sich eine Zigarette an. Er rauchte in langen wütenden Zügen, wobei er den Kopf gesenkt hielt und mit den Tränen kämpfte.

Marco Luciani beobachtete ihn durch die kleine Scheibe in der Tür. Er wartete, bis Vassallo aufgeraucht hatte, dann klopfte er ans Fenster, zuerst sachte, dann lauter.

Vassallo stand auf und kam ihm entgegen, öffnete die Tür aber nicht.

»Ich bin eben erst gekommen. Tut mir leid, dass es so spät wurde, aber ich war in Spanien auf einem Kongress, und es war nicht so einfach, zurückzukommen. Ich fange gerade erst an.«

»Darf ich eintreten?«

»Besser nicht. Ich will absolut konzentriert arbeiten. Es wird mehrere Stunden dauern, und ich werde zahlreiche Proben entnehmen müssen.«

»Das macht mir nichts aus. Ich habe das schon oft gesehen.«

Der Arzt zögerte einen Moment. Er sah völlig übernächtigt aus, seine Haut war grau und der Gesichtsausdruck so grimmig, wie Luciani ihn noch nie gesehen hatte. Er schüttelte den Kopf. »Diesmal ist es anders. Ich will nicht, dass Sie ihn aufgesägt sehen. Ihn nicht.«

Marco Luciani senkte den Blick. Er hat recht, dachte er. Was bin ich nur für ein Mensch? Er konnte nicht so tun, als ob nichts wäre, er konnte nicht im Mordfall Giampieri ermitteln, als wäre es ein x-beliebiger Fall. Dass er seine Fähigkeiten als Ermittler einsetzte, der Prozedur folgte, hieß nicht, dass er seinen Freund wie ein Stück Schlachtvieh behandeln konnte.

Er schaute auf die Uhr. Wahrscheinlich würde der Doktor erst sehr spät fertig werden, es war keine gute Idee, so lange zu warten und sich noch eine Nacht um die Ohren zu schlagen. Die Wahrheit wurde immer verwickelter, und um zum Kern vorzudringen, musste man wieder ganz von vorne beginnen. Dazu musste Luciani klar denken können und sich ein wenig erholen. »Ich komme morgen früh wieder«, sagte er. Er verließ das San-Martino-Hospital und ging Richtung Stadtzentrum. Er konnte sich nicht einmal mehr erinnern, wann er das letzte Mal etwas gegessen hatte, aber er spürte nicht den geringsten Hunger, hatte vielmehr das Gefühl, dass der Appetit so schnell nicht wiederkommen würde. Er fragte sich immer wieder, wer Nicola verraten haben mochte, warum Barbara ihrem Mörder die Tür geöffnet hatte. Oft kennen die Menschen, die uns am nächsten stehen, denen wir vertrauen, uns so gut, dass sie es nicht erwarten können, uns loszuwerden.

Er kam nach Hause zurück, setzte einen Tee auf und hörte den Anrufbeantworter ab, doch es waren keine Nachrichten darauf. Ihm kam der Verdacht, dass seine Mutter es womöglich über sein Handy probiert hatte, und so zog er es aus der Sakkotasche. Kaum war es angeschaltet, hörte er schon das »Biep-biep« einer SMS. Als er auf dem Display Giampieris Namen las, wurden seine Knie weich, und sein Herz machte einen Sprung. Nicola lebt, dachte er und ließ sich auf einer Woge absurder Freude wegtragen. Nicola hat seinen Tod inszeniert, klar, mit Unterstützung von … Er hielt inne. Er hatte ihn mit eigenen Augen gesehen, auf dem Seziertisch. Diese SMS war nur ein bitterer Scherz, sie kam jetzt, aber wer wusste, wann sie abgeschickt worden war. Ihm wurde klar, dass er das Handy schon ewig nicht mehr eingeschaltet hatte. Seit wann eigentlich? Vielleicht seit dem Begräbnis des Vaters, vielleicht gar schon seit dem Abend davor. Seit dem Abend, an dem sein Stellvertreter gestorben war.

*»Computer Ameri 7.58 Uhr gebootet. Dann automatisches Booting 8.27 Uhr. Blues Brothers im Einsatz. Eben erfahre ich das mit deinem Vater. Tut mir wirklich leid. Es umarmt dich: Nicola.«*

Er hatte sich aufs Sofa gesetzt, ohne es zu merken, sein Mund stand offen, der Blick war ins Leere gerichtet. Diese wenigen Zeilen bestätigten all seine Vorbehalte in diesem Fall. Die Präsenz der Blues Brothers, wie sie in ihrem Jargon die Geheimdienstleute nannten, bewies, dass sehr viel auf dem Spiel stand. Nicolas Ängste warfen ein obskures Licht auf seinen Tod. Auch die Zeitumstände von Barbaras Tod mussten überdacht werden. Und damit alle Alibis. Wer bereits entlastet worden war, konnte wieder in den Kreis der Verdächtigen rücken.

Der Kommissar stand mit Mühe wieder auf. Seine Hände zitterten, er musste sich beruhigen und seine Gedanken ordnen. Er bereitete den Tee zu und nahm ihn, nachdem er drei Löffel Zucker hineingeschaufelt hatte, mit aufs Sofa.

*»Zucker?«*

*»Eineinhalb Löffel, danke.«*

*Sie saßen in einer Bar, einander gegenüber. Jacky lächelte schief, starrte ins Leere, während er mit einem Finger immer wieder über den Rand der Tasse strich. Barbara hatte sich weit nach hinten gelehnt und hielt das Gleichgewicht, indem sie sich mit beiden Händen an ihre Teetasse klammerte.*

*»Wir müssen es tun, verstehst du? Wir machen uns allmählich lächerlich. Früher mag das noch einen Sinn gehabt haben, aber in unserem Alter ist es kein Wert mehr, sondern Ballast.«*

*»Leicht gesagt. Nur im entscheidenden Augenblick ... Ich dachte auch diesmal, ich würde es schaffen, aber im letzten Moment hat mir der Mut gefehlt.«*

*Sie wussten alles voneinander. Über ihre platonischen Beziehungen, ihren Liebeskummer, ihre unumstößlichen Entschlüsse, auf die in letzter Sekunde doch wieder die Flucht gefolgt war.*

*»Weißt du, es kann auch sein, dass Sex für uns einfach nicht das Richtige ist, schlicht und ergreifend. Wenn wir es bisher nicht getan haben, wird das seinen Grund haben. Vielleicht haben wir irgendeine Erbkrankheit oder was weiß ich, und damit wir die nicht auf die Kinder übertragen, hält die Natur uns rein.«*

*»Ich glaube nicht, dass ich Kinder haben könnte, wovon redest du? Nicht bei dem Sex, der mir vorschwebt.«*

*Sie lachten. Zum Glück konnten sie sich immer wieder in ihre Selbstironie retten, und in ihr Einvernehmen.*

*Jacky hob den Blick, er unterbrach die kreisende Bewegung am Tassenrand und schaute sie an. Nur mit dir könnte ich es tun, dachte er. Nur mit dir, aber inzwischen sind wir wie Bruder und Schwester, und wie kann ich, wie kann ich auch nur auf die Idee kommen, dir so etwas anzutragen? Wie kann ich riskieren, den einzigen Menschen zu verlieren, der mich je verstanden hat?*

*Barbara fing seinen sonderbaren Blick auf. Eine Frage von einer Sekunde, nicht mehr, dann erlosch der Glanz in seinen Augen, er war wieder der Freund, der eine gute Freundin anschaut. Wir sind schon seit so vielen Jahren gute Freunde, dachte sie, es wäre fast Inzest, wenn wir es täten. Ich könnte es sogar schaffen, warum nicht? Das Problem ist: Was passiert danach? Ich würde es nicht ertragen, wenn er sich veränderte, wenn sich der einzige Freund, den ich habe, in einen x-beliebigen Macho-Arsch verwandeln würde.*

*»Hör mal, hier werden wir nie auf einen grünen Zweig*

*kommen. Und wenn wir auf Reisen gingen? Vielleicht könnten wir da … die Blockade lösen.«*

*»Eine Reise?«*

*»Ja. Lass uns wegfahren, weit weg von allem.«*

*»Und wohin?«*

*»Ich dachte an eine Kreuzfahrt.«*

*»Schön wär's. Eine Kreuzfahrt. Mit Swimmingpool, Sauna, die Frischvermählten auf Flitterwochen, die Rentner im Smoking, Kitsch in Reinkultur. Ein Traum. Aber ich schätze, das kostet ein Heidengeld.«*

*»Das ist nicht gesagt. Ich hab da eine Sache, wenn die gutgeht …«*

*Barbara hob den Blick. Einen Moment lang hatte sie gemeint, draußen vor der Glasscheibe ihren Onkel zu sehen.*

## Dienstag

Luciani & Calabrò

»Klassische Überdosis. In der Beziehung habe ich keine Zweifel. Ein Schockzustand aller Hauptorgane. Jetzt müssen wir herausfinden, warum es passiert ist.« Doktor Vassallo saß im Korridor und rauchte, genau unter dem Schild »Rauchen verboten«. Er und Luciani waren allein. Giampieris Leiche, die ausgenommen und wieder zugenäht war, ruhte in der Kühlzelle und wartete auf die Freigabe für die Bestattung.

»Hatten Sie nicht aufgehört?«, fragte der Kommissar und deutete auf die Zigarette.

»Gestern habe ich wieder angefangen.«

Sie schwiegen einen Moment, dann fing der Gerichtsmediziner wieder zu sprechen an: »Bei Heroin gibt es für jeden eine individuelle Toleranzschwelle. Normalerweise stirbt man an einer Überdosis, wie Sie wissen, wenn der Stoff im Vergleich zu den Konsumgewohnheiten zu rein ist oder wenn man sich nach einer Phase der Abstinenz wieder den ersten Schuss setzt und der Körper die einstige Dosis nicht mehr verträgt.«

»Und in Nicolas Fall?«

»In Nicolas Fall weiß ich es nicht. Ich werde die Heroinqualität analysieren müssen, außerdem Blut und Urin, herausfinden, ob er schon länger fixte, was ich annehme … wenn auch nicht häufig. Wichtig wäre da eine Haaranalyse, allerdings dauert die länger. Klar, wenn ihr den Dealer aufstöbern könntet, dann …«

»Den finden wir, Dottore«, zischte der Kommissar, »in der Beziehung gibt es keine Zweifel.«

Vassallo nickte. »Es gibt interessante Hinweise, die Ihnen bei den Nachforschungen helfen können. Nicola ist wahrscheinlich Samstagnacht gestorben, die genaue Uhrzeit kann ich Ihnen nicht sagen, aber ungefähr zwei Stunden nach dem Abendessen. Er hatte ein wenig getrunken, aber nicht unmäßig. Wenn ich einen Rest des Getränkes hätte, zum Beispiel die Neige der Flasche, könnte mir das weiterhelfen.«

»Er war nicht der Typ, der allein trinkt«, sagte der Kommissar. Dann dachte er, dass er auch nicht der Typ war, der Drogen nimmt, und fügte hinzu: »Glaube ich zumindest.«

»Dass er mit jemandem zusammen war, ist sicher. Ich habe Spuren von Sexualkontakt gefunden, es kam zum Geschlechtsverkehr.«

Marco Luciani runzelte die Augenbrauen. »In seiner Wohnung war von all dem keine Spur. Weder Speisereste im Mülleimer noch Hinweise auf den Besuch einer Frau.«

»Ich weiß. Wahrscheinlich hat er bei ihr gegessen und … den Beischlaf gehabt, und ist dann nach Hause zurückgekehrt.«

Der Kommissar dachte daran, wie oft er, nachdem er mit einer Zufallsbekanntschaft im Bett gelandet war, am liebsten nach Hause gegangen wäre. Du kannst nicht bei einem Menschen schlafen, wenn du nicht in ihn verliebt bist. Vielleicht musste Nicola aber auch ganz einfach das Bett räumen, ehe der rechtmäßige Bewohner zurückkehrte.

»Womöglich hatte er Sex mit jemandem, der ihm die Droge beschaffte«, gab Vassallo zu bedenken.

»Kann sein. Ist es möglich, die Identität der Frau zu ermitteln?«

Vassallo nickte. »Spuren gab es reichlich, zumindest reichen sie aus, um die DNA der Dame festzustellen.«

Wenn die DNA aller Einwohner in einer Datenbank verzeichnet wäre, könnte man in null Komma nichts ihre

Identität ermitteln, dachte Luciani. Er schüttelte verbittert den Kopf: Wie oft hatte er mit seinem Vize über diesen Punkt gestritten! Der Ingenieur war nämlich für die flächendeckende Erfassung der DNA, Luciani dagegen. Aber für einen Fall wie diesen hätte er seinen Standpunkt gerne geändert. Statt einfach das Archiv zu bemühen, würde er sich nun die DNA aller Frauen beschaffen müssen, mit denen Nicola theoretisch im Bett gewesen sein konnte. Ein kniffliges Unterfangen, und es war nicht gesagt, dass etwas dabei herauskam. Vielleicht stand die Frauengeschichte in keiner Verbindung zu der Überdosis. Vielleicht doch. Das musste als Erstes festgestellt werden. Er musste Schritt für Schritt Nicolas letzte Stunden rekonstruieren, seinen Stammdealer finden, herausbekommen, ob er die Droge von ihm oder einem anderen bekommen hatte, einem Neuling vielleicht, der ihn aufs Kreuz gelegt hatte.

»Es gab keine anderen Fälle von Überdosis in der Stadt«, sagte er laut.

Vassallo hob den Blick.

»Wenn es eine schlecht verschnittene Lieferung gibt, dann erwischt es meist Einige.«

»Ich verstehe. Meinen Sie, dass man für ihn eine spezielle Mixtur angerührt hat?«

»Ich weiß nicht. Im Moment meine ich gar nichts. Lassen Sie uns alle erdenklichen Tests durchführen, vielleicht kommt etwas dabei heraus.«

Der Gerichtsmediziner hüstelte.

»Was ist?«

»Nun, der Polizeichef ... hat mir zu verstehen gegeben, dass der Fall rasch abgeschlossen werden soll. Er möchte die Leiche so schnell wie möglich zurück, die Bestattung ist für morgen angesetzt. Und das Untersuchungsergebnis wird nur die Familie zu sehen bekommen. Für alle anderen wird er an einem Herz-Kreislauf-Kollaps gestorben sein.«

»Nehmen Sie die nötigen Proben und führen Sie alle Tests durch, Dottore.«

»Und wie soll ich diese Tests begründen?«

»Jetzt sagen Sie mir nicht, dass Sie in Ihrem Labor nichts tun können, ohne dass Iaquinta davon erfährt.«

Der Arzt dachte einen Augenblick nach. »Das ginge, wenn ich sie persönlich durchführe. Aber das dauert ein bisschen länger.«

»Wir haben es nicht eilig, Dottore. Es ist sogar besser, wenn wir ein paar Tage im Verborgenen operieren. Die sollen ruhig denken, der Fall wäre abgeschlossen.«

Vassallo schaute in die hellblauen Augen des Kommissars. »Sie bringen mich in die Bredouille«, lächelte er. »Aber ich tue es gern. Für Nicola. Und weil das bedeutet, dass Sie nicht gehen werden. Oder irre ich mich?«

Marco Luciani gab ihm einen leichten Klaps auf die Schulter, dann stand er auf und ging wortlos hinaus.

Calabrò saß auf Giampieris Bett, die Arme hingen schlaff herunter, seine Augen waren aufgerissen. Er starrte in den abgeschalteten Fernseher, der vor ihm auf einem Schränkchen stand. Er musste sich bemühen, wie Giampieri zu denken, sich in ihn hineinversetzen. Er musste Giampieri sein. Leicht gesagt. Sie hatten wenig gemeinsam. Er zum Beispiel hätte nie einen Fernseher im Schlafzimmer haben wollen, nicht einmal so einen superflachen Bildschirm und so einen DVD-Player – sicher der jüngsten Generation – wie diese hier. Der Fernseher im Schlafzimmer bedeutet das Ende der Beziehung, dachte er. Das ist nicht nur eine Frage von Sex: Mann und Frau müssen abends im Bett über sich und die Kinder reden, den Tag bilanzieren, ihren Zusammenhalt spüren, und dass sie zum selben Team gehören. Er, Calabrò, hatte Teamgeist, zu Hause wie im Dienst, auch wenn einem das Opfer und Mühen abverlangte. Giampieri nicht, er war

Einzelkind, Single, und so benahm er sich auch. Die Fernbedienung auf dem Nachtkästchen, Dutzende Videokassetten in Reichweite ... Wer weiß, ob er auch Pornos hatte, dachte er und überflog die Filmtitel. Vielleicht schaute er sie sich zu Hause an, mit seinen Freundinnen. Wahrscheinlich würde ich die eine oder andere Überraschung erleben, wenn ich sehen könnte, wer in dieser Wohnung ein und aus ging. Er stand auf und schaute sich die Titel etwas näher an: Keine Pornografie, alles neuere Blockbuster, in ihrer schönen Hülle, das Titelbild fein säuberlich eingescannt: »Batman«, »Superman«, Actionfilme voller Spezialeffekte. Nicola kopierte sie oder ließ sie sich von jemandem kopieren, komisch, dass er sie nicht direkt aus dem Netz herunterlud. Für jemanden, der so gut mit Computern umgehen konnte, ein Kinderspiel.

Der Widerspruch ließ ihn aufmerken.

Er drehte sich um und betrachtete den DVD-Player. Dann die Regalreihe mit den Kassetten. Dann wieder den Player. Was machte Giampieri nur mit all den Videokassetten, wenn er einen DVD-Player hatte?

Der Kommissar wäre am liebsten auf die Dienststelle gegangen, aber er wollte sich lieber nicht blicken lassen. Denn wer auch immer Giampieri überwacht hatte, er sollte nicht mitkriegen, dass Luciani die Ermittlungen weiterführte, und sein Auftauchen würde ihn alarmieren. Er kehrte nach Hause zurück und blätterte zum wiederholten Mal die Berichte und Protokolle durch, verglich erneut, wann und wo sich die Verdächtigen aufgehalten hatten, als der Computer gebootet wurde.

Calabrò öffnete eine beliebige Hülle: Es befand sich eine schwarze Kassette darin, alles schien in Ordnung, doch als er sie in die Hand nahm, öffnete sie sich. Er nahm die nächste

Hülle, öffnete sie – auch diese Kassette war kaputt. Irgendjemand hatte sie geöffnet, jemand, der etwas suchte. Wer mochte Nicolas Wohnung betreten haben? Und was hatte er gesucht? Aber hier war alles zu ordentlich, ein Dieb oder ein Spion hätte weder Zeit noch Gelegenheit gehabt, alles so peinlich genau zu durchsuchen und dann wieder aufzuräumen. Er schaute sich die offenen Kassetten genauer an und entdeckte an einer ein feines weißes Pulver. Er nahm das Handy und rief die Spurensicherung an. Sie sollten zurückkommen und von jeder einzelnen Videokassette die Fingerabdrücke nehmen.

Maurizio Merli. Giacomo Carrisi. Giulio Mantero. Rita Valenti. Pietro Garaventa. Marco und Giorgio Turone. Der Kommissar schrieb Namen und Alibis der Verdächtigen auf ein Blatt, um sie mit den neuen von Giampieri ermittelten Zeitangaben abzugleichen. Wenn Barbara schon um acht Uhr oder wenige Minuten danach überfallen worden war, dann kam jeder von ihnen als Täter in Frage. Aber zuerst einmal war festzustellen, ob der Computer von ihr oder dem Mörder angeschaltet worden war, und was der Betreffende suchte.

Wieder und wieder dachte er an die Aussage Marco Turones, der behauptete, er habe sie nach der Uhrzeit gefragt und als Antwort »halb neun« bekommen. Vielleicht log der Bursche, aber vielleicht hatte Barbara das wirklich gesagt, aus Gewohnheit oder um ihren außerplanmäßigen Besuch im Büro zu verschleiern. Wenn die Mutter des Brokers sie am Samstagmorgen überrascht hatte, dann schien plausibel, dass sie am Montag früher gekommen war, um die geheimnisvolle Arbeit zu beenden, die sie angefangen hatte.

Das Läuten des Telefons riss ihn aus seinen Gedanken.

»Spitzenarbeit, Calabrò«, sagte er, »ich komme sofort.«

»Wie viele Kassetten waren es insgesamt?«

»Siebenundvierzig.«

»Das heißt, die Sache lief schon seit fast einem Jahr.«

Calabrò schien verblüfft. »Wie kommen Sie darauf?«

Luciani zuckte mit den Achseln. »Ist nur so eine Idee. Meiner Meinung nach setzte Nicola sich einmal in der Woche einen Schuss. Samstagabends. Wenn er es öfter getan hätte, wäre uns das aufgefallen. An manchen Tagen arbeiteten wir von morgens bis abends in direktem Kontakt zueinander, und ich habe nie etwas bemerkt.«

»Ich auch nicht.«

»Und dann war sonst kein Stoff in der Wohnung. Er hatte keine Vorräte. Wahrscheinlich besorgte er sich jeweils nur einen Schuss.«

»Samstags.«

»Genau. Am Samstagabend haben wir fast immer frei. Um ehrlich zu sein, ich dachte, er zöge mit einem Mädchen um die Häuser, stattdessen schien er sich lieber so zu amüsieren.«

»Nun, letzten Samstag hat er nichts ausgelassen«, sagte Calabrò, »sex and drugs and Rock'n'Roll.«

Marco Luciani schaute ihn missbilligend an.

»Verzeihung. Ich kann mir einfach ein Urteil nicht verkneifen.«

Der Kommissar schaute seinen Inspektor an, ein Mann aus einem Guss, korrekt und zuverlässig bei der Arbeit, verheiratet mit einer soliden Frau, Vater zweier Kinder.

»Jeder sucht sich seinen eigenen Lebensstil, Calabrò.«

Polizeichef Iaquinta stand auf und lockerte ein wenig die Krawatte. Dann hob er den Hörer ab, um den Anruf aus Rom entgegenzunehmen.

»Herr Minister, zu Ihren Diensten.«

Als er wieder auflegte, fühlte er sich zwanzig Kilo leichter und zwanzig Jahre jünger. Er öffnete das Fenster und betrachtete das Meer in der Ferne, wobei er versuchte, die Autoschlangen und die Baustellen zu ignorieren, die das Foce-Viertel zerhackten. »Ihr Verbleib in Genua stand nie zur Diskussion«, hatte der Minister wörtlich gesagt. Er dachte an Iryna, die ihn in ihrer Zweizimmerwohnung erwartete. Er würde sie jetzt anrufen und ihr sagen, sie solle diesen schwarzen Seidenunterrock anziehen, der ihn um den Verstand brachte. »Meine Frau und die Kinder werden glücklich sein«, hatte er gesagt, »sie haben sich hier hervorragend eingelebt.«

Plötzlich war er erschrocken: Hatte er mit dieser Bemerkung nicht den Minister düpiert? Er hatte die Vorzüge Genuas herausgestrichen, wo der Minister einige Jahre zuvor von der Menge ausgepfiffen worden war. Aber sein Vorgesetzter schien das nicht bemerkt zu haben, er war vollkommen auf den Gegenstand des Gesprächs konzentriert.

»Und hören Sie, Herr Polizeichef … was das unglückselige Ende von Vizekommissar Giampieri angeht … ich kann bestätigen, dass für eine posthume Auszeichnung alles bereit ist, aber Sie werden verstehen, dass dieser Fall nicht in die Länge gezogen werden darf … und es darf kein dunkler Schatten zurückbleiben …«

»Sie können den Fall schon als abgeschlossen betrachten«, hatte Iaquinta im Brustton der Überzeugung gesagt. Aber darauf hatte der Minister mit einem Schweigen geantwortet, in dem massive Vorbehalte mitschwangen.

»Wie Sie wissen, Herr Polizeichef, wollen wir unsere Polizei moderner und effizienter gestalten. Eine Polizei schaffen, die unseren Bürgern wirklich hilft, in der keine Sondertouren und Exzesse mehr geduldet werden. Mit einer klaren Kommandohierarchie und zusammengeschweißten Teams. Herausragende Kräfte, die jedoch ihren Individualismus übertreiben, könnten der Effizienz der Arbeit eher abträglich sein.«

Iaquinta hatte im Nu verstanden. Er war für seinen sprichwörtlichen Scharfsinn bekannt, in der Familie wie im Dienst. »Sie brauchen das gar nicht weiter auszuführen, Herr Minister. Ich stimme mit Ihrer Einschätzung vollkommen überein. Keine Sorge, unsere Mannschaft funktioniert bestens. Der einzig mögliche Störfaktor kommt am Montag aus dem Urlaub zurück, aber sein Entlassungsgesuch liegt schon hier in meinem Schreibtisch.«

Am anderen Ende der Leitung wurde ungewöhnlich lang geschwiegen.

»Wir wollen nichts überstürzen. Wir beobachten und wägen ab. Wir geben keine Steilpässe an die Journaille. Ich zähle auf Ihre Erfahrung und Ihren Sinn für Diskretion.«

Manche Tage hat der Herr gesegnet, dachte Iaquinta und legte den Hörer auf. Tage, an denen man vor ein Problem gestellt wird, das den anderen äußerst knifflig erscheint, dessen Lösung man aber bereits in der Tasche hat. Er öffnete die Schublade und streichelte Lucianis Kündigungsschreiben. Dann bespritzte er sich ein wenig mit Parfüm und machte sich auf zu Iryna.

Marco Luciani drehte seine Runden um die Baumwolllager. Es war schon spät, auch die letzten Besucher des Multiplex-Kinos waren wieder ins Auto gestiegen und nach Hause gefahren, und am Porto Antico war er der Einzige, der das Tempo aus dem Trainingsplan hielt. Ihm blieb noch genügend Sauerstoff zum Denken, während er lief, und er grübelte weiter über Nicolas Ende nach. Die Überdosis war eine typische Geheimdienstmethode, mit der man unliebsame Zeugen aus dem Weg räumte. Aber woher wussten sie, dass Nicola fixte, wenn nicht einmal er, der jahrelang mit ihm zusammengearbeitet hatte, davon Wind bekommen hatte? Zu viele Fragen und zu wenige Antworten. Es machte ihn rasend, dass die Antworten zwangsläufig von Vassallos Untersuchungen abhingen, mehr als von seinen eigenen Ermittlungen und seinem Scharfsinn. Was Maurizio Merli anging, der war vielleicht wirklich Barbaras Mörder, aber Leidenschaft kam als Motiv nicht in Betracht, nicht zwischen einer Jungfer und einem Ex-Knacki. Wenn er sie umgebracht hatte, dann musste etwas anderes dahinterstecken, vielleicht hatte man ihn nur als Killer angeheuert und dann eliminiert und gleichzeitig als Sündenbock missbraucht. Vielleicht hatte die Sekretärin ihn im Büro überrascht, während er etwas suchte, oder womöglich hatte er sie in dem Lokal angebaggert, hatte Interesse an ihr geheuchelt, war aber von Anfang an nur hinter dem Büroschlüssel her.

*Aus dem Augenwinkel sah sie, wie er durch die Tür kam, ihr Herz klopfte heftig, als sie an den letzten Annäherungsversuch dachte. Sie senkte den Kopf und nahm sich vor, keine Angst zu haben. Jacky bemerkte just in diesem Moment, dass er keine Zigaretten mehr hatte. »Macht es dir etwas aus, wenn ich welche holen gehe?«*

*»Ach was! Geh ruhig.«*

*Der andere Bursche bot ihm eine von seinen an.*

*»Nein, du hast kaum noch welche. Ich brauche nur einen Moment. Weißt du, wo der nächste Automat ist?«*

*»Der nächste … ich glaube, der ist am Bahnhof. Wenn du willst, bringe ich dich hin, dann ziehe ich auch welche, morgen ist ja Sonntag.«*

*Sie standen auf und verständigten sich mit einem stummen Blick. Barbara wusste, dass sie so schnell nicht wiederkommen würden. Das heißt, vielleicht würden sie gar nicht zurückkommen.*

*»Wir brauchen nur eine Minute«, sagte Jacky, er grinste und zwinkerte ihr zu. Dann beugte er sich hinunter, gab ihr*

*einen Kuss auf die Wange und flüsterte: »Wenn ich in einer Viertelstunde nicht wieder da bin, dann geh ruhig nach Hause. Oder stürz dich auch ins Getümmel. Das ist unser Abend, Babi, nur Mut.«*

*Barbara wäre am liebsten aufgestanden und mit ihnen mitgegangen, aber sie wollte nicht das fünfte Rad am Wagen sein. Sie sah sie weggehen und seufzte leise. Sie trank noch einen Schluck von ihrem Mojito, ihr Kopf war ein bisschen schwer, aber das Gefühl war angenehm. Schade nur, dass sie es mit niemandem teilen konnte.*

*Sie holte ihr Buch aus der Tasche, schlug es an der richtigen Stelle auf und las weiter: »›Streichholz‹, sagte ich, ›ich liebe dich. Dein Name ist Henrietta. Ich liebe dich von ganzem Herzen.‹«*

*»Wenn man als Frau eine Nervensäge auf den Plan rufen will, dann gibt es keine bessere Methode, als sich allein mit einem Buch in der Hand an einen Tisch zu setzen.«*

*Sie sah auf und rang sich ein Lächeln ab. Der Moment, auf den sie hoffte und vor dem sie sich gleichzeitig fürchtete, war gekommen.*

*»Darf ich mich setzen?«*

*»Bitte.«*

*»Haben diese Unholde dich allein gelassen?«*

*Sie erkannte das Zitat und quittierte es mit einem kurzen Lacher.*

*»Dein Mojito ist fast leer. Darf ich dich zu einem neuen einladen?«*

*»Nein, lass gut sein. Das brauchst du nicht.«*

*»Was heißt hier ›brauchen‹? Hier bin ich der Boss.« Barbaras Gegenüber schnippte mit den Fingern und sagte in aufgesetztem Ton: »Barkeeper, noch einen Mojito. Aber tu den besten Rum rein, den, den du unterm Tresen versteckst.«*

*Ein bisschen Aufschneiderei, harmlos und witzig, dachte Barbara. Ich darf mich zu nichts Unüberlegtem verleiten las-*

*sen. Aber im Grunde bin ich, auch wenn ich es nicht zugeben will, deshalb hergekommen. Nicht nur, um Jacky zu begleiten. Das war es, worauf ich den ganzen Abend gewartet habe, eigentlich schon viel länger, und jetzt muss ich dieses Spiel zu Ende spielen, er hat recht, sonst werde ich nie den Mut dazu aufbringen.*

»Hier ist der Mojito.« Maurizio Merli reichte ihr das Glas, warf der Schwester einen Blick zu, der so viel hieß wie: »Zieh Leine«, und den diese mit einem ebenso giftigen Blick quittierte.

Barbara nahm diesen stummen Schlagabtausch nicht wahr. Sie war ganz damit befasst, Ruhe zu bewahren. Wann kam die berüchtigte Frage: »Zu dir oder zu mir?« Zum Glück hatte sie sturmfreie Bude und musste sich nicht in die Höhle des Löwen begeben. Dann beschloss sie, sich ihrem Schicksal zu überlassen, sich von dem prickelnd-warmen Strom der Ereignisse forttragen zu lassen wie von ihrem dritten Mojito. *Man sagt, es sei die Frau, die bei diesem Spiel das Heft in der Hand hält,* dachte sie. *Vielleicht ist deshalb bei mir nie etwas herausgekommen. Aber heute Abend wird alles anders werden.*

»Wo habe ich dich denn schon mal gesehen?«

Barbara verdrehte die Augen. »Komm, die Masche ist alt.«

»Nein, jetzt mal im Ernst. Letzte Woche. Da warst du hier. Du hast mit einer Freundin deren Abschied vom Single-Dasein gefeiert, wenn ich mich nicht täusche.«

»Was für ein Gedächtnis!«

»Nun, dein Gesicht vergisst man nicht so leicht. Es ist so zart, aber ausdrucksvoll. Und du hast wunderschöne Augen.«

*Deine sind auch wunderschön,* dachte Barbara. *Grausam und wunderschön.*

# Mittwoch
## Luciani

Für den letzten Gruß an Nicola hatte der Kommissar den Dom von San Lorenzo ausgewählt. Er wusste, dass sein Vize nicht gläubig war und vielleicht ein weltliches Begräbnis bevorzugt hätte, aber Begräbnisse sind als Trost für die Hinterbliebenen gedacht, und wenn es schon eine Kirche sein sollte, wie die Eltern wünschten, dann die größte und wichtigste der Stadt, die Kirche, in der sie sich zum letzten Mal getroffen hatten, als Luciani ihm die Geschichte mit der Bombe erzählte und Nicola nicht wusste, ob er ihm glauben sollte.

Hunderte Leute waren gekommen, Kollegen, Freunde, ganz normale Bürger, die das unglückselige Los eines jungen Polizisten rührte, der eben noch den Fall Ameri so glänzend gelöst hatte und dann von einem grausamen Schicksal dahingerafft worden war. Calabrò hatte einige Beamte unter die Kameramänner der Lokalsender beordert, damit diese die Trauergemeinde einfingen, mit besonderem Augenmerk auf die Frauen. Das Begräbnis des Opfers ist für den Mörder der Moment des größten Triumphes, dann kann er das Ergebnis seiner Mühen genießen ohne Angst vor einer Festnahme. Wenn jemand den Ingenieur vorsätzlich getötet hatte, dann war er sicher in der Menge.

»Hilf mir, Nick«, dachte der Kommissar, »hilf mir, sie zu finden.«

Er bahnte sich einen Weg zur Treppe, stieg bis zu einem der Marmorlöwen hoch und suchte unter den Leuten nach den attraktivsten Mädchen, den Mädchen, die mit seinem Vize in irgendeiner Beziehung stehen konnten. Es gab davon so viele, als feierte man eine Hochzeit, wo die Frauen sich gewöhnlich in Schale werfen, sich bestens frisiert und geschminkt präsentieren, um der Braut die Show zu stehlen oder dem Bräutigam zu zeigen, was er sich entgehen ließ. Bei einer Beerdigung sieht man selten mehr als ein, zwei Frauen weinen, dachte er, und wenn es zwei sind, wird eine der beiden versuchen, nicht aufzufallen. Die anderen, die Verflossenen, werden sich nicht zeigen, sie werden höchstens für den Verblichenen beten oder ihn verfluchen, denn für gewöhnlich behalten uns nicht alle in bester Erinnerung.

»Guten Tag, Marco. Gibt es Neuigkeiten?«

Er zuckte ein bisschen zusammen. Staatsanwältin Serra war lautlos von hinten an ihn herangetreten, nur ihr Duft hatte sie angekündigt, ein fruchtiges Parfüm, vermischt mit dem Zigarettenqualm, den sie wütend ausstieß. »Bis jetzt nicht«, sagte er, den Blick auf die Sommersprossen und das rote Haar gerichtet. Die Demütigungen, die sie im Laufe dieser Ermittlungen erfahren hatte, und der Schock über Nicolas Tod hatten sie von ihrem Podest geholt, sie hatte das dünkelhafte Getue der Klassenbesten abgelegt und sich in eine vierzigjährige, ebenso verletzliche wie begehrenswerte Frau verwandelt. Sie war wohl nicht Nicolas Typ, dachte der Kommissar, aber bei so was weiß man nie, oft sind es die Begleitumstände, die uns die Entscheidung abnehmen.

Die Serra warf die Zigarette weg, schob mit einer müden Handbewegung das Mikrofon eines Privatsenders beiseite, dann betrat sie die Kirche und setzte sich in eine der vordersten Reihen, neben die anderen Staatsanwälte und den Polizeichef.

Marco Luciani blieb draußen und beobachtete eingehend die Leute, die immer noch herbeiströmten. Er hatte sich neben dem Portal platziert, fast wie ein Rausschmeißer, und alle mussten sich seinem Blick stellen, der versuchte, jede Seele zu durchleuchten oder auch nur ein kurzes Aufflackern der Angst, einen Tropfen kalten Schweißes oder irgendeinen Hinweis auf Schuld zu erhaschen.

»Entschuldigen Sie, sind Sie Kommissar Luciani?« Das Mädchen, das sich ihm genähert hatte, war groß und schlank und hatte braune Locken. Sie konnte höchstens zwei-, dreiundzwanzig sein.

Er nickte.

»Ich bin Amalia, eine Freundin von Nicola. Entschuldigen Sie, wenn ich störe.«

»Was heißt hier stören? Du kannst mich ruhig auch duzen, Nicola hat mir von dir erzählt«, log er.

Ein wehmütiges Lächeln huschte über ihr gebräuntes Gesicht.

»Wirklich?«

»Sicher. Bist du nicht die …«

»… Schönheitspflegerin«, ergänzte sie. »Wir wollten letzte Woche eigentlich in ein Konzert gehen, aber dann …«

Eine Schönheitspflegerin, die kein bisschen Schminke aufgetragen hatte. Die hat was, dachte Luciani und warf einen verstohlenen Blick auf den Busen, der die Bluse füllte.

»Hast du ihn schon länger nicht mehr gesehen?«

Sie zögerte etwas zu lange, ehe sie antwortete:

»Er kam vorletzten Montag, an dem Tag, als sie das Mädchen umbrachten. Da habe ich auch herausbekommen, dass er Polizist war. Sie … du, der hat sich geschämt, mir das zu sagen! Er hatte Angst, ich wollte dann nichts mehr mit ihm zu tun haben.«

»Ja. Wir wissen nie, was die Leute von uns halten.«

Sie schaute ihn an. »Er war ein netter Junge. Hübsch und nett.«

Dann brach es aus ihr heraus, sie fing zu weinen und zu schniefen an. Als sie ihre Tränen mit den Fingern trocknen wollte, zückte der Kommissar ein Taschentuch und reichte es ihr. »Das ist sauber.« Das waren nicht nur die Tränen einer guten Bekannten. Zwischen ihnen war mehr gewesen, oder es bahnte sich etwas an. Als Amalia sich wieder ein wenig gefangen hatte, schnäuzte sie sich und sagte: »Ich wasche es und bringe es Ihnen zurück.« Er machte eine wegwerfende Handbewegung, wie um zu sagen, du kannst es behalten.

Da ist die Nummer zwei, dachte der Kommissar, als er sie, ihren Hüftschwung bewundernd, in die Kirche treten sah. Zwei Frauen weinten um Giampieri, auch wenn keine von beiden Exklusivrechte anzumelden schien. Da bemerkte er Stefania Boemi, die in einer der hinteren Reihen neben ihrer Kollegin stand, deren Namen Luciani vergessen hatte. Die beiden hielten sich an der Hand, und Marco Luciani fragte sich, ob das mehr als freundschaftlicher Trost war. Für die Männerwelt wäre das jedenfalls ein herber Verlust, dachte er, während er Stefanias Erscheinung bewunderte. In der Uniform kam sie nicht voll zur Geltung, aber wenn man das feine Profil des Gesichts betrachtete, ihr Haar, das im Gegenlicht des Portals golden schimmerte, die Ideallinie ihres Körpers, dann konnte sie nur Nicolas Typ gewesen sein, und nicht nur Nicolas … Ob zwischen den beiden etwas gewesen war? Aber wenn am Samstagabend etwas gelaufen war, dann war Nicola nicht ganz bei Trost. Wie konnte er anschließend allein nach Hause zurückkehren? Luciani trat auf die Mädchen zu und legte jeder eine Hand auf die Schulter. Nadia wurde steif, misstrauisch, Stefania dagegen leistete überhaupt keinen Widerstand, sie ließ sich über das Haar streichen, während der Kommissar ihr zuflüsterte, sie solle den Mut nicht verlieren.

Er nahm wieder Haltung an, als der Leichenwagen kam. Der Priester trat aus der Kirche, um den Sarg zu segnen, und der Kommissar folgte ihm auf den Vorplatz. Die Totengräber hoben den Sarg hoch und gaben ihn an die Beamten der Mordkommission weiter. Marco Luciani blieb auf Abstand, weil er wusste, dass er die anderen mit seinen zwei Metern aus dem Gleichgewicht bringen würde. Als er wieder in die Kirche gehen wollte, sah er die Person, die er unbewusst seit Stunden, vielleicht seit Tagen erwartet hatte, seit sie wie ein Geist auf dem Begräbnis seines Vaters erschienen und wie ein Geist wieder verschwunden war.

Sofia Lanni stolzierte mit der Klasse eines Mannequins heran, ihr Gang wurde nur durch die hochhackigen Schuhe und den langen Rock etwas behindert. Sie hatte ihr braunes Haar ganz kurz schneiden lassen, und das machte sie, falls das möglich war, noch attraktiver: Nun lenkte gar nichts mehr von dem perfekten Schnitt ihres Gesichtes ab, von dem leicht geöffneten Mund, den grasgrünen Augen, die sich in Lucianis Gedächtnis eingebrannt hatten.

Er war versucht, einzutreten und so zu tun, als hätte er sie nicht gesehen, aber noch einmal konnte er nicht davonlaufen. Außerdem durfte er keine Spur außer Acht lassen, so abwegig sie erschien.

»Guten Tag, Herr Kommissar.«

»Guten Tag, Sofia.«

»Mittlerweile sehen wir uns nur noch bei Beerdigungen.«

»Stimmt. Ich hatte nicht erwartet, dich hier zu treffen.«

»Ich mochte Nicola gerne. Ein anständiger Junge, wirklich. Intelligent und großzügig. Und sehr sympathisch. Aber das weißt du ja besser als ich.«

Marco Luciani wusste, dass sie nichts von ungefähr tat. Wenn sie zur Beerdigung kam, hieß das, sie stand Giampieri näher als gedacht. Oder sie wollte den Kommissar, aus irgendeinem obskuren Grund, wiedersehen.

»Du bist blass. Und noch dünner als sonst. Der Bart steht dir aber gut«, sagte sie mit gedämpfter Stimme, wobei sie sich eine Zigarette ansteckte. Das war ihre Stimme für die zärtlichsten Momente, und einen Augenblick lang ließ er sich davon einlullen.

»Das ist keine besonders angenehme Zeit für mich. Zwei Beerdigungen innerhalb weniger Tage.«

Und mindestens zwei Tote, wenn nicht drei, deren Ableben geklärt werden musste.

Die Orgel spielte das »Requiem«, und sie senkte den Kopf.

»Es geht los. Wollen wir reingehen?«

»Ja, ich komme gleich.«

»Sehen wir uns später«, sagte sie, und vielleicht war es eine Frage. Er kniff die Lider ein bisschen zusammen. »Jetzt haben wir schon vier«, dachte er, »und das hier ist die Gefährlichste.«

Es war ein langer und sinnloser Gottesdienst, der Priester hatte den Verstorbenen nicht gekannt und gab Gemeinplätze über das Geheimnis des Lebens und das Licht des Herrn von sich. Marco Luciani wäre am liebsten selbst auf die Kanzel gestiegen, wie in einem amerikanischen Film, er hätte einen schönen Song auflegen lassen und all diesen Leuten ein paar amüsante oder anrührende Anekdoten erzählt, kurz, er hätte dieser Versammlung von armen Seelen gerne eine andere Botschaft mitgegeben als: »Es wird jeden von euch erwischen, ich werde mir einen nach dem anderen holen.« Was für ein Trost!

Nach der Kirche gingen die Kollegen von der Mordkommission in die nächste Bar, um gemeinsam noch etwas zu trinken. Luciani kam nur mit, um nicht unhöflich zu wirken, dann ging er schnell wieder. Er wollte alleine sein und über die nächsten Schritte nachdenken. Er konnte sich keinen Fehler erlauben, bis zu seiner Entlassung waren es nur noch wenige Tage, und wenn er erst einmal draußen war, dann wurde es schwierig für ihn, zu Nicolas Tod zu ermitteln. Und zu dem von Barbara. Und dem von Merli. Mord, Selbstmord und Unfall. Das Dreieck hatte sich perfekt geschlossen. Aber vielleicht war das nur der sichtbare Teil einer viel komplexeren Figur.

Marco Luciani holte seinen Wagen, der einen Kilometer weiter stand, denn bei der Kirche hätte er sowieso keinen Parkplatz gefunden. Innerlich spuckte er Gift und Galle: So durfte die Sache nicht enden. Auch wenn die Autopsie die Überdosis bestätigt hatte, auch wenn es in Nicolas Wohnung keinen Hinweis auf eine andere Person gab – die Vorstellung, dass Nicola auf so dämliche Weise gestorben war, schien ihm inakzeptabel. Irgendjemand musste da die Finger im Spiel gehabt haben, jemand, dem Nicola vertraut hatte. Wenn die Person, die ihn gelinkt hat, eine Frau war, dachte er, dann wird sie jetzt herausfinden wollen, ob wir sie im Verdacht haben.

Er sah sie auf einer Bank, nach vorne gebeugt, den Kopf auf die Hände gestützt, die Ellbogen auf den Oberschenkeln. Sie presste sich ein Taschentuch auf die Lippen, während sie hinter ihrer Sonnenbrille hemmungslos weinte.

Da war er sich sicher, dass sie etwas mit Nicolas Tod zu tun hatte, und einen Moment lang hatte er Angst davor. Er spürte sogar die Versuchung, einfach weiterzugehen, als hätte er sie nicht gesehen. Aber das wäre feige gewesen. Und er musste anfangen, seine Courage ins Spiel zu bringen, wenn er die Rechnungen begleichen und sich dem Schmerz seiner Mutter stellen wollte, der Verstörung der Kollegen und der feigen Arroganz von Nicolas Mörder.

Ich darf vor einer Frau keine Angst haben, auch wenn ich gefährlichen Frauen nicht widerstehen kann, dachte er, und setzte sich neben sie.

»Ich wollte mich verabschieden, habe dich aber nicht mehr gesehen.«

»Ich wollte ein bisschen für mich sein.«

»Entschuldige«, sagte der Kommissar und erhob sich wieder.

Sie hielt ihn am Handgelenk fest. »Nein, ich habe genug geheult. Und das ist nicht der Moment, um zu weinen.«

Marco Luciani setzte sich wieder. Ihre Finger waren warm, und er spürte sein Blut flüssig werden, wie das von San Gennaro am 16. Dezember.

»Er hat dir das Herz gebrochen, oder? Er war so ein Typ. Einer von denen, die von allen geliebt werden.«

Sie fing wieder zu weinen an. »Ach, jetzt, Scheiße …«

Sie brauchte ein paar Minuten, um sich wieder zu fangen, die Augen zu trocknen und die Haare zu richten.

»Würdest du mich nach Hause bringen, Commissario? Ich brauche jetzt eine Dusche.«

*Sie saß in der Dusche, die Arme um die Knie geschlungen, den Kopf gesenkt. Hin und wieder hielt sie ihr Gesicht in den Wasserstrahl, um die Tränen fortzuspülen und das Schluchzen zu verbergen. Keine Sekunde länger durfte sie in diesem Bett liegen, nicht solange dieser Alptraum neben ihr schlief. Barbara konnte es nicht erwarten, bis er aufwachte und ging. Sie wollte ihr Zimmer, ihre Wohnung wieder für sich haben. Das Bettzeug waschen und auch die Erinnerung an diese Nacht fortspülen. Sie hatte auf Zärtlichkeit gehofft, stattdessen war es grob und brutal gewesen, animalisch. Zum Glück hatte sie es noch rechtzeitig abgebrochen, bevor etwas Irreparables passiert war. Jetzt wusste sie besser denn je, dass sie nur einem Menschen ihr Reinstes schenken konnte: dem Menschen, der sie wirklich liebte, und den sie genauso lieben würde. Sie fühlte sich schmutzig, schuldig, und im Mund hatte sie noch immer den Geschmack ihrer Demütigung.*

*Sex ohne Liebe, unnatürlicher Sex. Es schien ihr jetzt unglaublich, dass sie den Mut gehabt hatte, es zu probieren. Denselben Mut würde sie nicht aufbringen, wenn sie das Ganze dem Priester beichten musste. Vielleicht würde sie es eines Tages bei einem fremden Priester schaffen. Aber nicht bei Don Guido, bei ihm nicht. Es wäre eine zu große Enttäuschung für ihn. Auch wenn er immer flachste, ihre Sünden seien vollkommen uninteressant, so spürte sie doch, dass er ihr nie wieder würde in die Augen sehen können wie früher. Und bei Pater Mariano konnte sie genauso wenig ihr Herz ausschütten. Nein, sie würde warten, bis sie mit ihren Freundinnen nach Rom fuhr. Sie würde in Sankt Peter beichten. Im Grunde hatte sie keine Todsünde begangen, sie konnte weiterhin zur Kommunion gehen.*

*Sie hörte, dass an die Tür geklopft wurde, dann die schlaftrunkene Stimme:*

*»Babi, alles in Ordnung?«*

*Sie hob den Kopf und räusperte sich, damit man nicht hörte, dass sie geweint hatte. »Ich bin fertig. Du kannst gleich rein, ich warte sowieso auf einen Anruf.«*

# Donnerstag

## Luciani & Calabrò

Er erwachte in einem fremden Bett, mit verspannten Muskeln, knirschenden Zähnen, der Kopfschmerz pulste bis in die Augenhöhlen. Im Mund hatte er den Geschmack von Whiskey, gemischt mit ihrem Geschlecht, während sein Körper mit jeder Pore die am Vortag aufgestauten Gifte ausschwitzen wollte und nach Wasser verlangte: Wasser, Wasser … Er verharrte noch einen Moment mit geschlossenen Augen, versuchte sich zu entspannen, und als sich der Kopfschmerz ein bisschen gelegt hatte, schaffte er es, aufzustehen und ins Bad zu gehen. Er drehte sich um, warf einen flüchtigen Blick auf seine Gefährtin. Das Laken bedeckte halb ihren Rücken, ließ aber ein glattes schlankes Bein frei, einen vollendet geformten Fuß und die Haare, die das erste Morgenlicht reflektierten. Sie war schön, verdammt, schön und unschuldig wie ein schlafendes Kind. Und gestern Abend war sie noch schöner gewesen, wunderschön und verzweifelt und stolz angesichts des Todes, der Gefahr. Es war einer dieser Augenblicke gewesen, wo man sich mit dem eigenen tiefsten Innern messen muss und wo man nur versucht, sich lebendig zu fühlen. Wer weiß, vielleicht war auch ich gestern Abend schön und faszinierend wie ein griechischer Held, dachte Marco Luciani, einer von denen, die wissen, dass jeder Tag der letzte sein kann, und sich entsprechend verhalten, auch bei den Frauen.

Klar. Aber heute Morgen fühle ich mich einfach nur beschissen, weil ich, kaum hatte ich Nicola zu Grabe getragen, mit ihr ins Bett gegangen bin. Und ich weiß nicht, ob ich es getan habe, um ihm Gerechtigkeit zu verschaffen oder ihn endgültig zu töten, um ihn zu bestrafen, dafür, dass er einfach so gegangen ist, wie ein blöder Junkie aus der Gosse. Er erinnerte sich, dass sie lange über Giampieris Tod gesprochen hatten, und sicher hatte er anfangs gesagt, er sei überzeugt, es habe sich um eine normale Überdosis gehandelt. Sie hatten später aber noch einmal darüber gesprochen, nachdem er gebechert hatte, und was er ihr da gesagt hatte, das wusste er nicht mehr so genau.

Er steckte sich zwei Finger in den Rachen und versuchte sich zu übergeben, auch wenn er seit fast zwei Tagen nichts gegessen hatte. Es kamen nur Galle und Magensäure hoch, aber der Magen schien auch mitzukommen und ihn zu ersticken. Am Ende fühlte er sich trotzdem ein bisschen besser. Er sehnte sich verzweifelt nach einer Dusche und einem Kaffee, aber vor allem wollte er sie nicht wecken. Denn jetzt in ihrem Gesicht die Scham, den Ekel oder sonst ein Gefühl zu lesen, das sein Anblick, nach dem Suff, in ihr auslöste, das hätte er nicht ertragen. Whiskey, ich habe Whiskey gebechert, dachte er. Ich glaube es nicht.

Er kehrte ins Wohnzimmer zurück, um die Kleider einzusammeln, die sie einander vom Leib gerissen hatten, als der Wahnsinn um sich griff, und zog sich langsam an. Vorher hatte er die Lampe ausgeschaltet, die die ganze Nacht über sie gewacht hatte. Er legte die leere Keksschachtel auf den Tisch, hob ein Glas vom Fußboden auf, lungerte noch ein bisschen herum, weil er insgeheim hoffte, sie könnte auf der Türschwelle erscheinen, in ein Laken gehüllt und mit schmachtend-schuldbewusster Miene.

Warum hat sie es getan?, fragte er sich. Warum ich es getan habe, das weiß ich, aber sie? An das Bild des griechischen Gottes konnte keiner glauben, vielleicht wollte sie sich an Nicola rächen, die Erinnerung an ihre Beziehung beschmutzen, oder vielleicht hatte der Kommissar ihr einfach leidgetan, oder aber alles war vorbereitet und geplant gewesen, selbst die Tränen, die sie auf einer Bank vergossen hatte, in verblüffender Nähe zu seinem geparkten Auto.

Barbara Ameri war, aller Wahrscheinlichkeit nach, getötet worden, weil sie etwas Ungewöhnliches entdeckt hatte. Merli war unter sehr zweifelhaften Umständen ums Leben gekommen. Dann war Nicola dran gewesen. Der Kommissar hatte nie an Zufälle geglaubt. Er wartete darauf, dass er die Wahrheit ans Licht brachte. Bis dahin wusste er nur eines mit Gewissheit: dass er keinem trauen konnte. Keinem und keiner.

Er setzte sich aufs Bett und beugte sich hinab, um sie auf die Schulter zu küssen.

Amalia hörte, wie ihr Herz in die Matratze schlug, als wollte es sie durchlöchern. Sie war versucht, sich umzudrehen, aber sie wusste, wenn sie ihm ins Gesicht blickte, würde sie einknicken und ihm alles erzählen. Sie maunzte ein bisschen und tat weiter so, als schliefe sie.

»Calabrò? Ich bin's, Solari. Ich wollte dir nur mitteilen, dass auf allen von mir überprüften Hüllen sowohl die Fingerabdrücke Nicolas als auch von jemand anderem sind. Überall dieselben. Das Vergnügen, sie zu identifizieren, überlasse ich dir. Die Datei geht gerade an dich raus.«

»Dank dir. Ich überprüfe das gleich mal.«

»Ach, es gibt auch Neuigkeiten, was den Stoff betrifft. China Black, beste Qualität, fachmännisch verschnitten. Ein Stoff, den man nicht oft in der Vene eines Toten findet.«

Calabrò legte den Hörer auf, ging an den Rechner und lud die Mails herunter. Dann gab er die Daten ins Superhirn ein und wartete auf das Ergebnis.

Doktor Vassallo erwartete ihn in seinem Privatlabor, außer Reichweite der Kollegenschaft. Marco Luciani legte vier Plastiktütchen auf den Tisch. Darin befanden sich ein schmutziges Taschentuch, ein paar lange blonde Haare, ein Zigarettenstummel und ein braunes Schamhaar. »Hier bitte, Dottore, ich hoffe, das hilft Ihnen weiter.«

Der andere schaute ihn ungläubig und bewundernd an. »Vielleicht sollte ich Sie besser nicht fragen, wie Sie dieses … Material beschafft haben. Und in so kurzer Zeit.«

»Habe ich alles gestern besorgt, bei der Beerdigung.«

Der Arzt riss die Augen auf. »Bei der Beerdigung?! Auch das letzte … Beweisstück?«

»Es gibt kein besseres Aphrodisiakum als eine Beerdigung, Dottore. Trotzdem ist das hier nur ein Souvenir.«

Der Arzt lächelte, auch wenn er nicht sicher war, ob er verstanden hatte.

»Ich mache mich sofort an die Arbeit. Wir wollen hoffen, dass zumindest eines der Profile passt. Es wird eine Weile dauern. Warum ruhen Sie sich in der Zwischenzeit nicht ein bisschen aus?«

»No match found.« Kein Ergebnis. Der Mann, der Nicola die Drogen beschafft und in den Videos versteckt hatte, war nicht vorbestraft. Für jemanden, der den Ingenieur kannte, keine Überraschung. Giampieri war zu intelligent, zu ehrgeizig, um eine glänzende Karriere durch zwielichtige Kontakte zu gefährden. Klar, sein Lieferant konnte ein Krimineller sein, der nie erwischt worden war. Aber die Qualität seiner Ware lag weit über dem Durchschnitt, das war kein Stoff, der in die Hände von Hinz und Kunz gelangte. Und wenn doch, dann würden die ihn viel stärker verschneiden, um den Profit zu steigern.

Calabrò dachte eine Weile nach, bis er auf die naheliegendste Frage kam: Zu wem würde ich gehen, wenn ich mir Drogen beschaffen wollte? Bei wem kann ein Polizist sich Drogen holen? Auch die Antwort lag nahe: Bei einem anderen Polizisten.

Doktor Vassallo saß vor dem Computer. Auf dem zweigeteilten Bildschirm rotierten zwei DNA-Ketten, dann schoben sie sich übereinander, bis sie perfekt verschmolzen.

»Da haben wir's. Kein Zweifel. Irrtum ausgeschlossen: Das DNA-Profil ist identisch mit Beweisstück Nummer vier.«

Der Kommissar starrte ihn an: »Das heißt?«

»Die Haare, naturblond.«

Marco Luciani seufzte schwer. Das war es nicht, was er erwartet hatte. Sie war es nicht, die mit ihm ins Bett gegangen war. Und sie schien ihm niemand zu sein, der Nicola aufs Kreuz legen konnte. Ihre Tränen bei der Beerdigung hatten aufrichtig auf ihn gewirkt. Und doch ... und doch ... sollte man sich nie auf den eigenen Eindruck verlassen, dachte er. Besser man verifizierte diesen noch einmal.

»Wollen Sie mir nicht sagen, wer es ist?«, fragte Vassallo.

»Besser, Sie wissen es nicht, Dottore. Je weniger man von dieser Geschichte weiß, desto sicherer lebt man.«

Marco Ruggeri, der Chef des Drogendezernats, schaute Calabrò an, als ob dieser ihm soeben auf den Schreibtisch geschissen hätte.

»Das soll wohl ein Witz sein.«

»Das ist kein Witz. Ich wiederhole, ich brauche die Liste aller Operationen der letzten Wochen, bei denen Heroin sichergestellt wurde.«

Ruggeri erhob sich. »Kommt gar nicht in Frage. Wer bist du Pisser überhaupt?«

»Jemand, der dir viel Ärger ersparen kann. Eure Angelegenheiten interessieren mich nicht. Ich brauche nur einen Namen. Aber wenn du ihn mir nicht geben willst, dann kannst du dich mit Kommissar Luciani anlegen.«

Dem anderen blieb ein Kloß im Hals stecken. Er wusste, wie gefährlich Luciani sein konnte. Aber er hatte sich gleich wieder im Griff: »Dein Chef hat abgedankt, wenn ich nicht irre. Er wird bald ein Ex-Kommissar sein. Und damit …«

Das war der Augenblick, um die letzte Karte auszuspielen. Calabrò stand auf und schaute den Kollegen an, als täte es ihm leid für ihn. »Okay, ich dachte, wir könnten das unter uns regeln, ohne Aufsehen. Aber jetzt sehe ich mich gezwungen, Tartara von der Dienstaufsicht vorbeizuschicken. Wir sind ein Herz und eine Seele, er und ich, und ich wette, er kann es gar nicht erwarten, sich hier drin mal umzusehen.«

Das konnte ein Bluff sein, musste aber nicht. Vielleicht hatte auch die Mordkommission etwas zu verbergen und würde sich bedeckt halten. Aber das Drogendezernat konnte nicht das Risiko eingehen, diesen Bluff aufzudecken.

Ruggeri setzte sich wieder hin. »Beschlagnahmungen gab es massenweise.«

»Fangen wir beim letzten Monat an«, lächelte Calabrò. »China Black, beste Qualität.«

Stefania Boemi öffnete die Tür ihrer Wohnung. Angenehm, dachte Luciani, geschmackvoll eingerichtet. Das Parkett fing das Licht der Lampen auf und vermittelte ein Gefühl von Wärme und Geborgenheit. Von Sicherheit.

»Herr Kommissar«, sagte sie überrascht. »Sie hätten sich ankündigen können.«

»Entschuldige. Ich habe es nicht geschafft. Kann ich einen Moment reinkommen?«

Sie blieb unschlüssig stehen, mit dem rechten Fuß die linke Fessel massierend. Sie trug einen ausgebeulten beigefarbenen Pullover, der die Oberschenkel gerade mal zur Hälfte bedeckte, und dicke Baumwollsocken.

»Kommen Sie. Kann ich Ihnen etwas anbieten?«

»Hatten wir uns nicht geduzt?«

»Klar, sicher … Setz dich.«

Sofort herrschte bleiernes Schweigen. Marco Luciani wollte die Kollateralschäden auf ein Minimum reduzieren. Er bedeutete ihr, sich zu setzen, schaute ihr in die Augen und sagte unvermittelt: »Du bist das Mädchen, das mit Nicola am Samstagabend zusammen war.«

Ihr Blick sprang zum Fenster, sie versuchte zu leugnen, aber so unbeholfen, dass sie den Satz nicht einmal zu Ende brachte.

»Wie hast du es herausgefunden?«, flüsterte sie.

Er hob eine Braue.

»Das kannst du dir denken. Die Liebe hinterlässt Spuren. Und ein geübter Jäger muss ihnen nur folgen.«

Sie schaute ihn ein paar Sekunden an, bevor sie verstand. Sie presste die Lippen zusammen und wurde rot bis über beide Ohren.

Marco Luciani nahm ihre Hände. Sie schien überrascht.

»Warum hast du das nicht sofort gesagt? Du wusstest, dass wir diese geheimnisvolle Frau suchen.«

»Hätten Sie … hättest du das an meiner Stelle getan? Hättest du es gesagt?«

»Klar. Daran ist nichts Schlechtes.«

Sie lachte skeptisch auf und verlor ihre Hemmungen: »Bist du sicher? Eine Beamtin, die gerade erst den Dienst angetreten hat, geht mit ihrem Chef ins Bett, der wenige Stunden später tot aufgefunden wird? Und der, wie sich herausstellt, ein Fixer war? Nein, ich habe es nicht gesagt. Ich hoffte, die Sache würde schnell zum Abschluss kommen. Und ich hoffte, und hoffe es noch, dass ich unbehelligt davonkomme.« Sie fing leise an zu weinen. »Du kannst glauben, was du willst, aber Nicola gefiel mir wirklich. Als er ging, fühlte ich mich wie tot, ich fühlte mich benutzt, ihr Männer wisst nicht, was das für ein Gefühl ist, wenn du merkst, wie der andere das Bett verlässt, das ist, als würde er dich auf einem sinkenden Schiff hockenlassen.«

Marco Luciani betrachtete sie, und sein Magen krampfte sich zusammen. Sie war schön, wie sie so die Ellbogen vor den Bauch hielt und am Ärmelsaum des Pullovers herumzupfte. Ihre gebräunten Beine, dieser Duft von Hautcreme … Doch jetzt galt es, die Wahrheit herauszufinden, auch wenn er sich dadurch verhasst machte. Es galt herauszufinden, ob sie wirklich nur eine junge Provinzpolizistin mit dem richtigen Riecher war, oder ob man sie nach Genua geschickt hatte, um Nicola auf eine falsche Fährte zu locken. Und dafür gab es nur eine Methode.

Er trat an sie heran, schaute ihr in die Augen, fuhr ihr mit einer Hand durchs Haar und versuchte, sie ein wenig an sich heranzuziehen. Stefania wurde stocksteif und stoppte ihn vehement.

»Was machen Sie da?«

Marco Luciani sagte nichts.

»Was soll dieser verdammte Scheiß?«, schrie sie und schubste ihn weg. »Schämen Sie sich denn nicht? Nicola … er … du warst sein bester Freund.«

Sie ging rückwärts Richtung Küche, dann ließ sie sich auf den Boden gleiten und blieb so sitzen. Wunderschön. Hinter ihrem langen blonden Haar heulte sie wie ein Schlosshund.

Sie spielt mir nichts vor, dachte der Kommissar. Sie spielt mir nichts vor. Das war keine Berechnung gewesen, keine Mausefalle mit Speck, kein Wolf, der auf der Lauer lag. Nicola war gegenüber Frauen nicht so naiv wie er.

Der Kommissar wollte ihr erklären, warum er sie angemacht hatte, aber als er sie so auf dem Boden sah, zusammengekauert und heftig schluchzend, hielt er es für besser, schnellstens das Feld zu räumen.

Er sagte nur: »Entschuldige«, stand auf, schloss die Tür hinter sich und trat hinaus auf die Straße.

Sie hatten die Lieferung einem armen Schwein abgenommen, das achtunddreißig Heroinkapseln geschluckt hatte und am Flughafen kollabiert war – fast wäre er hops gegangen dabei. Insgesamt waren vier Beamte an der Operation beteiligt gewesen. Ruggeri händigte Calabrò Fotos und Personalien aus, aber der wusste schon, wer die Kapseln neununddreißig und vierzig eingesteckt hatte.

»Davide Risi«, dachte der Inspektor. »Warum bin ich da nicht viel früher drauf gekommen?« Er hatte ihn ein paarmal mit Giampieri vom Mittagessen kommen sehen. Wer weiß, ob das samstags gewesen war, und wohin sie zusammen essen gegangen waren.

Marco Luciani zog Joggingschuhe an, außerdem T-Shirt und Shorts, die im Auto gelegen hatten. Dann begann er zu laufen. Er wollte dieses Schamgefühl loswerden, ihm einfach davonlaufen. Er schaltete den neuen Discman an, und ganz allmählich beruhigte er sich. Die Musik, die er ausgesucht hatte, gab den idealen Laufrhythmus vor, weder zu schnell noch zu langsam, und diese anheimelnde, zuversichtliche Stimme war die eines Mannes, der tat, wozu er Lust hatte, wozu er geboren war:

Häuser aus Brot
Froschkonferenzen
Rentnerinnen, die in Cadillacs tanzen
Goldene Muskeln, Lorbeerkränze
Liebeslieder für Kinder im Frack

Er war geboren, um Polizist zu werden, was auch immer er sich einreden wollte. Nur an vorderster Front fühlte er sich als Gleicher unter Gleichen, und dennoch besser als seine Zeitgenossen. Er konnte Mitleid mit dem Schmerz anderer Menschen fühlen und für ein klein wenig Ordnung sorgen in einer Welt ohne Spielregeln, wo die Schlauen und Brutalen sich immer die Filetstücke schnappten.

Herrenlose Hunde
Kamele und Drei Könige
Vielleicht ist das schädlich, aber es gefällt mir
Im Netz zu sein
In einem Atemzug zu leben
Mich über der Schlucht auszustrecken
  und hinunterzublicken
Schwindel kommt nicht
Von der Angst vor dem Absturz
Sondern von der Lust zu fliegen

Er dachte an Nicola, der über dem Abgrund hing, immer bereit, sich ins Leben zu stürzen, es an sich zu reißen. Er probierte seine Salti mortali ohne Netz und doppelten Boden und pfiff auf die Höhenangst. Für Luciani dagegen war die Höhenangst immer die Rettung gewesen, Höhenangst und die Angst, sich gehenzulassen. Er war in Sicherheit dank seiner Regeln, der mönchischen Disziplin, die er sich auferlegt hatte, und er wusste genau, wie teuer es einen manchmal zu stehen kam, wenn man den Kontakt zur Realität verlor.

Er begann zu weinen, dachte aber nicht daran, den Lauf abzubrechen, die Tränen quollen hervor und mischten sich mit den Schweißtropfen, die von seinen Schläfen rannen.

Wölfe auf der Lauer
Das Schlimmste ist überstanden
Ich vertraue dir
Ich vertraue dir
Ich vertraue dir

Nicola hatte vor irgendetwas Angst gehabt, dachte er, und trotzdem hatte er sich aufs Kreuz legen lassen. Jemand hatte seine Achillesferse gefunden und erbarmungslos zugeschlagen. Wem hast du vertraut, mein Freund? Wem hast du vertraut?

»Also, dann bleibt es bei morgen.«

»Ja, bis morgen.«

»Aber niemand darf davon erfahren. Weder der Polizeichef noch die Serra oder die Jungs. Nur du, ich, Venuti und Iannece.«

Vitone schnaubte: »Na klar. Wofür hältst du mich?«

Calabrò bat ihn um Verzeihung und hängte wieder ein.

Seine Mutter hatte ihm das Bett in einem der Gästezimmer bereitet. Er konnte sich noch an dieses kunterbunte Bettzeug erinnern, mit den Vereinssymbolen der Basketballclubs, er hatte es damals selbst ausgesucht. Es musste noch aus der Zeit der Mittelschule stammen. Wie hatte es nur so lange durchhalten können? Ein Laken kann dreißig Jahre überdauern, all diese Waschgänge überstehen, ohne zu reißen? Vermutlich hatte er es einige Zeit benutzt, und dann war es von anderen, neueren abgelöst worden. Seine Mutter musste das Bettzeug verräumt haben, und da war es geblieben, unbenutzt, viele Jahre lang, bis sie wieder einmal Bettwäsche für ihr Kind suchte und ihr zuerst diese Laken in die Hände gefallen waren. Nur war ihr Kind jetzt zwei Meter lang, während Bett und Bettzeug noch aus einer Ära stammten, als er sein Nachtlager noch nicht mit einem Sessel verlängern musste, um die Füße daraufzulegen.

Er machte es sich bequem, so gut es ging. Es freute ihn, dass auch dieser unscheinbare Zufall ihn wieder in seine Kindheit zurückbeförderte, in eine Zeit, als er noch so klein war, dass er seinen Vater bedingungslos liebte. Er dachte an die gelb-orange geblümten Laken, in denen er seine Jungfräulichkeit verloren hatte, kurz vor dem siebzehnten Geburtstag. Es war ein Sonntag, seine Eltern waren mit dem Boot unterwegs, und er hatte Cristina Dodero, die beste Tennisspielerin der Schule, eingeladen. Sie hatten eine Wette abgeschlossen: Wenn er sie schlug, sollte er eine Sonderprämie bekommen. Er hatte bei dem Match triumphiert – und erst Jahre später verstanden, dass Cristina absichtlich verloren hatte.

Er schaute auf die Uhr: ein Uhr vorbei. Ich sollte das jetzt besser seinlassen und schlafen, sagte er sich. Er schloss die Augen und gab sich der Stille des Hauses hin. Keine Alte, die über ihm mit ihrem Gehstock klapperte, kein Betrunkener auf der Straße, kein Eisenrollo, das herunterratterte, kein Motorrad. Wenn er bewusst, mit voller Konzentration, lauschte, dann konnte er in der Ferne ein leises Summen hören wie von einem unsichtbaren Motor, der nichts anderes war als der Atem von Pflanzen und Tieren, der große Akku des Lebens, der sich in der Nacht wieder auflud. Auch die Temperatur war ideal, kein bisschen zu warm, wenn man reglos im Bett lag, spürte man sogar eine gewisse Kühle. Er zog das Plaid heran, das seine Mutter auf den Stuhl gelegt hatte, schloss die Augen und freute sich auf den besten Nachtschlaf der letzten Monate.

Um Viertel vor vier – er hatte zum hundertsten Mal auf die Uhr gesehen – gab er auf, zog seine Hose an und ging hinunter in die Küche. Die Gedanken ließen ihn nicht zur Ruhe kommen, und in der Stille setzten sie ihm noch mehr zu. Barbara Ameri, Maurizio Merli und Nicola. Ein Mord, ein Selbstmord, ein Unfall. Er stellte einen Topf Wasser auf den Herd, dann bekam er Skrupel und ging noch einmal nach oben, um nach seiner Mutter zu sehen. Die Tür war angelehnt, er hörte ein leises Schnarchen und entspannte sich. Das Beste, was ihr passieren kann, ist schlafen, dachte er mit einem Anflug von Neid. Ich weiß nicht, wie lange ich so noch durchhalten werde, sagte er sich, ehrlich erstaunt. Seit Wochen habe ich nicht mehr richtig geschlafen, und tagsüber ruhe ich mich auch nicht gerade aus, im Gegenteil.

Er bereitete sich einen Tee und nahm ihn mit vor den Fernseher, er stellte ihn stumm und zappte ein bisschen herum, in der Hoffnung, etwas zu finden, was ihn einschlafen ließ. Er schaute ein paar Bildungsprogramme an, eine triste Stripnummer, die jemand auf seinem Sofa zu Hause gedreht hatte, ein Stück Telenovela, die, ohne Ton, ziemlich spannend wirkte, schließlich sprang er, ohne es recht zu merken, von einer Werbeunterbrechung in die nächste, denn die Spots hatten im Durchschnitt sicher mehr Qualität als die restlichen Sendungen. Er sah Werbung für Autos, Lebensmittel, Telefonanbieter. Dann glaubte er, als er eine verzweifelt weinende Frau sah, es gehe um eine Versicherung, aber stattdessen erschien ein Schiff mit derselben Frau: relaxed auf einem Liegestuhl beim Sonnenbaden; dann sah er die Frau auf der Liege eines Psychoanalytikers und sofort danach fand er sie, in einem Flashback, wieder lächelnd in einem Massageraum; dann war auf einer Couch ein Ehepaar in einer Art Schockzustand zu sehen: Die beiden kamen nicht über die Erinnerung an das Galadinner mit dem Kapitän hinweg, alle im Smoking, in einem Salon, wie auf der »Titanic«. Wer auf einer unserer sagenhaften Kreuzfahrten war, das war die Botschaft, braucht psychologische Betreuung, wenn er ohne Traumata in die Normalität zurückkehren will.

Wer weiß, was die Leute dazu bringt, auf Kreuzfahrt zu gehen, dachte er. Und wer weiß, was es kostet, sich mit dreitausend anderen in eine Mietskaserne voll armer Schlucker pferchen zu lassen, die sich nach gefaketem Luxus sehnen, in einer Kabine unter Wasser schlafen, sechsmal täglich

Tiefkühlkost verzehren, in Hafenstädten landen, wo ihnen eine Heerschar von fliegenden Händlern Halsketten und Plüschkamele andrehen will. Bei einem Rentner kann ich das verstehen, dachte er, aber ein Mädchen wie Barbara Ameri, das fünfundzwanzig und normalerweise mit den Papaboys* unterwegs ist? Sie hätte mehr Spaß für viel weniger Geld bekommen, wenn sie mit dem Rucksack irgendwelche griechischen Inseln erkundet hätte. Zweitausend Euro müsste man mir geben, damit ich auf Kreuzfahrt gehe. Nein, mindestens dreitausend, dachte Marco Luciani. Barbara dagegen, wie viel mochte sie bezahlt haben? Mindestens achthundert Euro. Oder neunhundert?

Diese Entscheidung war wirklich komisch gewesen, eine Reise außerhalb der Saison, mit einem Freund, der noch nicht einmal ihr richtiger Freund war. Und im Geld schwamm sie auch nicht. Im Gegenteil. Vielleicht hat sie in Raten bezahlt, dachte er, die Leute lassen sich heutzutage überall auf Ratenzahlung ein, selbst bei Reisen und überflüssigem Kram.

Ihm kam ein Verdacht, und er ließ seiner Phantasie freien Lauf: Und wenn nicht sie die Reise bezahlt hatte, sondern jemand anders, vielleicht der Junge? Wenn dem so war, dann ist klar, dass er sich etwas ausgerechnet hatte, und wenn er das nicht bekommen haben sollte …

Ich muss Calabrò fragen, ob aus Barbaras Kontoauszügen hervorgeht, dass sie die Reise bezahlt hat, und wie, dachte er. Zufrieden, aus diesem grauenhaften Tag noch etwas Sinnvolles herausgeholt zu haben, faltete er auf dem Sofa seine hundertsiebenundneunzig Zentimeter zusammen und schlief sofort ein.

* Informelle katholische Jugendorganisation, die Reisen zu kirchlichen Events organisiert und zur Verbreitung päpstlichen Gedankenguts beitragen will. (Anm. d. Übers.)

*»Schnell, komm, beeil dich!«*

*Die Gestalt kam aus dem Bad und rubbelte ihr triefend nasses Haar. Sie fing ihren Blick auf, während sie sich niederbeugte, und schloss schnell den Bademantel.*

*»Was gibt's? Was ist los?«*

*»Hör zu: ›Damit es runtergeht, muss sie rauf.‹?«*

*»Hä?«*

*»Ich muss auf eine Rätselfrage antworten. Das ist die Preisfrage, und ich habe nur noch ein paar Sekunden.«*

*»Und deswegen jagst du mich aus …«*

*»Es ist wichtig, glaub mir! ›Damit es runtergeht, muss sie rauf.‹ Was ist das? Streng dich an!«*

*Ihr Gegenüber zuckte mit den Achseln und erwiderte mit selbstgefälliger Miene: »Die Falltür.«*

*»Was?!«*

*»Die Falltür. Meine Oma machte immer diese dämlichen Ratespiele mit mir. Um runterzugehen, muss sie hoch, um einzutreten, muss sie runter, wenn es sich zeigen will, versteckt es sich …«*

*Aus dem Telefonhörer tönte die Stimme der Radiosprecherin, sie redete hastig, ein Wort an das andere hängend:*

*»Schnell, nur noch fünf Sekunden!«*

*»Bist du sicher?«*

*»Wenn du keine bessere Antwort weißt …«*

*Sie räusperte sich. »Das ist nicht zufällig … die Falltür?«*

*»Was hast du gesagt? Sag's noch einmal laut und deutlich!«*

*»Die Falltür.«*

*»Wart mal, ich frage bei der Regie nach …«*

*Aus dem Hörer dröhnte die Melodie von »We are the Champions«.*

*»Die Antwort ist richtig! Du hast eine Kreuzfahrt gewonnen!«*

# Freitag
## Luciani & Calabrò

Um halb elf weckte ihn der Kaffeeduft. Zum ersten Mal seit Wochen verspürte er nicht das Bedürfnis, sich noch einmal umzudrehen und weiterzuschlafen. Im Gegenteil, sein Geist war klar, und Luciani brannte darauf, aufzustehen, hinaus in den Garten zu gehen und so schnell wie möglich diese nächtliche Eingebung zu überprüfen, diesen Einfall, der geduldig bis zum Morgen gewartet hatte.

Er trank den Espresso, ließ sich von seiner Mutter zu einem Fruchtsaft überreden und würgte einen Keks hinunter. Donna Patrizia wirkte einigermaßen ausgeglichen, jetzt, da die Tante abgereist war und sie wieder allein über ihr Heim regierte.

Marco Luciani ließ sich so viel Zeit wie möglich, wobei er seine Mutter zu unterhalten versuchte, aber seine Gedanken kehrten immer wieder zu dieser nächtlichen Frage zurück.

Um Viertel nach elf rief er auf der Dienststelle an, er freute sich, dass Calabrò dran war. »Ich hab da ein Problem mit dem Fall Ameri. Vielleicht kannst du mir helfen.«

»Bitte, Herr Kommissar.«

»Erinnerst du dich, dass das Mädchen auf Kreuzfahrt gewesen war … Habt ihr überprüft, wie die bezahlt wurde?«

»Hmm … Das war ein Gewinnspiel, wenn ich nicht irre. Eine Kreuzfahrt für zwei Personen.«

Marco Luciani hatte das in den Akten nicht gelesen. Oder vielleicht erinnerte er sich nicht. Er war enttäuscht, spürte aber, dass er nachhaken, sich auf seinen sechsten Sinn verlassen musste. »Hatte sie die gewonnen oder er?«

»Ich glaube, beide zusammen, sie und dieser Giacomo. Jedenfalls hat er das so angegeben.«

Der Kommissar hatte ihn nie selbst vernommen. »Was ist er für ein Typ? Aufrichtig? Glaubwürdig?«

Calabrò dachte einige Sekunden nach. »Er wirkt nicht wie ein Mörder auf mich. Wie ein Lügner schon eher.«

»Und das Geld, das sie abgehoben hat ... hatte das nichts mit der Kreuzfahrt zu tun? Hat sie damit nicht die Extras oder so bezahlt?«

»Nein, wir haben den Jungen danach gefragt, er meinte, sie hätten aufgepasst, dass sie nichts Zusätzliches bestellten.«

Marco Luciani schwieg eine Weile. Er dachte weiter an diese verschwundenen vierhundert Euro. »Erinnerst du dich, was für ein Gewinnspiel das war? Wurde es von einer Agentur organisiert?«

»Warten Sie, ich sehe mal im Computer nach, das müsste alles gespeichert sein ... Sagen Sie mir unterdessen: Wie geht es Ihrer Mutter?«

»Ganz gut, danke. In der Nacht schläft sie gut, im Gegensatz zu mir. Natürlich ist sie ein bisschen verstört ...«

»Das glaube ich. Aber es heißt, dass Frauen ein solches Trauma eher überwinden als Männer. Zum einen sind sie stärker, zum anderen finden sie einen Halt in ihrem Heim.«

Marco Luciani zögerte einen Moment, ehe er antwortete. War es wirklich richtig, das Haus zu verkaufen, nur weil sein Vater nicht mehr da war? Gut, der Vater hatte das selbst angeregt, aber deswegen musste es nicht die richtige Entscheidung sein. Und wenn damit alles schlimmer würde?

»Das wird eine Weile dauern, Commissario. Sobald ich die Adresse finde, schicke ich Sie ihnen per SMS.«

Er kam pünktlich auf den Platz in Bogliasco. Es war ein schöner Tag, sonnig, aber nicht zu heiß, und ausnahmsweise absolvierte Andrea seine Viertelstunde Dehngymnastik nicht in der Umkleide, sondern im Freien. »Das Leben ist voller Überraschungen«, murmelte der Kommissar. Wer weiß, ob er auch auf dem Platz seine Gewohnheiten geändert hat. Vielleicht würde sein Gegner, zum ersten Mal in zehn Jahren, den Kitzel eines Netzangriffs ausleben. Luciani zog sich um und dachte, dass wir alle Gewohnheitstiere sind, aber manchmal begeben wir uns, völlig unvermittelt, auf neue Pfade. Vielleicht galt dies auch für die bedauernswerte Barbara: Sie hatte sich auf ein unbekanntes Terrain begeben, für das sie nicht gerüstet war.

Als er den Platz betrat, war er entschlossen, spektakuläres Tennis zu zeigen, aber während er ein paar Ballwechsel zum Aufwärmen spielte, merkte er, dass man mit Andreas Bällen nicht spielen konnte, sie waren ausgelutscht. »Nehmen wir neue Bälle?«, schlug er vor, aber Andrea erwiderte: »Machen wir die hier erst mal alle.« Das tat er immer, sei es aus Geiz, sei es aus Berechnung, weil die lahmen Bälle seinem Grundlinienspiel entgegenkamen.

Marco Luciani schüttelte den Kopf. Scheiße, dachte er, wenn ich schon nur einmal die Woche herkomme, dann lasst mich wenigstens ordentliches Tennis spielen. Er holte an der Bar neue Bälle, und der Duft, der aus der Dose aufstieg, berauschte ihn mehr als eine Line Koks. Voller Elan lief er auf dem Platz auf, und seine Schläge kamen auf Anhieb, er bewegte sich locker und dachte weder zu viel noch zu wenig nach. Er konzentrierte sich immer nur auf den jeweiligen Ballwechsel und blieb bis zum Stand von 3:4 an Andrea dran, dann übertrieb er seine Kabinettstückchen, schlug einen Rückhand-Halbvolley ins Netz, gab sein Spiel und sofort danach den Satz ab. Er spielte weiterhin um des Vergnügens willen, und im zweiten Satz gelangen ihm unglaubliche Punkte, aber Andrea schaffte es mit seiner Betontaktik an der Grundlinie, fast alle Spiele für sich zu entscheiden, wenn auch meist erst über Vorteil. Es stand 1:4 – Spielball zum 1:5 –, als der Kommissar in einen Cross-Passierball, der die Linie poliert hätte, hechtete. Er machte sich hundertsiebenundneunzig Zentimeter lang (plus Arm und fünfzig Zentimeter Schläger), erwischte den Ball und wehrte mit dem schönsten Vorhandvolley, den man je in diesem Club gesehen hatte, Andreas Breakball ab.

Während er noch auf dem Boden lag, hörte er, wie der Geometer Casareto und zwei andere Clubmitglieder, die vom Spielfeldrand aus zuguckten, vor Staunen und Begeisterung »Oh!« riefen, Andrea dagegen schrie: »Was für ein Dusel!«

Luciani warf ihm einen vernichtenden Blick zu. »Von wegen Dusel«, knurrte er, während er den Staub abklopfte. In all den Jahren hatte Andrea nicht ein einziges Mal zugegeben, dass Marco ein schöner Punkt gelungen war. Immer waren nur Glück, Zufall oder seine eigene Zerstreutheit daran schuld. Luciani wusch sich die Hände und tauschte das verschwitzte, dreckverschmierte T-Shirt gegen ein frisches. Dann bereitete er sich auf das nächste Spiel vor. Er begann mit zwei Assen, womit es 2:4 stand, und dann tat er, was er sonst fast nie tat: Er spielte mit System. Das war langweilig, monoton, ausrechenbar, aber wenn er es richtig machte, mit der richtigen Portion Gemeinheit, dann konnte der Gegner ihn kaum passieren. Bei eigenem Aufschlag: Versuch so viele erste Aufschläge wie möglich zu bringen. Schlag zwei Drittel der Services auf seine Rückhandseite, und geh dann jeweils vor ans Netz. Wenn du nicht mit dem ersten Volley punktest, dann spiel den Ball lang auf seine schwache Seite. Bei gegnerischem Aufschlag: Kommt sein erster Aufschlag, dann konzentrier dich völlig auf deinen Return, versuch die Bälle lang zu spielen und den Gegner laufen zu lassen. Sobald er einen Ball kürzer schlägt, greifst du an. Beim zweiten Aufschlag attackierst du ihn sofort mit einem Longline-Ball, indem du deine Rückhand durchziehst oder auch die Rückhand umläufst. Zwing ihn immer, einen Passierball am äußersten Feldrand zu spielen.

Er gewann eine Serie von 9:2 Spielen, und als es im dritten Satz 4:2 für ihn stand, läutete die Glocke: Die zwei Stunden waren um. Andrea hatte mindestens fünf Mal vor Wut seinen Schläger auf den Boden geschmettert, und hätte er ihn auf Lucianis Kopf zertrümmern können, er hätte es getan. Die Niederlage verwandelte ihn in einen Mister Hyde, den niemand in ihm vermutet hätte.

Auch ein ausgeglichener, anständiger, unverdächtiger Mensch kann sich in einen Mörder verwandeln. Das hatte der Kommissar schon immer gewusst. Er durfte nicht nur auf dem unbekannten Terrain suchen, auf das Barbara sich womöglich vorgewagt hatte, sondern auch in ihrer vertrauten Umgebung. Ein Verwandter, ein Freund, ein Nachbar können sich in Ungeheuer verwandeln, wenn sie die Kontrolle über das Spiel verlieren, wenn ihr System aus den Fugen gerät.

Punkt zwölf Uhr betrat Calabrò das Lokal. Es war noch nicht viel los, die Kellnerin gab ihm einen Tisch für sich alleine und brachte die Karte.

Die müsste sich mal ein bisschen auf Vordermann bringen, diese ganzen Piercings und die roten Haare loswerden, dachte der Inspektor. Er bestellte einen kalten Minestrone und Farinata, rang sich einen kurzen Wortwechsel mit dem Mädchen ab, um für ein entspanntes Gesprächsklima zu sorgen, dann aß er in aller Ruhe seine Suppe. Als die Bedienung die Farinata brachte, sprach er sie an. Er wollte es vor dem großen Ansturm erledigen. Er zeigte ihr seinen Ausweis und dann Nicolas Foto.

»Kennst du den?«

Sie schaute ihn giftig an. Calabròs Blick war noch giftiger, und so schlug sie die Augen nieder.

»Warum sucht ihr ihn?«

»Ich suche ihn nicht. Er ist ... ein Kollege. Sag mir nur, ob du ihn kennst.«

»Er kommt jeden Samstag her. Er ist Ingenieur, oder jedenfalls lässt er sich so nennen. Eine gute Haut, gibt immer Trinkgeld.«

»Und weißt du auch noch, mit wem er kommt?«, fragte Calabrò, wobei er die Fotos der vier Kollegen vom Rauschgiftdezernat hervorholte.

»Vielleicht einer von diesen hier?«

Das Mädchen zeigte mit dem Finger auf Davide Risi.

»Der hier. Der Regisseur.«

»Wieso Regisseur?«

»Ehrlich gesagt weiß ich nicht, was er macht, ich habe ihm diesen Spitznamen gegeben, weil ich weiß, dass er Risi* heißt. Er reserviert immer den Tisch. Und dann hat er jedes Mal eine Videokassette dabei.«

Calabrò steckte die Fotos wieder ein und schob sich ein Stück Farinata in den Mund.

»Die ist super«, sagte er, »Kompliment an den Koch.«

Eine Mulattin lockte ihn, oben ohne, mit verführerischem Lächeln. Eine andere, eine Blondine, lag in der Sauna, unter einem winzigen Handtuch, und fixierte ihn einladend. In Gedanken war der Kommissar für einen Moment an einem Strand auf Barbados, er lag im Schatten und sah, wie eine schwarze Venus aus dem Wasser stieg. Ein solches Leben hätte ich führen können. All das Geld auf den Auslandskonten ... Wer weiß, wie viel noch übrig ist. Er verscheuchte

* Anspielung auf Dino Risi, bekannter italienischer Filmregisseur der Nachkriegszeit (Anm. d. Übers.)

den Gedanken, es war dreckiges Geld, und außerdem brauchte es jetzt seine Mutter. Am Tresen stand eine griesgrämige Brünette und telefonierte, sie bot ihm keinen Platz an, ja schien nicht einmal Notiz von ihm genommen zu haben. Eine andere Angestellte bediente gerade ein Rentnerehepaar, Marco hörte eine Weile ihrer Reiseplanung zu: Ziel Santiago de Compostela.

»Bitte«, sagte die Griesgrämige schließlich. Ihr geübtes Auge hatte ihn bereits in die Schublade der Nichtsnutze eingeordnet, die nur Informationen einholen, aber nicht die geringste Absicht haben, in Urlaub zu fahren, oder es sich gar nicht leisten können.

Der Kommissar zeigte diskret seinen Ausweis. »Guten Tag. Ich bin Kommissar Luciani«, sagte er möglichst leise, damit die Rentner ihn nicht hörten, »ist der Chef da?«

Das Mädchen wurde sofort zugänglicher. »Nein, leider nicht ... Kann ich Ihnen weiterhelfen?«

»Ich denke schon. Können wir irgendwo einen Moment reden?«

In einer Bar, bei einem Espresso, erklärte er, worum es ging.

»Ja, an diesen Kreuzfahrt-Gewinn kann ich mich erinnern«, sagte die Angestellte, »die Route war festgelegt, das Mädchen und ihr Freund kamen, um die Reisedaten auszusuchen.«

»Sie wissen, was mit ihr geschehen ist, oder?«

Die Frau senkte den Blick. »Ja, ich habe es im Fernsehen gesehen. Und in der Zeitung. Die Ärmste. Ich wollte es nicht glauben, dass sie es war.« Sie schwieg einen Moment, dann hob sie den Blick, ebenso erregt wie erschrocken. »Aber hat das etwas mit der Kreuzfahrt zu tun?«

Marco Luciani beruhigte sie: »Nein. Nur eine Routineüberprüfung. Ich wollte sichergehen, dass sie die Reise gewonnen hatte. Wer hatte den Gewinn ausgelobt?«

»Radio 19, die Welle vom ›Secolo XIX‹. Die waren erst seit kurzem auf Sendung und wollten offensichtlich Werbung für sich machen.«

»Nur zwei Plätze?«

»Nein, insgesamt waren es acht. Vier Reisen zu je zwei Personen. Sechs waren schon unterwegs, und die beiden anderen fahren, glaube ich, im Oktober.«

»Eine schöne Reise? Ich meine, wurden sie wie die anderen Passagiere behandelt?«

»Klar. Sie hatten natürlich keine Suite … einfache Kabinen, aber die Reise ist für alle gleich. Frühstück, Mittag- und Abendessen, alles bezahlt, auch Wein und Wasser zum Essen, Disko, Swimmingpool. Wer möchte, kann eine Woche Ferien verbringen, ohne einen Pfennig zusätzlich zu bezahlen. Die Landausflüge werden extra abgerechnet, und die sind teuer, aber freiwillig.«

»Wissen Sie, ob er oder sie die Reise gewonnen hatte?«

»Sie, glaube ich. Ja, doch, ich meine sie.«

»Sind Sie sicher?«

»Der Sender hatte uns ihren Namen übermittelt. Ich weiß nicht, ob der Gewinn übertragbar war.«

Der Kommissar dankte dem Mädchen, zahlte die Espressi, und während sie ins Reisebüro zurückkehrte, streunte er noch eine Weile in der Gegend herum: Irgendetwas kam ihm spanisch vor, und er wollte herausfinden, was. Es war nichts Merkwürdig daran, dass jemand eine Reise, eine Kreuzfahrt gewann. Diese Gewinnspiele gab es inzwischen wie Sand am Meer, und irgendjemanden musste das Glück ja treffen. Ausgesprochen merkwürdig war allerdings, dass einem Menschen mit völlig geregeltem Leben in kurzer Zeit zwei so ungewöhnliche Ereignisse zustießen: eine Kreuzfahrt zu gewinnen und ermordet zu werden, ohne dass es zwischen beiden eine Beziehung gäbe. Ob das Gewinnspiel vielleicht manipuliert war? Hatte jemand Barbara diesen

Preis zugeschustert, um sie für irgendetwas zu entschädigen oder um sie vom Büro fernzuhalten? Aber diese Hypothese wirkte ziemlich abstrus. Plausibler war, dass sie auf dem Schiff jemanden kennengelernt hatte, einen Verehrer zurückgewiesen hatte, der ausgetickt war und ihr daraufhin nachgestellt hatte. Aber in Jackys Aussagen gab es darauf keinen Hinweis, und für Jacky wäre es nur von Vorteil gewesen, eine solche Theorie zu stützen, um sich selbst zu entlasten. Nur hatte sich in der Zwischenzeit etwas geändert: Der Zeitpunkt des Computerbootings musste vorverlegt werden und der Zeitpunkt des Überfalls wohl auch. Und damit war das Alibi des Burschen nicht mehr wasserdicht.

Calabrò klappte das Handy zu und schaute Vitone an.

»Das war Failla. Er sagte, er sei eben los. Neuigkeiten von Venuti?«

»Ist unterwegs. In zwanzig, maximal dreißig Minuten ist er hier.«

»Gut.« Der Inspektor holte das Schulterhalfter aus der Schublade, legte es an, kontrollierte Waffe und Munition.

»Sobald er da ist, geht es los.«

Der Sitz von Radio 19 war im Stadtzentrum, an einem der hässlichsten Plätze von Genua und wohl ganz Italien. Eine graue Steinwüste, drei Seiten flankiert von einem Wolkenkratzer und zwei Gebäuden von erlesenstem realsozialistischen Charme, im Sommer herrschte glühende Hitze, im Winter peitschte eisiger Wind über die Fläche; an der offenen Flanke staute sich rund um die Uhr der Verkehr vor dem Eingang einer Tiefgarage. Marco Luciani kam unangekündigt, wie es seine Gewohnheit war: Man musste das Überraschungsmoment ausnutzen, damit der andere sich nicht auf die Fragen einstellen und passende Antworten zurechtlegen konnte.

»Wie laufen diese Gewinnspiele ab?«

Der Manager, der ihn empfangen hatte, lächelte entspannt, als gäbe es nichts zu verbergen. Er strich sich mit einer Hand durch das lange graumelierte Haar und hob die Augenbrauen über das orangefarbene Gestell seiner Brille.

»Für diese Kreuzfahrten mussten sich die Kandidaten, wenn ich recht erinnere, telefonisch vormerken lassen. Im Beisein eines Notars zogen wir dann vierundsechzig Hörernamen. Danach wurde ein Spielplan, wie beim Tennis, ausgearbeitet, im K.-o.-System mussten jeweils zwei gegeneinander antreten und Fragen beantworten.«

»Was für Fragen?«

»Vor allem zur Tagesaktualität. Auch weil man Fragen zur Allgemeinbildung nicht mehr verwenden kann: Dank Google finden Sie alles in wenigen Sekunden heraus. Oder Rätsel, Scherzfragen, von allem etwas. Anfangs sind sie leicht, dann werden sie immer schwieriger. Für jeden fünf Fragen, wer die meisten Antworten weiß, gewinnt. Bei Gleichstand geht es weiter, bis einer einen Fehler macht.«

»Gibt es davon Aufzeichnungen?«

»Klar. Ist alles archiviert, von Gesetzes wegen. Kommen Sie.«

Der Kommissar rechnete mit einem Raum, dessen Wände mit winzigen Kassetten zugestellt waren. Stattdessen war das Archiv schlichtweg ein Computer, vollgestopft mit nach Datum und Thema geordneten MP-3-Dateien. Luciani wurde an die Redaktionssekretärin verwiesen, eine Brünette mit sanftem Blick und einer Lücke zwischen den Schneidezähnen. Sie suchte eine Weile herum und fand dann die Dateien des Gewinnspiels.

»Hier. Das Spiel zog sich über viele Tage hin. Sind Sie an einem speziellen Datum interessiert?«

Marco Luciani nickte. »Am Tag des Finales.«

»Es gab vier Finale. Das wird ein bisschen dauern.«

Der Kommissar beruhigte sie. »Es ist nicht nötig, dass Sie hierbleiben. Zudem ist das eine ... wie soll ich sagen ... ziemlich heikle Ermittlung.«

Das Mädchen errötete. »Natürlich. Sie können es sich in dem Raum dort drüben bequem machen, ich lege sie Ihnen auf den Kopfhörer.«

Er hörte sich geduldig zwei Duelle an. Die Fragen waren durchschnittlich schwer, der Kommissar hätte von den fünf Antworten drei oder vier gewusst. Beim dritten Duell wurde er hellhörig.

»Wir haben hier Barbara in der Leitung. Guuuten Morgäään.« Die Sprecherin redete schnell und so, als ob sie jeden Moment loslachen müsste.

Die Anruferin schien ebenfalls happy. »Euch auch einen guten Morgen.«

Die Radiosprecherin gab ein paar dämliche Bemerkungen über das Wetter, den Sonntag und das Strandleben von sich.

»Gehst du heute ans Meer, Barbara?«

»Weiß nicht. Eigentlich bin ich gerade erst aufgewacht.«

»Was für ein Faulpelz. Aber das gehört sich so, wenigstens am Sonntag ...«

Das Duell begann. Barbara und ihr Gegner Luca gaben jeweils vier richtige Antworten. Auch der Kommissar hätte sich einmal geirrt. Dann begann das Stechen, und die Fragen wurden schwieriger. Jeder erwischte noch einmal eine richtige Antwort, und dann kam für Luca eine harte Nuss: »Es kann auch ... sein.« Luca versuchte es mit »das«, aber die richtige Antwort war »scharf«.

Das war sauschwer, dachte Marco Luciani. Ohne die Erklärung der Sprecherin, die noch einmal den Satz wiederholte und »Es« mit einem kurzen e, wie »S« sprach, hätte er nicht einmal die Auflösung verstanden.

»Gut Barbara, dein Gegner hat einen Fehler gemacht.

Das heißt, wenn du diese Frage richtig beantwortest, dann hast du, wir wiederholen es noch einmal, eine-Kreuzfahrt-für-zwei-Personen-durchs-Mittelmeer-gewonnen! Auch für dich eine Rätselfrage. Wie bist du im Rätselraten?«

»Eine Katastrophe«, flüsterte sie.

»Ist niemand in deiner Nähe, der dir helfen kann, Barbara?«, munterte die Sprecherin sie auf.

Barbara zögerte einen Moment, und beim Kommissar schrillte eine kleine Alarmglocke. Wahrscheinlich war da jemand, aber sie wollte es nicht sagen. Vielleicht hatte sie Angst, die Eltern oder der Onkel könnten zuhören.

»Ähm ... hier ist ... eine Freundin.«

»Gut, dann soll sie dir helfen. Gut aufgepasst: ›Damit es runtergeht, muss sie rauf.‹.«

Marco Luciani verzog das Gesicht, er hatte keinen blassen Schimmer.

Auch Barbara schwieg.

»Verfolg ihn, Iannece, ohne dass er dich bemerkt.«

Der Beamte startete den Wagen und sah Calabrò selbstgefällig an. »Ich bin ein Observierungsass, Inspektor. Man nennt mich auch den Schattenmann.«

»Selbst ein Schatten ist zu viel, Iannece, wir müssen den unsichtbaren Mann spielen.«

»Dazu müsste ich euch aber die Augen verbinden, Inspektor.«

Venuti knackte mit den Fingerknöcheln. »Gleich werden wir eher ihn verbinden müssen.«

Marco Luciani stellte die Lauscher auf. Er hörte, wie am anderen Ende der Leitung getuschelt wurde, dann die Antwort: »Die Falltür.«

Plötzlich jaulten Jingles, Sirenen und Glocken auf: »Die Antwort ist richtig! Du hast eine Kreuzfahrt gewonnen!«

Er ging noch einmal zur Sekretärin und bat sie, an einer bestimmten Stelle die Lautstärke voll aufzudrehen. Und zwar da, wo Barbara ihre »Freundin« um Rat fragte.

Er ließ es sich immer wieder vorspielen, bis er die Stimme im Hintergrund erkannte.

Und endlich hatte er verstanden.

»Das scheint mir nicht den Vorschriften zu entsprechen.«

»Wir wollen uns nur ein bisschen unterhalten. Nichts Offizielles. Ich garantiere dir, das ist auch für dich das Beste.«

»Und wenn ich mich weigere mitzukommen?«

Vitone schlug das Revers zurück und zeigte seinen Pistolengurt.

»Du hast die Wahl.«

Davide Risi sah sich um. Niemand beobachtete, was sich abspielte. Im Grunde sind sie Polizisten wie ich, dachte er. Es sind Kollegen. Er verzog das Gesicht und stieg wieder in seinen Wagen, auf die Rückbank, wo ihn Venuti und Vitone einkeilten. Calabrò startete und fuhr Richtung Autobahn, Iannece und Failla folgten mit ihrem Wagen.

»Hier sind wir, Commissario. Kommen Sie rein.«

Marco Luciani sah Calabrò auf der Schwelle des Bauernhauses stehen: in Hemdsärmeln, verschwitzt und aufgebracht, die Halsschlagadern geschwollen. Luciani ging an ihm vorbei in einen Raum, der von zwei Wandlampen schwach beleuchtet war. Auf einem Stuhl saß ein Mann in Handschellen, sein Kopf hing auf die Brust. Er schien ohnmächtig zu sein, aber als er die Schritte hörte, hob er sein geschwollenes, blutverschmiertes Gesicht. Der Kommissar schaute sich um, das Gebäude schien seit Jahren verlassen. Wahrscheinlich diente es nur noch als Wetterschutzhütte für Jäger. Im Zimmer waren Kommissar Venuti, Inspektor Calabrò und Iannece, alle drei hatten die irre Miene eines Tieres, das Blut gewittert hat. Auch wenn es in dem Raum vor allem nach Urin und Schweiß stank. Auf der Hose des Mannes war ein dunkler Fleck zu sehen: Er hatte sich bepisst.

»Was spielt sich denn hier ab? Sogar du, Iannece ...«, sagte er leise, ungläubig. Er war schon kurz davor, in einen seiner seltenen, aber gefürchteten Wutanfälle auszubrechen, als Calabrò fauchte: »Er hat Nicola den Stoff gegeben. Er hat es eben gestanden.«

Marco Luciani schwankte einen Augenblick zwischen Hass und Mitleid. Dieser von seinen Kollegen misshandelte Mann stand in offenem Widerspruch zu allem, woran er glaubte. Andererseits: Wenn stimmte, was sie sagten, wenn er in irgendeiner Form Nicolas Tod mit verschuldet hatte, dann würde er nicht mit einer einfachen Tracht Prügel davonkommen. »Das war kein allzu freiwilliges Geständnis, würde ich sagen.«

»Vor allem überflüssig. Auf den Videokassetten, in denen Nicola die Drogen bekam, sind seine Fingerabdrücke. Die Kellnerin aus dem Lokal, wo sie jeden Samstag gemeinsam aßen, hat ihn wiedererkannt, und sie konnte sich auch an die Videokassetten erinnern.«

In diesem Moment erkannte der Kommissar Davide Risi. Er wusste noch genau, wie dieser sich bei der Sitte in die Scheiße geritten hatte, weil er sich von den Zuhältern hatte schmieren lassen. Wenn man so einen zum Drogendezernat versetzte, konnte man auch gleich einen pädophilen Priester in ein Waisenhaus stecken.

»Kommissar Luciani. Helfen Sie mir«, murmelte er.

Luciani schaute ihn an, ohne eine Miene zu verziehen.

»Was hast du ihm gegeben? Was hast du Nicola gegeben?«

»Das Beste. Wie immer. Spitzenstoff.«

»Sag mir, was es war.«

»China Black, ich habe es selbst verschnitten, zu fünfunddreißig Prozent. Kein Irrtum. Ich habe mir selbst am Samstag einen Schuss damit gesetzt, und mir ist nichts passiert.«

China Black zu fünfunddreißig Prozent. Das passte. Und keiner konnte das wissen, außer Luciani und Vassallo. Und dem Dealer.

»Die Dosis war zu hoch für Nicola. Du hast ihn umgebracht.«

»Es war die übliche Dosis. Ich schwör's Ihnen. Die nahm er schon seit Monaten, und nie ist was passiert.«

»Du bist eine Schande für die Polizei.«

Sein Gegenüber wollte höhnisch lachen, brachte aber nur eine schmerzverzerrte Grimasse zustande.

»Auch keine größere als der hier. Fragen Sie ihn mal, wieso er in Rapallo gelandet ist.«

»Drecksau!« Venuti ging auf ihn zu und wollte ihn mit dem Pistolenknauf schlagen, aber Marco Luciani fuhr dazwischen und nahm ihm die Waffe ab. »Halt. Die hier nehme ich«, sagte er. Dann wandte er sich den anderen zu. »Jetzt alle raus hier! Gebt mir die Schlüssel für die Handschellen und verschwindet.«

Während Vitone, Calabrò und Iannece unter Protest das Haus verließen, las Luciani Davide Risis Sachen zusammen, der sein Gesicht am Wasserhahn wusch und die Blutung ein wenig mit dem Taschentuch stillte.

Einmal gewaschen, sah er weniger verbeult aus als befürchtet. Luciani nahm eine Zigarette aus dem Päckchen, das Vitone auf dem Tisch vergessen hatte, und zündete sie für Risi an. Dieser sog den Rauch ein, als könnte er damit den Schmerz betäuben.

»Ich verstehe, dass ihr fuchsteufelswild seid. Wäre ich an eurer Stelle auch. Aber warum hätte ich Nicola umbringen sollen, Commissario? Wir waren seit Jahren befreundet. Ich gab ihm den Stoff sogar gratis, das heißt, er lud mich zum Essen ein, und das war's. Glauben Sie mir, das war ein Unfall. Seid ihr sicher, dass er sich meinen Stoff gedrückt hat und nicht irgendein anderes Zeug?«

»Ja, sind wir. Du hast es mir eben bestätigt.«

»Aber wieso glaubt ihr an … ja, was eigentlich? An Selbstmord? Getarnten Mord?«

Er schien die Wahrheit zu sagen. Sollte Luciani ihm erklären, was vor sich ging? Besser, er war vorsichtig und schwieg.

»Wir glauben gar nichts. Wir mussten das überprüfen.«

»Ein Hoch auf die Überprüfungen! Ihre Leute haben mich zu Hackfleisch verarbeitet. Wenn ich zur Dienstaufsicht gehe …«

Dem Kommissar schwoll der Kamm.

»Du Drecksack! Zur Dienstaufsicht werde ich gehen. Nicola war mein bester Freund!«

»Ach ja? Und warum haben Sie ihn dann alleingelassen?«

Die Wut benebelte sein Gehirn. Er holte Venutis Pistole hervor und schob sie ihm unter den Kiefer. »Jetzt hör mir mal gut zu: Ich gebe dir eine, eine einzige Chance, die Wahrheit zu sagen.«

Risi schaute verächtlich auf Lucianis zitternde Hand.

»Was passiert sonst? Zeigen Sie mich an? Wollen wir aller Welt erzählen, wie unser Held gestorben ist?«

Lucianis Hand hörte auf zu zittern, dafür wurde er erschreckend ruhig. Das war ihm in der Vergangenheit schon einmal passiert, und noch heute zahlte er dafür die Zeche.

»Knie dich hin«, sagte er.

»Was?«

»Knie dich hin!« Er trat ihm in die Knöchel, dass er hinschlug.

Risi kniete sich hin. »Ich schwöre Ihnen …«

Marco Luciani entsicherte die Pistole und hielt ihm den Lauf ins Genick. »Sag dein letztes Gebet, du Bastard. Bei Fünf bist du tot.«

»Sie wollen die Wahrheit gar nicht …«

»Eins …«

»Sie brauchen nur jemanden, dem Sie die Schuld geben können.«

»Zwei …«

»Sie waren es doch, der Nicola alleingelassen hat, allein in der Scheiße.«

Er hatte gerade »drei« gesagt, als das Handy klingelte. Er schaute es an. Auf dem Display war Vassallos Name erschienen.

Er zerrte Risi aus dem Haus und warf ihn den anderen vor die Füße.

»Und?«

»Nichts und. Wir lassen ihn gehen.«

»Wie, wir lassen ihn gehen?«

»Reg dich nicht auf, Calabrò. Du hast hervorragende Arbeit geleistet, wirklich. Aber er hat Giampieri nicht umgebracht, oder jedenfalls hat er nicht mit gezinkten Karten gespielt. Es war ein Unfall.«

Venuti, Calabrò, Iannece und Vitone schauten einander ungläubig und enttäuscht an.

»Vassallo hat mich eben angerufen.«

Er unterbrach sich, und die anderen merkten, dass er vor Risi nicht sprechen wollte.

»Und was machen wir jetzt mit ihm?«, fragte Vitone.

»Bringt ihn nach Hause. Er soll ein Kündigungsgesuch aufsetzen und unterschreiben. Ich habe ihm vierundzwanzig Stunden gegeben, um die Stadt zu verlassen.«

»Der kommt aber glimpflich davon«, protestierte Iannece.

»So einer kommt nicht weit ohne die schützende Uniform.«

Luciani sah ihm nach, wie er zum Auto humpelte, von seinen Leuten eskortiert. Er fragte sich nicht weiter, ob er ihn wirklich erschossen hätte und warum. Vassallos Anruf war gerade noch rechtzeitig gekommen, sonst hätte er womöglich einen Unschuldigen umgebracht, aber er war deswegen weder erleichtert noch dankbar. Es überwog das Bedauern.

Davide Risi ließ den Motor an, und während die Reifen im Schlamm rotierten, spielte auch sein Hirn verrückt. Sie hatten ihre Zweifel an Giampieris Tod, und deshalb hatten sie ihm diese Strafexpedition auf den Hals geschickt. Aber da sein Stoff sauber war, gab es nur eine Erklärung: Die Jungs vom Geheimdienst hatten die Finger im Spiel. Und Vassallo hatte vielleicht herausgefunden, wie.

Der Kommissar kam nach Hause, setzte Teewasser auf und stellte, ganz leise, eine alte Kassette von Lucio Quarantotto an. Dann schaltete er sein Diktaphon ein und fasste die jüngsten Ereignisse zusammen. Dieser Fall hatte schon zu viele Menschen das Leben gekostet, es war besser, man hinterließ deutliche Spuren, mehr als nur eine SMS, falls eines Tages jemand auch zu Lucianis Tod ermitteln musste. Er fing mit der letzten Entdeckung an, Nicolas Tod: Doktor Vassallo hatte sich nicht mit den ersten Autopsieergebnissen begnügt, sondern auch die abwegigste Theorie verfolgt: dass nicht die Droge an sich oder der Inhalt der Spritze tödlich gewesen war. Was sonst konnte also einen derartigen Schockzustand ausgelöst haben? In Nicolas Krankengeschichte las Vassallo, dass der Ingenieur allergisch auf Krustentiere gewesen war. Und so hatte er mit dem Spektrographen Nicolas Mageninhalt untersucht und winzige Spuren davon gefunden.

Natürlich war es komisch, dass Giampieri Languste gegessen hatte, wenn er doch um seine Allergie wusste. Und dass ihm nicht sofort schlecht geworden war. Vielleicht, hatte Vassallo überlegt, hatte er sich die Languste auf den Teller gelegt, um das Mädchen nicht zu enttäuschen, und dann hatte er sie weggeworfen, wobei aber die anderen Gerichte oder das Besteck kontaminiert worden waren. Diese winzigen Spuren hatten dafür gesorgt, dass es ihm übel wurde, wenn auch vielleicht mit einiger Verzögerung. Wenn Nicola wirklich hochgradig allergisch war, dann konnte ein Kuss des Mädchens genügen, nachdem dieses Languste verspeist hatte. Aber warum nur war so viel Zeit vergangen? In der Regel traten Allergiesymptome sofort auf oder spätestens nach wenigen Minuten. Die Erklärung überzeugte ihn nicht, aber eine bessere konnte er nicht finden. Schließlich hatte der Gerichtsmediziner Marco Luciani angerufen und die Untersuchungsergebnisse mitgeteilt. Sie waren zu dem Schluss gekommen, dass die geringen Spuren Nicola wohl nicht getötet hätten, wenn er sich nicht auch noch Heroin injiziert hätte. Die allergische Reaktion hatte die Lungenbläschen bereits teilweise verschlossen, und im Zusammenspiel mit Alkohol und China Black war dann ein tödlicher Cocktail entstanden.

Luciani hatte, kaum war er Risi losgeworden, sofort Stefania Boemi angerufen und sie gefragt, was sie an jenem Samstagabend gegessen hatten. Ohne den Sinn zu begreifen, hatte sie aufgezählt: »Tomaten, Mozzarella, Langustensalat und Eis.« Die Frage, ob Nicola schlecht geworden sei, hatte sie verneint, dann war sie wieder in Tränen ausgebrochen.

»Viele Fragezeichen, viele Hypothesen«, schloss der Kommissar, »aber sie alle deuten auf einen Unglücksfall hin.« Er schaltete das Gerät aus und machte es sich auf dem Sofa bequem.

Der Fall Giampieri war abgeschlossen. Der Fall Merli war abgeschlossen. Jetzt fehlte nur noch der Fall Ameri.

*»Ich kann es nicht glauben! Wahnsinn! Wir haben eine Kreuzfahrt gewonnen!«*

*»Wir?«, dachte Barbara.*

*»Zum Glück war ich da, Babi, ich weiß nicht, wie du dich sonst aus der Affäre gezogen hättest. Wohin fahren wir denn? Ist die Route schon festgelegt, oder darf man sich die aussuchen?«*

*»Ich glaube … sie ist schon festgelegt. Durchs Mittelmeer.«*

*»Das ist okay. Und wann?«*

*»Ich weiß nicht … Müssen wir fragen.«*

*»Hey … was ist denn das für ein Gesicht? Ach … wegen heute Nacht, oder?«*

*Barbara konnte nicht verhindern, dass sie eine Grimasse zog. Hau ab, dachte sie, hau bloß ab.*

*»Hör zu. Es war das erste Mal, ein bisschen Verkrampfung ist da normal.« Der Schlafgast nahm Barbaras Hände, schob ihren Kopf ein wenig hoch und gab ihr einen sanften Kuss. »Das nächste Mal werde ich vorsichtiger sein. Versprochen. Und wenn wir auf Kreuzfahrt sind … Das wird phantastisch, wirst sehen!«*

*Es wird kein nächstes Mal geben, dachte Barbara. Und wir werden auf keine Kreuzfahrt gehen.*

## Samstag
### Luciani

Er gönnte sich eine kleine Ehrenrunde, um die Lösung des Falles zu begehen. Aber es war nicht der erwartete Genuss, denn er war schon ganz auf den letzten Schachzug konzentriert, der noch zu führen war. Wahrscheinlich reine Formsache. Er wusste allerdings, dass man sich nie als Sieger fühlen durfte, ehe nicht die Handschellen zuschnappten.

Als er nach Hause kam, traf er unten an der Tür die Alte aus dem vierten Stock. Er schaute sie verblüfft an: Es war Monate, wenn nicht ein Jahr her, seit er sie das letzte Mal vor die Tür hatte gehen sehen. Ihr Blick war ebenso verstört, und fast hilfesuchend sagte sie: »Herr Kommissar«. Sie hing am Arm ihres Neffen, eines Hohlkopfs um die vierzig, den Luciani hin und wieder in einer Bar des Viertels gesehen hatte, immer vor dem Pokerautomaten.

Der Kommissar lächelte sie an, und als spräche er mit einem dreijährigen Kind, sagte er: »Guten Tag, Signora. Wir machen einen kleinen Spaziergang?« Der Mann trug eine Reisetasche, die Szene hätte nicht eindeutiger sein können. Luciani durchbohrte ihn mit seinen Blicken.

Sie schaute den Neffen an, als suchte sie bei ihm die Antwort, und der Mann brummte etwas wie: »Ja, einen schönen Spaziergang, Tante, ich bringe dich an einen schönen Ort, wirst sehen.« Er wollte sich einen Weg bahnen, aber der Kommissar hatte sich vor der Tür aufgebaut und schien sich so schnell nicht wegrühren zu wollen.

»Sie können sich glücklich schätzen, dass Sie so einen fürsorglichen Neffen haben«, sagte er, während seine

Augen wieder die des Mannes suchten und ihm etwas ganz anderes zu verstehen gaben. »Ich bin sicher, dass Sie sich amüsieren werden. Klingeln Sie heute Abend mal, wenn Sie zurückkommen, und dann erzählen Sie mir alles.«

Der Neffe hustete. »Könnte sein, dass … wir diese Nacht auswärts schlafen«, flüsterte er. Aber die Tante hatte es gehört.

»Wie, auswärts? Ich schlafe nicht außer Haus.«

»Nein, Tante. Keine Sorge. Ich meinte nur, wenn es dir dort gefällt, dann bleiben wir vielleicht länger.«

Die Alte wollte protestieren, doch der Mann schob sie vorwärts. »Gestatten Sie?«, fragte er den Kommissar, all seinen Mut zusammennehmend.

Marco Luciani schaute ihn ein paar Sekunden an. Dann trat er, ganz langsam, zur Seite und gab die Tür frei.

Er hatte eine Riesenlust, diesen Halunken an die Wand zu nageln, der seine alte Tante in irgendein Pflege-KZ abschob, wo man ihre Rente einsackte und sie dahinvegetieren ließ. Aber er war nicht befugt, das zu tun.

»Ich erwarte Sie heute Abend«, sagte er noch einmal, mehr an ihn gerichtet, weil er hoffte, er könnte ihn damit einschüchtern. Aber er hatte das deutliche Gefühl, dass er nie mehr das *Tock, tock, tock* des Krückstocks durch die Decke hören würde oder das Geräusch der Schubladen, die auf und zu geschoben wurden, um wer weiß welche Schätze zu verbergen.

Der Neapolitaner war auf dem Treppenabsatz erschienen und hatte einen Großteil der Szene mitbekommen.

»Das ist auch so ein schöner Judas, Commissario«, sagte er laut, damit der andere ihn auch sicher hörte. »Wie lange wird er brauchen, um das Geld für die Wohnung zu verjubeln? Zwei Jahre? Ein Jahr? Ein halbes?«

Marco Luciani nickte stumm. In dem Augenblick, als sie ihre Wohnung auf den Neffen überschrieben hatte, war ihr

Urteil gefällt gewesen. Die Geschichte war so alt wie ihr Ausgang. Das einfache Gesetz von Ursache und Wirkung. Fast alle Mordfälle waren, im Grunde, nicht anderes.

Er hatte sich entschlossen, alleine zu gehen, ohne Beamte und ohne Waffe. Es handelte sich nicht um einen Kerl, der zu einer Extremreaktion fähig schien. Wie viele Theorien haben wir verfolgt, dachte er, wie viele Denkgebäude kann man auf einem einfachen Mord errichten? Wir suchen krampfhaft nach den unwahrscheinlichsten Erklärungen, aber am Ende stellt man fest, dass die Motive immer dieselben sind: Wut, Frustration, Eifersucht, Geld. Und dass auch die Mörder immer dieselben sind: allen voran die nächsten Angehörigen, seit Kain und Abel, oder Freunde, die Liebhaber sein wollen, oder Liebhaber, die keine Freunde mehr sein wollen. Vielleicht ist die Phantasie ein Nachteil, für einen Polizisten ebenso wie für einen Tennisspieler. Im entscheidenden Satz sollte man lieber auf spektakuläre Aktionen verzichten und nur den Sieg einfahren.

Er kam gegen elf nach Rapallo. Er hatte sich Zeit gelassen und war zwischen die Mailänder geraten, die übers Wochenende an die Riviera fuhren, aber jetzt kam es auf eine Stunde hin oder her nicht mehr an. Er klingelte an der Gegensprechanlage: keine Antwort. Dann klingelte er nebenan, und das Glück war ihm hold: Es war eine Nachbarin wie aus dem Bilderbuch, schon etwas betagt und ausgesprochen neugierig. »Endlich habt ihr euch herbequemt«, sagte sie und bot dem Kommissar einen Sitzplatz an. »Ich wusste, dass da irgendetwas nicht stimmt. Ein zwielichtiger Umgang, zu jeder Tages- und Nachtzeit. Ich meine, gut, die jungen Leute machen heutzutage, was sie wollen, auch schon vor der Ehe, aber dann sollen sie es wenigstens zwischen Mann und Frau tun.«

Der Kommissar saß auf dem Sofa und ließ einen Pfefferminztee und einen mindestens zwanzigminütigen Erguss über den Niedergang des Abendlandes über sich ergehen, aber am Ende wusste er, dass es zwecklos war, vor dem Haus zu warten.

»Ich glaube, dieses Wochenende macht der Verein einen Ausflug in die Berge. Normalerweise brechen sie am Samstagmorgen zeitig auf und kommen Sonntagabend zurück. Als ich noch jünger war, ging ich auch manchmal mit. Aber jetzt, was können Sie schon erwarten …«

»Wissen Sie, wo sie hinwollten?«

»Das weiß ich wirklich nicht. Fragen Sie doch einmal im Büro nach, das ist nicht weit.«

Davide Risi öffnete die Sporttasche und verwünschte im Stillen seine Frau, die dumme Kuh, die alle großen Koffer mitgenommen hatte. Aber selbst in denen hätte er nur einen Bruchteil von seinen Sachen untergebracht.

Da konnte er gleich alles zurücklassen, nur Unterhosen, Hemden und den Rasierer einpacken und dann geradewegs nach Rom fahren. Er würde bei der dummen Kuh vorbeischauen, so viel war sicher, und dann würde er seine Freunde um Hilfe bitten, damit er untertauchen und irgendwo neu anfangen konnte, womöglich auf Sizilien.

»Fährst du weg?«

Er hob die Augen und sah sie in der verspiegelten Schranktür. Sein Rückgrat wurde sofort steif. Sie waren vollkommen lautlos in die Wohnung gelangt, so finster und unsichtbar wie ihre Augen hinter den Ray-Ban-Brillen. Ich habe nichts zu befürchten, dachte er und schaute besorgt auf die Waffe, die noch auf dem Nachtkästchen lag. Zu weit weg, als dass er sie hätte greifen können.

»Gut, dass ihr gekommen seid. Ich wollte euch schon suchen«, sagte er, ohne sich umzudrehen.

»Warum?«

Risi packte weiter. »Ich muss alle Brücken hinter mir abbrechen. Ich brauche Hilfe.«

Der Grauhaarige setzte sich in einen Sessel und schlug die Beine übereinander, wobei er Risis geschwollenes Gesicht mit all den Veilchen betrachtete: »Deine Kollegen haben dich hübsch zugerichtet. Jetzt sag doch mal: Warum sollten wir dir helfen?«

»Nun, ich habe etwas gut bei euch, wenn ich nicht irre. Wenn ich nicht gewesen wäre, würde Giampieri seine Nase immer noch in heikle Angelegenheiten stecken.«

»Was soll das heißen? Von einem Giampieri ist uns nichts bekannt«, sagte der Chef laut. Auf sein Zeichen hin begann der Jüngere, der Belmondo ähnelte, hinter die Vorhänge, unter die Lampenschirme, in den Schrank und das Nachtkästchen zu schauen. Die Waffe verschwand in seiner Tasche.

»Hey, ich versuche nicht, euch zu linken. Hier sind keine Wanzen.«

Belmondo trat auf Risi zu und durchsuchte ihn.

»Er ist sauber«, sagte er schließlich.

»Mach die Tasche zu und komm mit. Unser Auto steht vor der Tür.«

»Meine Waffe.«

»Die wirst du hierlassen müssen. Wo du hingehst, darfst du sie sowieso nicht tragen.«

Risi spürte, wie ihm ein Schweißtropfen an der Schläfe hinabrann.

»Und wo werde ich, eurer Meinung nach, hingehen?«

Gabin zog ein Flugticket aus der Innentasche seines Sakkos: »Rio de Janeiro. Erster Klasse.«

»Eiger, Mönch, Jungfrau«. Das Büro von Rapallo Quattromila war geschlossen, aber an der Tür hing ein Flugblatt, das die Tour dieses Wochenendes anpries. Ziel war die Gegend um Grindelwald, in der Schweiz, laut Beschreibung ein Traum für alle Alpinisten und Trekkingwanderer. Es gab sogar einen Zug, der sich in die Bergflanke bohrte, und von dem aus man »die wunderbare Trias Eiger, Mönch, Jungfrau bewundern« konnte.

Auf dieses Wunder ist geschissen, dachte Marco Luciani. Die Vorstellung, in die Berge zu fahren, schmeckte ihm gar nicht. Ich könnte wieder nach Hause gehen und bis Sonntagabend auf sie warten, dachte er. Aber diese Namen schienen ihm von besonderem Symbolgehalt: Der ganze Fall drehte sich um eine Jungfrau, auch Kleriker waren involviert gewesen. Und er musste nun los, um die schlimmste aller Wände zu bezwingen: die Nordwand.

Davide Risi dachte an die Beziehung zu Marina, die sich so erfolgversprechend angelassen hatte – vorbei. Und seine Töchter würde er auch auf unbestimmte Zeit nicht sehen. Okay, er musste hier in Genua die Zelte abbrechen, aber Rio de Janeiro …

»Ich kann nicht so weit weg«, sagte er, »meine Töchter …«

Der Chef starrte ihn an: »Deine Töchter sind in Rom. Bei der Mutter. Und bei einem anderen Mann. Ist vielleicht besser, wenn du sie eine Weile im eigenen Saft schmoren lässt. Außerdem warst du nie ein vorbildlicher Vater.«

Risi ballte die Fäuste, sie hatten seinen empfindlichen Punkt getroffen.

Gabin schien das alles ermüdend zu finden, er griff in seine Jacketttaschen und zog zwei Bündel Hundert-Euro-Scheine heraus. »Hier ist ein bisschen Kleingeld für die ersten Ausgaben. Und sobald du drüben bist, helfen wir dir, dich einzuleben.«

Risi hatte ein Auge für Bargeld entwickelt. Er sah auf den ersten Blick, dass jedes Bündel mindestens hundert Scheine enthielt. Und in Brasilien gab es Gegenden, wo zwanzigtausend Euro immer noch eine Stange Geld waren. »Warum tut ihr das?«

»Weil du uns gesehen hast. Und wir wollen ruhig schlafen können.«

»Ihr habt selbst dafür gesorgt, dass wir euch sehen, als ihr uns das Mittagessen bezahlt habt.«

Sein Gegenüber zuckte mit den Achseln. »Das war unbedacht. Aber da glaubten wir schon, die Sache wäre ausgestanden.«

»Wer sagt mir, dass ich euch trauen kann? Dass ihr mich nicht umlegt, sobald ich euch den Rücken zukehre?«

»Bring mich nicht in Versuchung. Ich würde dich gern liquidieren, aber noch einen Toten können wir uns nicht leisten. Ein Selbstmord und eine Überdosis sind schon das höchste der Gefühle, alles Weitere würde auffallen. Und wenn Kommissar Luciani auch nur der leiseste Verdacht kommt, dann geht der uns bis ans Ende aller Zeiten auf die Nüsse.«

»Das heißt Merli ... und Nicola ... Wie habt ihr das angestellt?«

»Wie hast *du* das angestellt?«

»Ich habe nichts getan.«

»Eben. Wir auch nicht. Ich behaupte nicht, dass wir nicht eventuell ein bisschen nachgeholfen hätten, aber das war gar nicht nötig. Das Schicksal hat es gut gemeint mit uns. Mit uns und mit dir. Und die anderen hat es richtig über den Löffel barbiert.«

Davide Risi schwieg einen Moment. Sollte er ihnen das glauben? Sein Stoff war gut, das wusste er, aber irgendjemand konnte ihn später noch gestreckt haben. Wie auch immer, egal was passiert war – es ging ihn nichts mehr an. Nicola war inzwischen unter der Erde, er dagegen war am Leben, und das wollte er bleiben. »Amen«, sagte er, wobei er Geld und Flugticket nahm.

»Du bist eine linke Bazille, Risi«, sagte Gabin, »und deshalb gefällst du mir. Du hast das Porzellan zerschlagen, ohne es zu wollen, und dann hast du die Scherben noch gewinnbringend verkauft. Steig ein, wir bringen dich nach Malpensa.«

Die Fahrt dauerte viel länger als erwartet. Obwohl er nicht einmal zum Essen hielt, nur zum Tanken, brauchte Marco Luciani fast zwei Stunden bis Mailand, und dann geriet er wieder in den Wochenendverkehr der Großstädter, die an die Seen fuhren. Er passierte die Schweizer Grenze, und bis Lugano meinte er, es gehe jetzt in einem angenehmen Tempo weiter, aber dann kamen die Baustellen und die Staus. Bei Brünigen, als er schon Licht am Ende des Tunnels zu sehen meinte, hatte es einen Unfall gegeben, und er verlor fast noch eine Stunde. Er bereute, dass er nicht den Dienstwagen genommen hatte, aber in einem anderen Land hätte er sowieso nicht gewagt, das Martinshorn anzustellen, und schon gar nicht in der Schweiz.

Als er endlich nach Grindelwald kam, suchte er auf dem Flyer, der an der Tür zum Vereinssitz gehangen hatte, den Namen des Hotels, wo die Gruppe aus Rapallo abgestiegen war. Die Jagd war zu Ende.

»Varig. Letzter Aufruf für den Flug 815 nach Rio de Janeiro. Die Passagiere Risi und Bianchi werden gebeten, sich unverzüglich zum Gate zu begeben.«

»Beeil dich.«

»Ich komme.«

Die Stewardess empfing sie mit säuerlicher Miene: »Das war äußerst knapp. Wir wären fast ohne Sie geflogen.«

Der Jüngere lächelte, er ähnelte dem jungen Belmondo.

»Sie müssen entschuldigen. Wir hatten ein Problem mit dem Wagen.«

»Haben Sie kein Gepäck?«

»Nur Handgepäck«, sagte der Mann mit den grauen Haaren.

Das Mädchen kontrollierte schnell die Ausweise. Der junge Mann sah viel besser aus als auf dem Passbild.

»Bitte, Herr Risi. Bitte, Herr Bianchi.«

Die Jagd war nicht zu Ende. Die Gruppe aus Rapallo hatte sich geteilt. Während die meisten Mitglieder im Hotel geblieben waren und den Ausflug mit der Grindelwaldbahn am nächsten Tag abwarteten, hatten vier sich zu einer Extratour entschlossen: Sie waren mit der Seilbahn nach Pfingstegg gefahren und von dort zu Fuß weiter zur Berghütte von Stieregg aufgestiegen, oberhalb des Tales, das unter dem Grindelwaldgletscher lag. Das Monster war natürlich unter ihnen.

Marco Luciani fluchte im Stillen. Er hatte nicht die geringste Lust, auf Bergpfaden herumzukraxeln, und auch der Gedanke an die Seilbahn war ihm alles andere als sympathisch. Er überlegte, was zu tun war, doch da erfuhr er vom Hotelier, dass die letzte Gondel schon abgefahren war. Man müsse zu Fuß aufsteigen oder die erste Seilbahn am nächsten Morgen abwarten, um acht Uhr. Der Kommissar hätte die Sache am liebsten aufgegeben, aber als er an die grausige Autofahrt dachte, besann er sich eines Besseren. Er bat um ein Zimmer für eine Nacht und um einen Weckruf für sieben Uhr. Er würde mit der ersten Gondel fahren und hoffentlich an die Hütte gelangen, bevor die Gruppe zur Wanderung aufbrach.

Sie ließen sich in die Ledersessel sinken. Belmondo zog sofort die Liste mit den Filmen und die Speisekarte aus der Sitztasche.

»Meine Fresse, was für eine Hektik.«

»Das war ein bisschen eng.«

»Aber jetzt heißt es: Urlaub!«

Gabin lächelte. »Jo. Den haben wir uns wirklich verdient.«

Der Jüngere schaute sich um. Die Stewardessen der ersten Klasse waren der Hammer. Wer weiß, wie viele in dieser Preisklasse in Brasilien herumliefen. Und wenn sein Charisma nicht reichen sollte, dann würde es das Geld tun, das er in der Tasche trug. Er beugte sich zu seinem Chef hinüber und fragte: »Können wir ganz entspannt sein? Werden sie nicht anfangen, ihn zu suchen?«

»Warum sollten sie ihn suchen? Risi ist unterwegs nach Brasilien, und das hat er auch seiner Frau gesagt.«

»Aber wenn sie die Leiche finden?«

»Die werden sie nicht finden. Die Stelle nennen sie die Foiba*.«

»Die was?«

Der Ältere schaute ihn fragend an: Machte Belmondo Witze? Dann winkte er resigniert ab und fragte: »Was gibt es zum Nachtisch?«

*»Ich bin's.«*

*»Was willst du?«*

*»Wir müssen reden.«*

*»Ich habe dir nichts mehr zu sagen. Lass mich in Ruhe. Hör auf, mich anzurufen.«*

*»O nein, meine Liebe. Das ist zu einfach. So leicht kommst du mir nicht davon. Du hast dich mies verhalten, und das weißt du. Also, sag, wo ich dich treffen kann, sonst komme ich in dein Büro und mache dir vor allen Leuten*

* Foibe sind unzugängliche Felsspalte im Karstgebirge v.a. um Triest, in denen man eine unbestimmte Anzahl von Leichen, Opfer der Vergeltungsaktionen zwischen Faschisten und Partisanen, verschwinden ließ. (Anm. d. Übers.)

*eine Riesenszene. Oder noch besser: Ich komme morgen in die Kirche und erzähle deinen Freunden und deinem Popen, was dein Schmollmund so alles kann.«*

*Vor Wut und Angst vergoss sie zwei dicke Tränen, die an den Wimpern hängenblieben. Ich dumme Gans habe mich in die Zwickmühle gebracht, dachte sie. Und jetzt muss ich alleine wieder rausfinden. Vielleicht gibt es eine Chance, vielleicht kann ich die Sache noch ausbügeln. Sie hatte etwas Geld auf der hohen Kante, und am Morgen hatte sie etwas im Büro entdeckt – das konnte im Notfall vielleicht auch helfen.*

*»Hör mal. Kann sein, dass das nicht richtig von mir war. Aber ich war völlig am Ende. Verstehst du, dass ich am Ende war? Ich wollte dich nicht verletzen. Aber für mich war es das erste Mal, und du … Weißt du, was wir machen? Ich gebe dir das Geld für die Kreuzfahrt. Was hältst du davon?«*

*»Hmm. Wenigstens gibst du jetzt zu, dass du Mist gebaut hast. Ich nehme es als Zeichen guten Willens. Wie viel war denn ein Ticket wert?«*

*Barbara protestierte: »Achthundert Euro. Aber so viel kannst du nicht verlangen. Ich kann dir vierhundert geben, die Hälfte, das halte ich für ein faires Angebot. Im Grunde hast du nur die letzte Frage beantwortet.«*

*»Hmm … Aber hast du denn das Geld?«*

*»Ja, ich muss es nur abheben. Komm am Montag ins Büro. Aber zeitig. Bevor mein Chef da ist. Um Viertel nach acht. Wir regeln das alles, okay?«*

*Die Stimme am anderen Ende der Leitung begann zu flüstern: »Einverstanden. Bis Montag.«*

# Sonntag
## Luciani

Er hätte nicht gedacht, dass es im Juni im Gebirge noch so kalt war. In der Nacht hatte er sich unter der Daunendecke verkrochen, aber als er am Morgen das Fenster öffnete, wurde ihm klar, dass er in Hemd und Sommeranzug frieren würde wie ein Schneider. Er schloss schnell wieder das Fenster, betrachtete den glasklaren Himmel und hoffte, dass die Sonne im Laufe des Tages die Luft erwärmen würde. Am liebsten wäre er wieder unter die Daunendecke gekrochen und hätte noch ein bisschen geschlafen, denn er hatte vor Anspannung erst nach drei Uhr in den Schlaf gefunden, und die folgenden vier Stunden waren auch recht unruhig gewesen. Eine Kirchturmuhr schlug siebenmal, dann noch einmal kurz, und pünktlich läutete der Weckdienst an. Marco Luciani gab sich einen Ruck, nahm eine heiße Dusche, zog Unterwäsche, Hemd, Anzug und seine Mokassins an und ging hinunter zum Frühstück.

Er hatte schon eine ganze Weile nichts mehr zu sich genommen, und da ihm ein ordentlicher Aufstieg bevorstand, zwang er sich, etwas mehr als gewöhnlich zu essen: Neben dem Kaffee nahm er noch zwei Scheiben Zwieback mit Butter und Marmelade.

*Die Gestalt stellte das Frühstücksgeschirr ins Spülbecken, ging ins Zimmer und zog hastig den weißen Pullover mit den roten Punkten an, die engen schwarzen Shorts, dann Baumwollsocken und Schuhe. Sie setzte den Kopfhörer auf und verdeckte ihn mit der Baseballkappe, holte den iPod aus der Station und band ihn sich an den linken Oberarm, auf einen sicheren Halt achtend. Sie schaute auf die Uhr. Genau 7.45 Uhr. Sie hielt das Ohr an die Schlafzimmertür und hörte ein tiefes Schnarchen. Das Schlafmittel hatte gewirkt. Sie hatte genügend Zeit, um es dieser Nutte heimzuzahlen, nach Hause zurückzukehren und in den Zug zu steigen.*

Die kalte Luft legte sich eisig über seinen Rücken, wie ein nasses Laken. Der Kommissar schlug den Kragen hoch und überquerte im Stechschritt die Straße, sein weißer Atem schien fast zähflüssig, aber im Nu hatte er die kurze Strecke zwischen Hotel und Seilbahn zurückgelegt. In der Gondel war es noch kälter als draußen, die fünf oder sechs Touristen um ihn herum betrachteten ihn wie einen Penner oder einen Irren. Sie trugen Bergstiefel, Cordhosen, Fleecepullover und Rucksäcke, in denen heißer Tee und Schokolade steckte.

Er blieb mitten in der Gondel stehen, balancierte auf der Stelle und zwang sich, nicht aus dem Fenster zu sehen, aber immer wenn sie an einem Tragemasten vorbeischwebten, hielt er den Atem an.

Als er die Berghütte von Pfingstegg erreichte, war er total steifgefroren, er würde am nächsten Tag sicher halbtot im Bett liegen. Aber bis dahin blieb noch ein Tag Zeit, er musste nur ein paar Minuten oder höchstens Stunden die Zähne zusammenbeißen. Er fragte nach dem Weg nach Stieregg. Der Weg sei leicht, hieß es, zu Fuß nur etwa eineinhalb Stunden. Er stapfte entschlossen los, rannte fast, um die Kälte aus den Knochen zu vertreiben, und hatte es in weniger als einer Stunde geschafft. Aber kaum war er an der Hütte, kam die Enttäuschung: Der Wettlauf war noch nicht zu Ende. Der Betreiber musterte ihn misstrauisch von oben bis unten, und als Luciani seinen Ausweis zeigte, wurde er nur ein klein wenig umgänglicher.

»Tut mir leid, die sind eben los. Vor etwa einer Viertelstunde, höchstens zwanzig Minuten«, sagte er, wobei er sich Mühe gab, Italienisch zu reden.

»Können Sie mir sagen, welche Route sie gehen?«

»Die zur Schreckhornhütte. Da geht es bis auf zweitausendfünfhundert Meter.«

»Und … wie ist der Aufstieg dorthin?«

»Toll. Wirklich grandios.«

»Nein, ich meine, ist er einfach oder schwer?«

»Der erste Teil ist leicht. Der zweite durchwachsen. Aber wenn es regnet, wird es gefährlich.« Das sagte er wie jemand, der genau weiß, dass sich bald alle Himmelsschleusen öffnen werden.

Fast hätte der Kommissar gefragt, ob es viele schwierige Passagen gab, da er nicht schwindelfrei sei, aber dann wollte er es lieber nicht so genau wissen. Vielleicht holte er sie noch vor dem harten Abschnitt ein. »Gut, ich sollte mich besser sofort auf den Weg machen.«

Der Hüttenwirt schaute ihn schräg an und schüttelte energisch den Kopf.

»Was ist?«

»Sie haben doch nicht vor, in diesem Aufzug loszugehen?«

»Was stimmt denn nicht damit?«

»Die Schuhe. Eine glatte Gummisohle, und der Anzug ist viel zu dünn. Haben Sie einen Wollpullover?«

Marco Luciani verneinte. »Aber die Luft heizt sich doch schnell auf.«

»In den Bergen kann das Wetter im Nu umschlagen. Was für eine Schuhgröße haben Sie?«

»Neunundvierzig.«

Der Mann kratzte sich am Kopf. »Keine Chance. Ich hätte Ihnen welche geliehen, aber bei der Schuhgröße … Sie sollten besser wieder runter ins Dorf und sich ein Paar kaufen, wenn Sie aufsteigen wollen.«

Kommt nicht in die Tüte, dass ich wieder runterfahre, dachte der Kommissar. Aber er sagte: »Ja, das wird wohl besser sein. Danke für den Rat.«

Während er losging, hörte er die Stimme des Wirtes: »Sobald die ersten Wolken aufziehen, müssen Sie schleunigst wieder runter.« Aber er wusste, dass Luciani nicht auf ihn hören würde. Das war einer dieser überheblichen Städter, die nicht einsehen wollen, dass ein Paar ordentlicher Schuhe über Leben und Tod entscheiden konnte.

Er war noch einmal versucht, einfach die Rückkunft der Ausflügler abzuwarten. Aber vielleicht war diese Tour in die Schweiz nicht nur ein kleiner Ausflug, sondern der Auftakt zu einer Flucht. Vielleicht würde das Monster einen ganz anderen Weg einschlagen und auf Nimmerwiedersehen verschwinden. Und Luciani hatte nicht die geringste Lust, die Partie zu verschenken, nachdem er sich diesen Matchball erkämpft hatte.

*Barbara spürte jetzt, wie Panik sie befiel. Sie hatte gehofft, das Ganze sei nur eine Geldfrage, aber als sie den Ausdruck dieser Augen sah, dieses vor Wut gerötete und entstellte Gesicht, war sie nicht mehr so sicher. Sie stand vom Schreibtisch auf, holte das Portemonnaie aus der Tasche und zog vier Banknoten heraus.*

*»Hier. Ich habe das Geld abgehoben. Das sind vierhundert Euro, die Hälfte des Ticketpreises.«*

*Die höhnische Miene machte klar, dass das nicht reichen würde.*

*»Hast du wirklich gedacht, ich käme wegen des Geldes her? Glaubst du wirklich, vierhundert verschissene Euro könnten den Schmerz vergessen machen, den du mir zugefügt hast?«*

*»Wart mal, wenn du das Geld nicht willst, kann ich dir etwas anderes geben. Schau mal«, sagte sie, während sie ein*

*Blatt aus dem Drucker zog. »Sagt dir das nichts? Aktion ›Lächeln‹. Ein LKW-Fahrer, der eine Ladung Medikamente verschwinden lässt und auf dem Schwarzmarkt absetzen will. Eine Anzeige, die erstattet und dann zurückgezogen wird. Die allein würde genügen, um jemanden sofort wieder in den Knast zu bringen, der auf sein Ehrenwort auf freiem Fuß ist. Oder irre ich mich?«*

*Barbara brauchte nur einen Moment, um zu begreifen, dass ihr Ass im Ärmel nicht gestochen hatte. Sie hatte erwartet, dass in diesen Augen Angst und Hilflosigkeit aufflackern würden, aber stattdessen war da nur eine Art Enttäuschung.*

*»Wenn du mich in Frieden lässt, kann ich es löschen. Verschwinden lassen, für immer«, stotterte sie.*

*Noch eine Grimasse. »Vergiss es«, sagte der Besucher und schüttelte den Kopf, als sähe er einen Felsbrocken auf sie beide zufliegen und wüsste, dass es kein Davonkommen mehr gab. Er drehte sich um, wandte Barbara den Rücken zu, so dass diese sich nicht mehr in Gefahr wähnte. Dann zog er mit einer einzigen geschmeidigen Bewegung aus der iPod-Tasche den Nothammer, den er in einem Zug mitgenommen hatte. Er war klein, aber tödlich, dazu gedacht, eine dicke Glasscheibe zu zertrümmern. Die Gestalt umklammerte ihn mit der rechten Hand, drehte sich um und schlug Barbara, die eher erstaunt als verängstigt war, mitten ins Gesicht. Sie sah, wie ihr Kopf gegen die Wand schlug, sich ihre Augen verdrehten und sie auf den Boden glitt. Sie schlug auf sie ein, wieder und wieder, sie schlug mit der blinden Wut eines Menschen, der sich verraten fühlt, bis ihr Arm vor Schmerz erlahmt war. »Hure«, zischte der Angreifer und hackte noch einmal in ihren Unterleib.*

*Er wickelte einen Finger in sein T-Shirt und löschte die Datei, dann leerte er auch den Papierkorb des Computers und schaltete diesen ab. Danach griff er wieder in das T-Shirt, um die Badtür zu öffnen, und entfernte die auffälligsten Blutflecken. Er reinigte auch den Hammer grob, an dem Haare und Hirnmasse hängengeblieben waren, dann steckte er ihn zurück in das iPod-Etui und setzte den Kopfhörer auf. Auf dem Sweatshirt waren noch ein paar Blutspritzer, die zwischen den roten Punkten jedoch nicht weiter auffielen.*

*Die Uhr auf Barbaras Schreibtisch zeigte 8.11 Uhr. Jetzt hieß es nur noch ungesehen vor die Haustür gelangen und gemächlich Richtung Wohnung joggen. Blieben zwanzig Minuten, um sich ein Alibi zu besorgen.*

Zwanzig Minuten Vorsprung sind nicht viel, sagte Marco Luciani sich immer wieder und beschleunigte den Schritt. Vor allem wenn das Monster rasten sollte, um das traumhafte Panorama zu genießen, das Luciani auszublenden versuchte, indem er seinen Blick ganz auf den Weg vor sich konzentrierte. Schade, dass er nicht mit Scheuklappen unterwegs war. Er schritt voran wie ein schwarzer Racheengel, scheinbar unempfindlich gegen Kälte und Angst, und wenn er hin und wieder einen Wanderer einholte, rief er: »Entschuldigung, Entschuldigung!«, wobei sein Ton so forsch war, dass der andere sich gegen die Felswand presste und ihn passieren ließ, ohne dass Luciani sich allzu dicht an die Kante der Gletscherschlucht begeben musste. Nach etwa zwanzig Minuten Fußmarsch stieß er auf einen Bach, der den Weg überspülte und ein Weiterkommen unmöglich machte. Das Gewässer war selbst für ihn zu breit, also musste Luciani entweder hindurchwaten oder auf einem zehn Zentimeter schmalen Grat an der Felskante entlangbalancieren. Er schloss die Augen, tauchte einen Fuß ein, bis er auf den Grund stieß und hinübersetzen konnte. Das Wasser hatte sofort Schuh und Socken durchnässt, aber der Kommissar fluchte nur und setzte den Weg fort.

Es war fast eine Stunde vergangen, Marco Luciani musste jeden Moment zumindest die Nachhut der Gruppe erreichen, als plötzlich, an der soundsovielten Wegbiegung, seine Beine weich wurden. Fast wäre er auf die Knie gesunken wie der heilige Paulus vor den Toren von Damaskus: Vor ihm ragte eine senkrechte Felswand etwa vier Meter in die Höhe. Daran hatte man provisorisch mit Felshaken sieben oder acht Holztritte befestigt.

Der Kommissar zitterte, und zwar nicht vor Kälte, seine Beine fühlten sich unwiderstehlich zum Abgrund zu seiner Rechten hingezogen, einer Schlucht, deren Tiefe er nicht abschätzen konnte und wollte. Zur Linken war nur die Granitwand. Hinter ihm: ein höchstens vierzig Zentimeter breiter Pfad. Hier endete der Weg. Wer weiter wollte, musste wohl oder übel die Behelfsleiter überwinden.

Marco Luciani starrte erneut die Haken und die Bretter an. Er schaute nach oben: über der Leiter ein kobaltblauer Himmel. Und eingerahmt von dem kobaltblauen Himmel ein durchtrainierter Körper, zwei eiskalte Augen, die ihn voller Verachtung musterten.

*Sie schaute auf die Uhr. 8.32 Uhr. Bis zum Bahnhof waren es noch fünfzig Meter. Sie hatte das Ticket schon in der Tasche, sie konnte gemütlich zum Gleis gehen. Der Intercity hatte sowieso immer fünf Minuten Verspätung. Sie fühlte sich gut; als sie den Kopf unters kalte Wasser gehalten hatte, war fast die ganze Anspannung von ihr abgefallen, und die feuchten Haare trotzten der drückenden Hitze. Sie hatte die Joggingklamotten in den Rucksack gesteckt und in Rekordzeit ein Kleid und Schuhe angezogen, während hinter der Tür immer noch leise geschnarcht wurde. In der Bahnhofshalle grüßte sie zwei Bekannte und wechselte ein paar belanglose Bemerkungen mit ihnen, damit sie sich an sie erinnern und ihr Alibi untermauern würden.*

*Sie suchte nach einem leeren Abteil, was eine Weile dauerte und sie fast bis ans Ende des Zuges führte. Schließlich fand sie, was sie suchte, setzte sich und wartete, während ihr Herz hin und wieder anfing, wie verrückt zu schlagen.*

*Vor Recco stand sie auf, nahm den Rucksack und ging auf die Toilette. Sie holte den rechten Schuh aus dem Rucksack und warf ihn ins Klo. Ein paar Minuten später warf sie auch den linken weg. Den Müllsack mit dem Jogginganzug, den Socken und dem Slip steckte sie wieder in den Rucksack. Nach der Ankunft wollte sie ihn in irgendeinen Müllcontainer werfen. Sie zog aus der Außentasche des Rucksacks den Nothammer, reinigte ihn etwas gründlicher und verließ im ersten Tunnel die Toilette. Nachdem sie kontrolliert hatte, dass niemand sie beobachtete, hängte sie ihn wieder an seinen Platz.*

*»Bye bye, Tatwaffe«, sagte sie grinsend und ging zurück. Sie würden nie herausfinden, womit sie Barbara erschlagen hatte, und selbst wenn sie es herausfanden, würden sie nie auf die Idee kommen, dass die Waffe an ihren angestammten Ort zurückgekehrt war und durchs Land reiste. Und selbst wenn sie auch darauf kommen würden: Das wäre wie die Suche nach der berühmten Nadel im Heuhaufen. Vor allem weil irgendein halbwüchsiger Schwachmat ihn sicher in den nächsten Tagen würde mitgehen lassen.*

Emanuela Merli hob sich von der Felswand ab. Sie hatte Marco Luciani auf den ersten Blick erkannt – und begriffen, dass er alles wusste. Da stand er, der Kommissar, mitten auf dem Weg, und betrachtete sie mit einem fast ironischen Grinsen. Sie musterte seine Mokassins, seinen dunklen Anzug, das Gesicht, das so weiß war wie das Hemd, die langen, dünnen Arme, die wie versteinert schienen. Sie dachte an die Arme von Zombies, an Äste über nächtlichen Friedhöfen. Er würde nicht haltmachen, er würde sie weiter verfolgen und früher oder später stellen. Sie würde auf den Titelseiten landen, und dann im Knast.

Sie wandte den Blick ab, um wieder die Berge zu betrachten, den blauen Himmel und die Wolken, die langsam aufzogen und sich finster um einen der Gipfel ballten. Knast. Eine Zelle, zwei auf drei Meter. Für mindestens zwanzig Jahre. Aus dem Augenwinkel warf sie noch einen Blick auf diesen großen dünnen Mann. Er hatte sich nicht fortgerührt, stand da immer noch, die Beine leicht gespreizt, mit seinem fiesen Grinsen. Vielleicht wartete er darauf, dass sie freiwillig herunterkam. Das konnte er vergessen.

Sie nahm den frischen Wind wahr, die wärmende Sonne, das gleißende Licht auf dem Schnee. Sie schaute ihn triumphierend an, und da setzte der Kommissar sich in Bewegung.

Marco Luciani stand seit einer Ewigkeit wie angewurzelt, die Zehen in den Boden gekrallt, den Blick auf das Mädchen geheftet. Er brauchte sie nur anzuschauen, und schon drehte sich alles, aber er versuchte, sich nichts anmerken zu lassen, seine qualvolle Grimasse in ein ironisches Grinsen zu verwandeln, das so viel bedeuten wollte wie: Sinnlos, wenn du abzuhauen versuchst, ich folge dir bis ans Ende der Welt. Da kannst du auch gleich runterkommen und mitgehen. Und zwar gehst du voraus. Er hoffte, seine Passivität würde wie eine Herausforderung zum Duell auf sie wirken, zu einer Art Kräftemessen, bei dem sie am Ende nur den Kürzeren ziehen konnte. Damit sie nicht merkte, dass sie sich nur umzudrehen brauchte, dem Abgrund den Rücken kehren und weiterklettern musste, um ihn für immer abzuhängen, denn diese Leiter wäre er nicht einmal um den Preis seines eigenen Lebens hochgeklettert.

Er versuchte sich ausschließlich auf Emanuelas Gesicht zu konzentrieren und alles andere auszublenden: die Felsen, ihre Füße, fünf Zentimeter vor dem Abgrund, die Wanderer, die nachrückten und ihn bald auffordern würden weiterzugehen, weil er den Weg blockierte.

Allein schon bei dem Gedanken an seinen Körper, der da auf der Leiter im Nichts hing, über, neben und unter ihm: nichts, wurde er blass. Emanuela musste das erkannt haben, denn in diesem Moment blitzte in ihren Augen so etwas wie Triumph auf. Sie hatte den Schwachpunkt des Gegners gefunden, und nun würde sie ihm entkommen.

Scheiß drauf, dachte Marco Luciani. Er löste sich von der Wand, setzte den Mokassin auf die zweite Sprosse und griff mit der Hand nach der vierten.

Emanuela schaute ihren Gegner noch einmal herausfordernd an. Ich gewinne, dachte sie. Sie wandte sich dem Abgrund zu, schloss die Augen, breitete die Arme aus und lächelte.

Er sah sie nach vorne fallen wie ein Kruzifix, das sich plötzlich von der Wand löst, sie segelte dreißig, vierzig Meter ruhig durch die Luft, ehe ihr Körper herumgewirbelt wurde. Seine Knie wurden weich, und der nasse Schuh verlor seinen Halt auf dem Holztritt. Er würde gleich ohnmächtig werden und versuchte, sich mit beiden Händen an die Bretter zu klammern. Doch er konnte sich nicht halten, schlug mit dem Gesicht gegen den Steig und fiel zu Boden wie ein nasser Sack.

# Epilog
## Montag

»Habt ihr das vom Kommissar gehört?«

»Ja.«

»Das gibt's doch nicht. Ich glaube es einfach nicht.«

»Ich auch nicht. Das kann so nicht enden. Das ist absurd. Weißt du, was der noch alles hätte tun können? Und hier, ohne ihn und ohne Giampieri …«

Iannece seufzte: »Ihr wisst, wie es heißt: Die Besten gehen zuerst.«

»Das reicht jetzt«, sagte Calabrò, »es bringt nichts, wenn wir nur rumjammern. Ich habe einen Plan.«

Polizeichef Iaquinta öffnete die Schreibtischschublade und holte Marco Lucianis Entlassungsgesuch hervor. Er hatte es in den letzten Tagen immer wieder zärtlich gestreichelt, und jetzt fühlte er sich fast schuldig. Man sollte sich nie an anderer Leute Unglück weiden, dachte er. Und ich bin ja gar kein nachtragender Mensch. Jetzt, da die Ferien des Kommissars wirklich vorbei sind, werde ich ihn sogar ein wenig vermissen.

Er steckte den Brief ein und ging hinaus. Dieses Vergnügen, ihn persönlich abzuschicken, würde er sich von keinem nehmen lassen. Und außerdem traute er keinem, Luciani hatte zu viele Freunde im Präsidium, und auch bei dem hausinternen Kurierdienst kam manchmal etwas weg. Ein schönes Einschreiben auf dem Postamt, das war die sicherste Lösung. Und von der Post bis zu Irynas Wohnung waren es auch nur fünf Minuten. Ein Klacks.

Kaum war er auf dem Korridor, kamen Calabrò, Failla,

Vitone und noch ein paar Beamte auf ihn zu. »Wir wollten gerade zu Ihnen, Chef.«

»Hmm, ehrlich gesagt habe ich es ziemlich eilig.«

Calabrò fasste sich ein Herz: »Wir wollten nur wissen, ob Kommissar Luciani tatsächlich nicht mehr zurückkehrt.«

Iaquinta schüttelte den Kopf und setzte eine zerknirschte Miene auf: »Es tut mir leid. Ich habe alles versucht, um ihn umzustimmen, aber da war nichts zu machen. Ihr kennt ihn ja, wenn er einmal eine Entscheidung getroffen hat, dann bleibt es dabei.«

»Ja. Vor allem, wenn es die falsche ist«, brummte Iannece. Iaquinta legte ihm die Hand auf die Schulter. »Ihr braucht euch jedenfalls keine Sorgen zu machen. Es war eine schlimme Zeit, aber wir haben sie, dank eures Einsatzes, bestens gemeistert. Und was die Zukunft angeht: Ich habe bereits mit dem Minister gesprochen, und der hat mir versichert, dass noch vor Monatsende ein Ersatz von entsprechendem Format eintreffen wird.«

»Das ist unmöglich«, erwiderte Iannece todernst. Dann streckte er die offenen Handflächen von sich und sagte: »Wo zum Kuckuck wollen sie denn einen zwei Meter langen Kommissar auftreiben?«

Failla brach in Gelächter aus. Vitone tat es ihm gleich. Calabrò versuchte sich zu beherrschen, platzte dann aber ebenfalls heraus. Iaquinta fand die Bemerkung nicht so wahnsinnig witzig, aber da sie auf wundersame Weise diese Trauergemeinde in Scherzbolde verwandelt hatte, stimmte er in das ausgelassene Gelächter mit ein.

Sie klopften einander auf die Schulter, schüttelten sich die Hände. »Jungs, ihr seid eine tolle Truppe«, sagte der Polizeichef lächelnd. Calabrò erwiderte: »Wir setzen unser Vertrauen in Sie«, und Failla ging sogar so weit, ihn zu umarmen: »Sie sind wie ein Vater für mich gewesen«, sagte er mit gebrochener Stimme. Iaquinta gab ihm einen Nasenstüber und machte sich von dannen, damit er nicht auch noch rührselig wurde.

Er schlug ein Auge auf. Dann schloss er es und hatte sofort wieder den Alptraum vom Vortag vor sich: Wie der deutsche Wanderer ihn mit leichten Ohrfeigen ins Bewusstsein zurückholen wollte, das Geschrei von Emanuelas Freunden, wie er, Luciani, seine Galle auf den Felspfad spie und sich weigerte, sich über den Abgrund zu beugen, der erste Donnerschlag, der aus heiterem Himmel kam, die aufgeregten Telefonate mit der Notrufzentrale, wie Luciani nach einem Hubschrauber schrie, weil er nie und nimmer zu Fuß den Rückweg antreten würde. Er zitterte und weinte in einem Anfall von Panik, und erst zwei kräftige Ohrfeigen und einige Schlucke Fusel brachten ihn wieder ein bisschen zu sich. Dann fing es zu schütten an, irgendwer lieh ihm eine Windjacke, und eine Frau gab ihm eine Mütze, an der links ein Taschentuch befestigt war, damit er den Abgrund nicht sah. Ein Bergführer stellte sich vor Luciani, einer hinter ihn, und der Kommissar musste seinem Vordermann die Hände auf die Schultern legen und im Gänsemarsch den ersten kleinen Schritt machen, dann noch einen und noch einen. Sie stiegen über die Rinnsale, die von der Bergflanke kamen, und den Bach, der sich in einen reißenden Wasserfall verwandelt hatte.

Er schlug wieder die Augen auf. Es war tatsächlich jemand auf der Straße. Und dieser Jemand brüllte aus vollem Hals: »Commissario! Commissario Luciani!« Er dachte: »Das gibt's doch nicht. Der schon wieder.«

Er stieg aus dem Bett, trat ans Fenster, und es kostete ihn eine übermenschliche Anstrengung, hinunterzublicken, denn sofort waren Schwindel und Übelkeit wieder da. Iannece breitete die Arme aus und fuchtelte wie wild: »Schön, wenn der Postmann zweimal klingelt, Herr Kommissar. Aber wenn Sie Ihre Gegensprechanlage nicht reparieren lassen, dann ist der Postmann bald seine Stimme los.«

»Komm rauf«, sagte Luciani und warf ihm die Schlüssel hinunter.

Iannece kam außer Atem oben an. Drei Treppen, und er war k. o. Er setzte sich auf einen Stuhl in der Küche und ließ sich ein Glas Wasser geben, das Luciani aus dem tropfenden Hahn gezapft hatte.

»Sind Sie sicher, dass ich ihn nicht in Ordnung bringen soll, Commissario?«

»Das lohnt nicht mehr. Ich werde hier nicht mehr lange wohnen.«

»Ach? Und wohin ziehen Sie?«

»Weiß nicht, vielleicht nach Mailand, mal sehen. Hier hält mich jedenfalls nichts mehr, auch mein Urlaub ist verstrichen. Der Polizeichef hat mir gesagt, er wird mein Entlassungsgesuch nach Rom weiterleiten, ab heute bin ich also offiziell arbeitslos.«

Iannece starrte ihn an. »Ich habe gestern den ganzen Tag versucht, Sie zu erreichen. Haben Sie einen Ausflug gemacht?«

»Einen Ausflug? Mache ich nie.«

»Ach, ich dachte, Sie wären vielleicht ein bisschen ans Meer gefahren. Oder in die Berge …«

Sie konnten davon nicht erfahren haben, dachte Marco Luciani. Kaum war er an der Hütte gewesen, hatte er sich in die Seilbahn gesetzt und war dann zum Auto gesprintet. Er hatte nicht die Absicht gehabt, der Schweizer Polizei irgendwelche Erklärungen zu geben.

»Ich war nicht mehr in den Bergen, seit ich ein kleines Kind war, Iannece. Ich bin nicht schwindelfrei.«

»Verstehe. Dann wissen Sie also gar nichts von dem Unglück?«

»Welchem Unglück?«

»Merlis Schwester. Sie ist in der Schweiz ums Leben gekommen. Sehen Sie.«

Er schlug die Zeitung auf, die er unter den Arm geklemmt hatte. Mitten auf der Seite war ein Foto der jungen Frau, darüber die Schlagzeile: »Frau aus Rapallo stirbt in Bergen. Stürzt in Abgrund, vielleicht Kollaps. Emanuela Merli, fünfunddreißig Jahre, war die Schwester von Barbara Ameris Mörder, der vor zehn Tagen Selbstmord beging.«

»Tut mir leid«, sagte Luciani. »Diese Geschichte hat über viele Leute Unglück gebracht. Hoffen wir, dass sie jetzt vorbei ist. Für mich ist sie es bestimmt.«

»Nun, Commissario. Schauen Sie wenigstens noch einmal rein, um Ihre Sachen abzuholen? Auf Wiedersehen zu sagen? Oder gehen Sie einfach so?«

»Klar komme ich noch mal. In den nächsten Tagen schaue ich vorbei und verabschiede mich von jedem Einzelnen von euch.«

»Kommen Sie jetzt mit, Commissario. Die Jungs waren überzeugt, dass Sie heute Morgen vorbeischauen würden, und haben eine kleine Überraschung vorbereitet, ein Abschiedsfest.«

Marco Luciani wollte instinktiv ablehnen und irgendeine Ausrede erfinden. Dann dachte er, dass er nie einen besonders vertraulichen Umgang mit seinen Leuten entwickelt hatte. Dies war wohl die letzte Gelegenheit, sich einmal nicht als das Arschloch zu geben, das er in Wirklichkeit war. Es gefiel ihm nicht, dass er den Polizeidienst quittieren musste, aber wenn er es schon tat, dann wollte er wenigstens einen stilvollen Abgang hinlegen.

»Okay. Geh schon mal los. Ich dusche mich, ziehe ein anständiges Hemd an, und dann komme ich.«

Auf der Türschwelle drehte Iannece sich noch einmal

um. »Ach, Commissario, tun Sie überrascht, wenn die Überraschung kommt.«

Um Viertel vor elf betrat er das Präsidium. Er hatte für sein Erscheinen genau diesen Moment abgepasst, denn um diese Zeit standen die meisten Beamten im Flur oder am Kaffeeautomaten. Sie gönnten sich eine kleine Pause und hielten einen Schwatz, ehe sie in die Tretmühle zurückkehrten. Er ging entschlossen auf die Treppe zu und nahm jeweils drei Stufen auf einmal. Die Kollegen schauten sich nach ihm um und tuschelten miteinander (»Der Kommissar ist da.« – »Luciani ist zurück.« – »Nein, er verlässt uns, er holt nur seine Sachen.«). Und auch die normalen Besucher wunderten sich über diesen baumlangen, spindeldürren Mann, der einen Umzugskarton trug.

Er kam ins Stockwerk der Mordkommission, kein bisschen außer Atem, durchquerte den Korridor und ließ eine leichte Rasierwasserwolke hinter sich. Er hatte sich gründlich rasiert, war in seinen besten Anzug geschlüpft, einen grauen Nadelstreifen, der wie angegossen passte – als er noch fünfzehn Jahre jünger und fünfzehn Kilo schwerer war. Die polierten schwarzen Schuhe blitzten, und die Glanzlichter auf seinem kurzgeschorenen, gegelten Haar wirkten fast wie ein Heiligenschein. Aber der Blick, der war wie immer. Eine blaue Klinge, die sich in die Welt schnitt wie der Katana von Goemon.

Inspektor Calabrò kam gerade aus dem Büro, auf dem Weg zum Kaffeeautomaten. Er war ein bisschen nervös, denn im Moment war er der ranghöchste Beamte in der Mordkommission, und seine Nervosität wuchs, als er die Tür öffnete und statt des üblichen Lärms auf dem Flur eine merkwürdige Stille vernahm. Er streckte den Kopf heraus, schaute zuerst nach rechts, dann nach links und sah Luciani mit seinen Riesenschritten ankommen, den

Blick starr geradeaus gerichtet, gefolgt von einem schweigenden Prozessionszug.

Marco Luciani öffnete die Tür zu seinem Büro. Es herrschte Halbdunkel, die Jalousien waren herabgelassen, die Luft roch abgestanden. Er stellte den Karton auf den Schreibtisch, öffnete das Fenster und kniff die Augen zusammen, während das Licht scharfe Konturen ins Zimmer schnitt.

Er drehte sich um und sah Calabrò in der Tür, eingekeilt zwischen vier, fünf Kollegen, die nicht wussten, ob sie eintreten sollten. Der Kommissar schaute ihn finster an.

»Und? Gibt es irgendein Problem?«

Jemand schob den Inspektor vorwärts, und damit war der Bann gebrochen: Eine Flut von Beamten ergoss sich in den Raum, verteilte sich nach und nach an den Wänden, auf den Stühlen und schwappte sogar bis an den Schreibtisch. Niemand sagte ein Wort, aber Marco Luciani fühlte sich wie der Held in einem Fernsehfilm, der in einem Keller eingesperrt wird, wo es weder Fenster noch Türen gibt, und dem langsam das Wasser bis an den Hals steigt.

»Der Versammlungsraum ist woanders«, sagte er knapp.

Ein missbilligendes Raunen ging durch die Menge.

Dann bahnte Iannece sich einen Weg und trat aus der Gruppe hervor. Mit einer Torte, auf der eine Kerze brannte. Er stellte sie auf den Schreibtisch, Beifall brandete auf.

Luciani hatte damit gerechnet, versuchte aber überrascht zu tun. »Danke, Jungs,« sagte er, »aufrichtigen Dank.«

»Es gibt auch ein Geschenk«, sagte Calabrò, »hoffentlich haben wir Ihren Geschmack getroffen.« Er lächelte und reichte ihm das Etui eines Tennisschlägers, das in rotes Weihnachtspapier eingehüllt war.

Marco Luciani packte es aus und hielt zwei Head-Schläger in Händen, genau das Modell, von dem er vor einigen Wochen zwei Exemplare zertrümmert hatte. Irgendwer musste in den Club gegangen und seine Vorlieben recherchiert haben. Dieser Jemand hatte sich als fähiger Ermittler erwiesen.

»Die werde ich wie meine Kinder hüten.«

Einen Moment lang herrschte betretenes Schweigen, dann tönte Ianneces Stimme: »Seien Sie ehrlich, Herr Kommissar. Ein bisschen tut es Ihnen leid, dass Sie uns verlassen.«

Luciani beschränkte sich auf ein Nicken, denn die Stimme hätte ihm versagt.

»Ach, wir Deppen. Wir haben den Brief vergessen«, sagte Failla und streckte ihm ein Kuvert hin.

Iaquinta betrat das Postamt, ließ sich ein Formular für ein Einschreiben geben, füllte es aus und zog den Brief aus der Tasche. Auf dem Umschlag stand: »An den Polizeichef«, aber die Handschrift schien ihm eine andere. Er zog das Blatt heraus, las es und wurde bleich. Was zum Geier hatte Davide Risi mit dieser Angelegenheit zu schaffen?

Marco Luciani wendete sein Entlassungsgesuch in den Händen und wusste nicht, was er davon halten sollte.

Er schaute Iannece an und flüsterte: »Aber das ... Hast du das denn nicht dem Chef gegeben?«

»Klar, Herr Kommissar. Ich bin ein pflichtbewusster Zusteller. Bei Annahmeverweigerung gehen Sendungen aber postwendend zurück.«

Der Kommissar starrte Calabrò, Vitone und, etwas ausführlicher, Failla mit seinem verschlagenen Gesichtsausdruck an. Dann steckte Iannece ihm eine Zigarre zwischen die Lippen.

»Soll ich Sie Ihnen anzünden? Oder wollen Sie das lieber selber tun?«

»Das mache ich selber, danke.« Er hielt den Brief in die

Kerzenflamme, und als er Feuer fing, zündete er damit die Zigarre an. Dann legte er das Blatt in den Aschenbecher und sah zu, wie es verbrannte.

Er hatte Magengrimmen, vielleicht weil in dieser ganzen Geschichte nichts wirklich in Ordnung gebracht worden war. Der Fall Ameri war gelöst, aber niemand außer ihm würde jemals den wahren Mörder kennen. Er hatte gute Lust, es allen zu sagen, stolz zu verkünden, dass er ihm auf die Schliche gekommen war. Aber er würde es nicht tun. Es hatte keinen Sinn, einen Menschen anzuklagen, der bereits mit dem Leben bezahlt hatte. Anwalt Mantero war inzwischen von jedem Verdacht freigesprochen, und Barbaras Eltern hätte diese Wahrheit – falls das möglich war – noch mehr geschmerzt.

Aber eine offene Frage lag ihm wirklich schwer auf dem Magen: Wenn Maurizio Merli unschuldig war, warum hatte er sich dann umgebracht? Aus Angst vor dem Knast? Oder weil er wusste, dass die Schwester die Mörderin war, und er sie retten wollte?

Was Nicolas Tod anging: Aus rein wissenschaftlicher Sicht gab es da kein Geheimnis mehr. Das Schicksal hatte ihm einen bösen Streich gespielt, aber der Kommissar würde nie erfahren, warum sein Vize fürchtete, ins Fadenkreuz der Geheimdienste geraten zu sein. Und ob er schließlich doch etwas über die ominösen Containertransporte nach Afrika und in den Mittleren Osten herausgefunden hatte.

Dann gab es ein letztes Rätsel, das um Amalia. Als sie im Bett landeten, war er überzeugt, sie wolle ihn aushorchen, herausfinden, ob er etwas zu Nicolas Tod entdeckt hatte. Aber da Giampieri an jenem Abend mit Stefania zusammen gewesen war und sie nichts zu verbergen hatte, konnte der Kommissar sich einbilden, dass Amalia sich ihm ohne Hintergedanken hingegeben hatte. Wenn dem jedoch so war, warum war sie dann unauffindbar? Warum konnte Luciani seit jener Nacht immer nur mit Amalias Mailbox reden, und warum rief das Mädchen nie zurück?

Das Knallen des Sektkorkens rüttelte ihn wach. Seine Beamten brüllten und sangen »For He's a Jolly Good Fellow«.

Es hat keinen Sinn, die ganze Wahrheit zu suchen, dachte er. Es ist schon viel, wenn wir eine Version rekonstruieren können, die dem einen Sinn gibt, was wir nicht verstehen, und die uns eine Zeitlang Frieden gibt.

Calabrò hatte den Sekt in die Pappbecher gegossen. Sie stießen auf des Kommissars Rückkehr an, und er bedankte sich. Der zweite Toast war für Nicola, und daraufhin wurde es still im Raum. Der dritte, für Iaquinta, löste großes Hallo aus. Als sie Luciani das erste Stück Torte hinstreckten, verfinsterte sich seine Miene. Da war mehr Sahne drauf, als er in den letzten zehn Jahren gegessen hatte. Dann schloss er die Augen und verschlang es mit drei Bissen.

# Ghost Track

## Und die Blues Brothers?

Der Kellner kam mit einer Riesenplatte Shrimps.

»Bist du sicher, dass du nicht allergisch bist?«, fragte der Chef grinsend.

»Das brauchst du nicht zu hoffen. Ich bin weder auf Krustentiere noch auf Möse an Langustenzangen allergisch.«

Gabin lachte. »Das war ein Meisterstück. Nur ein Genie wie ich konnte sich das ausdenken. Aber ich muss auch zugeben, dass die Frauen dir aus der Hand fressen.«

»Ja. Für Amalia tut es mir allerdings leid. Es gibt nicht viele von ihrer Sorte.«

Sie war toll gewesen. Er hatte an jenem Samstag, nachdem er erfahren hatte, dass Giampieri noch einmal ins Büro gegangen und in Barbaras Computer herumgeschnüffelt hatte, Amalia angerufen. Er hatte ihr erklärt, wo und wie sie die Creme auftragen musste, und ihr versichert, es handle sich nur um ein starkes Schlafmittel. Sie wollten keine Spuren in Speisen oder Getränken zurücklassen, und das war der einzige todsichere Köder, um den Ingenieur auszuschalten, in seine Wohnung zu gelangen und die Unterlagen mitzunehmen. Ihre wilden Sexnächte und die Eifersucht auf die Blondine hatten nicht gereicht, um Amalia zu überzeugen, aber vierzigtausend Euro und die Angst, aus dem Weg geräumt zu werden, hatten sie schließlich gefügig gemacht. Sie war hineingegangen, hatte aufgepasst, dass sie keine Spuren hinterließ, hatte sich an der entscheidenden Stelle küssen lassen und sich davongemacht. Aber als sie durchs Fenster eingestiegen waren, um den Ingenieur, den sie in einem Asthmaanfall wähnten, mit einer Plastiktüte zu ersticken, war die Arbeit bereits erledigt. Die CD, die sie suchten, war noch in der Jackettasche. Und tags darauf hatten sie, mit Hilfe ihrer Verbindungsleute im Präsidium, jede Spur der Aktion »Lächeln« von dem beschlagnahmten Rechner tilgen lassen.

Der Chef kniff die Augen zusammen, betrachtete den Strand, die Palmen und den Horizont. »Das Mädchen war am Umfallen. Der flatterten die Nerven. Früher oder später hätte sie Luciani alles erzählt.«

Belmondo wusste, dass er Recht hatte. Amalia war kein Profi gewesen, sie hätte den Gewissensbissen wegen des Mordes nicht lange standgehalten.

»Ich weiß«, sagte er, »aber sie hatte einen Wahnsinnshintern.«

Gabin nickte und schluckte einen Shrimp. »Die da hinten scheint ihr aber in nichts nachzustehen.«

»Welche?«

»Volleyballfeld. Die Mulattin im roten Badeanzug. Wenn man das noch Anzug nennen kann.«

Der Jüngere pfiff. »Weißt du was? Ich mag Brasilien.«